Sie will nicht Schankmädchen bleiben: Colina will raus aus der Armut. Gewitzt schafft sie es, Gouvernante im Hause des ehrgeizigen Brauers Prank zu werden. Er steckt in Machtkämpfen um das Oktoberfest, seine Tochter Clara will er verheiraten, um dort Einfluss zu gewinnen. Nur Colina weiß, dass Clara ganz andere Träume hat. Dabei hat Colina selbst Geheimnisse zu hüten, Geheimnisse, die den jungen Polizeiinspektor Aulehner interessieren. Als das Oktoberfest beginnt, muss Colina wieder von vorn anfangen. Aber sie kennt die Welt der Buden, der lichterstrahlenden Karussells. Sie will um ihre Chance im Leben kämpfen. Und sie will Clara helfen. Da fasst sie einen gewagten Plan, der das ganze Oktoberfest auf den Kopf stellen kann …

Petra Grill ist aufgewachsen und ansässig in Erding. Das Oktoberfest kennt und liebt sie seit ihrer Kindheit. Gern denkt sie daran zurück, wie sie schon als Kind mit ihren Eltern zwischen Schiffschaukeln, Karussells und dem Duft von gebrannten Mandeln über die Theresienwiese ging.

Weitere Informationen finden Sie auf www.fischerverlage.de

PETRA GRILL

Oktoberfest 1900

Träume und Wagnis

ROMAN

FISCHER Taschenbuch

Aus Verantwortung für die Umwelt hat sich der S. Fischer Verlag zu einer nachhaltigen Buchproduktion verpflichtet. Der bewusste Umgang mit unseren Ressourcen, der Schutz unseres Klimas und der Natur gehören zu unseren obersten Unternehmenszielen.

Gemeinsam mit unseren Partnern und Lieferanten setzen wir uns für eine klimaneutrale Buchproduktion ein, die den Erwerb von Klimazertifikaten zur Kompensation des CO_2-Ausstoßes einschließt.

Weitere Informationen finden Sie unter: www.klimaneutralerverlag.de

Erschienen bei FISCHER Taschenbuch
Frankfurt am Main, September 2021

© 2020 S. Fischer Verlag GmbH,
Hedderichstr. 114, D-60596 Frankfurt am Main

Satz: Dörlemann Satz, Lemförde
Druck und Bindung: GGP Media GmbH, Pößneck
Printed in Germany
ISBN 978-3-596-70080-6

I.

Mehr als genug

»Hör auf jetzt, mehr gibt's nicht!«

»Geh, jetzt stell dich halt nicht so an!«

Verschwitzte Hände drückten Colina gegen die Bretterwand. Sie spürte einen Balken im Rücken, die Kante schnitt in ihre Haut. Gollhubers Wanst presste sich gegen sie. Sie schob Gollhubers Schultern von sich weg, was er in seinem Suff wahrscheinlich nicht einmal bemerkte. Sein Mund saugte an ihrem Hals, eine Hand vergrub sich ungeschickt in Colinas Mieder. Gesprungene Fingernägel kratzten über die Haut ihrer Brüste.

Gott, wie er roch!

Ein Bild stieg in ihr auf. Ein anderer Mund, andere Hände. Sie schob es zurück in die Finsternis, aus der es aufgestiegen war, schloss die Augen und duldete die fleischigen Lippen, die ihren Mund suchten. Eine Zunge schob sich zwischen ihre Zähne und mit ihr ein Geschmack, der gleichzeitig süßlich war – Bier – und ein wenig ranzig wie Öl.

Maxi, dachte sie.

Als Gollhubers andere Hand anfing, ihren Rock in die Höhe zu raffen, schlug Colina ihm auf die Finger.

»Ich hab' gesagt, jetzt ist Schluss!« Sie wollte sich aus seinem Griff winden. Er hielt sie allein schon mit seinem Ranzen an Ort und Stelle.

»Komm jetzt. Tu nicht so prüde.« Er lallte so, dass Colina

ihn kaum verstand. »Kriegst noch eine Mark obenauf, wenn ich darf.«

»Du hast schon mehr gehabt als genug!«

Wahrscheinlich hätte Colina ihn einfach weitermachen lassen sollen. Die Chancen, dass er beim Versuch, seinen Hosenstall aufzuknöpfen, das Gleichgewicht verlor, umkippte und auf dem Stroh im Schuppen einschlief, standen nicht einmal schlecht.

Und selbst, wenn nicht. Zwei Mark waren viel Geld, und es war ja nicht, als ob es für Colina etwas Neues gewesen wäre, mit einem von Lochners Gästen im alten Schuppen hinter dem Wirtshaus zu verschwinden.

Wenn Gollhuber nur nicht so entsetzlich gestunken hätte! Nach Schweiß, nach Fett, nach billigen Zigarren, nach Schnaps und nach Bier. Vor allem nach Bier. Dazu das faulige Stroh auf dem Boden, auf dem heute wahrscheinlich auch schon Lochner und Johanna, und Louise und Fonshofer ...

Er stank, wie Rupp gestunken hatte. Der Gedanke gab Colina die Kraft, Gollhuber trotz dessen Gewichts von sich wegzustoßen. Er taumelte, stolperte fast rückwärts über einen alten Melkschemel, hielt sich aber auf den Füßen.

»Schluss und aus!«, wiederholte Colina. »Wenn du dir nichts sagen lassen kannst, dann kriegst halt gar nichts. Dann brauch ich dein Trinkgeld nicht.«

»Das kannst dir eh malen, du blöde Urschel!« Gollhuber wollte wütend zur Tür herumfahren, torkelte dafür aber zu stark. Sein Gewicht zog ihn immerhin in die richtige Richtung, der Türstock verhinderte, dass er fiel. »Was meinst denn du, was du für eine bist? Erst die Zähn' lang machen und dann die Mimose spielen! Wart nur, der Lochner is' ned die einzige Wirtschaft in München.«

Beim zweiten Versuch gelang es ihm, den Riegel zurückzustoßen und die Tür aufzureißen. Er taumelte in den nachtdunklen Hof hinaus.

»Probier's bei der Gerdi in der Müllerstraß'!«, rief Colina ihm hinterher. »Und einen schönen Gruß an die Frau Gemahlin!«

Sie wischte sich mit dem Handrücken die Mundwinkel; dann schob sie ihre Röcke wieder zurecht und ließ sich einen Moment auf den Schemel sinken, um in Ruhe ihre Bluse wieder über die Schultern emporzuziehen und sich das Mieder zuzuknöpfen.

Die Müdigkeit sprang sie an wie ein Tier. Seit vierzehn Stunden war sie heute auf den Beinen; ihre Füße spürte sie kaum noch. Dabei war es erst kurz nach neun; zur Tür herein krochen noch die letzten schmutzig-roten Reste Sonnenlicht aus dem Hof. Vier Stunden musste Colina in jedem Fall heute noch durchhalten. Das würde sie auch. Sie hatte immerhin schon die schlechte Laune Lochners und Johannas den ganzen Tag ertragen, und sie hatte für Louise mit ausgeholfen, als diese für eine halbe Stunde mit einem anderen Stammgast im Schuppen verschwunden war.

Aber Gollhuber – nein, das wäre wirklich zu viel gewesen für einen einzigen Tag.

Zweifelnd blickte Colina hinauf in die Ecke des Schuppens, wo über einem Regalbrett voll rostiger Werkzeuge eine Kreuzspinne bewegungslos in ihrem Netz saß. Colina hatte nie viel Schulbildung erworben, obwohl sie sich bemühte, das nachzubessern, und Zeitungen aufsammelte, wo immer sie ihrer habhaft werden konnte. Hieß es nicht von Spinnen, sie würden ihre Männchen nach der Paarung auffressen?

»Ihr Viecher seid gar nicht so blöd«, sagte sie in Richtung der Spinne. Das Tier verzichtete vornehm auf jede Antwort.

Auf dem Hof stank es durchdringend nach Urin. Und nach Erbrochenem; auf dem Weg stieg Colina über eine weißliche Lache. Über die Hofmauer herein schauten die Hinterhäuser der benachbarten Gebäude, ihre Fassaden kahl, weil alle Verzierungen, Farben und eingemauerten Heiligenbilder natürlich nach vorn zur Straße hinausgingen, ihre Fenster dunkel und mit weit aufgerissenen Läden. Es war Anfang Juli, die Nacht war warm, in den oberen Etagen stand die Luft.

Lochners Wirtsstube war mäßig besucht. Am Stammtisch, unter den verblichenen Drucken der Monarchen Max, Ludwig und Otto, schlug man die Karten auf den Tisch; vier, fünf Haus- und Stallknechte hatten Ausgang, und ein paar junge Bahnarbeiter in der Ecke machten Lärm für einen ganzen Saal. Colina kam gerade rechtzeitig, um Gollhubers Abgang mitzuerleben, nachdem dieser sich offenbar ausgiebig bei Oberkellnerin Johanna beschwert hatte. Johanna warf ihr einen wütenden Blick zu, bevor sie Gollhuber hinterher auf die Straße stürzte.

Colina trat an den Tresen. Louise stellte leere Bierkrüge vor ihr ab mit einer Miene, die halb betreten war, halb mitfühlend.

»Manchmal ist's einfach zu viel verlangt«, murmelte sie. Afra, die Krüglwascherin, nahm ihr kopfschüttelnd die schweren Steingutgefäße aus der Hand. Sie sprach erst, als sie den ersten Keferloher schon ins Wasser getaucht hatte.

»Nutz deine Zeit, Deandl.« Sie schaute auf, um zu verdeutlichen, dass sie Colina meinte. »So jung bist nimmer. Wie viel Jahr hast denn? Achtundzwanzig? Dreißig?«

Einunddreißig, dachte Colina, sagte aber nichts. Afra wartete auch nicht auf Antwort. »Jetzt bist noch frisch und ansehnlich, jetzt sehen sie's noch gern, wenn du mit ihren Krügen an den Tisch kommst, und beim Mieder steht der oberste Knopf auf. Sei ned dumm, nimm mit, was du mitnehmen kannst. Leg dich hin, halt still, denk an was anderes. Zwei Mark sind zwei Mark, und sogar wenn's nur eine is', ist's immer noch mehr als die zehn Pfennig, die dir einer sonst als Trinkgeld gibt.« Sie schaute wieder auf und lächelte wehmütig. »Aber du bist fesch mit deinen schönen blonden Haaren, du könntest bestimmt drei Mark auch kriegen. Nimm's, und dann, Deandl, leg dir was zurück! Ewig bleibt die Schönheit nicht, und wenn sie erst beim Teufel ist, schickt die Johanna lieber eine Jüngere an den Tisch, und du bist wieder da, wo ich bin. Beim Krüglwaschen.« Sie tauchte ihre stämmigen roten Arme ins Wasser bis fast zu den Achseln. Die Adern zeichneten sich beinahe schwarz unter der Haut ab. Ihr Kopftuch war verrutscht, darunter fiel strähniges graues Haar hervor.

Wie alt mochte Afra sein? Fünfzig, sechzig?

»Ich kann nichts zurücklegen«, sagte Colina. »Ich brauch' mein Geld.«

Afra schaute auf, noch immer lächelnd. »Bub oder Mädel?«

Colina lächelte zurück. »Bub. Sieben Jahr.«

»Hast ihn gut untergebracht? Bei mir war's a Mäderl.« Sie wischte sich mit feuchten Händen das Haar aus dem Gesicht. »Lebt aber nimmer.«

Vielleicht hätte sie noch mehr gesagt, aber sie kam nicht mehr dazu. Inzwischen war Johanna in die Gaststube zurückgekehrt, und zum zweiten Mal binnen einer Viertelstunde krachte Colinas Rückgrat gegen eine Wand.

»Was glaubst denn du?« Johannas stahlgraue Augen blitzten vor Colinas Gesicht. »Du damische Trutsch'n, meinst du, du kannst uns unsere Stammgäst' vergraulen? Glaubst du, ich hab dich eingestellt, weil du ein bisschen vornehm tun und Preußisch daherreden kannst? Wenn du so mit unsere Gäst' umgehst, stehst du gleich wieder auf der Straß', das sag ich dir!«

»Jetzt fass die Lina nicht so hart an«, meldete sich eine amüsierte Stimme unter den Gästen. »Wenn ich so ein fesches Ding wär, tät ich so einen wie den Gollhuber auch weiterschicken.«

»Du machst das schon richtig, Lina!«, kommentierte einer der jungen Burschen am Tisch der Arbeiter. »Lass dir nicht alles gefallen.«

»Außerdem hat der Gollhuber das sowieso morgen Früh vergessen«, spottete der grauhaarige Matthäus vom Stammtisch. »Bei dem Rausch! Spätestens übermorgen ist er wieder da und bettelt, dass die Lina an unseren Tisch kommt, bloß damit er ihr in den Ausschnitt schauen kann.«

So sehr Colina sich über die Unterstützung der Männer freute, so wenig gab sie letztlich darauf. Erstens wusste sie gut, dass die meisten nur redeten in der Hoffnung, demnächst glücklicher zu sein als Gollhuber. Was in einigen Fällen durchaus möglich war; es stanken ja nicht alle so wie der. Zweitens ahnte sie aber auch, wie wenig ihr alle Unterstützung helfen würde, wenn Johanna den Wirt hinter sich wusste. Und Lochner, der in diesem Moment aus dem Keller kam und von Johanna unverzüglich in hastigem Gezischel eingeweiht wurde, sah gerade noch griesgrämiger aus als sonst.

Allerdings wollte er seinen Stammgästen nicht offen widersprechen.

»Jetzt pass einmal auf, Lina«, setzte er an. »Biermadl kann ich mir holen, so viele ich will. Dich hab ich genommen, weil du anstellig bist und singen kannst und eine nette Goschen hast. Solange meine Gäste mit dir zufrieden sind, darfst machen, was du willst. Aber sobald du mir den ersten vergraulst, fliegst du 'naus.« Er fuhr mit der Hand in einer horizontalen Linie durch die Luft. »Quer zur Tür.«

»Das tät' ich mir überlegen an deiner Stell'«, meldete sich wieder Matthäus. Er hob höhnisch seinen Keferloher. »Außer der Lina gibt's bald keinen Grund mehr, dass man noch zu dir kommt, Lochner. Fürs Bier brauch ich mir die Mühe jedenfalls nicht machen, seitdem du diese Kapital-Brausuppen ausschenkst.«

»Verträge sind halt einmal Verträge«, knurrte Lochner. »Gern hab ich die Wirtschaft nicht an den Stifter verkauft, das darfst du mir glauben. Aber mir ist das Wasser bis zum Hals gestanden. Jetzt gehört die Wirtschaft dem Kapitalbräu, und ich muss denen das Bier abnehmen.«

»Eine Schande. Wär's denn gar nicht mehr anders gegangen?«

»Die letzte Wiesn hat uns gerade noch gerettet.« Lochner hob die Schultern, resigniert, fast als ginge es ihn nichts mehr an. »Ohne das Geld vom Oktoberfest kann kein Wirtshaus überleben heutzutage, und ich hätte nicht gewusst, wie ich die Lizenz fürs nächste bezahlen soll. Es haben schon ein paar Wirte die Pacht fürs Oktoberfest heuer nicht mehr aufbringen können.«

»Stehen die Wirtsbuden von denen dann leer?«, fragte jemand, und Lochner machte eine fahrige Geste. »Wird schon einer ersteigert haben. Gibt ja genug Wirte in München. Noch, zumindest.«

»Die Großbrauereien arbeiten die Wirte der Reihe nach auf«, pflichtete jemand bei. Andere stimmten ein; das Thema bot eine willkommene Gelegenheit, auf die Zeiten und den allgemeinen Niedergang zu schimpfen, insbesondere auf Münchner Traditionsbrauereien, die so groß wurden, dass sie sich das Geld über Aktien hereinholen mussten und deshalb Berliner Vorstandsvorsitzende wie den Preußen Anatol Stifter in München einschleppten. Colina brachte derweil die Krüge an den Tisch der Knechte. Als sie sich vorbeugte, um sie abzustellen, zwickte Martin sie in den Hintern, und Alois zog sie unvermittelt auf seinen Schoß.

»Jetzt gehörst uns, jetzt lassen wir dich nimmer zu den alten Männern 'nüber!«

»Du, pass fei auf, Bub!«, rief Matthäus gutmütig vom Stammtisch herüber. Colina musste lachen; sie verpasste Alois eine scherzhafte Ohrfeige, die der wohl kaum spürte. Er grinste sie an.

»Sehen wir uns im Englischen Garten, am Donnerstag in der Früh?«, flüsterte er.

»Am Donnerstag?« Colina war verblüfft. »Der Kocherlball ist doch immer am Sonntag?«

Alois und Martin schüttelten beide den Kopf. »Zu viel Polizei. Jetzt machen wir's am Donnerstag. Müssen wir halt früher anfangen, damit wir fertig werden.«

»Kommst?«, wiederholte Alois fast bettelnd und lehnte seine Wange gegen Colinas Ausschnitt. Sie musterte ihn wehmütig. Wie alt war er? Neunzehn?

»Solltest du dir ned lieber eine Richtige suchen?«

Er hob den Kopf und sah sie an. »Ich bin doch bloß ein Hausknecht.« Es klang bitter. »Ich kann doch eh nie heiraten.«

Bevor Colina hätte antworten können, öffnete die Tür sich erneut, und aus der Nacht traten drei Gestalten in die Wirtsstube.

»Jessasnaa!«, entfuhr es jemandem am Stammtisch. »Was haben s' denn heute auf die Straß' lassen?«

Die drei Frauen in ihren dunklen Ausgehkleidern ließen Colina sofort an den Jungfernbund von Wetting denken. Natürlich trugen sie städtische Tracht mit Korsett, bodenlangen Kleidern und Hüten, nicht Mieder, Hauben, Schultertücher, Rock und Schürzen wie auf dem Land. Aber es waren die gleichen schweren, grau-braun gemusterten Stoffe, die gleichen zum Dutt aufgesteckten Haare und die gleichen halb verschämten, halb selbstgerechten Mienen, mit denen die drei sich an den Broschüren festklammerten, die jede von ihnen in der Hand hielt. In Lochners Wirtsstube passten sie wie ein Kommunionskelch unter Keferloher. So ungefähr stellte Colina sich die Abstinenzlerinnen vor, von deren Bewegung sie in der Zeitung gelesen hatte.

Lochner, der vielleicht Ähnliches befürchtete, musterte die drei Gestalten mit skeptischer Miene.

»Grüß Gott?«, dehnte er fragend. Die Damen hatten sich umgesehen, jetzt machte die vorderste resolut einen Schritt auf Lochner zu.

»Grüß Gott, Herr Wirt.« Das klang eher wie eine Drohung als wie ein Gruß. »Wir würden uns gern kurz mit Ihren Kellnerinnen unterhalten, wenn es recht ist.«

»Weiß ich nicht, ob mir das recht ist.« Lochner schaute misstrauisch von einer Besucherin zur nächsten. »Was wollt ihr von meinen Mädeln?«

»Sie aus den katastrophalen Verhältnissen herausführen, in die sie unverschuldet geraten sind.« Die Frau deutete mit ausgestrecktem Arm auf Colina, die noch immer auf Alois' Schoß saß. »Aus solchen Verhältnissen!« In ihrer Stimme schwang helle Empörung mit.

»Na, na«, kam Matthäus' brummige Stimme vom Stammtisch. »Die geht ja auf!«

»Es ist eine Schande, dass diese jungen Frauen gezwungen sind, sich ihren Lebensunterhalt mit ihrer Ehrenhaftigkeit zu erkaufen! Um diese Frauen und Mädchen vor den verderbten Sitten ihrer Zunft zu bewahren und ihnen den Weg in geordnete Verhältnisse zu bahnen, haben wir – unter der Schirmherrschaft vieler einflussreicher Damen der Gesellschaft, möchte ich hinzufügen – im März den Münchner Kellnerinnenverein ins Leben gerufen. Unser Ziel ist es, für alle Frauen im Gastgewerbe feste Löhne zu erstreiten, die sie unabhängig machen von den Trinkgeldern und den ... Gelüsten der Gäste.«

Für Lochner genügte das. »Meine Damen«, erklärte er mit gezwungenem Lächeln und breitete die Arme aus, als wolle er die drei zurück auf die Straße schieben, »meine Damen, mit Ihrem löblichen Vorsatz sind Sie hier vollkommen verkehrt. Das ist eine anständige Wirtschaft; wir schauen schon darauf, dass eine Zucht und ein Anstand herrschen.«

»Das sehe ich.« Ein weiterer giftiger Blick der Frau glitt zu Colina, und Lochner drehte sich wütend nach dem Tisch um.

»Jetzt steh schon auf, Lina!« Colina erhob sich, klopfte ihren Rock aus und räumte die leeren Krüge zusammen, um sie zurück zum Tresen zu bringen.

»Zahlen Sie Ihren Angestellten denn ein Festgehalt, Herr Wirt?«, hakte die Frau nach.

Man hörte Lochner an, wie sehr er sich bei dieser Frage zusammenreißen musste. »Wie ich mein Geschäft führe, das geht nun wirklich niemand was an.«

»Ganz im Gegenteil, Herr Wirt. Gerade ihre mangelnde Absicherung ist es doch, die diese armen Geschöpfe dazu nötigt, sich ihr Trinkgeld mit allen Mitteln zu erkaufen – auch und gerade mit solchen unsittlicher Natur. Wir vom Münchner Kellnerinnenverein wollen deshalb erreichen ...«

»Das hab ich schon verstanden, was ihr erreichen wollt!« Lochners Geduld war zu Ende. »Meine Biermadl wollt ihr gegen mich aufhetzen mit euren blödsinnigen Ideen! Aber da wird nix draus! Bloß, weil euch Gewittervögel euer Lebtag lang kein Mannsbild angeschaut hat, braucht ihr mir nicht meine Mädel auf krumme Gedanken bringen. Meine Mädchen werden so bezahlt, wie man das immer schon gemacht hat: Die Kellnerinnen haben ihre Trinkgelder – eine freundliche viel, eine zwidere wenig. Von den Trinkgeldern geht ein Teil an die Oberkellnerin, und die verteilt davon was an die übrigen, die bloß putzen oder Krüge auswaschen. Für die Mädel ist das mehr wie genug!«

Es war wohl der letzte Satz, der für Colina den Ausschlag gab. Über Lochners Heuchelei hatte sie zuvor geschmunzelt, und selbst den Hinweis auf Johanna, die von dem, was sie den Kellnerinnen abnahm, den Großteil in die eigene Tasche steckte, hatte sie geschluckt. Aber die Verachtung, mit der Lochner den letzten Satz aussprach, ließ etwas in ihr zerreißen.

Als habe jemand wie Colina keinen Anspruch auf etwas Besseres. Keinen Hunger auf etwas anderes als Kartoffeln mit saurer Milch. Keine Kinder, keine Wünsche, und schon gar keinen Traum.

Sie beugte sich zu Louise hinüber. »Sag dem Lois, ich sehe ihn auf dem Kocherlball.« Zu Johanna sagte sie:

»Johanna? Ich kündige.«

»Ja, spinnst du jetzt ganz?«, rief Lochner. Statt einer Antwort drehte Colina sich um, marschierte auf die drei verdutzten Frauen zu und riss der vordersten den ganzen Stapel Broschüren und Zeitungen aus der Hand.

»Geben S' her, ich schau mir das an.« Sie wollte weiter zur Tür, aber Lochners Stimme holte sie ein.

»Du Dotschn, du hast nix und bist nix, was willst denn machen, allein in München?«

Aufs Geratewohl warf Colina einen Blick auf das, was sie in der Hand hielt. Oben auf den dünnen Bändchen Benimm- und Erbauungsschriften lag eine alte Beilage der »Münchner Allgemeinen Zeitung«. Die Stellenanzeigen waren aufgeschlagen, und zwei hatte jemand mit Bleistift markiert: Küchenhilfe und Dienstmagd – wohl als Beispiele für den Ausweg, den der Münchner Kellnerinnenverein seinen Schützlingen anbieten wollte.

Nichts davon war nach Colinas Geschmack. Stattdessen las sie die Anzeige ganz oben auf der Seite, die beinahe ein Viertel des Blatts einnahm, und schenkte Johanna zum Abschied einen triumphierenden Augenaufschlag.

»Gouvernante«, verkündete sie und rauschte hinaus. Als Letztes hörte sie Matthäus' heiseres Lachen.

»Die musst du gehen lassen, Lochner. Die ist dir über!«

2.

Unter Kannibalen

In der »Königlichen Schutzmannschaft« von München scherzte man über Inspektor Eder, der Mann sei alt genug, um noch zu wissen, wie der Prinzregent ohne Bart ausgesehen habe. Im Moment stand er ein wenig abseits von den übrigen Gendarmen und unterhielt sich mit Schmidt, dem Münchner Intendanten von »Gabriels Völkerschau«. Aulehner schätzte Eder auf mindestens sechzig, also ein Vierteljahrhundert älter als er selbst war – auf den ersten Blick ein hochgewachsener, in Ehren ergrauter Herr, auf den zweiten verblichen wie ein altes Foto. Unter Eders schütterem Haar hing ein mageres Gesicht mit dünnem, kurz gestutztem Bart, in das viel zu viele Grübeleien ihre Falten gegraben hatten. Warum Eder an diesem Morgen überhaupt mit heraus in die Isarauen gekommen war, konnte Aulehner nicht sagen. Soweit er wusste, gehörte Eder der Kriminalabteilung der Schutzmannschaft an, und von einem Verbrechen war hier keine Rede. Jedenfalls von keinem, gegen das es ein Gesetz gegeben hätte.

Wahrscheinlich war Eder aus demselben Grund hier wie die Hälfte der Gendarmen: aus purer Neugierde.

Was die Polizisten auf der kleinen Anhöhe oberhalb des Isarufers zu Gesicht bekamen, befriedigte diese Neugierde nur zum Teil. Aulehner fand den Anblick gleichermaßen sensationell wie unspektakulär. Von weitem hätte es auch das Biwak einer durchmarschierenden Militäreinheit sein können. Die Zelte standen in ordentlichem

Halbkreis, die Lagerfeuer waren mit Steinen abgegrenzt; über der Feuerstelle hing ein rußgeschwärzter Kochtopf an einem Dreifuß. Man hatte sogar eine Latrine gegraben. Auf dem Grund lag noch Tau, die ganze Wiese glitzerte in der Morgensonne, und das Laub der umstehenden Birken malte zittrige Schatten ins Gras.

Alles normal genug. Das Sensationelle bestand in den Dekorationen, die an den Zelten angebracht waren, in gekreuzten Knochen und mit Schnüren und Wimpeln versehenen Vogelbälgen, in Rinderschädeln, die auf langen Stangen steckten und aus leeren Augenhöhlen das Lager überblickten, und in den Bewohnern.

Ein in Richtung Fußpfad aufgestelltes Schild warnte: »Achtung! Menschenfressender Stamm aus den deutschen Schutzgebieten von Samoa. Für unbefugtes Betreten wird nicht gehaftet.« Darunter in Rot der Werbeschriftzug »Gabriels Völkerschau! Besuchen Sie uns auf dem Oktoberfest!«

Wie man leibhaftigen Wilden erlauben konnte, unbeaufsichtigt gleich nördlich von München zu lagern, war Aulehner ein Rätsel.

Angesichts der fremden Männer, die in ihren Helmen und blauen Uniformen da zwischen ihnen herumstrolchten, wirkten die Samoaner ihrerseits nicht weniger skeptisch. Es mochten zwei Dutzend Insulaner sein, die hier hausten, alle braunhäutig und stämmig, mit breiten, flachen Gesichtern, schmalen Augen und platten Nasen, einige über und über tätowiert. Aulehner hätte die Leute gern gezählt, um sich einen Überblick zu verschaffen, aber vor allem die Kinder hielten ja nie still. Immerhin konnte man Männlein und Weiblein gut unterscheiden, weil die Männer einen Lendenschurz trugen und die Frauen zur Wahrung der Sittlichkeit wenigstens ein bisschen mehr am Leib hatten. Bei weitem nicht genug nach Aulehners Ansicht, aber vermutlich musste man schon froh sein, niemanden »in puris naturalibus« herumlaufen zu sehen.

Die Einzigen, die man gut unterscheiden konnte, waren der Häuptling, der einen Kopfputz aus Muscheln und Federn auf seinem Kraushaar trug, und der Schamane im langen Hemd, dem unzählige Ketten und bizarre Anhänger an Schnüren um den Hals hingen. Die Ketten klapperten bei jedem Schritt, den der Mann tat.

Ein weiterer Gendarm kam aus dem größten der Zelte, salutierte vor Aulehner und machte ein bedenkliches Gesicht.

»Alles in Ordnung, Herr Oberwachtmeister«, sagte er dabei. Seine Miene sagte das gerade Gegenteil.

»Nichts Besonderes?«, erkundigte Aulehner sich daher.

»Gar nichts.« Der Mann spuckte zur Seite aus. »Stinkt ein bisserl komisch da drin, nach Weihrauch oder so was, sonst sind da bloß Schlafdecken und eine Puppe aus alten Stofffetzen. Aber gefallen muss es mir trotzdem nicht.«

Das konnte Aulehner für sich so unterschreiben.

»Ich versteh halt nicht, dass unser Bürgermeister so was genehmigt.« Der Gendarm zupfte sich den Helmriemen unterm Kinn zurecht. »Wenn das Menschenfresser sind, dann gehören die in einen Käfig. Also, tät ich sagen.«

Aulehner hätte dasselbe gesagt. Hätte ihn jemand gefragt.

»Nicht unsere Angelegenheit«, erklärte er knapp. »Wir haben Befehle zu befolgen, alles andere wäre Insubordination.« Sein Gegenüber gab sich nicht so rasch geschlagen.

»Ja, schon. Aber ich mein halt, wenn Sie hinübergehen täten und reden mit dem Inspektor? Der Eder ist ja kein Unmensch. Dass wir vielleicht ein paar Wachen abstellen hier draußen. Es wohnen immerhin anständige Leut' in der Nähe. Unterföhring ist nicht weit, und wenn da in einer Woche ein Kind abgeht …«

Aulehner zögerte, aber er war nun einmal der Ranghöchste unter den Gendarmen. Wenn einer die Bedenken der Truppe vorzubringen hatte, dann er.

Er salutierte vorschriftsmäßig vor dem Inspektor. Eder winkte ab. »Stehen S' bequem, Herr Oberwachtmeister.« Als Einziger der Polizisten trug er keine Uniform, sondern Zivilkleidung. Er drehte sich zu seinem Gesprächspartner um, einem kleinen, rundlichen Mittvierziger mit Haaren, die aussahen, als hätte er sie mit Schuhwichse schwarz gefärbt, und einem Knebelbart nach der Art Napoleons III. Der Mensch war Aulehner sofort unsympathisch, aber Eder übersah das Stirnrunzeln seines Untergebenen völlig.

»Herr Schmidt, darf ich vorstellen, das ist Oberwachtmeister Lorenz Aulehner. Ist erst vor einem Vierteljahr aus Landshut zu uns gestoßen. So lange wird es her sein, oder, Lenz?«

»Zu Befehl, Herr Inspektor. Im August wird's ein Dreivierteljahr.«

»Doch schon wieder so lang. Die Zeit vergeht ...« Er ließ einen Blick über das Lager gleiten. »Sind Sie zufrieden mit der Inspektion, Lenz? Haben Ihre Leute etwas gesehen, das wir beanstanden und melden müssen?«

»Nicht unmittelbar, Inspektor. Aber, wenn ich sagen darf, es herrscht eine gewisse Unruhe bei dem Gedanken, diese ... Leute hier draußen sich selbst zu überlassen.« Er warf einen skeptischen Blick auf Schmidt. »Also, falls das wirklich echte Kannibalen aus der Südsee sind.«

Sofort blitzten die Augen des Intendanten auf. »Ich muss doch sehr bitten, Herr Oberwachtmeister, zweifeln Sie etwa an meinem Wort? Gabriels Völkerschau hat nur erstklassige Angebote; wir haben einen Ruf zu verlieren! Ich schwöre Ihnen bei meiner Ehre, dass es sich bei diesen Menschen um echte Insulaner aus Samoa handelt, in den traditionellen Trachten ihrer Heimat, allesamt aus der Region Falealili auf der Insel Upolu, wo deutsche Kultur und Zivilisation bereits seit Jahren Wurzeln geschlagen haben und erste Früchte tragen. Fragen Sie sie ruhig; einige von Ihnen können bereits ein paar Brocken Deutsch.«

»Sind denn die Früchte dieser Zivilisation schon so reichhaltig«, fragte Eder mit leisem Schmunzeln, »dass Sie die Leute unbeaufsichtigt hier lagern lassen können?«

Schmidt zögerte merklich mit der Antwort. Einerseits konnte er schlecht sagen, deutsche Zivilisation mache in den Kolonien keine Fortschritte; wie hätte sich das denn angehört? Zu harmlos wollte er seine Attraktion freilich auch nicht erscheinen lassen, nahm Aulehner an; das wäre schlecht fürs Geschäft.

»Nun, wir haben für das Lager natürlich mit Absicht einen abgelegenen Ort gewählt«, erklärte Schmidt. »Um Konflikte zu vermeiden und die Herrschaften gar nicht erst in Versuchung zu führen. Auf dem Oktoberfest, wo so viele wohlgenährte und potenziell wohlschmeckende Besucher unterwegs sind, werden wir sie natürlich hinter Gittern halten.« Er lachte meckernd. »Glauben Sie mir, solange sie keinen Hunger verspüren, sind diese Geschöpfe umgängliche und liebevolle Wesen. Schauen Sie nur.«

Schmidt deutete mit dem Kopf auf den Häuptling, der sich gerade bückte, um ein Kind auf seinen Arm zu nehmen. Eine Frau, einen Kranz aus Blättern und Blüten um den Hals und einen weiteren im Haar, trat dazu und wischte dem Kind kopfschüttelnd irgendetwas von der Nase.

»Freilich ist das nur das eine Gesicht dieser Leute«, beeilte der Intendant sich hinzuzufügen. »Mit derselben Selbstverständlichkeit würden sie auch einen Menschen tranchieren und über dem Feuer garen. Der völlige Mangel an Einsicht in die moralische Verwerflichkeit ihres Tuns macht ja gerade den Charakter dieser Wilden aus. In unserer Ausstellung auf dem diesjährigen Oktoberfest wird Gabriels Völkerschau dieses Wesen der interessierten Öffentlichkeit augenfällig machen. Denken Sie nur, Herr Oberwachtmeister, diese Menschen wären nicht hier, sondern an einem ihrer heimatlichen Strände, unter einer alles vergoldenden Sonne und sich wiegenden Palmen, wo junge Samoanerinnen sich, ohne jede Scham, unbekleidet in ihren Hängematten räkeln ...«

»Ja, ja«, unterbrach Aulehner hastig und wechselte dabei versehentlich in den Dialekt, »g'langt scho'!« Er schaute Eder an. »Es stellt sich die Frage, ob wir nicht zum Schutz der Bevölkerung einen Wachposten aufstellen sollten, Herr Inspektor. Zur Beobachtung.«

Eder nickte etwas schwerfällig. »Das ist die Frage, ja. Sie ist leider schon beantwortet, weil wir nämlich keine zusätzlichen Leute dafür bekommen. Ich habe mich erkundigt. Wir müssten's mit der regulären Mannschaft abdecken, die ganzen zehn Wochen bis zum Oktoberfest. Sie wissen selber, Lenz, was wir für einen Krankenstand haben.«

Das wusste Aulehner allerdings. Sie hatten kaum genug Männer, um die Streifen zu besetzen.

»Wir möchten auf keinen Fall der hiesigen Polizei Probleme bereiten«, erklärte der Intendant Schmidt. »Ich versichere Ihnen, meine Herren, besondere Sicherheitsmaßnahmen sind vollkommen unnötig. Man kann diese Leute getrost sich selbst überlassen.«

Ärgerlich zuckte Aulehner die Achseln. Was ging es ihn letztlich an? Mehr als warnen konnte er nicht.

»Wenn der Herr Intendant die Verantwortung dafür übernimmt, dass nichts passieren wird, gibt es nichts zu beanstanden, Herr Inspektor.«

»Das höre ich gern«, nickte Eder. »Dann können wir unseren Ausflug ja abbrechen, heimreiten und unseren Bericht abgeben.« Er schüttelte Schmidt die Hand. »Ich danke Ihnen für das Gespräch, Herr Schmidt.«

»Ganz meinerseits, das Vergnügen, ganz meinerseits!«, versicherte der Intendant und zog, als sei ihm noch etwas eingefallen, ein paar gefaltete Papierblätter aus der Tasche seines Rocks, die er Aulehner mit einer Verbeugung überreichte. »Bitte, nehmen Sie das mit für Ihre Leute, Herr Oberwachtmeister; es sind die ersten Probedrucke unserer Handzettel fürs Oktoberfest. Noch nicht geprüft und korrigiert, bitte entschuldigen Sie eventuelle Druckfehler.«

Aulehner salutierte, allerdings nachlässig. Eigentlich tat er es nur, um zu vermeiden, Schmidt die Hand geben zu müssen. Er betrachtete die Zettel im Gehen. Der oberste zeigte die Zeichnung eines Mannes, eines christlichen Missionars wohl, der angedeuteten Tonsur nach, der in einem gewaltigen Kochtopf steckte. Darunter brannte ein Feuer, und rundum tanzten drei fast nackte braune Gestalten, die Speere in der Luft schwangen. Auf dem nächsten Blatt leuchteten ihm die Orchideenblüten im dunklen Haar einer Südseeschönheit entgegen, die vermutlich ebenfalls nackt war, was der Zeichner aber der Sittlichkeit und der Zensur wegen dadurch verschleierte, dass er alles unterhalb ihres Halses mit überbordenden Blumenkränzen bedeckt hielt.

Aulehner steckte den Packen unbesehen in die Satteltasche. Auf der Wache würden sich gewiss genügend Abnehmer dafür finden.

Man hatte den Männern für den Weg zum Lager der Samoaner Pferde gestattet. Die Gendarmen der kleinen berittenen Abteilung aus der Leonrodstraße hatten zwar protestiert, als man ihnen die Gäule entführte, aber ergebnislos. Aulehner war Eder dankbar für sein Insistieren. Während die meisten Gendarmen heute der Samoaner wegen mit in die Isarauen herausgekommen waren, hatte Aulehner sich wegen der Gelegenheit zu einem Ausritt gemeldet. Er klopfte seinem Tier den Hals, bevor er sich in den Sattel schwang.

Als sie kurz vor der Emmeramsmühle über die Isar gingen, winkte Eder Aulehner nach vorn an seine Seite. Eine Weile sagte er nichts; erst, als sie die Brücke hinter sich gelassen hatten und in der Hirschau angelangt waren, wandte er den Kopf und musterte Aulehner lächelnd. »Sie kommen vom Heer, Lenz, gell? Hab' ich in Ihrer Akte gelesen. Sieht man aber eh gleich.« Er ließ den Blick anerkennend an Aulehner hinabgleiten bis zu den Hufen seines Reittiers.

»Leichte Kavallerie«, bestätigte Aulehner knapp. »Sechstes Chevauxlegers-Regiment Albrecht von Preußen.«

»So, vom Sechsten«, kommentierte Eder schmunzelnd und klopfte seinem Tier den Hals. »Freut mich. Kenn' ich. An den Namen merkt man, wie sich die Zeiten ändern. Heute sind's Preußen, damals waren wir noch Leuchtenberger. – Und jetzt sind S' im Polizeidienst.« Eder ließ den Nachsatz in der Luft hängen, nicht ganz Frage, aber doch eine Aufforderung an Aulehner, etwas zu sagen. Lorenz ignorierte sie. Er hatte keine Lust auf ein Verhör. Wenn Eder seine Akte eingesehen hatte, wusste er ohnehin, was es zu wissen gab. Eder schien das zu akzeptieren und sprach von sich aus weiter. »Aber dass Sie nicht zu den Berittenen gegangen sind?«

Aulehner schob das Kinn vor. »Die müssen ihre eigenen Pferde stellen.«

Eder nickte ernst, vielleicht sogar mitleidig, hatte aber so viel Feingefühl, das zu verbergen. »Eine Schande, wenn man darüber nachdenkt. Ich könnt's auch nicht. Sie sind noch gut in Übung, dafür dass Sie schon so lang vom Regiment weg sind.«

»Manche Sachen verlernt man nicht.« Diesmal war es Eder, der auf diesen Gemeinplatz keine Antwort gab, und nach kurzem Zögern fügte Aulehner hinzu: »Ich kenne einen der Stallmeister in der Reithalle, der mir ab und zu eins von den Übungspferden gibt.«

»Bei mir ist's einer von unseren Berittenen«, lächelte Eder. »Vielleicht treffen wir uns einmal in der Halle. Sonst sieht man Sie ja eher selten. Außerhalb vom Dienst, meine ich.«

»Mir sind die Rösser lieber als die Leut'.«

Eder nickte. »Das ist manchmal bestimmt nicht verkehrt. Zumindest stellen die Rösser weniger an. Und sind leichter zu rangieren.« Als hätte ihn das an etwas erinnert, drehte er sich halb im

Sattel um, um einen prüfenden Blick auf seine Truppe zu werfen. »Das mit den Samoanern g'fallt Ihnen immer noch nicht, Lenz, richtig?«

Statt einer Antwort klopfte Aulehner auf die Satteltasche, in der er Schmidts Handzettel verstaut hatte. »Sie haben gehört, was der Intendant gesagt hat. Ich halte es für unverantwortlich, solche Leute bei uns frei herumlaufen zu lassen. Kann ja sein, dass sie in aller Unschuld handeln. Aber wenn sie in aller Unschuld jemanden auffressen, wem hilft das dann?«

Eder schwieg wieder ein Weilchen. Sie waren bisher dem Lauf der Isar aufwärts gefolgt. Jetzt bogen sie ab, der Stadt zu. Die Sonne schien ihnen auf den Rücken; der Wald lichtete sich. Aulehners Wallach schnaubte unwillig. Über dem Maffei-Werk hing dichter Qualm in der Luft, und der würzige Geruch von Harz und Waldboden wich dem beißenden von Rauch. Darunter mischte sich etwas Dickes, Süßliches. Malz von irgendeiner Brauerei wohl.

Die Straße belebte sich. Fußgänger schwenkten grüßend Hüte und Spazierstöcke, ein Maler stapfte mit geschulterter Staffelei über die Straße, ohne darauf zu achten, wen er mit seiner Fracht anrempelte. Gemächlich zuckelten sie in Doppelreihe an Sankt Ursula vorbei, dem alten Schwabinger Dorfkirchlein, das wie ein vergessenes Mastkalb zwischen den rundum emporgewachsenen Häusern stand, geradezu fragend, als versuche es zu begreifen, wie die Stadt München es komplett hatte verschlucken können. Weiter links, der Altstadt zu, zerrannen die Silhouetten der Frauentürme und die des Alten Peter inmitten der dunklen Rauchwolken zu einem jener verwaschenen Aquarelle, wie sie bei Malern seit einiger Zeit in Mode gekommen waren.

»Sie sollten nicht alles glauben, Oberwachtmeister, was Händler erzählen«, sagte Eder. Er sprach jetzt Hochdeutsch, wie Aulehner es meist tat. »Es ist Schmidts Geschäft, die Leute, die seine Firma zur Schau stellt, so aufregend erscheinen zu lassen wie möglich.«

Ein leises Lächeln. »Ich bin sicher, in Wahrheit sind diese Leute völlig harmlos. Oder kam Ihnen Schmidt sonderlich abenteuerlustig vor? So, als würde er auch nur das kleinste persönliche Risiko eingehen?«

Das war ein logisches Argument, musste Aulehner zugeben. Andererseits hatte er oft genug erlebt, dass Leute für Geld zu sehr vielem bereit waren.

Aber er sagte nichts dazu. Selbst wenn man eine eigene Meinung hatte, dachte er, war es in den seltensten Fällen sinnvoll, sie zu zeigen. In Zukunft, so hatte er beschlossen, würde er klug sein und sich heraushalten. Alles andere brachte nur Scherereien.

3.

Eine Frage der Einstellung

Colina holte tief Luft, krallte die Finger fest um den Griff ihrer kleinen Damenreisetasche und sagte sich, alles werde gut gehen.

Alles musste gut gehen.

Sie hatte sich nach ihrer Kündigung bei Lochner drei Wochen Zeit gegeben, um zu lernen, was es für eine Gouvernante zu wissen gab. Nach drei Tagen, dem frustrierenden Gespräch mit einer Stellenvermittlerin und eingehendem Studium sämtlicher Bücher, die Colina in der Leihbücherei über den Umgang mit vornehmen Leuten hatte auftreiben können, hatte sie eingesehen, dass drei Jahre dafür nicht ausreichen würden. Geographie und Geschichte, Französisch und Italienisch, Klavierspielen und Aquarellmalerei erlernte man nicht nebenbei, und nein, wie die Stellenvermittlerin sie pikiert wissen ließ, auch ein noch so großes Talent bei der Darbietung populärer Gassenhauer aus den Varietés könne derart eklatante Mängel an Vorkenntnissen nicht ausgleichen.

Colina gab sich geschlagen. Sie hatte keine Jahre, um alles zu lernen, was man kleinen Kindern aus großen Familien offenbar beibringen musste. Sie hatte nur ein paar Wochen, in denen das, was sie bei Lochner zusammengespart hatte, für Essen und Miete reichen musste. Aber wenn sie schon zu ungebildet war, um kleine Kinder zu unterrichten – was war mit großen? Brauchten diese höheren Töchter nicht sämtlich Anstandsdamen, die hinter ihnen her trippelten und aufpassten, dass ihr Schützling nicht in schlechte

Gesellschaft geriet? Oder, schlimmer, von Männern angesprochen wurde? Das klang doch nach einer Tätigkeit, die sich auch in der Kürze der Zeit erlernen ließe?

An dieser Stelle hatte die Vermittlerin sich abrupt abgewendet und das Gespräch beendet.

»Es tut mir wirklich leid, aber in Anbetracht Ihres Lebenslaufs halte ich Sie, mit Verlaub, auch als Anstandsdame für ausgesprochen ungeeignet. Ich fürchte, ich sehe mich außerstande, Ihnen eine Stelle bei einem meiner Klienten zu vermitteln.«

Dabei hatte Colina ihr noch nicht einmal erzählt, dass sie verheiratet war, sondern sich unter ihrem Mädchennamen »Kandl« vorgestellt.

Zurück auf der Straße war sie in schallendes Gelächter ausgebrochen. Viel hatte sie sich von dem Besuch ohnehin nicht versprochen. Der Gesichtsausdruck der würdigen Dame, die so steif auf ihrem Stuhl saß, als hätte sie einen Zollstock verschluckt, war die Mühe aber allein schon wert gewesen, die drei Treppen bis zu ihrem Büro hinaufzuklettern.

Colina war also auf sich selbst angewiesen. Nichts Neues für sie. Allein und auf sich selbst zurückgeworfen war sie schon, seitdem sie Rupp geheiratet hatte. Hatte sie sich, ihn und ihr Kind Jahr um Jahr irgendwie durchgebracht, würde sie das auch weiterhin können.

Zum Glück hatte sie etwas, das der grauen dürren Madame hinter ihrem wuchtigen alten Mahagoni-Schreibtisch vollkommen abging: Ideen.

Die nächsten vierzehn Tage studierte sie weiter Benimmschriften bis in die Nacht hinein. Was sie der alten Jungfer vom Kellnerinnenverein abgenommen hatte, genügte ihren Ansprüchen nicht. Weitere Gänge in die Leihbücherei wurden fällig. Und in die Pfandhäuser und Läden, die mit gebrauchten Kleidern handelten. Und in ein Schreibwarengeschäft, um sich – für eine vornehme Herrschaft, die Colina zu diesem Zweck erfand – Proben von verschiedenen teuren Papiersorten mitgeben zu lassen. Ihre Barschaft schwand bei diesen Unternehmungen schneller, als Colina lieb war, aber ganz ohne Investitionen würde es nicht gehen.

Auch die feine Gesellschaft von München kochte letztlich nur mit Wasser. Davon war Colina mehr und mehr überzeugt, seitdem sie begonnen hatte, auf die Annoncen in den Zeitungsblättern zu antworten. Noch wollte sie sich nicht bewerben, sondern sich nur einen Eindruck von den Familien verschaffen, die sich hinter jenen Chiffre-Nummern verbargen, unter denen man sich an die Redaktionen zu wenden hatte. Ihre anfängliche Ehrfurcht schwand schnell. Colina hatte vielleicht nicht gerade mit den höheren Adligen gerechnet, den Preysings oder Arco-Zinnebergs, aber doch zumindest mit Namen, die sie aus der Hofberichterstattung der Zeitungen kannte, einem Wiedemann vielleicht oder einem Obermedizinalrat Battler, vielleicht sogar einem Pettenkofer.

Stattdessen waren es Seifen-, Nudel- und Wurstfabrikanten, die eine Gesellschafterin für ihre Tochter suchten, Maschinenbauer, die ein Patent hielten, Besitzer von Elektrizitätswerken oder Leute, die zufällig zur richtigen Zeit das richtige Aktienpaket gekauft hatten. Colina empfand dieses Wissen als äußerst beruhigend. Einem Fräulein Huber, Müller oder Hintermoser, dessen Vater vor ein paar Jahren noch eigenhändig Fleischreste durch den Wolf gedreht und in Schweinedärme gestopft hatte, würde der Unterschied zwischen einer Colina Kandl und einer wirklichen Gouvernante kaum auffallen. Dieses Fräulein benötigte seine Anstandsdame nur, weil man so etwas in der feinen Gesellschaft nun einmal vorweisen musste, während die Familie nach einem passenden Ehemann suchte.

Für Herrschaft wie Anstandsdame galt es in diesem Fall lediglich, den Anschein zu erfüllen. Und das konnte Colina allemal!

Mit der Zeit gelang es ihr, zwischen den Zeilen der Annoncen zu lesen. Sie fühlte sich wie eine Raubkatze, die sich aus einer Herde

Gazellen das richtige Beutetier aussucht, während sie so unauffällig wie möglich Erkundigungen einzog.

Am Ende fand sie genau die richtige.

»Gesucht wird eine Gesellschafterin für eine junge Dame zur Verfeinerung der Bildung und sinnvollen Ausfüllung der Mußestunden während ihres Aufenthalts in München. Referenzen, exzellente Manieren, ein gefestigter Charakter und beste Gesundheit unbedingte Voraussetzung. Wir erwarten die Bewerbung interessierter Damen unter Chiffre ...«

Die Anzeige war schon deshalb verräterisch, weil sie ebenso aufgeblasen wie nichtssagend war. Natürlich erwartete man von einer Gesellschafterin gute Manieren, was denn sonst? Was die Bewerberin dagegen an Kenntnissen mitbringen sollte, blieb unerwähnt; vermutlich hatte, wer auch immer die Annonce geschrieben hatte, davon selbst keine Ahnung.

Und: Beste Gesundheit? – In Colina reifte ein Plan.

Darum stand sie nun hier, in Bogenhausen, im Schutz eines kleinen Dickichts, in dem sie sich soeben umgekleidet hatte, und stopfte ihre alten Kleider in die mitgebrachte Reisetasche. Ihre neu erworbenen waren alles andere als billig gewesen, selbst gebraucht, aber sie verwandelten Colina beinahe ohne ihr Zutun in einen anderen Menschen, in eine jener eleganten Erscheinungen, wie Colina sie sonst nur auf der Straße sah, wenn die Dame des Hauses sich bemüßigt fühlte, höchstpersönlich die Einkäufe zu erledigen. Colina hatte ihr Erscheinungsbild über Stunden im Spiegel perfektioniert und mit diesen Eindrücken abgestimmt. Der bodenlange Rock, den sie ergattert hatte, war sogar recht modern, fiel in einer schmalen Silhouette von den Hüften abwärts und erweiterte sich erst auf Höhe der Knie. Die Bluse war nicht mehr ganz neu, aber aus guter Seide, und Keulenärmel kamen gerade wieder in Mode. Weiße Glacé-Handschuhe versteckten Colinas noch etwas rissige Hände. Colina hatte beim Umkleiden im Gebüsch außerdem penibel darauf geachtet, ihre sorgfältig arrangierte Frisur nicht zu beschädigen. Den Hut musste sie blind aufsetzen, würde ihn aber nicht lange brauchen. Nur bei den Schuhen hatte sie einen Kompromiss eingehen müssen. Die dunklen Stiefeletten wirkten ein wenig klobig und waren leicht abgetreten, aber im Normalfall würde man sie sowieso nicht sehen.

Colina hatte sich eingehend erkundigt, wem die protzige Villa gehörte, auf deren Eingangstor sie jetzt zu stolzierte: einem Unternehmer aus Nürnberg namens Curt Prank, der erst um Ostern herum nach München gezogen war, rund um die Uhr arbeitete, selten ausging und hierzulande vermutlich kaum jemanden kannte. Eine Dame des Hauses gab es nicht, der Mann war Witwer.

Es war perfekt. Ein zugezogener Neureicher, der die meiste Zeit in Geschäften unterwegs war und bei dem, da er von auswärts kam, keine Gefahr bestand, dass er schon einmal Lochners Gastwirtschaft besucht und dabei eine gewisse Kellnerin Colina Kandl auf dem Schoß gehabt hatte.

Bei manchen der einheimischen Herren, die Annoncen für ihre Töchter aufgaben, war Colina sich da nämlich nicht wirklich sicher gewesen.

Gerade, als sie das schmiedeeiserne Tor in der Gartenmauer erreichte, öffnete sich die Eingangstür der Villa. Colina trat hastig zurück hinter den steinernen Pfeiler des Torbogens. Nicht weniger als vier Damen, alle ähnlich herausgeputzt wie Colina, wurden von einem Dienstboten ins Haus gelassen; eine fünfte hastete noch über die Kieswege bis zum Portal. Der Diener hielt ihr die Tür auf und schloss sie hinter ihr wieder.

Fünf Konkurrentinnen also. Nun gut. Letztlich war es unwichtig. Wenn sie der Stellenvermittlerin in ihrem muffigen Büro nur ein bisschen ähnelten, würden sie hoffentlich alle gleich agieren.

Colina zählte bis zehn, ehe auch sie sich zum Portal aufmachte. Einige Kastanien beschatteten den Weg, aber der größere Teil des

Gartens, ein regelrechter Park, schien hinter dem Haus zu liegen. Wer auch immer dieser Curt Prank war, an Geld mangelte es ihm nicht.

Sie läutete. Das Gesicht des Dieners erschien in der Tür. Ein blasses, schmales Gesicht, eine Miene, in der vor allem Unbehagen stand und die Angst, etwas falsch zu machen. Perfekt.

»Bitte entschuldigen Sie«, erklärte sie so liebenswürdig wie möglich, »ich habe mich leider verspätet. Ich komme wegen der Annonce …« Sie ließ den Satz ausklingen wie eine Frage, und der Diener beeilte sich, sie zu beantworten.

»Herr Prank hat die Bewerbungsgespräche noch nicht begonnen; Sie kommen gerade rechtzeitig. Wenn Sie mir bitte folgen wollen, die übrigen Damen sind bereits im Salon.«

Hier waren merklich erst vor kurzem neue Bewohner eingezogen; das Foyer wirkte leer und unbewohnt, und man roch frische Farbe. Protzig war das Haus außerdem. Der schwere persische Teppich auf dem Flur biss sich in der Farbe mit den modernen Gemälden an der Wand; den Bilderrahmen ebenso wie den unförmigen Bodenvasen hätten einige Goldverzierungen weniger nicht geschadet.

Perfekt, wiederholte Colina in Gedanken.

Der Diener hielt ihr stumm ein silbernes Tablett hin, auf dem einige Umschläge lagen. Nur daran erkannte Colina, was er wollte. Sie holte ihre eigenen Zeugnisse aus dem Seitenfach ihrer Reisetasche und legte sie höflich lächelnd dazu.

Diese Zeugnisse hatten sie Stunden über Stunden gekostet, in denen sie, erst mit dem Bleistift, dann mit dem Füllhalter, verschiedene Handschriften nachgeahmt hatte. Verglichen damit war der Inhalt einfach gewesen; sie hatte nur einige Sätze aus den Lehrbüchern für Gouvernanten abschreiben und variieren müssen. Aber diese Sätze so aufzubereiten und in eine Form zu bringen, dass sie aussahen, als kämen sie aus der Hand einer zufriedenen Herrschaft, und jede einzelne Handschrift mit einer winzigen persönlichen Eigenheit zu versehen, das war tatsächlich eine Leistung. Colina war stolz auf ihre Meisterwerke.

Als der Diener ihr die Tür zum Salon bezeichnet hatte und sich abwenden wollte, erkundigte Colina sich, ob es möglich sei, sich rasch ein wenig frischzumachen. »Ich habe mich so beeilt, sicher bin ich ganz echauffiert ...« Noch so ein Wort aus den Benimmschriften, das Colina unbedingt hatte anbringen wollen.

Mit etwas verlegenem Lächeln deutete der Diener auf eine Tür, an der sie auf dem Flur vorbeigekommen waren. So unsicher, wie er wirkte, war er bestimmt selbst noch nicht lange im Haus, wahrscheinlich auch noch nicht lange in seinem Beruf. Ob er sich seinen Posten auf ähnliche Weise ergaunert hatte, wie Colina das zu tun plante?

»Vielen Dank«, lächelte sie herzlich. »Ich hoffe, wir werden uns gut verstehen.«

Der Diener lächelte ängstlich zurück. »Herr Prank kommt in fünf Minuten«, mahnte er, ehe er davonhastete, als wolle er mit dem, was jetzt kam, nichts zu tun haben.

Kluges Kerlchen.

Colina ließ ihre Reisetasche zu Boden gleiten und schob sie mit der Stiefelspitze unter einen Armsessel, der vor dem Eingang des Salons herumstand. Ihren Hut legte sie auf die Sitzfläche, zupfte kurz ihre Kleidung zurecht und betrat schwungvoll und mit größter Selbstverständlichkeit den Salon, dessen Tür sie fest hinter sich schloss.

Unter Hüten und Hauben hervor schauten fünf Gesichter sie fragend an. Die Damen erhoben sich merklich verwirrt; sie hatten mit einem Herrn gerechnet. Colina ließ ihnen keine Zeit, lange nachzudenken.

»Guten Tag, die Damen«, sagte sie, während sie an ihnen vorbeischritt, ohne ihnen mehr als einen flüchtigen Blick zuzuwerfen.

»Verzeihen Sie, wenn Sie warten mussten; wir sind kürzlich erst eingezogen, noch läuft der Haushalt nicht rund.« Sie machte eine ungeduldige Geste, als wolle sie diese Unannehmlichkeit zur Seite wedeln. »Um mich vorzustellen, ich bin Antoinette Prank. Es wird mir eine Ehre sein, Sie alle auf Herz und Nieren zu prüfen, um diejenige herauszufinden, die zur Erziehung und Begleitung meiner Stieftochter am geeignetsten ist.«

Colina richtete den Blick erstmals fest auf die Bewerberinnen und beobachtete, wie es in deren Mienen zu arbeiten begann. Eine junge zweite Ehefrau, und zwar offenbar eine von der energischen Sorte – davon war in der Annonce keine Rede gewesen. Eine unangenehme Überraschung.

Sofort setzte Colina nach. »Wie Sie der Anzeige entnommen haben werden, legen mein Gemahl und ich nicht nur Wert auf gute Erziehung und einen gefestigten Charakter, sondern auch auf exzellente Gesundheit. Dieser Punkt ist sogar von ausgesprochener Bedeutung für uns. Wenn Sie nun bitte alle so freundlich wären, Ihre Blusen aufzuknöpfen?«

Wie schade, dass kein Fotograf im Salon war! Er verpasste eine brillante Gelegenheit für ein garantiert nicht verwackeltes Bild; die Damen standen starr wie die Salzsäulen und machten entgeisterte Gesichter. Colina schnalzte ungeduldig mit der Zunge und klatschte dazu in die Hände.

»Nun machen Sie schon, ich habe meine Zeit nicht gestohlen und Sie die Ihre sicher auch nicht. Zu Ihrer Information: Ich leide bereits seit Jahren an Frigidität, weswegen Ihre Stellung in diesem Haushalt, so sie denn zustande käme, noch ein paar zusätzliche Pflichten umfassen würde. Die selbstverständlich eigens vergütet werden; diesbezüglich einigen Sie sich bitte mit meinem Gemahl.«

»Also, das ist doch ...« Die würdige Dame, der dieser Halbsatz entfuhr, war vor Empörung so rot angelaufen, dass man sich Sorgen um ihre Gesundheit machen musste. Ein halb auffordernder, halb hilfesuchender Blick glitt zu ihrer Nachbarin und fand in deren Miene prompte Bestätigung.

»Falls Ihnen diese Einstellungsvoraussetzung nicht zusagt – den Dienstbotenausgang finden Sie links auf der Rückseite des Gebäudes«, fügte Colina kühl hinzu.

Mehr an Aufforderung war nicht nötig. Eine nach der anderen stießen die Bewerberinnen die Nasen in die Luft, bedachten Colina mit einem Blick, der eisig genug gewesen wäre, um tatsächlich Frigidität auszulösen, und verließen den Salon in einem Pulk rechtschaffener Entrüstung.

Durch die Vordertür, natürlich.

Alle, bis auf eine. Die jüngste der Anwärterinnen, nur wenig älter als Colina. Sie zögerte ein wenig, dann lächelte sie, halb geziert, halb herausfordernd, knöpfte ihre Bluse auf und streifte sie ab. Sie trug kein Korsett.

Brauchte die Bohnenstange bei der halben Handvoll Busen wohl auch nicht.

Colina stand einen Moment sprachlos. Damit hatte sie in der Tat nicht gerechnet. Hieß das mit anderen Worten, diese Dame wäre bereit gewesen, das Arrangement, das Colina soeben erfunden hatte, tatsächlich einzugehen? Was war das denn für eine?

Sie überspielte ihren Schreck schnell.

»Vielen Dank«, sagte sie beiläufig. »Sie werden verstehen, wenn ich jede Einschätzung in diesem Punkt meinem Mann überlasse. Da er noch immer nicht eingetroffen ist, könnten Sie eigentlich bereits weiter ablegen. Das wird uns hinterher ein wenig Zeit ersparen. Ja, ja, Röcke, Hemd, alles, bitte.«

Es half nichts. Diese Wahnsinnige tat es tatsächlich! Ungerührt schälte sie sich aus Rock, erstem Unterrock, zweitem Unterrock, streifte das Hemd ab, schnürte sich die Stiefeletten auf, fing an, die Knöpfe am Bund ihrer knielangen Unterhosen zu öffnen ...

Auf dem Flur nahten Schritte. Männerschritte.

Die Tür ging auf, und einen Moment lang war Colina sicher, ihr letztes Stündlein habe geschlagen.

»Was ist denn ...«

Das, dachte Colina sofort beim Anblick des Mannes, der über die Schwelle getreten war, war kein gutmütiger oder bärbeißiger Besitzer eines Handelsgeschäfts, kein ehemaliger Metzger und kein zufällig zu Geld gekommener Glückspilz. Dieser Mann, vielleicht fünfzig, groß, dunkel, mit präzise zurechtgestutztem Schnurrbart und misstrauisch zusammengeschobenen Brauen, mit Schultern wie ein geübter Boxer und Händen, die seinem Namen alle Ehre machten, dieser Mann war gewohnt, zu bekommen, was er wollte. Und alles dafür zu tun.

Selbst wenn das hieß, über Leichen zu gehen.

Seine Augen, braun wohl eigentlich, aber im grellen Licht des nachmittäglichen Salons so verfinstert, dass sie schwarz wirkten, schossen Blicke wie Pfeilschüsse auf das ab, was in seinem Salon vorging, erfassten die nackte Frau, den Berg Kleider daneben – und Colina, die nichts Besseres zu tun wusste, als mit klopfendem Herzen ein Lächeln aufzusetzen und in jenen tiefen Knicks zu versinken, den sie ebenfalls stundenlang vor dem Spiegel geübt hatte.

Einen Atemzug lang geschah nichts. Colina glaubte sehen zu können, wie hinter der starren Miene des Hausherrn in seinem Kopf unzählige Zahnrädchen ratterten, während er versuchte, sich einen Reim auf den Anblick zu machen. Dann drehte Curt Prank leicht den Kopf und schaute sie an.

Die Lider senkten sich einmal, fast verschwörerisch, und der winzige Ansatz eines Lächelns zuckte um seine Mundwinkel. Beinahe anerkennend.

Er hatte alles begriffen. Colina schluckte.

»Ziehen Sie sich an«, sagte er kalt zu der zweiten Frau, die sich inzwischen verlegen bemühte, zumindest ihre gröbsten Blößen zu bedecken. »Hubertus wird Ihnen Ihre Papiere bringen und Sie hinaus begleiten.« Er schaute wieder auf Colina. »Es scheint, als seien Sie die einzige Bewerberin für die ausgeschriebene Stelle, Fräulein ...?«

»Kandl«, sagte sie, vor Aufregung beinahe stotternd. »Colina Kandl.«

Er nickte, bereits wieder die Eiseskälte in Person. »Folgen Sie mir bitte in mein Büro, Fräulein Kandl. Glauben Sie mir, ich werde mir Ihre Zeugnisse genau ansehen.«

4.

Ein einziger Zustand

»Wenn's Ihnen recht ist, Lenz, habe ich uns zwei heute für die Streife in Schwabing eingeteilt«, sagte Eder. »Der Grabrucker fällt auch aus, und ganz ohne Polizei sollten wir die Ecke eher nicht lassen.«

Es war Lorenz Aulehner nicht recht. Ganz bestimmt nicht. Er hatte nichts dagegen gehabt, als Eder ihn nach dem Ausflug zu den Samoanern eher nebenbei informierte, Lorenz sei bis auf Weiteres zur Unterstützung des Inspektors abkommandiert. Er hatte freilich nicht damit gerechnet, trotzdem noch regulär Streife gehen zu müssen.

Und dann ausgerechnet in Schwabing!

Obwohl man Eder verstehen musste. Wenn Aulehner seinem Vorgesetzten in einer Sache beipflichtete, dann darin, dieses Viertel zügelloser Künstler, Literaten und Philosophen, diese Ansammlung von gefallenen Mädchen, geschiedenen Frauen und leichtfertigen Witwen, von Homosexuellen, Nebenerwerbshuren, Nacktbadern, verschuldeten Untermietern, Zechprellern und sonstigen Schmarotzern nicht ohne Aufsicht lassen zu wollen.

Was nicht hieß, dass er es gerne betrat.

Man konnte Lorenz' mangelnde Begeisterung offenbar bereits auf Höhe Odeonsplatz bemerken, denn Eder kommentierte, während sie hinter der Feldherrnhalle darauf warteten, dass eine Pferdetram sich unter wildem Geklingel den Weg durch das Durcheinander aus Spaziergängern, Fuhrwerken, Lastenträgern und Gottesdienstbesuchern der Theatinerkirche bahnte:

»Lenz, mir kommt vor, die Schwabinger mögen S' genauso gern wie die Samoaner.«

»Gegen die alten Schwabinger habe ich gar nichts«, verwahrte Aulehner sich sofort. »Bloß gegen das ganze zugezogene Gschwerl. Und da sind mir, entschuldigen Sie, die Kannibalen lieber.«

Eder schmunzelte in sich hinein. Er hatte sich für den heutigen Streifgang tatsächlich eine Uniform angezogen, die ihm um seine magere Gestalt schlotterte, und einen Helm dazu aufgesetzt; wenn man ihn wie Aulehner sonst nur in Zivil kannte, wirkte er damit wie verkleidet. »Sie sind ein Misanthrop, Lenz.«

Aulehner zuckte die Achseln. »Mit Verlaub, Herr Inspektor, aber schauen Sie sich doch um! Was soll man denn da anderes werden?«

Diesmal lachte Eder laut, antwortete aber nicht.

Die beiden Gendarmen ließen die Säulen der Feldherrnhalle, die in ihrer gigantischen Sinn- und Nutzlosigkeit Münchens Prachtstraße eröffnete, hinter sich und marschierten nebeneinander die Ludwigstraße entlang, vorbei an Staatsbibliothek und Universität. Hier herrschte noch weitgehende Ruhe, Fiaker brachten vornehm gekleidete Herrschaften nach Hause oder ins Theater; Konzertbesucher auf dem Weg zum Odeon nickten den beiden Uniformierten herablassend zu. Es war kurz nach sieben Uhr, die Studenten eilten wahrscheinlich gerade in ihre möblierten Zimmer, um ihre Bücher in die Ecke und sich selbst in Schale zu werfen, ehe sie zum Essen in eines jener zahllosen Cafés gingen, die in den Gassen hinter dem Siegestor wie Pilze aus dem Boden schossen und deren Namen und Besitzer schneller wechselten, als Aulehner sie sich merken konnte.

Am Siegestor bog Eder links ab. Aulehner holte noch einmal tief Luft, ehe er sich vom Chaos überspülen ließ.

Mitten auf der Akademiestraße hatte ein Fotograf sein Stativ aufgebaut. Sein Modell, das er vor dem Hintergrund der neuen Kunstakademie aufnehmen wollte, stützte sich, in ein togaähnlich drapiertes Bettlaken gehüllt, mit einem Kranz aus Eichenblättern auf dem Kopf und einer Lyra in der Hand, lässig mit einem Arm an die Straßenlaterne und bemühte sich, mit dem anderen einige Studenten zur Seite zu scheuchen, die feixend im Hintergrund durchs Bild hüpften.

An der Ecke Amalien- zur Adalbertstraße ging es dann los.

»Schwestern, Brüder! Es wird Zeit, die Ketten zu zerschlagen, die die Generation unserer Väter und Großväter uns angelegt hat! Frauen, sprengt eure Korsette! Männer, werft die Fessel der Erziehung ab, die euch an der Entfaltung hindert und euch ein Leben aufzwingt, das konträr verläuft zur wahren Natur des Menschseins! Humanitas ist die Antwort auf alles!«

Anscheinend predigte heute nicht Diefenbach selbst die Abkehr von Ehe, Religion, Textilien und Fleischverzehr, sondern einer seiner Jünger. Oder vielleicht war es auch ein Konkurrent; gab ja genug von diesen Kohlrabi-Aposteln. Sie sahen auch alle ähnlich aus: wallender Rauschebart, zerzauste Haarmähne bis auf den Rücken, und über ausgelatschten Sandalen eine bodenlange Kutte, die verblüffend an die des samoanischen Schamanen erinnerte. Man musste froh sein, dass der Mann wenigstens so viel an Bekleidung angelegt hatte; immerhin war Diefenbach ein Anhänger der Freikörperkultur, bei der die Leute, wenn Aulehner das richtig verstanden hatte, tatsächlich splitterfasernackt herumliefen – und zwar Männlein und Weiblein bunt gemischt!

In diesem Moment hatte der Prediger die beiden Gendarmen auf der anderen Straßenseite erspäht und deutete mit ausgestrecktem Arm zu ihnen hinüber.

»Da, schaut sie euch an, die Vertreter von Recht und Ordnung, die uns im Namen verknöcherter Institutionen und verlogener Moral an den Erdboden fesseln, während unsere Seelen in Wahrheit dazu bestimmt wären, dem Himmel entgegenzueilen und diese Erde in ein Paradies zu verwandeln! Ziehen Sie Vergnügen daraus, meine Herren von der Polizei? Bereitet es Ihnen Genugtuung, diejenigen, die von der Natur zu Höherem bestimmt wären, in demselben Kerker der Engstirnigkeit gefangenzuhalten, dem Sie selbst wie alle Spießbürger nie entkommen werden? Pfui sage ich, dreimal pfui!«

Alle Köpfe drehten sich prompt und musterten Eder und Aulehner. »Jetzt geht's auf!«, freute sich jemand unter den Zuhörern und zog erwartungsvoll an seiner Zigarre. Wäre Aulehner allein gewesen, hätte sich diese Erwartung mit Sicherheit erfüllt. Eder legte ihm allerdings sachte eine Hand auf den Arm.

»Nicht provozieren lassen, Lenz! Einen größeren Gefallen, als ihn zu verhaften, könnten Sie dem Mann gar nicht tun.« Notgedrungen beschränkte sich Aulehner darauf, dem selbsternannten Propheten einen grimmigen Blick zuzuwerfen, und stapfte weiter neben Eder her. Inzwischen brach die Dämmerung herein. Die Straßenlampen begannen zu leuchten.

So ging es weiter, Schritt für Schritt. Ein Schnellmaler porträtierte im letzten Licht auf offener Straße ein Dienstmädchen, von dem er sich als Gegenleistung vermutlich Gefälligkeiten erhoffte. Ein Kerl mit Koteletten und blondem Lockenkopf redete in einer Sprache, die sich Nordisch oder Holländisch anhörte, auf einen stämmigen älteren Mann in gestrickter grauer Weste ein, der auf einem Bierfass saß und an einer langstieligen Tabakspfeife zog. Eine junge Frau mit Zwicker auf der Nase schob sich, den Blick auf ein Textbuch geheftet, durch die Passanten und sagte im Gehen Passagen aus einem Theaterstück auf. Schwabing war ein Tollhaus, dachte Aulehner, und heute Abend waren Eder und er seine einzigen Aufseher.

Vor einem der nächsten Hauseingänge, einer Doppeltür mit buntem Glaseinsatz, blieb Eder stehen.

»Bereit, Oberwachtmeister?« Eder machte gar nicht erst den Versuch, seine Erheiterung zu verbergen, als er Aulehner ansah. Lorenz verzog das Gesicht.

»Für das da drin bin ich in zehn Jahren noch nicht bereit. Hilft es was, wenn ich nein sage?«

»Auf gar keinen Fall.« Sie betraten das Lokal.

So musste sich ein Erzbrocken in einem Hochofen fühlen, dachte Lorenz. Nichts als Hitze, Qualm und Lärm. Der Lärm kam von dem Gewirr Dutzender Stimmen, die lachten, stritten, wüst durcheinander schrien, nach Bier und Absinth riefen und sich dabei gegenseitig zu übertönen versuchten, und der Rauch von den Unmengen an Zigarren, Zigarillos und Zigaretten, die nebenbei gepafft wurden.

Noch ehe Aulehner Zeit gehabt hätte, Atmung und Gehör an die Umgebung anzupassen, kündigte bereits der erste Ruf das Eintreffen der neuen Gäste an.

»Ach-tung!« Der Rufer dehnte den ersten Vokal und betonte die zweite Silbe des Worts so, dass es sich anhörte wie ein Befehl auf einem preußischen Exerzierplatz.

»Pickelhaubenalarm!«, ergänzte eine zweite Stimme in genüsslichem Singsang. Rundum brandete Lachen auf. Statt unverzüglich den angemessenen Respekt einzufordern, tippte Eder nur gegen den Rand seines Helms und schlenderte gemächlich tiefer in das Lokal hinein.

Aulehner folgte und bemühte sich, die spöttischen Bemerkungen rundum zu überhören. Sie erstarben ohnehin rasch. Stattdessen trieben durch den Zigarrenrauch von den Tischen, an denen sie vorbeikamen, Satzfetzen zu ihm her und vereinten sich zu einem akustischen Mosaik, das Seinesgleichen suchte.

»Und ich sage dir, der Hellenismus war in ästhetischer Hinsicht der Zenit der Menschheit; wir werden nie mehr wieder ...«

»... ein völliger Fehlschlag und eine totale Verkennung der Sachlage. Dass wir überhaupt Truppen nach Fernost, und das in dieser ...«

»Weil dem Christentum in seiner Essenz immer etwas Jüdisches innewohnen wird, während die nordischen Mythen ...«

»Weiß der Himmel, wer ihr gesagt hat, sie könnte schauspielern. Womöglich bin ich schuld; es gehört etwas dazu, eine Schwester zu haben, die beim Theater im Chor singt, wenn man selbst keinerlei Talent für die Kunst ...«

»... keine Ahnung von moderner Malerei. Mach dir nichts draus, Corinth ist es nicht anders ergangen. Wenn du einen Nachmittag Zeit hast, klecks ihm ein Stillleben zusammen oder einen röhrenden Hirsch, dann ist er glücklich, und du kannst deine Miete bezahlen.«

»Bei Schuler lasse ich mich freiwillig gewiss nie wieder blicken. Als ich letztens dort war, hatten sie eine Art Tanz zu Ehren Apollos. Oder Kybeles, kann auch sein. Sah jedenfalls aus wie eine Horde besoffener Rumpelstilze beim Versuch, sich gegenseitig die Beine auszureißen. Da ist mir, wie man hierzulande sagt, dann doch der Schmarren zu groß, edles Heidentum hin oder her.«

Dazwischen brandeten von links und rechts Bestellungen von Leberkäse und Bier heran, und ein paar Kellnerinnen mühten sich ab, die Horde gefüttert und getränkt zu halten. An einem der hinteren Tische fing eine Gruppe bereits ziemlich angeheiterter Herren, zum Teil mit Damen auf dem Schoß, zur Melodie von »Schlösser, die im Monde liegen« an zu singen:

»Grüne Fee, komm lass sie fliegen! / Wenn wir sie nur gratis kriegen ...« Dazu streckten sie auffordernd ihre leeren Absinth-Gläser in Richtung Theke.

Ein Tollhaus, wiederholte Aulehner in Gedanken.

Bis dahin hatte er Eder im Verdacht gehabt, ziellos durch den Schankraum zu wandern. Inzwischen erkannte er, dass der Inspektor sehr wohl ein Ziel hatte, noch dazu ein erfreuliches: den hinteren Ausgang in den Hof. Erleichtert stolperte er hinter ihm her ins Freie und atmete die frische Luft ein.

Nicht, dass es hier viel ruhiger gewesen wäre. Aber zumindest der Qualm konnte sich hinauf zwischen die Äste der drei Rosskastanien verziehen, und selbst das Künstlergebrüll der Gäste dröhnte weniger als drinnen. Die Reaktionen auf die zwei Polizisten waren freilich ähnlich spöttisch.

Eder kümmerte sich nicht darum. Stattdessen steuerte er einen Tisch an, der für sechs Leute gedacht war und an dem sich mindestens zehn drängten. Mehrere andere standen, Bierkrüge und Zigaretten in den Händen, daneben und dahinter, um sich am Gespräch beteiligen zu können.

Einen davon, einen mageren Kerl Mitte zwanzig, blass und sommersprossig, mit Augen, die hinter ihren dicken Brillengläsern übergroß wirkten, sprach Eder an.

»Ah, Herr Denhardt. Sie hatte ich gesucht.«

Der Mann drehte sich halb um, erblickte den Helm, stutzte, beugte sich über den Mann, der vor ihm saß, und drückte demonstrativ erst seine Zigarette im Aschenbecher aus, ehe er sich den beiden Gendarmen zuwandte.

»Sieh da, der Herr Inspektor. Ich hätte Sie fast nicht erkannt. Hat man Sie strafversetzt, dass Sie wieder Patrouille laufen müssen?« Als Eder nicht antwortete, grinste er und streckte die Hände parallel nebeneinander nach vorn. »Bin ich verhaftet?«

»Reden S' keinen Blödsinn.« Eder schüttelte den Kopf. »Aber wenn Sie nicht aufpassen, könnte es wirklich noch so weit kommen für jemanden aus Ihrer Redaktion. Ich sag's Ihnen im Guten, Denhardt.«

»Bis jetzt hat Holm den ›Simplicissimus‹ noch jedes Mal durch die Zensur bekommen.« Denhardt hob grüßend seinen Keferloher, trank und wischte sich den Schaum aus dem dünnen Schnurrbart.

»Übertreiben Sie's halt nicht. Und warnen S' vor allem den Wedekind und den Heine, dass sie sich zurückhalten sollen. Die zwei sind schon einmal verurteilt worden; beim nächsten Mal geht's bestimmt nicht mehr so glimpflich ab.«

»Wenn Sie den beiden etwas zu sagen haben, Inspektor, dann reden Sie doch mit den Herren selbst.«

»Ich rede mit *Ihnen*, Denhardt, weil ich weiß, dass man mit Ihnen reden *kann*.« Eders Tonfall war eindringlich. »Niemand will unnötigen Ärger. Ein Delikt wie Majestätsbeleidigung sieht man bei uns in Bayern vielleicht nicht so gravierend wie in Berlin. Aber wenn Sie anfangen, sich mit unseren alteingesessenen Stadtbürgern anzulegen, werden Sie ganz schnell merken, wie sich der Wind dreht.«

»Das ist genau, was ich heute meinte«, sagte einer der Männer am Tisch. »Das Leben mag in München ja billiger sein als in Berlin. Aber um hier zu leben, wird man sich immer mit dieser bajuwarischen Art arrangieren müssen.« Er rümpfte die Nase. »In Berlin trifft man auf den offenen Widerstand der Obrigkeit. Hier dagegen watet man durch einen Sumpf aus bierseliger, stumpfsinniger Dekadenz.«

»Wenn's Ihnen bei uns nicht g'fällt, können S' jederzeit heimgehen«, entfuhr es Aulehner. Er hob den Kopf, als der Mann ihn höhnisch anschaute, und wechselte hastig zurück ins Hochdeutsche: »Sofern solche wie Sie überhaupt eine Heimat haben.«

Der Mann am Tisch antwortete nicht. Um Denhardts Mundwinkel zuckte es spöttisch.

»Etwas reizbar, Ihr Kollege, finden Sie nicht, Herr Inspektor?«

»Man kann ihm aber schlecht widersprechen«, hielt Eder dagegen. »Sie alle sind aus einem bestimmten Grund hier. Ich will gar nicht erst so tun, als würde ich den verstehen. Aber machen Sie nicht mit unbedachten Aktionen alles kaputt, was Sie sich hier aufgebaut haben. Reizen Sie einfach nicht die falschen Leute; mehr will ich gar nicht sagen.«

Denhardt schürzte ein wenig die Lippen, dann nickte er. »Na gut. Ich gebe Ihre Warnung an die Redaktion weiter.«

Eder nickte ebenfalls und wollte sich abwenden, als sein Blick an einem Tisch auf der anderen Seite des Hofs hängenblieb. Aulehner erkannte die Truppe aus herausgeputzten, aufwändig frisierten und zum Teil mit Lorbeerkränzen bekrönten Herren mit Abscheu.

»Da schau her«, sagte Eder. »Die Kosmiker. Sind die heut' auch da?«

Denhardt zuckte die Achseln. »Wir haben uns auch schon gewundert.« Er sah ähnlich skeptisch aus wie Eder, und der Mann vor ihm lachte einmal spöttisch auf.

»Müssen sich verlaufen haben nach ihrer letzten Orgie.«

»Der kleine Österreicher, der Fierment, hat sie hergebracht«, sagte eine Frau ihm gegenüber. »Als Maler taugt er nicht viel, da will er wenigstens als Kenner aller Gasthäuser und Biergärten auftrumpfen.« Sie lachte schrill. »Und natürlich als angehender griechischer Liebesgott.«

Aulehner schüttelte angewidert den Kopf. Auch er hatte den Österreicher unter den zechenden Herren erkannt. Ein schmalgesichtiger, langhaariger Kerl Mitte zwanzig. Im Moment war er im Gespräch mit einem weiteren stadtbekannten Ärgernis, diesmal einem weiblichen.

»Ist das nicht die Frau zu Reventlow, mit der Fierment da redet?« Eder musste sich zur Seite beugen, um an der hintersten Kastanie vorbeischauen zu können. »Was treibt die denn bei den Kosmikern?«

»Anscheinend hat man sie sich dort zur neuen Muse und Göttin der Hetären erkoren«, spottete der Mann vor Denhardt, und die Frau auf der anderen Tischseite ergänzte: »Fanny macht sich einen Spaß daraus. Die Herren von der Polizei dürfen diesmal auch ganz beruhigt sein. Bei *diesen* Anbetern kann ich Ihnen garantieren, dass alles streng platonisch bleiben wird.« Die Runde brach in Gelächter aus.

»Und der Bub daneben?«, fragte Eder weiter. »Der da so verloren mit seinem Bier herumsteht?«

»Den kenne ich nicht«, sagte Denhardt achselzuckend.

Aulehner sah ebenfalls hin. Das Wort »Bub« war durchaus berechtigt; der Kleine konnte nicht älter als achtzehn oder neunzehn sein, und mit seinem brav gescheitelten dunklen Haar und dem fragenden Gesichtsausdruck, als wisse er nicht, ob er hier sein dürfe oder wolle, wirkte er tatsächlich wie ein zu rasch groß gewordenes Kind. Er hielt sich zwischen den Tischen der feiernden Künstler und schien bestrebt, ein wenig von deren Unterhaltungen aufzuschnappen.

»Den habe ich schon öfter hier gesehen«, sagte die Frau wieder, halblaut diesmal. »Kann sich aber anscheinend nicht recht entscheiden, was er will. Wahrscheinlich hat die Mama ihm gesagt, dass man als guter Junge manche Sachen nicht macht, und jetzt weiß er nicht, ob er sich trauen darf.«

»Wer ist das?«, erkundigte Aulehner sich leise bei Eder. Der schaute immer noch zur anderen Hofseite hinüber.

»Wenn ich mich nicht sehr täusche, der jüngere von den zwei Deibel-Buben.« Er erinnerte sich wohl, dass Aulehner noch nicht lange wieder in München war. »Ich meine die Familie Hoflinger vom Deibelbräu und von der Gastwirtschaft ›Zum Oiden Deibe‹ in Giesing. Kennen Sie die?«

»Nur das Bier«, sagte Aulehner. Um genau zu sein, das Bier aus dieser kleinen Brauerei gehörte zu den wenigen Dingen, die er schätzen gelernt hatte, seitdem er wieder in München lebte.

»Das Bier sollte man auch kennen«, bestätigte Eder, und Denhardt horchte interessiert auf.

»So gut oder so schlecht?«

»Das beste Bier von München, wenn Sie mich fragen«, sagte

Aulehner sofort. Auch wenn es ihm eigentlich widerstrebte, sich mit dieser Künstlerbagage abzugeben. Höhnisch setzte er hinzu: »Aber Sie und Ihre Bekannten trinken ja lieber Absinth, was man so hört.«

»Dem muss ich entschieden widersprechen, Herr Oberwachtmeister.« Denhardt hob erneut seinen Keferloher. »Bier wird von uns nur deswegen nicht eigens erwähnt, weil es nicht zu den Getränken, sondern zu den Grundnahrungsmitteln gehört. So weit haben wir uns alle bereits an die hiesigen Verhältnisse angepasst.«

»Alle miteinander in einen Sack und den in die Isar!«, knurrte Aulehner, als Eder sich endlich zum Gehen wandte. Der Inspektor wiegte den Kopf.

»Gehen S' zu, Lenz.«

»Weil's wahr ist«, beharrte Aulehner. »Sitzen den lieben langen Tag im Kaffeehaus, politisieren, kritzeln ein bisschen auf Papier herum und hoffen, dass der Herr Papa ihnen das Geld für die nächste Monatsmiete schickt. Und saufen. Das ist alles, was die können.«

»Jetzt sind S' zu streng. Und vergessen S' nicht, unser Münchner Stadtrat will unbedingt, dass wir ein Nachtleben haben wie in Berlin. Exzesse inklusive. Nur so wird München endlich zu einer richtigen Großstadt. Hat der Urban kürzlich erst wieder gesagt.«

Dieser Stadtrat Alfons Urban, der in seiner Funktion als Vorsitzender des Ausschusses für das Oktoberfest in letzter Zeit häufig auf der Wache erschien, gehörte seinerseits zu den Dingen in München, über die Aulehner auch das beste Bier nicht hinwegtrösten konnte. »Und wer ärgert sich dann mit diesem Künstlerpack herum? Wir.«

»Da sind ein paar ganz helle Köpfe darunter«, widersprach Eder. »Den ›Simplicissimus‹ lese ich selber. Junge Leute suchen halt ihren Weg. Wenn Sie einmal so alt sind wie ich und so viele Regeln und Bräuche, Gebote und Verbote haben kommen und gehen sehen, dann verstehen Sie das. Der Jugend muss man zugestehen, Lenz, dass sie andere und höhere Ansprüche ans Leben stellt.«

In diesem Moment stimmte ein ganzer Tisch aus vollem Halse den Schlager »An dem Baume, da hängt 'ne Pflaume« an. Aulehner warf Eder einen langen Blick zu. Der Inspektor legte ihm eine Hand auf die Schulter.

»Als Nächstes gehen wir ins Café Noris, würde ich sagen. Und auf dem Rückweg schauen wir dann noch im Café Stephanie vorbei.«

Aulehner tat ihm den Gefallen und blies in demonstrativer Frustration die Backen auf. Es würde ein langer Abend werden.

5.

Gute Gesellschaft

Colina musterte die plaudernden Gäste im Festsaal der Villa Prank und befürchtete, dies würde ein langer Abend werden. Außerdem wünschte sie sich, sie hätte die Zeit gefunden, heimlich der Leihbibliothek noch einmal einen Besuch abzustatten, um sich etwas über solche Veranstaltungen anzulesen, insbesondere über ihre eigene Rolle dabei. Es war nicht möglich gewesen. So blieb ihr nur ihr Gefühl, das sie warnte, dass die Dinge gerade überhaupt nicht so verliefen, wie sie eigentlich hätten verlaufen sollen.

Aber was verstand eine Colina Kandl schon davon?

Der Saal hallte von halblauten Gesprächen. Der Schatten des Dieners Hubertus huschte herum und balancierte ein Tablett mit Erfrischungen. Colinas neuer Dienstherr, Curt Prank, unterhielt sich in der Ecke mit einigen Herren. Colina hielt Distanz zu der Gruppe. Sie achtete überhaupt darauf, Prank nicht öfter unter die Augen zu kommen als nötig, obwohl der Mann nicht unfreundlich zu ihr war. Im Gegenteil, er schien sie zu mögen. Und das völlig ohne Hintergedanken. Wenn Colina sich eine Sache nicht vorstellen konnte, dann dass Prank je versuchen würde, eine Frau so zu betatschen, wie es die Gäste in Lochners Wirtschaft taten.

Das wäre unter seiner Würde gewesen.

Dennoch. Prank schüchterte sie ein – und Colina war sonst nicht leicht einzuschüchtern. Sie wusste selbst nicht, was in ihr diese uncharakteristische Furcht auslöste. Etwas an ihm strahlte grenzenlose Überlegenheit aus. Intelligenz, Wagemut und Willen – vor allem Willen. Wenn er sich mit jemandem wie Colina abgab, dann weil sie ihn amüsierte.

Und da war noch etwas anderes. Etwas, das sie ungut an Rupp erinnerte. Sie beobachtete Prank aus den Augenwinkeln, wie er zwischen den anderen Herren stand. Größer, breiter, irgendwie weit präsenter als sie. Aufmerksamer, wacher, unmöglich einzuschätzen. Als könne er jeden Moment eine Axt hinter seinem Rücken hervorholen und dem Nächstbesten den Schädel damit spalten, nur um sich anschließend umzudrehen und einen anderen Gast freundlich auf die Canapés mit Lachs und Kaviar aufmerksam zu machen, die Hubertus vorbeitrug.

Hoffentlich bildete Colina sich all das nur ein.

Innerlich seufzend schaute sie sich nach ihrem Schützling um, nach Pranks Tochter Clara. Aber was hieß hier Schützling? Clara hatte ihrer neuen Anstandsdame bereits beim ersten Aufeinandertreffen deutlich zu verstehen gegeben, dass sie keine Aufpasserin brauchte. Schon gar nicht eine wie Colina.

»Nicht einen Moment glaube ich, dass du Landpomeranze bei Pettenkofer im Dienst warst!« Clara mochte erst neunzehn sein und mit ihrer grazilen Statur, blassen Haut, den großen Augen und dem dunklen Haar aussehen wie ein lebendig gewordenes Meißener Porzellanfigürchen. Aber sie hatte bereits jenen vollkommenen Einblick in die Welt und das Leben erworben, wie ihn die Erziehung an einem teuren Mädchenpensionat und die Lektüre hochtrabender Literaturzeitschriften offenbar vermittelten. Außerdem war sie nicht dumm. »Pettenkofer muss doch schon ein uralter Mann sein! Ich wette, der hat längst keine unverheirateten Töchter mehr, die noch eine Anstandsdame brauchen.«

»Es war bei seinem jüngeren Cousin gleichen Namens, und es ist schon eine Weile her.« Colina wusste selbst, wie schwach diese

Verteidigung klang. »Wenn gnädiges Fräulein das bitte berücksichtigen möchten.«

Clara ließ ein Schnauben hören, über das die Erzieherinnen an ihrer Schule für höhere Töchter wahrscheinlich entsetzt gewesen wären. »Wenn gnädiges Fräulein das berücksichtigen möchten«, äffte sie Colina nach. »Allein schon daran, wie du redest, merkt man, was du für eine bist! Wo hast du das denn her, aus einer Anleitung für neu eingestellte Küchenhilfen frisch vom Dorfe? Pass einmal auf, du Möchtegern-Gouvernante: Du bist hier als meine Gesellschafterin engagiert, nicht als Dienstmädchen. Deine Aufgabe wäre es, mit mir von Gleich zu Gleich zu sprechen.« Sie winkte verächtlich ab. »Ach, was rede ich eigentlich. Was hat Papa sich nur dabei gedacht? Halt dich einfach von mir fern und komm mir nicht in die Quere, oder ich beschwere mich über dich und sage Papa, was es mit dir auf sich hat.«

Colina war insgeheim sicher, dass Herr Prank das längst wusste. Und sie konnte sich ebenso wenig erklären wie Clara, was in ihn gefahren war, Colina trotzdem einzustellen. Vielleicht hielt er die Frage, wer bei seiner Tochter als Anstandsdame fungierte, einfach nicht für wichtig, da er annahm, seine Tochter werde ohnehin bald heiraten.

Der Verheiratung seiner Tochter sollte wohl auch der heutige Abend dienen. Es handelte sich um Claras Einführung in die Gesellschaft. Sozusagen ihr öffentliches Erwachsenwerden. Colina hatte sich solche Zeremonien unter vornehmen Leuten als etwas sehr Romantisches vorgestellt. Wie es eben in den Fortsetzungsromanen der Tageszeitungen stand: Die Debütantin im weißen Kleid machte am Arm des stolzen Vaters erstmals die Honneurs und eröffnete anschließend mit dem vornehmsten unter den Herren den Ball, bewundert und beneidet von ihren Freundinnen und begutachtet von sämtlichen Müttern, die ledige Söhne zu verheiraten hatten.

Der heutige Abend entsprach dem so gar nicht. Es gab keine Tanzmusik, von jungen Männern ganz zu schweigen. Ein einzelner Violinist unterlegte die Veranstaltung mit zarten Klängen, aber selbst der, vielleicht angesteckt von der Atmosphäre gediegener Langeweile im Saal, wählte getragene, melancholische Melodien. Hin und wieder klirrten Champagnergläser; damit erschöpfte sich die Festlichkeit. Fast alle Gäste waren deutlich über vierzig. Da die meisten ihre Ehefrauen zu Hause gelassen hatten, überwogen die Herren zahlenmäßig bei weitem.

Und was für Herren! Wenn sie sie anschaute, fühlte Colina sich unwillkürlich wieder in Lochners Wirtsstube versetzt. Wie sie aus den Gesprächen heraushörte, handelte es sich meist um Eigentümer und hohe Funktionäre von Münchner Brauereien und großen Gaststätten. Falls das hier wirklich die feine Gesellschaft von München war, schlug es sich nicht in den Umgangsformen nieder. Zwar trugen die Herren allesamt Frack und Zylinder, und die wenigen Gattinnen, die zugegen waren, bildeten eine glitzernde Ansammlung von Taft, Rüschen und geziertem Gelächter. Aber den wohlgenährten Bäuchen der Herren sah man an, wie viel wohler ihre Besitzer sich in Loden und Strickwesten gefühlt und wie viel lieber sie gerade einen Bierkrug in der Hand gehalten hätten als einen Sektkelch.

Nein, dies war gewiss nicht, was ein junges Mädchen sich für seinen ersten Auftritt erträumte. Colina wunderte sich darüber. Sie hatte bisher den Eindruck gewonnen, Herrn Prank liege ehrlich viel an seinem Kind. Die Momente, in denen er Clara ansah, waren die einzigen, bei denen seine sonstige Ruhelosigkeit ein wenig von ihm abfiel und er – beinahe – zufrieden aussah. Natürlich waren für den fränkischen Bierbrauer Prank Kontakte zu den hiesigen Brauern und Gastwirten sehr wichtig, das begriff Colina ja. Aber hätte er nicht trotzdem Rücksicht auf Clara nehmen können? Wusste er nicht, wie viel einem jungen Mädchen dieser Tag bedeutete?

Nun, eigentlich wusste das auch Colina nicht, aber sie konnte es zumindest erahnen.

Heute hatte sie Clara erstmals heiter, fast übermütig erlebt. Zuvor hatte Clara ihre unerwünschte »Aufpasserin« stur auf Distanz gehalten. Wenn Colina sich, wie es sich gehörte, beim Geigenunterricht in eine Ecke des Zimmers setzte oder sich ihr beim Spaziergang im Park anschloss, ignorierte Clara sie verbissen und sprach kaum je ein Wort mit ihr.

Wenigstens bisher.

Vielleicht kannte Clara so viel Gesellschaft einfach nicht; vielleicht musste sie sich erst daran gewöhnen. Das Leben in der riesigen Villa mit den vielen Zimmern und den endlosen Fluren mochte nicht nur für Colina fremdartig und verwirrend sein. In jedem Fall war es einsam; es gab Tage, da sah Colina außer Hubertus und Clara keinen einzigen Menschen. Sie erlebte auch nie, dass Clara Post erhielt oder selbst Briefe schrieb, abgesehen von einem Leserbrief an eine der Zeitschriften, die sie mit Begeisterung las. Colina, die gleich nach ihrem Einzug Friedrich und Minna benachrichtigte, unter welcher Adresse sie zukünftig zu erreichen sei, und die regelmäßig den größten Teil ihres Wochenlohns und kleine Nachrichten für Maxi hinterherschickte, hatte der deutschen Reichspost in derselben Zeit schon drei Mal mehr Porto eingebracht.

Auf einer Kommode in Claras Zimmer, neben einem regelmäßig erneuerten Strauß Blumen, stand das Foto einer jungen Frau, die Clara ähnlich sah und ein Kleid trug, wie es vor zwanzig Jahren modern gewesen war. Das Bild musste vor Claras Geburt aufgenommen worden sein; vielleicht war es das letzte. Clara stand hin und wieder davor mit einem so verlorenen Gesichtsausdruck, dass Colina sie am liebsten in den Arm genommen hätte.

Natürlich ziemte sich das nicht. Clara hätte sich so viel Nähe zweifellos verbeten.

Es schien keine Geschwister zu geben und auch keine beste

Freundin, mit der man Jungmädchengeheimnisse in blassblauer Tinte hätte austauschen können, keine verschlossenen Tagebücher und keine Poesiealben. Wenn Clara wirklich zeit ihres Lebens alles mit sich selbst ausgemacht hatte, musste es seltsam für sie sein, nun ständig jemanden um sich zu haben.

Heute war sie erstmals froh gewesen darüber.

»Schau«, hatte Clara Colina empfangen, als diese wie jeden Tag ins Zimmer trat, um ihr einen guten Morgen zu wünschen. »Ich wollte das da heute Abend anziehen. Was hältst du davon?« Colina hatte kaum Zeit, das elegante blaue Kleid für absolut angemessen zu erklären, als Clara schon weiterplapperte. »Weißt du, wen mein Vater eingeladen hat, hat er mit dir darüber gesprochen? Ich habe bisher so wenig von der Stadt gesehen! Gehen die hiesigen Künstler und Literaten auf solche Gesellschaften?«

Über die Leute, die Prank für den Abendempfang eingeladen hatte, wusste Colina ebenso wenig wie über die Künstlerkolonie in Schwabing, die man wohl die »Bohème« nannte. Clara hörte es mit Enttäuschung; sie hatte anscheinend angenommen, ganz München bestehe nur aus Malern und Schriftstellern. »Ich habe so viel darüber gelesen.« Sie kicherte; ein Laut, den Colina noch nie von ihr gehört hatte. »In Nürnberg hieß es, das seien völlig zügellose Leute, das reinste Sodom und Gomorrha.«

So ähnlich hatte Lochner das auch gesagt, aber ein Gastwirt aus der Maxvorstadt taugte wohl kaum als Referenz für Fräulein Clara Prank.

Clara nahm ein Buch aus dem Schrank und übersetzte ihr daraus das Gedicht eines französischen Herrn namens Verlaine; statt zuzuhören, freute Colina sich vor allem über die Lebhaftigkeit, die Clara dabei an den Tag legte. So aufgeregt kannte sie sie gar nicht. Als Colina Clara am Nachmittag beim Ankleiden half, ihr zu einer langen Perlenkette riet und einen passenden Steckkamm in Claras dunklem Haar befestigte, da malten die beiden sich eifrig aus, welche schmucken jungen Maler und verrufenen Literaten sich gleich die Ehre geben könnten, und lachten erstmals zusammen über ihre Einfälle.

Was für eine Enttäuschung musste die Ansammlung grobschlächtiger Bierbarone sein, die Claras Vater ihr da vorsetzte; Leute, bei denen man Angst haben musste, sie würden die Stiele ihrer Champagnergläser zwischen den Wurstfingern zerbrechen, wenn sie sich vor Lachen über ihre eigenen Zoten auf die Schenkel klopften.

Männer, dachte Colina.

Aber wo steckte Clara jetzt?

Schließlich entdeckte Colina sie am Rand der Festivität, im Gespräch mit einem Herrn, der aus der Masse der übrigen deutlich herausstach. Unsicher, wie sie sich als Anstandsdame bei diesem Empfang zu benehmen hatte, hatte Colina sich zu Beginn unmittelbar in Claras Nähe aufgehalten und daher die Vorstellung dieses Herrn mitangehört: Anatol Stifter, der Vorstandsvorsitzende der größten Münchner Brauerei, die, seitdem sie an die Börse gegangen war, in der gesamten Stadt nur noch als »Aktien-« oder »Kapitalbräu« bekannt war.

Auf den ersten Blick hatte Stifter wenig mit den anderen Bierbrauern gemeinsam; strenggenommen war er wohl auch keiner. Er sprach, sehr im Gegensatz zu den übrigen Herren, ein völlig akzentfreies Hochdeutsch und schien sich als einziger Gast im feinen Zwirn nicht unwohl zu fühlen. Colina schätzte ihn auf ungefähr vierzig Jahre, womit er tatsächlich zu den Jüngsten im Saal gehörte. Seine Umgangsformen wirkten fein und geschliffen; er kam Colina regelrecht weltmännisch vor. Clara ließ sich seine Aufmerksamkeit merklich gern gefallen. Kein Wunder, außer Stifter kümmerte sich buchstäblich niemand um die vorgebliche Hauptperson dieses Abends. Colina gönnte dem Mädchen den kleinen Flirt.

Ein solcher war es ohne Zweifel. Man sah es an der Art, wie Stifter sich in Positur warf, wie er halb väterlich, halb besitzergreifend auf die zierliche Clara hinabsah, daran, wie Clara im Gespräch leicht die Hüfte vorschob und wie Stifter jeden Vorwand nutzte, wie zufällig über Claras Arm oder Schulter zu streifen.

War das unter vornehmen Leuten eigentlich noch angemessen?, überlegte Colina.

Von der anderen Seite des Saals warf Herr Prank ihr einen wütenden Blick zu. Ihr dämmerte, dass sie gerade eine Gelegenheit versäumte, die Pflichten ihrer neuen Stellung auszuüben.

Hastig nahm sie dem zufällig vorbeistolzierenden Hubertus das Tablett aus der Hand, trug es auf die andere Saalseite und hielt es Clara und ihrem Verehrer freundlich lächelnd unter die Nasen.

»Herr Stifter, Fräulein Prank, haben Sie diese Canapés schon versucht?«

Zufrieden registrierte sie, wie die beiden einen Schritt auseinander machten. Stifter griff sich höflich ein Schnittchen mit Kaviar, und Colina sagte halblaut zu Clara:

»Mir scheint, Ihr Herr Papa sähe es gern, würden Sie sich ein wenig um die Gäste kümmern.«

»Wie unhöflich von mir«, erklärte Stifter prompt. Ganz Gentleman. »Ich habe Sie von Ihren Pflichten abgehalten, Fräulein Prank. Bitte nehmen Sie es als Beweis dafür, welches Vergnügen mir unsere Unterhaltung bereitet hat. Ich werde Sie schweren Herzens wieder den übrigen Gästen überlassen.« Er trat einen weiteren Schritt zurück und verneigte sich.

Von Clara traf Colina ein Blick, der hätte töten können. Doch wenn Colina die Wahl hatte, entweder Clara zu verärgern oder Prank, dann gab es keinen Zweifel, wie sie sich entscheiden würde. Mit verkniffenem Lächeln machte Clara sich auf hinüber zu der kleinen Damenrunde.

Colina gönnte sich ein zufriedenes Lächeln. Hatte sie das nicht großartig hinbekommen? Ihre Genugtuung zerstob abrupt, als sie einen Blick auf Stifter warf.

Anatol Stifter stand hoch aufgerichtet da, die Augen fixiert auf Claras schmalen Rücken. Colina überlief es eisig.

Sie hatte in ihrem Leben genug Gelegenheit gehabt, zu lernen, wie sich Furcht anfühlte. Seit der Nacht, als Rupp sie erstmals betrunken geohrfeigt hatte, wusste sie, wie Männer sein konnten: rücksichtslos, brutal, unfähig, einen anderen Gedanken zu empfinden als den, ihren Willen durchzusetzen. Ein wenig davon spürte Colina auch bei Curt Prank, aber gebändigt, weggesperrt hinter einer Mauer aus Selbstdisziplin. Prank war viel klüger als ein Rupprecht Mair; darum hatte er es auch so viel weiter gebracht.

Das, was sie gerade an Anatol Stifter wahrzunehmen glaubte, war ihr neu. Rupp hatte im Suff zugeschlagen, wenn das Bier alle Hemmungen davonspülte und seine Wut und sein Groll sich Bahn brachen.

Stifter dagegen war kalt. So kalt, dass es seine Augen glitzern machte.

Es dauerte nur einen Herzschlag lang. Dann schien er sich zu erinnern, dass er beobachtet wurde, nickte Colina herablassend zu und schlenderte davon.

Colina fröstelte.

Herr Prank war ebenso erzürnt wie Clara, allerdings nicht über Colina, sondern über seine Tochter. Colina konnte sich notgedrungen davon überzeugen, denn das Gespräch, das die beiden führten, kaum waren die Gäste gegangen, hallte durch die gesamte Villa.

»Ich erwarte, dass du dich gegenüber Männern zurückhältst.« Neben Ärger schwangen Sorge und Verständnislosigkeit mit in Pranks Tonfall, dachte Colina. Sie lächelte wehmütig. Hatte Herr Prank überhaupt schon begriffen, dass seine Tochter erwachsen geworden war?

»Du hast dich benommen wie ein Flittchen, gegenüber einem wildfremden Herrn!«

Das war nicht gerecht, urteilte die heimliche Lauscherin. Clara war jung; natürlich fand sie es spannend, ihre Reize am anderen Geschlecht zu versuchen. Andererseits verstand Colina auch Herrn Prank. Niemand wusste besser als sie, wie solche Versuche enden konnten: mit der erschreckenden Erkenntnis, dass die letzte Monatsblutung schon über fünf Wochen her war, mit einem Ring am Finger und der vergeblichen Hoffnung, alles werde dadurch gut oder, wenn man das aufgegeben hatte, zumindest irgendwann besser werden.

Herr Prank sprach weiter. »Wenn dein Pensionat dir das als Erziehung vermittelt hat, muss ich wohl ein Wörtchen mit der Schulleitung reden.« Seine Stimme wurde unvermittelt sanft. »Glaubst du denn, so findest du jemanden, der um deine Hand anhält?«

»Wer sagt denn, dass ich nach so jemandem suche?«, schoss Clara zurück.

Es blieb einen langen Moment ruhig. Dann sprach wieder Clara. Sie klang geschockt.

»Papa, hast du mich deshalb kommen lassen? Ich dachte, du wolltest mich sehen und bei dir haben. Aber darum geht es dir gar nicht. Du willst mich verheiraten!«

Colina seufzte innerlich. Wenn es eines Beweises bedurft hätte, was für ein Kind Clara noch war, so hatte sie ihn gerade erbracht.

Prank ließ sich Zeit mit seiner Antwort. In das Schweigen hinein begannen sämtliche Uhren im Haus leicht versetzt zu schlagen. Ein Uhr.

»Es ist die Aufgabe jedes Mädchens zu heiraten, Clara. Stell dich auf die Ehe ein«, hörte Colina schließlich. »Und mach dir keine Sorgen. Du bist mir das Wichtigste auf der Welt. Ich werde jeden Bewerber auf Herz und Nieren prüfen.«

Eine Tür klappte. Schritte kamen gemessen die Treppe herauf und verhallten im Haus. Curt Prank begab sich in seine Zimmerflucht im westlichen Turm der Villa, dort, wo er die meiste Zeit verbrachte.

Stille legte sich über die Räume. Aus dem Park schrie durchdringend einer der Pfauen. Colina hätte jetzt eigentlich zu Bett gehen können, aber was sie mitangehört hatte, beschäftigte sie zu sehr.

Von irgendwo im Haus kamen die Klänge einer Melodie, immer dieselben paar Takte, wehmütig und getragen. Clara schien beschlossen zu haben, mitten in der Nacht ihr Instrument zu üben. Colina lauschte mitleidig. Clara war so jung, so hoffnungsvoll und – so dumm. Mit ein paar Sätzen hatte ihr Vater gerade ihre Welt zum Einsturz gebracht. Sicher hatte auch Clara gedacht, was jedes junge Mädchen dachte: In ihrem Fall werde alles anders sein, ihre Eltern würden Rücksichten nehmen auf die Wünsche der Tochter, oder der Auserwählte werde zufällig genau jenen Idealvorstellungen entsprechen, die sie sich aus den Liebesromanen zusammengebastelt hatte.

Wie jedes junge Mädchen war auch sie von der Wirklichkeit eingeholt worden.

War es nicht schrecklich, dass auch in Familien, die alles hatten, in denen nie jemand sich Sorgen machen musste, wie man über den nächsten Winter käme, manche Dinge stets dieselben blieben? Sobald eine Tochter heiratsfähig wurde, hörte sie auf, als eigenständiges Wesen zu existieren, dachte Colina. Interessant war sie nun nur noch in Bezug auf die Männer, die in ihr Leben treten konnten.

Für sie selbst war es nicht viel anders gewesen.

Unwillkürlich dachte sie an jenen Abend, als sie ihren Eltern gestehen musste, was passiert war. An die verbitterte Miene ihrer Mutter: »Hatte ich dich nicht gewarnt, Kind?« An die abgrundtiefe, geradezu verstörte Enttäuschung auf dem Gesicht ihres Vaters.

Die Melodie verstummte. Clara war wohl zu Bett gegangen, um sich in den Schlaf zu weinen. Colina hoffte, Clara werde sich mit ihrem Los abfinden; sie konnte sich nicht vorstellen, dass

Herr Prank seine Pläne ändern würde. Nicht einmal für seine Tochter.

Sie öffnete das Fenster ihrer Kammer und steckte sich eine Zigarette an. Die Nacht war warm, viel zu warm, um zu schlafen. Irgendwo im Norden, Richtung Isar, schlug die Turmuhr einer Kirche. Halb zwei.

Ein Gedanke kam ihr. War heute nicht die Nacht von Mittwoch auf Donnerstag?

Wahrscheinlich war es Irrsinn. Sie setzte ihre Stellung aufs Spiel, wenn sie ging. Aber der Englische Garten war so nah. Colina würde keine ganze Stunde benötigen, selbst zu Fuß. Und nach der Farce des heutigen Empfangs, nach so bitteren Einblicken in eine Welt, von der sie angenommen hatte, diese müsse doch ein bisschen schöner und prächtiger sein als die, die sie kannte, wollte Colina nur noch fort. Zurück zu Ihresgleichen, wenigstens für ein paar Stunden, in denen man sich selbst glauben machen konnte, es gebe nichts als Musik, Lachen und Übermut, keine Regeln, keine Sorgen und keinen Sonnenaufgang, der beides zurückbringen würde.

Gut, dass sie ihre Kellnerinnenkleider nicht weggeworfen hatte! Sie zog sich eilig um.

Mit gerafftem Rock, um nicht im Dunkeln an einem Möbelstück hängenzubleiben, stahl sie sich die Treppe hinab. Hubertus pflegte sämtliche Türen abends zu verschließen, aber die Fenstertür vom Salon auf die Terrasse hatte nur einen simplen Riegel. Colina schob sich lautlos ins dunkle Zimmer und huschte Richtung Terrassentür.

Der Lichtkegel einer elektrischen Stehlampe blitzte auf und blendete sie ohne Vorwarnung.

»Wo wollen wir denn hin, Fräulein Kandl?«, höhnte Claras Stimme.

Colina drehte sich zu ihr um. Clara saß auf einem Stuhl und hielt ihre Violine – oder nannte man das eine Viola? – in der Armbeuge wie eine Mutter ihr Kind. Zu ihren Füßen lag eine Champagnerflasche, wohl ein Überbleibsel des Empfangs. Claras Augen waren rot gerändert; sie hatte geweint.

»Kocherlball«, sagte Colina sachlich. Das Mädchen runzelte die Stirn.

»Was ist das denn?« Ihre Aussprache war undeutlich; in der Flasche musste noch ein ansehnlicher Rest gewesen sein.

»Die Münchner Dienstboten treffen sich manchmal im Englischen Garten zum Tanzen«, erläuterte Colina. »Am frühen Morgen, damit sie spätestens um sieben Uhr wieder ihrer Herrschaft zur Verfügung stehen.«

Claras Augen weiteten sich. »Und da gehst du jetzt hin? – Nimm mich mit!«, verlangte sie. Colina hätte fast zu lachen begonnen.

»Das geht nicht, Fräulein Clara. Das ist kein Ort für Sie. Da geht es laut zu und sehr … ab und zu sehr roh, verstehen Sie?« Von den besonderen Tänzen, die im Gebüsch von manchen Paaren in der Horizontale getanzt wurden, einmal ganz zu schweigen.

»Nimm mich mit!« Clara stand auf und stellte die Bratsche zur Seite. »Gib mir ein Kleid von dir und nimm mich mit!«

»Ganz gewiss nicht. Ihr Herr Vater würde mich aus dem Haus jagen, und das völlig zurecht, würde ich …«

»Mein Vater!« Das war das völlig falsche Argument, wurde Colina klar. Clara sah aus, als wolle sie ausspucken. Sie schaute Colina an, und in ihren Augen glänzten schon wieder Tränen. »Er will mich verheiraten, Colina! Er will mich verheiraten an einen dieser alten, fettsteißigen Bierpotentaten!«

Wieder fühlte Colina den Impuls, das dumme Kind in den Arm zu nehmen. Wieder wagte sie es nicht.

»Daran wird sich nichts ändern, wenn Sie sich heimlich auf ein Dienstbotenfest schleichen. Das ist doch gar nicht Ihre Welt!«

»Nein?« Einen Moment lang erwartete Colina, Clara werde mit dem Fuß aufstampfen wie ein bockiges Kleinkind. »Wer bestimmt das denn? Wer bestimmt, was meine Welt ist, was ich sehen und was ich tun und lassen darf? Warum kann ich nicht selbst entscheiden? Ich bin neunzehn Jahre alt, ich habe gelesen, was Fanny zu Reventlow in ihren Artikeln schreibt! Von den Hetären des Altertums, die hochgebildete Frauen waren, die die berühmtesten Männer der Antike mit ihren Körpern ebenso betörten wie mit ihrem Geist, hast du das gewusst?«

Colina wusste nicht einmal, was eine Hetäre war, schloss aber aus der Art, wie Clara es sagte, es müsse sich um etwas ziemlich Unanständiges handeln. »Mädel, wenn es bei diesen Festen um eine Sache nicht geht«, sagte sie barsch, »dann um Bildung oder Geist.«

Clara schien sie gar nicht gehört zu haben; sie biss sich auf die Lippen, weil sie sonst wahrscheinlich zu schluchzen angefangen hätte. »Warum soll ich die Frau eines alten Münchner Bierbrauers werden, der wahrscheinlich nie in seinem Leben ein Buch angefasst hat? Warum muss ich in diesem dummen Haus bleiben, zwischen Ziervasen und Blumensträußen und dieser dämlichen Bratsche ... Gott, ich hasse diese Bratsche!« Sie gab dem Instrument einen Fußtritt. »Ich wollte das nie lernen!«

»Clara ...«

Riesige dunkle Augen schauten Colina an. »Verstehst du mich nicht? Es muss doch ... mehr geben als all dies.«

Wie gut Colina verstand. Und plötzlich, obwohl sie genau wusste, wie gefährlich das war, hörte sie sich sagen: »Schön. Komm mit nach oben; du kannst Rock, Bluse und Mieder von mir haben.« Einen Moment sah sie Clara stutzen darüber, so abrupt geduzt zu werden. Aber das gnädige Fräulein schien es als Tribut für den verbotenen Ausflug zu akzeptieren. »Wir müssen außerdem weit laufen, also zieh dir ordentliche Schuhe an.« Colina musste kichern. »Wahrscheinlich brauchen wir auch eine Näherin. Durch meine Kleider fällst du ja durch, Mädel.«

6.

Kocherlball

»Ist es das?«, fragte Clara atemlos.

Colina antwortete nicht. Was sollte es sonst sein? Der Geruch brennenden Holzes und flackernder Lichtschein hatten die beiden Frauen geleitet, seit sie die Isar überquert hatten. Jetzt lag das Feuer vor ihnen in der Nacht; rundum ein Zirkel aus Schatten, die tanzten und lachten, sangen und übermütig hintereinanderher jagten. Clara hatte vor Andacht eine Hand auf den Mund gelegt. Für sie musste das aussehen wie ein mittelalterliches Kirchengemälde, auf dem die Seelen der Verdammten ins Höllenfeuer gestoßen wurden.

Es schien ihr zu gefallen.

Dabei war die Musik heute wirklich zum Fürchten, dachte Colina amüsiert: ein Akkordeon, eine Teufelsgeige, eine Gitarre, die man nicht einmal hörte. Hin und wieder gesellte sich jemand mit einer Klarinette oder einer Maultrommel dazu. Man hatte das Feuer am Rand der Lichtung entzündet, damit genügend Platz blieb, um zu tanzen. Im Moment spielten sie einen Zwiefachen; die schweren Tritte der Knechte und Dienstmägde stampften im Gras. Manche hatten die Schuhe bereits ausgezogen und liefen barfuß. Am anderen Ende der Lichtung gab es einen dicht umlagerten Stand aus Bierfässern.

Ein Mädchen, das kaum zwanzig sein konnte, rannte laut kichernd vorüber in die Nacht. Das Mieder stand offen. Direkt hinter ihr rannte ein junger Kerl, der mit beiden Händen abwechselnd ihren Rocksaum lüftete und dazu brüllte wie ein Ochse. Clara lachte.

»Colina, wie herrlich!«

Sie schien drauf und dran, sich ins Getümmel zu stürzen. Colina packte sie an der Schulter.

»Eins ist aber klar«, sagte sie streng. »Du bleibst in meiner Nähe, und du tust, was ich sage. Verstanden?«

»Ja, ja.«

Colina rüttelte sie. »Verstanden?«

Clara schaute sie an. Vielleicht sah sie die ehrliche Besorgnis in Colinas Blick, denn sie lächelte. »Verstanden. Ich bleibe bei dir, pflücke keine Blumen am Wegrand und lasse mich nicht von bösen Wölfen ansprechen.«

Nun musste Colina lachen, und Clara stimmte ein. Es veränderte sie völlig. Wie sie dastand, in Colinas alten Sachen, die ihr um die schmale Figur schlotterten, dem Rock, der auf dem Boden schleifte, dem gelösten Haar, alles an ihr bebend vor Aufregung, Spannung und Freude, schien sie Colina viel wahrer und echter als in der Villa Prank. Alle Hochnäsigkeit, alles Überlegene und alle herablassende Geringschätzung waren von ihr abgefallen, als hätte man eine Hülle gesprengt. Clara packte mit beiden Händen Colinas Rechte und zog sie hinter sich her, dem Feuer zu.

»Komm jetzt! Zeig mir, wie man so etwas tanzt!«

Es war der fröhlichste Tanz, den Colina im Englischen Garten je erlebt hatte. Claras Ausgelassenheit steckte nicht nur Colina an; auch die Tänzer nahmen die beiden sofort in ihren Kreis auf. Eine wildfremde junge Frau ergriff spontan Claras Hand, und ohne Weiteres befanden die zwei sich in einem wilden Ringelreihen, in dem die Tanzschritte längst allgemeinem Gehüpfe gewichen waren und man vor allem damit beschäftigt war, sich über sich selbst und die anderen kaputtzulachen. Als der Kreis sich auflöste und die Burschen in der Runde Anstalten machten, sich auf die Tänzerinnen zu stürzen, zog Colina Clara freilich hastig davon unter dem Vorwand, ihr ein paar Tanzschritte zeigen zu wollen.

Unter lautem Lachen übte Clara sich am Zwiefachen ab, aber gerade, als sie den Rhythmus verstanden zu haben glaubte, wechselte die Musik, und die Tänzer stellten sich für eine Art Kontratanz in Doppelreihen auf. Auch vor Colina und Clara verbeugten sich zwei Burschen; nach einem kritischen Blick hielt Colina sie für nüchtern genug, den Tanz zu bewältigen.

Über das Gelächter und Gejohle und das laute Akkordeon hörte man die Ansagen der Figuren kaum, eigentlich hörte man auch kaum mehr von der Melodie, aber wen scherte das? Clara hüpfte und sprang, stolperte über ihre Füße und den Saum des viel zu langen Rocks, hakte sich abwechselnd bei Colina und bei ihrem Tänzer ein und lachte, lachte ... lachte, dass es Colina fast weh tat, es mitanzusehen.

War es nicht in Wahrheit traurig, wenn ein junges Fräulein, dem es nie in seinem Leben an etwas gefehlt hatte, wenigstens, was das Materielle anging, sich derart begeistern konnte für das regellose Herumhopsen übermütiger Dienstboten?

Vielleicht. Clara empfand es im Augenblick gewiss nicht so. Abrupt hielt sie inne und griff wieder mit beiden Händen nach der Colinas.

»Das ist sehr lustig«, rief sie über das Gejohle hinweg. »Ich glaube, das ist der komischste Ball, auf dem ich je gewesen bin.«

Sie strahlte Colina an, mit leuchtenden Augen und roten Wangen, und Colina begriff, was sie sagen wollte. Näher an ein »Danke« konnte ein Fräulein Prank gegenüber einer Colina Kandl vermutlich nicht kommen.

Der Kontratanz ging in einen Rundtanz über, dazwischen mischten sich Paare, die Ländler oder Zwiefachen tanzten oder die einfach nur durcheinanderstolperten in betrunkenem Gedränge.

Clara und Colina waren spät zum Fest gekommen, und manche, die schon länger dort waren, hatten bereits ordentlich gezecht. Auf der improvisierten Tanzfläche begann es ruppig zuzugehen.

Clara bekam das zu spüren. Ein Betrunkener rempelte sie an. Im linken Arm ein Mädchen, an der rechten Hand ein anderes, und in der linken Hand eine Flasche Schnaps, drehte er sich mit seiner gesamten Last so übermütig im Kreis, dass er seinen Schwung nicht mehr kontrollieren konnte und ungebremst in sie hineinrannte. Clara sank mit einem Protestruf nach vorn auf die Knie.

Der Bursche hatte seine Sinne immerhin noch ausreichend beisammen, um sich erschrocken nach der Frau umzudrehen, die er gerade über den Haufen gerannt hatte. Dabei ließ er seine zwei Begleiterinnen los. Beiden stand schon das Mieder offen; ein Kind von Traurigkeit war der junge Herr offensichtlich nicht.

Der Eindruck verstärkte sich, je genauer Colina ihn ansah. Ein Hallodri, entschied sie. Ein richtiger, echter Stenz. Dunkelhaarig, gutaussehend und sich dessen sehr bewusst. Mit einer ganz ähnlichen Ausstrahlung war auch einmal ein Händler und Reparateur von Fahrrädern und Landmaschinen nach Wetting gekommen. Einige Monate später stand Colina mit diesem Rupprecht Mair vor dem Altar, und ihre ganz persönliche Hölle hatte begonnen.

Anders als Rupp war der Bursche, der Clara umgerannt hatte, zumindest kein Grobian. Er schien regelrecht verlegen, als er Clara vom Boden aufhalf.

Nur, um sie anschließend mit offenem Mund anzustaunen.

Zugegeben, Clara sah gerade entzückend aus. Dass es aus einem besseren Stall kam als alle anderen hier, das konnte ein Fräulein Prank auch dann nicht verstecken, wenn es die Kleider einer Kellnerin anzog. Claras Wangen glühten von der Anstrengung und vor Freude, und der Zorn darüber, so rüde geschubst worden zu sein, machte ihre Augen funkeln.

Wobei der Zorn sehr rasch verflog, als sie den hübschen Übeltäter genauer ins Auge fasste.

Colina mochte sich nicht wirklich auskennen mit vornehmen Herren auf einem Empfang. Bei der rustikalen Sorte, die ihr gerade gegenüberstand, wusste sie dafür genau, wann ihr Einsatz als Anstandsdame gekommen war. Sie schob sich zwischen die beiden.

»Komm, Bürscherl, schleich dich.«

Der Kerl richtete den – nicht mehr ganz festen – Blick kurz auf Colina und runzelte die Stirn, gab aber nach. Schließlich zupften ihn da schon seine zwei anderen Damen an der Weste. Drei wären vielleicht doch ein bisschen viel gewesen für eine Nacht, sagte der Kerl sich wohl, auch wenn ihm diese Dritte sichtlich gut gefiel.

»Ist dir auch nichts passiert?«, fragte er Clara.

Clara schüttelte den Kopf und lächelte. »Es geht schon.«

Der Bursche grinste zurück, dann ließ er sich von seinen zwei Begleiterinnen weiterzerren, irgendwo an den Rand der Lichtung, nahm Colina an, wo die Gruppe die Schnapsflasche leeren und sich anschließend ins Gebüsch zurückziehen würde.

Clara blickte ihm hinterher, und Colina nahm hastig ihre Hand und zog sie zurück in den Kreis der Tänzer.

Das fehlte ja noch!

Zum Glück herrschte an Ablenkung kein Mangel. Ein paar Mal hielt Clara noch Ausschau nach dem gutaussehenden Kerl, dann hatte sie ihn wohl vergessen.

»Mir ist heiß«, lachte sie, als der Tanz endete, und wedelte sich mit der Hand Luft zu. »Und Durst habe ich außerdem. Mein Hals ist ganz trocken. Ist das ein Verkaufsstand da vorne?« Sie wies mit dem Kopf auf die improvisierte Theke aus gestapelten Bierfässern. »Kann man sich da etwas zu trinken holen?«

»Das mache ich«, sagte Colina resolut. Bei der bloßen Vorstellung, die zierliche Clara müsse sich in das Gedränge besoffener

Knechte am Bierstand werfen, brach ihr der Schweiß aus. »Außerdem wird es da außer Bier nicht viel geben. Ist das recht?«

»Hauptsache, es ist nass«, lachte Clara laut und stellte sich auf die Zehenspitzen, um über Colinas Schulter weg weiter das Getümmel zu beobachten. Colina packte sie an den Oberarmen, schob sie rückwärts an eine freie Stelle auf der Wiese und schaute ihr ins Gesicht.

»Sie bleiben hier stehen, Fräulein Prank«, mahnte sie ernst und hoffte, die abrupte Rückkehr zum »Sie« würde Clara daran erinnern, wer sie war. »Genau hier. Sonst finde ich Sie vielleicht nicht mehr, wenn ich zurückkomme.« Clara schaute wieder zu den Tanzenden, und Colina rüttelte sie. »Clara, bitte!«

Claras Blicke waren Colina entschieden zu unschuldig und verträumt. Immerhin nickte sie.

»Ich bleibe hier und setze mich ein bisschen hin. Hier ist es schön ruhig.«

»Und vergessen Sie nicht: Wenn Sie jemand fragt, dann sind Sie ein einfaches Stubenmädchen.«

Clara nickte auch dazu.

Es dauerte eine kleine Ewigkeit, bis Colina sich an den Stand vorgekämpft und zwei Krüge Bier erstanden hatte. Und gerade, als sie mit ihrer Beute zurückkehren wollte zu Clara, schlang sich ein Arm so heftig um ihre Taille, dass sie die Krüge beinahe fallengelassen hätte.

»Lina!«

»Alois! Und Louise!«

Sie musste die Krüge erst vorsichtig im Gras abstellen, um sich von beiden umarmen lassen zu können. Louise sah müde aus, strahlte vor Freude über das Wiedersehen aber über das ganze Gesicht. Alois seinerseits schien Colina gar nicht mehr loslassen zu wollen.

»Wie geht's dir, was machst denn jetzt?«, plapperte Louise aufgeregt. »Stimmt's, dass du in so einem vornehmen Haushalt angenommen worden bist?«

»Wir haben dich vermisst«, unterbrach Alois eifrig. »Es ist gar nimmer dasselbe beim Lochner ohne dich. Und zum Tanzen bist auch nimmer gekommen.«

»Ich hab ja nicht können«, verteidigte Colina sich und schaute auf Louise. »Es stimmt wirklich. Ich bin Anstandsdame für ein junges Fräulein in Bogenhausen. Riesige Villa, mit Park und Pfauengehege und allem Drum und Dran.« Die halb bewundernden, halb neidischen Blicke taten Colina gut. Trotzdem, sie musste das Gespräch kurz halten, ermahnte sie sich. Clara saß unbeaufsichtigt im Gras herum, und der Himmel mochte wissen, was ihr einfiel, wenn sie sich langweilte. Dabei merkte Colina erst jetzt, wie sehr auch sie die Freunde vermisst hatte. Wann hatte sie zum letzten Mal mit jemandem ein offenes Wort reden können? Als Louise sie fragte: »Ist's schön da?«, da sprudelte es förmlich aus ihr heraus.

»Schön vielleicht schon. Vornehm halt, und das Essen ist gut, und man hat schöne Kleider. Aber wirklich gefallen tut's mir nicht. Ich sag's euch, die sind nicht glücklicher oder zufriedener als unsereins.« Und manche unter ihnen, junge Mädchen mit großen Träumen und vielen Flausen im Kopf, waren so unglücklich, dass selbst ein Dienstbotenfest im Englischen Garten ein kleines Wunder für sie darstellte.

»Das glaub' ich nicht«, sagte Louise. »Wenn einer so viel Geld hat und in einer Villa wohnt, der muss doch glücklich sein.«

Glücklich? Curt Prank? Colina hatte noch nie in ihrem Leben einen Menschen erlebt, der so rastlos und unzufrieden wirkte und auf den dieses Wort so wenig passte. Aber wie sollte sie das Louise erklären? Sie verstand es ja selbst nicht.

»Wie geht's beim Lochner?«, erkundigte sie sich stattdessen, und Louise lachte.

»Dass dich das überhaupt noch interessiert! Aber wenn du schon fragst: Traurig ist's bei uns. Die Gäste jammern, weil die Neue, die der Lochner eingestellt hat, sich die Bestellungen nicht merken kann. Die Johanna jammert, weil sie mehr Arbeit hat, seitdem du weg bist. Der Lochner jammert, weil ihm jetzt niemand mehr seine Amtsschreiben ausbessert. Und ich jammer' auch, weil ich niemanden mehr zum Ratschen hab außer der alten Afra.«

»Und wir jammern erst«, lachte Alois. »Sogar die vom Stammtisch! Du gehst uns ab, Lina.«

Ein warmes Gefühl stieg in Colina auf. Sie küsste Alois auf die Wange und fiel Louise noch einmal um den Hals.

»Ihr geht's mir auch ab! Und wie!«

»Bleibst bei uns?«, fragte Alois prompt. »Zum Tanzen?«

Colina deutete auf die beiden Bierkrüge. »Ich bin nicht allein da.«

Sie sah die Enttäuschung auf Alois' Gesicht. Zwei Krüge. Natürlich nahm er an, Colina sei mit einem Mann hier. Aber die momentane Aufwallung dauerte nicht lange – dies war immerhin der Kocherlball. Keine Abmachungen, keine Verpflichtungen, kein böses Blut. Man sah sich, traf sich, schlüpfte vielleicht gemeinsam in den Schutz eines dichten Gebüschs. Und ging auseinander, ohne einen zweiten Gedanken aneinander zu verschwenden. Wenn es Erinnerungen gab, dann nur freundliche. Es war das Wesen dieses Fests, eine stumme Vereinbarung, an die alle sich hielten, weil es für sie alle keine andere Möglichkeit gab.

»Schade«, sagte er ehrlich. Sein anderer Arm umfasste prompt Louise, und die wirkte nicht böse über Colinas Absage.

»Wir müssen uns aber öfter sehen jetzt«, verlangte sie.

»Ich schreib dir ein Brieferl«, versprach Colina. »An deinen Namen, unter Lochners Adresse.« Sie grinste. »Was meinst, was die Johanna für ein Gesicht macht, wenn für dich ein Brief kommt von einer Adress' in Bogenhausen?« Sie lachten ausgiebig bei der

Vorstellung, und Alois, ganz Kavalier, bückte sich, um die zwei Bierkrüge für Colina vom Boden aufzuheben.

»Das ist ein gutes Bier heute«, bemerkte er, als er die Krüge Colina in die Hand drückte. »Vom Deibelbräu in Giesing.«

»Wo bekommt ihr das Bier eigentlich immer her?«, fragte Colina neugierig, und Alois zwinkerte.

»Wie stehlen's. Aber nicht weitersagen! – Schmarr'n. Wenn die Brauereien zu viel Bier über haben im Lager, werden die Bräuburschen manchmal mit einem Fass bezahlt, bevor's schlecht wird. Und das geben's uns dann billig ab.«

»Außerdem hab' ich gehört, der Ältere von den zwei Hoflinger-Söhnen geht selber gern auf den Kocherlball«, fügte Louise hinzu. »Das soll ein ziemlicher Schlawiner sein. An jedem Finger eine andere.«

»So, die hohen Herren von den Brauereien sind auch da«, beschwerte sich Alois und drückte Louise einen feuchten Kuss auf die Wange. »Da kann man ja froh sein als armer Hausknecht, wenn für unsereins überhaupt noch ein Mädel abfällt!«

Lachend verabschiedeten sich die drei voneinander, und Colina trug endlich ihre beiden Bierkrüge zurück zu der Stelle, an der sie Clara gebeten hatte, auf sie zu warten.

Und an der niemand mehr saß. Clara war fort. Man sah noch die Kuhle im langen Gras, in der sie gesessen hatte.

Colina durchfuhr es eisig.

»Clara! Clara!« Colina hatte sich die Kehle heiser geschrien in den letzten zwanzig Minuten. Sie hatte den gesamten Tanzplatz mehrfach umrundet in der Hoffnung, sie habe sich vielleicht nur geirrt und die richtige Stelle nicht wiedergefunden. Es nutzte nichts.

Zum wiederholten Mal rüttelte sie jemanden an der Schulter. »Habt ihr ein Mädchen gesehen?« Sie deutete Claras Größe an. »Ganz zierliches Ding. Ein richtiges Fräulein. Dunkle Haare ...«

Der Mann und die Frau lachten ihr prustend ins Gesicht, viel zu betrunken, um zu begreifen, was Colina von ihnen wollte. Verzweifelt ließ Colina die zwei los und stolperte weiter. Angst packte sie. Warum hatte sie Carla nur alleingelassen? Warum war sie so unvorsichtig gewesen?

An dem, was sie sah, war mit einem Mal nichts Fröhliches mehr. Als hätten die alten Maler recht gehabt, dachte sie. Als handle es sich bei diesem Fest wirklich um ein Höllenszenario, als umtanzten da geflügelte Teufel die Flammen. Betrunkene torkelten um sie herum, urinierten an die Bäume; Mädchen liefen vorbei mit nacktem Busen. Colina hatte in ihrer Verzweiflung sogar versucht, Louise und Alois in der Menge wiederzufinden, um sie um Hilfe bei der Suche zu bitten.

Sie entdeckte sie ebenso wenig, wie sie Clara entdeckte.

Natürlich nicht. Inzwischen hatten Alois und Louise das Fest wahrscheinlich längst verlassen und lagen irgendwo im Englischen Garten beieinander im Gras. Oder vielleicht hatte Louise Alois mit zu sich genommen – ihre Hauswirtin schien taub und blind zu sein. Oder wenigstens so zu tun.

Und was, wenn auch Clara ...

Nein. Nicht ein so junges, naives Ding, das gerade erst lernte, wie Männer auf es reagierten.

Und wenn jemand sie mit Gewalt ... Auf dem Fest gab es sicher mehr als einen Betrunkenen, der sich selbst nicht mehr im Griff hatte.

Unfug, ermahnte sie sich. Selbst wenn Clara, dumm und aufgeregt wie sie war, sich von fremden Leuten wieder in den Tanz hatte ziehen lassen, so musste sie doch noch irgendwo auf der Lichtung sein. Colina atmete einmal kräftig durch, nahm sich vor, dem kleinen Fräulein, sobald sie es gefunden hatte, in einer Art den Kopf zu waschen, die es lang nicht mehr vergessen würde, und stürzte sich mitten hinein in den wirren Reigen der Tanzenden.

»Clara? Clara!«

Unvermittelt steckte sie fest in einem trunkenen Knäuel, jemand zog Colina an sich, lehnte sich schwer auf ihre Schulter, griff ihr an die Brust, Colina setzte die Ellenbogen ein, boxte sich frei – und plötzlich fing eine Frau an, schrill zu kreischen.

»Sofort auseinander!«, brüllte eine Männerstimme. Der Schein des Feuers funkelte rot auf den spitzen Helmverzierungen von Gendarmen. Es musste mindestens ein Dutzend sein, wahrscheinlich viel mehr. »Ihr besoffenen Grattler! Auseinander, hab ich gesagt! Nichtsnutziges Volk, nichtsnutziges! Aulehner, Hiebinger, schaut's zu, dass ihr die Leut' vom Feuer wegtreibt, bevor wir den Ersten herausziehen müssen!«

Von einem Moment auf den anderen brach Panik rund um Colina aus. Alles schrie, alles rannte. Wer konnte, machte sich davon zwischen die Bäume und verschwand im Dunkel. Der Musiker mit der Teufelsgeige sprang auf, stolperte bei seiner hastigen Flucht über sein Instrument und schlug der Länge nach hin. Die Bierverkäufer hinter den Fässern waren bereits fort, die Tänzer sprengten in alle Richtungen auseinander. Nur ein paar besonders Mutige oder Dumme blieben stehen und wollten es mit den Polizisten aufnehmen. Die Gendarmen stürmten den Tanzplatz mit gezückten Schlagstöcken, und Colina wusste aus Erfahrung, wie wenig zimperlich sie damit umgingen.

Sie selbst stand inmitten des Tumults und stemmte sich gegen die Flut der Flüchtenden, die sie mitreißen wollte. »Clara«, schrie sie verzweifelt, »Clara!« Sinnlos, sie hörte sich selbst kaum im Getöse.

Im Geist sah sie Clara bereits unter dem Hieb eines Gendarmen zu Boden gehen. Wo steckte das Mädchen nur? Hatte sie es geschafft, rechtzeitig vor der Polizei zu flüchten? Und falls nicht – wie sollte Colina all das nur Herrn Prank erklären?

Sie hatte zu lange gezögert. Jemand packte sie am Arm. Sie versuchte, sich dem Griff zu entwinden, aber der Gendarm ließ nicht los.

»Aus ist's mit der unsittlichen Veranstaltung! Schau, dass du heimkommst, du Flitscherl!«

»Lass mich aus!«

Der Gendarm verdrehte ihr den Arm und zerrte sie zur Seite. Colina trat nach ihm. Der Mann hob drohend den Schlagstock, sie wand sich, beugte sich seitlich weg, versuchte, mit dem freien Arm ihren Kopf zu schützen ...

7.

Einsatz

Er konnte kaum ein paar Stunden geschlafen haben, als Fäuste an seine Wohnungstür trommelten mit einem Radau, der Lorenz noch zwei Türen weiter im Schlafzimmer aus dem Schlummer riss.

»Herr Oberwachtmeister! Einsatzbefehl!«

Das musste Hiebinger sein. Einsatz? Vor dem Fenster seiner Kammer stand bleierne Dunkelheit. Schlaftrunken richtete sich Aulehner auf, aber seine Reflexe hatten bereits eingesetzt; mit der Hand angelte er schon nach Hose und Uniformrock, ehe er ganz stand.

Wenn man eine Sache beim Militär lernte, dann war es, sich für einen nächtlichen Appell im Dunkeln anzukleiden, während man noch halb schlief.

»Komme!«

Hiebinger stand im Hausflur, eine Laterne in der Hand.

»Einsatz im Englischen Garten, Herr Oberwachtmeister.«

»Ach, ned schon wieder!«, entfuhr es Aulehner. Er schloss die letzten Knöpfe seines Uniformrocks, schnallte sich den Säbel um und setzte den Helm auf.

»Wir haben eine Anzeige über eine größere Menschenansammlung.« Hiebingers Tonfall klang entschuldigend. »Öffentliche Trunkenheit und allgemeines unsittliches Ärgernis.«

»Wie jede Woche halt«, brummte Aulehner missmutig.

»Du weißt doch selber, wie das ist«, klagte Hiebinger. »Immer, wenn's die Dienstboten wieder zu arg treiben, holen s' alle Gendarmen zusammen, die halbwegs in der Nähe vom Englischen Garten wohnen.«

»Wenn ich das vorher gewusst hätte, wäre ich bestimmt nicht ins Lehel gezogen«, knurrte Aulehner, während er hinter seinem Kollegen die Treppe hinunterpolterte. Auf dem unteren Treppenabsatz sah Lorenz sich von seiner Hauswirtin erwartet, einer ältlichen Dame mit gestrickter Wollstola über dem Nachthemd.

»Und ich wenn gewusst hätte, dass hier jede Nacht einer am Glockenstrick zieht«, kommentierte sie, »dann hätte ich mir bestimmt keinen Polizisten ins Haus geholt. Seine Miete zur Abwechslung einmal regelmäßig bezahlt zu bekommen, freut einen ja. In der Nacht zu schlafen ist dafür ein Luxus!«

»Tut mir leid, Frau Schaffner, Dienst ist Dienst.« Ihre Stimme schimpfte hinter ihm her, als die zwei Gendarmen auf die Straße eilten.

»Ja, Sie haben vielleicht Dienst, Herr Aulehner, aber ich doch nicht. Ich bin eine rechtschaffene Beamtenwitwe, und ich habe Anspruch auf einen ordentlichen Schlaf. Das wird man im Königreich Bayern wohl noch erwarten dürfen!« Das Keifen wurde abrupt abgeschnitten, als die Haustür ins Schloss fiel.

Auf der Straße hatte es in der Nacht kaum abgekühlt; zwischen den Fassaden der alten Häuser stand die Luft. Vom Fluss und von den Bächen her stieg Schwüle auf. In Aulehners Rücken schlug von einer der zwei Anna-Kirchen eine Uhr. Anscheinend war es schon später, als Aulehner angenommen hatte, halb fünf wohl.

Sie trafen sich wie immer in der Nähe des Tivoli. Gähnende Gestalten in Uniform sammelten sich zwischen den Kiosken vor der Gaststätte. Eine Ahnung von Brandgeruch lag in der Luft. Hinter den Baumkronen konnte Lorenz den Lichtschein eines Lagerfeuers flackern sehen.

»Meine Herren«, unterwies Oberwachtmeister Kohler sie

knapp, »ich nehme an, Sie sind diese dauernden Einsätze mitten in der Nacht ebenso leid wie ich. Dieses Mal gibt's keinen Pardon. Die Versammlung wird aufgelöst; wer sich widersetzt, wird festgenommen. Eine Minna ist schon angefordert.«

»Da wird uns eine nicht langen«, kommentierte eine vorwitzige Stimme. Kohler ignorierte den Einwurf.

»Falls notwendig, werden wir dieses Mal die Herrschaften von dem Pack verantwortlich machen. Sollen sie sich keine Dienstboten halten, wenn sie sie nicht im Griff haben! Gebrauchen Sie den Schlagstock, wenn's nicht anders geht! Jetzt räumen wir auf, aber sauber!«

Allmählich wurden diese Einsätze im Englischen Garten für alle zur Routine. Rasch fächerte die Truppe auf zu einer Linie, die im Schutz der Dunkelheit und der Bäume die Lichtung im Halbkreis umstellte. In allen Gesichtern stand dieselbe grimmige Zufriedenheit darüber, sich dieses Mal nicht zurückhalten zu müssen.

»Zugriff!«, kommandierte Kohlers Stimme von irgendwo aus dem Dunkel.

Aulehner stürmte vorwärts wie seine Kameraden, hinein in den Feuerschein und die aufgellenden Entsetzensschreie, und räumte mit dem Knüppel zur Seite, was nicht freiwillig wich.

»Aulehner, Hiebinger!«, kommandierte Kohler durch den Lärm. »Schaut's zu, dass ihr die Leute vom Feuer wegtreibt, bevor wir den Ersten herausziehen müssen!«

Es erschien Aulehner länger, doch der Tanzplatz leerte sich im Grunde verblüffend schnell. Die meisten Leute stoben auseinander wie die Hühner, hinein ins sichere Dunkel, sobald der Erste das Wort »Polizei« gerufen hatte. Nur leere Keferloher, Schuhe und das eine oder andere verlorene Strumpfband blieben im zertrampelten Gras zurück. Zum Glück – niemand hätte gern Säbel oder Revolver gegen Zivilisten eingesetzt.

Ein paar Dickschädel gab es immer, auch heute. Einige widerspenstige Burschen hatten die Ärmel aufgekrempelt, kamen aufs Feuer zu und zielten mit ihren Bierkrügen auf die Gendarmen. Aulehner schlug mit dem Knüppel nach links und rechts; einer der Dummköpfe brüllte auf und knickte auf die Knie ein, die anderen machten sich davon. Neben sich hörte er Hiebinger jemanden anschreien und drehte sich um.

Hiebinger hatte eine blonde Frau am Arm gepackt und mühte sich, sie vom Feuer wegzuzerren. Die Frau wehrte sich nach Leibeskräften, Hiebinger hob bereits den Schlagstock, sie duckte sich ängstlich weg ...

Aulehner packte Hiebingers Arm.

»Wachtmeister! Frauenzimmer schlagen wir nicht!«

Schwer atmend blieb der jüngere Gendarm stehen. »Das ist doch kein Frauenzimmer, das ist ...«

»Mir vollkommen gleichgültig, was das für eine ist! Wehren kann sie sich auf jeden Fall nicht.«

Hiebinger ließ den Stock sinken und nahm die linke Hand vom Arm der Frau. Einen Augenblick lang schob er wütend das Kinn vor, dann riss er sich zusammen und schaute Aulehner an. »Tut mir leid, Oberwachtmeister.«

Aulehner winkte ihm stumm, die Frau laufen zu lassen und sich um die verletzten Zecher zu kümmern. Nicht, dass es Konsequenzen für Hiebinger gehabt hätte, eine dieser nichtsnutzigen Furien zu verprügeln. Im Grunde hatten diese Weiber es ja nicht anders verdient.

Aus seiner Sicht wäre die Sache erledigt gewesen. Wäre da nicht die Frau gewesen, die sich inzwischen wieder aufgerichtet hatte und Aulehner eher wütend als dankbar anfunkelte.

»Schau, dass du heimkommst«, sagte Aulehner nachlässig und wollte sich abwenden. Sie blieb stehen, wo sie stand.

»Das kann ich nicht, bevor ich nicht jemanden gefunden habe«, erklärte sie fest.

Aulehner musterte sie erstmals genauer. Ganz jung war sie nicht mehr, vielleicht Anfang dreißig, gut gebaut und mit dem herzförmigen Mund und den langen blonden Locken auch sonst recht hübsch anzuschauen, wenigstens auf eine oberflächliche, liederliche Art. Das Haar war allerdings zerzaust, als hätte sie sich in dieser Nacht schon mit mehreren Burschen im Gras gewälzt, das Mieder stand offen, und der Rock war aufgeschürzt und voller Flecken, bei denen Aulehner nicht wirklich wissen wollte, woher sie stammten.

Wenn er eines nicht leiden konnte, dann Frauen, die alt genug waren, um respektabel zu sein, und die sich immer noch benahmen wie dumme Rotzgören.

»Schleich dich, hab ich gesagt. Bevor ich dich festnehmen lass. Wenn du dich schickst, kommst vielleicht noch rechtzeitig heim, bevor deine Herrschaft was spannt.«

Sie schien ihm gar nicht zuzuhören. »Ich suche ein junges Fräulein. Neunzehn Jahre alt. Ungefähr so groß.« Sie hob die Hand bis auf Höhe von Aulehners Schulter. »Ganz schmales Ding. Dunkle Haare. Ich hab sie auf dem Fest verloren.«

Sie schaute Aulehner eindringlich an. Was auch immer in ihrem betrunkenen Kopf vorging, es war ihr anscheinend bitter ernst damit. Sie sah verzweifelt aus.

Und auch nicht wirklich betrunken, bei genauerem Hinsehen.

»Wenn deine Freundin ein Hirn hat«, wiegelte er dennoch ab, »ist sie schon lang daheim und macht Feuer in der Küche, oder was ihre Pflichten halt sind. Und du lauf ihr jetzt nach und mach dasselbe!«

»Ich sag doch, sie ist ein junges Fräulein, und sie kennt sich in München nicht aus!«, beharrte die Frau. »Der Name ist Clara Prank. Sie ist vor einer Woche erst aus Nürnberg gekommen und hat noch kaum was gesehen, außer die Nachbarhäuser in Bogenhausen.«

Allmählich fing die Unterhaltung an, Aulehner Spaß zu machen.

»Ach so.« Sein Gesicht blieb todernst. »Jetzt versteh ich. Ein junges Fräulein. Aus Nürnberg. In München auf dem Kocherlball. Und wer bist dann du?«

Die Frau begriff gut, dass Lorenz sich über sie lustig machte. Resolut richtete sie sich auf und funkelte Aulehner ins Gesicht.

»Ihre Gouvernante!«

Jetzt lachte Aulehner wirklich.

»So schaust du aus! Pass einmal auf, du Madame Gouvernante, du: Als Erstes machst du dir einmal dein Gewand zu.« Sie folgte Aulehners Blick und schaute so verwirrt auf ihren Busen, dass Aulehner annahm, sie habe tatsächlich die offenen Knöpfe bis dahin nicht bemerkt. »Und dann mach, dass du weiterkommst, und schlaf deinen Rausch aus. Du phantasierst ja vor lauter Suff.«

»Ich bin stocknüchtern«, beteuerte sie ungeduldig. »Und ich kann doch das arme Mädel nicht hier allein lassen. Wie soll sie denn ohne mich den Weg nach Hause ...«

»Also, den Weg von hier bis zur Isar und zur nächsten Brücke wird s' ja wohl finden. Zeigen kann ihr den zur Not auch jeder. Einen Mund zum Fragen wird deine Freundin ja wohl haben. Jetzt lauf halt zu! Dass sie nicht bei denen ist, die wir eingesammelt haben, das siehst doch selber.« Er nickte in Richtung zweier Kameraden, die einen Betrunkenen vorbeischleppten. »Ich sag's dir, das Mädel ist schon lang daheim.«

Sie schien zu überlegen, ob Aulehner recht haben könnte. Um es ihr leichter zu machen, setzte er in amtlichem Ton hinzu: »Wenn wir hier eine Person aufgreifen, die der Beschreibung entspricht, kümmern wir uns sowieso um sie.«

Sie seufzte hörbar, begriff aber wohl, dass das die beste Antwort war, die sie bekommen würde. »Ihr seid's mir ja eine große Hilfe«, murmelte sie, drehte sich um und stapfte davon. Im Gehen klopfte sie sich den Rock aus und richtete notdürftig ihre Locken.

Sie torkelte überhaupt nicht. Ihre Rückseite war auch ganz hübsch. Nebenbei bemerkt.

Das schien nicht nur Lorenz aufgefallen zu sein. Während Aulehner der Frau noch hinterherstarrte, kam Kohler herüber und strich sich den Backenbart.

»Weißt, Aulehner, mich geht's ja nichts an«, grinste er. »Aber wenn du schon meinst, du musst hier den Kavalier spielen und die Kleine laufen lassen, weil sie ein Paar schöne Augen hat und die richtigen Polster an den richtigen Stellen, dann solltest du für dich wenigstens ein bisschen was mitnehmen dafür.« Er lachte. »Irgendwie hast du da was nicht kapiert. Hättest sie halt arretiert! Die hat heut' wahrscheinlich schon so viele unter ihre Röck' schauen lassen, der wäre es auf dich auch nicht mehr angekommen, wenn du sie danach bloß wieder laufen lässt.«

Aulehner merkte, wie sich seine Miene verfinstern wollte. Seine Rechte hatte sich unwillkürlich zur Faust geballt. Einen Moment lang war er wieder Kind, stand in dem engen, zugigen Flur und sah zu, wie der Mann in dem teuren Mantel vor dem hell erleuchteten Viereck eines Wintermorgens über die Schwelle trat, die Mutter, die ihm die Tür geöffnet hatte, daneben mit gesenktem Blick. Sie hatte die Hände in den Falten ihrer geflickten Witwenkleider vergraben und sah grau und müde aus. Alt, verständnislos und müde.

Lorenz bewegte unmerklich den Kopf hin und her, als könne er die Erinnerungen körperlich abschütteln. Er entkrampfte seine Finger. Kohler meinte es nicht so. Was er beschrieb, geschah schließlich oft genug.

»Aber was man sich bei so einer alles einfangen kann, davon sagst du nichts, Kohler«, gab er zurück. Ganz im Griff hatte er sich noch nicht; sein Tonfall war kühler als notwendig. Kohler zog die Brauen hoch, zuckte aber die Achseln und lachte.

»Wahrscheinlich ist das der Grund, warum der Eder dich bei den Kriminalern haben will«, stellte er fest. »Weil du ein Hirn hast.

Trotzdem. Such dir halt eine Jüngere aus, da hast bessere Chancen, dass dir die Franzosenkrankheit erspart bleibt. Wer weiß, wie lang du noch Zeit hast dafür?«, setzte er spöttisch hin. »Wenn dich der Eder erst ganz abzieht, wird's mit den Einsätzen im Englischen Garten für dich vorbei sein.«

Es war nicht schwer, aus Kohlers Worten den Neid herauszuhören. Vermutlich sahen die meisten Kollegen in Aulehner schon den Nachfolger des ältlichen Inspektors, seitdem Eder ihn angefordert hatte. Was stimmen mochte oder auch nicht.

Lorenz war es ziemlich gleichgültig. Er würde seine Arbeit tun, wohin man ihn stellte. Auf mehr zu hoffen, war im besten Fall naiv, und brachte im schlimmsten Fall nur Ärger. So viel hatte er in seinem Leben gelernt.

8.

Viragines oder Hetären

Der Weg nach Hause nahm kein Ende. Colina schürzte die Röcke und rannte ein Stück, blieb stehen, spähte im langsam heraufdämmernden Licht in die Seitenpfade links und rechts. Hin und wieder regte sich etwas, aber immer waren es nur Dienstboten auf dem Weg zur Arbeit, ein streunender Hund an einem Mauereck oder eine Katze, die Colina halb indigniert, halb wachsam anstarrte.

Die Villen am Rand des Viertels lagen finster und schweigend im Halbdunkel. Falls in den Häusern überhaupt schon jemand wach war, dann in den Wirtschaftsräumen und Küchen, wie es dieser hochnäsige Lackaffe von einem Gendarmen so spöttisch angedeutet hatte. Colina konnte nur hoffen, der Mensch möge auch mit seiner zweiten Annahme recht behalten, und Clara wäre längst zu Hause.

Sie umrundete die Villa Prank, in der noch Totenstille herrschte. Selbst das durchdringende Geschrei der Pfauen war verstummt. Die Fenstertüre zur Terrasse war noch immer offen, Colina ließ sie angelehnt. Auch im Salon war weder gelüftet, noch hatte jemand die leere Sektflasche oder Claras Bratsche aufgeräumt.

Die Schuhe in der einen Hand, das Instrument in der anderen, huschte Colina auf Strümpfen die Treppe hinauf. Auch im oberen Stockwerk regte sich nichts. Der Tag in der Villa begann spät; Prank arbeitete oft bis tief in die Nacht in seinem Zimmer im Turm. Unter diesen Umständen sah sicher auch Hubertus keinen Grund, warum er sich nicht noch eine Mütze Schlaf gönnen sollte.

Als Colina auf ihrem Zimmer in den Spiegel über der Waschkommode schaute, erschrak sie. Kein Wunder, dass der Gendarm sie so herablassend behandelt hatte; sie sah aus wie eine Landstreicherin. Ihr Haar stand kreuz und quer ab, Blätter und Zweige hatten sich darin verfangen. Auf der Suche nach Clara war sie unter den Bäumen herumgelaufen und hatte sich zwischen Zechern und Tänzern hindurchgezwängt; dabei war ihre Kleidung mehr als nur ein bisschen in Unordnung geraten. Bierflecken prangten darauf, und sie stanken nach dem Rauch des Lagerfeuers.

So durfte sie im Haus um Gottes willen niemand sehen! Hastig zog sie sich aus, schlüpfte in eins ihrer neuen Gewänder und bürstete sich die Haare aus. Sobald sie sich präsentabel gemacht hatte, musste sie sich um das größere Problem kümmern: Was war mit Clara?

Vorsichtig öffnete sie die Tür ihres Zimmers einen Spalt, huschte eine Tür weiter und klopfte sachte gegen das Holz.

»Fräulein Prank?« Es blieb still. Colina klopfte etwas lauter. Vielleicht hatte das Mädchen sich hingelegt und war vor Erschöpfung eingeschlafen nach dieser abenteuerlichen Nacht?

»Clara?«

Vorsichtig drückte sie die Klinke herunter. Zu ihrer Enttäuschung öffnete die Tür sich ohne Weiteres.

Claras Zimmer lag verlassen. Das Bett war unbenutzt; Colina legte die Bratsche darauf ab. Das Zimmer, deutlich größer als das Colinas, versank in einer Mischung aus Unordnung und Luxus; die Tür des Kleiderschranks stand halb offen, ein Puderdöschen auf der Spiegelkommode ebenfalls. Colina schloss beides, trat ans Fenster und schaute hinaus. Aus dem morgendlichen Dunst des Parks klagte der erste erwachte Pfau.

Verzweifelt ließ Colina sich auf Claras Bett sinken, stemmte die

Ellenbogen auf die Knie und stützte den Kopf in die Hände. Sie hatte es versaut. Am besten packte sie gleich ihre Sachen – sobald Prank vom Verschwinden seiner Tochter erfuhr, würde Colina sowieso in hohem Bogen hinausfliegen.

Ruhelos stand sie wieder auf. Als ob es im Augenblick darauf ankam. Wichtig war, wo Clara steckte!

Um sich abzulenken, schaute sie sich im Zimmer um. Wie viele Bücher Clara hatte! Aber vor allem waren es Zeitschriften, die Clara zu lesen schien; es gab ganze Stapel davon, von denen offenbar selbst das Stubenmädchen die Finger lassen musste, denn die Magazine bedeckten den kleinen Damenschreibtisch und eine Ablage neben dem Bücherregal in wildem Chaos. Selbst auf dem Bett lag eine Zeitung, und ein langer Artikel darin war Clara anscheinend so wichtig, dass sie ihn mit Tinte rot angestrichen und die Überschrift umrahmt hatte. Er war verfasst von einer Dame namens Franziska Gräfin zu Reventlow und trug den seltsamen Titel »Viragines oder Hetären«.

Hatte Clara nicht gestern erst von dieser Schriftstellerin und diesem Wort geredet? Neugierig geworden, hob Colina das Blatt auf und begann zu lesen.

Ihr Augen wurde immer größer. Sie ließ sich auf den Bettrand sinken.

»Die geschlechtliche Attacke«, wusste die Verfasserin, »ist die Urleistung des Mannes, die er auszuüben vermag, und von der aus sich sein ganzes Wesen und seine ganze Stellung in der Welt gebildet und entwickelt hat. – Das Weib erwartet, verlangt sie, gibt sich ihr hin. Das ist seine Funktion.«

Bilder stiegen in Colina auf, die sie gern hätte vergessen wollen. Rupp, sturzbetrunken, dessen Faust sie in den Magen traf. Sie selbst, wie sie rückwärtsstolperte. Der scharfe Schmerz, als sie gegen die Bettkante schrammte, hintenüberstürzte und mit dem Kopf gegen das Brett am Kopfende schlug. Rupp über ihr, auf ihr.

Mehr Bilder. Lochners Hand an ihrem Hinterteil, Gollhubers Hände in ihrem Mieder. Selbst Matthäus, der sie, nach einer Maß zu viel, übermütig in den Hintern kniff. Selbst Martin, selbst Alois.

Colinas »Funktion«?

Was war das denn für ein Dreck?

Zumindest wuchs in Colina allmählich eine Ahnung davon, was sie sich unter einer Hetäre vorzustellen hatte. Anscheinend war das eine Art Prostituierte im alten Griechenland, die, so erklärte der Artikel stolz, in der Antike hochgeachtet gewesen sei und der niemand es übel nahm, wenn sie ihren Körper und ihre Liebe verschenkte. Denn genau das sei die Bestimmung der Frau an sich; oder, wie die Verfasserin es ausdrückte: Die Frau sei nun einmal »nicht zur Arbeit, nicht für die schweren Dinge der Welt geschaffen, sondern zur Leichtigkeit, zur Freude, zur Schönheit«, sie sei »ein Luxusobjekt im schönsten Sinn des Wortes«. Ein beseeltes, lebendes Luxusobjekt, das Schutz, Pflege und günstige Lebensbedingungen benötige, um ganz es selbst zu sein. Jede Form von geistiger oder körperlicher Anstrengung, leider bei den bedauernswerten Frauen des Landvolks und der Arbeiterschaft üblich und womöglich sogar notwendig, widerspreche dagegen dem weiblichen Wesen zutiefst und entziehe die Frau ihrer natürlichen Bestimmung.

Kurz: Die Aufgabe der Frau sei es, »es gut zu haben und sich um nichts kümmern zu müssen«.

Colina saß da und zitterte. Sie dachte an Maximilian, ihren sieben Jahre alten Sohn, den sie bei Freunden vor dem trunksüchtigen Vater in Sicherheit gebracht hatte. An ihren Stolz über jeden Geldschein, den sie in einen Umschlag steckte und an Friedrich und Minna schickte, damit diese Maxi einkleideten und ihm alle Utensilien und Bücher für die Schule kauften – und vielleicht hin und wieder an Feiertagen eine Tüte Karamell. Friedrich, als ehemaliger preußischer Beamter, hatte eine gute Pension, und Minna war zu fürsorglich, als dass sie Max nicht ohnehin alles gegeben hätte, was er brauchte und was die beiden sich leisten konnten.

Aber für Colinas Sohn zu sorgen, war nicht die Aufgabe dieser beiden Freunde, sondern Aufgabe Colinas. Dafür nahm sie in Kauf, ihr Kind über Monate nicht zu sehen. Dafür hatte sie bei Lochner vierzehn und manchmal sechzehn Stunden am Tag geschuftet. Dafür hatte sie Krüge geschleppt, Tische gewienert, Erbrochenes von Fußböden geschrubbt. Ohne Lohn, nur für ein Trinkgeld, für das die Gäste sich das Recht zu erkaufen glaubten, Colina nach Gutdünken betatschen zu dürfen, oder Schlimmeres.

Und so widerwärtig es oft genug war, so stolz war sie darauf.

Max würde es gut gehen. Keiner seiner Klassenkameraden würde ahnen, dass seine Mutter vor einem brutalen Ehemann geflüchtet war und in München arbeiten ging. Maxis Hosen würden nicht zu kurz sein und seine Hemden nicht geflickt, er würde ebenso gut und schnell lernen wie alle anderen Kinder, und die Familie des Lehrers, eines Stadtrats oder sogar des Bürgermeisters würde nichts dagegen haben, wenn ihre Kinder ihn zum Spielen einluden.

Dafür würde Colina sorgen, mit ihrer Hände Arbeit.

Offenbar handelte sie damit, nach Ansicht der Schreiberin, ihrer wahren Bestimmung zuwider.

Weshalb hatte Clara ausgerechnet diesen Artikel markiert? War es das, was Clara von ihrem Leben erwartete? Hatte sie, die mindestens so naiv und weltfremd war wie die Verfasserin dieser Zeilen, etwa im Ernst vor, eine solche »Hetäre« zu werden? Was, wenn sie sich tatsächlich auf das Fest hatte bringen lassen in der Absicht ...

Die Tür ging auf. Clara schlüpfte herein. Colina ließ das Zeitungsblatt zur Seite gleiten und sprang vom Bett auf.

»Um Himmels willen, Fräulein Prank! Wo waren Sie?«

Clara sah schrecklich aus. Ihr Haar war in noch größerer Unordnung, als das Colinas gewesen war, das Gesicht eingefallen, zugleich gerötet und seltsam blass. Die viel zu weite Bluse drohte ihr von den

Schultern zu rutschen. Nachdem sie ihn wahrscheinlich auf dem gesamten Heimweg durch den Straßenstaub geschleift hatte, starrte ihr Rocksaum vor Schmutz.

Ein kurzer Blick streifte Colina, aber bevor beider Augen einander hätten begegnen können, wich Clara aus und schlurfte an Colina vorbei zum Bett. Sie ließ sich darauf fallen, rutschte so weit nach hinten, bis sie mit dem Rücken gegen die Wand stieß, zog die Beine an den Leib und schlang die Arme um ihre Knie.

Allmächtiger!

Colina setzte sich auf die Bettkante und öffnete gewaltsam Claras ineinander verkrampfte Finger. Zögernd kam Claras Gesicht hinter ihren Knien zum Vorschein. Tränen standen ihr in den Augen.

»Wo sind Sie gewesen, Clara?« Colina erschrak selbst über die Härte in ihrer Stimme. Aber jetzt war nicht die Zeit für Sentimentalitäten.

»Nirgends.« Clara wollte die Stirn wieder gegen ihre angezogenen Beine stützen. Colina packte sie an der Schulter.

»Sich zu verstecken hilft nicht«, zischte sie. »Sie wissen genau, was auf dem Spiel steht. Und ich meine damit nicht mich. Obwohl, schon auch mich, aber nicht nur. Ich habe nicht viel zu verlieren; ich schlage mich schon irgendwie durch. Aber Sie?« Clara starrte zur Seite. »Was ist passiert?«

Trotzig wischte Clara sich die Tränen weg. Colina konnte sehen, wie ihre Miene sich veränderte – bevor man sich Vorwürfe machen ließ, war es besser, selbst zu attackieren.

»Du warst ja nicht mehr aufzufinden«, beschwerte Clara sich. »Wo hast du so lange gesteckt? Ich habe dich gesucht, und dabei ...«, sie wendete den Blick ab, »... dabei habe ich mich verlaufen.«

Verlaufen. Ja, natürlich. Wie Rotkäppchen im Wald.

Colina beugte sich abrupt vor und schnupperte. Manche Leute

behaupteten ja, man könne es riechen. Nun, Clara roch lediglich verschwitzt und verqualmt, aber die Art, wie sie errötete und Colina von sich wegstieß, verriet dieser genug.

»Lass das!«

»Mit wem?«, fragte Colina. Der scharfe Tonfall tat seine Wirkung. Clara schaute wieder zur Seite.

»Niemand von Bedeutung. Irgendein Knecht, den ich sowieso nie wiedersehen werde.«

Resigniert ließ Colina sie los. Also wirklich. Mein Gott.

»Darauf kommt es doch gar nicht an«, redete Clara weiter. »Es geht um meine Selbstbehauptung. Darum, dass nicht mein Vater über mich zu bestimmen hat. Um den Akt an sich. Es ist die Bestimmung und das Wesen des Weiblichen, und deshalb ist es mein gutes Recht, selbst zu entscheiden, gerade wenn es darum geht, wer mein erster ...«

Colina schaute sie fassungslos an. Clara saß da, ein Kind in viel zu großen Kleidern, mit riesigen verheulten Augen, und plapperte in vollem Ernst Sätze nach, die sie nicht verstand.

»Es war auch überhaupt nicht schlimm«, beteuerte sie und wischte wieder in ihrem Gesicht herum. »Nicht der Rede wert, wirklich.«

»Und wenn es nicht dabei bleibt? Was, wenn es Folgen hat?«

Ein langer, verständnisloser Blick.

»Was für Folgen? Ich sage doch, ich werde den Mann ja nie wiedersehen.«

Das war nun wirklich nicht ... »Das kann ja wohl nicht sein!«, fauchte Colina. »Ist es das, was sie euch in den teuren Mädchenschulen beibringen?« Sie fischte die Zeitungsseite vom Fußboden und warf sie Clara ins Gesicht. »Solchen Schwachsinn vom alten Griechenland und von freier Liebe und vom weiblichen Wesen – aber nicht, was daraus entstehen kann?«

Wieder sah sie die Gesichter ihrer Eltern vor sich. Damals, vor acht Jahren. Das wütende der Mutter, das verstörte des Vaters. Sah Rupps Miene, hörte den herablassenden Tonfall, in dem er sich als Ehrenmann bereit erklärte, Colina selbstverständlich »als seine Gemahlin heimzuführen«.

Clara schien inzwischen zu begreifen. Sie nahm das Zeitungsblatt, faltete es so zusammen, dass der rot markierte Artikel obenauf lag, und strich es sorgfältig glatt. »Wenn meine Lehrerinnen gewusst hätten, dass ich solche Dinge lese, hätten sie mich von der Schule geworfen«, sagte sie dabei. Zufrieden, regelrecht stolz. »Und ich weiß, was du meinst. Mach dir keine Gedanken. Es war ja nur ein einziges Mal, und es hat auch gar nicht lange gedauert ...«

»Also, jetzt schlägt's wirklich dreizehn!«

Bebend vor Wut sprang Colina auf, packte Claras Hand und zerrte sie am Handgelenk hinter sich her. Sie war schon mit ihr durch die Tür und auf dem Flur, als Claras Protest sie erreichte.

»Was ist denn? Was willst du von mir?«

Colina fuhr zu ihr herum. »Weiß das gnädige Fräulein überhaupt, was es da angestellt hat? Hat es schon mal darüber nachgedacht? Ich meine, nur ganz kurz, so zwischendurch, wenn es nicht dabei war, sich über das Wesen des Weiblichen und den Lauf der Welt Gedanken zu machen?« Sie zerrte Clara wütend weiter und stieß die Tür zu ihrem eigenen Zimmer auf. »Von dem, was das gnädige Fräulein heute Nacht nicht lassen konnte, kann es nämlich durchaus in andere Umstände kommen! Ja, auch beim allerersten Mal und auch dann, wenn man es als nicht der Rede wert empfunden hat!«

Colina schob Clara in ihr Zimmer und warf die Tür hinter sich zu. »Hier.« Sie öffnete die Schranktür und reichte ihr eine alte, geflickte Wolldecke und ein Leintuch. »Breiten Sie das übers Bett.«

»Was hast du denn vor?«, fragte Clara, gehorchte aber. Vielleicht wurde ihr allmählich doch mulmig.

Statt einer Antwort ging Colina auf die Knie und wühlte, ganz hinten im Schrank, nach ihrem Vorrat. Sie hatte ihn kurz vor ihrem Abgang bei Lochner noch aufgestockt und seitdem keinen Grund mehr gehabt, sich der Prozedur zu unterziehen. Die große Flasche aus grünem Glas war fast voll.

»Was ist das?« Claras Frage kam zögerlich.

»Putzessig«, sagte Colina kalt. Sie zog die schwarze Schachtel aus der hintersten Ecke des Möbels, öffnete sie und zeigte Clara den Inhalt. Ungefähr so, wie ein mittelalterlicher Folterknecht dem Delinquenten die Instrumente der peinlichen Befragung gezeigt hatte.

Eine riesige Klistierspritze. Und ein schwarzer Schlauch.

»Der Schlauch ist fast neu. Und gut gereinigt«, sagte Colina. »Der muss unten rein. Verstanden? Ich mache dann den Rest.«

Clara wich zurück und schüttelte heftig den Kopf.

»Mein liebes Fräulein Prank«, lächelte Colina kühl. »In Ihrem eigenen Interesse würde ich Ihnen raten, mir jetzt zu vertrauen. Sie und ich mögen ja nicht viel gemeinsam haben. Aber was diese eine Sache angeht, sind wir einander wirklich vollkommen gleich.«

Claras Kopfschütteln verstärkte sich, sie schaute mit weit aufgerissenen Augen von der Spritze auf den Schlauch und den konzentrierten Essig. »Du bist ja wahnsinnig! Das mache ich nicht! Niemals mache ich das!«

»Ist Ihnen lieber, wir warten ab? Es ist ohnehin nicht wirklich sicher, dass es klappt! Wollen Sie lieber vielleicht bald Ihrem Vater erklären, wieso das sittsame Töchterchen anschwillt wie eine trächtige Kuh?«

Das Mädchen schlug die Hand vor den Mund. Gegen ihren Willen spürte Colina, wie Mitleid in ihr aufquoll.

»Es ist nicht schön, das sage ich gleich«, gab sie zu. Ihre Stimme war rau. »Aber es muss sein. Und danach würden ein paar Stoßgebete wahrscheinlich auch nicht schaden.«

Langsam, als müsse sie gegen einen unsichtbaren Widerstand

ankämpfen, ließ Clara sich aufs Bett sinken. Colina hielt ihr den Schlauch hin.

»Wieso ...« Clara schaute sie an. »Warum hast du so etwas überhaupt?«

Ja, warum wohl? Beinahe hätte Colina zu lachen begonnen. Sollte Colina dem Fräulein aus der Schule für höhere Töchter, das heimlich verbotene Zeitungen las und sich für ein Luxusobjekt im schönsten Sinn des Wortes hielt, erklären, wie ihr Leben bis vor vier Wochen ausgesehen hatte? Das Leben einer Kellnerin, die sich zwei oder vielleicht sogar drei Mark verdienen konnte, wenn sie in Lochners Schuppen auf fauligem Stroh die Beine breit machte für jeden, der diese Summe zu zahlen bereit war? Und die darum zu gewissen Vorkehrungsmaßnahmen gezwungen war, ob sie wollte oder nicht?

Nein, dachte sei, das wäre nicht fair. Das Kind konnte nichts dafür, dass es in bessere Verhältnisse hineingeboren worden war – es sollte seine Chancen nur nicht wegwerfen! Aber vor allem sprach sie nicht davon, weil es nur die halbe Wahrheit gewesen wäre. Weil sie Spritze und Schlauch schon weit länger besaß. Und weil Clara, wenn sie schon zu Colinas Leidensgefährtin wurde, sich im Gegenzug ein wenig Ehrlichkeit verdient hatte.

»Ich benutze das schon sehr lange«, sagte sie, ohne Clara anzusehen. Sie schraubte die Flasche auf. Scharfer Essiggeruch füllte das Zimmer. »Schon seit fast fünf Jahren. Bisher hat es mir immer geholfen. Oder ich hatte viel Glück. Ich war ... ich bin verheiratet.«

Sie warf Clara einen Blick zu. Die hatte den Schlauch aufs Bett gelegt und schaute Colina nun vollends verständnislos an.

»Aber wenn du verheiratet bist ...«

Es gab tausend Möglichkeiten, diesen Satz zu beenden: Warum bist du dann nicht bei deinem Mann? Warum gehst du dann arbeiten? Warum musst du dann diese entsetzliche Prozedur auf dich nehmen, obwohl deine Kinder doch, selbst ohne von deinem Mann zu sein, auf jeden Fall ehelich wären? Colina beschloss, nur auf die letzte Frage zu antworten.

»Ich habe einen kleinen Sohn«, erklärte sie. Sie holte die Klistierspritze aus ihrem Etui. Das Metall lag kalt in ihrer Hand. »Ich wollte keine weiteren Kinder.«

»Warum nicht?« Claras Frage folgte wie aus der Pistole geschossen, völlig spontan und unbedarft. Sie begegnete Colinas verwundertem Blick und plapperte eilig weiter. »Ich meine, du kommst mir nicht vor wie jemand, der keine Kinder mag. Du kümmerst dich doch gern um andere. Ich könnte dich mir gut als Mutter vorstellen. Mit einem ganzen Schock von Kindern.«

Colina schloss kurz die Augen. Wie sollte man es auch erklären? Sie dachte an jene erste Nacht, die sie auf dem Fußboden in der Ecke des Zimmers verbracht hatte, am ganzen Körper zitternd, nachdem Rupp, wutentbrannt über etwas, an das Colina sich nicht mehr erinnerte, sie grün und blau geschlagen hatte. An die Angst, die Wut. Und die Scham.

Daran, wie sie einzig und allein gehofft hatte, Rupp möge leise genug gewesen sein, um das Kind nicht aufzuwecken.

»Ich wollt' halt keine«, sagte sie hart. Sie zog die Spritze auf. »Der Schlauch«, erinnerte sie streng. »Und dann zeigen Sie mir mal, was so ein Fräulein aushalten kann. Denn das kann ich Ihnen sagen: Es gibt angenehmere Arten, einen Tag zu beginnen.« Sie drehte sich zu Clara um, und ihr Mitleid gewann einen Augenblick lang die Oberhand über den Ärger. »Sie müssen still sein, auch wenn es weh tut.«

9.

Zähne

»Und dafür sind wir heut' mitten in der Nacht aufgestanden«, resümierte Aulehner, als er und Hiebinger den letzten aufgegriffenen Hausknecht über die Schwelle in die Ausnüchterungszelle bugsierten. Hiebinger sperrte ab; der Schlüsselbund rasselte.

»Wenigstens haben wir's hinter uns«, sagte er, als er hinter Aulehner die paar Stufen zur Wachstube wieder emporkletterte. »Jetzt gehe ich erst einmal heim zum Frühstücken. Ich nehme an, du wirst auch ...«

In diesem Moment entstand Tumult vor ihnen. Jemand schrie laut auf. Stimmen fluchten. Dann schoss ein Kollege ihnen entgegen aus der Wachstube. Kreidebleich.

»Aulehner? Du bist doch jetzt beim Eder eingeteilt, oder? Bei den Kriminalern? Dann ... geh du einmal da 'naus!«

Aulehner gehorchte verwundert. Die Kollegen, die sonst gern auf dem Tresen der Wache lehnten, waren davon zurückgewichen. Dort lag etwas. Etwas Unförmiges, grob Rundes, neben einem Kartoffelsack aus Jute, in dem man es wohl transportiert hatte. Seltsame Schnüre und Stränge hingen daran, anscheinend gewaltsam abgerissen.

Es dauerte einen ganzen Atemzug, ehe Lorenz' Gehirn bereit war, das Ding zu identifizieren.

Ein menschlicher Kopf. Der abgetrennte Kopf eines Mannes in mittleren Jahren, um genau zu sein, das Gesicht verzerrt zu einer grotesken Fratze, Mund und Augen weit aufgerissen in abgrundtiefem Entsetzen.

Etwas in Aulehner weigerte sich, zu akzeptieren, was er sah. Es musste eine Täuschung sein. Etwas aus einem Wachsfigurenkabinett vielleicht, ein Streich, den ihm seine Kollegen ...

Es half nichts. Da vor ihm, auf dem blanken, mit Tintenflecken und Kratzern gezeichneten Holz der Schranke, lag es.

Auf der anderen Seite der Schranke stand, ein dunkler Schatten, die Muschelkrone auf dem Kopf, der Häuptling aus dem Lager der Samoaner. Er richtete sich mit steinerner Miene zu voller Höhe auf, als ihn von allen Seiten die fassungslosen Blicke der Gendarmen trafen.

Hiebinger brach das Schweigen.

»Der Hoflinger!« Offenbar hatte er das Gesicht des Toten trotz der verzerrten Züge erkannt. »Das ist der Hoflinger Naz!« Er starrte von einem seiner Kollegen zum nächsten. »Die Kannibalen haben den Deibelbräu gefressen!« Damit stürzte er wieder hinaus in den Flur. Man konnte hören, wie er sich auf der Treppe übergab.

Aulehner begriff, dass er etwas tun musste. Die Kollegen blickten vom Häuptling auf ihn und zurück. Und weiter zu dem Stück menschlichen Fleisches auf dem Tresen.

Halb angewidert, halb fasziniert trat er näher. Die weit aufgerissenen Augen, dazu der geöffnete Mund, der etliche Zahnlücken offenbarte, waren ebenso erschreckend wie komisch. Aulehner zwang sich, den Blick abwärts zu richten, zum Hals.

Er hatte noch nie so etwas gesehen. Enthauptete, das ja. Auch schon einmal jemanden, dem man mit dem Messer die Kehle durchgeschnitten hatte. Aber das waren saubere, glatte Schnitte gewesen. Von dieser Kehle dagegen war so gut wie nichts mehr vorhanden. Stränge hingen heraus, als hätte man Fäden aus einem Stück Stoff gezogen. Speiseröhre, Luftröhre. Drei oder vier Wirbel mochten noch vorhanden sein. Der Rest fehlte. Die Wunde ... Er bemühte sich verzweifelt um eine rationale Erklärung für diese Wundränder. Mit welcher Waffe konnte man einen derart gezackten, ausgefransten Wundrand bewirken? Diese vielen kleinen Druckspuren und spitzen, tief gehenden Hautwunden?

Bei Betrachtung dessen, was vom Hals des armen Menschen noch übrig geblieben war, drängte sich die Ursache wie von selbst auf.

Zähne.

Aulehner machte einen Schritt rückwärts und starrte den Häuptling an. Er merkte erst jetzt, dass er die ganze Zeit den Atem angehalten hatte. Der Samoaner musterte ihn mit reglosem, dunklem Gesicht.

»Die haben den Hoflinger Ignatz gefressen«, griff jemand mit heiserer Stimme Hiebingers Satz auf. Aulehner musste sich räuspern, ehe er sprechen konnte.

»Dann könnt ihr bestätigen, dass es sich hier um den Brauereibesitzer Hoflinger handelt?«

»Freilich ist das der Wirt vom ›Oiden Deibe‹, Aulehner. Das beschwör' ich. Und diese Wilden haben ihn …«

»Nicht Stamm«, sagte eine fremde Stimme. Sie war weich und dunkel und dehnte die Vokale auf merkwürdige Weise. Der Häuptling schlug sich mit der Faust mehrmals gegen die Brust wie beim Confiteor im Gottesdienst. »Stamm nicht schuldig. Ich allein.«

»Der Kerl hat den Deibelbräu ganz allein aufgefressen?«, wiederholte jemand. Es klang fast beeindruckt.

»Nehmt's den fest«, sagte Aulehner kraftlos. »Und bringt's ihn in eine eigene Zelle, nicht zu den Besoffenen. Und holt's mir um Gottes willen den Eder!«

Eilig nahm er den Jutesack und breitete das grobe Gewebe über dem Kopf aus.

Eder hielt sich besser, als Aulehner erwartet hatte. Der grüblerische alte Mann trat ruhig an den Kopf heran und inspizierte ihn von allen Seiten. Anders als Aulehner wagte er auch, ihn anzufassen.

»Zähne?«, fragte Aulehner schließlich, als das Schweigen ihm zu lange dauerte.

Eder rückte seine Nickelbrille zurecht und richtete sich schwerfällig auf.

»Ich wünschte, ich hätt' eine bessere Erklärung, Lenz. Aber ich hab' auch keine. – Das Protokoll ist aufgenommen, ja? Was hat der Häuptling ausgesagt?«

»Dass er den Mann, den er nicht kennt, heute Nacht ermordet und ... verspeist hat. Allein.«

Eder schüttelte den Kopf. Unglaube malte sich in seinen mageren Zügen. Aber er sagte nichts dazu. Stattdessen legte er Aulehner eine schwere Hand auf die Schulter. »Gehen wir's an. Was jetzt kommt, ist immer das Schwerste. Da gewöhnt man sich nicht dran, egal, wie oft man's tun muss. Suchen S' mir ein besseres Tuch, Lenz, seien S' so gut. Und dann fahren wir nach Giesing.«

In der Kutsche saßen außer Eder und Aulehner noch zwei Gendarmen. Die zwei Braunen trabten munter; das Geschirr klirrte. Eder hielt den umhüllten Männerkopf auf seinem Schoß. Inzwischen hatte sich der Morgendunst verzogen; von Heilig Kreuz herunter schlug es halb neun. Die Brauerei mit der angeschlossenen Gastwirtschaft lag in der Nähe der Trambahnstation auf dem Giesinger Berg und war größer, als Aulehner gedacht hatte. Anscheinend beschäftigte sie mehrere Arbeiter und Bräuburschen, die soeben nach und nach zum Tor hereinstiefelten. Sie stutzten überrascht und misstrauisch, als Eder mit seinen drei uniformierten Kollegen aus dem Wagen stieg.

»Sie kommen mit mir, Lenz. Ihr zwei haltet die Leute vom Haus weg.«

In der großen Gaststube waren die Stühle hochgestellt. Dunkles Holz dominierte den Raum. Eine Kellnerin fegte den Fußboden.

»Guten Morgen, Aloise«, sagte Eder. Er schien sich hier auszukennen. »Sind die Chefin und die Buben da?«

Die Frau deutete auf eine Tür.

»Im Nebenzimmer. Aber bloß die Chefin und der Luggi; wo der Chef und der Roman wieder sind, weiß der liebe Herrgott.«

Im Fall von Hoflinger senior wusste Aulehner es auch. Er klopfte an die Tür, da Eder keine Hand frei hatte.

»Frau Hoflinger? Polizei. Wir müssen Sie dringend sprechen.« Er wartete auf das misstrauische »Herein«, das immer folgte, sobald das Wort »Polizei« gefallen war, ließ Eder zuerst eintreten und schloss die Tür wieder fest hinter sich.

Auch hier altersdunkle Möbel, schwere schmiedeeiserne Verzierungen vor den Fenstern, wie im großen Saal. Maria Hoflinger, die Wirtin, stand mit einer Liste im Raum. Sie mochte um die fünfzig sein und war gewiss einmal eine sehr schöne Frau gewesen. Jetzt hatten Jahre, Arbeit und Sorgen tiefe Falten in ihr Gesicht gegraben. Es war zurzeit nicht leicht für die kleinen Brauereien, hieß es. Selbst wenn sie das beste Bier der Stadt herstellten. Den dunkelhaarigen Burschen, der zögernd neben seine Mutter trat, hatte Aulehner bereits auf dem letzten Streifgang in Schwabing gesehen. Es war derselbe, der sich so scheu um die Schwabinger Künstlerclique im Café Minerva herumgedrückt hatte.

»Grüß Gott«, sagte die Wirtin. »Ist etwas passiert?«

Es war klar, dass sie befürchtete, die Antwort werde »Ja« lauten. »Ist etwas mit dem Roman? Ich weiß schon, dass er heut' Nacht nicht heimgekommen ist. Der Bub ist manchmal ein bisschen wild.«

»Über Ihren Sohn haben wir keine Neuigkeiten, Frau Hoflinger«, sagte Eder steif. »Es geht um Ihren Mann.«

Aulehner konnte zusehen, wie das Blut aus dem Gesicht der Frau wich. Vielleicht lag es an Eders ernstem Tonfall, vielleicht war es auch so, wenn man einander lang und gut genug kannte: Etwas in der Frau hatte bereits verstanden, ehe sie es hörte.

»Bitte, setzen Sie sich«, sagte Eder. »Du auch, Bub. Was ich Ihnen zeigen muss, ist alles andere als schön.«

Er wartete, bis sie sich niedergelassen hatten, und setzte sich zu ihnen. Aulehner blieb stehen. Eder legte sein Bündel auf den Tisch und entfernte vorsichtig die Umhüllung.

Ein Schrei. Ein einziger.

Der Sohn sprang auf und rannte aus dem Raum. Sein Stuhl kippte und polterte zu Boden. Leise, fast verschämt, wie man sich auch in einer Kirche bewegte, umrundete Aulehner den Tisch, hob den Stuhl auf und stellte ihn gerade.

Als er sich wieder aufrichtete, hatte Maria Hoflinger begonnen zu weinen. Lautlos, mit unbewegtem Gesicht. Gab es da nicht eine Sage von einer Frau, die vor Kummer zu Stein erstarrte und der bis in alle Ewigkeit Tränen über das Gesicht rannen? Es war ein Anblick, bei dem einen gestandenen Mann das Gruseln überlaufen konnte.

»Frau Hoflinger«, versuchte Eder, das Schweigen zu brechen. »Ich werde Sie gar nicht fragen, ob das Ihr Mann ist. Ich habe ihn selbst erkannt, aber Sie werden trotzdem eine entsprechende Aussage unterschreiben müssen.«

Er erhielt keine Antwort.

»Können Sie sich erinnern, wann Sie Ihren Mann zum letzten Mal gesehen haben? Ist er gestern noch einmal aus dem Haus gegangen, hat er vielleicht einen Termin gehabt?«

Wieder Stille. Maria Hoflinger saß da und starrte ihrem Ehemann in die toten Augen, als halte sie ein letztes Mal Zwiesprache mit ihm.

Von draußen kam Lärm. Der Junge, der zuvor hinausgestürzt war, kehrte zurück in Begleitung eines anderen jungen Mannes, vielleicht zwei, drei Jahre älter, wohl sein Bruder. Fassungslos sank er auf den Stuhl, den Aulehner aufgestellt hatte, und griff nach der Hand seiner Mutter. Dann erst schaute er das an, was auf dem Tisch lag. Er schluckte, aber noch ließ der Schock wohl keine weitere Reaktion zu.

Weinend ließ der jüngere Bruder sich neben Eder am Tisch nieder und griff nach Marias anderer Hand.

Süßlicher Malzgeruch aus der benachbarten Brauerei stand im Raum. Eine Fliege, eine von den großen, grün schillernden, surrte um den Tisch. Eder nahm das Tuch, in dem er den Kopf zuvor transportiert hatte, und breitete es über das Gesicht des Toten.

Maria Hoflinger schien es nicht einmal zu bemerken.

Der ältere der beiden Burschen schaute von seiner Mutter auf Eder, der wortlos mit dem Kopf in Richtung Tür nickte. Beide erhoben sich leise, und Aulehner folgte ihnen nach draußen.

In der großen Gaststube war niemand mehr. Hinter einer weiteren Tür schluchzte jemand. Die Kellnerin hatte offenbar gelauscht.

»Der Kopf«, sagte der junge Roman Hoflinger. Er rang merklich mit den Worten, versuchte aber, sich der Situation zu stellen. Schließlich war er jetzt das neue Familienoberhaupt. »Warum ... nur der Kopf von meinem Vater?«

»Es scheint, dass Ihr Vater unter einen Stamm von Samoanern geraten ist«, erklärte Eder langsam. In seiner Stimme schwangen viele Fragezeichen mit. Roman Hoflinger blickte von einem zum anderen. Aulehner musterte ihn. Ein großer, muskulöser Kerl mit hübschen Gesichtszügen, sicher sehr beliebt bei Frauen. Nach dem, was die Mutter angedeutet hatte, außerdem ein Herumtreiber. Im Moment sah er eher aus wie ein verstörtes Kind.

»Samoaner?«

»Gehen S', Lenz, haben Sie ...«

Schweigend zog Aulehner eines jener Flugblätter aus der Tasche, die der Intendant Schmidt ihm bei der Besichtigung des Samoaner-

Lagers aufgedrängt hatte. Es war die Version mit dem Kochtopf – die Bilder mit der Südsee-Schönheit waren unter den Kollegen weit schneller weggegangen.

Fassungslos starrte Roman auf das Blatt. Es dauerte, bis er wirklich begreifen wollte, was genau die zwei Gendarmen damit andeuteten. Als er aufblickte, waren seine Augen fast schwarz. »Sie meinen, diese Wilden haben ... haben den Vater ...«

»Laut der Aussage, die Häuptling Anahu auf unserer Wache gemacht hat«, sagte Eder, und wieder schien er jedes Wort auf seine genaue Bedeutung abzuklopfen, »hat er – und zwar er allein – Ihren Vater in den Isarauen angetroffen, ihn getötet und – ja. Das Fleisch verzehrt, bis auf den Kopf. Darüber, was er mit den Knochen angestellt hat, macht er keine Angaben.«

»Dann prügeln Sie es halt aus ihm heraus!«, schrie Roman Hoflinger Eder unvermittelt ins Gesicht, und Aulehner, obwohl er demonstrativ die Hand auf den Griff seines Säbels legte, konnte es ihm nachfühlen.

»Der Häuptling spricht, ebenso wie seine Landsleute, nur sehr gebrochen Deutsch«, gab Eder ruhig zu bedenken.

Der junge Hoflinger schüttelte heftig den Kopf. »Das stimmt doch nicht. Der deckt doch nur die anderen Wilden!«

»Es ist seine Aussage«, beharrte Eder. »Hinterher habe er sich erinnert, welch schwere Sünde er begangen habe, und sei darüber in tiefe Reue verfallen. Deshalb habe er den Kopf des toten Mannes zur Polizei gebracht und sich gestellt, um seine Buße zu empfangen.«

Wieder das heftige Kopfschütteln. Aulehner verstand auch das. Nur zu gut.

»So eigenartig dieser Fall sich darstellt«, sagte Eder langsam, »so sieht es doch aus, als werde er mit dieser Aussage bald abgeschlossen sein. Unsere Kollegen sind bereits im Lager der Samoaner, um die Spuren dort zu sichern. Wir werden alles prüfen, dessen können Sie gewiss sein, Herr Hoflinger. Auch alle Unstimmigkeiten.«

Roman Hoflinger ließ ein verächtliches Schnauben hören, das Eder tunlichst ignorierte.

»Wissen Sie, ob Ihr Vater gestern noch etwas außerhalb des Hauses zu erledigen hatte?«, fragte er stattdessen. »Oder warum er so spät abends noch unterwegs war?«

»Wir sind eine Brauerei«, gab Roman unwillig zurück. »Wir beliefern Gaststätten, die haben halt einmal nachts auf. Wenn einem Wirt das Bier ausgeht oder schlecht geworden ist, kauft er nach. Da kann schon mal einer mitten in der Nacht am Haustor Sturm läuten. Im Sudhaus wird auch oft gearbeitet bis in der Früh.«

»Von einem konkreten Termin gestern wissen Sie nichts?«

Er wurde rot. »Ich war nicht daheim gestern. Und mein Vater hat nicht viel geredet mit mir über die Firma. Zumindest wollte er von mir nicht viel darüber hören.«

Der nachgeschobene Satz klang bitter. Da schau her, dachte Aulehner.

»Können Sie sich vorstellen, was Ihren Vater so weit in den Norden der Stadt bis in die Isarauen verschlagen hat? Haben Sie vielleicht Kunden in Unterhaching oder Ismaning?«

Roman zuckte die Achseln. »Einfallen tun mir keine. Vielleicht weiß die Mutter etwas, oder der Vitus, unser Vorarbeiter.«

Eder nickte bedächtig. »Dann zu einem anderen Problem. Falls wir weitere ... Überreste Ihres Vaters finden sollten, woran können wir sie identifizieren? Wissen Sie, welche Kleidung Ihr Vater gestern getragen hat? Hatte er etwas Besonderes bei sich?«

Der junge Hoflinger überlegte, aber die Antwort wurde ihm abgenommen.

»Seinen Wechsel«, sagte eine Frauenstimme. So urplötzlich und schneidend, dass alle drei Männer zusammenzuckten und herumfuhren.

Maria Hoflinger stand in der Tür zum Nebenzimmer, ein dunkler Schatten vor dem Viereck der Tür. In ihren Händen ein Rosenkranz.

Aulehner dachte bei dem Wort »Wechsel« erst an ein Papier, an eine Schuldverschreibung. Dann begriff er, dass bei einem Brauer wie Ignatz Hoflinger wohl eher ein Bierwechsel, also ein Zapfhahn gemeint war, wie man sie brauchte, um ein neues Fass anzustechen.

»Seinen goldenen Wechsel«, präzisierte die Witwe. Sie umklammerte den Rosenkranz mit beiden Händen. »Den hatte er immer in der Tasche.«

Aulehner war unwillkürlich beeindruckt von der Frau. Zunächst hatte er gedacht, sie breche zusammen. Aber sie schien ihre Schwäche bereits überwunden zu haben. So, wie sie sich ins Gespräch mischte, hatte sie sich wieder unter Kontrolle.

Roman Hoflinger warf einen etwas verwunderten Blick auf seine Mutter. Diese erwiderte ihn ernst. Fast ein wenig von oben herab. Der Blick eines Kommandanten, der seine Rekruten mustert.

Da schau her, dachte Aulehner wieder.

10.

Bis auf die Knochen

Eigentlich hatte Colina sich hinlegen wollen. Clara war kleinlaut in ihr eigenes Zimmer geschlichen und dort vermutlich erschöpft eingeschlafen. Aber nach der Tortur, der sie sich unterzogen hatte, stank die Kammer durchdringend nach Putzessig. Colina riss das Fenster weit auf und beschloss, einen Spaziergang im Park zu unternehmen, bis der Geruch sich verzog.

Zu denken hatte sie an diesem Morgen zweifellos genug.

Es konnte noch nicht viel über zehn Uhr sein, doch der Tag drohte bereits, schwül zu werden; selbst unter den Bäumen stand die Luft, und es roch unangenehm faulig von der Isar her.

Westwind, dachte Colina. Wahrscheinlich würde es ein Gewitter geben, und vielleicht schlug das Wetter insgesamt um. In den Dörfern brachten die Bauern jetzt hektisch das Heu ein und schickten zu den Häuslern, den Handwerkern und Arbeitern, um sie als Hilfskräfte anzuheuern. Wenn es darauf ankam, war das ganze Dorf auf den Feldern.

Wahrscheinlich auch Colinas Eltern und Geschwister.

Sie schob den Gedanken rasch beiseite. Es war sinnlos, über Vergangenes zu klagen.

Colina schlenderte über den Pfad, der zur Pforte in der rückwärtigen Parkmauer führte, als unvermittelt ein Mann vor ihr stand. Ein Hund, den er an der Leine hielt, bellte scharf. Colina schrak zusammen.

»Guten Morgen«, grüßte der Unbekannte ruhig und hob kurz seine abgegriffene Melone. Er war nicht mehr jung, vielleicht Mitte vierzig, und nicht gerade ärmlich, aber auch alles andere als gut gekleidet. Der Hund knurrte Colina wütend an. Es war ein sehniges und kräftiges Tier, braun und schwarz, mit schmalem, langem Schädel; ein Hund, vor dem Colina sofort Respekt hatte. Sein Herr schüttelte kräftig die Leine. »Aus! – Der tut nix, gnädige Frau. – Jetzt geh weiter, du blöd's Vieh!«

Ohne eine Antwort abzuwarten, tippte er sich an den Hut und setzte seinen Weg fort. Herr und Hund verschwanden zwischen den Bäumen.

Seltsame Begegnung, dachte Colina. Wer mochte das sein? Er schien sich im Garten auszukennen. Wahrscheinlich ein Wachmann, den Prank engagiert hatte, damit er mit seinem Hund im Garten Streife lief und Einbrecher fernhielt.

Als sie zu den Tiergehegen kam, stand dort Herr Prank und rauchte eine Zigarette. Während Colina sich ihm näherte, steckte er etwas in seine Tasche, von dem Colina annahm, es müsse ein teures Zigarettenetui sein, denn es glänzte golden, als ein verirrter Sonnenstrahl sich darauf fing.

Colina hätte eine Begegnung gern vermieden, aber dafür war es zu spät; Herr Prank hatte sie bereits gesehen.

»Guten Morgen, Fräulein Kandl. Sie sind früh unterwegs.«

Egal, was Prank sagte, es lag immer etwas Lauerndes darin, als sei es eine Prüfung. Auch jetzt fasste er Colina scharf ins Auge; ihre Blässe und ihre Mattheit fielen ihm sicher auf.

»Ich fühle mich heute nicht recht wohl«, gestand Colina daher, »und dachte, die frische Luft werde mir guttun.«

»Sind Sie krank?«

»Nur etwas unwohl. Die Nacht war sehr warm, ich habe wenig geschlafen.«

»Legen Sie sich noch etwas hin«, befahl Herr Prank. »Und

kurieren Sie sich unverzüglich aus, falls Sie erkranken sollten. Um Wehwehchen sollte man nicht viel Aufhebens machen, aber mit einer Krankheit könnten Sie Clara anstecken.« Sich so ängstlich zu zeigen, sobald es um seine Tochter ging, mochte ihm peinlich sein, denn er setzte, jetzt wieder in kühlem Ton, hinzu: »Im Übrigen bezahle ich Sie dafür, Clara zu Gesellschaften zu begleiten, was Sie nicht können, wenn Sie krank sind. Der gestrige Abend dürfte Ihnen gezeigt haben, wie notwendig meine Tochter jemanden an ihrer Seite braucht, der auf sie einwirken kann.«

»Fräulein Prank hatte großen Erfolg«, sagte Colina aufs Geratewohl, weil sie nicht wusste, wie sie die Farce dieses Empfangs hätte in Worte fassen sollen. Prank musterte sie.

»Clara ist mein einziges Kind und mein ganzer Stolz. Mir war klar, dass sie Eindruck machen würde, aber ich kenne die Herren, denen sie gestern vorgestellt wurde, selbst noch zu wenig, um beurteilen zu können, inwieweit ich Clara einen weiteren Umgang gestatten möchte. Sie, Fräulein Kandl, werden also bitte auch künftig dafür sorgen, dass Clara keine engen Bekanntschaften beginnt, ehe ich nicht ausreichend Informationen über die Leute eingeholt habe. Dazu sollten Sie tatsächlich gesund und belastbar sein.«

Nur gut, dass Curt Prank nicht wusste, in welchem Maß seine Anweisung, was Clara anging, bereits zu spät kam. Colina setzte ein Lächeln auf.

»Ich verstehe, Herr Prank. Ich versichere Ihnen, es ist nur eine kleine Unpässlichkeit.«

Prank gab sich zufrieden und schien sich mit einem Nicken abwenden zu wollen, blieb aber noch einmal stehen, als sei ihm etwas eingefallen. »Weil wir gerade davon sprechen, Fräulein Kandl, haben Sie ein schwarzes Kleid? Falls nein, so besorgen Sie sich bitte eines.«

»Ist etwas geschehen?«

»Nichts, das uns unmittelbar beträfe«, beruhigte er. »In der Stadt geht ein entsetzliches Gerücht, nach dem ein Braumeister heute Nacht zu Tode kam. Unter ganz abscheulichen Umständen. Da ich nun in München lebe und mich der Brauerzunft zugehörig fühle, würde ich es als meine gesellschaftliche Pflicht ansehen, zusammen mit Clara am Begräbnis teilzunehmen. Sie würden Clara in diesem Fall begleiten.«

Aulehner war nicht sicher, ob die Nähe des Wassers die Schwüle milderte oder verschärfte. Es war inzwischen weit nach Mittag, und noch immer stolperten die Gendarmen über den unebenen Grund der Auwälder, zwischen feder- und knochengeschmückten Zeltwänden, machten sich die Stiefel nass auf dem Kies der Isar, schlugen mit beiden Händen nach Mücken und stocherten mit Ästen in Lagerfeuern.

Bisher hatten sie rein gar nichts gefunden. Auch eine soeben entdeckte Grube in der Nähe des Lagers enthielt lediglich Kaninchenknochen.

»Kaninchen!«, murrte Aulehner unwillkürlich. »Nichts als verdammte Kaninchen! Da fragt man sich schon, wo die Wilden hier draußen solche Haufen Kaninchen finden!«

Er hatte wohl zu laut gesprochen, denn er erhielt Antwort. »Schsch!« Die junge Frau, die Aulehner beim ersten Besuch in Gesellschaft des Häuptlings gesehen hatte, legte den Finger auf die Lippen. Es musste die Mutter des Kindes sein, das der Häuptling damals auf dem Arm gehalten hatte; seine Frau also, falls diese Wilden so etwas wie eine Ehe kannten. Die Samoanerin betrachtete Aulehner mit steinernem Gesicht.

»Ist sehr geheimnisvoller Ort«, sagte sie in singendem Deutsch. Es klang spöttisch. Ihre Augen waren rot verweint.

Der Schamane trat dazu; das Sammelsurium von Ketten um seinen Hals schepperte. »Viktualienmarkt«, erklärte er sachlich und in fast perfekter Aussprache, nahm die Frau beim Ellenbogen und führte sie beiseite.

Eder hatte es gehört. Sein Lächeln war mild und ein wenig mitleidig, als er sich zu Aulehner gesellte.

»Es stimmt, Lenz. Ich hab' mir vom Intendanten die Quittungen zeigen lassen. Wir haben hier nichts, nicht das Geringste, das auf ein Verbrechen hindeutet. Nicht einmal auf den Diebstahl von Kaninchen.«

»Aber das Geständnis«, beharrte Aulehner. »Wieso erzählt der Häuptling uns diesen Unfug?«

Eder schaute ihn wortlos an, und Lorenz verschränkte die Arme vor der Brust. Natürlich wusste er es auch.

Eine Antwort blieb ihm erspart, weil in diesem Moment ein Gendarm aufgeregt vom Pfad herein ins Lager stürmte. Eder hatte ihn an der Straße als Posten aufgestellt.

»Ärger im Anmarsch!«, verkündete er schon von weitem.

»Herrgott noch einmal«, sagte Eder betrübt. »Gedacht hab ich's mir, dass es so weit kommt. Wie viele sind es?«

»Bestimmt gut ein Dutzend. Lauter Arbeiter aus der Deibel-Brauerei. Mit dem älteren Hoflinger-Buben vorneweg.«

Jetzt konnte man sie von der Straße her herannahen sehen, fast im Marschtritt, weil Zivilisten anscheinend immer glaubten, sich wie Soldaten gebärden zu müssen, sobald ihnen Waffen in die Hände gerieten. Die Waffen von Hoflingers Leuten waren eigentlich Werkzeuge: Spitzhacken, Mistgabeln, große Bretter. Und Fackeln, um die Zelte anzuzünden vermutlich.

Aulehner musterte seine eigene Streitmacht in leiser Besorgnis. Wie viele von den Gendarmen waren ausreichend geübt mit dem Säbel? Wie viele hatten die Nerven und die Lust, sich wegen einiger Kannibalen mit braven Stadtbürgern anzulegen? Die Samoaner schienen nicht viel Vertrauen in den Schutz der Polizei zu setzen. Sie wichen zurück und nahmen die Kinder in ihre Mitte.

»Stehen bleiben, Hoflinger!«, kommandierte Eder scharf.

Es wirkte, für den Moment. Die Männer hielten. Roman Hoflinger trat einen Schritt vor. »Schau an!«, spottete er. »So mögen wir das. Unsere Gendarmerie schützt die Mörder, statt sie einzusperren. Sauber!«

»Ganz genau!«, gab Eder zurück. »Genau deswegen sind wir hier. Das ist unsere Aufgabe als Polizisten: Leute zu beschützen. Gegen Übergriffe wie Ihren, Roman. Also drehen Sie um und gehen Sie nach Hause. Es führt doch zu nichts.«

Aulehner wusste bereits, als Eder begann, dass es vergebens wäre. Der Inspektor redete zu viel; er versuchte zu überzeugen, wo niemand bereit war, zuzuhören.

Ein kurzes Nicken des Hoflinger-Jungen in Richtung des älteren Mannes rechts von ihm. Die Männer machten sich bereit, das Lager zu stürmen. Aulehner legte die Hand an den Säbelgriff.

Ein scharfer Knall fast unmittelbar neben ihm. Es roch brenzlig.

Selbst Aulehner war verdutzt. Er hatte nicht einmal geahnt, dass Eder eine Schusswaffe bei sich trug. Erschrocken waren die Männer stehen geblieben.

»Dem Nächsten zerschieß ich seinen Schädel«, sagte Eder.

Aulehner nutzte den Moment, ohne zu zögern. »Da hinüber!«, befahl er den Arbeitern und deutete auf einige Birken. »Wird's bald?« Zwei Gendarmen mit gezogenen Säbeln scheuchten die Männer dorthin; Eder zog Roman Hoflinger beiseite. Der junge Mann sah nun nicht mehr aus wie der Anführer einer Brigade beim Sturmangriff, sondern wie der leichtfertige und verzweifelte Tropf, der er wahrscheinlich war. Einer, der nur gelernt hatte, wie man Weiber abschleppte und das große Wort führte, und der gerade nicht wusste, wohin mit seinem Schmerz.

Eder redete lange auf ihn ein. Schließlich sammelte Roman Hoflinger sein Gefolge samt allen Heu- und Mistgabeln ein und machte sich mit ihnen davon.

Eder schaute ihnen nach.

»Eine hässliche Geschichte. Wir müssen aufpassen, dass die Leut' uns nicht einen Unschuldigen umbringen, Lenz.«

»Vielleicht ist der Häuptling ja gar nicht unschuldig«, sagte Aulehner. Nicht, weil er es glaubte, sondern weil die Sache ihn ärgerlich machte und er widersprechen wollte. »Vielleicht hat er den Hoflinger wirklich umgebracht und die Knochen irgendwo verscharrt.«

Eder warf ihm einen Blick zu. »Lenz. Gehen S' zu.«

»Am Hals des Opfers waren tatsächlich Spuren, die Zahnabdrücke sein könnten«, hielt Aulehner fest.

»Sie meinen also, der Häuptling hat den Kopf vom armen Hoflinger gleich roh angeknabbert«, spottete Eder. »Lassen Sie sich nicht auslachen, Oberwachtmeister. Sogar auf den Völkerschauwerbezetteln steckt der Missionar doch zumindest in einem Kochtopf. Und was ist mit den Haaren? Sie haben selbst gesagt, dass die nass waren. Warum ist am Hals kein verkrustetes Blut zu finden? Weil's abgewaschen worden ist. Der Kopf war im Wasser. Wahrscheinlich ist er in der Früh am Ufer angetrieben worden, und die Samoaner hatten das Pech, ihn zu finden.« Er fuhr sich mit der Hand über das Gesicht, das auf Aulehner gerade magerer und eingefallener wirkte denn je. »Aber das ist nicht alles«, setzte Eder schließlich hinzu. Er schaute Aulehner von der Seite an. »Es gibt auf Samoa gar keinen Kannibalismus, Lenz.«

»Was?«, fragte dieser verdutzt, und Eder lächelte wehmütig.

»Ich hatte das schon nach unserem ersten Besuch im Brockhaus nachgeschlagen. Und heute Vormittag, als Sie beim Essen waren, habe ich im Haus von Herrn Gabriel vorbeigeschaut. Das ist der Besitzer der Völkerschau.«

Aulehner machte große Augen. In Sachen Spürsinn konnte er von Eder wirklich einiges lernen.

»Er ist zwar im Augenblick nicht in München, sondern in

Frankfurt«, sagte der Inspektor, »aber er besitzt einen von diesen sündteuren Fernsprechapparaten, und der Hausverwalter war so nett, ihn für mich anzurufen. Wir haben zehn Minuten geredet. Die ganze Menschenfressergeschichte dient einzig der Werbung. Echte Kannibalen gibt es nur in Neuguinea. Auf Samoa leben ruhige, friedliche Leute, nicht anders als in Giesing oder Unterhaching. Aber wie Herr Gabriel so treffend sagte: So etwas will doch niemand sehen.«

Aulehner spuckte ins Gras. »Wenn Gabriel weiß, dass der Häuptling unschuldig ist, was wird er dann tun?«

»Natürlich nichts«, antwortete Eder trocken. »Zumindest nicht vor dem Oktoberfest. Eine bessere Werbung könnte er sich für seine Menschenfresserausstellung ja gar nicht wünschen.«

So viel Zynismus machte selbst Aulehner sprachlos. Eder lachte freudlos.

»Willkommen in der Kriminalabteilung. Wo wir die meiste Zeit Lappalien verfolgen und den wirklichen Verbrechern dabei zusehen, wie sie die Welt ganz legal zugrunde richten.« Er atmete heftig durch und hob eine Hand. »Entschuldigen Sie, Lenz. Manchmal ist es ein bisserl viel auf einmal.«

Verbitterung stieg in Aulehner auf. So sehr er sich vorgenommen hatte, sich um nichts mehr zu kümmern, das ihn nicht unmittelbar betraf: Manches ging ihm einfach gegen den Strich.

Die leichten Schritte nackter Frauenfüße näherten sich im Gras. Die Frau des Häuptlings lief eilig hinter ihnen her und hielt Aulehner etwas hin.

»Für Anahu«, sagte sie, und Lorenz sah betroffen, wie sie mit den Tränen kämpfte. »Bitte. Er sicher möchte haben.«

Ungläubig starrte Aulehner auf das, was sie ihm in die Hand gedrückt hatte. Ein abgegriffenes Buch in blauem Leder, mit eingeprägtem Goldkreuz auf der Front. Eine Bibel.

II.

Leichenschmaus

Mit ihrer Vermutung, das Wetter werde umschlagen, behielt Colina recht. Der Samstag begann trüb und verhangen, aber als sie in Begleitung von Herrn Prank und Clara die Kutsche bestieg, um zur Beerdigung des unbekannten Brauereibesitzers zu fahren, regnete es zumindest noch nicht.

Als sie an der Kirche anlangten, schüttete es wie aus Kübeln. Die Trauergemeinde verbarg sich am Grab unter schwarzen Regenschirmen, zog die Köpfe ein und stellte die Krägen auf. Colina hielt den Schirm über sich und Clara. Ganz Giesing schien auf den Beinen. Abgesehen davon, dass der Braumeister Ignatz Hoflinger ein wichtiger Mann gewesen war, hatte sicher auch die Sensationslust heute viele Leute auf den Friedhof gelockt. Ein Münchner Bierbrauer – aufgefressen von einem leibhaftigen Kannibalen! Was für ein herrlicher Skandal! Es würde Jahre dauern, bis wieder eine ähnliche Sensation zu vermelden wäre.

Oder doch zumindest bis zum nächsten unehelichen Kind in der Nachbarschaft.

Colina hatte während der Zeremonie ihre eigenen Sorgen. Unter den Trauergästen waren viele Brauer und Gastwirte; hoffentlich würde sie niemand erkennen und auf ihre frühere Stellung als Kellnerin ansprechen. Sie senkte hastig den Kopf, als in der schwarzen Mauer aufgespannter Schirme einmal kurz eine Lücke entstand, die den Blick auf das Gesicht Lochners freigab.

Clara an ihrer Seite schien sich dagegen vor allem zu langweilen. Vermutlich hatte sie einige Gäste wiedererkannt, die vor ein paar Tagen bei ihrer Einführung in die Münchner Gesellschaft gewesen waren, und befürchtete eine Wiederholung dieser eintönigen Veranstaltung.

Claras Teilnahmslosigkeit schlug ins Gegenteil um, sobald die Trauergäste die Wirtschaft »Zum Oiden Deibe« betraten. Der Leichenschmaus für die Trauergäste fand im Obergeschoss statt, aber die geladenen Wirte, Hoflingers Standeskollegen, wurden zu Colinas Erleichterung in eins der ebenerdigen Nebenzimmer gebeten. Als Colina hinter Clara und deren Vater die ausgetretenen Stufen zum ersten Stock hinauf stieg, blieb Clara so urplötzlich stehen, dass Colina ums Haar in sie hineingerannt wäre. Clara stand da mit offenem Mund, starrte die Treppe hinauf, und ihre Wangen röteten sich merklich. Colina folgte ihrem Blick.

Es war die Witwe Hoflinger selbst, die die Treppe herabkam, eine hoheitsvolle Gestalt im dunklen Kleid, mit bitterem Gesicht, das Haar streng zurückgekämmt und aufgesteckt. Hinter ihr, ebenfalls ganz in Schwarz, ein junger Mann, der Colina bekannt vorkam und der Clara ebenso verdutzt anschaute wie diese ihn.

Und plötzlich wurde Colina klar, wo sie dieses Gesicht schon gesehen hatte: im Englischen Garten, auf dem Kocherlball, als dieser Bursche mit seinen zwei Begleiterinnen Clara über den Haufen gerannt hatte.

Misstrauisch blickte Colina wieder auf Clara. Ihre schlimmsten Befürchtungen bewahrheiteten sich: Das Mädchen war puterrot geworden, kaute auf der Unterlippe und hatte sich verschämt eine feuchte Haarsträhne, die sich im Regen aus der Frisur gelöst hatte, um den Finger gewickelt. Auf der anderen Seite verriet das schiefe, verlegene Grinsen auf dem Gesicht des jungen Mannes mindestens ebenso viel. So weit also zu dem Knecht, den Clara sowieso nie wiedersehen würde!

Zum Glück sorgten auf beiden Seiten die Eltern dafür, dass jedes weitere Wiedersehen unterblieb.

»Kommst du, Clara?«, erkundigte Herr Prank sich vom obersten Absatz aus. Fast gleichzeitig kommandierte von unten die Stimme der Witwe:

»Roman!«

Wie zwei Hunde, deren Herrchen gepfiffen hatten, wandten beide sich folgsam voneinander ab und setzten ihren Weg fort. Colina hatte trotzdem das Gefühl, gerade ziehe sich eine Schlinge um ihren Hals zusammen.

Im Saal herrschte Gedränge. In der Mitte des Raumes hatte man ein Bild des Toten aufgestellt und davor ein Gebinde mit Lilien und Kerzen arrangiert, zwischen denen wie Trophäen die wichtigsten Kondolenzbriefe präsentiert wurden, ganz obenauf einer, der das Siegel des Königlichen Hofes trug. Wie Colina seiner Todesanzeige entnommen hatte, hatte Ignatz Hoflinger den Titel eines Königlichen Hoflieferanten getragen. Außerdem hatte er als Sprecher der Wirte gegenüber der Stadt und den Brauereien fungiert; kein Wunder also, dachte Colina, wenn selbst die großen Namen der Stadt sich bemüßigt fühlten, der Witwe ihr Bedauern auszusprechen.

Ebenfalls auf dem Kondolenztisch befand sich ein Korb, in den die Gäste ihre Ehrengaben legen konnten. Gerade, als Herr Prank ebenfalls einen Umschlag mit schwarzem Trauerrand aus der Innentasche seines Anzugs zog, sprach ihn jemand von der Seite an.

»Ein großer Verlust für unsere Branche, dieser unzeitige Tod.« Anatol Stifter, der weltgewandte Herr, der beim Empfang solches Interesse an Clara gezeigt hatte, heute in einem altmodisch anmutenden schwarzen Zweireiher, den regenfeuchten Zylinder noch in der Hand, gesellte sich zu ihnen und verneigte sich leicht in Claras Richtung. »Fräulein Prank, Ihre Anwesenheit lässt selbst an einem so trüben Tag die Sonne aufgehen.«

Clara rang sich ein Lächeln ab und deutete einen Knicks an,

um sich für das Kompliment zu bedanken. Auf dem Empfang vor einigen Tagen hatte sie Stifters Freundlichkeiten noch mit weit größerer Begeisterung aufgenommen, dachte Colina. Heute war sie zu sehr damit beschäftigt, zwischen Stifter und ihrem Vater hindurch nach der Tür zu spähen, durch die jederzeit ein in Trauer befindlicher Braumeisterssohn treten konnte. So unauffällig wie möglich trat Colina neben sie und zupfte sie am Ärmel.

Das Mädchen schob trotzig die Unterlippe vor. Aber zumindest tat sie so, als würde sie ihre Aufmerksamkeit Stifter und ihrem Vater zuwenden.

»Ich hatte nicht mehr die Ehre, den Verstorbenen kennenzulernen«, sagte Prank. »Aber er scheint ein sehr angesehener und willensstarker Mensch gewesen zu sein, nach allem, was ich höre.«

»Willensstark«, wiederholte Stifter. »Ja, da mögen Sie recht haben. Bockig sogar, hätte mancher gesagt. Sehen Sie, Ignatz Hoflinger war eine Besonderheit unter den hiesigen Wirten: gleichzeitig Wirt und Brauer. Zwar gibt es noch einige weitere kleinere Gaststätten, die ihr eigenes Bier brauen, aber die tun es meist nur für den Eigenbedarf. Die Deibel-Brauerei jedoch hat noch immer eine gewisse Bedeutung auf dem hiesigen Markt.«

»Ein Konkurrent weniger für die Kapitalbrauerei, meinen Sie?« Prank schaute sich nach einem freien Tisch um, an dem man sich niederlassen konnte. Einladend wies Stifter zur Seite, und notgedrungen schlossen sie sich ihm an.

»Lassen Sie es mich so sagen«, meinte Stifter mit kühlem Lächeln, nachdem alle sich niedergelassen hatten. »Ignatz Hoflinger konnte als Wirt sogar Einfluss nehmen auf den Bierpreis, weil er auch Brauer war.«

»Einen Preis, den Sie als Brauer gerne möglichst hoch ansetzen möchten«, sagte Prank. »Und die Wirte niedrig.«

Auch er lächelte. Eine Bedienung kam an den Tisch und stellte ungefragt eine Runde Krüge ab. Sie arbeitete schnell und effizient, urteilte Colina, schaute die Gäste aber kaum an dabei. Ihre Augen waren noch rot verweint von der Beerdigung.

Clara langweilte sich merklich bei der Unterhaltung über Bierpreise. Sie reckte schon wieder den Hals und spähte zur Tür. Merkte sie denn nicht, wie unpassend das war, dachte Colina. Wenn es Herrn Prank auffiel ... Aber keiner der Männer achtete auf Clara.

»Es ist nur eine Frage der Zeit, bis wir den Widerstand der Wirte überwinden«, sagte Stifter. »Allerdings wird es ohne Hoflinger nun schneller gehen und leichter werden. Sehen Sie, der Knackpunkt ist das Oktoberfest.«

»Ah ja?« Prank langte nach seinem Keferloher. Sein Ton war so bemüht desinteressiert, dass es selbst Colina auffiel. Stifter zog spöttisch die Brauen in die Höhe und stieß mit ihm an.

»Natürlich«, erklärte er, noch ehe er trank. »Keine Brauerei kann auf den Umsatz verzichten, der auf der Wies'n gemacht wird. Und auch kein Wirt. Vielleicht wissen Sie das als Ortsfremder ja gar nicht: Die Lizenzen für das Oktoberfest werden vom Stadtrat ausschließlich an Gastwirte vergeben, nicht an Brauereien. Damit haben die Wirte eine gewisse Machtposition inne: Will eine Brauerei auf dem Oktoberfest ihr Bier verkaufen, muss sie einen Vertrag mit einem Gastwirt schließen, der dort eine Bierbude hat. Weswegen wir Eigentümer der größeren Brauereien dazu übergegangen sind, die Wirtschaften oder wenigstens ihre Lizenz zum Oktoberfestausschank einfach zu kaufen. Damit ersparen wir uns mühsame Verhandlungen. Aber solange es noch unabhängige Brauereien wie die der Hoflingers auf dem Oktoberfest gibt, die nicht mitziehen, haben wir die Sache nicht völlig in der Hand.« Er nahm endlich ebenfalls einen Zug, wischte sich mit der Hand den Schaum von den Lippen und stutzte sichtbar. »Ich trinke ja sonst kein Bier, aber selbst für mich ist der Unterschied zu schmecken.«

»Ein exzellentes Bier«, nickte Prank ernst. »Ich muss Ignatz

Hoflinger posthum noch mein Kompliment aussprechen. Ähnlich hohe Erwartungen habe ich auch bei der Qualität meines eigenen Biers; ich weiß also, wovon ich spreche.«

»Nun, ich nicht, als reiner Verwaltungschef, aber zum Glück kommt es darauf auch nicht an«, sagte Stifter trocken. »Ich vermute übrigens, ich erzähle Ihnen die ganze Zeit nichts Neues, mein lieber Herr Prank.«

»Oh, ich lausche aufmerksam.«

»Obwohl ich von Dingen spreche, die Sie längst wissen?« Stifter legte den Kopf schief. »Ich zerbreche mir seit unserer ersten Begegnung den Kopf über Sie. Sie sind schon einige Monate in München, nicht wahr? Allerdings ohne sich in der Öffentlichkeit zu zeigen oder Bekanntschaften zu suchen. Man hat fast den Eindruck, Sie verfolgen einen heimlichen Zweck.«

Colina schaute von Stifter auf Herrn Prank und zurück. Sie wurde den Eindruck nicht los, hier schlichen gerade zwei große Raubkatzen umeinander herum, die sich noch nicht schlüssig waren, ob sie einander angreifen oder lieber gemeinsam auf Beutezug gehen sollten.

»Ein heimlicher Zweck? Wie sollte der wohl aussehen?«

»Nun, der Inhaber einer großen fränkischen Brauerei, der ein halbes Jahr vor dem lukrativen Geschäft des Oktoberfests nach München zieht? Ein Zusammenhang scheint da doch nahezuliegen. – Wissen Sie, für uns Brauer ist es vor der Wies'n alljährlich spannend, welcher Wirt seine Schanklizenz hat verkaufen müssen, und an wen? In welchen Buden wird also heuer welches Bier ausgeschenkt?« Er lächelte. »Es wäre interessant, zu wissen, ob wir es in diesem Jahr womöglich mit auswärtiger Konkurrenz zu tun haben. Mit fränkischer.«

»Soll das eine Einladung sein, mich am Wettbieten um die Schanklizenzen der hiesigen Wirte zu beteiligen?« Prank nahm einen weiteren Schluck und verbarg so sein Gesicht hinter dem

Krug. Stifter wartete, bis Prank den Keferloher abgestellt hatte, ehe er sprach.

»Im Gegenteil«, sagte er. Seine Miene war ernst, dachte Colina, sein Ton eisig. »Ich mag Sie, Prank, und ich warne Sie. Die hiesigen Großbrauer tolerieren ja mich kaum. Einen Zuagroasten werden Sie niemals dulden. Falls Sie entsprechende Pläne hegen, lassen Sie rechtzeitig davon ab.«

Prank schob seinen Bierkrug spielerisch auf der Tischplatte hin und her. »Wirklich ein ganz exzellentes Bier«, lächelte er. »Übernimmt nun der Sohn die Brauerei?«

»Die Witwe, nach allem, was man hört.«

»Wie ungewöhnlich.«

Clara schien endgültig am Ende ihrer Geduld. »Papa, ich habe ein wenig Hunger.«

Prank schaute seine Tochter einen Moment verblüfft an, als erinnere er sich erst jetzt wieder an ihre Anwesenheit. Oder an ihre Existenz. »Natürlich, Kind. Bitte entschuldige! Anscheinend hat man ein Buffet angerichtet; macht es dir etwas aus, dir selbst etwas zu holen, während Herr Stifter und ich uns weiter unterhalten?«

Ganz im Gegenteil. Es war wohl genau, was Clara hören wollte, denn sie sprang sofort auf, hinüber zu der langen Tafel, auf der Platten mit den Speisen aufgebaut waren und hinter der ein gewisser junger Herr soeben begonnen hatte, aus großen Schüsseln heraus nachzufüllen.

Colina schob ihren eigenen Bierkrug von sich und setzte hinter Clara her.

Das Mädchen hatte sich, der Form halber zumindest, einen Teller vom Stapel genommen und stand damit bereits vor Roman Hoflinger.

»Mein Beileid«, hörte Colina sie sagen. Der junge Mann nickte kurz, wartete aber, bis niemand sonst mehr am Buffet stand, bevor er antwortete.

»So, so. Die Dienstmagd vom Englischen Garten.« Er musterte das Mädchen eingehend. »Sogar immer noch hübsch, bei nüchternem Zustand und besserem Licht. Das gibt's nicht so oft.« Grinsend deutete er auf Claras Teller, auf dem diese, um ihre Verlegenheit zu überspielen, inzwischen ein paar Kartoffeln und eine Scheibe Kalbsbraten aufgehäuft hatte. »Wenn ich fragen darf: Holen Sie das Essen denn für sich oder für Ihre Herrschaft?«

Clara verdrehte ein wenig die Augen. »Ich bin ja anscheinend nicht die Einzige, die inkognito auf einem Tanz war.«

Roman Hoflinger schmunzelte. »Scheinbar nicht. Und heute? Ganz ohne Anstandswauwau?«

Statt einer Antwort griff Colina sich ebenfalls einen Teller und stellte sich demonstrativ neben Clara auf. Und wenn es aus keinem anderem Grund gewesen wäre, als um diesen Kerl daran zu hindern, auf dem Begräbnis des eigenen Vaters derart ungeniert mit Frauen zu flirten!

Sie hatte ja von Anfang an vermutet, Claras abgeklärte Art sei nur gespielt. Wie das Mädchen gerade zu Roman Hoflinger aufsah, gleichzeitig kokett und verträumt, bewies, dass Colina recht gehabt hatte. Das dumme Ding hatte sich offensichtlich in diesen Giesinger Hallodri verguckt – so gehörte es sich schließlich auch, so standen die großen Gefühle in jedem Liebesroman. Von wegen »nicht der Rede wert«!

War es bei Colina damals denn anders gewesen?

Roman lachte leise auf über Colinas promptes Erscheinen, Clara quittierte es mit einem wütenden Blick und tat ihr Bestes, ihre Anstandsdame zu behandeln, als sei sie Luft.

»Ein Buffet«, bemerkte sie stattdessen. »Bei einem Leichenschmaus. Bis jetzt hatte ich gar nicht den Eindruck, dass man in München so modern ist.«

»Mein Bruder hatte die Idee«, sagte Roman. »Er ist der in der Familie, der in Schwabing verkehrt und sich mit den modernen Gepflogenheiten auskennt. Hat was für sich. Es erspart unseren Kellnerinnen an diesem traurigen Tag einen Haufen Arbeit.«

»Wenn Ihr Bruder der modern Denkende in der Familie ist, was sind dann Sie?«

Er schürzte die Lippen. »Eher der modern Handelnde, hoffe ich.« Er ließ den Blick an Clara entlanggleiten. »Derjenige für die handfesten Dinge.«

Wieder wurde Clara über und über rot. Hastig schaute sie anderswohin und lud sich noch etwas Braten auf. Colina räusperte sich vernehmlich, und wieder flog ein bitterböser Blick zu ihr.

»Ich komme zurecht, Fräulein Kandl!«

»Ich sehe schon«, kommentierte der junge Hoflinger amüsiert, »eine Frau ganz nach meinem Geschmack. Eine, die sich von niemandem was sagen lässt.«

»Das gefällt Ihnen?«, fragte Clara sofort. »Ich dachte immer, vor solchen Frauen hätten Männer Angst?«

»Nur die Feiglinge. Die, die die Auseinandersetzung scheuen, weil sie befürchten, ihre Frau könnte klüger oder moderner sein als sie.« Er stellte die Schüssel auf einen Servierwagen und nahm eine andere. »Angst vor Veränderungen haben viele«, sagte er dann. Es klang bitter, als habe es nicht mehr viel mit Clara zu tun. »Vor allem unter den Alten. Das hält unsere junge Generation doch die meiste Zeit auf! Die Jugend hat ein Ziel, eine Utopie, der sie zustrebt; das ist nichts für Feiglinge.«

Das klang ein wenig an jene Zeitungsartikel an, die Clara in ihrem Zimmer hortete. »Sie haben ja eine Künstlerseele!«, schwärmte das Mädchen prompt. Er lachte.

»Jetzt verwechseln Sie mich aber wirklich mit meinem Bruder. Nein, ich bin kein Künstler, aber ich glaube an die Zukunft. An die Moderne. Und ein Feigling, so viel kann ich Ihnen sagen, bin ich auch keiner.« Noch einer dieser Blicke, die Clara herausforderten. »Manche Veränderungen machen mir regelrecht Spaß.«

Ein weiterer Löffel von irgendeiner Speise landete auf Claras Teller.

»Ich glaube, wir sollten jetzt wirklich zu Ihrem Vater zurückkehren«, sagte Colina. »Bevor Ihnen das Essen auf dem Teller kalt wird, Fräulein Prank.«

»Probieren S' aber unbedingt auch noch das Schweinerne!« Roman betrachtete das, was Clara auf ihrem Teller aufgetürmt hatte, und lachte wieder. »Das ist nach einem ganz besonderen Rezept meiner Mutter.« Er packte, was er hereingebracht hatte, auf den Servierwagen, schob diesen gemächlich aus dem Raum und ließ Clara nichts anderes zu tun übrig, als sich mit ihrem aufgehäuften Berg an Fleisch und Kartoffeln vorsichtig den Weg zurück an den Tisch zu suchen.

Der Schweinebraten, von dem Colina sich genommen hatte, war aber wirklich ganz ausgezeichnet, musste man zugeben.

12.

Delinquenten

Vier Wochen später stand Colina zum wiederholten Mal in der Küche der Villa Prank und ließ sich von der Köchin ein Tablett mit gesüßtem Tee und einem Tellerchen Zwieback überreichen.

»Das arme Fräulein Clara«, schnatterte die Frau dabei. »Was mag es sich bloß eingefangen haben? Das geht ja jetzt schon über Tage, und immer noch keine Besserung! Ich sage ja, es sind die Nerven. Diese ganze hektische Zeit, in der wir leben, immer auf dem Sprung. Das hält die stärkste Verdauung nicht aus.« Sie platzierte den silbernen Löffel sorgfältig neben der Zuckerdose. »Wünschen Sie dem Fräulein bitte rasche Genesung, Fräulein Kandl.«

»Gern. Hoffentlich hilft es dieses Mal.«

Colina bugsierte das Tablett durch die Tür, die die Köchin ihr aufhielt, und kletterte damit die Dienstbotentreppe hinauf.

Hoffentlich hatte die Köchin mit ihrer harmlosen Auslegung recht. Colina hatte freilich längst ihre eigenen Befürchtungen. Zum Glück schien bisher niemand sonst im Haus auf die naheliegendste Erklärung für Claras Symptome gekommen zu sein.

Dass Curt Prank, sonst mit allen Wassern gewaschen, noch keinen Verdacht geschöpft hatte, hätte Colina gewundert, hätte sie nicht an sich selbst erlebt, wie blind Väter in Bezug auf die eigenen Töchter waren. Allerdings machte Herr Prank sich heimlich derartige Sorgen, dass Colina ihn nur noch mit Mühe daran hindern konnte, einen Arzt hinzuzuziehen.

Gestern hatte Colina erstmals die privaten Räume Pranks betreten, um ihm über Claras Krankheit Bericht zu erstatten. Prank rumorte zunächst noch in einem Nebenzimmer herum, und Colina sah sich neugierig um. Ein beeindruckender Raum, achteckig, dominiert von einer Reihe Oberlichter, die Lichtstrahlen wie Speere auf einen Tisch in der Mitte des Zimmers und ein faszinierendes Szenario lenkten: ein Modell der Theresienwiese und des Oktoberfests. Alles war vorhanden, die Anhöhe mit Ruhmeshalle und Bavaria, die Ausstellungsgeschäfte, kleine Karusselle, die Bierbuden, selbst winzige Figuren von Besuchern. Alles naturgetreu nachgebaut, samt Beschriftungen und Werbeplakaten. Colina entdeckte unter den vielen kleinen Wirtsbuden sogar die Lochners.

Und ihr gegenüber etwas, das Colina den Atem verschlug: das Modell eines gigantischen Zelts, so groß wie fünf oder sechs andere Wirtsbuden, mit der Aufschrift »Die Bierburg«. An der Frontseite über dem Eingang eine riesige Abbildung von Pranks Gesicht.

»Unter anderen Umständen«, sagte Pranks höhnische Stimme hinter Colina, »müsste ich Sie jetzt entlassen, Fraulein Kandl, da Sie mein geheimes Herzensprojekt entdeckt haben. Aber da die Grundsteinlegung bereits vorgestern erfolgt und die Werbekampagne heute Morgen angelaufen ist, schauen Sie es sich ruhig an.« Er schaffte es endlich, den rechten Manschettenknopf zu schließen, mit dem er die ganze Zeit hantiert hatte.

»Meine Glückwünsche«, sagte Colina pflichtschuldig, da sie das Gefühl hatte, Prank erwarte genau das von ihr: Er wollte gelobt werden wie ein kleiner Junge. Von jedem, selbst von der Anstandsdame seiner Tochter. Dieses »Projekt« lag ihm tatsächlich am Herzen.

»Es wird den hiesigen Großbrauereien nicht gefallen, wenn auf dem Oktoberfest fränkisches Bier ausgeschenkt wird.« Der Triumph in Pranks Stimme war nicht zu überhören. »Es ist mir gelungen, über Mittelsleute nicht weniger als sechs Schanklizenzen zu erwerben, zuletzt die des unter so schrecklichen Umständen verstorbenen Herrn Hoflinger. Damit haben wir genug Platz, um ein Zelt von noch nie dagewesenen Ausmaßen zu errichten.« Er tippte mit dem Finger sachte auf das Modell der »Bierburg«. »Eine reguläre Bude kann vielleicht fünfhundert Gäste aufnehmen. Meine Burg dagegen wird mindestens dreitausend fassen. Moderne Zeiten, Fräulein Kandl. Moderne Zeiten!« Er richtete sich auf. Sein Gesichtsausdruck änderte sich abrupt, als kehre er aus einer anderen Welt zurück. »Ich hoffe, Clara wird bis dahin wieder munter genug sein, um meinen Erfolg mit mir zu feiern.«

Colina hatte wieder einmal das Übliche gesagt, von einer leichten Unpässlichkeit gesprochen, die bald vorbei sein werde. In Wahrheit hegte sie den Verdacht, diese »Krankheit« werde sich ohne ein Wunder überhaupt nicht mehr bessern. Allenfalls durch einen entschlossenen Eingriff.

Zeit für ein Gespräch unter Frauen.

Sie klopfte, wartete dann aber nicht auf die Erlaubnis, einzutreten, sondern drückte die Klinke herunter und trug das Tablett in Claras Zimmer.

Das Mädchen lag im Bett, kreidebleich und mit Ringen unter den Augen. Colina stellte das Tablett auf dem Nachttisch ab, schloss sehr sorgfältig die Tür und zog sich einen Stuhl heran.

»Fräulein Prank, wir müssen reden.«

Clara schloss die Augen. »Ich mag nichts hören.«

»Das glaube ich gern«, sagte Colina. »Trotzdem: Wann haben Sie das letzte Mal ... Sie wissen schon. Geblutet?«

Clara biss sich auf die Lippen. »Vor meiner Abreise aus Nürnberg.«

Ohne ein Wort schlug Colina die Bettdecke zurück und griff dem Mädchen an die Brust.

»Lass das! Das tut weh!« Clara stieß heftig ihre Hand fort. Kein Zweifel, dachte Colina.

»Na, dann herzlichen Glückwunsch.« Beinahe hätte sie zu lachen angefangen. »So etwas kann auch nur mir passieren«, murmelte sie. Warum war sie so dumm gewesen, sich von Claras Bitten breitschlagen zu lassen? Warum hatte sie das Mädchen in den Englischen Garten mitgenommen? Hätte sie, Colina Kandl, es nicht besser wissen müssen? Gerade sie? Nun hatte sie Clara in genau die Lage gebracht, die schon ihr eigenes Leben verpfuscht hatte. Alles für ein paar Stunden Ausgelassenheit und eine Jungmädchenschwärmerei.

Und Colina selbst? War das das Ende ihrer Träume von einem besseren Leben? Sie wagte sich nicht auszumalen, was ihr blühte, sobald Herr Prank herausfand, wie vollkommen die Anstandsdame bei ihrer Aufgabe versagt hatte.

»Aber der Essig!«, beharrte Clara inzwischen trotzig, als könne sie mit genügend Starrsinn die Realität so hinbiegen, wie sie sie haben wollte.

»Hat offenbar nicht gewirkt«, sagte Colina nüchtern. »Jetzt haben Sie zwei Möglichkeiten.«

»Und die wären?« Clara richtete sich hoffnungsvoll ein wenig auf.

»Pfarrer«, sagte Colina. Das war die Möglichkeit, die Colina damals gewählt hatte. »Oder Engelmacherin.«

Clara sank zurück in die Kissen. Ihr Gesicht hatte fast dieselbe Farbe wie das Laken.

»Brauchst du noch etwas?«, fragte Aulehner. Der Samoaner sah von der Bibel auf, in der er las.

»Mir geht gut«, sagte er ernst, mit seinen eigentümlichen, langgezogen Vokalen, die die Konsonanten förmlich verschlangen. Wenn Aulehner sich das braune Gesicht betrachtete, das nach einem Monat hinter Gittern eine Tönung wie von Asche angenommen hatte, bezweifelte er schwer, dass das stimmte. Irgendwie war es dem gefangenen Häuptling gelungen, sich in seiner Zelle diverse blaue Flecken und Abschürfungen zuzuziehen; ein Auge war zugeschwollen.

Aulehner wusste zu gut, wie ein Wachmann einen Häftling in eine Lage bringen konnte, die ein Eingreifen erforderte; das Eingreifen resultierte dann eben in einem blauen Auge oder einem ausgeschlagenen Zahn. Er wusste es und hatte es selbst schon getan. Im Moment, wenn er diesen stillen Samoaner ansah, machte es ihn wenig stolz.

Mit einem Nicken wandte er sich um und klopfte drei Mal an die Tür. Ein Schlüsselbund rasselte, man ließ Aulehner in den Flur.

»Da soll mal einer den Kübel ausleeren«, sagte er im Gehen. »Das stinkt ja bestialisch bei dem Wetter. Und gebt's dem Mann kaltes Wasser und einen Lumpen für sein Auge.«

Er stapfte die Treppe hinauf und wollte rechts abbiegen zu Eders Büro, als ihm im Flur ein bekanntes Gesicht entgegengrinste: Denhardt, der Journalist vom »Simplicissimus«.

Viel schlimmer konnte es heute wohl nicht mehr werden.

»Einen wundervollen Tag, Herr Oberwachtmeister«, spottete Denhardt. »Ich freue mich auch immer sehr, Sie zu sehen.«

Aulehner ging vor Denhardt her den Flur entlang und zog die Tür zu Eders Büro auf. »Nach Ihnen.«

Das winzige Büro der Kriminalabteilung hatte man irgendwann von der Wache abgetrennt. Dass man neben Eders Schreibtisch einen zweiten für Aulehner in das Zimmer hatte schieben müssen, vergrößerte die Enge noch. Denhardt ließ den Blick mit süffisantem Schmunzeln durch den Raum schweifen, von dem abgegriffenen Stempel, der von Aulehners Schreibtisch zu rutschen drohte, bis hinauf zu dem seit Ewigkeiten nicht mehr abgestaubten Heiland am Kruzifix an der Wand.

Wahrscheinlich konnte man froh sein, wenn im nächsten »Simplicissimus« keine entsprechende Karikatur auftauchte.

Eder saß hinter seinem Schreibtisch und putzte seine Brillengläser mit einem karierten Taschentuch. »Herr Denhardt.«

»Herr Inspektor. Was haben wir diesmal angestellt?« Der Journalist ließ sich auf den Besucherstuhl fallen; er benahm sich, als sei er hier zu Hause. Aulehner blieb in der Tür stehen.

»Nur eine Kleinigkeit.« Eder setzte seine Brille wieder auf. »Ich wollte Ihnen etwas für Ihre Redaktion mitgeben. Eine Beschwerde aus der englischen Botschaft. Der Schreiber hatte den Eindruck, die englische Nation sei in einer der letzten Ausgaben verunglimpft worden.«

»Das will ich doch hoffen, dass er diesen Eindruck hatte«, sagte Denhardt. »Sonst hätten wir ja unseren Zweck verfehlt. Wird der Botschafter Klage erheben?«

»Wohl nicht. Es handelt sich um die persönliche Meinung eines Botschaftsmitarbeiters. Aber ich hielt es doch für notwendig, Sie zu informieren.« Eder schob Denhardt eine Abschrift des Briefs hinüber, und Denhardt steckte sie ungelesen in die Tasche.

»Gut. Und was wollen Sie wirklich? Diesen Brief hätten Sie mir auch mit der Post schicken können.«

»Ja, da wäre noch eine Sache«, lächelte Eder. »Wissen Sie, ob Frau zu Reventlow demnächst einen Artikel in Ihrer Zeitung schreiben wird? Das Gerücht ging.«

»Wieso fragen Sie?«

Eder seufzte. »Weil ihre Vermieterin ausstehende Mietschulden einklagen will. Bisher konnte ich die Frau dazu bringen, sich zu gedulden. Aber es wäre für uns beruhigend, hätte Frau zu Reventlow demnächst Einnahmen zu erwarten und müssten wir keine Angst haben, sie wieder in ... zweideutigen Situationen vorzufinden.«

Denhardt schlug ein Bein über das andere, seine Miene verhärtete abrupt. »Die Prüderie und die Doppelmoral Ihrer Truppe sind nicht mein Problem, Inspektor.«

»Wenn es nach mir ginge, hätte die Doppelmoral schon lang ein

Ende«, schnappte Aulehner aus dem Hintergrund. Eder sah ihn bittend an, aber er schüttelte den Kopf. »Wäre die Reventlow nicht aus gutem Haus, sondern ein bloßes Fräulein Huber, hätten wir sie längst verhaftet. Entweder wegen Prostitution oder wegen Konkubinats.«

Denhardt zuckte die Achseln. »Beides wohl kaum Verbrechen, die die Menschheit schädigen. Fanny hat ein Kind zu versorgen. Und generell wenig Beziehung zu Geld.«

»Das gestattet ihr weder, sich gegen Geld mit Männern einzulassen, ohne registriert zu sein, noch, unbescholtenen Bürgern den Mietzins schuldig zu bleiben«, hielt Eder fest. »Und Oberwachtmeister Aulehner hat ganz recht: Hätten nicht einflussreiche Leute ein Interesse daran, Frau zu Reventlow zu schonen, hätten wir längst gegen sie vorgehen müssen. Können Sie sie nicht zu mehr Zurückhaltung bewegen, Herr Denhardt?«

Der Journalist lachte laut. »Fanny? Sie machen Witze, Inspektor!« Er lehnte sich vor. »Ich sage Ihnen was. Meines Wissens wollte sie für den Langen Verlag ein paar Übersetzungen machen. Die macht sie zwar schlampig, aber immerhin. Vielleicht kann ich Holm überreden, ihr einen Vorschuss auszuzahlen. Dann würde ihre Vermieterin ein paar Mark sehen und hoffentlich eine Weile Ruhe geben. Einverstanden?«

Eder nickte zufrieden, und Denhardt erhob sich, knöpfte seinen Rock zu und zog ein gefaltetes Papier aus der Tasche. »Das könnte Sie interessieren. Es wird heute in der gesamten Stadt verteilt. Hier, für Sie habe ich auch noch einen, Oberwachtmeister.«

Verwundert entfaltete Aulehner, was der Journalist ihm in die Hand gedrückt hatte. Ein Werbezettel für das näherrückende Oktoberfest.

Pranks Bierburg?

»Ein Zelt für dreitausend Menschen«, lächelte Denhardt. »Ein regelrechter Besäufnistempel, bei dem alle übrigen Wirte und

Brauereibesitzer vor Neid erblassen werden. Interessant, nicht wahr, wie es da jemandem gelungen ist, sich klammheimlich sechs nebeneinanderliegende Budenplätze zu sichern – ganz ohne Wissen des hiesigen Stadtrats und seines Oktoberfestausschusses. Sagen die jedenfalls. Und war da nicht etwas mit diesem Herrn Hoflinger vom Deibelbräu, dessen Platz auch unter den sechs Lizenzen ist? Ach ja. Der ist umgebracht worden, richtig?«

»Herr Denhardt«, setzte Eder an, aber der Journalist hob die Hand.

»Ja, ja. Ich weiß. Nicht mit den hiesigen Stadtgrößen anlegen! Aber Sie müssen zugeben, die Sache stinkt zum Himmel. Ich will gar nicht wissen, wie viele Gelder da im Hintergrund in die Taschen mancher Leute geflossen sind. Hier stimmt etwas nicht, dafür ...«, er tippte sich mit dem Zeigefinger gegen den rechten Nasenflügel, »entwickelt man in meinem Beruf ein Organ.«

Aulehner presste sich gegen die Wand, damit Denhardt die Tür öffnen und den Raum verlassen konnte. Er starrte immer noch auf das Blatt in seiner Hand.

So ungern er es zugab, aber ...

»An dem, was der Kerl sagt, könnte etwas dran sein.«

Eder musterte seinen Zettel ebenfalls eingehend. »Wissen wir, wer die vakante Lizenz des Ignatz Hoflinger ersteigert hat?«

Zufällig wusste Lorenz es tatsächlich. »Die Gerdi«, sagte er mit Betonung.

Eder schaute ihn an und nahm die Brille ab. »Von Gerdis Bierstube?«

»Genau die.« Dass die Wirtin eines Betriebs, der weit mehr Animierlokal war als Gaststätte, eine Lizenz fürs Oktoberfest ersteigert hatte, war unter den Kollegen für mehrere Tage Gesprächsthema gewesen. Zumal sich nach der Auktion der junge Roman Hoflinger und einige Freunde im Innenhof des Rathauses mit anderen Wirten geprügelt hatten, von denen sie sich offenbar hintergangen fühlten. Ein halbes Dutzend Gendarmen war nötig gewesen, um das Knäuel aufeinander einschlagender Gastronomen wieder auseinanderzusortieren.

Eder strich das Papier glatt und steckte es in eine Mappe.

»Zweifellos ein interessantes Thema für eine Zeitung wie den ›Simplicissimus‹ und seine Mitarbeiter«, sagte er. »Leider haben wir keinerlei Handhabe.«

»So wie bei dem Häuptling«, hielt Aulehner fest. Eder lächelte bitter.

»Ganz genau. Wie ich schon einmal sagte: Willkommen in der Kriminalabteilung.«

Aber er schob dabei die Mappe mit dem Werbezettel sorgfältig in eine bestimmte Lade seines Schreibtischs, sah Lorenz.

13.

Heimsuchung

Colina hatte Louise gefragt, und diese hatte ihr den Weg ganz genau beschrieben. Zum Glück, denn sonst hätte Colina die dreckstarrende Gasse zwischen den braunen, heruntergewohnten Häuserfronten vermutlich gar nicht gefunden. Die Häuser waren nicht wirklich so alt, wie sie aussahen, zwei oder drei Jahrzehnte erst vermutlich, errichtet in größter Eile, als mit dem Bau der Eisenbahn und immer neuen Fabriken Unmengen von Arbeitern in die Stadt strömten und in den Vorstädten billige Schlafplätze benötigten. Man hatte von Anfang an zu viele Leute in die Häuser gepfercht, und diese hatten, um Geld zu sparen, noch Verwandte und Untermieter aufgenommen. Aus Brettern, Balken und alten Ziegeln, wie die Leute es von ihren heimischen Dörfern kannten, waren Verschläge und Anbauten entstanden, die von links und rechts in die Straße wucherten und den Durchgang in die Gasse fast völlig verdeckten.

Man musste gar nicht weit gehen von hier bis zu den sauberen Fassaden des »Franzosenviertels«, auch nicht weit zu den Häuschen von Eisenbahnern und braven Kleinbürgern, vor denen in Ehren ergraute Pensionäre ihre Gärten harkten. Aber je weiter man sich entfernte von der Orleansstraße, je weiter man sich hineinwagte in die Gassen und durch die schmalen Passagen in die Hinterhöfe, desto trister wurde die Welt.

Clara und Colina in ihren Ausgehkleidern, mit Handschuhen

und Flanierschirmen, waren Fremdkörper hier. Clara starrte wortlos auf den grün verfärbten Rinnstein, bis Colina sie anstieß und auf eine Tür wies.

»Hier«, sagte sie kurz. »Vierter Stock. Da würde die Dame wohnen.«

Clara schluckte, hob den Kopf und blickte sich um, als habe sie bisher noch gar nicht begriffen, wo sie sich befand.

»Ich verspreche Ihnen, sie arbeitet sehr diskret«, sagte Colina. Zumindest nahm sie das an; alles andere hätte schlimme Folgen für die Frau gehabt. Beurteilen konnte sie es nicht, sie wusste es nur von Louise. Colina selbst war noch nicht lange genug in der Stadt, und der Essig hatte in ihrem Fall zu gut gewirkt, als dass sie selbst die Dienste der Frau schon hätte in Anspruch nehmen müssen.

Gott sei Dank. Sie erinnerte sich, wie Louise an jenem Tag, nur ein paar Wochen, nachdem Colina bei Lochner zu arbeiten begonnen hatte, in den Gastraum gewankt war, ein unfrisiertes, bleiches Gespenst, dem tiefe Schatten unter den Augen hingen. Wortlos hatte Colina ihr jenes Gläschen Schnaps überlassen, das Lochner an seine Kellnerinnen mittags auszuschenken pflegte, und einen Teil von Louises Arbeit mit übernommen. Louise hatte ihr diese kleine Geste nie vergessen.

»Was wird sie tun?« Claras dünnes Stimmchen holte Colina in die Gegenwart zurück. Das Mädchen hielt den Sonnenschirm mit beiden Händen fest.

»Zaubern kann sie nicht«, sagte Colina. Clara schaute sie an, riesige dunkle Augen in einem Gesicht weiß wie Porzellan.

»Was drin ist, muss raus«, ergänzte Colina notgedrungen. »Ich glaube, sie verwendet eine lange Nadel. Mit einem Haken daran.«

Sie konnte sehen, wie Clara zusammenzuckte.

»Sie müssen sich ja nicht gleich entscheiden. Wir planen das, ganz sorgfältig. Wir könnten Ihren Vater bitten, dass er uns auf Sommerfrische in die Berge fahren lässt. Mit der Eisenbahn, das wäre am wenigsten unangenehm, denke ich. Wir machen einen kleinen Umweg hierher und gehen direkt weiter zum Bahnhof. Berchtesgaden soll um diese Zeit sehr schön sein. Sie ruhen sich gründlich aus, und dann gehen wir wandern ...«

Clara kniff die Augen zusammen, wendete sich ab und ging davon. Colina starrte einen Moment auf den cremefarbenen Stoff und die gerafften Rüschen des Schirms, ehe sie dem Mädchen nacheilte und es am Ellenbogen fasste. »Clara.«

Ein weiterer stummer Blick. Colina fragte sich, was sie darin las.

»Es wird nicht besser davon, dass Sie warten. Im Gegenteil, es wird nur schlimmer.«

»Du hast doch selbst ein Kind«, sagte Clara leise. Und schoss damit einen Pfeil ab, der Colina umso sicherer traf, als sie nicht damit gerechnet hatte.

Max. Colina dachte an die einzige Fotografie, die sie von ihrem Sohn besaß. Das Bild zeigte ihn bei der Einschulung, in seinem besten Anzug und mit aufgeregtem, staunendem Gesicht. Friedrich hatte es auf eigene Kosten machen lassen und Colina geschickt, und seitdem war kein Abend vergangen, an dem Colina es nicht vorsichtig aus der Tasche geholt und geküsst hatte – stets die Rückseite des Bilds, um den Abzug nicht zu beschädigen. Max' Fotografie war, was sie betrachtete, wenn sie einen ihrer kurzen Briefe verfasste und mit einem Geldschein in einen Umschlag schob. Max' Bild hatte für Colina das Abendgebet ersetzt, den Kirchgang und die Kommunion. Ihr größter Schatz, ihr wertvollster Besitz, ein paar schattenhaft übereinandergelegte Grauschleier auf Papier, die die Züge ihres Kindes wiedergaben.

Ohne es zu bemerken, musste Colina das Bild aus ihrer Handtasche geholt haben, denn sie wurde sich bewusst, dass es zwischen ihren Fingern steckte und sie es Clara hinhielt. Das Mädchen nahm es, vorsichtig, als habe es die Bedeutung dieser Fotografie verstanden, betrachtete es und gab es Colina zurück.

»Ein sehr hübscher Junge. Er sieht aus, als wäre er gern auf der Welt.«

So viele Erinnerungen, die auf Colina einstürmten. Ein Fünfjähriger, der in die Stube rannte mit einem gefangenen Laubfrosch in einem alten Einweckglas. Ein heulender Dreijähriger mit aufgeschlagenen Knien, der keine Viertelstunde später vergnügt mit Colina ein Kinderlied sang. Der Geruch eines frisch gebadeten Säuglings in Colinas Armbeuge, unbeschreiblich mild und süß.

»Meine Mutter ist bei meiner Geburt gestorben«, sagte Clara. Sie sprach leise, aber fest. »Ich habe sie nie gekannt. Ich hatte keine Mutter. Verstehst du? Wenn jemand keine Mutter hat, kann es so jemanden überhaupt geben? Eines meiner Kindermädchen – ich hatte Dutzende; Papa war keines gut genug – sagte mir, meine Mama sei im Himmel beim lieben Gott und schlafe, und sie habe mich von dort in die Welt hineingeträumt.« Ein schamhaftes Lächeln blitzte auf, so kurz, dass man nur blinzeln musste, um es zu übersehen. »So habe ich mir das dann vorgestellt. Dass ich eben nur ein Traum bin, den eine tote Person irgendwo in einer anderen Welt träumt.« Sie schaute Colina an. »Wird es dann so weitergehen mit mir? Werde ich als Mutter ebenfalls eine Traumgestalt sein, die sich ein totes Kind im Himmel erträumen muss?«

Es war mehr, als Colina so rasch begreifen konnte. Aber Clara tat ihr leid, von Herzen leid. Das war nicht mehr die verwöhnte Prinzessin, die so zickig und ablehnend sein konnte. Das war ein naives, verängstigtes Mädchen, das ganz allein vor einer Entscheidung stand. Sie steckte Max' Foto wieder ein. Clara folgte ihren Bewegungen mit Blicken.

»Ich habe Sie in diese Situation gebracht, Clara«, sagte Colina ernst. Der Verschluss ihrer Handtasche klickte. »Ich bin es Ihnen schuldig, Sie da auch wieder herauszuholen.«

Clara nahm den Schirm von ihrer Schulter und faltete ihn zusammen. Ihr Gesicht verhärtete.

»Ich habe mich in diese Situation gebracht«, korrigierte sie streng. »Ich und sonst niemand. Ich trage auch die Konsequenzen.«

Colina war wie vor den Kopf gestoßen. Fort war das hilflose Mädchen, das sie gerade noch gesehen hatte. Die Konsequenzen tragen. Ob Clara auch nur ansatzweise wusste, was das hieß?

Das Mädchen drehte sich um, ging durch die Passage und schritt langsam den Weg zurück und weiter die Straße entlang. Colina brauchte einige Schritte, um es einzuholen.

»Was wollen Sie tun, Fräulein Prank?«

»Du hast gesagt, Pfarrer oder Engelmacherin.« Clara biss sich kurz auf die Lippen, blieb aber nicht stehen. »Versuchen wir die andere Option?«

Der schwärmerisch-hoffnungsvolle Ausdruck auf ihrem Gesicht gefiel Colina gar nicht. »Aber Clara! Selbst wenn es möglich wäre: Was würde Ihr Vater sagen? Der Sohn eines Münchner Bierbrauers?«

»Mein Vater ist auch Bierbrauer«, hielt das Mädchen fest. »Vielleicht ist seine Brauerei größer, und vielleicht haben wir mehr Geld, aber es wäre doch nicht unpassend.«

Nein. Nicht nach dem Gefühl einer Neunzehnjährigen, die mit einem Hallodri ihre erste Nacht erlebt hatte und diesen Nichtsnutz zum braven Ehemann umziehen wollte, der von nun an ein glückliches, gesetztes Dasein im Kreis von Gemahlin und Kindern verleben würde. Die alte Geschichte vom Einhorn, das sich zähmen ließ, wenn es seinen Kopf in den Schoß der Jungfer legte.

Wer wollte Clara diesen Traum verdenken? Colina hatte ihn selbst einmal gehabt.

»Wer sagt, dass es ihn kümmern würde?«, hielt sie dagegen. »Clara, für die Männer ist es ein kurzlebiges Vergnügen. Sie haben uns vergessen, kaum dass sie fertig sind. Wieso sollte Roman Hoflinger die Vaterschaft anerkennen oder Sie gar zur Frau nehmen?«

Clara zuckte die Achseln. »Wir werden es nicht herausfinden, wenn wir ihn nicht fragen. Du hast gesagt, du könntest mich abends heimlich nach Schwabing führen. Bring mich stattdessen nach Giesing, in diese Gastwirtschaft.«

Das war keine Frage und keine Bitte, das war eine Anordnung. Wieder dachte Colina, dass in Clara mehr von ihrem Vater steckte, als man dem Persönchen ansah.

Inzwischen hatten sie die schlimmsten Ecken hinter sich gelassen und schlenderten bereits wieder auf die Kirchenstraße zu. Ein einzelner Mann kam ihnen am Straßenrand entgegen, musterte Colina verwundert und schien einen Augenblick sogar versucht, zu grüßen, schob dann aber nur mit spöttischem Schmunzeln die Hände in die Hosentaschen und stapfte weiter.

Da er Zivil trug, benötigte auch Colina einen langen Moment, um ihn zu erkennen: der Gendarm aus dem Englischen Garten. Das fehlte ja gerade noch! Verärgert stieß Colina die Nase in die Luft, nahm Clara beim Arm und zog sie vorwärts. Das Mädchen schaute sie verblüfft an.

Aulehner hätte beinahe zu lachen angefangen über das halb entrüstete, halb verlegene Gesicht, das die Frau machte, als sie an ihm vorbeihastete. Zweifellos hatte sie ihn ebenso erkannt wie Aulehner sie. Und ebenso zweifellos hatte sie ihm damals im Englischen Garten die Wahrheit gesagt. Zumindest trug sie jetzt wirklich die Kleidung einer Dame, und das zierliche blasse Ding, das an ihrer Seite marschierte, entsprach ziemlich genau der Beschreibung, die sie damals von ihrem vermissten Schützling abgegeben hatte.

Anscheinend liefen tatsächlich vornehme Fräulein auf dem Kocherlball herum, und das gleich noch in Begleitung ihrer Gouvernanten.

Die Welt war doch ein Affenstall.

Unpassende Örtlichkeiten besuchten die beiden Damen offenbar noch immer gern. Zumindest fiel Aulehner auf Anhieb kein Grund ein, warum ein vornehmes Fräulein ausgerechnet durch Haidhausen hätte spazieren sollen, noch dazu in diese unansehnlichen Ecken des Viertels.

Vielleicht gehörte sie ja einem wohltätigen Verein an? Nein, wahrscheinlich handelte es sich um pure Abenteuerlust. Fragte sich nur, wer von diesen zwei Entdeckerinnen bei den Expeditionen wohl die treibende Kraft war.

Innerlich schmunzelnd stapfte er weiter. Die überraschende Begegnung hatte ihn aufgeheitert, was er hier gut gebrauchen konnte. Schließlich begaben sich nicht nur aufmüpfige Backfische und ihre Aufpasserinnen hin und wieder auf Spazierwege in Gegenden, die ihnen nicht guttaten. Auch Gendarmerie-Wachtmeister an ihrem freien Tag.

Es kam selten vor, dass Aulehner Haidhausen aufsuchte, selbst dienstlich mied er es, so gut er konnte. Heute hatte er sich ein Herz gefasst. Aber wie schon beim letzten Mal waren seine Beine in die falsche Richtung gelaufen, weg vom Stadtkern, hinein in die rotbraunen Häuserschluchten zwischen den Ziegelbauten. Er erinnerte sich noch daran, mit einer Horde anderer Kinder auf Kiesberge geklettert und sich bei winterlichen Schneeballschlachten hinter niedrigen Mauern verschanzt zu haben. War das hier gewesen? Oder doch auf der anderen Seite, am Bahnhof? Er wusste es nicht mehr, er erinnerte sich überhaupt an wenig, aber manche Bilder ruhten gut im Dunkel.

Die Kinder, mit denen er damals gespielt hatte – waren sie am Abend in diese Häuser gegangen, zu einem Teller dünner Suppe und einem Kanten Brot, wie es sie oft genug bei den Aulehners gab? Oder waren es die Kinder aus anderen Straßen gewesen, besseren? Arbeiteten ihre Väter als Gerichtsdiener, Maurer oder Schuster und brachten auch sie trotzdem nicht genug heim für ein ordentliches Abendessen?

Er hatte beim Laufen einen Bogen geschlagen. Inzwischen näherte er sich wieder dem Friedhof. Die rote Ziegelmauer leuchtete ihm bereits entgegen, eine stumme Mahnung. Lorenz zog den Kopf zwischen die Schultern, stemmte die Fäuste tiefer in die Taschen und ging blicklos an der Friedhofsmauer entlang.

Die Häuser in der Kirchenstraße hatten sich verändert. Manche der Häuschen waren mit ihren Nachbarn zusammengewachsen und hatten sich ein zweites oder sogar ein drittes Geschoss aufgesetzt, freilich ohne deshalb ihre bunt bemalten Fensterläden zu verlieren, von denen die Farbe splitterte, oder die Sitzbank vor dem Eingang, auf der der Großvater sein Pfeifchen schmauchen und die Passanten grüßen konnte, oder die Kästen mit den wetterzerzausten Geranien vor den Fenstern. Noch hielten die Haidhausener den Kopf stolz erhoben, flickten und bürsteten ihre verschlissenen Kleider für den sonntäglichen Kirchgang und taten so, als seien ihnen die Ziegelbauten, die rund um ihre Häuser in die Höhe gewachsen waren, einfach nicht aufgefallen. Rechtschaffene Bürger mussten sich nicht mit dem Arbeiterpöbel in einen Topf werfen lassen.

Die Kirchenstraße war lang; sie reichte bis hinunter zur neuen, größeren Kirche, die Johann Baptist hieß wie die alte. Aulehner ging schneller. Er hatte das Gefühl, dass Blicke ihm folgten, fragend und misstrauisch. Er grüßte niemanden und schaute niemandem ins Gesicht, wollte gar nicht wissen, ob er jemanden wiedererkennen würde. Ob jemand ihn wiedererkennen würde.

Als er zum Militär ging, war er achtzehn gewesen. Wie oft war er danach noch nach Hause zurückgekehrt? Für kurze Besuche meist, verschämt, eine Nacht oder zwei, ehe er wieder den Dienst vorschützen konnte.

Am besten in Erinnerung war ihm das Begräbnis. Die Handvoll Kirchgänger, der dünne Gesang, der kalte Wind auf dem Kirchhof und die beiläufige Hast, mit der der Pfarrer Aulehners Mutter in die Erde bettete und Weihwasser darübersprengte, damit seiner

Köchin nicht wegen einer alten Häuslerswitwe der Braten in der Röhre vertrocknete.

Das war nun auch schon wieder fast zwölf Jahre her.

Er bog wieder ab, und diesmal hatten seine Beine die richtige Gasse ganz ohne sein Zutun gefunden. Dennoch erkannte er die Häuser kaum wieder; auch hier hatte die Zeit an den Bildern genagt, die seine Erinnerung ihm eingab. Bei der alten Frau Dörfler rechts war ein Hasenstall gewesen, fiel ihm ein. Und eine Ziege, oder war das bei einem anderen Nachbarn? Der Stall war noch da, aber er schien leer zu sein. Gegenüber führten ein paar Stufen zum Eingang der Nachbarn, die Kroiß geheißen hatten. Oder Vogl? Auf dem Schild neben der Tür stand keiner der zwei Namen. Ein Dackel streunte über die Straße, schaute Aulehner vorsichtig an und wackelte vorbei.

Dann war er da. Der Zaun war ausgebessert worden, sah Aulehner. Und die Haselnussstauden, in denen er als Junge geklettert war, aus denen er sich Ruten geschnitten und Pfeil und Bogen gebastelt hatte, hatte man sorgfältig beschnitten. Jetzt würden die Kätzchen und das Laub nicht mehr auf das Gemüsebeet fallen, das man aber ohnehin etwas weiter weg verlegt hatte, fort aus dem Schatten des Gesträuchs, über den Aulehners Mutter sich so oft beklagt hatte.

Das Haus stand noch. Davor der Weg aus schief verlegten Steinplatten, über den der vornehme Herr im Anzug gekommen war, vom örtlichen Fürsorgeverein, um der armen Kriegerswitwe Aulehner unter die Arme zu greifen.

Die Läden und Fensterrahmen hatte jemand mit einer frischen, helleren Farbe gestrichen. Es sah gut aus und tat Aulehner trotzdem weh. Wie klein doch alles war, dachte er, wie schmal, dünn und zerbrechlich. Er hatte einen Agenten damit beauftragt, das Haus zu verkaufen, und sich nie darum bekümmert, wer der Käufer war. Er wollte es auch jetzt nicht wissen.

Mit einem wütenden Kopfschütteln wandte Aulehner sich ab. Er wusste selbst nicht, was er hier suchte, weshalb er gekommen war. Vergeudete Zeit. Stattdessen hätte er lieber eines jener Handbücher lesen sollen, deren Lektüre Eder ihm empfohlen hatte. Oder ein wenig Etikette studieren. Schließlich würde die halbe Polizeiwache morgen auf der Theresienwiese antreten müssen, um königlichen Besuch zu empfangen.

Die Welt war wirklich ein Affenstall.

14.

Königlich

»Wenn man bedenkt, wie beeindruckend die Bauten hinterher aussehen«, sagte Aulehner am nächsten Vormittag, »ist das jetzt schon etwas enttäuschend.«

»Waren Sie einmal Ministrant, Lenz?«, erkundigte Eder sich amüsiert. Als Aulehner verneinte, schmunzelte er. »Da ist Ihnen was entgangen. Sie würden staunen, wie schnell der Respekt verfliegt, wenn man sich den Altar von der Sakristei aus anschaut und sieht, dass die meisten Heiligen, die ins Kirchenschiff starren, auf ihrer Rückseite hohl sind.« Er lachte. »Oder wenn man Hochwürden fluchen hört, weil man ihm zum Weihrauch ein paar tote Fliegen auf die Glut im Fassl gepackt hat. Sie glauben gar ned, wie das stinkt.«

Gegen seinen Willen musste Aulehner mitlachen. Eigentlich traf das Bild von den ausgehöhlten Heiligen den heutigen Tag ziemlich gut. Rund um die beiden Gendarmen entstanden gerade regelrechte Paläste mit prächtigen Aufbauten und bunter elektrischer Beleuchtung, zu deren Betrieb in einiger Entfernung riesige Dampfmaschinen aufgebaut waren, doch im Inneren bestanden sie, wie jetzt noch deutlich zu sehen war, aus nichts als rohen Brettern und dünnen Pfosten.

Es waren noch gut vierzehn Tage bis zur Eröffnung des Oktoberfests. Die Theresienwiese hatte sich in eine gewaltige Fabrikhalle verwandelt, mit dem weiß-blauen Himmel als Dach. Es hämmerte, sägte, klapperte und schepperte, Hobelspäne flogen, Flaschenzüge surrten, Kabel lagen und hingen überall im Weg. Arbeiter brüllten sich gegenseitig Anweisungen zu in einem Dutzend Sprachen, so beschäftigt mit ihrer eigenen Welt, dass sie selbst den hochherrschaftlichen Besuch, dessen Kutsche über das Gelände rollte, vollkommen ignorierten.

Diesem Besuch war das vermutlich recht, und seinen Bewachern und Aufpassern, inklusive der Königlichen Schutzmannschaft mit Aulehner und Eder, noch viel mehr.

Der hohe Gast schien sich bestens zu amüsieren, soweit es sich aus dem fröhlichen Glucksen, das man hinter den Vorhängen hörte, erschließen ließ. Eder, Aulehner und die halbe Gendarmerie von München hatten die Ankunft der königlichen Reisetruppe überwacht, den Zugangsweg und die Wiese nach Attentätern abgesucht und das Gelände so gut gesichert, wie das eben möglich war auf einem Platz, auf dem Massen von Arbeitern und Neugierigen durcheinanderwuselten und gerade ein Volksfest für Zehntausende von Besuchern aufgebaut wurde.

Bisher war alles gut gegangen, die Gendarmen entspannten sich. Die Kutsche mit dem königlichen Wappen ratterte gemächlich an den halbfertigen Buden vorbei. Jetzt waren die Gardisten und Lakaien des königlichen Haushalts, die in ihren altmodischen Livreen neben dem Wagen hergingen und -ritten, dafür zuständig, dass kein Unbefugter sich Seiner Majestät näherte.

Immer wieder zwangen Arbeiter, die mit Holzböcken, aufgerollten Kabeln und riesigen Ballen Leinwand den Weg querten, die Kutsche zum Halten, aber das schien dem Insassen wenig auszumachen. Aulehner hatte ihn hinter den Vorhängen einmal vor Vergnügen quietschen hören, als ein Arbeiter in einem waghalsigen Satz auf das Dach eines Karussells sprang, um dort die Lichter anzubringen. Offenbar gefiel es Majestät hier mindestens so gut wie in seiner Menagerie.

Eder und Aulehner standen vor der Front von »Gabriels Völkerschau«, hinter der die Samoaner demnächst die blutrünstigen Menschenfresser würden mimen dürfen. Momentan wurde dort noch wild gehämmert. Eder trug heute wieder Zivil, wie meist, während Aulehner Uniform angelegt hatte. Er bereute es fast, denn die Sonne leuchtete unangenehm kräftig auf seinen dunklen Helm. Doch solange seine Versetzung nicht offiziell bestätigt war, wollte Lorenz sich nichts nachsagen lassen, schon gar nicht bei einer solchen Gelegenheit. Schließlich war Otto der Erste, wie es auch um ihn stehen mochte, noch immer Bayerns regierender König.

Stadtrat Urban durfte Seine Majestät hochoffiziell auf der Baustelle begrüßen und hatte sich für diesen Anlass vermutlich einen neuen Anzug schneidern lassen. Eder und Aulehner sahen ihn mit einem weiteren Herrn vorbeigehen. Aulehner musste überlegen, ehe ihm einfiel, woher ihm dieses zweite, kantige und schnauzbärtige Gesicht bekannt war: von den Werbezetteln und Plakaten für die »Bierburg«, die man an jeder Straßenecke bewundern konnte. Das also war Curt Prank, der fränkische Großbrauer, dem es zum Entsetzen der einheimischen Wirte und Brauereibesitzer geglückt war, sechs Schanklizenzen für das Oktoberfest zu erstehen.

Eine davon die des toten Ignatz Hoflinger.

Prank wirkte verärgert, ließ Urban abrupt stehen und schritt davon. Urban dagegen hatte sich weiter der Kutsche genähert, wo man ihm und anderen ausgewählten Herren eine kurze Unterredung mit dem Monarchen gestattete, insoweit als eine solche eben möglich war. Die Gendarmen, postiert in respektvoller Entfernung, hatten davon nicht mehr mitbekommen als Urbans eifrige, mehrfach wiederholte Kratzfüße. Es dauerte nur ein paar Minuten, dann rollte der Wagen weiter. Vor dem Völkerschaugelände hielt er erneut, und die Vorhänge wackelten heftig. Die farbenfrohen Aufbauten hatten sichtbares Interesse geweckt. Aulehner hörte ein weiteres aufgeregtes Quieken aus dem Wageninneren.

Ein Lakai trat vor und winkte den beiden Gendarmen ungeduldig zu; offenbar störten Eder und Aulehner. Beide salutierten, wie sich das gehörte, und marschierten weiter zum nächsten Zelt, dem einer Kinematografen-Truppe, die auf dem Fest die seit einigen Jahren beliebten bewegten Bilder vorführen würde. Aulehner hoffte, während des Fests selbst einmal Zeit zu finden, sich eine solche Schau anzusehen. Die Erfinder des Apparats, mit dem man diese Bildsequenzen herstellen konnte, waren, soweit er wusste, zwei französische Brüder namens Lumière. Auch in der Kinematografentruppe gab es etliche Franzosen, die sich über das Gehämmer hinweg in ihrer singenden Sprache unterhielten. Zu Aulehners Verblüffung beherrschte Eder das Idiom ebenfalls, sogar recht fließend. Er unterhielt sich noch angeregt mit den Arbeitern, als vor der königlichen Kutsche urplötzlich Tumult entstand.

Jemand hatte sich zwischen die Arbeiter gemischt, sich dem haltenden Wagen bis auf einige Schritt genähert und versuchte nun, bis zur Tür der Karosse vorzudringen. Lakaien und Gendarmen zuckten zusammen und stürmten dazu.

Aulehner langte vor Eder an der königlichen Kutsche an. Daher erkannte er auch früher, wer da soeben von den Lakaien gepackt wurde: eine dunkelhaarige Frau mittleren Alters in schwarzer Witwenkleidung.

Maria Hoflinger.

»Lasst's mich«, kommandierte sie zornig, als die Männer sie zur Seite schieben wollten. »Wir haben das Recht, wir sind Königliche Hoflieferanten ...« Nun rief sie direkt in Richtung der geschlossenen Fenstervorhänge: »Majestät, bitte, Sie müssen mich anhören. Ich bin die Maria Hoflinger vom Deibelbräu, der Ihnen immer das Bier liefert. Die Frau vom Ignatz Hoflinger.«

Zu Aulehners Überraschung tat dieser Name tatsächlich Wirkung.

»Hoflinger?«, wiederholte eine überraschend hohe Männerstimme. Eine Hand mit einem wertvollen Ring schob sich zwischen den Vorhängen hindurch und begann, am Wagenschlag zu hantieren. »Halt! Lasst's die Frau!«

Aulehner konnte sich die Blicke leicht ausdeuten, die von einer Livree zur nächsten glitten. Durfte man? Durfte man das Richtige tun, den Befehl einfach ignorieren und die aufdringliche Bittstellerin beiseite schieben? Alles würde sich damit gütlich regeln, niemand müsste peinlich berührt oder in seinen Empfindungen gestört werden.

Aber ein König war immer noch ein König. Die Diener fügten sich in ihr Schicksal. Widerstrebend öffnete einer von ihnen den Schlag.

In den purpurfarbenen Samtpolstern im Fond saß ein schmaler, zerbrechlich wirkender Herr um die fünfzig, mit spitzem, fast völlig ergrautem Bart, gekleidet in eine Generalsuniform und mit einer Unmenge Orden auf der Brust. Er lächelte freundlich und ein wenig unsicher von einem Gesicht zum nächsten.

Aulehner staunte, wie alt der König war. Die wenigen Bilder, die es von ihm gab, zeigten Otto stets als jungen Mann. Doch er war wohl um die Mitte des Jahrhunderts geboren; natürlich musste er inzwischen alt sein.

»Ich dank' schön, Majestät.« Die Hoflinger-Witwe hatte den Kopf stolz erhoben. »Ich hab's ja gewusst, dass Majestät uns nicht vergessen haben. Wo Ihnen mein Mann doch damals im Krieg das Leben gerettet hat.« Falls sie ebenfalls überrascht war, den Monarchen so völlig anders vorzufinden als auf den Drucken und Gemälden, ließ sie es sich nicht anmerken.

König Otto nickte ihr zu. Deutlich und eifrig, es schien ihm wichtig zu sein.

»Vergessen? So etwas kann man niemals vergessen! Wo ist er denn, mein braver Hoflinger? Haben S' ihn nicht mitgebracht?«

Die Frau sah zu Boden. »Mein Mann ist verstorben, Majestät.«

»Nein!« Schrecken malte sich auf dem Gesicht des Monarchen; er legte die beringte Hand vor den Mund.

»Doch, Majestät. Vor einigen Wochen schon.«

»Das ist so traurig.«

»Dank'schön, Majestät, für das allergnädigste Mitgefühl. Als ich in der Zeitung gelesen hab', dass Majestät sich heute die Wies'n anschauen wollen, hab' ich alles liegen und stehen lassen, um Majestät zu sehen und um eine Gnade zu bitten. Majestät, wir brauchen Hilfe, so dringend! Ich flehe Sie an, Majestät, im Namen von meinem Mann selig.«

»Aber ja, gute Frau«, sagte der König. »Freilich! Was brauchen S' denn?«

Maria Hoflinger deutete über die Schulter an die Stelle, an der Arbeiter eine Ecke der gewaltigen Bierburg des Curt Prank aufbauten. »Da hinten, Majestät, sehen S', da war jedes Jahr der Platz von der Deibel-Brauerei auf dem Oktoberfest. Aber heuer haben s' uns unsere Lizenz weggenommen. Jetzt stellen sie da so ein Ungetüm hin, so ein Riesenzelt. Auf unserem Budenplatz! Wenn wir die Lizenz fürs Oktoberfest nicht zurückbekommen, dann können wir unsere Schulden nicht bezahlen, und dann sind wir ruiniert. Dann muss der Deibelbräu zumachen! Im Andenken an meinen Mann selig, Majestät, bitt'schön helfen S' uns!«

König Ottos Blicke hingen an Marias Lippen. Über seine Wange rann eine einzelne Träne.

»Natürlich helfe ich Ihnen, Frau Hoflinger. Natürlich. Das ist ja ungeheuer, was Sie da erzählen. Warten S'!« Er fing an, in der Kutsche herumzurumoren, wendete Hut und Mantel um, die auf der gegenüberliegenden Bank lagen, und bückte sich sogar, um zwischen den eigenen Beinen hindurch unter seinen Sitz zu schauen.

Die Lakaien wurden ängstlich. Einer bemühte sich, Maria Hoflinger abzudrängen und die Wagentür zu schließen, aber sein Monarch war schneller.

»Da ist es ja!« Strahlend zog König Otto der Erste die mit goldenen Wappen verzierte Porzellanschüssel unter dem Sitz hervor und hielt sie Maria Hoflinger hin. Stolz lag auf seinem eingefallenen Gesicht, wie bei einem Schüler, der eine besonders schwierige Mathematikaufgabe gelöst hat. »Geben S' das meinem braven Hoflinger, dass er seine Schulden zahlt!«

Aulehner brauchte nicht genauer hinzusehen, was sich in der Schüssel befand; man konnte es riechen.

Fassungslos starrte Maria Hoflinger auf den königlichen Stuhlgang. Ihr Gesicht war kalkweiß. Die Lakaien nutzten den Moment, um sie endgültig abzudrängen. Jemand nahm dem König das Potschamberl aus der Hand, ungerührt und ohne eine Miene zu verziehen, als seien solche Vorfälle etwas Alltägliches, ein anderer schloss den Schlag.

Aulehner fasste die Witwe am Ellenbogen. »Kommen S', Frau Hoflinger.«

»Ja, schaffen Sie die Frau endlich weg!«, knurrte einer der Diener. »Jetzt brauchen wir den halben Tag, bis er sich beruhigt hat, und die Ärzte setzen ihn wieder stundenlang ins kalte Wasser! Eine Schande, dass ein kranker Mann so behelligt wird.« Er zog heftig die Vorhänge des Fensters zu. Der Kutscher auf dem Bock ließ die Peitsche knallen, die Gardisten reihten sich eilig rund um den Wagen auf. In einer Staubwolke flüchtete die königliche Reisegruppe von der Theresienwiese, um ihren Patienten wieder dem sicheren Gewahrsam seiner Ärzte auf Schloss Fürstenfeld zu übergeben.

»Aber, das ist ja ...« Maria Hoflinger stützte sich schwer auf Aulehners Arm. Was zwischen ihren blutleeren Lippen hervorkam, war kaum ein Wimmern.

»Ich kann nicht glauben, dass es immer noch Leut' gibt, die es nicht wissen«, sagte Aulehner. Eder verzog mitleidig das Gesicht.

»Mein Urgroßvater hat für den Deibelbräu die Genehmigung bekommen«, sagte Maria Hoflinger zusammenhanglos. »1822 war das. Von König Max. Wir haben die Urkunde noch, wissen Sie? Mit seiner Unterschrift. Und im Krieg gegen die Franzosen, da hat mein Mann damals den Prinz Otto zur Seite gestoßen, bevor ihn eine Kanonenkugel hat treffen können. Dafür sind wir Hoflieferant geworden.« Sie schaut von Lorenz auf Eder und zurück. »Jeden Monat haben wir zehn Fässer Bier an den Hof geschickt. Jeden Monat. Und jetzt, auf einmal, haben sie's uns zurückgeschickt. Weil seine Doktoren sagen, dass der König kein Bier mehr trinken darf.« Sie schaut über die Schulter zurück dorthin, wo die königliche Kutsche zuletzt gestanden hatte, ganz so, wie sie damals den Kopf ihres toten Gemahls angestarrt hatte. »Aber er ist doch der König!«

»Kommen S' mit, Frau Hoflinger. Wir rufen Ihnen einen Fiaker.« Eder schaute Aulehner an. »In der Zeitung schreiben s' immer nur: melancholisch. Die Leut' sollen es ja gerade nicht wissen.«

Nein, natürlich nicht. Wer wollte schon der Tatsache ins Auge sehen, dass das offizielle Oberhaupt des Staates geisteskrank und die gesamte alte Welt aus den Fugen geraten war? Die Welt Maria Hoflingers jedenfalls brach gerade in sich zusammen.

Sie selbst nicht. Einige Schritte ließ sie sich von den zwei Gendarmen führen, dann versteifte sich ihr Rückgrat, und sie schüttelte alle stützenden Hände ab.

Sie standen vor dem hölzernen Gerüst der zukünftigen Bierburg. Ein großes Porträt Curt Pranks lehnte davor.

»Lassen S' mich!« Ihre Stimme hatte ihre Schärfe wiedergefunden. »Um das da sollten Sie sich kümmern, meine Herren von der Polizei, nicht um brave Bürger wie mich, die einfach bloß ihren König sehen möchten!« Sie streckte anklagend den Arm aus. »Wenn jemand meinen Mann auf dem Gewissen hat, dann ist es der da!«

Eder schüttelte sanft den Kopf, aber sie ließ ihn nicht zu Wort kommen. »Ich weiß, was ich weiß! Niemand außer ihm hat ein Interesse daran gehabt, meinen Mann umzubringen. Aber die Vorsehung wird es richten, wenn es die Polizei schon nicht tut. Es gibt so etwas wie eine höhere Gerechtigkeit; das wird dieser Mensch noch merken!«

Sie bedachte Eder und Aulehner mit einem letzten vernichtenden Blick, ehe sie aufrecht, geradezu königlich davonschritt – nicht gewillt, ihren Gegnern die leiseste Schwäche zu zeigen.

»Die arme Frau«, sagte Eder.

Aulehner schwieg. Beide Gendarmen betrachteten die riesige Baustelle ihnen gegenüber, das Gerippe aus hölzernen Balken und die Arbeiter, die dazwischen herumturnten. Das Geräusch einer Säge kam hinter einer Bretterwand hervor. Es roch harzig.

»Und wenn sie recht hat?«, fragte Aulehner. Um Eders Mundwinkel zuckte es schmerzlich.

»Das ist natürlich auch möglich«, sagte er. Und sparte sich den zweiten Teil des Satzes, dass es nämlich nichts ändern würde.

Als sie die Theresienwiese verließen, dachte Lorenz bissig, es habe vielleicht seine Gründe, wenn die Welt ihm oft wie ein Affenstall vorkam.

15.

Die Gärten des Glücks

Colina schob die Geldscheine in das Kuvert und lauschte. Die Stimme Herrn Pranks war wieder zu hören, hart und heftig. Und laut.

Sie hatte bisher nur ein einziges Mal erlebt, dass Herr Prank laut geworden war, bei jenem nächtlichen Streit mit Clara nach deren Einführung in die Gesellschaft. Normalerweise hatte ein Curt Prank so etwas nicht nötig, seine eisige Ruhe wirkte weit bedrohlicher als jeder Wutausbruch. Auch gegenüber Clara war es nur ein kurzer zorniger Moment gewesen – ein Zeichen dafür, wie viel Prank an seiner Tochter lag und wie nahe ihm jede Auseinandersetzung mit ihr ging.

Offenbar war der Grund des heutigen Streits Herrn Prank ebenso wichtig. Allerdings verhandelte er diesmal mit einem Herrn aus dem Stadtrat, und das jetzt seit fast anderthalb Stunden. Zu beneiden war der Besucher wahrlich nicht. Zum Glück spielte sich die Auseinandersetzung so weit weg von ihrem Zimmer ab, dass Colina nichts verstehen konnte.

Die aufgebrachten Sätze verhallten im Haus. Aus Claras Zimmer hörte man die Klänge einer Bratsche; vielleicht wollte auch das Mädchen nicht zu viel von dem mithören, was im anderen Teil des Hauses verhandelt wurde, und hatte sich deshalb an ihr Instrument geflüchtet. Colina nahm einen zweiten Bogen Papier und schrieb, in großen, deutlichen Buchstaben und kurzen Wörtern, ein paar

Sätze für Maximilian darauf. Inzwischen musste er so weit sein, sie lesen zu können. Mit ungelenken Strichen zeichnete Colina eine Frauengestalt auf den Rest des Blatts, die einen kleinen Jungen an der Hand hielt, und bemühte sich, nicht zu weinen.

Es ging nicht an, dass eine Träne aufs Papier tropfte.

Als sie ihren Brief adressiert hatte, war es bereits Zeit fürs Abendessen. Meist nahm Colina ihr Mahl allein auf ihrem Zimmer ein, sofern sie nicht ausdrücklich zur herrschaftlichen Tafel gebeten wurde, was selten geschah. Heute war eine Ausnahme. Hubertus klopfte an ihre Tür, um ihr mitzuteilen, Herr Prank habe den Wunsch geäußert, sie möge heute mit ihm und seiner Tochter zu Abend essen. Was bedeutete, dass Colina sich zu allem Überfluss auch noch umziehen musste.

Trotz aller Eile erschien sie verspätet im Speisesaal, was Prank mit einem unwilligen Stirnrunzeln, aber schweigend zur Kenntnis nahm. Colina war nicht einmal sicher, ob die grimmige Miene wirklich ihr galt; Herr Prank schien generell verstimmt zu sein. Offenbar war das Gespräch von heute Nachmittag nicht glücklich für ihn ausgegangen. Er sprach wenig, und das fast nur mit Clara.

Suppe, Vorspeise und Hauptgang wurden nacheinander aufgetragen. Wie stets beobachtete Colina erst, welche Gläser und welches Besteck Clara benutzte, ehe sie selbst es tat, und bemühte sich auch sonst, deren Benehmen möglichst genau nachzuahmen. Einmal flog ihr deswegen von dem Mädchen ein spöttischer Blick zu, aber Herr Prank war zu sehr in Gedanken, als dass es ihm aufgefallen wäre.

Erst beim Dessert richtete Prank das Wort an Colina.

»Fräulein Kandl, es wäre mir lieb, wenn Sie meiner Tochter heute Abend Gesellschaft leisten könnten. Eine kurzfristig anberaumte Besprechung zwingt mich leider außer Haus, und ich kann nicht sagen, wann ich zurück sein werde.«

»Selbstverständlich, Herr Prank.«

Prank wendete sich Clara zu. »Es wird dich vielleicht interessieren, dass ich vorhabe, Herrn Stifter zu besuchen.«

Das Mädchen zuckte die Achseln. »Ich wüsste nicht, weswegen es das sollte.«

Prank hob die Brauen. »Weil er dir etliche Aufmerksamkeiten erwiesen hat?«

Clara lächelte geringschätzig. »Das mag sein. Ich hatte allerdings nicht den Eindruck, das sei zu deiner Zufriedenheit geschehen?«

»Vielleicht habe ich ihn falsch eingeschätzt.« Ihr Vater legte den Löffel zur Seite, tupfte sich die Lippen mit der Serviette und erhob sich unvermittelt. »In jedem Fall ist Stifter ein Bekannter und als Vorstand der größten und modernsten Brauerei von München ein wichtiger Ansprechpartner für mich. Du würdest mir einen Gefallen tun, dürfte ich Herrn Stifter Grüße von dir bestellen.«

»Bestell sie ihm immerhin, wenn es dir von Nutzen ist.«

Der Satz, so gleichgültig er gesprochen wurde, schien Herrn Prank zu genügen. Keine Viertelstunde später hörte Colina ihn durch die Eingangshalle schreiten, wo er sich von Hubertus Hut und Stock reichen ließ und dem Diener für den Rest des Abends freigab. »Wundern Sie sich nicht, wenn ich erst nach Mitternacht heimkomme.«

Die Tür war noch nicht ganz ins Schloss gefallen, als Clara bereits, ohne anzuklopfen, in Colinas Zimmer stürmte. Sie trug Stiefeletten und Mantel und hielt ihren Hut in der Hand.

»Rasch, mach dich fertig!«

»Was haben Sie vor, Fräulein Prank?«

»Wir fahren nach Giesing und regeln die Sache mit dem Pfarrer«, lachte Clara übermütig. Als sie Colinas Gesicht sah, verdrehte sie ungeduldig die Augen. »Nun schau nicht so! Papa ist aus dem Haus, Hubertus ist aus dem Haus – eine bessere Gelegenheit werden wir nicht bekommen.«

»Und wenn Ihr Vater früher zurückkehrt?«

»Wird er wie üblich in seinen Turm gehen und uns nicht vermissen. Aber keine Sorge, er wird nicht so rasch wieder da sein. Du bekommst die Zeitung ja immer erst einen Tag später, aber ich habe sie heute schon gelesen. Außerdem habe ich ein wenig von dem belauscht, was Papa mit diesem Widerling Urban zu besprechen hatte.« Sie grinste breit in einer Art, von der Colina, auch ohne vom Fach zu sein, annahm, sie sei wenig damenhaft. »Papa steckt in der Tinte.«

»Inwiefern denn? Und bekümmert Sie das nicht?«

Clara winkte sorglos ab. »Papa ist Kummer gewöhnt, der findet immer einen Ausweg. Obwohl die Münchner es geschafft haben, ihm einen richtig dicken Knüppel zwischen die Beine zu werfen.« Sie lachte. »Du weißt doch, dass er ein großes Zelt auf dem Oktoberfest baut? Tja, jetzt sieht es so aus, als ob er zwar das Zelt hat, aber kein Bier dazu. Der Stadtrat hat ein Statut erlassen, nach dem nur das Bier von Münchner Brauereien auf dem Oktoberfest ausgeschenkt werden darf. Und unsere Brauerei steht in Franken.«

Colina konnte nicht fassen, wie leicht Clara das anscheinend nahm. Offenbar fand sie die Vorstellung, ihr Vater stecke in Schwierigkeiten, eher amüsant als beängstigend. Konnte man sich, wenn man mit dem sprichwörtlichen silbernen Löffel im Mund auf die Welt gekommen war, überhaupt vorstellen, was es bedeutete, nicht reich zu sein? »Das ist doch sicher ein gewaltiger Rückschlag für Ihren Vater, Fräulein Prank.«

»Ich sage doch, meinen Vater wirft nichts so leicht um. Was glaubst du denn, warum er jetzt zu Stifter fährt? Weil Stifter, nach allem, was ich erlauscht habe, die treibende Kraft hinter diesem Komplott ist. Und danach wird Papa der Reihe nach jeden aufsuchen, der ihm einen Gefallen schuldig ist oder den er unter Druck setzen kann. Entweder wird er erreichen, dass dieses Statut außer Kraft gesetzt wird, oder er findet einen Weg, es zu umgehen.« Sie klatschte in die Hände. »So, genug geschwätzt. Los, los, Fräulein

Kandl, Mantel, Handschuhe, Hut! Oder willst du riskieren, dass ich allein nach Giesing fahre?«

Das Mädchen wäre wirklich dazu imstande, sagte sich Colina. Vermutlich war es immer noch das Beste, Clara auf ihrem Gang zu begleiten und zu versuchen, vielleicht die nächste Dummheit zu verhindern.

Zumindest genügte es als Ausrede, um die eigene Abenteuerlust zu entschuldigen.

Sie verließen das Haus wie zu einem abendlichen Spaziergang und hielten ein Stück von der Villa entfernt den ersten Fiaker an, der ihnen begegnete. Erst als sie in der Kutsche saßen und im Rhythmus des Hufgetrappels in den Polstern hin und her ruckelten, fiel Colina auf, wie schweigsam Clara geworden war. Sie musterte das Mädchen stumm im rötlichen Licht des Sonnenuntergangs. Clara hatte sich sehr sorgfältig gekleidet und frisiert, und in ihrer Miene lag eine eigenartige Mischung aus froher und banger Erwartung.

So, dachte Colina, sahen sonst frisch verliebte Junggesellen aus, wenn sie sich, ein Bukett Rosen in der Hand, darauf vorbereiteten, der Angebeteten einen Antrag zu machen.

Colina befürchtete das Schlimmste.

»Fräulein Prank.« Colina legte Clara eine Hand aufs Knie und riss das Mädchen aus seinen Tagträumen. »Sie begreifen doch hoffentlich, dass es für das, was wir gerade versuchen, ebenso wenig eine Garantie gibt wie für die Sache mit dem Essig?«

»Wovon redest du?«

»Davon, dass nichts und niemand einen Mann zwingen kann, auch ein Ehrenmann zu sein.« Dazu gab es natürlich noch diejenigen, die sich erst wie Ehrenmänner benahmen und sich als das Gegenteil davon entpuppten. Aber man musste die Sache für Clara ja nicht gleich unnötig verkomplizieren.

»Ich weiß gar nicht, was du meinst.« Claras gerötete Wangen straften ihre Worte Lügen.

Wie schrecklich jung sie war.

»Richten Sie sich besser darauf ein. Glauben Sie mir. Es wird dann nicht so weh tun. Man redet sich Sachen ein, gerade, wenn es der Erste gewesen ist. Dass man verliebt ist, dass das, wovon man träumt, etwas Einmaliges und ganz Besonderes ist. Solche Kerle vom Kocherlball ...«

»Das verstehst du nicht.« Clara lächelte beinahe herablassend.

»Du wirst es ja sehen.« Colina lehnte sich seufzend zurück in die Polster.

Sie wünschte wirklich, sie hätte Clara helfen können. Hätte ihr ihre eigene Geschichte erzählen können, die mit denselben Flausen, mit demselben überschwänglichen Glück begonnen hatte und mit einem Säufer und täglichen Prügeln zu Ende gegangen war. Sie tat es nicht, weil sie wusste, Clara würde es ebenso wenig verstehen, wie sie selbst es damals begriffen hätte. Sie wagte nicht noch einmal, ein Gespräch zu beginnen, bevor der Fiaker die beiden Frauen an der Gaststätte »Zum Oiden Deibe« wieder auf die Straße entließ.

In Giesing gab es noch Gaslaternen. Sie brannten bereits, obwohl die Sonne noch nicht vollständig untergegangen war. Trotz der frühen Stunde schien es in der Gaststätte hoch herzugehen. Man hörte das Gejohle und Gegröle bis auf den Bürgersteig. Verwundert schauten Clara und Colina einander an. Ein besonderer Anlass? Sie fanden nirgendwo einen Hinweis auf eine geschlossene Gesellschaft, also stieß Clara die Tür auf und stapfte durch die Diele schnurstracks weiter in jene Gaststube, aus der der Lärm zu kommen schien.

Sie blieb unmittelbar hinter der Schwelle stehen, und ihre Lippen formten ein großes »O«.

Der Raum war nicht wiederzuerkennen. Hinter einer dichten Wolke aus Qualm schien seit dem Begräbnis eine ganz neue Welt entstanden zu sein. Die alten Stiche an der Wand, Ansichten von München, Bilder der bayerischen Monarchen, dazu ein paar Rehgwichtl und Schützenketten, waren abgehängt, die Wände selbst verschwunden unter einer Schicht blutroter Farbe. Was jetzt an den Wänden hing, waren moderne Grafiken in leuchtenden Farben. Zum Teil konnte Colina nicht einmal erkennen, was das Gewirbel von Ornamenten und verzerrten Figuren darstellen sollte; dennoch übten die Bilder einen seltsamen Sog auf sie aus, als wollten sie sie in sich hineinziehen, als gebe es da etwas in Colina, das sich mit den Farben auf dem Papier gemeinsam auflösen und zu neuen Formen umbilden lassen wollte.

Die Tische und Stühle waren noch die gleichen, rustikal und einfach. Die Gäste hatten sich jedoch verändert. Jung waren sie, das vor allem, und gekleidet in allen Varianten von leger bis aufgeputzt. Am vordersten Tisch gleich neben Colina saß ein junger Mann mit nackenlangem Haar in Weste und aufgekrempelten Hemdsärmeln neben einem Herrn im Anzug, der seinen Zylinder neben den Aschenbecher auf die Tischplatte gelegt hatte, und einer Malerin im Abendkleid, die vergessen hatte, sich die bunten Farbflecken von den Unterarmen zu waschen. In einer Ecke spielten drei Musiker Varietémelodien.

Colina schaute sich um und wusste nicht, was sie denken sollte. Die Leute erschienen ihr wie ein menschliches Kuriositätenkabinett, bei dem sich nicht sagen ließ, wie viele Kostbarkeiten und wie viel wertloses Blendwerk sich darin angesammelt hatte.

Clara reagierte vollkommen anders. Colina sah ihre Augen leuchten. Dies war, was Clara in München hatte sehen wollen. Das Junge, Fremdartige, Wilde; Menschen, die ihr Leben lebten ohne Rücksichtnahme auf Konventionen oder Gesetze. Dies war ihre Welt, hatte Clara schließlich damals auf der Schule für höhere Töchter beschlossen. Jetzt sah sie sie endlich mit eigenen Augen. Zielsicher schritt sie tiefer in den Raum. Colina hastete hinter ihr her.

»Fräulein Prank, bitte überlegen Sie sich gut, was Sie hier wollen.«

Ein herablassender Blick. »Ich erkundige mich nur beim Wirt nach Roman Hoflinger.«

Am Tresen schenkte ein junger Mann eine grüne Flüssigkeit in Schnapsgläser.

»Entschuldigung!« Clara musste brüllen, um sich verständlich zu machen. »Sind Sie der Wirt? Ich suche Herrn Roman Hoflinger.«

Der Bursche grinste. Er wirkte noch etwas jünger als Clara. »Ich bin Ludwig Hoflinger.« Seine Stimme immerhin war kräftig. »Der Roman ist mein Bruder. Aber ich weiß nicht, wo er steckt. Wird schon wieder irgendwo herumstrawanzen. Der bleibt nirgendwo lang.«

Mit diesem sorglosen Bescheid verkorkte er die Flasche, stellte sie beiseite und hob das Tablett an, um es an einen vollbesetzten Tisch zu tragen. Clara, nicht gewohnt, derart ignoriert zu werden, eilte entrüstet hinter ihm her.

Ein Gast stand auf und nahm dem jugendlichen Wirt das Tablett aus der Hand. »Leiwand! Ein ganzer Schwarm von grünen Feen!« Seinem Dialekt nach war er eindeutig Österreicher. »Hab ich euch nicht g'sagt, es lohnt sich, dass wir da heraus nach Giesing kommen? Freies Bier und freie Feen!« Er stellte das Tablett ab, indem er leere und volle Gläser, Aschenbecher und halb geleerte Teller rigoros ineinanderschob, nahm dann das Gesicht des jungen Wirts in beide Hände und drückte ihm neckisch einen feuchten Kuss auf die Stirn. »Bist ein rechter Lümmel, Ludwig, ein ganz ungezogener noch dazu! Aber Talent, das hast du. Nicht wahr, Denhardt?«

Beide schauten auf einen der Sitzenden, der eine Mappe auf den Knien hielt und sie eingehend studierte. Ludwig Hoflinger wirkte angespannt, fast ängstlich, sein österreichischer Freund eher amüsiert. Endlich schaute der Mann auf und strich sich den dünnen Schnurrbart.

»Das hier ist wirklich nicht schlecht.« Er schwenkte ein Blatt durch die Luft, das Colina, obwohl sie über Claras Kopf hinweg zu lugen versuchte, nicht genau erkennen konnte. Jemand mit einer Krone auf dem Kopf, der die Hose heruntergelassen hatte und einen weiß-blauen Haufen setzte – und dazu Zelte und Bierfässer? »Das ist wirklich von dir?« Ludwig nickte nervös, und der Mann legte das Blatt wieder in die Mappe. »Gibt's dazu eine Geschichte?«

»Und was für eine«, lachte der Österreicher, aber der andere runzelte die Stirn.

»Klappe, Fierment. Also?«

»Es gibt eine«, sagte Ludwig Hoflinger, »aber die erzähl' ich ned für die Zeitung, Herr Denhardt.«

»Das Bild würde mir schon genügen«, sagte Denhardt. »Eine wirklich gute Karikatur. Es ist längst an der Zeit, dass der ›Simplicissimus‹ sich die Bierbarone vorknöpft.« Er schaute Ludwig Hoflinger nachdenklich an. »Du gehörst zu diesem Wirtshaus hier, ja? Wie alt bist du denn?«

»Neunzehn«, sagte der Junge. Auf der Stirn des Journalisten bildete sich eine steile Falte.

»Noch nicht einmal volljährig also. Weißt du auch, was du da tust? In was du hineingezogen werden kannst? Wir vom ›Simplicissimus‹ stehen unter strenger Aufsicht der Zensurbehörden.« Einige der Leute, die neben ihm saßen, lachten; er selbst blieb ernst. »Bist du sicher, dass du das willst? Und dass du das aushältst?«

»Jetzt mach dem Burschen doch keine Angst, Denhardt«, lachte der Österreicher wieder. Denhardt bewegte den Kopf hin und her.

»Das verstehst du nicht, Fierment; wenn sie dich einmal verhaften, dann ist es die Sitte, und gewiss aus anderen Gründen.«

Wieder Gekicher in der Runde, diesmal hämisches. Colina schob sich unauffällig nach vorn, um besser verstehen zu können, was Denhardt antwortete. »Der ›Simplicissimus‹ ist eine ordentliche Zeitung. Wir haben ein Impressum, wir nennen unsere Namen. Ich will nicht, dass der Junge in Schwierigkeiten kommt, weil er nicht weiß, worauf er sich bei uns einlässt.«

»Ich halte das aus«, sagte Ludwig fest. »Alles, was ich jemals wollte, war Zeichnen. Ich würde auch zur Akademie gehen. Das hier ...«, er machte eine Geste, die den Tresen umschrieb, die verrauchte Gaststube und vermutlich die ganze Brauerei, »das war nie meine Welt. So mag ich nicht leben für alle Zeit.«

Ein wehmütiges Lächeln spielte um Denhardts Lippen. »Ein Künstler, ja?« Er warf einen Blick auf Fierment, der das nicht bemerkte, weil er sein Glas leerte. Ludwig dagegen schien es gesehen zu haben; er wurde rot. Denhardt betrachtete noch einmal die Zeichnung und nickte.

»Ich lege es der Redaktion zur Abstimmung vor. Wenn es angenommen wird, melde ich mich wegen des Honorars. Ich sage es gleich, man verdient bei uns keine Reichtümer. Aber gute Zeichner können wir immer brauchen.« Erneut ein Lächeln. »Meine Hochachtung, junger Mann. Eine Karikatur beim ›Simplicissimus‹. Kein schlechter Einstieg in die Bohème.«

Die Runde brach in Applaus aus, und der Österreicher Fierment stellte sein Glas weg und schlang einen Arm um Ludwigs Schulter.

Colina lauschte und wunderte sich. Diese Leute waren so seltsam. Dass jemand eine Gastwirtschaft modernisierte, um neues Publikum anzulocken, begriff sie – obwohl Künstler im Ruf standen, weit mehr zu trinken als zu bezahlen. Zumindest hatte Lochner das gesagt und sich bei jedem, den er für einen »Schwabinger Farbenkleckser« hielt, geweigert anzuschreiben.

Aber ein sicheres Leben aufzugeben, um – was? Seltsame Zeichnungen für eine Zeitung anzufertigen? War das überhaupt Arbeit?

Während Colina grübelte, schlängelte sich Clara langsam zwischen den Tischen hindurch. Vermutlich hoffte sie, den älteren Hoflinger-Sohn doch noch irgendwo in der Gaststube zu entdecken. Stattdessen blieb sie unvermittelt stehen. Eine Dame im Abendkleid saß, begleitet von zwei Herren, mit übereinandergeschlagenen Beinen an einem Ecktisch und rauchte eine Zigarette. Clara musterte sie mit offenem Mund. Plötzlich sah sie nicht mehr aus wie die selbstsichere Tochter des Unternehmers Prank, sondern wie ein aufgeregtes kleines Mädchen.

Die Dame schien daran gewöhnt, angestarrt zu werden. Jedenfalls lächelte sie gutmütig und hob ihr Glas erst in Richtung ihrer beiden Begleiter, dann in die Claras. »Dicht neben dem Wehe der Welt hat der Mensch sich seine kleinen Gärten des Glücks gebaut.« Sie nippte an ihrem Glas. »Nietzsche«, fügte sie hinzu, während sie es wieder absetzte, und musterte Clara halb erwartungsvoll, halb spöttisch.

»Sind Sie …« Colina traute ihren Ohren kaum; Clara Prank stotterte vor Aufregung! »Verzeihung, aber sind Sie Franziska zu Reventlow?« Als die Dame bestätigend lächelte, schlug Clara eine Hand vor den Mund. »Ich habe jedes Wort von Ihnen gelesen! Jeden Ihrer Artikel in den ›Zürcher Diskuszionen‹.«

Das Lächeln blieb, aber etwas Bitteres, Grimmiges rutschte hinein.

Colina musterte die Dame mit neu erwachtem Interesse. Das war die Frau, die den Artikel geschrieben hatte über griechische Hetären und Frauen, die »Luxusobjekte im schönsten Sinn des Wortes« sein sollten? Irgendwie hatte sie sich die Verfasserin ganz anders vorgestellt. Älter. Verlebter. Eher wie Afra, oder wie Colina selbst. Wie eben eine Frau aussah, die sich verkaufte, der die Erinnerung an tausendundeine Demütigung auf der Seele lag.

Damit kannte Colina sich aus.

Fanny zu Reventlow nahm einen Zug von ihrer Zigarette und

musterte ihre beiden Bewunderinnen aus seelenvollen, ein wenig verhangenen Augen.

»Mich hat der liebe Gott aus allen Widersprüchen zusammengesetzt, die er finden konnte«, sagte sie. »Ich werd's ihm schon zeigen, was er davon hat. – Sie sind aber nicht meinetwegen hier, oder?«

»Nein, ich suche jemanden«, setzte Clara an, und die Frau drückte ihre Zigarette im Aschenbecher aus.

»Einen Mann, wie ich vermute? Und vergebens, Ihren fragenden Blicken nach zu schließen.« Sie stand auf und beugte sich ein wenig zu Clara und Colina hinüber, um sich besser verständlich machen zu können. Ihr Atem roch nach Kräuterschnaps. »Wenn er Ihnen durchgegangen ist, Mädchen, lassen Sie ihn laufen. Gibt doch genügend andere.« Sie hob spöttisch die Brauen. »Suchen Sie Ihre Gärten des Glücks, kleines Mädchen, lassen Sie sich von nichts und niemandem daraus vertreiben! Machen Sie sich wegen der Männer keinen Kopf – Ihr eigener ist hübsch genug.«

Sie ging an ihnen vorüber, zwischen den Tischen hindurch zu den Musikern. Ihrem Gang war anzumerken, wie viel sie heute Abend schon getrunken hatte, aber selbst in ihrem leichten Schwanken lag eine Art selbstvergessene Würde. Sie gebot den Musikern mit herrischen Handbewegungen Schweigen, und nachdem der Mann an der Handtrommel ihr mit einigen dröhnenden Trommelwirbeln Ruhe verschafft hatte, trug sie eine äußerst ironische Ansprache vor, die über Colina weitgehend hinwegrauschte, die der Saal aber mit begeistertem Applaus beantwortete.

Was ihr im Gedächtnis blieb, war das Gedicht, mit dem sie endete. Ein Gedicht über einen einsamen Pinienbaum, der so hoch gewachsen war, dass er nun nur noch auf den Blitz warten konnte, der ihn als Einziger zu erreichen vermochte.

Was für ein Bild.

»Die Gärten des Glücks«, hörte Colina Clara murmeln, als sie, halb betäubt vom Lärm und erstickt von Qualm und Farben, wieder auf der Straße standen und auf die Pferdetram warteten, weil man in Giesing keinen Fiaker bekam.

Die Gärten des Glücks, neben dem Wehe der Welt.

16.

Aufklärung

Am nächsten Abend wurde Colina zu ihrem Entsetzen bewusst, dass Clara ihren Garten des Glücks noch immer bei Roman Hoflinger vermutete.

Den ganzen Tag über hatte Clara sich still und geistesabwesend verhalten. Nach dem gestrigen Ausflug in die verqualmte Gaststube war die Übelkeit heute Morgen besonders schlimm; Clara weigerte sich, irgendetwas zu sich zu nehmen. Colina hatte sie zu einem Spaziergang an der frischen Luft überreden wollen, aber sie hatte sich wortlos die Decke über den Kopf gezogen wie ein Kind und sich zur Wand gedreht.

Notgedrungen musste Colina Herrn Prank gestehen, seine Tochter habe einen leichten Rückfall erlitten und werde heute wohl das Bett hüten, zumindest am Vormittag. Er lauschte besorgt und erklärte, später selbst nach ihr sehen zu wollen. Vorerst schienen seine Geschäfte ihn noch mit Beschlag zu belegen.

Heimlich nahm Colina an, bei Clara spiele im Moment Enttäuschung ebenso eine Rolle wie Unpässlichkeit. Es hatte Clara sicher Mut und Überwindung gekostet, als sie sich entschloss, ihren Giesinger Hallodri aufzusuchen und zu einem Heiratsantrag zu bringen. Damit, ihn nicht vorzufinden, weil er vermutlich bereits bei der Nächsten zugange war, hatte sie ebenso wenig gerechnet wie mit dem Rat ihrer verehrten Fanny zu Reventlow, sich einfach einen anderen zu suchen.

Es war der Ratschlag einer überzeugten »Hetäre« gewesen, dachte Colina. Aber im Moment war Clara keine Hetäre, sondern ein dummes kleines Mädchen, das sich bis über beide Ohren in einen Nichtsnutz verliebt hatte und nun von nichts anderem träumte als Rosen und Romantik, von Hochzeit und Hausstand und Kinderwiege.

Wie konnte Colina ihr begreiflich machen, dass die Welt ganz anders aussah?

Da Clara sich weder unterhalten noch Bratsche üben noch sich vorlesen lassen wollte, gehorchte Colina endlich den gefauchten Anweisungen und ließ das Mädchen allein. Sie ging quer über den Flur in ihr eigenes Zimmer, öffnete das Fenster und rauchte, am Fensterbrett sitzend, eine Zigarette.

In was für eine Lage hatte sie sich da nur gebracht! Im Kopf überschlug sie die Wochen seit dem verfluchten Kocherlball. Noch war genug Zeit, beruhigte sie sich selbst, damit Clara sich zu der Entscheidung durchringen konnte, die Colina ihr so gern erspart hätte. Letztlich würde es ihre einzige Wahl sein. Die Alternative war ein Leben »in Schande«, ein Leben wie das der Frau zu Reventlow, jener Dame mit den großen seelenvollen Augen und dem zynischen Lächeln.

Colina konnte sich nicht vorstellen, Clara werde dieses Leben wählen. Dazu war Clara zu sehr Tochter ihres Vaters. Womöglich hing Claras heutige Bockigkeit auch mit den Münchner Künstlern und Fanny zu Reventlow zusammen. Clara hatte gestern ein zügelloses Völkchen erlebt, bunt und frei vielleicht, aber auch richtungslos, ausschließlich in sich selbst verliebt. Zu dürftig sicherlich für eine Clara Prank, dachte Colina. Ein Leben vor einem Glas Kräuterschnaps, versunken in politische oder philosophische Debatten, das war nicht, wonach Clara suchte. Clara mochte verträumt und weltfremd sein, wie Backfische es eben waren. Darunter aber war sie eine Kämpferin, ganz wie ihr Vater.

Clara hatte in den Künstlern der Schwabinger Bohème Vorbilder gesehen, vermutete Colina, Menschen, die sich nichts vorschreiben ließen, die ihr Leben selbst in die Hand nahmen. Gestern hatte sie zugesehen, wie viele von ihnen dieses Leben in Bier und Kräuterschnaps ertränkten, und heute rollte sie sich in ihre Bettdecke ein wie ein beleidigtes Kind, das nicht glauben will, dass es das Christkind nicht gibt.

Colina drückte die Zigarette aus und schnippte den Stummel hinunter ins Gras. Sie würde später nach Clara sehen, beschloss sie, vorher wollte sie erst ein weiteres Briefchen an Louise schreiben. Bei einem Treffen hatte Louise erzählt, was für Aufsehen Colinas erstes Schreiben erregt hatte; Lochner und Johanna hatten es beide mit eigenen Augen lesen wollen, und am Ende hatte Louise es in der Gaststube vortragen müssen. Ein zweites Briefchen würde nicht mehr den gleichen Erfolg erzielen, aber zumindest Johanna ärgern, und das allein ließ Colina bereits fröhlicher in den Tag blicken.

Sie hatte es immerhin geschafft, dem Wirtshaus zu entkommen. Vielleicht wuchs in ihrem eigenen bescheidenen Gärtchen des Glücks nur Unkraut, aber das konnte schließlich auch ganz hübsch blühen.

Erst als sie die kurzen Zeilen verfasst, etikettiert und in der Eingangshalle in den Postsack gesteckt hatte, machte Colina sich daran, noch einmal zu versuchen, den Garten Claras umzugraben. Doch gerade, als sie an Claras Zimmertür klopfen wollte, hörte sie dahinter die dunkle Stimme Curt Pranks und hielt inne.

»Er hat mich gestern in aller Form um deine Hand gebeten.«

Colina blieb regungslos stehen. Aus Claras Zimmer hörte man einen eigenartigen Laut, ein Lachen, das nicht zu wissen schien, ob es nicht lieber ein Schmerzensschrei sein wollte.

»Das kann nicht dein Ernst sein«, sagte Clara schließlich. Etwas ächzte. Offenbar hatte Herr Prank an Claras Bett gesessen und stand nun auf, um im Zimmer auf und ab zu gehen. Seine Schritte klangen dumpf auf dem Teppich.

»Es ist mir und, weit wichtiger, ihm sehr ernst damit«, sagte er. Es klang zögernd, als habe er selbst Vorbehalte, wolle sie aber nicht äußern. »Mich wundert dein Erstaunen. Der Antrag kann für dich kaum überraschend kommen. Du hast dein Interesse an Anatol Stifter auf dem Empfang deutlich gezeigt und er sein eigenes nicht minder.«

»Papa, ich habe mich mit ihm über Malerei und Romane unterhalten!«, rief Clara entgeistert.

»Wunderbar«, sagte ihr Vater trocken. »Da scheint ihr ja schon Gemeinsamkeiten zu haben.«

»Stifter ist ein alter Mann!«

»Er kann nicht viel über vierzig sein.« Herr Prank klang ehrlich verwundert darüber, jemand könne das als »alt« empfinden. Das war schließlich jünger, als er selbst war.

»Und ich bin neunzehn!«

»Im richtigen Alter, um eine Ehe einzugehen, bevor man dir in diesen unruhigen Zeiten Flausen in den Kopf setzt. Mir kommt es ohnehin vor, als ob dir ohne das Pensionat ein wenig die Stabilität und die Anleitung fehlen, die du dort erfahren hast. Ein Ehemann, gerade wenn er älter und lebenserfahrener ist als du, wird dir diese Sicherheit geben und deine Erziehung vollenden können.«

»Meine Erziehung?« Claras Stimme war schrill geworden vor Empörung, aber ihr Vater schnitt ihr das Wort ab.

»Das genügt. Herr Stifter hat seinen Antrag gemacht, und ich habe ihm zugesagt, dich in Kenntnis zu setzen und mir die Sache durch den Kopf gehen zu lassen. Ich habe bereits jemanden beauftragt, Erkundigungen über ihn einzuziehen. Vorerst sehe ich keinen Grund, der gegen ihn spräche. Er ist der Vorstandsvorsitzende der größten Brauerei Münchens. Du wirst im Handumdrehen zu einer der ersten Damen des Landes aufsteigen. Die Kapitalbrauerei hat gerade gewaltigen Erfolg auf der Pariser Weltausstellung und exportiert bis nach Amerika. Stifter hat Beziehungen weltweit; du wirst an seiner Seite Europa kennenlernen, vielleicht New York sehen. Ich hatte angenommen, solche Aussichten hätten einigen Reiz für dich?«

Vermutlich hatten sie das sogar, dachte Colina. Aber wenn Clara nach Frankreich oder Amerika reisen wollte, dann gewiss nicht, um das hübsch frisierte Anhängsel am Arm eines erfolgreichen Aktienvorstands zu sein. Sondern um sich zu regen, um ihren Kopf und ihre Hände zu gebrauchen.

Seltsam, dass Curt Prank, der so ähnlich empfand, davon nichts zu ahnen schien. Andererseits hätte Colina nicht darauf gewettet, ob Clara selbst sich wirklich klar darüber war, was sie wollte.

»Stifter erwartet meine Entscheidung in einigen Tagen«, fügte Herr Prank hinzu. »Er wünscht eine baldige Hochzeit, am liebsten noch während des Oktoberfests.« Ein spöttischer Laut. »Das ja schließlich auch auf eine Hochzeit zurückgeht.«

»Bestimmt auf eine äußerst glückliche!«, fauchte Clara.

»Königliche Ehen sind per Definition glücklich«, belehrte sie ihr Vater. »Alles andere wäre gegen die Staatsräson. Und ja, ich sehe hier gewisse Parallelen zu den Ehen von Unternehmern.«

»Gilt das auch für deine Ehe mit Mama?« Claras Stimme war schmerzerfüllt.

Zwei rasche Schritte, so wütend und stampfend, dass nicht einmal der Teppich sie dämpfte. Colina befürchtete, das nächste Geräusch, das unter der Tür hindurch drang, werde das Klatschen einer Ohrfeige sein. Aber Curt Prank schien sich gerade noch zurückzuhalten.

»Wage es nicht, junges Fräulein! Deine Mutter war ein Engel. Mein guter Engel.« Wieder ein Schritt, dann noch einer, sanft und dumpf diesmal. »Sie hat mir nur gute Erinnerungen zurückgelassen. Vor allem aber dich. Meinen größten Schatz. Du darfst mir glauben, dass ich alles tun werde, um dein Glück zu sichern. Wenn es irgendeinen Grund gibt, der gegen Anatol Stifter spricht, und sei er noch so geringfügig, wird sein Antrag keine Berücksichtigung finden.«

Mit anderen Worten: Ohne einen solchen Grund würde Herr Prank von Clara erwarten, ihn anzunehmen.

Es klang, als nähere das Gespräch sich seinem Ende, und Colina wollte alles, aber nicht mit dem Ohr an Claras Zimmertür erwischt werden. Leise hastete sie zurück in ihr eigenes Zimmer und ließ sich auf einen Stuhl sinken.

Eine Ehe für Clara. Und das schon in einigen Tagen – bis zur Eröffnung des Oktoberfests war es nur noch eine gute Woche! Gab es so etwas wie ein Aufgebot und eine Verlobungszeit nicht mehr in dieser schnelllebigen Zeit? Was für ein Grund auch hinter dieser seltsamen Eile steckte – Clara konnte gar nichts Besseres passieren! Noch stand sie am Anfang ihrer Schwangerschaft. Der Alltag einer jungen Gattin aus den ersten Kreisen der Stadt, die Anstrengungen und Aufregungen, das würde genügen, um eine Niederkunft vor dem errechneten Termin zu erklären. Dazu eine Stecknadel im Bett, ein Stich in den Finger und ein paar an den richtigen Stellen verteilte Blutstropfen für die Hochzeitsnacht, und Clara könnte ihren Garten des Glücks bewässern bis an ihr Lebensende. Ihr Kind würde leben dürfen und Clara dennoch der Schande, ein »gefallenes Mädchen« zu sein, entgehen.

Schon während sie das dachte, wusste Colina, dass Clara es nicht so sehen würde. Clara war bockig, widersetzlich und stur, vor allem aber ehrlich. Sie würde nicht in eine Ehe gehen, die auf einer Lüge aufgebaut war, einer Lüge noch dazu, die aufwachsen und ihr und dem Betrogenen täglich vor Augen stehen würde. Diese Ehrlichkeit imponierte Colina.

Und Stifter? Hatte etwas an diesem Mann, an seiner Kühle, seiner aalartigen Gewandtheit, Colina nicht sofort argwöhnisch gemacht? Würde Clara womöglich, sollte sie zustimmen, vom Regen in die Traufe geraten?

Colina hätte nicht gewusst, was sie Clara hätte raten sollen. In jedem Fall blieb Clara nicht mehr viel Zeit. Bald müsste sie handeln.

Nach dem Essen machten Clara und Colina einen Spaziergang im Park, und Colina hoffte, Clara werde sie dabei ins Vertrauen ziehen und ihr von Stifters Antrag erzählen. Wen hatte sie sonst schon, außer Colina, um sich zu besprechen? Stattdessen schützte das Mädchen Kopfschmerzen vor, um sich möglichst bald wieder allein in sein Zimmer zurückzuziehen.

Nun gut, vielleicht brauchte sie mehr Zeit. Clara war nicht dumm, dachte Colina; sie musste begreifen, dass eine rasche Ehe mit Stifter die Rettung für sie sein konnte. Welche Alternative gab es schon?

Die Antwort auf diese Frage erhielt Colina, als sie, eine gute Stunde nach dem Abendessen, auf der Suche nach Clara deren Zimmer betrat.

Es war leer. Hut und Mantel fehlten.

»Clara?«

Sie sah zum Fenster hinaus. Es dunkelte bereits; im letzten Sonnenlicht ballten sich am Horizont Wolken zu Türmen aufeinander.

»Clara!« Auf dem Flur traf sie Hubertus. »Haben Sie Fräulein Prank gesehen?« Der Diener schüttelte eilig den Kopf. Sein Blick allerdings glitt nervös zur Seite. Richtung Garten. Eine böse Vorahnung überfiel Colina. Sie eilte die Treppe hinab in den Salon.

Die Tür zur Terrasse stand offen. Gewiss nicht der Schwüle wegen.

Zu allem Überfluss betrat in diesem Moment Herr Prank den Salon.

»Fräulein Kandl? Wie geht es Clara?«

Die offene Terrassentür allein hätte ihn vermutlich nicht einmal stutzig gemacht. Aber die offene Tür in Kombination mit Colinas entsetztem, schuldbewusstem Gesicht sagte ihm genug, um sofort seinerseits auf die Terrasse zu stürzen.

»Clara!«

»Vielleicht vertritt sie sich nur ein wenig im Garten die Beine?« Herr Prank hörte gar nicht hin, rannte in den Park hinab und den Weg entlang, sah die Sinnlosigkeit aber rasch ein. Mit einem Gesicht, das ähnlich unheilverkündend war wie das Gewitter, das sich am Horizont zusammenzog, kehrte er in den Salon zurück.

»Setzen Sie sich«, kommandierte er brüsk. Colina atmete tief durch und sank auf den äußersten Rand des Sofas.

Dies war dann wohl das Ende ihrer Zeit als Anstandsdame.

Prank ließ sich Zeit mit seiner Ansprache. Colina sah seinen Unterkiefer mahlen. Er drückte die Tür zu; draußen wurde es jetzt rasch dunkel. Mit großen Schritten lief Prank einmal an der gläsernen Front entlang, trat dann an die Mahagoni-Anrichte in der Ecke, entnahm ihr eine Karaffe und ein Glas und schenkte Cognac ein.

»Ich hatte Ihnen ausdrücklich befohlen, während der Dauer ihrer Krankheit bei Clara zu bleiben und sie nicht aus den Augen zu lassen«, bemerkte er dabei. Er schaute Colina nicht an.

»Es tut mir außerordentlich leid, Herr Prank.« Was sonst sollte sie schon sagen? Sie sah zu Boden.

Ein Glas erschien unter ihrer Nase, gehalten von einer Männerhand. Irritiert blickte Colina auf, Prank runzelte ungeduldig die Stirn.

»Nun nehmen Sie schon. Es ist höchste Zeit, dass wir uns unterhalten.«

Er goss sich selbst ebenfalls ein Glas ein und setzte sich Colina gegenüber in einen Armsessel. Nervös nahm Colina einen Schluck; das ungewohnte Getränk schmeckte rund und voller als die Obstbrände, die sie kannte. Der Salon hatte sich gemeinsam mit der restlichen Welt verdunkelt. Vor den Fenstern hing tiefe Schwärze. Der Wind riss Blätter von den Bäumen und klopfte damit gegen die Scheiben.

»Sie haben Ihre Pflichten vernachlässigt«, stellte Prank fest.

»Ich muss eingeschlafen sein«, setzte Colina an, aber er winkte ab.

»Unfug. Belügen Sie mich nicht länger; von diesem Spiel habe ich genug. Ich hatte Sie damit beauftragt, meiner Tochter Gesellschaft zu leisten und ihr Verhalten zu beaufsichtigen. Und das, obwohl ich wusste, dass Sie Ihre Zeugnisse gefälscht hatten.« Er musterte Colina starr. »Mir gefiel die Umsicht und der Perfektionismus, mit dem Sie das getan hatten. Die unterschiedlichen Handschriften. Die verschiedenen Papiersorten. Aber die Tinte auf den Dokumenten war immer dieselbe.«

»Ich hatte nicht mehr genug Geld, welche zu kaufen«, gestand Colina. »Ich brauchte noch Handschuhe. Ich nahm an, fehlende Handschuhe würden eher auffallen.«

Prank schmunzelte. Grimmig, aber doch. Draußen zuckte ein Blitz.

»Dazu Ihr Auftritt hier im Salon, die Art, in der Sie die anderen Bewerberinnen aus dem Feld schlugen. Es gefiel mir. Ich schätzte Sie als einfallsreiche Person ein, die mit ihrem Köpfchen ausgleichen konnte, was ihr an Kenntnissen fehlen mochte. Ich nahm an, das würde Ihnen bei meiner Tochter helfen.« Er nippte an seinem Glas, seine Miene versank in den Schatten. »Mir ist klar, dass Clara kein einfacher Charakter ist. Sie ist intelligent, sie hat Ansprüche und Bildung. Mit einer Gesellschafterin von der herkömmlichen Sorte, einer jener vertrockneten alten Jungfern, die mit ihren Schülerinnen den Tag über Schiller-Gedichten und Predigtsammlungen zubringen, hätte Clara kurzen Prozess gemacht. Sie, Fräulein Kandl, erschienen mir erfrischend anders. Jünger, munterer, forscher. Ich hatte gehofft, Sie könnten Claras Vertrauen und Freundschaft erringen, und deshalb wollte ich Ihnen eine Chance geben.« Er stellte das Glas hart auf die Tischplatte. »Leider geht es mir häufig so, dass ich enttäuscht werde, wenn ich das tue. Es ist mir stets außerordentlich unlieb, wenn das geschieht.«

Colina schluckte unwillkürlich, rang sich aber dazu durch, zu schweigen. Die Uhr über dem Kaminsims tickte in die Stille.

Ein weiterer Blitz erhellte die Nacht, der erste Donner krachte. Einzelne Tropfen zerplatzten am Fenster, dann, als hätte jemand eine Schleuse geöffnet, prasselte unvermittelt eine Wand aus Regen herab. Prank sprang auf, schloss die Terrassentür endgültig und blieb davor stehen. Jeder neue Blitz holte sein kantiges, sorgenzerfurchtes Gesicht aus dem Dunkel.

Nach einer langen Weile drehte er sich um, schaltete das Licht an und kehrte zurück an den Tisch. Seine flache Hand krachte so urplötzlich auf die Tischplatte, dass Colina vor Schreck zusammenzuckte.

»Wo ist sie?«, knurrte Prank. Seine Augen funkelten unmittelbar vor Colinas Gesicht.

In Giesing natürlich, dachte Colina. Und wusste dabei gut, wie wenig sie gerade davon trennte, sich der vollen Wut Curt Pranks auszusetzen. Eine Silbe hätte genügt. Eine Silbe darüber, dass sie von Stifters Antrag wusste, eine Silbe über den Ausflug in den Englischen Garten oder das, was in Clara heranwuchs.

»Ich weiß es nicht, Herr Prank!«

»Ich habe gesagt, Sie sollen aufhören zu lügen!« Er stapfte wütend auf und ab. »Wie lange geht das schon so? Wie oft hat Clara sich Ihrer Aufsicht früher bereits entzogen?«

Zu Colinas Erleichterung erschien in diesem Moment etwas Helles draußen im Park und flatterte zögernd herauf auf die Terrasse. Prank hatte es noch vor Colina gesehen und war bereits auf dem Weg, die Tür aufzureißen. Der Regen prasselte noch immer.

Clara tauchte aus der Gewitternacht in den Salon wie eine regennasse Katze. Ihr Kleid hing triefend an ihr, von ihrem Hut strömte Wasser. Um ihre Sohlen bildeten sich Pfützen auf dem Parkett.

Ihr Gesicht mit den geröteten Augen erzählte Colina mehr, als sie zu wissen brauchte. Die Nässe auf Claras Wangen kam nicht nur vom Regen. Offenbar war der Giesinger Braumeisterssohn diesmal zu Hause gewesen. Und hatte sich als genau der verantwortungslose Weiberheld erwiesen, den Colina von Anfang an in ihm vermutet hatte.

Am liebsten wäre Colina zu Clara hinübergegangen, um sie in den Arm zu nehmen. Es war unmöglich, nicht nur wegen Prank. Wie stets, wenn Clara sich in die Defensive gedrängt fühlte, blies sie zum Angriff. Statt verlegen darüber zu sein, weil man sie bei ihrem heimlichen Ausflug ertappt hatte, musterte sie ihren Vater und ihre Anstandsdame gleichermaßen hochmütig.

»Was ist hier los?«

»Das sollte ich dich fragen.« Herr Prank schien verwirrt. Diesen Tonfall hatte Clara ihm gegenüber sicher noch nicht oft angeschlagen. »Fräulein Kandl und ich haben uns Sorgen gemacht. Wo bist du gewesen?«

Sie zuckte die Achseln. »Aus.« Ihr Gesicht war zur Maske gefroren, aber die war zu dünn, um alles zu verbergen. Colina konnte sehen, wie es in Claras Innerem tobte. Das Gespräch mit Roman Hoflinger, die Einsicht, was für ein Kerl er wirklich war, hatte all ihre romantischen Luftschlösser auf einen Schlag zerstört. Colina konnte sich ausmalen, was jetzt in Clara vorging, die Demütigung, die Scham, den Schmerz; ihr blieb nur zu hoffen, das Mädchen habe Roman Hoflinger im Gegenzug einen Tritt genau dahin versetzt, wo es einem Kerl am meisten weh tat.

»Aus«, wiederholte Herr Prank inzwischen konsterniert. »Ich glaube, ich verstehe nicht ganz.«

»Das ist auch nicht notwendig, Papa.«

Der herablassende Tonfall riss Prank aus seiner Verblüffung. »Ist das die Art, in der du mit deinem Vater sprichst? So etwas bin ich von dir sonst nicht gewohnt.« Besorgnis stahl sich zurück in seine Stimme. »Geht es dir gut?«

»Mir geht es wie immer.« Clara warf den Hut zur Seite und verschränkte die Arme vor der Brust. Sie sah entsetzlich schmal und zerbrechlich aus.

Claras Vater wollte Colina beinahe leid tun. Er wusste merklich nicht, wie er mit dem Mädchen umgehen sollte. »Was soll das, Clara? Seit wir hier in München sind, benimmst du dich ... Ich habe kein Wort dafür. Unzuverlässig? Aufsässig? So kenne ich dich nicht, und ich muss sagen, es gefällt mir überhaupt nicht, dich so kennenlernen zu müssen.«

»Weil du keine Kontrolle mehr über mich hast?«, konterte Clara. Er prallte zurück, fing sich aber rasch.

»Ich sehe schon, ich habe dich nicht streng genug angefasst, seitdem du aus der Schule bist. Zum Glück wird meine Aufsicht über dich ohnehin bald enden. Soll Herr Stifter sich mit deiner Widersetzlichkeit herumärgern. Es wird Zeit, dass du eine Aufgabe erhältst. Neue Strukturen, einen Platz im Leben. Die Ehe wird dir das verschaffen.«

»Eine Ehe mit Anatol Stifter.« Clara ging zum Tisch, auf dem ihr Vater sein Cognacglas abgestellt hatte, nahm es auf und trank.

»Er ist ein hochangesehener Mann.«

Das Cognacglas flog in die Ecke.

»Ein hochangesehener Bierlieferant!«, spie Clara ihm entgegen. »Für wie dumm hältst du mich, Papa? Du hast ein riesiges Bierzelt auf dem Oktoberfest, aber darfst darin kein fränkisches Bier ausschenken! Du brauchst Stifter, weil du Münchner Bier brauchst. Von Stifters Kapitalbrauerei! Deswegen diese Ehe! Ich bin doch nur Mittel zum Zweck für dich!«

»Herr Stifter«, knirschte Prank, »wäre in der Tat bereit, mich als seinen Schwiegervater mit Bier zu beliefern. Aber sein Interesse an dir ist davon völlig ...«

»Sein Interesse an mir«, spottete Clara, »wird sich rasch verflüchtigen, wenn er erfährt, wie es um mich bestellt ist.« Sie schaute Colina an, die verzweifelt den Kopf schüttelte. Vergebens, das Mädchen ließ sich nicht mehr aufhalten. »Ich bin schwanger, Papa.«

Wieder sah Colina das Gesicht ihres eigenen Vaters vor sich. Damals, vor acht Jahren. Als hätte eine Gewehrkugel ihn getroffen, so sank Prank zurück in seinen Armsessel.

»Das ist nicht dein Ernst.«

Clara gab ihm keine Antwort. Sie stand da, fast triumphierend, und schaute auf ihren Vater hinunter.

Alles zerstört, dachte Colina.

Prank blieb nichts übrig, als die nächste, die obligatorische Frage zu stellen.

»Von wem?«

»Ich kenne ihn nicht einmal.« Oder zumindest wollte Clara ihn nach dem Gespräch, das sie heute mit ihm gehabt hatte, nicht mehr kennen.

Colina schluckte. Prank stemmte sich wieder aus dem Sessel empor, sein Blick glitt zu ihr, sein Arm wies auf die Tür. »Ich habe mit meiner Tochter zu reden. Unter vier Augen.«

Wie der Blitz stob Colina nach draußen. Das war das Stichwort für ihren Abschied gewesen – und zwar ihren sofortigen und endgültigen. Sie war nicht neugierig darauf, was Herr Prank mit einer Anstandsdame anstellte, unter deren Aufsicht seine Tochter sich einen kleinen Bankert eingefangen hatte. Die Zeit der Unterredung zwischen Vater und Tochter konnte sie hoffentlich nutzen, um ihre Sachen zu packen und ungesehen zu verschwinden.

17.

Zugriff

Aulehner seufzte. Der Tag war unerträglich schwül gewesen, in den Räumen der Wache stand die Luft. Eder hatte sich bereits verabschiedet, hatte aber heute ohnehin eigenartig geistesabwesend gewirkt. Als Aulehner eine Bemerkung darüber machte, hatte er etwas wehmütig gelacht.

»Entschuldigen S', bitte, Lenz. Mir lässt etwas keine Ruhe; seit ich den Namen Prank gehört habe, meine ich, dazu sollte mir etwas einfallen. Ein Kreuz mit dem Altwerden. Früher hab' ich mich auf mein Gedächtnis verlassen können, inzwischen ist es wie ein Sieb.«

Richtig. Das Blatt, das Eder die ganze Zeit anstarrte, war der Werbezettel für Pranks Bierburg. Als Reklame inzwischen obsolet geworden, mangels Bier.

Aulehners Interesse war geweckt.

»Etwas einfallen? Zu Curt Prank? Waren Sie denn einmal in Nürnberg, Inspektor? Da soll Prank ja her stammen.«

Eder rieb sich die Stirn. »In Nürnberg? Nein, nie, und ich habe eigentlich auch nie viel mit den Kollegen dort korrespondiert. Mir ist, als müsste es etwas mit München zu tun haben, aber ich komm' und komm' nicht drauf.« Er öffnete die Lade seines Schreibtischs und packte das Blatt wieder hinein.

»Vielleicht sollte man bei der Nürnberger Polizei anfragen, ob die etwas zu dem Mann in den Akten haben?«, schlug Aulehner vor. »Das könnte Ihrem Gedächtnis auf die Sprünge helfen.« Eder sah ihn an.

»Wir haben keinen Grund, gegen den Mann zu ermitteln, Lenz.«

»Es wäre ja keine Ermittlung. Nur eine Anfrage. Unter Kollegen.«

Eder seufzte. »Wahrscheinlich haben Sie recht. Mir geht der Name dermaßen im Kopf herum, anders finde ich eh keine Ruhe mehr.« Er grübelte. »Da gibt's den Inspektor Knöringen in Nürnberg, der wäre mir wirklich einen Gefallen schuldig, seitdem wir ihm in München einen seiner Zuhälter eingefangen haben. Wenn es Ihnen nichts ausmacht, Lenz, würden Sie den Brief schreiben? Sie haben eine so schön nüchtern-amtliche Art, sich auszudrücken.« Er zwinkerte. »Ihre Schrift kann man außerdem viel besser lesen als meine.« Im Übrigen würde solch ein Brief Aulehner schon einmal bei seinen voraussichtlich zukünftigen Kollegen einführen, begriff Lorenz.

»Natürlich.«

»Sehr gut.« Eder nahm die Brille ab und steckte sie in die Westentasche. »Dann lasse ich Sie heute ohne Mitleid alleine und nehme mir den Abend frei. Sehen S' zu, dass Sie auch bald heimkommen und bleiben S' nicht wegen dem Brief da, hören S' mich? So wichtig ist es auch wieder nicht.«

Aulehner hatte den Inspektor gehört, war aber dennoch geblieben, hatte aufatmend seinen Rock ausgezogen und über die Stuhllehne gehängt, sobald er allein im Zimmer war, und die Anfrage nach Nürnberg verfasst. In seiner Wohnung war es nicht viel weniger stickig als hier, und anders als bei Eder wartete keine Ehefrau auf ihn, sondern nur eine missmutige Hauswirtin.

Wenn er ehrlich war, beschäftigte ihn die Geschichte um den Kopf des Ignatz Hoflinger ebenso wie Eder.

Inzwischen freilich war es schon nach sieben. Aulehner stand auf und rollte die verspannten Schultern. Genug war genug. Außerdem sah alles nach einem Gewitter aus. Aulehner hatte keine Lust, auf dem Heimweg nass zu werden.

Er hatte gerade den ersten Arm in den Ärmel seines Rocks gesteckt, als die Tür aufflog und etwas ins Zimmer stürzte: dunkelgrüner Rock, passende Hosen, ein schief sitzender Zylinder und eine Wolke süßlichen Parfüms.

»Herr Stadtrat Urban«, sagte Aulehner. »Womit kann ich Ihnen behilflich sein?«

»Wo ist Inspektor Eder?«, fragte Urban. In der Hand hielt er eine Zeitschrift, vermutlich eine Ausgabe des »Simplicissimus«.

»Der Herr Inspektor hatte längst Dienstschluss, Herr Stadtrat.« Er sparte sich den Nachsatz, dass das auch für ihn galt, und knöpfte stattdessen demonstrativ seinen Rock zu.

Urban knallte die Zeitung vor Aulehner auf den Schreibtisch. »Dienstschluss! Während unsere ganze Stadt Kopf steht! Hier, sehen Sie sich das an. Sehen Sie sich diese Unverschämtheit an!«

Aulehner tat es. Aufgeschlagen war eine ganzseitige Karikatur, wie sie so charakteristisch war für diese Zeitung. Manche der Bilder fand Aulehner witzig, manche weniger, manche einfach nur geschmacklos. Dieses fiel eher in letztere Kategorie, vor allem aber weckte es sofort unangenehme Assoziationen.

Das Zentrum des Bilds bildete ein gewaltiges, nacktes Hinterteil, das zu einer dünnen, dümmlich grinsenden und mit einer Krone geschmückten Figur gehörte und damit beschäftigt war, einen Haufen weiß-blauen Kot auf etwas zu kacken, das darunter auseinanderbrach und sich unschwer als Pranks Bierburg identifizieren ließ. Darunter stand in schwarzen Lettern: »Der große Bierbeschiss. Wie Münchens Großbrauereien die Konkurrenz ausschalten.«

Natürlich dachte Aulehner sofort an die Begegnung zwischen Maria Hoflinger und König Otto auf der Theresienwiese. Aber wie konnte der »Simplicissimus« von diesem unglückseligen Gespräch erfahren haben?

Ein Blick auf das Impressum erklärte es: Verantwortlich für das Bild zeichnete ein gewisser Ludwig Hoflinger.

»Das ist Majestätsbeleidigung!«, rief Urban inzwischen. »Dass so etwas überhaupt durch die Zensur kommen konnte! Verhaften, man muss sofort alle verhaften!«

»Die Herren von der Zensurbehörde?«, hakte Aulehner nach. Nur, um Urban zu ärgern.

»Natürlich nicht! Diese Zeitungsschmierer meine ich, insbesondere den Zeichner dieses widerlichen Machwerks! Ein Affront höchsten Grades gegen die Würde des Monarchen und des gesamten Staats! Da Inspektor Eder nicht auf seinem Posten ist, beauftrage ich Sie mit der Durchführung dieser Verhaftung, Oberwachtmeister. Gehen Sie mit äußerster Strenge vor! Der Zeichner dieser Schmiererei ist abzuführen und in Eisen zu legen! Ihre Kollegen vorn in der Wachstube haben mich wissen lassen, dass ein Teil der sogenannten Schwabinger Künstler seine Treffen nach Giesing verlagert hat, in die Gaststätte eben jenes Hoflinger, der für diese Geschmacklosigkeit verantwortlich ist. Sie werden dieses Brutnest des Aufruhrs unverzüglich ausheben, noch heute Nacht!«

Das war es dann wohl gewesen mit seinem Feierabend, dachte Aulehner.

Nicht, dass es ihm etwas ausmachte, die ganze übermütige Schwabinger Bagage mit handfesten Argumenten zur Ordnung zu rufen. Aber ausgerechnet im Auftrag Urbans? Zwischen diesem Widerling und den Spinnern aus der Bohème drehte Lorenz die Hand nun wirklich nicht um.

»Ich muss dennoch darum ersuchen, Inspektor Eder zu dieser Unternehmung hinzuzuziehen«, sagte er. »Ich bin noch nicht offiziell versetzt und bisher nur provisorisch zur Unterstützung des Inspektors abgestellt.«

»Es ist mir vollkommen gleichgültig, was Sie sind«, schnappte Urban. »Haben Sie mich nicht verstanden? Es handelt sich um eine direkte Anweisung des Polizeipräsidenten!«

Jetzt sollte die Polizei also plötzlich streng vorgehen. Die Herren aus dem Magistrat und den besseren Kreisen zeigten sich erstaunlich zwiespältig, was die Zustände in Schwabing anging. Man wollte ja schließlich Großstadt sein in München, man wollte konkurrieren können mit dem preußischen Berlin. Zu einer Metropole gehörten nun einmal Galerien, Ausstellungen, moderne Malerei, Theater, ein öffentliches Gespräch über Literatur und Musik, und vor allem brauchte man dafür ein ordentliches Nachtleben.

Abgesehen davon betrachtete man es zweifellos als witzig und geistreich, wenn Magazine wie der »Simplicissimus« sich über manche Zustände andernorts verbreiteten, ausländische Eigenheiten oder die Reichsregierung in Berlin aufs Korn nahmen oder vielleicht gar einen persönlichen Rivalen öffentlich bloßstellten.

Erst wenn der Spott die eigene Person traf, brüllte plötzlich alles nach der Polizei.

»Ich erwarte von Ihnen, dass Sie Ihre Pflicht tun, Oberwachtmeister!« Urban gestikulierte heftig. »Oder sind die Zustände in München derart außer Kontrolle, dass unsere Ordnungshüter jetzt schon die unmittelbaren Anweisungen des Polizeipräsidenten missachten?«

»Davon kann keine Rede sein, Herr Stadtrat Urban«, sagte Aulehner steif. »Es wäre mir jedoch lieb, auch innerhalb der Polizei die Ordnung zu wahren und den Dienstweg einhalten zu können.« An den konnten sich gefälligst auch Polizeipräsidenten halten und nicht einen schleimigen Stadtrat vorbeischicken, auf dessen Aussagen sich niemand würde berufen können.

»Unvorhergesehene Ereignisse erfordern nun einmal unübliche Maßnahmen«, sah Aulehner sich belehrt. Urban musterte ihn. »Und außerdem rasche Entschlüsse und eine Portion Durchsetzungsvermögen – alles Dinge, mit denen Inspektor Eder nicht übermäßig gesegnet zu sein scheint. Es wäre zu hoffen, sein Nachfolger hat diese Eigenschaften in höherem Maß.«

Das war deutlich. Aulehner atmete einmal ein und wieder aus. »Ich verstehe. Wir werden die notwendigen Maßnahmen einleiten.«

Er verabschiedete Urban zähneknirschend und ging in die Wachstube. Grabrucker und Hiebinger schauten ihn an.

»Und?«

»Einsatz in Giesing«, seufzte Lorenz. Er griff sich ein Blatt Papier und einen Füllfederhalter und begann zu schreiben.

»Deswegen?« Hiebinger deutete auf den Tresen, auf dem neben einer halb geleerten Kaffeetasse ein weiteres Exemplar des »Simplicissimus« lag, bereits aufgeschlagen auf der Seite mit der bewussten Karikatur. »Hab's mir gleich gedacht, dass das Folgen hat.«

»Ruft's die Patrouillen zurück und schickt's nach allen, die wir zu Hause erwischen können. Zu verhaften sind der kleine Hoflinger und so viele andere wie möglich. Der Urban will einen großen Auftritt, so viel ist klar.« Lorenz faltete das Briefchen, das er in aller Eile verfasst hatte, zusammen und versiegelte es. »Und für das da brauch ich einen Boten. Zum Eder.«

Aulehner mochte oft nicht einverstanden sein mit der milden Art seines neuen Vorgesetzten. Aber er würde den Teufel tun und sich auf Eders Kosten profilieren.

Als Aulehner mit seiner Einsatztruppe vor dem »Oiden Deibe« stand, schlug es von Heilig Kreuz her halb zwölf, und von Eder war noch immer nichts zu sehen.

Es half nichts. Aulehner verteilte seine Leute. Drei Mann hinters Haus, einige in die rückwärtige Straße, ein paar im Hof vor den Fenstern und am Tor. Der Rest als Stoßtrupp in die Gaststube.

»Zugriff.«

Als er zusammen mit den übrigen Gendarmen in die Wirtschaft

stürmte, wäre er beinahe erschrocken. Was war denn hier passiert? Wohin war die gemütliche, altmodische Gaststube verschwunden? Was die Polizisten erstürmten, war eine blutrot eingefärbte Bohèmehöhle, wie sie kein Schwabinger Café schlimmer hätte präsentieren können.

Sofort brach Tumult aus. Die Gäste türmten bereits, ehe Aulehner den Ruf: »Polizei! Bleiben Sie auf Ihren Plätzen!« überhaupt hatte ausstoßen können. Die ersten Gendarmen gebrauchten ihre Knüppel. Aulehner schwang den seinen ebenfalls, um sich bis zum Tresen durchzukämpfen.

Dort stand der Hauptdelinquent mit offenem Mund und einem frisch polierten Bierglas in der Hand. Das Haar brav gescheitelt und voller Pomade, der Anzug wohl brandneu, betont lässig und modern, das runde Bubengesicht eine Maske der Verständnislosigkeit. Hinter ihm entwischte sein Freund, der Österreicher Fierment, gerade zu einer Seitentür hinaus.

Der Junge war viel zu verblüfft, um sich zu wehren oder auch nur zu ducken. Seine Augen folgten fasziniert dem Lauf von Aulehners Knüppel, als dieser auf seinen Kopf niedersauste.

»Ludwig Hoflinger«, erklärte Aulehner dem Bewusstlosen etwas verspätet, »Sie sind wegen Majestätsbeleidigung verhaftet.« Er drehte sich um und fand Hiebinger in seiner Nähe. »Schaff mir den gleich einmal nach draußen.«

Der Einsatz war erfolgreich beendet. Aus irgendeinem Grund fühlte Aulehner sich trotzdem nicht zufrieden damit.

18.

Vertane Chancen

Colina tauchte den Lappen in die Waschschüssel und hinkte damit durch das morgendlich graue Zwielicht der Küche zurück zu ihrem Bett.

Sie hatte es nicht rechtzeitig aus der Villa geschafft. Prank war wutentbrannt in ihre Kammer gestürmt, als sie noch ihre Tasche packte, hatte sie an den Haaren zur Treppe gezerrt, aber letztlich doch gezögert, sie hinunterzustoßen.

Das war der Unterschied. Rupp hätte in diesem Fall keine Hemmungen gekannt. So hatte sie heute Morgen nur Prellungen und blaue Flecken, aber keine gebrochenen Knochen. Ein stockbetrunkener Ehemann war zu weit Schlimmerem fähig. Und wenn Colina in ihrer Ehe eines gelernt hatte, dann, ordentlich zu fallen und Kopf und Gesicht vor Schlägen zu schützen. Ein wenig Ruhe, ein paar kühlende Umschläge, und alle sichtbaren Erinnerungen an das unrühmliche Ende von Colinas Ausflug in die vornehme Gesellschaft würden verblassen. Darauf kam es an.

Die übrigen Erinnerungen würden lange genug vorhalten.

Hubertus hatte ihr, verlegen und mitleidig, ihre Tasche hinaus vor die Tür gestellt. Prank hatte nicht einmal Colinas Habseligkeiten durchsucht und sich den letzten Wochenlohn zurückgeholt.

So konnte Colina, als sie um fünf Uhr früh zitternd, hinkend und in regenfeuchten Kleidern bei ihrer zahnlosen alten Vermieterin läutete, mit einem Geldschein wedeln und bekam anstandslos ihre frühere Wohnung wieder. Nur gut, dass man in dieser Gegend keine Fragen stellte.

Aufseufzend ließ Colina sich auf ihr Bett sinken, raffte den Rock empor und legte den feuchten Lappen auf ihr Knie. Sie hatte es sich beim Sturz gegen das Treppengeländer verdreht. Oder hatte Prank sie in seiner ersten Wut getreten? Zugeschlagen hatte er jedenfalls wie ein Preisboxer.

Vermutlich hätte sie sich deshalb Sorgen machen müssen um Clara. Seltsamerweise tat sie es nicht. Seiner Tochter würde Prank nichts antun, da war Colina sicher. Sorgen machen musste man sich um Claras Zukunft. Was würde nun aus dem Mädchen werden? Würde ihr Vater sie zu einer Engelmacherin schicken? Vielleicht wäre dies die einfachste Lösung; gewiss konnte ein Curt Prank eine bessere bezahlen als die in Haidhausen, vor deren Fenster Colina und Clara bereits gestanden waren.

Und falls Clara sich weiter weigerte und ihr Kind unbedingt haben wollte? Auch dann konnte ihr Vater ihr am besten helfen. Man schickte die vornehmen Töchter in solcher Lage wohl gern aufs Land, wo sie sich dann ein Jahr lang von einer Herz- oder Lungenkrankheit erholten, um anschließend gesund, munter und vor allem gertenschlank wieder in die Gesellschaft zurückzukehren. Nur zur Jungfrau machen ließ eine Dame sich nach einer Entbindung allenfalls noch vor einem besonders dämlichen Bräutigam.

Und dann konnte Clara natürlich auch immer noch möglichst rasch Anatol Stifter heiraten und ihm das Kind unterschieben. Der Mann wirkte zwielichtig genug, damit man seinetwegen keine großen moralischen Skrupel haben musste. Wenn Colina richtig verstanden hatte, wollte Stifter die Hochzeit mit Clara ohnehin vor allem deshalb, weil er dann Pranks Bierburg für seine Kapitalbrauerei gewinnen würde. Dafür konnte er auch einen kleinen Bankert mit durchfüttern, fand Colina.

Der Lappen kühlte nicht mehr richtig; das Knie begann zu

schmerzen. Colina biss die Zähne zusammen. Natürlich dachte sie vor allem deswegen über Clara und Prank nach, weil das ihr ersparte, über ihre eigene Situation nachzugrübeln. Was sollte sie nun tun? Sie hatte weit weniger Optionen als Clara. Dass Prank ihr den letzten Wochenlohn gelassen hatte, gestattete ihr, noch eine Weile zu überlegen, aber nicht lange. Sie hatte erst kürzlich noch einmal eine Summe Geld an Friedrich und Minna geschickt und hoffte, Maxi wäre damit erst einmal anständig versorgt – so gut wie bei Prank würde sie kaum noch einmal verdienen.

Sie musste sich Arbeit suchen. Eine zweite Anstellung wie bei Curt Prank würde sie nicht bekommen. Inzwischen sah Colina ja selbst ein, dass sie sich zur Anstandsdame nicht eignete. Die Einsicht tat weh; sie hatte sich so viel von dieser Position versprochen. Und war es an manchen Tagen nicht fast sensationell gut gegangen? Bei den wenigen Nachmittagsbesuchen hatte Colina sich zu den Damen gesetzt und mit abgespreiztem kleinem Finger in ihrer Porzellantasse gerührt, als gehörte sie dazu. Sie hatte die Zeitungen damals besonders eifrig studiert, um hin und wieder ein Wort zu einem neuen Buch oder einem Theaterstück einwerfen zu können, und die Damen hatten sie angesehen, bestätigend dazu genickt oder eine höfliche Bemerkung dazu gemacht. Niemand hatte Colina als die Hochstaplerin erkannt, als die sie sich in dieser Umgebung fühlte.

Hieß das, dass sie eigentlich keine war?

Und nun? Musste Colina wirklich wieder dahin zurück, von wo sie aufgebrochen war? In Lochners Gaststube, in den muffigen Schuppen auf dem Hinterhof, um auf der Strohschütte für zwei Mark für einen Betrunkenen die Beine breitzumachen? Die Einsicht, dass ihr das wohl tatsächlich bevorstand, würgte Colina in der Kehle.

Sie hatte so hart gekämpft, um genau das hinter sich zu lassen, und sie war ihrem Ziel so nahe gewesen! Sobald Clara erst verheiratet gewesen wäre, hätte Colina von Herrn Prank ein ordentliches, ehrlich verdientes Zeugnis erhalten, und mit diesem Papier in der Hand hätte sie mit Sicherheit eine neue Anstellung finden können. All das war dahin, wegen ihrer eigenen Dämlichkeit, wegen dieses irrsinnigen Einfalls, auf den Kocherlball gehen zu wollen und Clara dazu mitzunehmen.

Warum hatte sie sich in dieser Nacht nicht einfach ins Bett legen und schlafen können?

Es half nichts. Sie würde ihren Stolz hinunterschlucken und bei Johanna und Lochner wieder um eine Anstellung nachsuchen müssen.

Aber erst wenn ihre Blessuren verheilt waren. Vielleicht konnte Louise ihr ja helfen.

Dennoch ging ihr Clara nicht aus dem Sinn. Hoffentlich konnte das Mädchen sich überwinden, einer Ehe mit Stifter zuzustimmen. Wenn nur erst einmal das Kind auf der Welt und der Anstand wiederhergestellt war, würden die Dinge sich schon einrenken.

Aber glaubte Colina das tatsächlich? Sagte ihre eigene Erfahrung ihr nicht etwas ganz anderes?

Vor dem Fenster ging die Sonne auf, rot und leuchtend und wie frisch gesäubert nach dem gestrigen Gewitter, ein stummes Versprechen, es werde schon irgendwie weitergehen.

Junge Leute!, dachte Colina erschöpft, bevor sie in Schlaf fiel. Sie hatten einfach einen schrecklichen Hang, sich unglücklich zu machen.

»Dass junge Leut' sich immer unglücklich machen müssen«, murmelte Eder, während er neben Aulehner im dunklen Flur vor den Haftzellen stand. Er winkte Aulehner, das Guckloch in der Tür zu öffnen. Es glitt lautlos auf. Eder spähte hinein und zuckte zusammen.

Aulehner schob das Fenster wieder zu und wappnete sich.

»Hat das sein müssen?«

Offenbar hatte sich Ludwig Hoflingers Aussehen weiter verschlimmert. Lorenz nahm Haltung an und schwieg.

»Der Bub sieht ja kaum noch aus seinem Auge heraus.« Eder sprach in gedämpftem Ton; die Tür war zwar massiv, aber gewiss nicht schalldicht. Dennoch hörte man ihm an, wie unzufrieden er mit Aulehner war.

Was sollte er darauf erwidern? Dass der Bursche eine Lektion vertragen konnte für die unverschämte Karikatur, die nun einmal eine Majestätsbeleidigung war? Dass es immer noch gnädiger gewesen war, Aulehner selbst setzte den Jungen außer Gefecht, als wenn er dieses Geschäft den wegen des entgangenen Feierabends erzürnten Kollegen überließ? Vor allem, da der Junge inzwischen den meisten als verkappter warmer Bruder galt, und Homosexuelle in den Augen der meisten als Freiwild? Ludwig Hoflingers Freundschaft mit dem österreichischen Maler Fierment hatte sich herumgesprochen.

Er sagte nichts davon, weil nichts davon sich richtig anhörte, sondern beschränkte sich auf:

»Ich hatte versucht, Sie zu verständigen.«

Eder ließ die Schultern hängen.

»Eine verwünschte Sache. Dass mir auch gerade gestern der Einfall kommen musste, meine Mutter in Ismaning zu besuchen. Als ich Ihr Schreiben endlich gelesen habe, war der Einsatz längst vorbei.« Eder ging in Gedanken einige Schritte auf und ab. Sein momentaner Zorn schien bereits wieder verraucht, seine Gedanken glitten vorwärts. »Sitzt der Denhardt noch oben?«

»Seit einer Stunde«, bestätigte Aulehner. »Er war nicht im ›Oiden Deibe‹, kam aber schon auf der Wache an, kaum dass wir die Verhafteten in die Zellen gesteckt hatten. Ich hab' ihm gesagt, dass ich gar nicht befugt bin, mit ihm zu reden.«

»Wenn Sie das nur zu Urban auch gesagt hätten!«, entwischte

es Eder doch noch einmal, und Aulehner starrte an die gegenüberliegende Wand.

»Versucht hatte ich es.«

Ein Seufzen. »Ich glaub's Ihnen ja.« Als er aufsah, lief trotz allem ein amüsiertes Zucken über sein Gesicht, und er deutete mit dem Daumen auf die Zellentür. »Aber, jetzt mal ehrlich: Was ist Ihnen denn da eingefallen? Sie haben den Hoflinger Luggi ausgerechnet in diese Zelle gesteckt? Zum Samoaner-Häuptling?«

Aulehner hob die Schultern. »Wir haben nur zwei. In der anderen sitzen die besoffenen Schwabinger. Was meinen Sie, was die mit ihm abgestellt hätten, wenn Ihnen einfällt, dass er mit seiner Karikatur an allem schuld ist? Außerdem ...«

»Außerdem?«

Lorenz konnte es selbst nicht in Worte fassen. Vielleicht ärgerte es ihn nach wie vor, dass der Häuptling offiziell als Mörder galt, ärgerte ihn mehr, als er zugab. Zumindest der kleine Hoflinger sollte sich vom Gegenteil überzeugen können. Was er, dem Anschein nach, bereits getan hatte.

»Außerdem verstehen die zwei sich ganz gut.«

Eder rang sich ein schiefes Lächeln ab und schlurfte zurück ins Büro. Aulehner folgte ihm wortlos.

Auf Eders Schreibtisch brannte mit leisem Zischen noch eine Gaslampe; in ihrem Schein saß Denhardt mit verschränkten Armen und kippelte auf seinem Stuhl. »Guten Morgen, Inspektor. Wie schön, dass Sie sich bereitgefunden haben, sich mit dieser Angelegenheit zu beschäftigen.« Aulehner ignorierte er so komplett, als sei er tatsächlich nicht im Raum.

Eder setzte sich hinter seinen Schreibtisch. »Sie werden entschuldigen, Herr Denhardt, wenn ich mir zuerst die Verhafteten angeschaut und mir habe Bericht erstatten lassen. Da haben Sie sich eine unschöne Sache geleistet.«

»Wir?« Denhardt stellte den Stuhl gerade und richtete sich

auf. »Ich protestiere, Inspektor. Die Polizei hat ohne richterliche Anordnung einen meiner Mitarbeiter verhaftet. Obwohl diese Ausgabe des ›Simplicissimus‹ alle Anforderungen des Reichspressegesetzes erfüllt! Die Verhaftung Ludwig Hoflingers betrachte ich als polizeilichen Übergriff und als Verstoß gegen die Freiheit der Presse.«

»Ludwig Hoflinger wurde festgenommen wegen des Verdachts auf Majestätsbeleidigung. Ihren Protest habe ich hiermit zur Kenntnis genommen.« Die Formalitäten waren gewechselt; Eder verschränkte die Hände ineinander auf der Tischplatte und sank ein wenig in sich zusammen. »Denhardt, was haben Sie sich denn nur dabei gedacht? Wie oft hatten wir darüber geredet? Und dass Sie auch noch den Hoflinger-Buben mit hineinziehen! Ich kann gar nicht sagen, wie enttäuscht ich bin.«

Denhardts Miene verschloss sich. Der Vorwurf in Eders Stimme traf wohl besser, als der Journalist zugeben wollte. »Ich habe den jungen Hoflinger mehrmals gewarnt.«

»Der Bub ist neunzehn, Denhardt! Noch ein halbes Kind!«

»Alt genug, um zu wissen, was er will.«

»Das glauben Sie doch selbst nicht!« Eder schlug mit der flachen Hand auf den Tisch. »Dem Buben hat man gerade den Vater ermordet! Der weiß doch im Moment gar nicht, wer er ist. Seine Mutter hat ihm immerhin die Gaststätte anvertraut, eine alte Münchner Traditionswirtschaft. So etwas setzt man nicht aufs Spiel, wenn man noch klaren Sinnes ist!«

»Und ob man das tut, wenn einem die Sache, für die man es tut, genug wert ist.« Denhardts Züge waren hart geworden; er sah von Eder auf Aulehner und zurück. »Haben Sie beide sich eigentlich nie gefragt, weshalb eine Franziska zu Reventlow nicht einfach in ihrer arrangierten Ehe geblieben ist, wie man das von ihr erwarten würde? Weshalb Wedekind sich mit seinem reichen Vater überwarf und sich so lange allein durchschlug, wie er nur konnte? Weil sie den Niedergang sehen, Inspektor, deswegen. Weil sie sehen, dass die Wahrheit anderswo zu finden ist, so es denn eine gibt.«

»Und wo?«, erkundigte Eder sich ruhig.

»Jeder trägt seine Wahrheit in sich, Inspektor. Ludwig Hoflinger hat sie für sich gefunden. Er hat Talent, er brennt für seine Kunst, und er wird etwas daraus machen, statt innerlich zu verelenden vor einem Tresen, zwischen Keferlohern und Betrunkenen. Für ihn gibt es eben mehr als Tageseinnahmen und Bierzapfen.« Er lächelte wehmütig. »Wollen Sie jemandem wirklich zum Vorwurf machen, wenn er sich für das entscheidet, woran er glaubt?«

»Zum Glauben«, entwischte es Aulehner, »gehe ich in die Kirche.«

Denhardt warf ihm einen spöttischen Blick zu. »Auch eine Möglichkeit. Wenn ich fragen darf, Oberwachtmeister: Wann waren Sie denn zum letzten Mal dort?« Er schüttelte den Kopf, wie zu sich selbst. »Wahrscheinlich begreifen Sie das wirklich nicht. Von mir aus bleiben Sie beide in Ihrer Höhle und starren die Schatten an der Wand an, als wären sie real. Ich vermute, es ist sehr warm und bequem dort. Aber werfen Sie anderen Leuten nicht vor, wenn sie nach der Sonne suchen.«

Schweigen hing im Raum. Es klopfte an die Tür. Auf Eders »Herein!« steckte Grabrucker den Kopf über die Schwelle.

»Herr Inspektor, draußen steht die Hoflinger-Witwe mit dem Sekretär des Polizeipräsidenten und will Sie sehen.«

Denhardt ließ einen amüsierten Laut hören. »Ach. Nun wird es wohl interessant.«

Eder sah sehr ernst drein. »Lassen Sie sie hereinkommen, Wachtmeister.«

Aulehner zog sich in das Eck hinter seinen Schreibtisch zurück, damit Maria Hoflinger und ihr Begleiter über die Schwelle treten konnten. Denhardt erhob sich auch jetzt nicht. Maria Hoflinger war schwarz gekleidet wie bei der letzten Begegnung, das Haar zum

Schopf gebunden, die Miene wie aus Gusseisen. Der Sekretär redete als Erster; seine Botschaft war ebenso einfach wie eindeutig.

»Herr Inspektor, ich muss um sofortige Entlassung des Häftlings Ludwig Hoflinger ersuchen. Hier liegt ganz offensichtlich ein Missverständnis vor.«

Denhardt schnaubte hörbar. Eder wirkte kaum sonderlich überrascht, aber noch weniger erfreut.

»Falls dem so ist, geht dieses Missverständnis unmittelbar auf den Herrn Polizeipräsidenten zurück, wie ich befürchte. Immerhin hat er uns über Herrn Stadtrat Urban persönlich die Anweisung zu diesem Einsatz erteilt.«

Der Sekretär winkte den Einwand beiseite. »Seitdem haben sich neue Gesichtspunkte und Erkenntnisse ergeben«, dozierte er, »angesichts derer eine weitere Strafverfolgung Herrn Hoflingers überflüssig erscheint. Ich kann Ihnen in Ihrem eigenen Interesse nur raten, Inspektor, ihn unverzüglich aus der Haft zu entlassen.«

Jetzt lachte Denhardt laut auf, und Aulehner konnte es ihm nicht einmal verübeln. Dazu war das Lachen zu bitter und entsprach zu sehr seinen eigenen Empfindungen.

»Es ist mir ein ausgesprochenes Vergnügen«, resümierte Denhardt und stand auf, »derart typisch bayerische Lösungsmöglichkeiten einmal unmittelbar und aus nächster Nähe miterleben zu dürfen. Inspektor, ich empfehle mich.« Er nickte in Richtung der Witwe. »Frau Hoflinger, ich würde Sie gern fragen, wie teuer die Sache für Sie gewesen ist, aber mit einer Antwort würden Sie Ihren honorigen Begleiter nur in Verlegenheit bringen. Bitte richten Sie Ihrem Sohn aus, dass wir von der Redaktion stets interessiert an neuen Werken seiner Zeichenfeder sind.«

»Den Teufel werde ich tun.« Sie zischte den Satz zwischen den Zähnen hindurch. »Ihr und die ganze Schwabinger Bagage seid's ja schuld an seinem Unglück.«

»Es tut mir leid, wenn Sie das so sehen.« Denhardt musterte sie nachdenklich. »Ihr Sohn hat großes Talent, Frau Hoflinger, und Sie sollten ihn, seine Wünsche und seine ... Neigungen nehmen, wie sie eben sind.«

»Verbrennen werd' ich seine Bilder, wenn Sie's genau wissen wollen«, unterbrach ihn die Frau scharf. »Und der Österreicher wenn mir noch einmal unter die Augen kommt, zeig' ich ihn an! Mein Bub ist zu gut für solche wie euch!«

Denhardt musterte sie einen Moment schweigend, dann blickte er auf Eder. »Falls Sie doch einmal wissen möchten, weshalb manche von uns so leben wie wir leben: deshalb.« Sein Daumen deutete auf die schwarz gekleidete Frau, dann setzte er seinen Hut auf und verließ grußlos das Büro.

Auch Eder erhob sich. »Bitte, kommen S', dann können Sie Ihren Sohn gleich mitnehmen, Frau Hoflinger.«

Was blieb ihnen auch zu tun übrig? Aulehner nahm Haltung an, so gut es ging, und stapfte hinter Inspektor, Witwe und Sekretär zurück zu den Zellen. Plötzlich spürte er, wie die durchwachte Nacht ihn einholte. Müdigkeit überfiel ihn; das Licht der Laterne an der Wand machte seine Augen brennen, als er daran vorübertaumelte.

»Aufsperren«, kommandierte Eder. »Ludwig Hoflinger? Sie sind entlassen. Kommen Sie, Ihre Mutter ist hier, um Sie abzuholen.«

Der kleine Hoflinger trat heraus. Sein Gesicht war verschwollen, auch er blinzelte ins Licht. Er erkannte seine Mutter, ging auf sie zu, und sah sich empfangen von einer schallenden Ohrfeige.

Gefolgt von einer heftigen Umarmung. Über Maria Hoflingers Wange rann eine Träne.

»So was wenn du mir noch einmal machst, Bub!« Sie schaute durch die offene Tür ins Innere der Zelle. Anahu, der Häuptling, schaute zurück, und die Frau zuckte bei seinem Anblick unwillkürlich zusammen.

»Der war's ned, Mama«, sagte Ludwig. »Der hat den Vater nicht umgebracht.«

»Natürlich ned, Bub.« Maria Hoflinger raffte sich auf. »Das weiß ich längst. Aber unsere Polizei ist ja zu beschäftigt damit, harmlose Wirte zu verhaften, als dass sie Zeit hätte, einen Mörder einzufangen.« Sie schaute von Eder auf den Sekretär des Polizeipräsidenten. »Wir wissen alle, wer als Einziger vom Tod meines Mannes profitiert hat. Der Prank mit seiner Bierburg, weil er unseren Budenplatz gebraucht hat! Das kümmert unsere Polizei bloß nicht.«

Sie legte ihrem Sohn die Hand zwischen die Schulterblätter und schob ihn vor sich her Richtung Treppe. Aulehner drückte sich gegen die raue Flurwand, als die beiden, gefolgt vom Sekretär, an ihm vorbei nach draußen schritten. Eder schloss persönlich die Zelle wieder ab. Er fuhr sich mit der linken Hand über sein mageres Gesicht.

»Eine Schande, das Ganze.«

Aulehner widersprach nicht.

»Sie gehen jetzt am besten heim, Lenz«, sagte Eder nach einigen Atemzügen. »Heute Abend brauch' ich Sie frisch und munter.«

»Darf ich fragen, wofür?«

»Streife in Schwabing.«

Aulehner atmete heftig aus. »Mir wär's lieber, Sie geben mir einfach ein paar Tage Arrest oder einen Eintrag in die Personalakte.« Eder verdrehte die Augen.

»Jetzt seien S' ned kindisch. Das ist keine Bestrafung, das ist notwendig. Sie müssen sich mit dem Milieu auseinandersetzen, Lenz. Es hilft nichts. Nehmen S' den Hiebinger mit oder sonst jemanden. Machen Sie die Runde durch die einschlägigen Cafés. Gerade nach so einer Sache muss man Präsenz zeigen.« Er seufzte. »Was für ein Durcheinander. Und dabei hat die Wies'n noch nicht einmal angefangen!«

19.

Wo man hingehört

»An deiner Stell' tät ich warten, bis die Wies'n anfängt«, sagte Louise und ließ die Beine baumeln. Wasser spritzte, als ihre Zehen in den Bach tauchten, und kleine Kreise kräuselten die Oberfläche. »Für seine Bierbude nimmt der Lochner dich auf jeden Fall, mit Handkuss. Und hinterher bleibst einfach da. Der ganze Stammtisch wär' dem Lochner doch beleidigt, wenn er dich nicht mehr nimmt.«

Die Sonne blinzelte durch die überhängenden Zweige, unter denen die beiden Frauen sich niedergelassen hatten. Colina hielt den Strahlen das Gesicht entgegen und tauchte die nackten Füße ebenfalls ins Wasser. Libellen zuckten wie kleine Blitze hin und her, von einer Wiese in der Nähe kam Kinderlachen. Heute hatte Louise ihren freien Nachmittag, und da Colinas Knie sich rasch gebessert hatte und ihr das Gehen nicht mehr viel ausmachte, waren sie in den Hirschgarten gegangen.

Louises Rat erschien ihr gut. Zum Oktoberfest wurden so viele Kellnerinnen gebraucht, dass die Wirte buchstäblich jede einstellten. Lochner würde um jede Kellnerin froh sein, die zupacken konnte, und in dieser Hinsicht hatte es bei Colina nie ein Problem gegeben.

»Beim Lochner läuft's sowieso nimmer gut«, erzählte Louise weiter. Sie lehnte den Rücken gegen den Stamm der Weide, auf deren Wurzeln sie saß. »Das neue Bier von der Kapitalbrauerei ist zwar billig, aber es schmeckt halt auch so.«

»Ja mei, wenn man so viel Bier nach Amerika schicken muss«, scherzte Colina. »dann schüttet man halt mehr Wasser hinein, damit die Fässer voll werden.«

Louise lachte. »Dünn ist die Brühe, das ist wahr. Aber die Leut' wollen fortgehen am Abend, und bald ist es eh' schon wurscht, wo du hingehst. Gibt eh' bald überall bloß noch das Bier von ein paar Brauereien. Beim Deibelbräu fragt sich auch schon alles, wie die das nächste Jahr überstehen wollen. Jetzt, wo sie für ihre Wirtschaft keinen Platz mehr haben auf dem Oktoberfest.«

Denn dort, wo in früheren Jahren die Bierbude der Gaststätte »Zum Oiden Deibe« gestanden hatte, würde heuer die gewaltige Bierburg Curt Pranks in die Höhe ragen, dachte Colina. Eines Curt Prank, der seinerseits nicht wusste, wo er das Bier für sein Zelt herbekommen sollte, solange seine Tochter Clara sich nicht bereiterklärte, den Aktienvorstand der Kapitalbrauerei zu heiraten.

Hätte Colina sich nicht solche Sorgen gemacht, sie hätte das alles sehr spannend gefunden. Wie oft hatte man schon direkten Einblick in Dinge, über die selbst die Zeitungen nur spekulieren konnten? Colina wusste mehr als jeder Journalist in München!

»Aber dass du ausgerechnet bei dem seltsamen Franken angestellt warst«, lachte Louise, deren Gedanken offenbar in dieselbe Richtung gegangen waren. »Und wie war dann dein vornehmes Fräulein, auf das du hast aufpassen müssen? Arg überspannt? Arg schwierig?«

Arg schwanger, das in erster Linie. Doch das konnte Colina nicht erzählen, nicht einmal Louise. Sie hatte selbst unter Curt Pranks Schlägen dichtgehalten. Wenn Clara am Ende doch noch Stifter heiratete, wäre es besser, niemand wüsste Bescheid. So viel glaubte sie Clara schuldig zu sein, nachdem das Mädchen durch Colinas Unbedarftheit in eine so grässliche Lage geraten war.

Also erzählte sie Louise nur harmlose Dinge über Bratschenunterricht und die Art, wie man sich in besseren Kreisen anzog und frisierte, was für Louise vermutlich ohnehin viel interessanter war. Jedenfalls lauschte sie mit Andacht, bis sie plötzlich in ihrer Tasche zu kramen begann. »Du, ich hab' uns Butterbrote mitgebracht. Magst eins?«

Colina ließ sich nicht zweimal bitten. Louise reichte ihr ein Brot, wühlte weiter im Beutel und zog eine leicht verknitterte Papierrolle hervor. »Und ich hab von meiner Nachbarin die heutige Zeitung bekommen. Ich les' sie ja doch ned, magst du die haben?«

»Gern«, murmelte Colina, so gut es sich mit einem großen Bissen Butterbrot im Mund murmeln ließ. Sie wusste, dass Louise den Kampf mit den Buchstaben möglichst vermied, aber gleichzeitig unheimlich neugierig war und sich gern aus der Zeitung vorlesen ließ. Dabei überschlug Colina die vorderen Seiten mit der großen Politik, die Louise sicher nicht interessierten, und suchte nach den kleineren Beiträgen aus der Stadt, nach den Berichten von Theateraufführungen und Tanzveranstaltungen, und nach den Anzeigen.

Noch hatte sie die Hoffnung auf ein zweites Wunder nicht völlig aufgegeben.

Den ganzen Vormittag hatte sie gegrübelt und wusste doch nicht, wie es mit ihr weitergehen sollte. In Lochners Oktoberfestbude anzufangen, war naheliegend, aber eine bedrückende Aussicht. Jetzt, da sie wusste, es gab so viel Größeres da draußen. Als Kellnerin wäre Colinas Weg vorgezeichnet; solange sie ansehnlich genug war, würde sie Krüge an die Tische und besoffene Freier in den Schuppen schleppen, und anschließend konnte sie auf ein Gnadenbrot an Afras Seite hoffen und den Tag über die Arme ins Wasser tauchen, um Keferloher auszuwaschen. Vielleicht würde sie nie genug sparen können, um wahrzumachen, wovon sie heimlich träumte: Maxi zu sich zu nehmen und ihm jeden Morgen sein Pausenbrot für die Schule einzupacken. Ihm über den Kopf zu streichen, wenn sie aus dem Haus ging, und ihn auf die Wange zu küssen, wenn sie nach Hause kam und er längst schlief.

War das wirklich ein zu großer Wunsch? Es gab Nächte, da weinte sie vor Wut darüber, ihn sich nicht erfüllen zu können.

Aber vielleicht musste sie ja nur die Zeitung aufschlagen, und es würde sich ein Ausweg finden? Vielleicht wartete da die richtige Annonce, irgendeine andere Stelle, die es Colina ersparen würde, bei Johanna untertänig um Gnade und Wiederaufnahme zu flehen.

Die Aussicht auf dieses Gespräch lag ihr am meisten im Magen. Johanna hatte in Colina von Anfang an eine Konkurrenz gesehen; wenn Colina ein Couplet aus dem Varieté sang und sich selbst auf der Gitarre dazu begleitete, war das etwas, das Johanna ihr nicht nachmachen konnte. Johanna würde es genießen, Colina zu demütigen und sie auf Knien um eine neue Anstellung betteln zu lassen. Dann doch lieber Spülhilfe in einer herrschaftlichen Küche.

Stattdessen fand Colina etwas anderes. Eine Verlobungsanzeige.

Clara Prank und Anatol Stifter.

Colina fiel ein Stein vom Herzen.

Louise dagegen war enttäuscht, als Colina sie auf die Anzeige hinwies. »Was? Jetzt, wo du nicht mehr im Haus bist? Zu dumm. So lange hätten sie dich schon noch behalten können, bis die Hochzeit vorbei ist. Das wäre doch bestimmt lustig geworden für dich, und ich hätt's gern gehört, wie so eine Hochzeit bei feinen Leuten abläuft.«

Lustig? Das glaubte Colina kaum. Womöglich würde auch Claras weiteres Leben, ewig verknüpft mit dieser Lüge, nicht sonderlich lustig verlaufen. Für den Moment jedoch wäre es das Beste. Alle konnten dahin zurückkehren, wohin sie gehörten: Colina in Lochners Gaststube und Clara in die feine Münchner Gesellschaft, wo sie an der Seite eines aalglatten Ehemanns eine gute Figur machen und sich letztlich vielleicht auch nicht besser dabei fühlen würde als ihre kurzzeitige Gouvernante.

Alles wäre wieder in Ordnung. Traurig genug, aber vielleicht wirklich die einzige Möglichkeit.

»Du kannst sagen, was du willst, Aulehner«, knurrte Hiebinger. »Das hier, dieses Viertel, das stellt doch die ganze Ordnung auf den Kopf. Diese Künstlerbagage gehört einfach nicht nach München.«

Aulehner schwieg. Was sollte er schon sagen? Er empfand ja ganz genauso.

Schwabing zeigte sich heute ebenso bizarr und chaotisch wie auf Aulehners letztem Streifgang mit Eder. Allenfalls musterte man die Uniformierten heute noch etwas spöttischer. Er würde diesen Gang absolvieren, ohne eine Miene zu verziehen, hatte Aulehner sich vorgenommen, würde an niemanden das Wort richten und auf keine noch so freche Provokation Antwort geben. Das dauernde Murren Hiebingers an seiner Seite machte es ihm nicht leichter, diesen Vorsatz einzuhalten. Unwillkürlich fragte er sich, wie es Eder mit Aulehner ergangen war. Man musste die Engelsgeduld des alten Inspektors wohl wirklich bewundern.

Sie hatten den Gang durch das Café Minerva heute bereits hinter sich und marschierten die Türkenstraße entlang. Die Cafés schienen heute weniger gut besetzt; vielleicht waren sie zu früh. Die Straßenlaternen brannten noch nicht einmal, und ein paar Maler und Töpfer hielten noch auf offener Straße ihre Ware feil.

Lorenz wollte es möglichst bald hinter sich haben.

Eine junge Dame, die auf der gegenüberliegenden Straßenseite dahinschlenderte, kam Aulehner bereits von weitem bekannt vor. Hiebinger hatte sie ebenfalls gesehen.

»Die Reventlow!«, zischte er. »Auf Männerfang!«

Man konnte es nicht anders sagen. Zwar war Franziska zu Reventlow ordentlich, sogar elegant gekleidet, in ein bodenlanges Kleid mit hochgeschlossenem Kragen, aber der Gang der jungen Dame, leicht wiegend in den Hüften, und ihr herausfordernder Blick signalisierten jedem interessierten Herrn deutlich, Fanny zu Reventlow habe im Augenblick rein gar nichts dagegen, von Unbekannten angesprochen und nach den Bedingungen für eine nähere Bekanntschaft gefragt zu werden.

»Nehmen wir sie fest?«, fragte Hiebinger eifrig, und Aulehner war kurz davor, sich mit der Hand über das Gesicht zu fahren, wie Eder das so oft tat, wenn er frustriert war.

Von wegen.

»Aufgrund welches Vergehens sollten wir das tun, Herr Wachtmeister?«

»Hurerei. Sie ist nicht registriert.«

»Es heißt Prostitution, und wir müssten sie dazu auf frischer Tat ertappen.« Aulehner seufzte. »Hast du wirklich Lust, ihr den ganzen Abend hinterherzuschleichen und darauf zu warten, ob sie einen Kerl zu sich einlädt? Sie müsste ziemlich dämlich sein, sich auf etwas Verbotenes einzulassen, wenn zwei Uniformierte hinter ihr stehen. Und selbst wenn sie es tut, müsste der Mann ja noch zugeben, dass er dafür bezahlt hat.« Er winkte ab. »Als ob es das wert wäre. Wenn du ganz viel Glück hast, ist ihr Liebhaber etwas Höheres, ein Offizier oder Fabrikant oder Magistrat. Dann stehst am Ende du da und darfst zusehen, wie du aus der Sache wieder herauskommst.«

Hiebinger starrte wütend zu der Frau hinüber. »Aber wir können sie doch nicht einfach laufen lassen.«

Aulehner horchte in sich hinein. Vor ein paar Tagen hätte er noch ganz ähnlich empfunden. Jetzt gab es da eine zweite Stimme in seinem Inneren, deren Existenz ihn selbst überraschte. Warum sollte man die Frau nicht einfach gewähren lassen? Hatte sie nicht aller Wahrscheinlichkeit nach genug Probleme? Wem schadete sie? Allenfalls ihrem Liebhaber für diese Nacht, falls der sich nämlich eine Krankheit dabei einhandelte. Und war der nicht selbst schuld?

Energisch rief Aulehner sich selbst zur Ordnung. Fingen Eders permanente Nachsicht und seine Resignation vor den Verhältnissen etwa bereits an, auf ihn abzufärben?

»Gehen wir hinüber«, sagte er. »Ermahnen können wir sie ja.«

Eifrig schloss Hiebinger sich ihm an. Sie passierten die Straße zwischen einer kleinen Kalesche und einer von der anderen Seite daherdonnernden Landaulette.

Fanny zu Reventlow machte keine Anstalten, eine Begegnung zu vermeiden, sondern stolzierte im Gegenteil mit amüsiertem Gesicht auf die zwei Gendarmen zu, die sich ihr energischen Schritts näherten. Ihre Hüften schwangen allenfalls noch ein wenig deutlicher.

Etwas seltsam Wütendes und gleichzeitig Verletzliches war an dieser Frau, dachte Aulehner, als sie vor ihnen stehen blieb. Als attackiere sie, bevor sie attackiert werden konnte, und gebe sich gleichzeitig in einem vordergründigen Konflikt kampflos geschlagen, um eine schwerere, härtere Auseinandersetzung zu vermeiden. Man konnte begreifen, weshalb sich immer wieder betuchte Herren fanden, die dieses schöne, stolze und schutzbedürftige Wesen auszuhalten bereit waren.

Aulehner zwang sich, sich zumindest höflich gegen den Rand seines Helms zu tippen, als er sie grüßte. »Frau zu Reventlow.«

»Wie charmant«, gurrte sie. Ihr sorgfältig geschminktes Gesicht mit den dunkel umrandeten Augen war eine lächelnde Maske. »Ich wusste gar nicht, wie gut ich bei der hiesigen Polizei anscheinend angeschrieben bin, dass man mir sogar eine Ehrenwache abstellt. Ich fühle mich geschmeichelt, meine Herren.«

Hiebinger knurrte etwas Unverständliches, aber sicher wenig Freundliches in seinen Schnurrbart. Aulehner schob sich ein wenig vor ihn und zählte innerlich bis zehn, ehe er antwortete.

»Wir haben nicht vor, Sie zu überwachen, gnädige Frau«, sagte er dann. Auch wenn er sich die höfliche Anrede wirklich abringen musste. »Aber ich kann nicht verschweigen, dass über Sie bereits mehrfach Beschwerden eingegangen sind. Wie Ihnen bewusst sein muss. Ich kann Ihnen nur raten, sich selbst äußerste Zurückhaltung aufzuerlegen und jeden Anschein von ungebührlichem Betragen zu vermeiden, damit meine Kollegen und ich nicht wirklich tätig werden müssen.«

Die Frau trat einen kleinen Schritt zurück und musterte ihn in demonstrativer Überraschung. »Sie verblüffen mich! Welch ungewohnte Höflichkeit seitens unserer geschätzten Gendarmerie! Wie schade, dass Sie nicht auch beim gestrigen Polizeieinsatz in Giesing zugegen waren, von dem etliche meiner Freunde mit blauen Flecken und Platzwunden nach Hause gekommen sind. Das heißt, warten Sie! Sie *waren* dabei, nicht wahr?« Ihr Blick glitt spöttisch an Aulehner entlang; anscheinend wusste sie tatsächlich, wen sie vor sich hatte. »Ihr Schandis seid solche Heuchler.«

»Das würden Sie schon sehen, was wir sind«, knirschte Hiebinger aus dem Hintergrund, »wenn wir nur so dürften, wie wir wollten.« Aulehner ignorierte den Einwurf ebenso, wie Fanny zu Reventlow es tat.

»Es liegt nicht in meiner Absicht, Ihnen oder Ihren Freunden das Leben schwer zu machen«, sagte Aulehner und meinte es sogar so. Alles, was er momentan wollte, war, diesen Patrouillengang hinter sich zu bringen, nach Hause zu gehen, seine Uniform abzulegen und zu schlafen. »Tun Sie einfach dasselbe mit uns.«

Die seelenvollen, dunkel geschminkten Augen der Frau hingen an seinem Gesicht. »Es ist nicht meine Angelegenheit, Oberwachtmeister, wenn Sie oder Ihre Vorgesetzten meinen, mein Leben zu Ihrem Problem erklären zu müssen. Ich habe niemanden um Hilfe ersucht, die Münchner Polizei am allerwenigsten. Ich bin sehr bereit, mein Leben in die eigenen Hände zu nehmen.« Ihr Kinn hob sich resolut.

Es lag doch etwas Faszinierendes in solch grimmigem Stolz, dachte Aulehner, selbst wenn er sich in der maßlosen Verachtung ausdrückte, die momentan in Fanny zu Reventlows Gesicht zu lesen stand.

»Das wollte ich nicht bezweifeln«, erklärte er. »Mir lag lediglich daran, Sie auf mögliche Gefahren aufmerksam zu machen. Ich wünsche Ihnen einen guten Abend.« Er wollte weitergehen, hielt aber, einem plötzlichen Instinkt folgend, noch einmal inne. »Sagen Sie, treibt Ihr Kollege Denhardt sich heute auch hier herum?«

»Ist es das, was wir Ihrer Ansicht nach tun, ja?«, schnappte sie zurück. »Uns herumtreiben? Wollen Sie uns wegen Landstreicherei verhaften?« Als Aulehner nicht darauf reagierte, sah sie ihn verwundert an. »Ich habe ihn da vorn um die Ecke stehen sehen.«

»Ich danke Ihnen für die Auskunft.«

Na also. Fanny zu Reventlow schien regelrecht sprachlos über die ausbleibende Reaktion. Lorenz klopfte sich innerlich selbst auf die Schulter. Das hatte er doch großartig und in höflichstem Ton geregelt. Eder wäre stolz auf ihn gewesen.

Hiebinger war mindestens so verdattert wie die Reventlow. »Was willst du denn vom Denhardt?«

Darauf wusste Aulehner keine Antwort – oder zumindest keine, die er laut aussprechen oder auch nur vor sich selbst hätte zugeben wollen. Die Verhaftung Ludwig Hoflingers war auf höhere Weisung erfolgt, ebenso wie die dabei anzuwendende Härte. Ein Vertreter von Recht und Ordnung brauchte sich vor jemandem wie Denhardt, der genau diese beiden Dinge täglich untergrub, nicht zu rechtfertigen.

Aber Denhardt stellte für Eder, so viel hatte Aulehner verstanden, ein wichtiges Bindeglied dar, zur Redaktion des »Simplicissimus« ebenso wie zur restlichen Schwabinger Künstlergemeinschaft. Sollte der Einsatz in Giesing dieses vorsichtige Vertrauensverhältnis zu dem Journalisten zerstört haben, läge es in jedem Fall an Aulehner, es wiederherzustellen.

Denhardt stand, in Begleitung etlicher Kollegen von seiner Zeitung, tatsächlich gleich um die nächste Straßenecke. Doch statt unmittelbar auf ihn zuzugehen, zögerte Aulehner unwillkürlich.

Bei den Schwabinger Literaten stand eine Person, die Aulehner hier zuallerletzt erwartet hätte. Hiebinger hatte sie ebenfalls sofort erkannt.

»Die Deibelbräu-Witwe! Was macht die denn hier?«

Maria Hoflinger schien ihre plötzliche Neigung zur Kunst entdeckt zu haben; sie hatte vertraulich den Kopf mit Denhardt zusammengesteckt und sprach eifrig auf die Journalisten ein, von denen einer Notizbuch und Bleistift gezückt hatte und mitschrieb. Was die Frau sagte, war anscheinend so spannend, dass Aulehner und Hiebinger fast bis auf Hörweite herankamen, ehe Denhardt aufblickte und angesichts der Helme und blauen Uniformen hastig Schweigen zischte.

Maria Hoflinger drehte sich um, erkannte Aulehner und runzelte die Stirn. Der Journalist mit dem Notizbuch nahm sie beim Arm und verschwand mit ihr in einem nahen Hauseingang. Denhardt kam derweil den zwei Gendarmen die restlichen paar Schritte entgegen.

»Suchen Sie etwa mich, Herr Oberwachtmeister? Haben Sie vielleicht wieder einer Anzeige wegen Majestätsbeleidigung nachzugehen?«

Aulehner ignorierte die Stichelei. »Was wollte die Witwe Hoflinger von Ihnen?«, erkundigte er sich. Und setzte gerade noch rechtzeitig hinzu: »Wenn ich fragen darf.«

Denhardt zuckte die Achseln. »Fragen dürfen Sie immer, Oberwachtmeister. Nur Antwort sollten Sie von mir besser keine erwarten.«

Aulehner musterte das Haus, in dem Maria Hoflinger verschwunden war.

»Die Privatwohnung eines meiner Kollegen«, belehrte ihn Denhardt, der seinem Blick gefolgt war. »Egal wie neugierig Sie sind, Oberwachtmeister, Sie sollten wirklich unterlassen, dort ohne richterliche Anweisung einzudringen. Ich werde Himmel und Hölle in

Bewegung setzen, um die Rechte der Pressevertreter zu schützen, und ebenso die unserer Quellen.«

Das letzte Wort ließ Aulehner aufhorchen. »Maria Hoflinger ist eine Ihrer Quellen? Sie wollen sagen, sie versorgt Sie mit Geschichten für die Zeitung?«

»Ich will gar nichts sagen«, korrigierte Denhardt scharf. »Zu Ihnen ganz explizit nicht.«

Hiebinger murrte schon wieder. Aulehner blies die Wangen auf.

»Hören Sie, Herr Denhardt. Mir liegt überhaupt nichts daran, Sie in Ihrer Tätigkeit zu behindern. Solange Sie gegen kein Gesetz verstoßen, kann Ihr ›Simplicissimus‹ von mir aus schreiben, wonach Ihnen der Sinn steht. Aber Sie haben doch selbst gesehen, wohin es führt, wenn Sie und Ihre Kameraden von der Bohème Ihre ... unkonventionellen Ideen aus Schwabing hinaustragen. Warum können Sie den kleinen Ludwig Hoflinger nicht einfach an dem Platz lassen, in den er hineingeboren worden ist? Denken Sie nicht auch, die Familie Hoflinger hat genug mitgemacht?«

»Sie irren sich, Herr Oberwachtmeister«, sagte Denhardt. »Frau Hoflingers Besuch hatte mitnichten etwas mit ihrem Sohn *Ludwig* zu tun.« Die Betonung war eigenartig. Und kaum zufällig. Denhardt hatte eine Braue spöttisch in die Höhe gezogen.

»Sondern mit dem anderen Sohn?« Aulehner musste kurz überlegen, ehe ihm der Vorname des jungen Mannes einfiel, der damals mit der Horde Arbeiter im Lager der Samoaner Krawall geschlagen hatte. »Mit Roman Hoflinger?«

Denhardt musterte ihn. Ein rasches Zucken um seine Mundwinkel. »Lesen Sie den nächsten ›Simplicissimus‹, Oberwachtmeister. Er könnte interessant sein.«

20.

Eine Schlagzeile

Eder brachte die neue Ausgabe bereits mit auf die Wache, als er an diesem Donnerstag zum Dienst erschien. Und gelesen hatte er sie auch schon.

»Ich glaub', ich hab' den Artikel, auf den Denhardt angespielt hat.« Er grinste fast lausbubenhaft, als er Aulehner die aufgeschlagene Zeitschrift auf den Schreibtisch legte.

Auch diesmal war der Blickfang eine ganzseitige Karikatur. Drei Figuren versammelten sich um einen Altar. Eine davon, im vornehmen Anzug und Zylinder unschwer als Bräutigam erkennbar und mit Gesichtszügen, die Aulehner grob bekannt vorkamen, ohne dass er sie platzieren konnte, rollte ein gewaltiges Fass vor sich her, auf dem »Kapitalbräu AG« geschrieben stand. Bei der zweiten handelte es sich eindeutig um die schnauzbärtigen, kantigen Züge Curt Pranks, der an seinem Arm eine hochschwangere junge Dame im Brautkleid Richtung Altar geleitete. Darunter ein kurzer Dialog: »Fein sittsam an der Aussteuer hat sie genäht«, bemerkte Prank, offensichtlich in Anspielung auf den Zustand der Braut. Darauf antwortete der Bräutigam: »Nur Mut. Ein Jeder bringt was in die Ehe.« Eine nicht minder deutliche Anspielung auf das Fass Bier.

Aulehner tippte auf die Figur des Bräutigams und machte ein fragendes Gesicht. Eder lupfte die Brauen, trat an seinen eigenen Schreibtisch und holte aus dem Schubfach die bewusste Mappe. Darin lag als Letztes eine gefaltete Seite der »Münchner Neuesten

Nachrichten« von vor ein paar Tagen. Die Anzeigenseite. Eder wies ebenso stumm wie zuvor Aulehner mit dem Zeigefinger auf eine Verlobungsannonce.

Clara Prank und Anatol Stifter, Vorstandsvorsitzender der Kapitalbräu AG.

»Verstehen S' den Zusammenhang, Lenz?« Eder genoss es sichtlich, seinen jüngeren Kollegen verblüfft zu haben. Vergnügt faltete er das Blatt wieder zusammen. »Der Prank hat sich so viele Schanklizenzen und Plätze für Bierbuden zusammengegaunert, dass er ein riesiges Zelt auf dem Oktoberfest aufstellen kann. Er darf aber darin inzwischen sein fränkisches Bier nimmer verkaufen, wegen des kürzlichen Stadtratedikts. Um trotzdem ans Bier zu kommen, verheiratet er seine Tochter mit dem Vorstandschef der Kapitalbrauerei. Auf diese Weise sind alle glücklich: Der Kapitalbräu bekommt einen neuen Abnehmer, nämlich ein zusätzliches, riesiges Bierzelt auf der Wies'n, der Vorstandschef Stifter eine Frau, und der Prank, der wahrscheinlich einen Haufen Geld in diese Bierburg gesteckt hat, ist vorm Bankrott gerettet.«

»So weit, so klar«, nickte Aulehner und tippte wieder auf das Bild. »Aber die Schwangere?«

»Ja«, sagte Eder und wurde ernst. »Das hat mich auch gewundert. Bis hierhin konnte Denhardt sich alles zusammenreimen. Aber dass Pranks Tochter schwanger sein soll? Das dürfte dann wohl der Punkt sein, wo die Maria Hoflinger ins Spiel kommt.«

»Die Hoflinger-Witwe?«, wiederholte Aulehner. »Aber woher sollte die denn ...«

Er brach ab. Heftige Schritte im Flur, ein kurzes Klopfen, dann flog die Tür auf, und eine der drei Figuren aus der »Simplicissimus«-Karikatur stand leibhaftig, mit funkelnden dunklen Augen und gesträubtem Schnurrbart mitten im Raum.

Aulehner legte beiläufig einen Bogen Papier über die aufgeschlagene Zeitschrift.

»Inspektor Eder?« Curt Prank musterte beide Polizisten und entschied rasch, dass der Ältere der beiden, der Zivil trug, sein Ansprechpartner sein musste. »Ich habe Anzeige zu erstatten.«

»Guten Morgen.« Eder musterte den stürmischen Gast ungerührt, ließ sich hinter seinem Schreibtisch nieder und rückte die Brille auf seiner Nase zurecht. »Das hätten Sie auch bei den Kollegen vorn in der Wachstube tun können. Aber da Sie nun einmal hier sind. Ich höre?«

Der Mann ignorierte Eders Handbewegung, die auf den freien Besucherstuhl wies. Er blieb stehen; seine Züge unverändert finster.

»Mein Name ist Curt Prank, geboren in Berlin, aufgewachsen in Nürnberg, seit Anfang des Jahres wohnhaft hier in München im Stadtteil Bogenhausen.« So wie der Mann seine Personalien abgab, hatte er jedenfalls nicht zum ersten Mal mit der Polizei zu tun. Lorenz setzte sich ebenfalls und besah ihn sich in allen Einzelheiten. Gut gekleidet. Teurer Stoff, aber zweckmäßiger Schnitt. Kräftige Statur. Lebhaftes Temperament, gebändigt und ins Korsett gezwängt von einem scharfen Verstand. Jemand, mit dem man besser nicht ohne Not aneinandergeriet.

»Heute Morgen legte mir die zukünftige Schwiegermutter meiner Tochter, Frau Stifter, ein abscheuliches Pamphlet vor, das den Namen und die Ehre meiner Familie in den Schmutz zieht. In einem Blatt namens ›Simplicissimus‹ deutet ein Zeitungsschmierer an, meine Tochter befinde sich bereits vor der Ehe in anderen Umständen. Ich erwarte von Ihnen, dass Sie dieses Blatt unverzüglich aus dem Verkehr ziehen!«

»Das wird schwer werden ohne richterlichen Beschluss«, sagte Eder, »aber wir wollen gern tun, was wir können. Sie haben natürlich in jedem Fall das Anrecht auf eine Gegendarstellung in derselben Zeitung.«

Prank trat an seinen Schreibtisch, stützte beide Hände auf die Platte und funkelte Eder an. »Haben Sie mich nicht verstanden?

Dieses grauenhafte Gerücht muss unverzüglich aus der Welt geschafft werden. Was hilft mir eine Gegendarstellung? Haben Sie die leiseste Vorstellung, was für mich auf dem Spiel steht? Die Ehe meiner Tochter ist in Gefahr!«

»Das ist tragisch, aber letztlich eine rein private Angelegenheit«, bedauerte Eder. »Natürlich werden wir aber Ihre Anzeige wegen Rufschädigung aufnehmen. Sie versichern mir also, dass die Darstellung des bewussten ›Simplicissimus‹-Artikels auf Unwahrheit beruht und eine Verleumdung darstellt?«

»Ich versichere Ihnen, dass es Konsequenzen haben wird, wenn diese Stadt weiter versucht, mich und mein Fortkommen zu behindern!«, donnerte Prank. »Denken Sie, ich begreife nicht, was hier gespielt wird? Man untergräbt die Ehre meiner Tochter, um ihre Eheschließung mit Anatol Stifter zu verhindern. Und damit den Abschluss unserer Geschäftsbeziehungen und die Eröffnung meines Lebenswerks: meiner Bierburg auf dem Oktoberfest!«

Mit einem wütenden Blick in die Runde verließ Prank den Raum. Seine Schritte verhallten draußen im Flur.

»Wir halten fest«, resümierte Eder trocken, »er hat *keine* Anzeige erstattet. Wir können somit nicht offiziell tätig werden.«

Was vermutlich gar nicht in Pranks Absicht gelegen hatte, sonst wäre er nicht so rasch wieder gegangen. Er hatte auf die Polizei lediglich Druck ausüben wollen. Außerdem suchte er wahrscheinlich dringend nach einem Ventil für seinen Zorn.

Dafür konnte man sogar Verständnis haben.

»Er hat auch nicht gesagt, dass der Artikel gelogen ist«, setzte Aulehner hinzu. Eder nahm die Brille ab, rieb sich die Augen und nickte schließlich.

»Das gibt mir alles ziemlich zu denken. Es ist ungewöhnlich für den ›Simplicissimus‹, so persönlich zu werden. Schon dass Denhardt und seine Kollegen sich derart mit Einzelheiten der Münchner Gesellschaft beschäftigen, ist eigenartig. Aber ein unschuldiges

Mädchen zu verleumden und ihm eine Schwangerschaft zu unterstellen, das klingt überhaupt nicht nach Denhardt. Ich mag seine Prinzipien nicht immer verstehen, aber ich bestreite nicht, dass er welche hat. Er muss sich sehr sicher sein in diesem Punkt.«

Lorenz dachte daran, wie er am Abend zuvor die Hoflinger-Witwe im Gespräch mit Denhardt gesehen hatte.

Eder stand abrupt auf und griff nach seinem Hut. »Kommen S' mit, Lenz. Bevor wir hier lang spekulieren. Ich weiß, wo man Denhardt morgens findet, und ich glaube, das ist es wert, dass wir uns rechtzeitig darum kümmern.«

Das Schwabinger Café, in dem sie Denhardt antrafen, war klein und überraschend gemütlich; hier schien die Bohème mit ihren überspannten Ideen davon, was ästhetisch akzeptabel war, noch nicht Einzug gehalten zu haben. Es roch einladend nach Kaffee, nach frischem Brot und nach Rührei. Für Denhardt war vermutlich vor allem interessant, dass er hier anschreiben lassen durfte. Eder und Aulehner, zunächst misstrauisch beäugt – wer hatte schon gern um zehn Uhr vormittags die Polizei im Haus? –, sicherten sich das Wohlwollen der Inhaberin dagegen durch ihre erklärte Absicht, sofort und bar bezahlen zu wollen. Denhardt begrüßte die Beamten gelassen und bat sie, sich zu ihm zu setzen.

»Sie können sich sicher denken, was wir von Ihnen wollen«, sagte Eder, während er sich niederließ. »Erklären Sie uns bitte, was Sie zu dem ungewöhnlichen Artikel im ›Simplicissimus‹ veranlasst hat.«

»Unser Blatt hat hoffentlich nur ungewöhnliche Beiträge, Inspektor.« Denhardt schlürfte seinen Kaffee. »Sie meinen den Artikel über die ›Hochzeit der Bierbarone‹? War er nicht nach Ihrem Geschmack?«

Eder seufzte. »Mir liegt einzig daran, Konflikte zu vermeiden, Herr Denhardt. Ich hoffe, Sie begreifen das.«

Der Journalist musterte ihn mit einer Miene, die Aulehner schwer zu deuten fand. Mitgefühl, widerwillige Dankbarkeit und Spott gaben sich darin die Hand.

»Sie wissen, dass mein Beruf mir verbietet, darauf einzugehen. Es ist die Aufgabe meines Standes, Inspektor, Konflikte aufzudecken. Gerade die, die sonst gern unter den Teppich gekehrt werden.«

»Gehört dazu auch die aktuelle Lebenssituation von Fräulein Clara Prank?«

Denhardt verstummte und umklammerte mit beiden Händen seine Tasse. »Es ist ein Aspekt, mit dem ich mich lieber nicht befasst hätte«, gab er schließlich zu. »Leider war es die ausdrückliche Bedingung der Person, der wir diese Angabe verdanken.«

»Maria Hoflinger«, sagte Aulehner ihm auf den Kopf zu, und Denhardt schenkte ihm einen kurzen Blick.

»Das habe ich nicht gesagt, Oberwachtmeister. Ich werde meine Quellen gewiss nicht nennen. Sie irren sich in mir, falls Sie mich für einen Anarchisten halten. Mir liegt nichts daran, eine kleine Brauereifamilie wie die Hoflingers ins Chaos zu stoßen. Im Gegenteil! Die Frau tut mir leid; mir wäre sehr lieb, wenn diese kleine Familie sich mit der Welt und miteinander aussöhnen könnte. Aber ich werde weder gutheißen, wenn ein begabter junger Zeichner daran gehindert wird, seiner Berufung zu folgen, noch schweigen, wenn große Unternehmen ihre Konkurrenten mit unlauteren Methoden aus dem Weg räumen.« Ein zweiter Blick folgte dem ersten, etwas weniger abweisend. »Übrigens hatten Sie recht. Die Deibel-Brauerei hat wirklich das beste Bier von München.«

Eder lehnte sich ein wenig zurück, schmunzelte und winkte Aulehner, fortzufahren.

»Ich fasse Ihre Aussage dann einmal so zusammen«, sagte Aulehner deshalb, »dass Maria Hoflinger, die überall verkündet, sie halte Curt Prank für den Mörder ihres Ehemanns, Ihnen die Neuigkeit zusteckte, Clara Prank sei schwanger. Sie haben ihr geglaubt, weil die großen Brauereien sowieso ein Lieblingsfeind von Ihnen sind und weil Sie deren Machenschaften anprangern wollen. Außerdem tut Ihnen die Familie leid, und Sie hätten gar nichts dagegen, würde die Hochzeit zwischen Stifter und Pranks Tochter platzen, Prank deswegen kein Bier für sein Oktoberfestzelt bekommen und finanzielle Verluste erleiden.«

»Was Sie in meine Worte hineininterpretieren, ist ganz Ihre Sache, Oberwachtmeister.« Denhardt hob abwehrend eine Hand. Eder beugte sich wieder vor.

»Gesetzt den Fall, Ihre Quelle ist wirklich Maria Hoflinger: Haben Sie nicht Angst, dass die Frau Sie nur benutzt? Dass sie Claras Schwangerschaft erfunden hat, um sich an Prank zu rächen? In diesem Fall hätte der ›Simplicissimus‹ sich tatsächlich der üblen Nachrede schuldig gemacht. So sorglos kenne ich Sie sonst nicht, Denhardt.«

»Ich habe schon gesagt, dass mir nicht wohl dabei war.« Denhardt starrte die Tischplatte an. »Die Person, die uns diese Information zukommen ließ, behauptete allerdings, es genau zu wissen.« Er sah auf. »Und den Vater zu kennen.«

Aulehner pfiff durch die Zähne, Eder runzelte die Stirn. »Trotzdem. Sie haben nur eine Zeugin. Niemanden, der einen lockeren Lebenswandel dieser jungen Dame bestätigen könnte.«

»Das könnte vielleicht ich«, hörte Lorenz sich sagen. Zwei verdutzte Augenpaare sahen ihn an. Er warf einen zögernden Blick auf Denhardt, sprach dann aber doch: »Ich hatte bei einem Einsatz im Englischen Garten einmal einen Zusammenstoß mit einer Frau, die behauptete, die Gouvernante dieses Fräuleins zu sein. Anscheinend waren sie und ihr Schützling verkleidet auf dem Kocherlball.«

Was eigentlich nur heißen konnte, dass es sich bei der blonden Gouvernante um ein völlig verantwortungsloses Geschöpf handeln musste. Nicht nur ließ sie ein junges Fräulein auf verbotene nächtliche Dienstbotenfeste gehen, ihr Schützling war noch dazu unter ihrer Aufsicht schwanger geworden. Aulehner wunderte sich selbst, weshalb ihn die Erinnerung an diese Frau nicht ärgerlicher machte. Im Gegenteil. Sie hatte ihm gefallen. Vielleicht lag es an der ehrlichen Sorge und dem Mut, mit denen die Gouvernante damals auch angesichts von Polizeiknüppeln darauf beharrt hatte, nach Fräulein Prank suchen zu wollen. Wenn man ihr eines nicht vorwerfen konnte, dann dass sie sich nicht um Clara Prank gekümmert hätte.

Das war vermutlich sowieso keine leichte Aufgabe. Sollte die Tochter im Charakter ihrem Vater nur ein wenig ähnlich sein, hatte diese Anstandsdame in ihrer Stellung sicher wenig zu lachen.

Denhardt prustete über seiner Tasse. »Herrlich! Diese protzige Gesellschaft von Neureichen kann mich mehr erheitern als das beste Theaterstück. Nicht, dass ich der jungen Dame das Vergnügen missgönne, wohlgemerkt. Sie scheint ja recht unangepasst und lebensfroh zu sein.«

»Da, wo ich herkomme, hat man dafür andere Begriffe«, sagte Aulehner.

»Da, wo ich herkomme, auch«, konterte Denhardt spöttisch. »Darum bin ich ja von dort weggegangen.« Er schob seinen Teller von sich und stand auf. »Aber ich glaube der Polizei jetzt genug Hinweise gegeben zu haben für Ermittlungen, die sie eigentlich gar nicht führen darf. Sie werden gewiss etliches zu besprechen haben, da will ich nicht stören. Wenn Sie noch einen Ratschlag haben wollen, bleiben Sie zu einem Mittagsimbiss. Es gibt exzellente Stockwürste hier.«

Die beiden Polizisten beschlossen, der Empfehlung zu folgen, und Aulehner konnte sich überzeugen, man dürfe sich in mancher Hinsicht tatsächlich getrost auf den Journalisten verlassen.

»Ein schönes Durcheinander«, resümierte Eder während des Essens. Nachdenklichkeit malte sich auf seinen Zügen. »Wieso ist Maria Hoflinger wohl so sicher, was Claras Schwangerschaft angeht?«

»Einer der beiden Söhne?« Aulehner verzog das Gesicht. »Wobei das wohl auf den älteren hinausliefe. Der jüngere scheint ja anders herum gestrickt.«

»Und Prank ... heute Morgen im Büro sagte er, er sei eigentlich in Berlin geboren.«

»Ist Ihnen dazu etwas eingefallen?«

»Eigentlich nicht, aber mir ist, als wäre ich kurz davor.« Er schüttelte den Kopf. »Es hilft nichts. Gehen wir zurück und kümmern wir uns um die dringenden Probleme. Die Wies'n steht vor der Tür; wir müssen Einsatzpläne erstellen. Bei den Schlägereien und Ordnungswidrigkeiten, denen wir jetzt dann hinterherrennen werden dürfen, werden wir bis zum Ende des Oktoberfests sowieso an nichts anderes mehr denken.«

21.

Einzug

Ich laufe, bis ich aus der Puste bin und Seitenstechen bekomme. Rund um mich sind Häuserfluchten; ich glaube nicht, dass ich hier schon einmal gewesen bin. Die Leute starren mich an. Kein Mantel, keine Jacke, kein Hut und kein Schirm – so geht eine junge Dame nicht auf die Straße; das gehört sich nicht. Und es gehört sich auch nicht, blindlings und keuchend die Straße entlangzurennen.

Ein wenig schäme ich mich tatsächlich. Aber vor allem begreife ich eins: Niemand wird mir Hilfe anbieten. Keine Menschenseele. Von unpassend gekleideten Frauenzimmern, die mit aufgelöster Frisur und panischer Miene auf der Gasse stehen, hält man sich besser fern.

Wieso sollte es auch anders sein? Warum sollten Fremde sich um mich kümmern? Schon jener Mann, der an allem schuld ist, sieht ja keinen Grund dafür. Selbst mein Vater lässt mich im Stich. Wenn sogar für meine einzige Familie alles, wirklich alles so viel wichtiger ist als ich, Geld, Beziehungen, Reputation und natürlich das gottverdammte Geschäft – warum sollte ich mich darüber wundern? Zum ersten Mal bin ich dankbar für das, was ich im Pensionat gelernt habe: Ich hebe das Kinn und strecke das Kreuz durch, tue so, als sähe ich die abschätzigen Blicke nicht, die mir von allen Seiten zugeworfen werden, und setze schnurgerade Fuß vor Fuß.

Ich habe keine Ahnung, wohin ich gehe.

Als hätte jemand einen Farbkasten gesprengt, lag die Theresienwiese vor Colina. Aber diese Farben leuchteten nicht nur, sie sangen, krachten, schepperten, musizierten, drehten sich übermütig in- und übereinander, und sie rochen nach geschmolzenem Zucker, Schießpulver, nach ungewaschenen Achselhöhlen ebenso wie nach sündhaft teuren Parfüms, nach verschüttetem Bier, nach Pferdeäpfeln, nach Fett, das auf Kohlen tropfte, und nach schmelzendem Zucker.

Colina hatte wieder ein altes Kleid aus ihrer Zeit bei Lochner angezogen. Mit extra großem Ausschnitt. Aber sie ließ sich Zeit, als sie an diesem Morgen durch den fröhlichen Trubel zu Lochners Bierbude schlenderte. Wenn sie erst eingestellt war, würde sie keine Chance mehr haben, sich etwas anzusehen, sagte sie sich, dies war ihre einzige Gelegenheit.

In Wirklichkeit nahm sie nicht viel von dem wahr, was um sie herum passierte. Sie wollte alles nur ein wenig hinauszögern. Die Heiterkeit, die sie umgab, machte ihr umso bewusster, was vor ihr lag. Von Louise, die schon in den vergangenen zwei Jahren auf der Wies'n gearbeitet hatte, wusste Colina, wie hart der Tag in einer Bierbude werden würde. Maßkrüge zu schleppen, war Knochenarbeit.

Sie hätte es besser haben können, dachte sie. Sie könnte immer noch in der Villa Prank sitzen und mit Clara Modejournale durchblättern und Hochzeitseinladungen entwerfen. Wäre sie nicht so dumm und nicht so mitleidig gewesen. Hätte sie in dieser verdammten Nacht Clara nicht nachgegeben.

Es half nichts. Von irgendetwas musste sie leben, und bei Lochner war ihre Chance, eingestellt zu werden, am größten. Sicher wäre Colina die einzige Kellnerin der ganzen Wies'n, die eine Vergangenheit als Anstandsdame hinter sich hatte und vor der sich schon Herren in Anzug und Zylinder verbeugt hatten.

Ab jetzt würde sie wieder Krüge tragen und sich in den Hintern kneifen lassen. Sie war wieder da, wohin sie gehörte, ermahnte sie sich.

Aber Wehmut empfand sie doch.

Der Einzug der Wies'n-Wirte und der Schausteller war bereits vorüber, die Polizei hatte die Eingänge zum Festgelände freigegeben, und sofort breiteten sich Leben und Lärm zwischen den Buden aus. Vor der Bavaria hingen der Geruch nach Schießpulver und eine weißliche Wolke von den Salutsalven der Schützen in der Luft. Pferde schnaubten, stampften und schüttelten unwillig die massigen Köpfe, die man heute in prächtig geschmückte Halfter gezwängt hatte; schwere Fässer wurden von den Wagen der Brauereien in die Bierbuden gerollt. Das Geräusch hörte sich an wie Donner. Rauch stieg auf in dicken Schwaden und biss scharf in der Kehle, als rundum die Feuer entzündet wurden, über denen sich bald Hühner, Schweine und Ochsen am Spieß drehen würden.

Dazu Lachen, Rufen, Schimpfen und Gezeter von allen Seiten. Kinder mit Zuckerwatte, weiß-blaue Bänder, bunte, flatternde Fahnen vor einem Karussell, dessen Anschieber sich noch mit einer Maß stärkten. Eine lange Reihe in Loden gewandeter Schützen mit Flinten über der Schulter, die zum Schießplatz marschierten. Eine mindestens ebenso lange Reihe dunkelhäutiger Wilder in Lendenschurz und Fußfesseln, die auf ein abgesperrtes Gelände hinter einer mit knallbunten Dschungelbildern bemalten Holzfassade gebracht wurden, vor der ein Ausrufer verkündete, man werde hier echte, blutrünstige Menschenfresser vorführen. Da mussten sich die Konkurrenten, die mit den Kraftprotzen, den behaarten Jungfrauen und den sechsbeinigen Kälbern, gewiss anstrengen, um noch mitzuhalten. Ein Kinematografenzelt, in dem bewegte Bilder gezeigt wurden. Der mit weiß-blauen Fahnen geschmückte Platz für das große Pferderennen.

Über allem ragte ein gewaltiger Bau auf, doppelt so hoch und vielleicht fünf Mal so breit wie die übrigen Wirtsbuden, am zentralen Punkt des Geländes, versehen mit hölzernen, zinnenbewehrten Türmen zu beiden Seiten wie eine wirkliche Ritterburg – Pranks Bierburg, ganz so, wie sie auf den Werbezetteln ausgesehen hatte. Eine Art Dornröschenschloss für Biertrinker, dachte Colina, in das man eintreten konnte, um die Welt draußen hinter einer magischen Dornenhecke versinken zu lassen. Zu seinen Füßen duckten sich die kleinen Wirtsbuden der Konkurrenten, verschämt hinter ihren alten bemalten Werbetafeln, als verneigten sie sich vor diesem Wunderwerk der neuen Zeit, in dem man den Bierumsatz nicht mehr nach Krügen, sondern in Hektolitern bemessen würde.

Soeben wurden die Türen geöffnet, und die Leute strömten hinein.

Der Anblick ließ sie an Clara denken. Wie mochte es ihr gehen? Den »Simplicissimus« selbst hatte Colina nicht gesehen, aber der Artikel, der darin abgedruckt war, hatte Wellen geschlagen und Kommentare in anderen Zeitungen ausgelöst. Was sie davon gelesen hatte, hatte sie bereits wütend genug gemacht.

Wie konnten diese Leute sich unterstehen? Was, wenn Stifter Clara nun nicht mehr nahm? Und wie hatten sie von Claras Zustand erfahren?

Aber sie war heute nicht hier, um anderer Leute Probleme zu lösen. Sie hatte genug eigene.

Seufzend hielt sie vor Lochners Wirtsbude an. Sie stand schräg gegenüber der gewaltigen Burg. Lochner hatte wohl lediglich die Dekoration vom letzten Jahr ausbessern lassen. Man sah verwaschene Stellen auf den Stoffen und Girlanden, kleine aufgenähte Flicken, rissige Farbe auf Holzschildern. Vor dem prächtigen Hintergrund der Bierburg wirkte die Bude umso schäbiger.

Von hinten sah es noch schlimmer aus. Afra und die anderen Krüglwascherinnen taten ihre Arbeit an einer Art Pferdetrog im Freien. Man konnte nur hoffen, das Wetter bliebe gut, sonst würden sie im Regen stehen. Natürlich hätte man die Frauen auch unter dem Vordach der Wirtsbude platzieren können, aber dort war kein Raum. Er wurde für die Fässer von Kapitalbräu-Bier gebraucht, die sich, alle geziert mit dem Wappen der Brauerei, mannshoch übereinanderstapelten.

Colina staunte die Menge der Fässer an. Anatol Stifter würde in jedem Fall ein gutes Geschäft machen. Egal, ob er nun Pranks Bierburg belieferte oder nicht.

Außerdem gab es natürlich, im rechten Winkel zur Bierbude, noch einen aus Holzbrettern zusammengezimmerten, wackligen Schuppen. Für die Gerätschaften, den Nachschub an Sauerkraut und Kartoffeln, für Töpfe und Reservegeschirr. Und sicher mit einer Strohschütte, auf der man sich als Biermadl sein Trinkgeld zu verdienen hatte, wenn man welches wollte.

Colina ging mit zusammengebissenen Zähnen daran vorbei. Unterdessen hatte Afra sie bemerkt. Sie lächelte wehmütig, aber nicht sonderlich überrascht. Vielleicht hatte Louise sie vorgewarnt.

»Schad'«, bemerkte sie nur. »Ich hätt's dir vergönnt, Deandl.« Sie wies mit dem Kinn auf den Hintereingang. »Der Chef und die Johanna sind alle zwei drin.« Die Arme nahm sie nur aus dem Trog, um einen gewaschenen Krug abzustellen und einen neuen ins Wasser zu legen.

Zögernd betrat Colina die Bude, die ihr düster vorkam nach dem strahlenden Sonnenschein draußen. Sie hörte Lachen und Geschwätz; die Gäste riefen den Kellnerinnen schon eifrig Bestellungen zu. Auf den ersten Blick sah Colina, dass die Bude zwar gut besucht war, aber nicht voll. Für die aufgeregt durcheinandereilenden Biermadl, fast durchweg junge Dinger, die sicher noch nie als Bedienung in einer Gastwirtschaft gearbeitet hatten, genügte es jedoch, damit sie in Panik verfielen. Hinter dem Tresen stauchte Johanna gerade ein Mädchen zusammen, das anscheinend Helles und Dunkles nicht auseinanderhalten konnte. Als sie aufblickte und Colina erkannte, verfinsterte ihre Miene sich noch mehr.

»Da schau her«, höhnte sie. »Das Fräulein Gouvernante gibt sich die Ehre! Küss' die Hand, gnädige Frau. Wie kann man denn zu Diensten sein?«

Colina atmete tief ein und sagte es.

»Also ... Arbeit tät' ich halt suchen.«

»So.« Johanna kam hinter dem Tresen hervor. »Arbeit? Ja, weiß das vornehme Fräulein Kandl überhaupt noch, was das ist, Arbeit? Das ist nämlich ein bisschen was anderes als wie Leuten aus der Zeitung vorlesen und hinter so einer reichen kleinen Trutschn herdackeln, die wo sich von einem Fremden ein Kind machen lässt und das dann dem armen Herrn Stifter unterschieben will.« Offenbar war der »Simplicissimus«-Artikel auch bei Lochner Thema gewesen. Eigentlich nicht verwunderlich, da Stifter Lochners Gaststätte mit seinem Bier belieferte. Erheiternd war eher, Johanna vom »armen Herrn Stifter« reden zu hören, wenn man bedachte, wie sehr sie stets auf diesen »preußischen Kapitalisten« geschimpft hatte.

»Ich kann arbeiten«, sagte Colina mit mehr Geduld in der Stimme als im Sinn. »Das weißt du auch, Johanna.«

»Du hast ein seltenes Glück, dass dem Prank seine Burg uns die meisten Biermadl abspenstig gemacht hat«, knurrte Johanna. »Was ich hab' einstellen können, sind die totalen Nieten. Du kannst anfangen – als Krüglwascherin«, setzte sie hämisch hinzu. »Strafe muss sein.«

Colina kam nicht einmal dazu, darüber nachzudenken, ob sie das Angebot annehmen oder ihr Glück lieber in einer anderen Bude versuchen sollte, so rasch schoss in diesem Moment Lochners rundliche Gestalt dazu.

»Ja, bist du narrisch, Johanna!«, herrschte er die Oberkellnerin an. »Gib ihr eine Schürzen und schick' sie 'naus zu den Gästen. Und schau zu, dass du eine Gitarre auftreibst und lass die Lina ab und zu was singen; wir brauchen was, was uns die Leut' in die Bierbude lockt. Schau doch hin!« Er wedelte aufgeregt mit der Hand in eine Ecke, an der tatsächlich noch leere Plätze zu finden waren. »Erster Tag auf dem Oktoberfest, es geht auf Mittag, und die Bude ist ned voll! So etwas hab' ich mein Lebtag noch nicht erlebt. Alle laufen s' 'nüber zum Prank und seiner Malefiz-Burg! Hörst du das ned?« Er schwieg. Durch das Geplauder vernahm man tatsächlich bis in Lochners Bude herein das Donnern von Paukenschlägen und einzelne Trompetenfanfaren, hin und wieder unterbrochen von Schüben wilden Jubels, die aus der riesigen Bierburg kamen.

»Der Prank hat eine ganze Blaskapelle da drin, Kruzitürken!«, fluchte Lochner weiter. Er schaute Colina von oben bis unten an. »Zieh dir einmal das Mieder weiter herunter, dass man auch sieht, was du in der Auslag' hast, Lina. Und schau, dass du die Gäst' in Stimmung bringst, um Gottes willen! Wir müssen an unser Geld kommen, oder der Stifter lässt uns nächstes Jahr am ausgestreckten Arm verhungern!«

Mit säuerlichem Gesicht kramte Johanna hinter der Theke. Die Schürze, die sie Colina zuwarf, traf diese genau im Gesicht.

Es störte sie nicht weiter.

»Is' recht, Chef.« Sie band sich die Schürze um, zupfte sich die Rüschen zurecht und machte einen spöttischen kleinen Knicks vor Johanna. »Bin schon bei der Arbeit.«

Der Wahnsinn hatte begonnen, dachte Aulehner, als er neben Eder zwischen den Buden hindurch zum Völkerschaugelände stiefelte, wo Stadtrat Urban die beiden für eine erste Besprechung erwartete. Bisher hatte er das Oktoberfest nur auf der anderen Seite, als zahlender Gast, erlebt. Diesmal lernte er die Rückseiten der prunkvollen Fassaden kennen, und er hätte auf manche der Eindrücke durchaus verzichten können.

Man musste sich an den schönen Dingen festhalten, sagte er sich. An den lachenden Gesichtern, den leuchtenden Augen der Kinder vor den in der Sonne glitzernden Karussellen. Dem zufriedenen

Schmatzen der alten Bäuerin, die im Kreis ihrer Enkel saß, sich den ungewohnten Luxus eines Schweinebratens samt Knödeln leistete und aus trüben Augen und mit fast zahnlosem Mund unter ihrem Kopftuch hervor auf das bunte Treiben lächelte. Der Musik aus allen Ecken, den lachenden Zuhörern, die spontan dazu zu tanzen begannen. An dem Geruch nach Schießpulver, der in Aulehner so viele schöne wie trübe Erinnerungen wachrief – er hatte scharfe Augen und eine sichere Hand und war während seiner Tage beim Militär immer gut bei den Schießübungen gewesen. Den Wortduellen der rivalisierenden Ausrufer vor den Buden, die sich gegenseitig die Stichwörter zuwarfen wie Jongleure die Bälle: »Hier erleben Sie auf offener Bühne die Enthauptung eines Mannes auf der Guillotine!«, rief man vor Schichtls Illusionstheater, und »Was wollt's denn mit eurer Guillotine? Unsere Samoaner lassen außer die Köpf' überhaupt nix übrig, und die brauchen dafür keine Guillotine!«, antwortete der Ausrufer der Völkerschau.

Aber das versetzte Aulehner schon wieder einen Stich.

Letztlich wurde er einfach das Gefühl nicht los, er schlendere gerade durch ein großes Kartenhaus aus Lügen, das der erste Windstoß davonfegen würde. Die hölzernen Paläste unter ihren bunt bemalten Tuchmasken, ihren dicken Schminkschichten aus Farbe, ihrem Flitter aus Girlanden und elektrischen Lämpchen erinnerten ihn an eine der alternden Huren hinter den Bahnhöfen der Stadt, die sich mit Glasschmuck und Federboas behängten. Während scheinbar Ausgelassenheit und Freude die Stadt regierten, aller Augen auf das farbige Glitzern gerichtet waren und alle Hände Maßkrüge stemmten, drehte die Welt sich weiter. Der Stadtrat warf seinen Münchnern und den angereisten Gästen vierzehn Tage Völlerei und Zügellosigkeit hin wie einem Hund einen Knochen, und währenddessen einigten sich in den Hinterzimmern die Stadtgrößen darüber, wie der Braten verteilt werden sollte.

Einer der Herren aus diesen Hinterzimmern war zweifellos

Stadtrat Alfons Urban. Er begutachtete das bunte Treiben, das er vermutlich für seine ureigenste Leistung hielt, mit merklichem Stolz.

»Nun, mein lieber Inspektor?«, begrüßte er Eder jovial. »Sind Sie bis dato mit den getroffenen Vorkehrungen zufrieden?«

»Ich habe ein paar Bedenken wegen des Brandschutzes bei all dem neumodischen elektronischen Gerät«, sagte Eder, »und mir wäre es lieber, wenn wir mehr uniformierte Leute auf dem Gelände hätten, um die Betrunkenen im Zaum zu halten. Aber im Großen und Ganzen werden wir der Sache Herr werden wie jedes Jahr, denke ich.«

»So sehe ich das auch.« Urban hatte sich hoch aufgerichtet und wölbte die Brust. »München wird seinen Gästen auch in diesem Jahr beweisen, wie gut es ein Fest dieser Größenordnung organisieren kann; es wird seinem Ruf als weltoffene, lebensfrohe und moderne Stadt gerecht werden. Vor allem modern!« Urban wedelte mit dem Finger in der Luft. »Die neuen Zeiten werden denen, die sie willkommen heißen, Frieden und Wohlstand bringen. Schauen Sie nur dort hinüber!« Er wies auf die gewaltige Bierburg des Curt Prank. »Ganz zweifellos sehen Sie dort die Zukunft unseres Fests vor sich, meine Herren! Herr Prank mag ein Auswärtiger sein, doch er hat uns mit seiner visionären Idee den Weg gewiesen, den es zu beschreiten gilt. Die kleinen Wirtsbuden mit ihren Schanklizenzen aus Großvaters Zeiten sind ein altertümliches Überbleibsel. Wir müssen anfangen, groß zu denken! In München sitzen einige der größten Brauereien des Landes, sie benötigen auch auf dem Oktoberfest einen Ausschank, der sie angemessen repräsentieren kann.«

»Wenn ich das anmerken darf«, unterbrach Eder etwas ungeduldig, »ich bin verwundert, dass man Herrn Prank überhaupt gestattet hat, seine Bierburg zu öffnen. Hat er denn tatsächlich Münchner Bier?«

Urban sah ihn an und schmunzelte. »Ah, unsere Gendarmerie!

Immer dem Kriminellen auf der Spur! Ihr Diensteifer ist äußerst lobenswert, Inspektor, aber in diesem Fall dürfen Sie beruhigt sein. Vorerst zumindest.« Ein hämisches Grinsen. »Herr Anatol Stifter hatte sich, in Anbetracht einer familiären Verbindung zu Herrn Prank, die sich aber, nach allem, was man hört, inzwischen zerschlagen hat, dazu bereit erklärt, Herrn Prank einige Fässer Bier seiner Kapitalbräu AG zu liefern. Deren Inhalt wird derzeit in der Bierburg ausgeschenkt. Unter uns gesagt«, das Grinsen wurde noch eine Spur boshafter, »nehme ich an, Prank wird morgen, allerspätestens übermorgen schließen müssen, weil diese Bierreserven erschöpft sind. Es dürfte wohl mit einem hohen Verlust für ihn enden. Doch es wird zweifellos in die Geschichte eingehen, als erster, wenn auch gescheiterter Versuch, auf dem Oktoberfest eine neue Zeit einzuläuten. Wir vom Magistrat haben den Klang dieser Glocke vernommen. Wir werden ihm folgen.«

Zum Glück unterbrach im selben Moment ein Polizeidiener Urbans Geschwafel. Der Junge hetzte außer Atem heran und salutierte aufgeregt vor Aulehner und Eder.

»Bitte um Verzeihung, aber der Herr Bierbrauer Curt Prank lässt den Herrn Inspektor Eder bitten, so bald wie möglich zu ihm zu kommen. Oder ihm einen Ort und Zeitpunkt für ein Treffen zu benennen. Weil er nämlich dringend eine Anzeige aufgeben muss, sagt er.«

Maria Hoflinger, dachte Lorenz unwillkürlich. Der Polizeidiener schaute mit großen Augen von einem zum anderen. »Es geht um seine Tochter, sagt er. Sie ist verschwunden.«

22.

Flüchtig

Wenn Aulehner schon draußen, auf den Gassen zwischen den Buden, manches reichlich verrückt fand, so betrat er nun die Hochburg des Feierns. Eine Welle aus Lärm, Wärme und Bierdunst schlug über ihm zusammen. Die Bänke standen so dicht, dass die Kellnerinnen gerade noch mit ihrer Last zwischen ihnen hindurch manövrieren konnten; es mussten Tausende von Gästen sein, Kopf an Kopf, Maßkrug an Maßkrug. Eine Kellnerin schob sich rigoros an Eder und Aulehner vorbei, acht volle Krüge in Händen. In der Mitte des Saals schmetterte eine zehnköpfige Kapelle Marschlieder in einer Lautstärke, als wollte sie das Gehör der Gäste bereits über dem ersten Bier ruinieren.

Selbst Eder schien sprachlos. Das war kein Wirtshaus mehr, kein Ort, sich zusammenzusetzen und es sich gut gehen zu lassen; das war eine Burg, in der nur eines gefeiert wurde: das Bier.

Und diese Feier zog offenbar die Massen an.

Im selben Augenblick betrat der Burgherr persönlich die Bühne. Die Kapelle spielte einen Tusch, die Menge erkannte sein Gesicht von den Porträts auf den Werbeplakaten und jubelte. Dabei sah Curt Prank seinem eigenen Bild heute nur bedingt ähnlich. Sein ganzes Gesicht wirkte aufgedunsen, besonders die linke Wange war verschwollen.

Es gab eine kurze Diskussion mit den Musikern. Prank drehte sich zum Publikum um und hob auffordernd den Taktstock.

»Die Krüge – hoch!«, kommandierte er. Rundum lüfteten Tausende Gäste ihre Maßkrüge. Prank wedelte rhythmisch mit dem Taktstock, und die Musiker spielten eine Aulehner unbekannte Melodie, die eigentlich nicht mehr war als ein weiterer Tusch, dessen Text aus einer einzigen Zeile bestand. Prank sang sie lauthals vor, und der gesamte Saal stimmte ein:

»Ein Prosit – ein Pro-ho-sit – der Gemüt-lich-keit!« Gefolgt von einem weiteren unmissverständlichen Kommando: »*Oans – zwoa – gsuffa!*« Vorgetragen in bairischem Dialekt von jemandem, der unüberhörbar nicht aus Bayern stammte. Aber das war eigentlich auch schon nicht mehr wichtig; die Zecher gehorchten unverzüglich und unter begeistertem Gejohle. An sämtlichen Tischen stießen Maßkrüge gegeneinander, das Klacken von Steingut lief die Reihen entlang, und einen Zug später sanken die Krüge mit einem dumpfen Laut wieder auf die Tischplatten. Die ganze Bierburg prostete und trank in vollendetem Gleichklang. Aulehner hatten während seiner Militärzeit einige Paraden mitgemacht, deren Manöver weniger exakt durchgeführt worden waren.

Die Leute belohnten sich mit lautem Jubel, und Eder und Aulehner tauschten einen Blick.

»Wissen S', Lenz«, brüllte Eder über den Krach, »manchmal bin ich ganz froh, dass ich schon so alt bin.«

Die Kapelle setzte wieder ein und spielte ein Volkslied. Prank hatte die beiden Gendarmen offenbar am Eingang stehen sehen und schwang sich von der Bühne. Sie gingen ihm zwischen den Bänken entgegen.

Aus der Nähe wirkte Prank noch ramponierter. Er hatte Ringe unter den Augen, von denen eines blutunterlaufen war. Die linke Wange wölbte sich; ein dringender Gang zum Zahnarzt schien angeraten. Da hatte wohl jemand eine intensive Unterhaltung hinter sich, dachte Aulehner.

Immerhin war der Mann heute freundlicher als bei seinem Auftritt auf der Wache; vielleicht machten die Schmerzen ihn kleinlaut. Er nickte beiden Polizisten zu und schien ehrlich erleichtert, sie zu sehen. »Kommen Sie bitte«, rief er. »Gehen wir nach draußen; dort können wir besser reden.«

Er deutete auf die Rückseite des Saals, auf ein breites Doppeltor, durch das Burschen neue Bierfässer hereinrollten, und ging den beiden dorthin voraus.

Auf dem Hinterhof der Bierburg war es so angenehm ruhig nach dem Tumult im Inneren, dass Aulehner das Gefühl hatte, man habe ihm eine Mütze von den Ohren gezogen, die ihn zuvor am Hören gehindert hatte. Rundum wurde gearbeitet, zügig und effizient. In einem langen, nach vorn offenen Verschlag wuschen ein Dutzend Frauen Maßkrüge aus; Küchenhilfen schleppten Töpfe mit Kraut und Säcke voll Kartoffeln zu einem Nebeneingang, und natürlich stapelten sich Fässer über Fässer an der Rückwand der Bierburg entlang. Sie trugen alle das Signum der Kapitalbrauerei, und soeben rollten zwei Burschen weitere Fässer davon.

Fast ein Viertel des Stapels mochte bereits verschwunden sein.

»Ihre Geschäfte gehen gut, wie ich sehe«, bemerkte Eder. Prank warf einen Blick auf die Fässer und verzog das Gesicht. Er fuhr sich kurz mit der Hand über die verschwollene Wange.

»Das ist im Moment meine geringste Sorge, Inspektor, glauben Sie mir. Mein Kind ist vermisst. Ich muss Ihnen wirklich dankbar sein, dass Sie so rasch kommen konnten.« Ganz neue Töne an diesem Herrn, verblüffend demütige. Die Sache schien ihm wahrhaft nahezugehen.

»Es geht um Ihre Tochter Clara?«

Prank fummelte umständlich eine Fotografie aus der Westentasche.

»Das ist sie.«

Aulehner schaute über Eders Schulter und erkannte sofort das zierliche Persönchen wieder, das er an jenem Nachmittag mit seiner eigenwilligen Gouvernante auf der Gasse in Haidhausen gesehen hatte. Ein apartes Gesicht, in dem sich aber einiges von der Entschlossenheit des Vaters verstecken mochte. Nein, sicher keine leichte Aufgabe für eine Anstandsdame. Egal, wie ehrlich diese sich sorgte.

Selbst auf das entschlossenste Mädchen musste ein Artikel wie der aus dem »Simplicissimus« außerdem vernichtend gewirkt haben. Wie sollte eine so junge Dame mit dem Wissen umgehen, dass die halbe Stadt sich gerade über ihre Schwangerschaft das Maul zerriss?

Und was mochte aus der Gouvernante geworden sein?

»Seit wann wird sie vermisst?«, erkundigte sich Eder. Prank verlagerte ein wenig das Gewicht, wie Pferde es machten, wenn sie unruhig wurden, aber nicht wagten, gegen den Zügel aufzubegehren.

»Vor drei Tagen hat sie in den Abendstunden das Haus verlassen.«

»Allein?«, fragte Eder scharf. Prank schluckte und nickte unmerklich.

Da eine Dame aus besseren Kreisen sicher keinen Schritt ohne Begleitung tun durfte, konnte das nur bedeuten, Clara Prank war durchgebrannt.

»Sie hat es nicht mehr ertragen«, verteidigte Prank seine Tochter unverzüglich gegen jeden unausgesprochenen Vorwurf. »Diese abscheulichen Gerüchte! Diese widerlichen Zeitungsfritzen! Man treibt ein unschuldiges Kind fast in den Wahnsinn, nur um mich zu treffen!«

»Ihre Tochter hatte doch eine Gouvernante«, sagte Aulehner und verzichtete darauf, zu erklären, woher er das wusste. Als vornehme junge Dame musste Clara Prank eine haben. Vielleicht war es ungehörig, sich in das Gespräch zwischen seinem Vorgesetzten und dem Unternehmer einzumischen, aber hinter seiner Frage steckte nicht nur Neugierde; die Gouvernante konnte eine wichtige

Zeugin sein. Eder warf ihm einen Seitenblick zu, der aber höchstens erstaunt wirkte und keineswegs verärgert. Aulehner fuhr daher fort. »War die zu diesem Zeitpunkt nicht bei ihr? Und hat sie keine Ahnung, wo Ihre Tochter sich jetzt aufhalten könnte?«

Pranks Miene verhärtete sich. »Fräulein Kandl steht nicht mehr in meinem Dienst«, sagte er steif, ehe es aus ihm herausbrach. »Sie glauben ja wohl nicht, ich würde weiter eine Person beschäftigen, die in ihrer Aufgabe derart versagt hat und unter deren Aufsicht meine Tochter in eine Lage kommen konnte, die solch abscheuliche Gerüchte über sie ermöglichte?«

»Darf ich daraus schließen, Herr Prank«, sagte Eder, »dass diese Gerüchte nicht unbegründet waren?« Hinter ihnen ächzten die hölzernen Planken, als Fässer in die Bierburg gerollt wurden. Prank schwieg und schob den Unterkiefer vor. Eder seufzte. »Herr Prank, wir müssen wissen, woran wir sind. Die Gerüchte sind nun schon einige Tage in der Welt; wie ging Ihre Tochter denn damit um? Gab es einen konkreten Anlass, der das Verschwinden Ihrer Tochter ausgelöst haben könnte?« Er sagte immerhin nicht »die Flucht«.

»Meine persönlichen Belange haben Sie nicht zu interessieren, Inspektor.« Das war wieder der alte Prank, überlegen und herablassend. Nur seine Aussprache war merkwürdig zischend wegen der grimmig zusammengebissenen Zähne. »Es muss Ihnen genügen, wenn ich sage, dass meine Tochter sich das Geschehen sehr zu Herzen genommen hat.«

»Herr Prank.« Eder sah ihn starr an. »Wenn Ihnen an Ihrer Tochter gelegen ist, sollten Sie uns reinen Wein einschenken. Verzweifelte junge Frauen, die keinen Ausweg mehr sehen, tun verzweifelte Dinge, um der Schande zu entgehen.«

Aulehner konnte sehen, wie Pranks Augen sich vor Schreck weiteten. Der Gedanke, seine Tochter könnte sich etwas antun, schien ihm tatsächlich noch nicht gekommen zu sein. Er wurde leichenblass, fing sich aber rasch.

»Ich glaube ... ich hoffe, dafür ist Clara nicht der richtige Charakter.« Er sah von Eder auf Aulehner und zurück, als flehe er in ihren Mienen um Bestätigung. »Sie ist stark. Sie ist meine Tochter. Sie würde nie so rasch aufgeben.«

»Hoffen wir, dass Sie recht haben«, sagte Eder. »Gibt es einen Ort, an den sie sich begeben haben könnte? Hatte sie Freunde in der Stadt?« Er machte eine kleine Pause, ehe er hinzufügte: »Könnte sie zu einem bestimmten jungen Mann gelaufen sein?«

Pranks Gesicht lief rot an, aber er beherrschte sich. »Das können wir ausschließen«, stieß er hervor. »Der entsprechende junge Mann weiß nichts.«

Womit der Gesprächspartner der intensiven Unterhaltung sich wohl auch geklärt hatte.

»Ich verstehe«, sagte Eder. »Gibt es andere Leute, die ihr vielleicht helfen würden?«

»Clara hat die meiste Zeit zu Hause verbracht, wie sich das für ein anständiges Mädchen gehört. Ihre Bekanntschaften in München waren sehr begrenzt.«

Das glaubte Aulehner nun nicht. Immerhin hatte das gnädige Fräulein sich tagsüber in Haidhausen und nächtens im Englischen Garten herumgetrieben. Und sich anscheinend von Roman Hoflinger ein Kind machen lassen. Ganz offensichtlich *hatte* Clara Prank da einige Bekanntschaften ohne Zutun ihres Herrn Papa geschlossen.

Normalerweise hätte das für Aulehner genügen sollen, um den Stab über sie zu brechen. Clara Prank war ein undankbares, verantwortungsloses Gör. Nicht wahr? Den meisten Leuten würde sich im ganzen Leben keine jener Chancen bieten, wie das Schicksal sie ihr in die Wiege gelegt hatte, und sie hatte alle weggeworfen, für eine halbe Stunde Spaß und ein bisschen Rebellieren gegen den gestrengen Vater.

Aber wenn er sich das Foto anschaute, das Eder in der Hand

hielt, war es nicht mehr so einfach. Mit einem Vater wie Curt Prank aufzuwachsen, konnte kaum angenehm sein, und selbst das verantwortungsloseste Mädchen verdiente nicht, seine Schande in der ganzen Stadt verbreitet zu sehen. Und dann war da eben auch noch die Erinnerung an die blonde Gouvernante, die so vehement für ihren Schützling eingetreten war.

Etwas musste an dem Mädchen sein, wenn dieses Fräulein Kandl seinetwegen selbst Hiebingers Knüppel trotzen wollte.

»Gibt es sonst noch etwas, das wir wissen sollten?«, fragte Eder.

Prank trat von einem Fuß auf den anderen. »Ihre Familie und ihre Freunde sind durchaus bereit, Clara jede Unbedachtheit zu vergeben. Und ihr, was die Folgen angeht, zu helfen.«

Aulehner wollte lieber nicht wissen, was das bedeutete; vermutlich hätte er Prank dafür festnehmen müssen, was sich bei einem Herrn wie ihm natürlich von selbst verbot. Auch Eder verbiss sich jeden Kommentar, fragte jedoch:

»Die Hochzeit mit Herrn Anatol Stifter ist endgültig abgesagt, wie ich vermute?«

Pranks Schweigen genügte als Antwort. Welcher Mann hätte sich auch, nach einem derartigen Skandal, noch dazu bereitgefunden? Stifter hätte sich zum Gespött von ganz München gemacht.

Als keine Antwort kam, fuhr Eder fort: »Nun gut, Herr Prank, wir werden tun, was wir können. Ich brauche Ihnen wohl nicht zu sagen, wie schwer es sein wird, während der Oktoberfestzeit, wenn ganz München voller Besucher von auswärts ist, eine einzelne junge Frau ausfindig zu machen, die nicht gefunden werden will.«

»Ob es schwierig oder leicht ist, interessiert mich nicht. Ich zahle als Unternehmer alljährlich einen hohen Betrag an Steuergeldern, Inspektor.« Prank musterte die beiden Gendarmen von oben herab. »Ich hoffe doch sehr, diese Ausgabe, von der auch Ihr Gehalt bestritten wird, ist nicht völlig vergebens.«

Vielleicht wollte der Himmel Prank ermahnen, sich etwas demütiger zu verhalten, jedenfalls durchfuhr ihn, noch während er sprach, offenbar eine neue Welle von Zahnschmerz. Er fuhr sich mit der Hand nach der Wange und stöhnte.

»Das sollten Sie wirklich von einem Arzt anschauen lassen«, sagte Eder. Täuschte Lorenz sich, oder schwang da ein Hauch Boshaftigkeit in seiner Stimme? »Dürfen wir das Foto Ihrer Tochter behalten?« Prank nickte ungeduldig und murmelte etwas davon, wieder ins Zelt zu müssen. Die beiden Gendarmen verabschiedeten sich und verzichteten auf einen zweiten Gang durch die Bierburg, sondern verließen den Hof durch das Tor an der Rückseite und stapften zwischen hohen Bretterwänden zurück zu den bunt bemalten Vorderfronten.

»Was unternehmen wir?«, fragte Aulehner dabei. Eder zuckte die Achseln.

»Das Übliche. Eine Personenbeschreibung an die Streifen herausgeben. Das wird natürlich nichts einbringen; ich weiß nicht, was Prank sich vorstellt. Wir haben in München Hunderte Mädchen, die nicht ordnungsgemäß gemeldet sind.« Er schüttelte den Kopf. »Armes Ding. Wenn sie wirklich keine Bekannten hat in München und ganz auf sich allein gestellt ist, hat sie wenig Optionen.«

»Für ein paar Tage kann sie sich vielleicht versorgen, je nachdem, wie gut sie ihre Flucht geplant hatte«, sagte Aulehner. »Dann wird sie Geld brauchen.«

»Sie ist aus gutem Haus«, sagte Eder. »Wahrscheinlich wird sie es erst auf andere Art versuchen. Spülhilfe, Küchenmädchen, etwas in der Art. Und wenn sie, weil sie keine Zeugnisse oder Referenzen hat, dort nichts findet ...«

Würde sie dort landen, wo sie alle früher oder später landeten: in den Seitengassen von Marienplatz und Residenzstraße oder am Ausgang der Theater und Varietés, um dort auf und ab zu trippeln und die Männer mit auffordernden Blicken zu mustern.

»Vielleicht fällt sie auf«, sagte Aulehner. »Sie ist neu, sie ist fremd, und unsere alteingesessenen Damen und ihre Strizzis teilen das Revier nicht gern. Vielleicht gerät sie in Streit, und es wird über sie geredet.«

Eder schaute Aulehner an. »Guter Gedanke. Wissen S' was, Lenz, gehen Sie heute Abend zur Gerdi. Die weiß genau, dass sie sich nicht mehr viel erlauben kann mit ihrem Etablissement, und sie hört viel. Da haben wir wahrscheinlich unsere beste Chance, etwas zu erfahren.«

Etwas zu erfahren und das Mädchen hoffentlich noch aufzufinden, bevor es sich für dreißig Pfennig von einem nächtlichen Spaziergänger im Englischen Garten in ein Gebüsch ziehen lassen musste.

»Und Sie, Inspektor?«, fragte Aulehner. Eder schmunzelte.

»Ich gehe zu jemandem, der mit Ihnen wahrscheinlich so bald nicht mehr reden wird. Maria Hoflinger. Kann ja sein, dass Prank glaubt, er wisse Bescheid. Aber prüfen sollten wir das lieber trotzdem. Wenn Sie ein junges Mädchen wären und in anderen Umständen, würden Sie dann nicht als Erstes zu dem Burschen gehen, der Sie in diese Umstände gebracht hat?« Eder starrte blicklos die Gasse hinab. Rundum lachte, plapperte und dudelte das Leben.

»Es ist schade«, sagte er, »dass wir nicht wissen, was aus dieser Gouvernante geworden ist. Diese Frau hätte sicher einiges zu erzählen.« Er lächelte hintergründig, und Aulehner schien es fast, als mustere er ihn dabei eingehend. »Hört sich jedenfalls nach einer interessanten Person an. Jemand, der mit einem vornehmen Fräulein auf den Kocherlball geht, hat's bestimmt faustdick hinter den Ohren.«

23.

Ehrbar

Zu Beginn hatten das bunte Glitzern der elektrischen Lämpchen, die Fetzen der Musik und der Gerüche, die über die Theresienwiese wehten, sie noch in atemloses Staunen versetzt. Die Sonne machte alle Farben leuchten; von den Karussellen flog übermütiges Lachen bis herein in die Bierbude. Aus Lochners Küche roch es nach gebratenen Hühnern und Schweinebraten, draußen nach Pulver von den Schießbuden und nach Karamell aus den Ständen der Süßigkeitenverkäufer. In der Nacht musste daraus eine Feenwelt werden, dachte Colina, geheimnisvoll und berauschend.

Als es draußen finster zu werden begann, hatte das Oktoberfest für Colina längst alles Geheimnisvolle und Zauberhafte verloren. Jetzt konzentrierte sich Colina nur noch darauf, möglichst kraftsparend Bierkrüge zu schleppen und grapschenden Männerhänden auszuweichen.

Dabei war die Bude noch immer nicht wirklich voll.

Lochner hatte am späten Nachmittag einen Gang durch die übrigen Schankbuden gemacht und von dort die entmutigende Erkenntnis mitgebracht, es sehe überall ähnlich aus wie bei ihm. »Alle laufen s' zum Prank seiner Bierburg!«, empörte er sich. »Der Preiß, der fränkische! Der hat uns grad noch g'fehlt.« Wütend winkte er Colina, sie solle sich die Gitarre nehmen und für mehr Stimmung sorgen.

Colina wusch sich die klebrigen Hände in einem Zuber und

wischte sie an der Schürze trocken. Sie hatte schon immer gern gesungen und in Lochners Wirtsstube die Gäste manchmal mit Liedern unterhalten. Auch jetzt hatte sie bald geschafft, dass die Leute den Refrain mitsangen. Davon angelockt, betraten neue Gäste die Bude und füllten leere Plätze. Sie waren merklich angetan, als die hübsche Sängerin gleich persönlich an ihren Tisch kam, um eine Ladung Maßkrüge auszuteilen, und entsprechend freigebig mit ihrem Trinkgeld.

Als Colina an den Tresen zurückkehrte, war Lochner vertieft in eine heftige Diskussion mit einem jungen Mann, der offenbar seine Zeche nicht bezahlen wollte.

»Solche wie dich hab ich am liebsten!«, höhnte der Wirt soeben. »Anschreiben lassen möcht' er. Ja freilich! Wir sind auf dem Oktoberfest, hast g'hört, nicht bei deiner Künstlersippschaft in Schwabing! Wenn du nicht zahlen kannst, hol ich die Polizei.«

Colina warf dem Gescholtenen einen zweiten Blick zu. Tatsächlich, es war einer der jungen Herren aus der Bohème, die sie im Deibel-Bräu gesehen hatte. Um genau zu sein, war das nicht der Österreicher, der so vertraut getan hatte mit dem jungen Ludwig?

Der Mann fuhr sich mit einer Hand in nachlässiger Verlegenheit durch die Haare.

»Aber mein bester Herr Wirt.« Doch, er musste es sein, der österreichische Akzent war unverkennbar. »Jetzt schießen wir doch nicht gleich mit der Kanone auf die Spatzen. Es geht doch bloß um ein paar Kreuzer! Was halten S' davon, dass ich Ihnen dafür ein schönes Bild male, und wir sind quitt?«

»Ein Bild, ein Bild! Was hab' ich denn von einer solchen Farbenkleckserei? Geld brauch' ich in der Kasse, zahlende Gäste brauch' ich, sonst nix!«

»Wenn's weiter nichts ist.« Der Österreicher musterte die Bierbude, dann Colina, und grinste in einer Art, bei der dieser eigenartig zumute wurde. Er schien Colina regelrecht zu studieren, Kopf,

Brüste, Taille, Beine, wie ein Forscher ein Insekt unter dem Mikroskop. Dann legte er Lochner vertraulich eine Hand auf die Schulter und redete in leisem Ton auf ihn ein. Sah Lochner zunächst noch aus, als wolle er sich diese Nähe verbitten, wurde seine Miene mit jedem Wort interessierter. Beide Männer warfen dabei immer wieder Blicke auf Colina, unter denen sie immer nervöser wurde.

»Was sagen Sie, Herr Wirt?«, fragte der Österreicher schließlich mit großer Geste. »Überlassen Sie mir die kleine Dame für ein Weilchen, und ich schwöre Ihnen, Sie sind Ihre Sorgen los. Ich kenne die richtigen Leute für so etwas. Das wird leiwand, sag ich Ihnen. Wie damals beim Kaulbach.« Er streckte Lochner die Hand hin.

»Wenn S' das hinbekommen, dann trinken Sie für den Rest vom Fest auf meine Kosten!« Der Wirt schlug ein; beide Männer musterten wieder Colina und tauschten ein Grinsen dabei. Colina schluckte unwillkürlich, als Lochner sie zu sich herüberwinkte.

Natürlich war sie sich bewusst, dass ihr Gewerbe, das einer Kellnerin, kein ehrbares war. Dass die Gäste bei ihr ein gewisses Maß an Leichtfertigkeit erwarteten, allein schon, weil sie in einer Wirtsstube arbeitete, und sich deshalb alle möglichen Freiheiten herausnahmen. Deswegen erhielten die Biermädchen kein festes Gehalt, deswegen mussten sie sich auf die Trinkgelder verlassen. Weil sie nun einmal zu den Grattlern gehörten, auf die man keine Rücksichten zu nehmen hatte.

Aber in den letzten Wochen war Colina in eine andere Rolle geschlüpft. Prank mochte sie zum Schluss verprügelt haben wie der Lehrer einen aufmüpfigen Schüler, aber er hatte sie stets als vollgültigen Menschen behandelt. Plötzlich wieder zurückgestoßen zu werden in dieses totale Ausgeliefertsein, die völlige Machtlosigkeit, erschreckte Colina zutiefst. Dieser seltsame Mensch mit dem Blick wie ein Seziermesser, dem hämischen Grinsen und den unergründlichen Gedanken hatte ihr zu ihrem Glück gerade noch gefehlt.

»Lina, du ziehst deine Schürzen aus und gehst mit dem Herrn mit«, befahl Lochner. »Und machst, was er dir sagt, hast gehört?« Er sah den Österreicher an. »Machen S', was Sie wollen. Aber ich will keinen Ärger mit der Polizei.«

»Aber woher denn! Alles bleibt natürlich ganz und gar anständig, wo denken Sie denn hin?«

Colina fühlte sich am Ellenbogen gepackt. Unwillkürlich wand sie sich aus dem Griff. Und sah sich Lochners wütendem Gesicht gegenüber.

»Ich hab jetzt keine Zeit für deine Fisimatenten, Lina! Wenn du nicht tust, was dir angeschafft wird, kannst du schauen, ob du anderswo noch eine Stelle als Biermadl findest, nachdem ich dich zum zweiten Mal hochkant hinausgeworfen hab!«

Vermutlich war das gerade kein guter Zeitpunkt, Lochner daran zu erinnern, dass beim ersten Mal Colina gekündigt hatte. Der Österreicher schnalzte inzwischen ungeduldig mit der Zunge und packte wieder Colinas Arm, und Colina hatte gerade noch Zeit, die Schürze abzulegen und der zufällig vorbeilaufenden Louise in die Hand zu drücken.

»Wie lang wird's denn dauern?«, hörte sie Lochner hinter ihnen her rufen. Der Österreicher lachte laut.

»Heute sehen Sie die Schöne nicht mehr, fürchte ich.«

Die Angst in Colina ballte sich zu einem dicken Klumpen im Magen, aber sie folgte.

So viel zu den geachteten Hetären des alten Griechenland, dachte sie.

Sie gingen zur Pferdetram, und der Österreicher fragte, ob Colina vielleicht Geld für Billets hätte, winkte aber ab, bevor sie hätte antworten können. »Ach was, jetzt zur Wies'n sind die Bahnen eh so überfüllt, dass keiner kontrolliert. Ich bin übrigens der Vincent. Mit einem T hinten, nicht mit einem Z. Oder für Eingeweihte auch Vincent Fierment, Meister des Pinsels.« Colina hörte sein Lachen.

Es klang so dreckig, wie nur ein angetrunkener Mann mit schmutzigen Gedanken im Kopf überhaupt lachen konnte.

Seltsam, dachte sie, während er sie grob vor sich her in eine Bahn schob, in der nicht einmal für eine Person noch genug Platz gewesen wäre, geschweige denn für zwei. Aus der Art, wie dieser Mensch mit Ludwig Hoflinger umgegangen war, hätte sie eigentlich geschlossen, der Mann sei andersherum gestrickt.

Oder war das einer, der einfach alle Perversionen mitnahm, die sich ihm boten?

»Wo fahren wir denn hin?«, fragte Colina irgendwann, um ihn ihre Angst nicht merken zu lassen. An den nächsten Stationen hatten sich noch mehr Leute in den Waggon gequetscht, und Vincent Fierments Brust wurde gegen den Busen seiner Begleiterin gepresst. Es schien ihm unangenehm zu sein.

Also doch!

»Na, zu mir natürlich«, überspielte er strahlend seine Verlegenheit. »Ich hoffe, du bist gut im Bergsteigen, ich wohne nämlich direkt unterm Dach.«

»Und ... kommen da noch mehr Leute?«

Er sah sie verblüfft an. »Wieso noch mehr?«

»Du hast vorher gesagt, du würdest die richtigen Leute kennen.«

»Ja, Drucker und Plakatierer. Aber die kommen erst dran, wenn ich mit dir fertig bin.« Er lachte schallend über Colinas Gesicht. »Mädel, was glaubst du denn? Malen werde ich dich. Für deinen Chef, damit der eine große Reklame mit dir aufziehen kann.« Er grinste, und seine Augen begannen zu funkeln. »So etwas gab es schon mal, weißt du? Vor zwanzig Jahren oder so hat jemand für seine Bierbude auch Plakate mit einer Kellnerin gemacht. Die haben eingeschlagen wie eine Bombe damals. Und was der Kaulbach konnte, kann ich doch schon lange.«

»Kaulbach?«

»Kinderl.« Fierment schüttelte traurig den Kopf. »Einer der berühmtesten lebenden Maler überhaupt. Was bringen s' euch denn bei in der Schule?« An Selbstbewusstsein schien es ihm jedenfalls nicht zu mangeln, wenn er sich mit diesem berühmten Herrn verglich. Er drückte rigoros gegen ihre Schulter. »Da müssen wir raus, schieb einmal ein bisserl.«

Erfahren damit, ihre Ellenbogen einzusetzen, bahnte Colina eine Gasse für sich und ihren eigenartigen Galan. Ihre Angst hatte sich inzwischen verflüchtigt und war einer Art grimmiger Neugierde gewichen. Gepaart mit dem Gedanken, dass Lochner besser sein Portemonnaie werde öffnen müssen, wenn er von Colina in dieser Form zu profitieren gedachte.

In völliger Übereinstimmung mit Paragraph 180 und 181 des Strafgesetzbuches für das Deutsche Reich, in denen jede Form von Kuppelei unter Strafe gestellt wurde, gab es in München, anders als in vielen anderen Städten, keine Bordelle mehr. Das letzte hatte Mitte des Jahres geschlossen, weil der Besitzer keine Lust mehr auf die dauernden Anzeigen, Gerichtsprozesse und Geldbußen hatte. Auch das Etablissement in der Müllerstraße, das Aulehner an diesem Abend mit grimmiger Miene betrat und das im Jargon der Polizei einfach »Gerdis Puff« hieß, während es offiziell als »Gerdis Bierstube« eingetragen war, bot keine anderen Dienste an als Wein- und Bierausschank und ein paar Zeitungen, die die Gäste zu ihrem Getränk studieren konnten.

Was konnte die Besitzerin schon dafür, wenn jene professionellen »Damen«, denen es nach der Vorstellung am nahen Gärtnerplatztheater nicht gelungen war, sich einen Kavalier für die Nacht zu angeln, sich anschließend bei Gerdi über einem Glas Wein aufwärmten? Und wenn sich jene männlichen Besucher der Theateraufführung, denen der Abend doch ein wenig lang wurde und die sich geniert hatten, sich bereits auf den Stufen des Theaters nach weiterem Zeitvertreib umzusehen, nach und nach ebenfalls dort einfanden? Gerdi war lang genug selbst in dieser Profession tätig gewesen, um zu wissen, wie man den Buchstaben des Gesetzes von seiner Intuition in lohnender Weise getrennt hielt.

Das Lokal selbst war überraschend bürgerlich und gemütlich, fand Aulehner auch heute wieder. Saubere Tischdecken, kleine Blumensträuße, Kissen auf den Bänken. Keine schummrigen rötlichen Papierlaternen. Die Besitzerin, eine wuchtige Matrone Anfang fünfzig, deren Busen fast das Mieder sprengte, stand hinter dem Tresen und verzog bei Aulehners Eintritt das Gesicht. Gendarmerie im Haus bedeutete weniger Gäste.

Gerdis zweiter Blick war anderer Natur, vor allem, als die Tür sich hinter Aulehner kein weiteres Mal öffnete und kein Kollege eintrat wie sonst, wenn die Streife bei ihr Halt machte. Sie wirkte fast angenehm überrascht, wenn auch nach wie vor misstrauisch.

»Herr Oberwachtmeister«, sagte sie denn auch kühl, als Aulehner an den Tresen trat. »Womit kann ich dienen? Liegt wieder einmal eine Anzeige vor?«

»Vom Pfarramt«, nickte Aulehner. »Oder vom Sittlichkeitsverein, da bin ich mir nicht sicher. Deswegen bin ich heute nicht da.«

Gerdi ließ den Blick an Helm und Uniformrock entlanggleiten. »Aber auch nicht privat, wie es ausschaut? Schade. Ich hätt' Sie gern einmal was gefragt. Sie persönlich, mein' ich.«

Lorenz hinderte sich gerade noch, einen Schritt rückwärts zu machen. »Mich?«

»Freilich.« Gerdi polierte ein Weinglas. Die Gaststube war noch fast leer; die Theatervorstellung hatte wohl gerade erst begonnen. Vor der ersten Pause war nicht mit viel Betrieb zu rechnen. »Sie sind mir schon einige Male aufgefallen, aber da waren immer Kollegen mit dabei. Wenn ein Polizist vor seinen Kollegen mit einer alten Bordellmutter tratscht, dann ist das für diesen Polizisten bestimmt peinlich, also habe ich nie was gesagt.« Sie stellte das Glas beiseite, musterte Aulehner erneut und lächelte in einer Weise, die fast mütterlich zu nennen war. »Aber jetzt kann ich fragen. Du bist der Aulehner Lorenz, stimmt's? Der Bub von der Hackler Margret?«

Aulehner war so verblüfft, dass er kein Wort herausbrachte, ja, nicht einmal gegen das Duzen protestieren konnte. Als er nicht antwortete, lachte die Frau leise.

»Brauchst nicht gleich erschrecken. Deine Mutter und ich waren in derselben Klasse in der Schule, daher. Sie hat nur mehr aus sich gemacht als ich.«

Hatte sie das, war Aulehners erster Gedanke. Unwillkürlich wollte er sich abwenden und gehen. Hatte er nicht endlos darum gekämpft, alles hinter sich zu lassen?

Er blieb. Gerdi schob ihm unaufgefordert ein Bier hin.

»Zuletzt hab' ich dich bei der Beerdigung deiner Mutter gesehen.« Sie plauderte weiter. »Und wie du dann in Uniform bei mir hereingestiefelt bist, da hab' ich dich gleich wiedererkannt. Die Margret war mir immer eine von den liebsten gewesen auf der Schule. Was sie ihr angetan haben, mit deinem Vater, das war eine seltene Schlechtigkeit. Deinen Vater hab ich auch gekannt. Nur vom Grüß-Gott-Sagen; nicht *so*, falls du das denkst. Der hatte das ned nötig. Und gespielt hat er auch nie. Entweder haben s' ihn beim Militär mit Absicht dazu verführt, oder es war alles eine einzige Lüge. Deine Mutter hätt' nie darauf hören sollen.«

»Spielschulden san Ehrenschulden«, hörte Aulehner sich sagen. Seine Stimme klang brüchig. Gerdi goss sich ebenfalls ein Bier ein.

»Das haben s' deiner Mutter zumindest eingeredet, die sauberen Herren Kameraden nach dem Frankreich-Krieg. Als ob es nicht genug gewesen wäre, dass dein Vater geblieben ist.«

Etwas krampfte sich zusammen in Lorenz bei diesem Ausdruck. »So hab ich mir das als kleiner Bub immer vorgestellt«, sagte er, bevor er sich daran hindern konnte, mit einem Lachen, das keines war. »Dass die ganzen Toten, die nicht mehr aus dem Krieg zurückkamen, halt einfach wirklich *auf dem Feld geblieben* sind. Und da liegen sie jetzt beieinander, weil sie nicht mehr in die Höhe kommen mit ihren abgerissenen Armen und Beinen, und reden über alle die Dinge, die sie vielleicht noch gern hätten machen wollen mit ihrem Leben.« Über Häuser, die man bauen, Reisen, die man unternehmen, Kinder, die man zeugen könnte. Und über die, die man schon gezeugt hatte.

»Du warst ja noch so klein damals«, sagte Gerdi. »Drei oder vier. Mir hat das in der Seele weh getan, als ich gesehen habe, wie deine Mutter ihre ganze Erbschaft und ihre ganze Habe dreingegeben hat, bloß um diese angeblichen Spielschulden zu bezahlen, die dein Vater bei seinen Kameraden gehabt haben soll.«

Er wollte sich selbst nicht eingestehen, wie gut die Worte ihm taten. Vielleicht widersprach er nur deswegen. »Ich bin selber Soldat gewesen. Der Dienst kann das Beste aus einem Mann herausholen. Oder das Schlimmste.«

Gerdi zuckte die Achseln. »Vielleicht. Aber ned dein Vater. Ich hab' mir das von Anfang an gedacht, dass es ein großer Schwindel war. Dass diese Bagage deiner armen Mutter nur so viel Geld aus der Tasche ziehen wollt' wie möglich. Und sie hat's mit sich machen lassen. Von deiner Mutter hat mir der Bender öfter erzählt«, fügte sie wie beiläufig hinzu, und Aulehner wusste endgültig, dass er seine Fragen stellen und gehen musste.

»Ich bin ned zum Ratschen da«, sagte er barsch. Die Frau sah ihn milde an und sprach weiter, als hätte sie nichts gehört.

»Deine Mutter war eine anständige Frau, Lorenz«, erklärte sie fest. »Lass dir von niemandem etwas anderes erzählen. Und der Bender, der hat sie ehrlich gern gehabt.«

»Der Herr *Hofrat*«, spie Aulehner heraus. »Hat er das gesagt, ja?« Er starrte Gerdi an. »*Dir?*«

»Mir«, bestätigte sie. »Er war öfter hier, seitdem ich meine Wirtschaft aufgemacht habe. Und wieder nein, nicht *deswegen*. Es haben nicht alle so viel Glück wie ich. Ein paar von meinen früheren ... Kolleginnen sind heute ebenfalls Fälle für die Armenfürsorge, siehst du. Nicht nur deine Mutter. Deswegen war er da. Und wir sind ins Reden gekommen.«

Armenfürsorge. Da war es, das Wort, in sich selbst beinahe ebenso eine Schande wie Gerdis *Gewerbe*. Abhängig zu sein von der Mildtätigkeit Fremder, abgestempelt als lebensunfähig, nicht in der Lage, sich selbst zu ernähren. Eine Schande wäre es bereits gewesen auch ohne den Herrn Hofrat und Vorstand vom Fürsorgeverein, ohne diesen Mann im sauber gebügelten und gestärkten Anzug, der regelmäßig als dunkler Schatten auf der Schwelle stand vor dem hellen Viereck der offenen Tür, mit einer Mappe voll Papieren in der einen Hand und dem Zylinder und einem kleinen Strauß Veilchen in der anderen.

Blumen, immer hatte er ein Sträußchen Blumen mitgebracht. Wenn er das bei allen Witwen tat, die er im Rahmen seiner Armenfürsorge besuchte, mussten die örtlichen Gärtnereien an Hofrat Anton von Bender ein Vermögen verdient haben.

»Er hat oft von dir geredet«, sagte Gerdi. »Dass es ihm leid getan hat um dich. Weil er immer das Gefühl gehabt hat, er hat dich aus dem Haus getrieben und zum Militär. Er hätte dir gern mehr geholfen, dir eine ordentliche Schulbildung und ein Studium bezahlt, aber du hast ihn nie gelassen.«

Aulehner merkte, dass er beide Fäuste auf dem Tresen geballt hatte. Er lockerte die verkrampften Finger. »Das fehlte noch«, murmelte er.

»Ohne den Hofrat Bender«, sagte Gerdi hart, »hättet ihr das Haus nicht halten können. Deine Mutter hätte nicht leben können von ihrer kleinen Pension, mit den Krediten, trotz der Fürsorge. Und er hatte sie gern, ich hab's dir gesagt.« Sie nahm sich ein weiteres Glas, um es zu polieren. »Der Kerl war todunglücklich in seiner Ehe.«

»Wenn ich einmal Zeit hab, bedauere ich ihn«, knirschte Aulehner. Gerdi sah ihn an.

»Wäre es dir lieber gewesen, deine Mutter hätte es am Ende wie ich machen müssen?«, fragte sie nüchtern. »Das war die andere Möglichkeit, wenn sie Benders Avancen abgewiesen hätte.«

»Gibt's da einen Unterschied?«, spottete er.

»Jeden«, sagte Gerdi. »Glaub einer alten Hure, Junge. Davon verstehe ich was.« Sie stellte das saubere Glas an seinen Platz, ehe sie fortfuhr. »Dass es der Bender war, der dich bei der Polizei untergebracht hat, nachdem sie dich beim Regiment hinausgeworfen hatten, und der dafür gesorgt hat, dass es keine schlimmeren Folgen für dich hatte, das weißt du, gell?«

»Ich habe es mir gedacht«, gestand er. Um sofort hinzuzusetzen: »Ich habe ihn nicht darum gebeten. Wenn ich gekonnt hätte, hätte ich es abgelehnt.«

»Das hat ihn am traurigsten gemacht«, nickte sie. »Dass du ihm nie erlaubt hast, offen für dich einzutreten. Aber das für dich zu tun, das sei er deiner Mutter schuldig, hat er gesagt. Da vorn am Tisch ist er gesessen.« Sie deutete mit dem Kinn in eine Ecke. »Er hat geweint wie ein Kind, als sie gestorben war.«

»Auf der Beerdigung war er nicht.«

»Er wäre gekommen, wenn du ihn eingeladen hättest.« Sie musterte ihn. »Er hat es natürlich nie laut gesagt, aber heimlich hat er wohl immer gehofft, seine Frau würde endlich an einem ihrer hundert Leiden verrecken und er könnte deine Mutter heiraten. So geht's«, resümierte sie. »Am Ende hat die kränkliche Frau Hofrat deine Mutter und ihren Ehemann überlebt. Hat der Bender dir eigentlich nie geschrieben vor seinem Tod?«

»Ich habe den Brief verbrannt. Samt Umschlag.«

Gerdi schüttelte den Kopf. »Wahrscheinlich wäre Geld drin gewesen.«

»Möglich«, sagte Aulehner.

Gerdi schob das noch immer unberührte Bierglas vor ihn. »Du hast schon auch viel von deiner Mutter. Alles wegen der Ehr'. – Jetzt trink halt. Geht aufs Haus. Und keine Angst, das ist kein schlechtes.«

Widerwillig setzte Lorenz das Glas an die Lippen. Er hätte ablehnen sollen, aber er hatte das jetzt nötig; das unerwartete Gespräch hatte ihm den Boden unter den Füßen weggerissen. Der süffige Geschmack im Mund lenkte ihn davon ab. Erstaunt musterte er die Reklameschriften auf den Tafeln hinter dem Tresen, die sämtlich vom Kapitalbräu stammten.

»Das glaubst du ja ned wirklich«, spottete Gerdi, »dass ich *die* Brühe selber auch saufe. Für spezielle Gäste hab ich immer ein Deibelbräu auf Lager. Bloß offiziell ausschenken darf ich's nimmer.«

»Dann hast du dein Bier früher von den Hoflingers bezogen?«

»Aha«, machte Gerdi. »Werden wir jetzt amtlich, ja?« Sie lachte leise, und er stimmte ein, erleichtert, dass er wieder auf festem Boden stand.

»Wenn, müsste ich das Bier als Bestechungsversuch werten«, scherzte er und nahm einen zweiten Schluck. »Noch dazu als ernsthaften.«

»Na, es ist ja kein Geheimnis: In den Hoflinger Ignatz hab ich mich schon verschaut, als es für mich vielleicht noch Chancen gegeben hätte.« Gerdi sah zur Tür. Eine nicht mehr ganz junge Dame mit Federboa um die Schultern wackelte herein, stutzte kurz beim Anblick des Gendarmen und ließ sich erst an einem Tisch nieder, als Gerdi ihr beruhigend zuwinkte.

»Wird besser sein, du fragst, was du fragen musst«, sagte sie zu Aulehner. »Dein fescher Aufputz vertreibt mir die Gäste.« Sie musterte spöttisch den Helm. »Geht es um den Tod vom Ignatz?«

Aulehner wünschte, er hätte es gewusst.

»Nein«, sagte er. »Wir suchen ein Mädchen. Vornehme junge

Dame. Neunzehn Jahre, dunkles Haar, große dunkle Augen, zierliches Ding. Vor vier Tagen von zu Hause ausgerissen. Womöglich schwanger. Name Clara Prank.«

Gerdis Gesicht gerann zu einer Maske, sie wich Lorenz' Blick aus. Es war professionelles Misstrauen, nahm er an, kein persönliches.

»Gehört habe ich nichts. Ist vielleicht noch nicht lang genug auf der Straße.« Der misstrauische Blick fixierte Aulehner nun doch. »Ist das die, die den Stifter hätte heiraten sollen? Die aus dem ›Simplicissimus‹?«

»Genau die. Wenn du etwas hörst ...«

»Werde ich den Teufel tun und euch Bescheid geben«, sagte Gerdi hart. »Nicht, wenn das bedeutet, dass ihr sie zu ihrem Vater zurückbringt, damit sie diesen Mann heiraten muss.«

»Oha«, sagte Aulehner. »Geht es um den Stifter? Muss ich das Notizbuch rausholen?«

»Freilich«, höhnte Gerdi. »Damit ich übermorgen eine Anzeige wegen Verleumdung am Hals habe und die Kündigung vom Pachtvertrag auf dem Tisch. Kein Wort sag ich.«

»Und ohne Notizbuch?«, fragte Aulehner.

Gerdi sah ihn noch einmal an. »Lasst das Mädel einfach laufen, mehr sag' ich ned. Sogar auf der Straße und im Arbeitshaus ist es besser als mit so einem. Und das meine ich ernst.«

Aulehner nahm einen weiteren Schluck Bier. Im Hintergrund öffnete und schloss sich die Tür und ließ weitere Gäste ein, deren lautes Geschwätz sofort deutlich verebbte, als sie Aulehners Rücken am Tresen sahen.

Bisher hatte Lorenz wie Eder angenommen, Clara Prank habe wegen des Zeitungsartikels den Kopf verloren oder sei auf der Flucht vor ihrem strengen Vater. Hatte das Mädchen womöglich noch ganz andere Gründe, wollte sie sich vor ihrem Bräutigam in Sicherheit bringen? Gerdi schien es anzunehmen.

»Ich kann's meinem Inspektor sagen«, bot er leise an. »Unter der Hand. Wovor das Fräulein weggelaufen ist, meine ich. Wenn ich's weiß.«

»Und dann?«

Er zuckte die Achseln. »Könnte man schauen. Ob man sie dringend finden will oder nicht. Das Mädel ist, wie's aussieht, ziemlich selbständig.«

Gerdi lehnte sich über den Tresen. »Pass auf, ich erzähl' dir einfach eine Geschichte. Wenn du auf der Straße bist, Lorenz Aulehner, lernst du alles kennen. Das kannst du dir nicht vorstellen, Polizist oder nicht. Also glaub mir einfach, wenn ich dir sag', es gibt Perverse, bei denen einen selbst nach Jahrzehnten noch das Gruseln ankommt. Und es sind nicht einmal die ganz Spinnerten. Die ganz Kranken. Die kennst du heraus, nach einer Weile. Die tun dir eher leid. Nein, es sind die mit den beiläufigen Wünschen. Die, bei denen es einfach dazugehört, ein bisschen grausam zu sein. Die erst richtig hart werden, wenn sie sehen, dass sie dir weh getan haben. Die dieses kleine Glitzern in die Augen kriegen, wenn sie dich zu etwas zwingen, was du nicht willst. Wenn du jammerst. Oder weinst.« Sie lehnte sich ein bisschen zurück und atmete einmal tief. »Die, die sich hineinsteigern. Bei denen auf jeden Schmerz noch ein bisschen mehr Schmerz folgen muss. Die dich dabei beobachten wie eine Fliege, der sie Beine und Flügel ausreißen, schön eins nach dem anderen. Die, bei denen du irgendwann nicht mehr weißt, ob du noch lebend aus dem Zimmer kommst.«

Aulehner schaute skeptisch. »Anatol Stifter?«

Gerdi zuckte die Achseln. »Glaub's oder glaub's nicht. Seitdem er meine Bierstube gekauft hat, hat er sich hier öfter mit Mädchen versorgt. Ein paar haben mir die Narben gezeigt.« Sie deutete auf ihre Schulter. »Zigaretten. Gibt richtige Brandlöcher auf der Haut, wenn man sie ausdrückt.« Sie richtete sich abrupt auf. »Von mir hast du's nicht. Du bist übrigens nicht der Einzige, der sich nach Stifter erkundigt hat. Der Glogauer war auch kürzlich da.«

»Glogauer?« Der Name sagte Aulehner nichts, und Gerdi schmunzelte bitter.

»Du gehst nicht mehr gern in die alte Heimat, oder? Der Glogauer ist ein Pfandleiher in Haidhausen. Verkauft viel unterm Tresen, und macht wohl auch sonst so einiges an Drecksarbeit. Ich bin sicher, deine Kollegen kennen den. Du erkennst ihn auch, wenn du ihn siehst, der hat immer einen Hund dabei, so einen scharfen, kurzhaarigen.«

Aulehner trank sein Bier aus und stellte es zurück auf den Tresen. »Eine Frage hätte ich noch.«

»Die letzte«, mahnte Gerdi. »Ich muss arbeiten.«

»Du kennst doch auch den Vater von dem Fräulein, das verschwunden ist. Curt Prank. Du hast die Wies'n-Lizenz der Hoflingers für ihn ersteigert.«

Gerdis Gesicht verschloss sich so abrupt, als hätte man ein Fallgitter heruntergelassen. »Gibt Dinge, auf die ich nicht stolz bin, Lorenz Aulehner.« Sie lächelte müde. »Hast gut daran getan, dass du aus dem Militär weg bist. Wenigstens kann dich keiner mehr nach China verschiffen.« Sie setzte leise hinzu: »Mein Sohn hat nicht so ein Glück. Und manche Zuagroasten haben sehr gute Verbindungen in München, das möchte man nicht meinen.«

Man hatte Gerdi also erpresst. »Hat Prank demnach gemeinsam mit Stifter gearbeitet? Willst du das sagen? Um dieses Riesenfestzelt auf dem Oktoberfest durchsetzen zu können?«

Gerdi lachte. »Die zwei? Ja, freilich, weil sich ein Wolf und eine Kreuzotter auch zusammentun. Die zwei wären sich spinnefeind, wenn s' einander nicht brauchen würden. Und jetzt schau, dass du hinauskommst, Bub. Das Theater ist inzwischen aus, gleich geht's hier rund.« Aulehner stand auf und legte ein Geldstück auf den Tisch.

Er hatte genug Stoff zum Nachdenken.

Auf dem Weg zur Pferdetram kreisten seine Gedanken um zwei

Dinge, die eigentlich rein gar nichts miteinander zu tun hatten. Clara Prank, ermahnte er sich vergebens. Das Mädchen irrte wahrscheinlich gerade allein, übermüdet und hungrig irgendwo in München durch die Nacht. Alles andere war jetzt unwichtig.

Es half nichts. Immer wieder schob sich das verhärmte Gesicht seiner Mutter vor Claras Bild, und die Erinnerung an den Friedhof von Haidhausen, den zu betreten Aulehner seit der Beerdigung nicht mehr über sich gebracht hatte.

In Schande, sagte etwas in ihm. Beide hatten sie sich in Schande gebracht, Clara durch ihre Schwangerschaft und Lorenz' Mutter durch ihr Verhältnis mit Bender. Aulehner sah wieder die dunkle Gestalt im Anzug vor sich, wie sie über die Schwelle trat und der Mutter die Veilchen hinhielt, zaghaft, fast als habe der Herr Hofrat Angst, die Häuslerswitwe zu beleidigen. Und mit derselben verlegenen Miene hatte er sich Lorenz zugewandt, der sich umdrehte und davonrannte, die Treppe hinauf auf den Dachboden.

Was mochte Clara Prank gerade empfinden? In gewisser Weise bewies sie mehr Stolz als Aulehners Mutter: Sie wollte sich nicht an Stifter verkaufen lassen. Wenn stimmte, was Gerdi angedeutet hatte, mit vollem Recht. Wäre ein »ehrbares« Leben es wert gewesen, sich einem perversen Ehemann auszuliefern? Welche Wahl hatte das Mädchen gehabt?

Und, hakte eine innere Stimme in Aulehner sofort ein, welche Wahl hatte seine Mutter denn gehabt?

Das Klingeln der Pferdetram riss Aulehner aus seinen Gedanken. Er schüttelte den Kopf. Grübeln konnte er später. Jetzt mussten Eder und er Clara Prank erst einmal finden und sicherstellen, dass sie nicht einer Zukunft wie Gerdi entgegenging. Danach konnten sie sich immer noch überlegen, wie sie Clara jenem Schicksal entrissen, das Vater und Bräutigam für sie vorgesehen hatten.

24.

Jemand

Ich staune, wie viele hässliche Ecken es in dieser Stadt gibt. Wie viele Brücken und Verschläge, offene Schuppen, Ställe, Mauerreste. Die meisten von ihnen sind von Landstreichern in Beschlag genommen, die ihr Obdach verteidigen mit derselben Vehemenz wie Tiere ihr Revier. Und wenn sie bereit sind, es zu teilen, dann nur gegen Gefälligkeiten.

Selbst an den Mülltonnen in jedem Hof finde ich Erstaunliches. Zum Beispiel, wie wenig Überwindung es mich irgendwann kostet, die undefinierbare Substanz von einem Apfelbutzen zu wischen, den ich aus einer solchen Tonne gefischt habe, und das abzunagen, was noch essbar ist. Man muss nur ausreichend Hunger haben.

Man muss nur ausreichend frieren, damit es nicht mehr wichtig ist, wem die alte Decke gehört, die man mitnimmt, und nur ausreichend erschöpft sein, um selbst auf dem Waldboden einen Schlafplatz zu finden.

Was nicht heißt, dass ich auch schlafe. Ich muss wohl noch erschöpfter werden, damit die Müdigkeit stärker ist als die Angst.

Als Aulehner am nächsten Tag auf der Wache ankam, war sie praktisch leer; schließlich war Sonntag. Eder hatte sich dennoch schon vor ihm eingefunden und ihm die Post des gestrigen Abends auf den Tisch gelegt. Darunter auch die Antwort auf Aulehners Anfrage nach Nürnberg.

»Ist an Sie adressiert«, schmunzelte Eder, als Aulehner ihn fragend ansah. »Und jetzt machen S' auf, weil ich selten neugierig bin.«

Der Inhalt des Briefs war einerseits sensationell, andererseits mager.

»Prank hat als junger Kerl seine Karriere als Bordellbesitzer angefangen«, fasste Aulehner zusammen, nachdem er das Schreiben überflogen hatte. »In Sankt Leonhard bei Nürnberg, und zwar mit einem Betrieb namens ... Himmel! Namens *Die Fotze*.«

Eder knurrte amüsiert. »Ist im Bairischen ja nicht sonderlich schlimm, das Wort. Wahrscheinlich hat den Namen einer genehmigt, der nicht wusste, was es im Preußischen heißt.«

Aulehner las weiter. »Diverse Schlägereien, Anzeigen wegen Körperverletzung, Rufmord und Erpressung, aber alles zurückgenommen, bevor es vor Gericht kam. Diverse Strafzahlungen wegen des Kuppelei-Paragraphen seit 1871, Untersuchungen wegen Mädchenhandels, alles im Sand verlaufen. Mit dem Bordell hat Prank anscheinend hervorragend verdient.«

»Das waren Goldgruben damals«, nickte Eder.

»Die Gewinne aus dem Bordellbetrieb hat Prank in eine stillgelegte Brauerei investiert, hat sie binnen ein paar Jahren zu einem Großunternehmen ausgebaut und ist durch und durch ehrbar geworden. An dem Bordell ist er vermutlich noch immer stiller Teilhaber, hat es jedoch offiziell verkauft.« Er blickte auf. »Ich frage mich, ob die Tochter davon wusste.«

»Wohl kaum.« Eder putzte wieder einmal seine Brillengläser. »Der Herr Papa wird schon dafür gesorgt haben, dass das Töchterchen nie von der Existenz solcher Betriebe erfährt. Sonst noch etwas?«

Aulehner schüttelte den Kopf. »Keine Eintragungen mehr seit fast zwanzig Jahren. Er hat Geld in andere Branchen investiert, kleinere Brauereien aufgekauft und verfügt über eigene Mälzereien.

Jahresausstoß, Gerüchten zufolge, fast sechzigtausend Hektoliter Bier. Man hat mehrmals versucht, ihm dunkle Geschäfte nachzuweisen, Bestechung und Erpressung vor allem, aber immer erfolglos.« Aulehner sah auf. »Gezeichnet von Knöringen, mit besten Grüßen an Inspektor Eder und der Hoffnung auf weitere gute Zusammenarbeit.«

»Schön.« Eder nickte zufrieden. Aulehners Name bei seinen künftigen Kollegen ins Spiel gebracht zu haben, schien ihm fast wichtiger als der Inhalt des Briefs. »Nicht viel, aber doch etwas. Dass der Prank keine saubere Weste haben wird, haben wir uns freilich selber denken können. Was haben Sie gestern bei Gerdi erfahren?«

Aulehner erstattete Bericht. Gerdis Warnung bezüglich Stifter machte Eder merklich staunen, aber er sagte nichts dazu. Bei dem Namen »Glogauer« horchte er auf. »Freilich kenne ich den. Ein Dauergast, meistens wegen Hehlerei. Kann sich immer herausreden. Manchmal kann man ihn als Informanten gewinnen, wenn das Geld stimmt. Treibt außerdem wahrscheinlich für andere Leute die Schulden ein. Bestimmt keiner, den ein vornehmer Herr Brauereibesitzer kennen würde.«

»Aber ein Herr Bordellbesitzer vielleicht schon.«

Eder lächelte bitter. »Glogauer wäre bestimmt jemand, den man einsetzen könnte, um Druck auf andere Leute auszuüben.«

»Wie ist es Ihnen bei Maria Hoflinger ergangen?«

»Ganz so interessante Sachen wie Sie hab' ich nicht erfahren. Aber schon ein paar.« Eders Lächeln verriet, dass er in Wahrheit stolz auf seine mitgebrachten Erkenntnisse war. »Der Roman Hoflinger ist gestern erst aus der Klinik heimgekommen. Hat mir die Kellnerin gesteckt.« Er machte eine Kunstpause, um die Spannung zu erhöhen. »Der Bursche hat anscheinend ein Auge verloren.«

»Aber nicht zufällig bei einer Schlägerei mit dem Vater des Mädchens, das er geschwängert hat?« Das zeitliche Zusammentreffen mit Pranks Blessuren war zumindest auffällig.

»Er sagt nicht, was passiert ist.« Eder lehnte sich vor und verschränkte die Finger ineinander. »Er hätte dafür aber auch keine große Gelegenheit mehr gehabt. Seine Mutter hat ihn nämlich hinausgeworfen.«

Aulehner pfiff durch die Zähne. »Und warum?«

»Laut Aloise, die an der Tür gelauscht hat, weil Roman Hoflinger Pranks Tochter heiraten wollte.«

»Das gehört sich ja wohl«, sagte Aulehner.

»Aber nicht, wenn die Mutter die ganze Familie Prank dafür verantwortlich macht, dass ihr Ignatz nicht mehr lebt.«

»Von der fixen Idee lässt sie nicht?«

»Wir doch auch nicht«, sagte Eder trocken. »Die Hoflinger-Witwe selbst sagt nichts, außer dass wir endlich Prank verhaften sollen.« Sein Gesicht wurde noch knochiger und schmaler, als das Lächeln daraus verschwand. »Das wären dann zwei zerstörte Familien.«

»Was ist mit dem jüngeren Sohn?«, fragte Aulehner. »Dem kleinen Ludwig, dem angehenden Künstler, der so gern nach Schwabing möcht'?«

»Der war wohl daheim, hat sich aber nicht blicken lassen.« Eder zuckte die Achseln. »Der wird weiter die Wirtschaft übernehmen müssen. Sonst wäre die Mutter ja ganz allein. Da kommen wir anscheinend nicht weiter. Sogar falls der Roman Hoflinger weiß, wo das Fräulein Prank momentan steckt, wissen *wir* nicht, wo Roman steckt.«

»Dass der überhaupt schon wieder laufen kann bei einer so schweren Verletzung?«

»Ein ganz Harter, wie's aussieht. Bei *der* Mutter wundert's mich aber ned. Morgen geben wir von ihm auch eine Personenbeschreibung an die Streifen. Ein Einäugiger könnt' ja vielleicht auffallen.«

Colina nahm ihre Last vom Ausschank auf und schleppte sie quer durch Lochners Bierbude. Immer sechs Maßkrüge auf einmal, damit fühlte sie sich am wohlsten, hatte sie festgestellt. Es war Schwerstarbeit, verglichen mit dem, was sie in der Gaststube hatte tragen müssen, aber dafür variierten die Wünsche der Gäste wenig.

Bier, Bier, und wenn du schon dabei bist, Lina, bring mir noch eine Maß.

Dabei grübelte Colina noch über den gestrigen Abend nach, als sie diesem eigenartigen Schwabinger Maler in seinem verlotterten Dachstübchen Modell gestanden hatte.

Voll bekleidet, übrigens – ganz sicher gewesen war Colina sich bei Betreten des »Ateliers« (so hatte Fierment selbst seine Behausung bezeichnet) in diesem Punkt noch immer nicht. Aber abgesehen davon, dass sie sich zwischen den Unmengen an herumliegenden Kleidungsstücken, halb geleerten Tellern und Absinthflaschen erst einmal Platz verschaffen musste, um sich ordentlich hinzustellen, und dass Fierment ihr Dekolletee entschieden weiter enthüllte, als sie selbst es getan hätte, war alles ganz manierlich verlaufen.

»Jetzt zier' dich nicht so.« Fierment hatte die Nase gerümpft, als Colina entrüstet ihren Ausschnitt wieder in Ordnung brachte. »Das ist doch, was Männer sehen wollen! Also, sagt man jedenfalls.« Er streckte ein Bein nach vorn aus. »Stell' dich einmal so hin. Und bausch' den Rock ein bisserl.«

Colina lüpfte den rechten Fuß und balancierte. »So?«

»Perfekt. So bleibst du jetzt stehen.«

»Wie lang?«

»Bis ich fertig bin.«

In Colina wuchs die Befürchtung, dieser Abend werde auch nicht weniger anstrengend werden, als bei Lochner Bierkrüge zu schleppen. Offenbar gab es für solche wie Colina keinen Pfad, der nicht steinig gewesen wäre.

Heute fühlte sie sich wie gerädert, wenn auch weniger vom Modellstehen als vom gestrigen Arbeiten. Ihre Füße brannten, die Arme schmerzten. Die Maßkrüge schienen seit gestern noch einmal schwerer geworden zu sein. Louise hatte ihr versichert, das werde im Laufe des Tags besser werden.

Und welche Wahl hatte sie schon?

Colina wusste außerdem, dass sie den Schuppen nicht ewig würde vermeiden können, wenn alles blieb, wie es war. Da war immer noch Maximilian, an den sie zu denken hatte. Colina hatte zwar gestern ein ganz ordentliches Trinkgeld verdient, in Summe fast zwei Mark. Aber für die Knochenarbeit, die sie über den ganzen Tag geleistet hatte, mit kaum einer halben Stunde Pause dazwischen, war es kein Verdienst, und wie Afra sich ausgedrückt hatte: Sich hinzulegen und stillzuhalten brachte Colina dasselbe Geld ein, in nur einer Viertelstunde.

Wenn ihr das alles nur leichter gefallen wäre, allmählich. Immer wieder musste sie an die Tage in der Villa Prank denken, als die Köchin, Hubertus und sogar Claras Musiklehrer Colina respektvoll gesiezt hatten, »Guten Morgen, Fräulein Kandl; erfreut, Sie zu sehen«, als habe sie einen Wert über ihre Funktion hinaus, als *sei* sie tatsächlich jemand. Nicht nur ein namenloses Biermadl, das man von einem Moment auf den anderen auf die Straße werfen und durch ein anderes ersetzen konnte. Jemand mit eigenem Willen, eigenen Wünschen, eigenen Ansprüchen. Eigenen Rechten. Es war anstrengend gewesen für Colina und unangenehm, in jedem Augenblick jemanden darzustellen, der sie nicht war. Sie log nicht gern. Aber das Gefühl in ihrem Inneren, wenn jemand sich höflich vor ihr verneigte, weil er sie für eine Dame hielt, das war echt gewesen, und es ließ sich nicht mehr ganz aus Colina vertreiben.

Sie hatte Rupps Gewalttätigkeit überlebt. Sie sorgte für ihr Kind, so gut sie konnte. Genügte das nicht, damit auch sie *jemand* war?

Als Louise mit vor Aufregung offenem Mund aus ihrer Mittagspause wieder herein in die Bierstube stürmte, ahnte Colina, dass das Schicksal in dieser Frage soeben zu ihren Gunsten entschieden hatte.

»Lina! Mein Gott, komm! Das musst du dir anschauen!«

Ehe Colina hätte antworten können, packte Louise ihr Handgelenk und zog sie nach draußen auf die Gasse, vor den Eingang von Lochners Bierbude.

Zwei Arbeiter über ihren Köpfen balancierten auf Leitern und nagelten ein fast mannshohes Plakat an ein Gerüst. Auf dem Bild tänzelte eine Kellnerin, verführerisch lächelnd, Bierkrüge in den Händen, auf einem rollenden Fass. Sie hob einen Fuß neckisch in die Luft und präsentierte stolz ihre wohlgeformten Waden in weißen Strümpfen. Schürze, Rock und Unterröcke wallten und wogten, Bänder und Zöpfe flatterten. Das Dekolletee war deutlich größer als alles, was Colina Fierment gestern zugebilligt hatte, aber trotzdem verblüffte sie, was der Maler da bewerkstelligt hatte. Die Kellnerin trug eindeutig Colinas Gesichtszüge.

Eindeutig. Denn als Colina aus der Bierbude trat, glitten die Blicke mehrerer Umstehender, die neugierig die Arbeiter beobachtet hatten, sofort zwischen ihr und dem Bild hin und her. Überraschte Ausrufe wurden laut, und einige Finger zeigten auf Colina.

Sie setzte ein Lächeln auf, und diesmal kostete es sie keine Mühe.

Jemand. Und ob.

»Gut getroffen«, sagte sie und zwinkerte Louise zu. »Aber meine Hüften sind nicht so breit, oder was meinst du?« Louise brach in Gelächter aus, und ein paar Umstehende klatschten und pfiffen, als hätte man soeben ein Denkmal enthüllt.

Anscheinend war Fierment doch ein ganz ordentlicher Maler. Und gesputet hatte er sich auch. Seine diversen Freunde in den Druckereien mussten ja die Nacht durchgearbeitet haben.

Lochner höchstpersönlich hatte die Arbeiten beaufsichtigt und trat zu seinen beiden Kellnerinnen. »Gut hat er das hingebracht, der Schwabinger Windhund, der hinterstellige. Das hätte ich ihm gar nicht zugetraut.« Er grinste, und Colina spürte, wie er sie eingehend betrachtete. »Genau so hab' ich das haben wollen. Wahrscheinlich heißt es jetzt dann, der Lochner hat auf dem Oktoberfest einen Puff aufgemacht. Aber von mir aus sollen s' ruhig reden, die Leute. Hauptsache, es steht in der Zeitung. Anzeigen geschaltet hab ich sowieso schon. Der Fierment hat außerdem versprochen, dass in der halben Stadt Plakate aufgehängt werden, rund um die Theresienwiese. Und Handzettel hat's zu den Plakaten noch gratis dazu gegeben, die verteilen wir heute und morgen.«

Colina lauschte seiner Prahlerei geduldig; in Gedanken plante sie ihre Strategie. Vorerst musste man Lochner einfach nur ausreden lassen.

»Das könnt' unsere Rettung sein heuer. Wenn das die Leut' erst einmal spitzkriegen, dass die Kellnerin von dem Plakat ausgewachsen bei mir in der Bierbude herumläuft, rennen die uns die Tür ein.« Er sah noch einmal zum Plakat hinauf und ließ den Blick weitergleiten zu Colina. »Die Lochner-Lina«, erklärte er zufrieden. »Vielleicht mit ein bisserl weniger Vorbau als auf dem Bild, aber das ist künstlerische Freiheit.«

»Hauptsache, die Leute schauen hin und bleiben stehen«, sagte Colina und zeigte in die Runde. Tatsächlich hatte sich ein richtiger Auflauf vor Lochners Bierbude gebildet. Colina konnte die vielen Blicke, die sie auf sich zog, beinahe spüren wie ein sanftes Prickeln auf der Haut. Ein gutes Gefühl. Eines, das erstaunliche Kraft gab, das Angst und Ohnmacht auseinandersprengte.

»So, Leute, kommt nur her, zur Lochner-Lina«, rief der Wirt der Menge zu, dann wandte er sich an Louise und Colina. »Jetzt geht ihr wieder hinein und tut eure Arbeit. Und du, Lina, du nimmst dir die Gitarre und singst ab und zu etwas. Darf ruhig was aus dem Varieté sein. Ein bisserl was Spritziges, Schmissiges, gell? Dass es halt zu meinem schönen Plakat passt.«

Louise wollte sich umdrehen und in die Bierbude zurückkehren.

Colina ergriff sie am Arm und hielt sie fest. Für das, was jetzt kam, wollte sie so viel Publikum wie möglich. Es war Zeit, Lochner etwas zu erklären.

Nämlich, dass die Verhältnisse sich gerade geändert hatten. Sie strahlte den Wirt an.

»Das ist schon ein schönes Bild, Herr Lochner, da haben Sie wohl recht. Aber ich glaub' doch eher, dass das *mein* Plakat ist, nicht Ihres.«

»Dein *Gesicht* vielleicht«, gestand Lochner ihr stirnrunzelnd zu. »Aber es hängt an meiner Bierbude, oder etwa nicht? Jetzt schau, dass du hineinkommst, sei freundlich und nett zu den Gästen. Du bist ab heute die Lochner-Lina, unser Aushängeschild, also benimm dich entsprechend. Ab an deinen Platz; ich zahle dich ja nicht, damit du Maulaffen feilhältst.«

»Streng genommen bezahlen Sie mich gar nicht, Herr Wirt«, lächelte Colina. »Ich bin ja nur ein armes Biermadl, das aufs Trinkgeld angewiesen ist. Wäre das nicht arg, wenn ich plötzlich nicht mehr bei Ihnen arbeiten würde und Sie die ganzen Plakate umsonst aufgehängt hätten?«

Aus den Augenwinkeln sah Colina, wie Louise sie mit offenem Mund anstarrte. Halb entsetzt, halb bewundernd. In derart herausforderndem Ton hatte vermutlich noch nie eine Kellnerin mit ihrem Wirt zu sprechen gewagt. Jedenfalls nicht, ohne danach sofort auf der Straße zu stehen.

Johanna sah das offenbar ähnlich, und außerdem sah sie eine großartige Gelegenheit, auf ihre Autorität zu pochen. Anders als Lochner hatte sie sofort begriffen, wie sehr sich Colinas Position gerade verbessert hatte.

»Ja, wie redest denn du mit dem Wirt?«, brauste sie auf, packte Colina an der Schulter und wollte sie Richtung Bierbude schubsen. »Was glaubst denn du, wer du bist?« Colina wich nicht.

»Die Lochner-Lina bin ich anscheinend jetzt«, strahlte sie und packte so viel Zucker in die Stimme, wie sie konnte. »Dabei weiß ich nicht einmal, wie lange ich überhaupt für den Herrn Lochner arbeiten darf. Ich bin ja bloß als Aushilfe engagiert, fürs Oktoberfest.« Sie schaute Lochner an und klimperte unschuldig mit den Lidern. »Stellen Sie sich vor, was passiert, wenn ich ab morgen in einer anderen Bierbude arbeiten tät'. Da hätten Sie ja die ganze Reklame für eine andere Wirtschaft gemacht, das wär' doch ungut.«

»Wenn du nicht sofort wieder an deine Arbeit gehst«, drohte Johanna hinter ihr, »schmeiß' ich dich hochkant hinaus. Und sag sämtlichen Oberkellnerinnen Bescheid, was du für eine bist. Das siehst dann schon, ob du noch eine Anstellung findest mit deiner Aufmüpfigkeit!«

»Ich glaub' schon«, sagte Colina. Sie schaute allerdings nicht Johanna an dabei, sondern Lochner. »Weil ich ned zur Oberkellnerin gehen tät', sondern gleich zum Wirt. Und ich denk' nicht, dass sich ein Wirt von seiner Oberkellnerin dabei dreinreden lässt, wen er einstellt, wenn er zu seinem neuen Biermadl noch eine ganze Serie von Reklameplakaten gratis dazu bekommt.«

Sie konnte sehen, wie ihre Worte langsam Wirkung entfalteten. Vielleicht dämmerte es Lochner, in welche Lage er sich hineinmanövriert hatte. In seiner Miene arbeitete es, Brauen und Schnurrbart sträubten sich. Schließlich schnalzte er ungeduldig mit der Zunge.

»Schon recht.« Er malte mit dem Finger ein Kreuzchen in die Luft, als unterzeichne ein Analphabet ein Dokument. »So. Jetzt bist du fest eingestellt. Nach dem Oktoberfest arbeitest du wieder in meiner Gaststube. Ist eh' gut; da haben die Leut' dein Gesicht bestimmt noch von der Wies'n her im Kopf. Aber sei anständig, hörst!« Er schaute sich um; die kleine Gruppe war noch immer von Neugierigen umlagert. »Ich will nicht, dass du mit den Gästen ... schäkerst. Also, ned zu viel. Du weißt schon. Du bist jetzt dann bekannt, die Leut' schauen auf dich. Wenn einer dir unsittlich kommt, dann sagst du Bescheid. Sonst hab' ich am End' noch die Polizei auf dem Hals wegen Kuppelei!«

Genau da hatte Colina ihn haben wollen. »Ich weiß nicht, ob ich mir das leisten kann, Herr Lochner«, erklärte sie so unschuldig wie möglich. »Nicht alles zu tun, was die Gäste von mir verlangen, meine ich. Das Trinkgeld ist für uns Kellnerinnen schließlich die einzige Einnahme. Man muss ja von etwas leben.«

Lochners Augen hatten sich verengt, aber zweifellos hatte er inzwischen mit dieser Forderung gerechnet. »Schon recht. Ich zahl' dir ein Festgehalt. Eine Mark pro Tag.« So schnell, wie er dieses Zugeständnis machte, bedeutete es bestimmt keinen großen Verlust für ihn.

»Und schon fällt es mir leichter, nein zu sagen«, nickte Colina. »Manchmal zumindest.«

»Zwei Mark«, knirschte Lochner, und ein Zeigefinger bohrte sich durch die Luft in Colinas Richtung. »Aber das ist jetzt mein letztes Wort! Übertreib's nicht, oder ich lass' den Farbenkleckser sämtliche Plakate wieder übermalen!«

»Bin schon bei der Arbeit.« Colina machte jenen tiefen Knicks, den sie für ihre Anstellung als Gouvernante erlernt hatte, und irgendwo hinter ihr lachte jemand dröhnend.

»Ich hab's dir gesagt damals, Lochner!« Der alte Matthäus vom Stammtisch stand unter den Neugierigen, umgeben von Ehefrau und Enkelkindern, und strich sich schmunzelnd den Bart. »Die ist dir über.«

25.

Willkommen im Leben

Das Bild hängt in der ganzen Stadt. Fröhlich und sorglos und bunt, eine Frau mit fliegenden Zöpfen, die auf einem Bierfass tanzt und dabei schäumende Maßkrüge in der Hand hält, als hätten sie kein Gewicht.

Ich staune darüber, wie vertraut mir das Gesicht ist, und wie fremd sein Ausdruck. Habe ich selbst je so gelächelt? So fröhlich und sorglos, als gebe es nirgendwo Hunger und Angst und Müdigkeit? Ich, die ich diese Sorgen tatsächlich nicht kannte?

Die Kellnerin auf dem Plakat lächelt, als sei die ganze Stadt ein Teil des Oktoberfests geworden, als würden wir alle wirklich auf immer und ewig dieses lang vergangene königliche Hochzeitsfest feiern. Kommt, esst, trinkt, freut euch des Lebens!

All das verspricht das vergnügte Lächeln der gemalten Kellnerin auf dem Fass. Selbst denen, die gerade nicht viel zu lachen haben. Selbst mir.

Colina reichte die Gitarre dem Gast, der ihr am nächsten saß, ergriff eine der Hände, die sich ihr entgegenstreckten, und sprang vom Tisch in den begeisterten Applaus hinein. Da es in Lochners Bierbude keine Bühne gab, stieg Colina auf einen Tisch, wenn sie sang. Was den Herren (es waren immer Herren) natürlich einen großartigen Vorwand lieferte, Colinas Beine, Gesäß und Hüften mit ihren Händen stützen zu wollen – schließlich konnte man nicht riskieren, dass die neueste Attraktion des Oktoberfests, die Lochner-Lina, etwa vom Tisch fiel.

Doch meist blieb alles im Rahmen. Colina hatte zu viel Spaß dabei, als dass sie nicht darüber hätte lachen und es bei scherzhaften Schlägen auf die übermütigsten Finger hätte belassen können. Falls doch jemand zu betrunken war, um diese Hinweise zu verstehen, brauchte Colina nur einen Wink zu geben, und Lochners Burschen bugsierten den Herrn zur Ausnüchterung unsanft ins Freie. Lochner hatte sie eigens angewiesen, immer ein Auge auf Colina zu haben, und seit dem Gespräch mit dem Herrn Stadtrat Urban heute Früh galt das auch für die übrigen Kellnerinnen. Anscheinend war Lochner ermahnt worden, sich nichts zuschulden kommen zu lassen – mit den Reizen einer freizügig gekleideten Kellnerin für seine Gaststätte zu werben, war durchaus provokant.

Für eventuelle Unsittlichkeiten im Schuppen auf dem Hof galt das freilich nicht; schließlich mussten Kellnerinnen, die nicht auf Reklamezetteln abgebildet waren und die kein Festgeld bezogen, auch von etwas leben.

Aber für Colina war das vorbei.

Die Stunden seit der Öffnung des Fests am heutigen Montag waren für Colina wie in einem Traum vergangen. Hatte sie sich je etwas so Schönes ausgemalt? Schon als sie durch den Hintereingang Lochners Bude betrat, hatten Biermadl und Burschen sie mit Applaus begrüßt. Inzwischen begriff sogar die eifersüchtige Johanna, wie viele Vorteile Colinas neue Rolle für alle brachte: Colinas Bild lockte mehr Gäste an, die Bude war voll, und nachdem sie gesungen hatte, ließ Colina stets einen Hut herumgehen, den sie sich von einem der Burschen ausgeliehen hatte und aus dem sich Johanna gierig ihren Anteil an Trinkgeldern klaubte. Von diesem Anteil wiederum wurde eine Summe unter den übrigen Mädchen verteilt, unter den dünnen Aushilfen, die Afra auf dem Hof beim Krüglwaschen zur Hand gingen oder die, das war die unterste Stufe, Dreck,

Urin und Erbrochenes in der Bierbude und auf dem Hinterhof aufwischten.

Schon gestern hatte es deutlich mehr Geld gegeben für alle. Colinas neue Berühmtheit konnte ein Segen werden für ihre ganze kleine Gemeinschaft. Es war gewiss nicht der Hauptgrund, weswegen sie tat, was sie tat. Aber es machte ihr doch warm ums Herz.

Sogar Lochner schien zufrieden – ja, er fing an, Colina regelrecht *wahrzunehmen*. Als sie an ihm vorbeiging, um die Gitarre wieder zu verstauen, klopfte er ihr kumpelhaft auf die Schulter. »Das hast fein gemacht, Lina. Die san jetzt *fegert* – die saufen jetzt alle erst einmal ein paar Maß, damit sie sich wieder beruhigen.«

Am meisten und ehrlichsten freute sich Louise für sie. Sie war ihr heute Früh begeistert um den Hals gefallen und hatte versichert, Alois alles bereits haarklein berichtet zu haben – woraus Colina schloss, der Hausknecht übernachte inzwischen mit einer gewissen Regelmäßigkeit bei ihrer Freundin.

Noch ein Grund mehr zur Freude. Konnte das Leben tatsächlich so schön und unkompliziert sein?

Dumme Frage. Natürlich nicht.

Die schmale Gestalt mit der braunen Pferdedecke um die Schultern stolperte mehr zur Tür herein, als dass sie ging, und schaffte es vermutlich nur deshalb überhaupt ins Innere der Bierbude, weil Franz und Xaver, die den Saal überwachten, beide spontan beschlossen hatten, sich nach Colinas Gesangsvortrag als Belohnung für ihre anstrengende Tätigkeit eine Maß zu gönnen.

Aber sie kam durch die Vordertür.

Selbstverständlich tat sie das. Eine Clara Prank benutzte nicht den dreckigen Dienstboteneingang auf dem Hinterhof; sie wusste bestenfalls vom Hörensagen, dass es einen solchen gab. Daran änderte sich nichts, nur weil sie aussah wie eine dem Alten Testament entstiegene Aussätzige. Colina musste zwei Mal hinsehen, ehe sie ihren ehemaligen Schützling erkannte, und erschrak zutiefst. Claras

Haar war verfilzt und so notdürftig und unordentlich aufgesteckt, wie man es eben schaffte, wenn man sonst an Kämme, Bürsten, Spiegel, Frisiertisch und die helfenden Hände einer Gesellschafterin gewöhnt war. An Claras Schuhen hing Erde in schwarzen Klumpen; ihren Rock hatte sie zwar merklich zu reinigen versucht, aber die Grasflecken hatten sich durch Wasser und Reiben natürlich nicht aus dem verknitterten Stoff entfernen lassen. Wahrscheinlich hatte Clara sich dort herumgetrieben, wo die meisten Obdachlosen und Vagabunden nächtigten, im Englischen Garten und in der Hirschau, entlang der Isar. Colina wollte sich nicht einmal vorstellen, wie es dem Mädchen dort ergangen war.

Am schlimmsten war das Gesicht, mit einem eher grauen als bleichen Teint, mit entzündeten Augen und krankhaft wirkenden roten Flecken auf den Wangen. Die Züge schienen eingefallen und um Jahre gealtert, ein Kratzer lief schräg von einer Seite der Schläfe in die Stirn.

Und sie war dünn. Nein, dünn war sie stets gewesen. Jetzt wirkte sie dürr. So mager, dass es ein Wunder schien, wie die Schultern das Gewicht der Decke noch tragen konnten, unter der Clara, wenn Colina richtig vermutete, die Tatsache versteckte, dass sie weder Jacke noch Mantel trug.

Nur gut, dass die Nächte noch immer so warm waren – das arme, dumme Ding hätte sich ja den Tod holen können! Was war nur passiert? Offensichtlich war sie ausgerissen. Vor der Hochzeit mit Stifter?

Die ersten Gäste begannen, die seltsame Gestalt zu mustern. Gleich würde sich die erste Hand heben und die erste Stimme nach Franz oder Xaver rufen, um die Landstreicherin hinauszuwerfen. Hastig eilte Colina dem Mädchen entgegen, packte es samt Rosshaardecke beim Arm und zog es mit sich.

Sie musste auch die zweite Hand einsetzen und einen Arm um Claras Schultern schlingen, sonst wäre das Mädchen unter dieser abrupten Bewegung zusammengebrochen. Colina schleifte Clara mehr hinter den Tresen und außer Sicht, als dass sie sie führte.

Zum Glück schäkerte Johanna gerade in einer anderen Ecke mit Lochner – seit Colinas Aufstieg schien sie um ihre Sonderstellung zu fürchten und nutzte jede Gelegenheit, dem Wirt gefällig zu sein. Den Schuppen im Hinterhof eingeschlossen.

»Fräulein Prank!«, zischte Colina, sobald Clara wieder einigermaßen fest auf ihren verdreckten Sohlen stand. Das Mädchen zog sich die Decke eng um die schmale Gestalt, aber Colina hatte den Riss in der feinen Seidenbluse trotzdem schon gesehen. »Was machen Sie denn hier?«

»Guten Morgen, Colina.« Selbst die Stimme des Mädchens klang dünn, außerdem heiser, als sei es eine Weile her, dass Clara sie zuletzt gebraucht hatte. Vielleicht hätte es dasselbe herablassende »Guten Morgen« sein sollen, mit dem Fräulein Prank ihre Anstandsdame früher in der Villa begrüßt hatte, oft noch vom Bett aus, bevor sie Colina anwies, das Fenster zu öffnen, in der Küche Kaffee zu bestellen oder das Dienstmädchen zu beauftragen, ein Bad zu richten.

Aber nun klang es völlig anders.

Man konnte Colina ihr Entsetzen wohl ansehen, denn Clara hob resolut das Kinn und richtete den Blick auf eine Stelle an der Wand kurz oberhalb von Colinas Schulter. »Ich suche Arbeit.«

Stolz wie ein Spanier, dachte Colina amüsiert und gegen ihren Willen beeindruckt. *Selbst wenn sie sich kaum auf den Füßen halten kann.*

»Arbeit?«, wiederholte sie spöttisch. »Hier, in einem Ausschank?« Clara sah aus, als hätte sie gern mit dem Fuß aufgestampft wie ein bockiges Kind, das seinen Willen nicht bekam, aber dazu fehlte ihr wohl die Kraft.

»Ein bisschen Bieraustragen, das werde ich schon schaffen.«

»Bieraustragen.« Colina musterte Clara vom Kopf bis zu den

Füßen. »Erstens, gnädiges Fräulein: Zur Kellnerin, die die Krüge an den Tisch trägt, muss man sich erst einmal hinaufarbeiten. Es wird Sie überraschen, aber das ist bereits fast die *höchste* Sprosse unserer Karriereleiter. Darüber steht nur noch die Oberkellnerin, und bis da hinauf schaffen es die wenigsten. Zweitens: Die Oberkellnerin ist auch die Einzige, die Sie einstellen könnte – falls Sie Lust dazu hat, und so wie Sie aussehen, bezweifle ich das. Anfangen muss man als Aushilfe. Putzen. Scheiße aus den Ecken kratzen. Sagt Ihnen das zu? Und falls wirklich: Sollten Sie da nicht lieber drüben in der Burg bei Ihrem Herrn Papa anfangen?«

Claras Unterkiefer schob sich nach vorn. Ihre Lippe zitterte dennoch ein wenig.

»Ich will hier arbeiten. Du kannst bestimmt ein gutes Wort für mich einlegen; du bist doch jetzt das Gesicht dieser Wirtschaft.«

Colina grübelte. Selbstverständlich wollte sie Clara helfen. Konnte sie sie hier bei Lochner unterbringen? Vielleicht. Aber wollte sie das? Oder richtiger: Konnte sie es verantworten, dieses abgemagerte, blasse Ding, das vor ihr stand und nicht wusste, wohin, Leuten wie Johanna und Lochner auszuliefern und damit einem Leben, für das eine Clara Prank nicht gemacht war?

In Claras Lage?

»Gehen Sie nach Hause, Fräulein Prank.« Sie warf einen bezeichnenden Blick auf Claras Bauch.

Das Mädchen sackte so urplötzlich zusammen, als hätte Colina sie statt mit Blicken mit Fäusten traktiert. Die Decke rutschte zu Boden. Die dünne, zerrissene Bluse kam zum Vorschein, die Grasflecken und der zerknitterte Rock. Der teure Samtsaum war sicher nicht mehr zu retten. Hastig fasste Colina Clara unter der Achsel. Zum Glück kam Louise gerade mit einer Ladung leerer Krüge zurück, stellte ihre Last ab und griff mit zu.

Louise war eine gute Seele. Sie würde keine Fragen stellen.

»Bring die Clara hinüber an den hinteren Tisch«, bat Colina

leise. Am ersten Tisch vor der Küche durften sich die Kellnerinnen und Bierburschen niederlassen, um ein schnelles Mittagessen einzunehmen, und am Abend eine Brotzeit. »Gibst ihr bitte einen Leberkäs und ein Bier; sag in der Küche, ich zahl'.«

Louise schaute Clara zweifelnd an. »Wie lang hast du schon nix mehr gegessen, Mädel?«

Clara antwortete nicht, aus Trotz, Scham oder Erschöpfung, und Colina nickte Louise dankbar zu und änderte ihre Bestellung auf Suppe, Brot und Wasser.

»Ich muss mich bei den Gästen sehen lassen«, sagte sie in eindringlichem Ton zu Clara. »Aber ich komme, sobald ich kann.«

»Ich will arbeiten«, murmelte das Mädchen.

»Schon gut, du Sturschädel. Ich rede mit Johanna.« Sie hob ihre üblichen sechs Krüge an und ging damit hinaus zu den Zechern, die auf Nachschub warteten.

Als sie die nächste Ladung ausgeliefert und abkassiert hatte, sah sie, wie Johanna gerade entschlossenen Schritts auf den hinteren Tisch zu marschierte, den Blick fest auf Clara geheftet. Colina lief hinterher und stellte sich ihr in den Weg.

»Johanna! Das passt schon, ich kenn' die.«

»So«, höhnte Johanna, »und du meinst, weil *du* die kennst, ist es in Ordnung, wenn eine Fremde sich an unserem Tisch den Wanst vollschlägt?«

»Das Mädel tut nichts, die möchte bloß arbeiten.« Colina rang sich ein Lächeln ab. »Kannst du sie nicht einstellen? Du würdest mir einen großen Gefallen damit tun.«

Damit hatte sie genau das Falsche gesagt. In Johannas Miene malte sich Empörung. »Ach, so ist das! Du meinst, wir sind schon *so* weit? Dass die Oberkellnerin beim Lochner einem dahergelaufenen Biermadl einen Gefallen tun muss? Dir hat das Singen und das Gemaltwerden wohl ins Hirn gestochen! Wart nur, dir zeig ich gleich, wie schnell ich so eine Landstreicherin vor die Tür setze!«

»Dann frag' ich den Wirt«, drohte Colina. Johanna winkte ab.

»Der redet mir nichts mehr drein, der hat mir gerade wieder versprochen, dass ich das alleinige Sagen habe, wenn es um die Einstellungen geht. Und wegen einem solchen *Krischperl* wie dem da streitet der Lochner sich ned mit mir. Das sieht ja jeder, dass die uns keinen ganzen Tag durchhält.«

Damit hatte sie zu Colinas Leidwesen auch noch recht. Colina biss sich auf die Lippen und nannte sich selbst in Gedanken ein Rindvieh. Aber sie wusste, sie würde es tun. Bei Johanna war es das einzige Argument, das zog.

»Du kannst dir fünfzig Pfennig mehr von meinen Trinkgeldern nehmen. Für jeden Tag, an dem Clara hier arbeitet.« Und wehe, das gnädige Fräulein wusste nicht zu schätzen, was Colina gerade für sie tat!

»Ist das eine Schwester von dir oder wie?« Johanna musterte Colina verwundert und warf einen weiteren Blick auf den hinteren Tisch. »Eine Mark«, verlangte sie kalt. Und setzte mit süßlichem Lächeln hinzu: »Fünfzig Pfennig für mich, und fünfzig Pfennig in den Topf, aus dem ich die Aushilfen bezahle. Schließlich muss ich das Geld an mehr Leute verteilen, wenn ich deine Freundin nehme. Und dass wir die nur durchfüttern werden, ohne dass sie arbeitet, das ist mir klar.«

Eine Mark – die Hälfte von dem, was Colina Lochner mühsam als Gehalt abgerungen hatte! Was für ein bitterer Moment. Es war nicht zu ändern, auf ein anderes Angebot würde Johanna nicht eingehen.

»Abgemacht.« Sie streckte Johanna die Hand hin, sah sich aber ignoriert.

»Erst schau ich mir die an«, sagte Johanna misstrauisch. »Nicht, dass die uns noch eine Krankheit einschleppt, so, wie die ausschaut. Der Urban schleicht heuer andauernd durch die Buden, der wartet bloß drauf, dass er so was findet.« Sie stapfte weiter, und Colina blieb nichts übrig, als hinterherzulaufen.

Zum Glück hatte die warme Mahlzeit, vielleicht auch nur das Wissen, jemand kümmere sich um sie, Claras Kräfte wieder belebt und Louise das Mädchen ein bisschen zurechtgemacht. Claras Haar war zum Zopf geflochten und aufgesteckt, der Riss in der Bluse mit ein paar groben Stichen geschlossen, darüber hing Louises wollene Strickjacke. Johanna musterte das Mädchen herablassend.

»Die da«, ein Daumen wies auf Colina, »hat mir gesagt, du suchst Arbeit?«

Clara war zum Glück zu erschöpft, um gegen den Tonfall zu protestieren. Sie nickte nur. Johanna packte ihre Hände und betrachtete sie.

»Hab' ich mir gedacht«, sagte sie geringschätzig. »Ich weiß nicht, womit du dir bisher dein Geld verdient hast, aber mit dem Faulenzen ist es jetzt vorbei. Ich bin die Johanna, die Oberkellnerin hier. Ich stell' ein und aus, ich teile die Arbeit zu und am Ende des Tags den Lohn. Jede von euch bekommt einen Anteil von den Trinkgeldern, die erwirtschaftet werden. Verstanden? Dich kann man für eine richtige Arbeit unter Garantie nicht brauchen. Du kannst in den Hof 'naus gehen, den Abort putzen. Frag bei den Krüglwascherinnen nach der Afra, die zeigt dir, wo die Putzsachen sind. Die erste Klage, die ich über dich höre, und du stehst wieder auf der Straße.«

Sie drehte sich um und stapfte davon. Für Johannas Verhältnisse war das eine erstaunlich milde erste Ansprache; vielleicht hatte sogar sie das Gefühl, das gebeutelte Mädchen würde unter einer harscheren Inspektion zusammenbrechen. Colina legte Clara kurz die Hand auf die Schulter; Clara zuckte zusammen unter der vertraulichen Berührung.

»Halt dich an die Louise und die Afra, wenn ich ned in der Nähe bin«, sagte sie rasch. »Und lass dich von niemandem ansprechen. Die Besoffenen sind unberechenbar.«

Aulehner hatte Eder die Kontrollrunde über das Oktoberfest heute allein überlassen und war schnurstracks zur Wache gegangen, um die Berichte der Gendarmen aus den vergangenen Nächten durchzusehen. Leider erwähnte keiner ein Mädchen, auf das Clara Pranks Beschreibung gepasst hätte. Er schloss gerade die letzte Mappe, als Eder eintraf, dem Anschein nach bester Laune.

»Es ist mir eingefallen«, verkündete er ohne Vorrede und lächelte, als er Aulehners verständnisloses Gesicht sah. »Weshalb mir der Name ›Prank‹ so bekannt vorkommt, meine ich. Gestern habe ich einen alten Kollegen besucht, der mich seinerzeit bei der Polizei eingewiesen hat, der hat mich darauf gebracht. Das Ganze ist schon lange vor meinem Eintritt passiert, hat aber für ziemlich viel Aufsehen gesorgt damals; wahrscheinlich habe ich davon in der Zeitung gelesen.«

»Kann es dann überhaupt etwas mit unserem Prank zu tun haben?«

»Und wie.« Eder hängte seinen Hut an den Haken und setzte sich hinter seinen Schreibtisch. »Im Jahr 1861 wurde nämlich ein Carl Prank, aus Berlin stammend, mitten auf dem Oktoberfest erschlagen.«

»Auf der Theresienwiese?«

»Am helllichten Vormittag«, bestätigte Eder. Anscheinend war er mit einem kleinen Fass voll selbstgebrautem Bier eigens angereist, um es auf dem Oktoberfest anzubieten.«

»Und dafür kam er bis aus Berlin?« Aulehner runzelte die Stirn. »Eine seltsame Idee.«

»Vielleicht, aber das Oktoberfest hatte damals schon einen großen Ruf. Natürlich war es naiv von dem armen Kerl, anzunehmen, man würde ihn einfach mit seinem Fässchen auf die Theresienwiese lassen.« Eder sah ernst aus. »Er hat teuer dafür bezahlt.«

»Sie meinen, man hat ihn *deswegen* umgebracht?«, begriff Aulehner. Eder zuckte die Achseln.

»Der Fall wurde nie wirklich aufgeklärt, weil zu viele Leute ein Interesse daran hatten, dass alles im Sand verlief. Sicher ist, dieser Carl Prank zog sein Fass Bier auf einem Handwagen zu einer Bierbude, rollte es hinein und fragte den Wirt um Erlaubnis, es ausschenken zu dürfen. Es gab sofort Tumult. Die Burschen der Klosterbrauerei, die diese Bude belieferte, warfen den Preußen hinaus. Vor dem Eingang ging es weiter. Curt Prank wurde buchstäblich zu Tode geprügelt, es gibt kein anderes Wort dafür.« Eder starrte auf die leere Tischplatte. »Es gibt Dinge, da verzweifelst du an der Menschheit.«

»Hat man die Mörder wenigstens bestraft?«

»Wie man's nimmt«, spottete Eder. »Natürlich wurde ermittelt – allein schon, weil aus dem Königreich Preußen sofort Proteste kamen. Es gab Anzeigen und Verhaftungen, ein paar Burschen mussten sogar vor Gericht. Wer den Mann erschlagen hat, wurde nie geklärt.« Er lehnte sich vor. »Aber jetzt passen S' auf: Carl Prank war nicht allein. Er hatte einen kleinen Sohn dabei. Der Bub hat alles gesehen, sich aber im Tumult davongemacht. Man hat ihn später aufgegriffen, allein auf der Straße, mit dem Bollerwagen und dem Bierfass von seinem Vater, und hat ihn in Nürnberg in ein Waisenhaus gesteckt.«

»Curt Prank.« Aulehner atmete heftig aus. Das erklärte zumindest Pranks Besessenheit mit dem Oktoberfest. Es brachte sie keinen Schritt weiter, weder beim Tod des Ignatz Hoflinger noch dem Verschwinden Clara Pranks. Aber es warf neues Licht auf diese Familie.

»Die Tochter kann auch kein leichtes Leben gehabt haben mit so einem Vater«, sagte er unwillkürlich. Eder schaute auf, solche Bemerkungen von Aulehner waren eine Seltenheit.

»Kaum«, nickte er. »Ohne Grund läuft so ein vornehmes Fräulein nicht davon in die Nacht. Vom Leben, wie unsereins es führt, hat das Mädchen wahrscheinlich kaum eine Ahnung. Höchste Zeit, dass wir es finden.«

Und dann? Sollte man Clara Prank tatsächlich zurückschaffen zu ihrem Vater? Eder mochte Aulehner die Bedenken am Gesicht ablesen. Er tippte mit dem Finger auf den Schreibtisch.

»Wir können nur unsere Arbeit machen, Lenz. Erst müssen wir das Mädel finden. Dann sehen wir weiter.«

Für einige Stunden traten Prank und das Oktoberfest in den Hintergrund. Es gab, auch wenn es kaum so schien, noch andere Dinge in München, ganz normale Schlägereien, Einbrüche und Betrugsfälle, um die man sich zu kümmern hatte. Erst als Aulehner schon mit einem Auge nach der Uhr schielte, wann er in den Feierabend verschwinden könnte, klopfte es, und ein Polizeidiener legte Eder einige Schreiben auf den Tisch.

Eines davon ließ Eder heftig den Kopf schütteln.

»Das war ja abzusehen.« Er schaute zu Aulehner hinüber. »Auf dem Oktoberfest hat ein Wirt Reklame gemacht, mit einer seiner Kellnerinnen. Große Plakate, hübsch gemalt, aber natürlich regen sich die ersten Leut' schon auf. Da könnt' man ja ein bisserl zu viel vom Ausschnitt sehen. Schauen S', die haben als Corpus Delicti gleich einen Handzettel mitgeschickt.«

Eder hielt ihm den Werbezettel hin, und Lorenz starrte das Bild verblüfft an. Das war sie.

»Das ist sie!«

»Wer?«, fragte Eder.

»Die Gouvernante aus dem Englischen Garten! Clara Pranks Anstandsdame!« Aulehner konnte es selbst kaum glauben, aber abgesehen davon, dass es auf dem Bild lächelte, während es Aulehner gegenüber jedes Mal verärgert gewesen war, war es eindeutig dasselbe Gesicht.

Eder riss ihm das Bild wieder aus der Hand. »Das wäre wirklich ein Glücksfall für uns! Und für Clara Prank. Wenn Sie ein neunzehnjähriges Mädel wären, und nicht wüssten, wohin, und Sie sähen dieses Plakat – wo würden Sie als Nächstes hingehen?«

»Lochners Bierbude«, las Aulehner laut von dem Blatt ab, und der Inspektor grinste.

»Herzlichen Glückwunsch, Lenz. Es gibt unangenehmere Zeugenbefragungen.«

Den ganzen Tag über lachte, scherzte und schäkerte Colina mit den Gästen wie immer, aber sie war nicht bei der Sache. Was war nur passiert? Hatte der vermaledeite Zeitungsartikel Clara so in Verzweiflung gestürzt? Das passte gar nicht zu Clara. Colina hätte sie gern ausgefragt, aber die Bude war so voll, dass sie den ganzen Tag keine Gelegenheit fand.

Es dauerte bis zum Abend, ehe Colina Clara wiedersah. Da war es draußen schon dunkel geworden, da schufen all die bunten Lichter vorne, auf der Besuchergasse, gemeinsam mit der warmen Nacht eine glitzernde, magische Atmosphäre aus Licht und Lachen, aus Musik und zuckrigen Düften, von der leider bis auf die Hinterhöfe nur ein schwacher rötlicher Widerschein drang.

Clara, auf den Knien in einer Ecke des Hofs, schob mit angehaltenem Atem einen Haufen Erbrochenes auf ihre Kehrschaufel. Ein Besoffener torkelte in der Nähe vorbei, sah sie und griff ihr an den Busen. Clara zuckte zusammen, und der Mann packte sie grinsend um die Taille und zog sie davon Richtung Schuppen. Sie strampelte und versuchte, sich aus seinem Griff zu winden, aber ihr Protest war wahrscheinlich wirklich zu schwach, um den Vollrausch des Mannes zu durchdringen.

Zum Glück kam Franz gerade vom Abort zurück, hörte Colinas panischen Ruf und setzte hinterher. Eine halbe Minute später flog der Betrunkene durch die offene Schuppentür wieder hinaus in den Hof und mit dem Gesicht voraus in den Dreck. Franz musterte das Ergebnis seines Einsatzes in professioneller Ruhe, wartete ab, bis der Mann sich unter saftigen Flüchen aufgerappelt hatte und davonschwankte, und ging wieder hinein, um Clara zu holen. Eine Hand in ihr Kreuz gestemmt, schob er sie vor sich her über den Hof auf Colina zu.

»Du musst lauter schreien, Mädel, sonst kann dir keiner helfen«, sagte er väterlich, ehe er wieder in die Bierbude ging. Clara stand reglos da, bleich und zitternd. Colina legte ihr den Arm um die Schulter. Diesmal lehnte das Mädchen sich hinein.

»Ich bin so müde, Colina.«

»Noch eine Stunde«, log sie. In Wahrheit waren es noch gut zwei. »Dann dürfen wir heimgehen. Du kannst bei mir schlafen.«

Einen winzigen Moment sah es aus, als wolle Clara Prank vor Erleichterung in Tränen ausbrechen. Colina tat, als müsse sie Claras Frisur richten, bis das Mädchen die peinliche Anwandlung überwunden hatte.

»Was ist passiert, Clara?«, fragte sie dann. »Warum sind Sie hier?«

»Sag *du*«, bat Clara. »Ich bin jetzt ein Biermadl. Die werden geduzt.«

»Natürlich. Also, was ist *dir* passiert?«

Clara schluckte. Sie schaute nicht auf, während sie erzählte. »Die Mutter kam. Ich meine, die Mutter von Alfons Stifter. Meine zukünftige Schwiegermutter, sozusagen. Sie hatte eine Engelmacherin dabei. Mit ... mit einer langen Nadel ...« Colina spürte, wie das Mädchen schauderte. »Frau Stifter hatte den Zeitungsartikel gelesen und sagte mir auf den Kopf zu, dass ich schwanger sei. Es war ihr im Prinzip egal. Sie wollte die Hochzeit trotzdem, ihr Sohn angeblich auch. Sie verlangten nur, dass das Kind *weggemacht* wird.« Clara schniefte.

»Dieser verdammte Artikel im ›Simplicissimus‹«, fauchte Colina. »Ich war so wütend, als ich ihn las!«

»Ich nicht«, sagte Clara. »Beschämt, vielleicht. Aber jetzt bin ich froh. Die Wahrheit ist ans Licht gekommen, und alle mussten sie hören. Jetzt weiß ich zumindest, woran ich bin. In was für eine verlogene Sippschaft ich eingeheiratet hätte. Für ein lukratives Geschäft hätte Stifter auch ein *gefallenes Mädchen* geheiratet. Er scheute nur den Skandal, darum die Engelmacherin. Alles andere war gleichgültig. Und mein Vater ...« Ihr Kinn zuckte. »Meinen Vater hat nichts interessiert, nichts als seine Bierburg auf dem Oktoberfest. Er hat die Stifter samt der Engelmacherin einfach hinaufgelassen in mein Zimmer.«

»Und?«, wagte Colina zu fragen. »Ist es ... ich meine, hat die Engelmacherin ...«

Clara schüttelte den Kopf und legte eine Hand auf ihren Bauch. »Ich habe mich losgerissen und bin auf und davon, bevor mir jemand etwas tun konnte. Ich hatte keine Zeit, etwas mitzunehmen, kein Geld, nicht einmal einen Mantel. Ich wusste nicht, wohin. Als ich gestern das Plakat mit deinem Bild gesehen habe, bin ich hergekommen.« Sie schaute Colina an mit zusammengeschobenen Brauen. »Sag gar nicht erst, ich soll zurückgehen. Das kann ich nicht mehr. Ich weiß es jetzt. Ich weiß jetzt, dass es niemanden bekümmert, wie es mir geht. Ob ich das Kind haben will oder nicht. Niemanden interessiert, was ich möchte. Was ich will.«

Colina seufzte. Was sollte man dazu sagen?

»Willkommen im Leben, Clara.« Von draußen, vom rauschenden Fest jenseits des Hinterhofs, quäkten die Orgeln der Karusselle.

26.

Zeugenbefragung

Wäre es nach Eder und Aulehner gegangen, hätten sie die Befragung der »Lochner-Lina« gleich am Montag durchgeführt. Stattdessen standen sie bei der amtlich anberaumten Besprechung mit dem Vorsitzenden des Oktoberfestausschusses, Stadtrat Alfons Urban.

Am meisten irritierte Aulehner, dass das Treffen wieder mitten auf dem Oktoberfest stattfand. Offenbar wollte Urban Pranks Bierburg im Auge behalten, die schräg gegenüber aufragte. Er musterte die Massen an Gästen, die in den riesigen Saal strömten, und schien auf etwas zu warten.

Prompt gesellte sich irgendwann ein weiterer Herr dazu. Aulehner erkannte ihn von der »Simplicissimus«-Karikatur: Anatol Stifter, Vorstand der Aktienbrauerei. Ein hochgewachsener Herr, ein paar Jahre älter als Aulehner, mit der Ausstrahlung eines zugefrorenen Sees: kalt, glatt und tückisch. Auch Stifter ließ kaum einen Blick von der Bierburg.

»Heute sollte es eigentlich so weit sein«, bemerkte er misstrauisch. »Ich muss sagen, ich bin überrascht, wie lange der Franke durchhält; meiner Rechnung nach hätte ihm gestern schon das Bier ausgehen müssen.« In seinem Ton schwang mehr mit als Argwohn; es klang fast nach einer Drohung.

Urban überhörte es. »Umfasste Ihre Morgengabe für die geplante Hochzeit vielleicht mehr Fässer, als Sie uns gestanden haben?«, erkundigte er sich süffisant. Stifter schaute Urban an, und der Stadtrat wurde unvermittelt blass und begann zu stottern. »Ich kann Herrn Prank nicht daran hindern, seinen Geschäften nachzugehen, solange diese sich im Rahmen der Legalität abspielen, Herr Stifter.«

»Was haben Sie mit ihm ausgetüftelt? Welches Ass hat Prank diesmal aus dem Ärmel gezogen?«, fragte Stifter kalt. »Ich kann rechnen, Urban. Und ich weiß, wie viel ich ihm geliefert habe.«

»Er hat die stillgelegte Münchner Hasenberger-Brauerei gekauft«, gestand Urban. »Samt den restlichen Bierbeständen.«

Stifter nickte. »Ich verstehe. Er investiert wirklich viel. Das wird ihn vielleicht noch ein oder zwei Tage retten.« Ein beiläufiger Blick streifte Aulehner und Eder. »Ich bin sicher, unsere Polizei wird darauf achten, dass tatsächlich nur Münchner Bier ausgeschenkt wird, wie es Vorschrift ist.«

Und so hatten Eder und Aulehner den Montagnachmittag auf dem Hinterhof der Bierburg damit verbracht, Fässer zu begutachten, statt ein verschwundenes Mädchen zu suchen.

Erst am Dienstag betrat Aulehner Lochners Bierbude. Zuvor begutachtete er amüsiert das große Plakat, das die Fassade zierte und das Gesicht der Frau zeigte, die Aulehner mit zerknittertem Rock und derangiertem Haar auf dem Kocherlball im Englischen Garten kennengelernt hatte. Man musste zugeben, die Profession einer Kellnerin passte zu dem damaligen Auftritt weit besser als die einer Gouvernante.

Er sah sie schon von weitem am Tresen stehen. Noch war die Bude nur spärlich besetzt; er war absichtlich gleich nach Öffnung gekommen in der Hoffnung, sie werde mehr Zeit für ihn haben. Als er sich näherte und sie auf ihn aufmerksam wurde, verzog sich ihr Gesicht; die Brauen schoben sich zusammen, und die vollen, schön geschwungenen Lippen pressten sich gegeneinander zu einem ärgerlichen Strich.

Kein Zweifel; sie hatte ihn ebenso erkannt wie er sie.

Er nickte ihr zu. »Fräulein Kandl? Ich hätte einige Fragen an Sie.«

Sie starrte ihn an. Der Strich kräuselte sich zu einem säuerlichen Lächeln. »Geht das auch ein anderes Mal? Ich arbeite hier, wissen Sie? Was soll denn mein Chef denken?«

Aulehner zuckte die Achseln. »Ist es Ihnen lieber, wir laden Sie auf die Wache vor? Was würde Ihr Chef dann denken?«

Wütend stellte sie die Krüge, die sie hatte aufnehmen wollen, wieder ab und rief nach einer Kollegin. »Louise? Kannst du für mich übernehmen? Ich bin kurz auf dem Hof.« Sie schaute Aulehner an. »Dauert bloß ein paar Minuten.« Das war eindeutig eine Anweisung. Lorenz musste schmunzeln.

Auf dem Hinterhof einer so kleinen Bude sah es anders aus als auf dem geräumigen, durchorganisierten Gelände der Prank'schen Bierburg. Alles wirkte alt und verlottert, Burschen lungerten herum und rauchten noch eine Zigarette vor der Arbeit, ein Lieferwagen blockierte den Ausgang. Vom Abort her stank es.

Die zur »Lochner-Lina« mutierte »Gouvernante« hielt unmittelbar hinter der Hintertür an; offenbar wollte sie demonstrieren, wie rasch sie zurück an ihre Arbeit musste. »Falls es wegen dem Plakat ist«, fing sie von sich aus an, »sage ich Ihnen gleich, dass Sie mit dem Wirt reden müssen. Das können S' nicht auf mich schieben, wenn der Lochner ein Bild von mir malen lässt, bei dem man zu viel Busen sieht! Von mir ist bloß das Gesicht! Ich bin hier ein Biermadl, ich muss machen, was mir angeschafft wird.«

Sie hatte die Hände in die Hüften gestemmt und schaute Aulehner entrüstet an. Interessant. Wenn sie den Grund für diese Befragung so völlig falsch einschätzte, bedeutete das, dass sie keine Ahnung hatte, wo Clara Prank steckte, ja, dass sie womöglich noch nicht einmal von Claras Verschwinden gehört hatte? Oder war das nur, was Aulehner denken sollte?

In jedem Fall gab sie gerade ein äußerst niedliches Bild ab in ihrer Kellnerinnenkleidung, mit den funkelnden Augen und dem grimmigen Gesicht. Kein Wunder, dass der Gastwirt dieser Bierbude sie als Modell für seine Reklame ausgewählt hatte.

Nun, amüsieren konnte Lorenz sich innerlich und insgeheim. Nach außen galt es, die amtliche Würde zu wahren. Er zog sein Notizbuch und einen Bleistift heraus.

»Fräulein Lina Kandl«, begann er in leicht fragendem Ton. »Ich vermute, Ihr Taufname ist Karoline?«

»Das haben meine Eltern zumindest dem Pfarrer erzählt.« Ihre Stimme wurde spöttisch und ein bisschen sehnsüchtig. »Eigentlich ist es Colina.« Aulehner ließ den Bleistift sinken, und sie lächelte spitzbübisch. »Die weibliche Form von Colin. Schreibt sich mit einem C vorne.«

»Wie kommen Sie denn an diesen Namen? Sie hören sich nicht an wie eine Schottin.« Nicht, dass Aulehner gewusst hätte, wie Schotten klangen. Aber gewiss nicht wie ein in die Stadt gezogenes oberbayerisches Dorfmädchen.

Sie gluckste. »Zu den Bauern kam damals öfter ein reisender Vertreter für Landmaschinen einer englischen Firma. Der war Schotte. Mein Vater freundete sich mit ihm an. Meine Mutter war damals gerade mit mir schwanger, und der Schotte wettete, es würde ein Junge werden, und den müsse mein Vater dann nach ihm Colin nennen.« Sie lachte. »Es wurde ein Mädchen, wie Ihnen vielleicht schon aufgefallen ist. Aber irgendwie hatte alles sich schon auf diesen Namen versteift. Also wurde ich eine Colina.«

»Das steht wirklich so in Ihren Papieren?«, vergewisserte sich Aulehner, und sie nickte mit gravitätischer Miene.

»Hochoffiziell. Also sollten Sie das in Ihr Büchlein unbedingt auch so hineinschreiben. Nicht, dass Sie meinetwegen am Ende noch Schwierigkeiten kriegen.«

Das war schon ziemlich frech. Vielleicht hätte Aulehner unter anderen Umständen strenger reagiert, aber offenbar hatten ihn die Erlebnisse in Schwabing langmütig gemacht. Oder vielleicht fand er das unschuldig-charmante Lächeln der Frau einfach zu amüsant, als dass er sich darüber hätte ärgern wollen.

Sie war ein niedliches Ding. Und wusste es offenbar gut.

»Also, Fräulein Colina Kandl«, erklärte er. »Es geht nicht um das Plakat. Wir sind auf der Suche nach einer jungen Dame, die seit letzter Woche vermisst wird und die Ihnen bekannt sein dürfte. Fräulein Clara Prank.«

Sie sah ihn an mit ausdruckslosem Gesicht. »Fräulein Prank? Wie kommen Sie auf die Idee, ich könnte wissen, wo die ist? Herr Prank hat mich hinausgeworfen, schon vor ein paar Wochen. Sonst würde ich bestimmt nicht bei Lochner arbeiten.«

»Fräulein Prank hat sich also nicht bei Ihnen gemeldet?«

»Wieso sollte sie das? Für so vornehme Leute ist ein Biermadl wie ich doch uninteressant. Sicher hat sie schon lang vergessen, dass es mich gibt.« Sie legte einen Finger an die Lippen, als denke sie nach. »Wahrscheinlich ist sie zurück nach Nürnberg, meinen Sie nicht? Da ist sie zur Schule gegangen; bestimmt hat sie da Bekannte oder Verwandte, bei denen sie unterschlüpfen kann.«

Aulehner strich sich über den Schnurrbart, nickte und tat, als notiere er das in sein Notizbuch. In Wirklichkeit war er jetzt fast sicher, dass die Frau mit dem seltsamen Namen genau wusste, wo ihr früherer Schützling steckte. Warum sonst sollte sie ihn nach Nürnberg dirigieren wollen? Warum sonst stellte sie ihre eigene Position als so minderwertig hin? Clara Prank hatte sich von diesem Fräulein Kandl immerhin nach Haidhausen und in den nächtlichen Englischen Garten begleiten lassen – zweifellos hatte sie diesem »Biermadl« mehr Vertrauen entgegengebracht, als jemand ihres Stands das gegenüber einem Dienstboten sonst tat.

»Wie lange waren Sie die Gesellschafterin von Fräulein Prank?«, erkundigte er sich. Sie zuckte die Achseln.

»Bloß ein paar Wochen«, winkte sie ab. »Herr Prank hat mich eingestellt, als seine Tochter aus Nürnberg kam. Ich hab' ziemlich rasch gemerkt, dass das nichts für mich ist bei den vornehmen Herrschaften.«

»Bei welcher Gelegenheit haben Sie das festgestellt? War es, als Clara Prank unter Ihrer Aufsicht schwanger wurde?« Diese Spitze gönnte Aulehner sich denn doch. Colina Kandl funkelte ihn an, hatte sich aber im Griff.

»Dazu sage ich nichts. Wenn Sie auf diesen verflixten Zeitungsartikel anspielen, der war eine glatte Unverschämtheit! Wie kann man ein armes Mädel so in Verruf bringen! Fräulein Prank hätte eine glänzende Hochzeit machen können.«

»Wussten Sie demnach von den Hochzeitsplänen mit Herrn Anatol Stifter?«

Er konnte sehen, wie hinter ihrer Stirn die Gedanken einander jagten. Wie viel wollte, wie viel sollte sie zugeben? »Das hatte ich eher nebenbei mitbekommen«, sagte sie schließlich. »Als ich noch bei Herrn Prank beschäftigt war, war die Verlobung noch lange nicht offiziell.«

»Und gefiel Ihnen die Idee? Wären Sie mit Herrn Stifter als Bräutigam einverstanden gewesen?«

»Einverstanden?«, wiederholte sie. »Hören Sie mal, ich war die Anstandsdame, nicht die Mutter! Mich hat doch niemand nach meiner Meinung gefragt.«

»Und wenn jemand Sie gefragt hätte? Was hätten Sie gesagt?«

Dieses Mal dauerte das Grübeln noch länger, und ihre Antwort klang ehrlich. »So wirklich gefiel er mir nicht. Er ist sicher sehr gebildet und hat gute Manieren, und er hatte auf jeden Fall wirklich Interesse an Cl... ich meine, an Fräulein Prank. Aber es war so ein seltsam kaltes Interesse, wissen Sie? Nicht so, wie ein Mann eine Frau anschaut, die er gernhaben will. Mehr wie ein Bauer, wenn er ein junges Pferd kauft. Da gibt es welche, die mögen es, wenn der

Jährling noch recht wild ist. Oder wenn ein Hund nicht gehorcht. Da kann man dann die Peitsche oder den Stock gebrauchen. Wissen Sie, was ich meine?«

Und ob Aulehner das wusste. »Ich war beim Militär«, gab er knapp zurück. »Da gibt's einen Haufen von der Art.«

»Na, dann.« Sie zuckte beiläufig die Achseln. Vielleicht hatte sie den Eindruck, ihr Mitgefühl für Clara Prank zu deutlich gezeigt zu haben, denn sie schwächte gleich wieder ab. »Aber was verstehe ich schon davon? Womöglich ist das in diesen Kreisen halt so. Ein bisschen arg alt kam er mir vor, der Bräutigam, das auf jeden Fall. Aber unter den gegebenen Umständen war es sicher das Beste für Fräulein Prank.«

»Mit den Umständen spielen Sie auf Fräulein Pranks Schwangerschaft an?«

»Nein, tu ich nicht!«, rief sie hastig. »Ich hab' Ihnen schon gesagt, dass ich dazu nichts sag'! Es war zum Beispiel auch das Beste von der geschäftlichen Seite her. Herr Prank und Herr Stifter sind ja in der gleichen Branche. So eine Ehe hätte beiden Vorteile gebracht.«

»Hat Clara Prank das auch so nüchtern gesehen wie Sie?«

»Ich glaube, nicht.« Sie öffnete und schloss die Finger. »Sie ist ein junges Ding, natürlich wollte sie sich verlieben und glücklich sein. Und *nüchtern* gesehen habe ich es auch nicht. Mir war ja eben nicht gut bei dem Gedanken. Aber wenn es nun einmal so sein sollte ...«

»Wissen Sie, wer der Vater von Clara Pranks Kind ist?«

Wieder blitzte sie ihn entrüstet an. »Sie können mich so oft fragen, wie Sie wollen, ich sage dazu nichts!«

»Einen Versuch war's wert«, kommentierte Aulehner und schrieb ein paar Wörter in sein Notizbuch. Heimlich fand er die Art, wie diese ehemalige Angestellte zu ihrer verleumdeten jungen Herrin hielt und versuchte, ihr den Rücken zu decken, sogar ziemlich sympathisch. Sie würde Clara auch zu Hilfe kommen, sollte diese sich zu ihr flüchten, daran hatte er keinen Zweifel. Falls sie das nicht längst getan hatte.

»Kann ich Sie auch etwas fragen?«, erkundigte sie sich in Aulehners Gedanken hinein. Er sah auf.

»Natürlich.«

»Wer sucht Fräulein Prank denn? Ihr Verlobter Herr Stifter?«

Jetzt war es an Aulehner, seine Worte abzuwägen.

»Die Vermisstenmeldung wurde von Herrn Prank selbst aufgegeben«, sagte er. »Unter der Hand, um den guten Ruf seiner Tochter nicht weiter zu beeinträchtigen. Er macht sich begreiflicherweise ehrlich Sorgen um Clara. Unabhängig von allen Zukunftsplänen. Meines Wissens ist die Verlobung mit Herrn Stifter endgültig gelöst.« Er machte eine kurze Pause und setzte, mit deutlicher Betonung, hinzu: »Falls *das* also der Grund sein sollte, weshalb Fräulein Prank sich nicht nach Hause wagt, so könnte sie ganz beruhigt sein.«

Sie verstand ihn sofort. »Und warum schauen Sie *mich* dabei an, wenn Sie das sagen?«, schnappte sie.

»So halt.« Dieses Mal ließ er sie sein Schmunzeln sehen, wurde jedoch gleich wieder ernst. »Ich denke, für Herrn Prank, und damit auch für uns von der Polizei, wäre es schon beruhigend zu wissen, dass es seiner Tochter gut geht und sie sich in ihrer Verzweiflung nichts angetan hat.«

Verblüffung malte sich auf ihrem Gesicht. »Sich etwas angetan? Clara? Das ist doch lächerlich!«

»Woher wollen Sie das wissen? Gesetzt den Fall, die Gerüchte, zu denen Sie nichts sagen wollen, beruhen auf Wahrheit, stünde dieser Fall doch jederzeit im Bereich des Möglichen? Wenn man bedenkt, dass Fräulein Prank ganz allein in München ist, hier außer Ihnen kaum jemanden kennt und zu Ihnen anscheinend keinen Kontakt aufgenommen hat, erscheint es sogar höchst wahrscheinlich.«

»Nein«, sagte sie resolut. »Das dürfen Sie mir wirklich glauben.«

»Darf ich das?«

»Ja«, knirschte sie. »Das hat Clara nicht und das würde sie nie. Da kann der Herr Prank wirklich beruhigt sein.«

»Da sind Sie sicher?«

»Ganz sicher.« Auch sie sprach mit Betonung. Aulehner nickte und klappte sein Notizbuch zu.

»Nun, wenn Sie so sicher sind, werde ich meinen Inspektor von dieser Ihrer ... Ansicht in Kenntnis setzen. Und sollte Fräulein Prank sich noch bei Ihnen melden ...«

»Schicke ich sie natürlich schnurstracks zu Ihnen.«

Wieder zeigte er sein Lächeln offen und tat nicht einmal so, als würde er ihr glauben. »Sagen Sie ihr zumindest, dass ihr Vater froh wäre, zu wissen, dass sie lebt und dass es ihr gut geht.«

»Gut«, erklärte sie friedfertig. »War es das dann? Ich sollte allmählich wirklich anfangen zu arbeiten.«

»Davon will ich Sie nicht abhalten. Vielen Dank für Ihre Mithilfe, Fräulein Kandl.« Er tippte leicht gegen den Rand seines Helms, und weil ihn der Hafer stach, fügte er hinzu: »Übrigens – hübsches Bild. Obwohl Sie mir als feine Dame auch gefallen haben.«

Sie schnaubte und wandte sich ab. »Meine Hüften sind nicht so breit!«

Beinahe hätte er laut gelacht.

Er folgte ihr mit etwas Abstand hinein in die Bierbude. Als er am Tresen vorbeiging, hatte sie sich längst die Schürze umgebunden und schleppte die nächsten Maßkrüge an einen Tisch. Auf der Schwelle kam ihm jemand entgegen. Erst dachte er, es sei zu dieser frühen Stunde schon der erste Besoffene, denn der junge Mann schwankte merklich. Dann erst warf er einen Blick ins Gesicht und erschrak. Roman Hoflinger trug eine Klappe über dem Auge;

sein Gesicht war eingefallen und aschgrau. Der Mann gehörte ohne Zweifel noch in ein Krankenhaus. Mit kraftlosen Schritten schleppte er sich herein und stützte sich auf dem vordersten Tisch ab, blicklos für alles und jeden.

Für alles und jeden außer Colina Kandl, zumindest.

Aulehner setzte seinen Weg nach draußen fort, blieb aber vor der Bierbude stehen. Die Stirnseite der Fassade hatte große Fenster, und er stellte sich ein wenig seitlich so davon auf, dass er Roman Hoflinger im Blick behielt.

Roman ging direkt auf die Kandl zu und packte sie am Arm. Man konnte der Frau ansehen, dass ihr dieser zweite Besucher heute ebenso unerwünscht war wie Aulehner. Zumal Roman Hoflinger wahrscheinlich den gleichen Zweck verfolgte: Auch er fragte sicher nach Clara.

Seinem grimmigen Gesicht nach erfuhr er nicht mehr als Lorenz. Die Kellnerin streifte seine Hand ab und schien ihn mit einigen knappen Brocken abzukanzeln. Stur schlurfte Hoflinger von Tisch zu Tisch zurück durch die Bierbude, um sich dann zu Aulehners Freude ganz in der Nähe des Fensters auf einer Bank niederzulassen. Colina folgte ihm und knallte eine Maß vor ihm auf die Tischplatte.

»Wer nichts trinkt, fliegt raus«, sagte sie kalt.

»Bitte, Sie wissen doch sicher was«, hörte Aulehner Roman lallen. Auf der Bank neben ihm lagen ein Schlauch und eine große Spritze, vermutlich für Schmerzmittel. »Ich war in der Villa, der Diener sagt nur, Clara ist verschwunden.«

»Ich weiß nichts«, sagte Colina hart. Aber Aulehner hörte das Mitleid in ihrer Stimme.

Er warf einen Blick auf seine Taschenuhr. Das Fräulein Kandl würde sicher bis in die Abendstunden arbeiten müssen, konnte vorher also gar nicht aufbrechen, um Clara zu warnen. Zeit genug für eine Besprechung mit Eder.

27.

Hinterher

Konnte der Tag noch schlimmer werden? Nicht genug damit, dass dieser arrogante Gendarm aufgetaucht war und Colina nach Claras Verbleib ausgefragt hatte. Wobei der Kerl sich dieses Mal fast manierlich betragen und sogar unter der Hand angedeutet hatte, die Polizei wolle es vielleicht gar nicht zu genau wissen, solange nur sichergestellt war, dem Mädchen sei nichts passiert.

Nun, passiert war Clara seit gestern in der Tat nichts, abgesehen davon, dass sie die Nacht mit Colina im selben Bett hatte verbringen müssen, was ihr merklich peinlich war. Feine Leute kannten so etwas nicht, die hatten von der Wiege an eine eigene Bettstatt. Wenn Colina daran dachte, wie oft sie in ihrer Kindheit das Bett mit Geschwistern, Tanten oder Kusinen hatte teilen müssen ...

Am Morgen hatte sie Clara kaum wach bekommen und sofort gesehen, dass sie das Mädchen nicht zur Bierbude mitnehmen konnte. Clara wirkte kurzatmig und krank; ihre Beine zitterten, als sie aufstand. Jetzt, da sie sich ausruhen konnte, da sie nicht mehr gezwungen war, stark zu sein, holte ihre Schwäche sie ein. Colina plünderte ihre letzten Vorräte an Kaffee, setzte ihr ein wenig zu essen vor und ermahnte sie, sich wieder hinzulegen und am besten bis Mittag durchzuschlafen. Ruhe war zweifellos das, was Clara jetzt am nötigsten brauchte. Bei Lochner arbeiten konnte sie morgen auch noch.

Sie war doppelt froh, Clara zu Hause gelassen zu haben, als der

Gendarm durch Lochners Bierbude auf sie zu stapfte. Dass es aber auch ausgerechnet derselbe sein musste, mit dem sie damals im Englischen Garten diskutiert hatte! Der Kerl hatte genau das herablassende Lächeln um die Lippen, das Colina zur Weißglut treiben konnte.

Aber sie musste zugeben, er war höflich gewesen. Und wenn er oder sein Chef tatsächlich darauf verzichten wollten, eine fast erwachsene Frau gegen ihren Willen vor den Altar zu schleifen, dann musste man ihnen das sogar hoch anrechnen.

Der zweite Besucher freilich würde sich nicht so leicht abwimmeln lassen, dachte sie, sobald sie das entstellte Gesicht erkannte. Was eine Weile dauerte.

Der Hoflinger-Bursche sah aus, als hätte jemand ihn durch den Fleischwolf gedreht. Über seinem linken Auge lag eine schwarze Klappe, über der Lippe verlief eine Schramme, auf der rechten Seite leuchtete ein roter Fleck oberhalb des Wangenknochens. Colina wusste erst, wen sie vor sich hatte, als er sich nach Clara erkundigte.

Was hatte Colina doch seit dem Samstag für eine Karriere gemacht: Biermadl, Lochner-Lina, Anlaufstelle in Sachen durchgebrannte Unternehmerstöchter.

Die Karriere Roman Hoflingers schien ähnlich steil verlaufen zu sein, nur in die andere Richtung. Jemand hatte den Frauenschwarm ganz schön zugerichtet, und sie ahnte, wer. Einmal mehr war sie dankbar dafür, dass Curt Prank sich bei ihrem Hinauswurf halbwegs beherrscht hatte. Roman Hoflingers Gesicht demonstrierte ihr, wie es aussah, wenn Prank das nicht tat.

Romans Tonfall war regelrecht demütig geworden, aber von seiner Selbstsicherheit hatte er wenig verloren, auch wenn er kaum genug Kraft besaß, um einen Fuß vor den anderen zu setzen. Was das anging, hatte er wirklich viel mit Clara gemeinsam.

»Ich bleibe da«, erklärte er stur, nachdem Colina ihm dasselbe gesagt hatte wie zuvor dem Gendarmen. Dass sie über Claras Verbleib nichts wisse. »Falls Ihnen noch etwas einfällt.«

Colina hätte ihm gern gesagt, dass ihr nichts einfallen würde. Dass er sich von Clara fernhalten sollte und sie ihn von den Burschen Lochners aus der Bude werfen lassen würde. Stattdessen hörte sie sich nur schwächlich damit drohen, er müsse auch Zeche machen, wenn er bliebe.

Das tat Roman Hoflinger dann auch.

Er saß noch, als es auf Mittag zuging. Und zwei Stunden nach Mittag. Einmal schwankte er hinaus in den Hof, zum Abort, oder vielleicht, um sich einen Schuss Morphium zu setzen gegen die Schmerzen. Zum Abendessen gab es einen Ochsenbraten. Geld schien er dabeizuhaben. Um zehn Uhr abends saß er immer noch, weiß wie die Wand.

Colina schickte Louise an den Tisch, weil sie selbst es nicht aushielt, ihm zuzusehen. Falls Roman Colina beweisen wollte, wie ernst ihm die Sache mit Clara war, gab er sich wirklich alle Mühe.

Als das Fest schloss und Colina, den Mantel über ihrer Kellnerinnenkleidung, endlich durch die Hintertür in den Hof trat, lehnte er an der Wand neben dem Schuppen. Vermutlich hatte er vorgehabt, sich zu verstecken und Colina nachzuschleichen; inzwischen war er allerdings in einem Zustand, der das kaum noch zuließ. Benommen von Bier und Schmerzmitteln, musste er sich an der Wand des Schuppens entlanghanteln, um Colina über den Hof zu verfolgen. Oder vielleicht war es auch sein Versuch, in Deckung zu bleiben.

Colina riss sich zusammen, ermahnte sich, dass ein selbstsüchtiger Weiberheld wie der junge Hoflinger, der junge Mädchen aus gutem Haus in Schwierigkeiten brachte und sie dann im Stich ließ, keinerlei Mitleid verdiente, und beschleunigte den Schritt. Vielleicht konnte sie damit auch der leisen Stimme in sich selbst davonlaufen, die sie daran erinnerte, dass Roman Hoflinger gerade den Versuch unternehmen wollte, seinen Fehler wiedergutzumachen.

So sehr er auch aussah, als werde er gleich umfallen – er folgte Colina. Um diese Uhrzeit fuhren keine Trambahnen mehr; Colina musste also laufen, und der Weg war lang. Vielleicht linderte die frische Nachtluft Romans Zustand. Als sie sich nach ihm umschaute, stolperte er jedenfalls noch immer, wenn auch mit Abstand, hinter ihr her an der Mauer des Südfriedhofs entlang. Von irgendwo hatte er eine langstielige Rose aufgetrieben, die in seiner Hand zu jedem seiner schweren Schritte beifällig nickte.

Unwillkürlich machte Colina sich Sorgen und schimpfte sich selbst sofort in Gedanken dafür aus. Sie ging schneller; jetzt war die beste Gelegenheit, ihn abzuhängen. Sie überquerte die Wittelsbacherbrücke – und ihre Füße schienen sich nicht mehr recht vorwärtsbewegen zu wollen. Zumindest so lange nicht, bis das Schlurfen der Männerschritte auf dem Trottoir wieder zu hören war.

Colina Kandl, seufzte sie in Gedanken. *Du bist eine hoffnungslos romantische Henne.*

Als sie in den engen, schmutzigen Hof einbog, in dessen Hinterhaus ihre kleine Wohnung lag, war er immer noch da. Stur ging sie auf den Eingang zu, zog den Schlüssel heraus, sperrte auf und hinter sich wieder zu. So leise wie möglich schlich sie das Treppenhaus hinauf.

Die Wohnung bestand aus zwei Räumen, einer Wohnküche und einem winzigen Schlafraum dahinter, gerade groß genug für ein Bett. Clara schlief. Es ersparte Colina für einige Minuten, eine Entscheidung zu treffen. Mechanisch legte sie den Mantel ab, verstaute ihren Tageslohn in einer Zigarrenschachtel und diese wiederum in der Besteckschublade des Küchentischs. Sie trat ans Fenster.

Roman Hoflinger hatte sich gegenüber von Colinas erleuchtetem Fenster gegen die Hauswand sinken lassen. Da hockte er jetzt und, so war anzunehmen, starrte sehnsüchtig auf den hellen Fleck, an dem er Clara vermuten durfte.

Aus Colinas Kehle kam ein Laut, der am ehesten einem Knurren ähnelte. Sie trat ans Bett und rüttelte Clara grob an der Schulter.

»Steh auf, Mädel!« Clara blinzelte verwirrt in das Licht der Lampe, und Colina wandte sich ab. Sie war beinahe wütend. Wieso tat sie solche Dinge eigentlich dauernd? »Zieh dich schnell an und mach dir die Haare. Da ist einer, der will dich sehen.«

Während Clara sich schlaftrunken aus dem Federbett schälte, riss Colina den Mantel vom Haken und stampfte die Treppe wieder hinunter. Diesmal, ohne Rücksicht auf schlafende Nachbarn zu nehmen.

Als sie vor der zusammengesunkenen Gestalt ankam, war diese eingeschlafen. Der süßliche Gestank nach Bier stieg von ihr auf und weckte in Colina tausend bittere Erinnerungen.

Tat sie das Richtige? Stand Clara womöglich ein ähnliches Los bevor wie ihr selbst?

Es war nicht ihr Leben, ermahnte sie sich. Diese zwei waren alt genug, ihre eigenen Dummheiten zu machen.

Sie hätte Roman Hoflinger vermutlich zartfühlender wecken können als mit einer Ohrfeige. Ihr war nicht recht danach.

Zum Glück stand Roman zu sehr unter Einfluss des Opiums, als dass er noch viele Schmerzen verspürt hätte. Seine Reaktion fiel jedenfalls eher verschlafen als entrüstet aus.

»Herrschaftszeiten!« Er rieb sich die Wange und schaute zu der Frau auf, die sich über ihn beugte. Colina starrte zurück und hoffte, sie sehe einschüchternd dabei aus.

»Wenn Sie's mit dem Mädel nicht ernst meinen«, sagte sie, »fehlt Ihnen bald auch noch das zweite Auge.«

Er schaute sie an mit leicht geöffnetem Mund, während Colinas Worte sich ihren Weg in seinen Verstand bahnten, murmelte etwas davon, dass es ihm schon genügen würde, seine Ohren zu behalten, dann rappelte er sich mühsam in die Höhe, klaubte seine Rose vom Boden auf und schlich hinter Colina her zum Haus.

Clara hatte in der Küche gesessen. Sie stand auf, als die Tür sich öffnete.

»Überleg dir jetzt gut, was du willst, Deandl«, sagte Colina und machte einen Schritt zur Seite. Roman stolperte an ihr vorbei. Clara zuckte bei seinem Anblick zusammen – es war nicht klar, ob wegen des unerwarteten Zusammentreffens oder wegen Romans Zustand. Sie schlang die Arme um sich selbst, als friere sie, richtete sich auf und machte einen Schritt auf Roman zu.

Der junge Mann fiel auf die Knie, die Rose rutschte ihm aus den Fingern. Clara trat darauf, ohne sie auch nur wahrzunehmen.

Die zweite Ohrfeige binnen fünf Minuten traf Roman Hoflingers malträtiertes Gesicht.

»Herrschaftszeiten!«

»Was du zu mir gesagt hast, das kannst du nie wieder gutmachen.« Claras Stimme war zittrig, sie kämpfte mit den Tränen.

Und dann lagen sie sich in den Armen und küssten einander. Natürlich taten sie das.

Es war doch immer das Gleiche.

Innerlich seufzend drehte Colina sich um und ging gemächlich die Treppe wieder nach unten. Ein paar Minuten musste sie den beiden wohl gönnen, um sich auszusprechen. Und ganz sicher nicht zu viele davon, denn Colina, der in ein paar Stunden ein weiterer harter Arbeitstag bevorstand, hatte keine Lust, ihr Bett heute für die *Versöhnung* eines frisch vereinten Pärchens zur Verfügung zu stellen. Roman mochte immerhin auf dem Fußboden in der Küche schlafen. Ein paar zusätzliche Wolldecken besaß Colina.

Mit diesem Gedanken trat sie auf den Hof – und schaute direkt in das spöttische Gesicht des schnurrbärtigen Gendarmen von heute Vormittag.

Aulehner hatte gerade noch Zeit, einen Schritt rückwärts zu machen, ehe ein weiblicher Zeigefinger sich in sein Gesicht bohren konnte.

»Das war so nicht ausgemacht!«, fauchte Colina Kandl ihn an. »Sie haben gesagt, Sie reden mit Ihrem Inspektor. Wenn Sie mir die zwei wieder auseinanderzerren, wo sich gerade alles halbwegs eingerenkt hat, dann reiß' ich *Ihnen* die Ohren ab statt dem nichtsnutzigen Hoflinger-Burschen, dann können S' mich von mir aus auch wegen Widerstand gegen die Staatsgewalt ins Zuchthaus stecken! Mir ist allmählich alles gleich!«

Aulehner hob beide Hände. »Immer langsam mit den jungen Rössern! Das hat ja alles keiner vor.«

Ihre wütenden Züge glätteten sich ein wenig, blieben aber misstrauisch. »Nicht?«

Er deutete an sich entlang abwärts, an Rock und Weste, brauner Leinenhose und Schnürschuhen. »Ich hab' keine Uniform an. Ich bin quasi ned im Dienst.«

»So.« Sie musterte ihn, dann ging sie weiter über den Hof, lehnte sich an die Hauswand und kramte eine Zigarette aus ihrer Manteltasche. Er folgte ihr, lehnte sich daneben und blickte wie sie hinüber auf das einsame erleuchtete Fenster. Man konnte darin deutlich die dunklen Silhouetten zweier eng umschlungener Menschen erkennen.

»Heißt das, der Roman Hoflinger erkennt die Vaterschaft an und heiratet das Mädchen?«, erkundigte Lorenz sich schließlich. Sie wühlte weiter in der Tasche des Mantels und knurrte dabei etwas Missmutiges, das er erst auf Nachfrage verstand.

»Ja, schaut so aus. Muss schon schön sein, wenn man zwanzig ist.« Ein grimmiger Blick traf Aulehner. »Aber bevor Sie mich aushorchen: *Haben* Sie mit Ihrem Inspektor geredet?«

Und ob Lorenz das hatte. Nachdem er sich am Vormittag vergewissert hatte, Roman Hoflinger werde bis auf Weiteres in Lochners

Bierbude sitzen, hatte er eilig Eder aufgesucht, der seine übliche Runde über das Festgelände drehte. Eder lauschte Aulehners Bericht und nickte.

»Wenn die Kandl tatsächlich um Clara Pranks Verbleib weiß, können wir nicht mehr tun, als sie beschatten«, sagte er nachdenklich. »Aber es ist mir zuwider, das Mädel gegen seinen Willen zurück zum Vater zu schleppen. Vor allem, wenn nicht klar ist, was der mit ihr vorhat. Sie ist neunzehn, da sollte sie doch halbwegs vernünftig sein. Womöglich zwingt der Vater sie zu einer Abtreibung, wenn wir ihm die Tochter zurückbringen? Und der junge Hoflinger hat sich sogar mit seiner Mutter überworfen, weil er anständig sein und das Fräulein Prank heiraten will. Er meint es anscheinend ernst. Man möchte meinen, das wäre die ordentliche Lösung für den ganzen Schlamassel.«

»Wundert mich eigentlich, dass Prank diese Möglichkeit nicht sieht«, sagte Aulehner. »Wenn seine Clara den Hoflinger-Sprössling heiratet, könnte er doch Bier vom Deibel-Bräu bekommen.« Und zwar entschieden besseres als das von Stifters Kapitalbrauerei.

»Da müsste die Maria Hoflinger aber zustimmen«, gab Eder zu bedenken. »Der Roman ist noch keine fünfundzwanzig, die zwei brauchen beide noch die Einwilligung ihrer Eltern zum Heiraten.« Er kratzte sich im Nacken. »Ein seltener Verhau. Da mögen sich zwei und haben sogar schon was Kleines unterwegs, und die Alten legen sich dermaßen quer. Aber was wollen wir machen? Schauen wir halt, was dabei herauskommt, und behalten wir die kleine Lochner-Lina Kandl einstweilen im Auge.«

Eder hatte die erste Wache übernommen. Als Aulehner gegen halb sieben Uhr abends, jetzt in normaler Straßenkleidung, wieder vor Lochners Bierbude erschien, um ihn abzulösen, empfing der ihn mit einem Schmunzeln.

»Das Fräulein Prank hat sich nicht sehen lassen, aber Ihr Fräulein Kandl hat Gitarre gespielt und dazu gesungen.« Er lupfte amüsiert eine Braue. »Das ist eine ganz Ausgefuchste, glaub' ich. Dass Sie mir morgen ja alles genau erzählen!« Ernster fügte er hinzu: »Wissen S', ich hab' nachgedacht. Wenn ich die Clara Prank wär', würde ich ja aus der Stadt hinausgehen. Auf dem Dorf ist's wahrscheinlich im Moment, zur Erntezeit, sogar leichter, dass man Arbeit findet, als hier in der Stadt. Da könnt' wahrscheinlich sogar eine unterkommen, die noch nie bei der Ernte gearbeitet hat. Und wenn s' einen Mann dabei hat, bräuchte sie auch keine Angst haben. Da könnt' man wahrscheinlich genug verdienen, dass man über den Winter kommt. Oder zumindest über die nächsten paar Wochen, bis es zu spät ist, eine Abtreibung zu machen.« Er schaute Aulehner an. »Meinen S' ned?«

»Schon«, dehnte Aulehner. Eder nickte und legte ihm zum Abschied eine Hand auf die Schulter.

»Dann warten S' einmal ab, wie sich das Ganze heute Nacht anlässt. Vielleicht passiert ja gar nichts. Und wenn doch ... dann schauen S' halt, was man am besten unternimmt.«

Genau das war nun wohl Aulehners Aufgabe, nachdem er dem eigenartigen Paar aus heimkehrender Kellnerin und torkelndem Verfolger hinterhergeschlichen war, bis er schließlich im Licht einer im Wind wackelnden Laterne neben besagter Kellnerin an einer Hauswand lehnte: zu schauen, was am besten zu tun war.

»Wenn Sie ein Streichholz für mich haben, kriegen S' von mir eine Zigarette«, bot die Frau neben ihm inzwischen an. Offenbar war das Suchen in den Manteltaschen erfolglos geblieben. Aulehner schnaubte und zog Streichhölzer und eine Zigarre aus seiner Westentasche.

»Mit so dünnen Stangerln geb' ich mich ned ab.«

»Mannsbilder!«, gluckste sie amüsiert. Sie musterte ihn; der Blick war nicht einmal unfreundlich.

»Gehört sich eh' ned, dass Frauen auf der Straß' rauchen«, sagte Aulehner.

Sie verdrehte die Augen. Er strich das Hölzchen an der Hauswand an und hielt es erst ihr hin, bevor er seine Zigarre anzündete. Eine Weile rauchten sie stumm.

»Was machen wir jetzt mit den zwei Schratzen?«, fragte Aulehner schließlich.

»Wir?«, wiederholte sie. »*Ich* wohl vor allem. Die zwei hocken in *meiner* Wohnung.«

»Bleiben können sie da nicht. Früher oder später müssen wir bei Ihnen nachschauen. Auf dem Oktoberfest ist's zurzeit ganz gefährlich, da wenn sie sich zu oft sehen lässt, läuft sie garantiert einer Streife in die Arme. Und wenn's Oktoberfest vorbei ist, sind auch wieder mehr Gendarmen in der Stadt unterwegs. Sogar wenn wir beide Augen zumachen, lässt ihr Vater bestimmt andere Leut' nach ihr suchen. Geld hat er ja.«

»Und wo sollen s' hin, die zwei, Ihrer Meinung nach?«

»Aufs Land. Der Inspektor denkt, da könnte man jetzt gut untertauchen. Es ist Erntezeit, und überall sind die angeworbenen Helfer unterwegs. Da braucht man nur mit der Isartalbahn nach Süden fahren. Drei Stationen, dann sieht man schon ein paar große Höfe, mit den Lagern der Erntehelfer gleich daneben.« So hatte Eder es jedenfalls geschildert. »Die Bauern fragen nicht viel. Da käme man sicher auch ohne Papiere und Arbeitsbuch unter. Und könnt' sich vielleicht genug verdienen, dass man über den Winter kommt.«

Sie lauschte aufmerksam.

»Drei Stationen mit der Isartalbahn?«

»Und dann bei den Bauern nach Arbeit fragen.«

»Ich werd's ausrichten.« Sie runzelte die Stirn. »Ist das seit neuestem so üblich, dass die Polizei den Ausreißern hilft, die sie aufspüren soll? Haltet ihr jetzt den Einbrechern dann auch die Leiter, wenn die in ein Haus einsteigen?«

Aulehner zuckte die Achseln. Genau wusste er selbst nicht, weshalb er und Eder gerade handelten, wie sie handelten – er konnte nur hoffen, er hatte Eders kryptische Anweisung, zu *schauen, was man am besten unternehmen könne,* richtig interpretiert. »Besondere Umstände. Der Curt Prank sorgt ganz schön für Aufregung in München. Im Stadtrat wegen seiner Bierburg und bei den anderen Großbrauern, weil er sich hineingedrängt hat, und bei uns, weil so viel Zwielichtiges an ihm ist. Da will man ein junges Mädel ungern mit Gewalt zurückbringen, wenn's schon davongelaufen ist. Wir wissen schließlich auch immer noch ned, wer den Ignatz Hoflinger auf dem Gewissen hat. Alles, was ich weiß: Momentan sitzt einer deswegen im Gefängnis, der's nicht war. Und das passt mir nicht und meinem Chef auch ned.«

»Das ist alles ein einziges großes Durcheinander«, nickte sie. Sie nahm einen letzten Zug, bis die Glut ihr fast die Finger verbrannte, und ließ den Rest der Zigarette zu Boden fallen, um sie auszutreten. Sie hatte sehr zierliche Füße.

»Ich geh' jetzt wieder 'nauf«, spöttelte sie. »Bevor die zwei in meinem Schlafzimmer landen und Sie Grund haben, mich wegen Kuppelei zu verhaften. Drücken S' mir die Daumen, dass bis morgen Früh alles geklärt ist.« Sie warf Aulehner einen letzten fragenden Blick zu. »Wie heißen Sie eigentlich?«

Er deutete einen militärischen Salut an. »Oberwachtmeister Lorenz Aulehner. – Bei mir hat's leider keine exotischen ausländischen Taufpaten gegeben; ich bin ein ganz normaler Haidhausener. Warum wollen Sie das wissen?«

Sie lächelte, kurz, aber doch. »Nur so. Falls ich einmal das Metier wechsle und Einbrecher werd' und einen brauch', der mir die Leiter hält. Gut' Nacht, Herr Oberwachtmeister.«

28.

Was geht

Am nächsten Tag ging Aulehner gegen halb zwei Uhr zu einem späten Mittagessen. Eder erwartete ihn an einem Tisch vor einer der kleineren Bierbuden, die einem Wirt namens Xanthner gehörte und dem Plakat der Lochner-Lina gegenüber lag.

»Und, Lenz?« Er säbelte an seinem Schweinsbraten. »Ist die Sach' geregelt?« Aulehner erstattete ungestört Bericht; niemand saß in Hörweite. Eder lauschte, zumindest äußerlich gelassen.

»Dann können wir uns nur wünschen, dass alles seinen Gang geht«, nickte er und nahm einen Schluck aus seinem Maßkrug. »Wenn die zwei erst einmal aus der Stadt sind, finden wir sie nicht mehr. Ich schlage vor, Sie kaufen sich morgen beim Lochner noch eine Maß; Ihre Gouvernante wird Sie bestimmt wissen lassen, ob wir uns weiter Sorgen machen müssen oder nicht. Das ist ja anscheinend eine patente Frau. Und eine fesche obendrein.« Den Nachsatz fügte er an mit einem deutlichen Schmunzeln in Aulehners Richtung. Als Aulehner die Stirn runzelte, lachte er leise. »Seien S' ned immer so ein Asket, Lenz. Sie sind der Ledige von uns zwei; wenn einer so etwas nicht mehr bemerken darf, dann bin ich das.«

Später machten sie gemeinsam einen Kontrollgang über das Gelände, als Eder seinen Kollegen plötzlich am Arm packte. »Schauen S' einmal geradeaus zur Lochner-Bude. Da, wo das Plakat mit Ihrer feschen Kellnerin hängt. Und dann ein bisschen links, der Tisch ganz am Rand. Sehen S', wer da sitzt?«

Und ob. Curt Pranks hochgewachsene Gestalt und sein kantiges Gesicht waren schwer zu verkennen. Aulehner ging langsam neben Eder weiter.

»Denken Sie, er versucht, die Kandl zu kontaktieren, Inspektor? Er kann die Reklamebilder kaum übersehen haben.«

»Möglich. Aber dann würde er wahrscheinlich drin sein, wo die Colina bedient, statt vor dem Eingang im Freien. Viel mehr irritiert mich, wer da mit ihm am Tisch sitzt.« Aulehner hatte freie Sicht auf den Mann Prank gegenüber. Buschige Brauen, zerfurchtes, schlecht rasiertes Gesicht, abgetragener Anzug und zerkratzte Stiefel – ein seltsamer Gesprächspartner für einen schwerreichen Nürnberger Brauereibesitzer. Zu seinen Füßen hockte ein Hund und schaute erwartungsvoll hinauf zum Teller seines Herrchens, von dem hin und wieder ein Wurstzipfel zu ihm herabfiel.

»Das ist Alfred Glogauer«, sagte Eder halblaut. »Unser altbekannter Haidhauser Pfandhauseigentümer.«

»Denken Sie, Prank hat ihn angeworben, um Clara zu suchen?«

»Jedenfalls würde es mich nicht wundern, wenn der Glogauer ebenso ein Foto von Fräulein Prank in der Tasche hätte wie wir zwei.« In diesem Moment stand Prank auf, um zu seiner Bierburg zurückzukehren. Eder beschleunigte seine Schritte. »Kommen S', Lenz. Wir sagen kurz Grüß Gott.«

Prank schien es nicht eilig zu haben. Überhaupt wirkte er gelassener als am Samstag, als er seine Tochter als vermisst gemeldet hatte. Als Eder ihn beim Namen rief, drehte er sich um.

»Herr Inspektor«, begrüßte er Eder. »Ihrer Miene entnehme ich, Sie haben keine Neuigkeiten für mich oder zumindest keine guten.«

In der Tat hatte Eder ein mitfühlendes Gesicht aufgesetzt. »Leider vermuten Sie richtig, Herr Prank. Wir wollten Ihnen dennoch Bescheid geben, dass wir nicht untätig gewesen sind. Sämtliche Streifen in München sind alarmiert. Wir haben, um die schlimmste

Annahme ausschließen zu können, auch alle Fährdienststellen aufgefordert, Ausschau nach im Wasser treibenden Gegenständen zu halten. Das Gute an einem unruhigen Fluss wie der Isar ist ja, dass er nichts lang behält. Mit jedem Tag, der vergeht, ohne dass man etwas findet, steigen die Chancen, dass Ihr Fräulein Tochter sich zumindest nichts angetan hat.«

Prank nickte. »Inzwischen bin ich fast überzeugt, das hat sie nicht. Es stünde in völligem Widerspruch zu Claras Charakter. Ich habe auch eigene Erkundigungen eingezogen. Zumindest deutet nichts darauf hin, dass Clara aus schierer Not in ein schlechtes Milieu geraten wäre. Wo auch immer sie Unterschlupf gefunden hat ...«, Aulehner schien es, als huschten seine Augen dabei misstrauisch zum Reklameplakat mit Colina Kandl – wahrscheinlich war Pranks Herumlungern vor Lochners Bierbude doch kein Zufall gewesen, »... wo auch immer sie jetzt steckt, ich werde wohl warten müssen, bis sie von selbst zu mir kommt. Ich muss Zutrauen zur Stärke und zum Verantwortungsbewusstsein meiner Tochter haben. Sie wird mich nicht vollkommen vergessen. Ich bin ihre einzige Familie.«

Erstaunliche Worte aus Pranks Mund. Noch erstaunlicher war, dass sie sich anhörten, als meine er sie ernst. Aber Aulehner hatte bei Pranks erstem Auftritt auf der Wache schon den Eindruck gehabt, dem Mann liege wirklich viel an seiner Tochter. Vielleicht machte das ihn klug.

»Wird Herr Stifter ähnliche Geduld aufbringen?«, erkundigte Eder sich. Pranks Miene änderte sich abrupt. Seine Züge nahmen wieder den harschen, arroganten Ausdruck an, den Aulehner kannte.

»Ich habe nicht vor, weiter auf der Heirat mit Herrn Stifter zu beharren, falls Sie das wissen wollen. Um genau zu sein: Nach allem, was ich über Herrn Stifter erfahren habe, würde ich nicht einmal einen Hund der Fürsorge dieses Menschen anvertrauen, geschweige denn meine Tochter. Natürlich will ich jeden Skandal vermeiden, in meinem eigenen Interesse und in dem Claras, und wünsche mir eine baldige Hochzeit für sie. Leider sind all meine Vorstöße in dieser Richtung bisher an weiblicher Sturheit gescheitert. Aber möglicherweise stimmt ja das Sprichwort, steter Tropfen höhle den Stein. An mir soll es nicht liegen.«

Mit diesen kryptischen Worten wandte Prank sich ab und kehrte zurück in die Bierburg.

Am Donnerstag kam Aulehner Eders Befehl nach und kaufte sich am Vormittag eine Maß und ein Paar Weißwürste in Lochners Bierbude. Er war nicht überrascht, als es die Lochner-Lina persönlich war, die beides vor ihm auf den Tisch stellte. Sie sprachen nicht viel.

»Alles gut?«, erkundigte er sich.

»Bestens sogar«, nickte sie. Sie tauschte ein fast verschwörerisches Lächeln mit ihm, ehe sie abkassierte, das Aulehner denken ließ, Eder habe nicht unrecht; diese kleine Colina Kandl war wirklich eine patente Frau. Vor allem, wenn man bedachte, in was für einem traurigen Geschäft sie arbeiten musste. Lorenz gab ihr ein großzügiges Trinkgeld, und sie zwinkerte, als sie es einsteckte.

»Das wenn ich gewusst hätt', dass sich das derart rentiert, wenn man die Polizei daran hindert, ihre Pflicht zu tun.«

Damit ging sie und kam auch nicht mehr an seinen Tisch zurück. Aulehner registrierte es fast mit Bedauern.

Am Sonntagmorgen klopfte gegen sieben Uhr ein Gerichtsdiener an Aulehners Wohnungstür und rief ihn dringend auf die Theresienwiese.

Eder war mit Stadtrat Urban bereits dort. Rundum knarzten Karren und Fuhrwerke, Pferde schnaubten in die morgendlich kühle Luft und zerstampften den Boden. Eder, Urban und einige weitere Gendarmen standen vor derselben kleinen Bude, in der Aulehner und Eder am Dienstag ihr Mittagessen eingenommen hatten. Im Inneren des hölzernen Gebäudes war Tumult losgebrochen, man hörte Männer brüllen, dumpfe Schläge wie von schweren Werkzeugen, Hundegebell.

Und über allem ein wildes Quieken, bei dem es Aulehner kalt den Rücken hinunterlief.

Ratten.

»Mir ist schleierhaft«, dozierte Urban soeben, »wie ein derart schwerer Befall von Ungeziefer eine ganze Woche lang niemandem auffallen konnte. Was für ein Schandfleck auf dem Namen unseres Oktoberfests!«

In Eders knochigem Gesicht lag ein lauernder Ausdruck, als er Urban antwortete. »Wenn Sie es wünschen, Herr Stadtrat, werden wir den Vorfall selbstverständlich genau untersuchen. Sie haben ganz recht, ein so plötzliches Auftreten von so vielen Ratten in einer Gaststätte, in der zuvor nie etwas zu beanstanden war, erscheint merkwürdig.«

Irritiert, fast erschrocken drehte Urban sich um. »Untersuchen? Was wollen Sie da untersuchen? Es sind eben Ratten, und die Zuständigen in den Verwaltungsbehörden haben übersehen, hier genau zu prüfen. Notwendig sind nun rasche Maßnahmen, um die Angelegenheit aus der Welt zu schaffen, ohne dass das Ansehen der Stadt Schaden erleidet.« Er fand seine Sicherheit wieder. »Inspektor, Sie werden dafür sorgen, dass diese Schankstätte unverzüglich geschlossen und gereinigt wird. Sobald der Platz wieder betriebsbereit ist, kann die Lizenz neu vergeben werden, und niemand muss auf das Geschehen aufmerksam werden.«

»Das heißt, die Wirtsfamilie Xanthner verliert die Schanklizenz?«, vergewisserte sich Eder. Urban schnaubte.

»Was denken Sie denn? Wir werden die Lizenz möglichst rasch anderweitig vergeben, an einen unbescholtenen, erfahrenen Wirt, der außerdem die notwendigen Reserven an Münchner Bier vorrätig hat, um die Bude sofort wieder zu öffnen. Am besten ein

Münchner Traditionsunternehmen, eines, das sich darum beworben hatte, auf dem Oktoberfest präsent zu sein, und dann aber leider verhindert war.«

»Sprechen wir von der Familie Hoflinger?«, erkundigte Eder sich. Seine Stimme klang kühl. Als Urban antwortete, hörte er sich an, als müsse er sich gegen einen unausgesprochenen Vorwurf verteidigen.

»Zumindest wäre sie unter den möglichen Kandidaten. Sie könnte sogar am besten geeignet sein. Natürlich müsste streng nach Vorschrift die Lizenz neu ausgeschrieben und versteigert werden. Aber dazu ist keine Zeit; das Fest muss weitergehen! Die Hoflingers sind unter Wirten und Brauern ausgesprochen beliebt. Ja, selbst ein ortsfremder Neuzugang wie Herr Prank hat sich kürzlich dahingehend geäußert, man müsse unbedingt etwas für diese Familie tun.« Er rückte den Kragen seines Rocks zurecht. »Ich werde die weitere Aufsicht nun Ihnen überlassen. Sorgen Sie hier für Ordnung. Rasch. Morgen ist Montag, da soll die Bude für den Nachfolger bezugsfertig sein. Ich empfehle mich.«

Eder und Aulehner schauten Urbans Rücken hinterher, als der Stadtrat davonstolzierte. Müde fuhr der Inspektor sich übers Gesicht.

»Kommen S', Lenz. Das Unangenehmste zuerst. Reden wir mit dem Wirt.«

Sie fanden Xanthner auf dem Hof hinter der Bierbude. Hinter den Bretterverschlägen hetzten die Rattenjäger ihre Hunde auf das Ungeziefer. Der Wirt nahm Eders Nachricht resigniert zur Kenntnis.

»Bin ich also der Nächste, den die feinen Herren ruiniert haben, ja?« Er spuckte seitlich aus. »Da haben sie sich für mich ja ganz was Feines einfallen lassen. Ratten! Sabotage war das, sonst nix! Meiner Lebtag lang hab' ich keine Probleme gehabt, und jetzt auf einmal! Als ob ich nicht wüsst', wem ich das zu verdanken hab'!

Die Großen tun sich gegen uns Kleine zusammen und treiben uns in den Untergang. In ein paar Jahren gibt's in München kein Wirtshaus mehr, das nicht einer Brauerei gehört.«

Sie überließen den Wirt seinem Kummer und seiner Wut. Neben dem Hinterausgang hatte man die erlegten Ratten auf einen Haufen geworfen. Ein alter Mann schaufelte die grauen Kadaver in einen Sack.

»Das ist nicht verkehrt, was der Mann sagt«, warf er ein, sobald Xanthner sich entfernt hatte. »Ist alles ein bisserl seltsam. Ich bin wirklich lang in dem Geschäft, aber so was hab' ich noch nicht g'sehn. Wenn die Ratzen sich irgendwo so schnell vermehren, müssen s' doch ein Nest haben. Und Ratzen machen Dreck, einen Haufen Dreck. Da drin war nix.« Er zögerte. »Und die Hund' haben leichtes Spiel mit denen. Eine nach der anderen ziehen s' daher, von denen wehrt sich fast keine. Als ob s' betäubt wären.« Seine Schaufel fuhr mit einem Knirschen über den Kiesgrund. »Wahrscheinlich ist das wirklich eine einzige große Schweinerei.«

Sie wandten sich ab und schlenderten vom Hof. Hinter den Bretterwänden tobte noch immer wütendes Hundegebell.

»Verstehen Sie das?«, fragte Aulehner halblaut. »Erst hat man die Hoflingers aus dem Oktoberfest hinausgedrängt, und jetzt will man sie plötzlich unbedingt zurückholen?« Eder hob die Schultern. »Wer weiß, was da wieder dahintersteckt. Vielleicht hofft Prank auf die Mithilfe der Hoflingers, um seine Tochter zurückzubekommen? Ich bin ned sicher, ob ich's wissen will.« Er machte einige Schritte, dann verharrte er abrupt und schaute Aulehner an. »Es gibt Tage, Lenz, da können mir die Jahre bis zu meiner Pensionierung gar ned schnell genug vergehen. Mir wird angst und bang, wenn ich daran denk', was ich Ihnen da hinterlass'. Wir sind nur noch Handlanger für andrer Leute Machenschaften. Und machen können wir nix.«

»Die zwei dummen Kinder haben wir aus der Stadt geschafft«,

hielt Aulehner fest. Der leise Stolz in seiner Stimme überraschte ihn selbst. Eder seufzte, aber seine Mundwinkel verzogen sich zu einem grimmigen Lächeln.

»Ein Lichtblick, meinen S'? Ja, vielleicht haben Sie da recht. Das sind die Sachen, an denen man sich festhalten muss.« Ein weiter Blick traf seinen Kollegen. »Waren Sie eigentlich noch einmal beim Lochner und haben nach dem Fräulein Kandl geschaut?«

Lorenz spürte, wie seine Gesichtszüge verhärteten. »Die Kandl hat mir versichert, alles sei geregelt«, sagte er. »Es gibt keinen Grund, sie noch einmal zu befragen.«

»Deswegen könnten S' ja trotzdem ein Bier bei ihr trinken und ein Hendl dazu essen«, schlug Eder vor. »Ist doch ein fesches Mädel.«

»Eine Kellnerin«, sagte Aulehner.

»Mit dunkler Vergangenheit im Dienst einer hohen Herrschaft«, scherzte Eder. »Ein hübsches Gesicht, das Herz auf dem rechten Fleck, und anscheinend Mut für zwei.«

Man konnte ihm schwer widersprechen. Aber zustimmen wollte Lorenz auch nicht, ohne zu wissen, wieso. Vielleicht rührte diese Colina Kandl, ehemalige Prank'sche Gouvernante und gegenwärtige Lochner-Lina, an zu vielen gefährlichen Dingen. Wenn Aulehner eine Sache zu wissen glaubte, dann, dass man vom Leben besser nichts erwartete und keine Hoffnungen und Wünsche hegte, wenn man sich seinen Seelenfrieden bewahren wollte.

Selbst wenn dieser Seelenfrieden dann oft eher einer Friedhofsruhe ähnelte.

Aber ein Mittagessen und eine Maß waren schließlich keine großen Wünsche. Abgesehen davon hatte Eder recht: Die Frau hatte wirklich Mut für zwei.

Und hübsche Füße.

Eder interpretierte Aulehners Grübeln richtig und zwinkerte. »Sogar Sie haben zugegeben, dass die Frau nicht ungut ist, und nach dem, was Sie zwei zusammen ausgeheckt haben, haben Sie bei ihr doch schon einen Stein im Brett. Was vergeben Sie sich denn? Hingehen und ihr beim Singen zuhören, das ist unschuldig genug.« Er ging weiter. »Geht mich natürlich nichts an, was Sie machen. Ich mag mich auch ned einmischen. Trotzdem: Nehmen S' mit, was es an Schönem im Leben gibt, Lenz. Mehr kann ich Ihnen nicht raten. Wenn man so viel Hässliches sieht wie unsereins, muss man sich manchmal selber dran erinnern, dass nicht die ganze Welt so ist. Sonst gibt man irgendwann auf.«

29.

Scherben

Schönes im Leben musste man sich erkämpfen, dachte Colina, als sie einem der Umstehenden die Hand gab und vom Tisch stieg. Sie hatte gekämpft. Sie hatte gesiegt.

Wenn sie zurückblickte, konnte sie sich nicht erinnern, jemals solches Glück empfunden zu haben wie in den letzten paar Tagen – trotz allen Sorgen um Clara und ihren Hoflinger-Jungen, trotz neugierigen Polizisten, trotz der harten Arbeit und Johannas glühender Eifersucht. Oder vielleicht sogar wegen all dieser Dinge. Gegen alle Widerstände hatte Colina sich durchgesetzt. Sie tat, was sie konnte und gern tat, und wenn sie jetzt den Applaus hörte und die ehrliche Begeisterung in den Augen ihres – fast durchwegs männlichen – Publikums sah, wollte sie vor Stolz schier zerspringen.

Alles, die Flucht aus ihrer Ehe, die Trennung von Maxi, die Demütigungen in Lochners Schuppen, selbst die Tragikomödie ihrer Zeit als Anstandsdame in der Villa Prank, fügte sich zusammen zu einem Mosaik, in dem Colina endlich ein Bild ihrer eigenen Geschichte, ihrer selbst erkennen konnte. Ihre Ehe hatte sie hart gemacht und sie gelehrt, für sich selbst einzustehen, ihr kleiner Sohn hatte ihr beigebracht, Verantwortung zu übernehmen, die Zeit bei Prank hatte ihr gezeigt, dass es eine andere Welt gab, jenseits rauchiger Gaststätten und schmutziger Hinterhofschuppen, in der andere Dinge zählten.

Sogar die letzten Probleme hatten sich in Wohlgefallen aufgelöst. So groß ihr Schreck war, als sie in der Nacht von Dienstag auf Mittwoch den Gendarmen Aulehner im Hof vor ihrem Wohnhaus fand, so harmlos war die Begegnung gewesen. Wer hätte gedacht, dass ausgerechnet ein Polizist ihr dabei helfen würde, die zwei unglückseligen Turteltäubchen Clara Prank und Roman Hoflinger aus der Stadt zu schaffen?

Als Colina nach dem Gespräch mit dem Gendarmen wieder in ihre Wohnung kam, hatte sie erst einmal alle Hände voll zu tun gehabt, die Verschlingungen des schmusenden Paars zu entwirren. Bei Roman Hoflinger setzten irgendwann die Schmerzen seiner Augenverletzung wieder ein, und während er sich an Colinas Küchentisch selbst eine Morphinspritze verabreichte, erzählte er in abgehackten Sätzen, wie es ihm ergangen war, seitdem Clara ihn in jener Gewitternacht aufgesucht hatte, um ihm von ihrer Schwangerschaft zu berichten.

Eine Neuigkeit, die er offenbar mit der Rückfrage »Ist es von mir?« beantwortet hatte. Dafür hatte er sich von Clara seine erste Ohrfeige eingefangen, die Colina ihm von Herzen gönnte, selbst wenn sie annahm, aus ihm habe dabei eher die Verblüffung gesprochen als der Wunsch, sich aus der Verantwortung zu stehlen oder gar Clara zu beleidigen.

Die zwei waren noch so jung, dachte sie, während sie zu dritt am Küchentisch saßen und zusahen, wie die Nadel sich langsam in Roman Hofingers Arm bohrte. So jung, so naiv, so voller Hoffnung. Reichte das nicht schon, damit man ihnen helfen wollte, nur um diesen kleinen Funken Überzeugung, alles müsse gut werden, vor dem Verglimmen zu bewahren, so lange es ging? Für Colina genügte es ganz sicher.

Vollkommen weltfremd war freilich auch Roman nicht. Er hatte seinen eigenen Kampf ausgefochten und seine eigene Odyssee hinter sich. Mit der Idee, Vater zu werden und einen Hausstand zu gründen, habe er sich schnell anfreunden können, behauptete er; Clara habe ihm von Anfang an gefallen, und klug, wie sie sei, werde sie ihm gewiss eine große Hilfe sein können. Der Widerstand komme von seiner Mutter, die unbeirrbar an ihrer fixen Idee festhalte, Claras Vater habe Romans Vater ermorden lassen.

»Ich hab' mich erst gar nicht getraut, mit ihr zu reden. Weil ich mir denken konnte, wie sie reagieren würde. Sie ist da genauso stur wie in allem anderen. Wenn sie sich etwas in den Kopf gesetzt hat, lässt sie nicht davon ab; sonst fällt ihr Weltbild auseinander. In der Brauerei darf ich auch nichts anfangen, dabei wären Neuerungen so notwendig! Wenn's nach meiner Mutter ginge, würden wir das Bier immer noch in Eimern statt in Litern abmessen!« Er schaute von einer Frau zur anderen. »Versteht ihr, ich bin der älteste Sohn, ich hätt' die Brauerei übernehmen sollen. Der Vater hat's mir zugesagt. Wenn er einmal nimmer ist, kommt meine Zeit. Stattdessen hat die Mutter sich dazwischengedrängt. Und alles, was sie weiß, ist aus der Zeit, als ihr Vater noch den Deibel-Bräu geführt hat!«

»Pass auf, dass dir die Nadel nicht aus dem Arm rutscht«, unterbrach Colina. »Du hast also nicht mit deiner Mutter gesprochen?«

»Mit niemandem«, gab Roman zu. »Bloß mit meinem Bruder, irgendwann. Sonst hab' ich doch niemanden gehabt, dem ich's hätt' erzählen können. Mit dem Vater hätte man reden können, aber ned mit der Mutter. Ich wollte auch erst noch einmal zu dir.« Er schaute auf Clara und musste den Kopf drehen dabei; sie saß auf der Seite, auf der er die Augenklappe trug. »Mich entschuldigen. Das Ganze ins Reine bringen. Und dir meinen Antrag machen.« Er runzelte die Stirn. »Wo ist eigentlich die Rose? Ich hab' dir doch eine Rose ...« Noch immer die Spritze im Arm, machte er Anstalten, aufzustehen. Colina zog ihn rigoros zurück auf den Stuhl.

»Die brauchst jetzt ned. Die Clara hat's schon verstanden. Wie ist denn das mit deinem Aug' passiert?«

»Das ...« Er warf wieder einen Blick auf Clara. »Das ist ned so wichtig.«

»War es mein Vater?«, fragte Clara. Ihr Stimme dünn, aber nüchtern.

Er nickte. »Ich war aber auch blöd. Ich bin einfach hinein in eure Villa. Die hintere Tür zum Garten war offen. Da bin ich genau in ihn hineingelaufen. Vielleicht hat er gedacht, ich bin ein Einbrecher.«

»Er kannte dich von der Beerdigung her«, widersprach Clara hart. »Er hat begriffen, dass du der Vater bist, und hat dich deshalb verprügelt.«

Roman schob das Kinn vor. »Verprügelt«, maulte er. »Ganz so war's auch wieder ned. Ich hab' schon zurückgeschlagen, das darfst du mir glauben.«

Colina hielt sich mit knapper Not davon ab, die Augen zur Zimmerdecke zu verdrehen. Männer.

»Jedenfalls musste ich auf ein paar Tage in die Klinik. Sie haben mir das Auge rausgenommen. Aber der Doktor hat gesagt, da gibt's eine Firma in Wiesbaden, die machen Augen aus Glas, die kann man einsetzen unters Lid, und die schauen aus wie echt.« Er lugte unsicher hinüber zu Clara, die ihn anlächelte.

»Das ist mir völlig gleichgültig. Aber für später wird es gut sein, wenn du nicht herumlaufen musst wie der Seeräuberkapitän aus der ›Schatzinsel‹. So ein Glasauge besorgen wir dir.« Dass sie beide im Moment mittellos auf der Straße standen und nicht wussten, wohin, konnte eine Clara Prank bei ihrer Zukunftsplanung natürlich nicht bekümmern.

Es stimmte schon, was Colina zu Aulehner gesagt hatte: Das Leben war so schön, wenn man zwanzig war.

»Ich bin aus dem Krankenhaus weg, sobald ich laufen konnte«, fuhr Roman fort. »Da war dieser Zeitungsartikel im ›Simplicissimus‹ ... Ich hab' gedacht, mein Bruder hätte die Geschichte an die Zeitung gegeben. Er wollte ja immer zu dieser komischen Schwabinger Gesellschaft dazugehören. Ich habe gedacht, er hätte mich verkauft.« Er ließ den Kopf hängen. »Ich hätt's besser wissen sollen. Der Luggi ist ein Depp, aber ned hinterfotzig. Es war die Mutter. Sie hat mitgehört, wie ich's dem Luggi erzählt hab'. Und ist damit zu den Journalisten gelaufen.« Wieder glitt ein einäugiger Blick zu Clara. »Ich schäme mich so.«

»Ich nicht mehr«, sagte das Mädchen hart. »Von mir aus kann es jeder wissen, wie diese feinen Herrschaften mich verkaufen wollten. Mein Vater an vorderster Front. Ich hätte nie geglaubt, dass er so an mir handeln würde. Hast du mit deiner Mutter darüber gesprochen?«

»Versucht hätte ich's. Zugehört hat sie nicht. – ›Ihr Vater hat deinen Vater umgebracht‹; mehr war aus ihr nicht herauszubekommen. Selbst wenn, hab' ich gesagt, was kann denn die Clara dafür? Und dass ich dich heirate, komme, was mag. Da hat sie mich hinausgeworfen.« Er zog endlich die Nadel aus seinem Arm. »Jetzt gehen wir weg. Irgendwohin, wo uns keiner findet. Amerika. Ich finde schon was, um uns drei zu ernähren; ich bin jung und hab' zwei gesunde Arme.«

Nun, kurzfristig konnte Colina dank gewisser Münchner Gendarmen hier weiterhelfen. Auch wenn ein Bauernhof nicht ganz so weit weg und romantisch war wie Amerika, fürs Erste würde es genügen. Zum Glück hatte Roman sich mit etwas Geld versorgt. Zumindest reichte es für zwei Billets mit der Isartalbahn; Reiseproviant und ein paar (deutlich zu große) Kleider für Clara spendierte Colina.

Anscheinend war der Plan aufgegangen. Als Colina gestern Nacht nach Hause gekommen war, hatte sie ein gefaltetes Briefchen vor ihrer Wohnungstür vorgefunden, mit der Angabe »Fräulein Colina Kandl« als einziger Adresse. Keine Briefmarke, kein Stempel, kein Absender, aber in der Handschrift glaubte Colina die Claras zu erkennen. Wahrscheinlich hatte sie jemandem, der nach München fuhr, ein Trinkgeld gegeben, damit er das Briefchen persönlich überbrachte. Die Nachricht hätte kaum knapper ausfallen können:

»Danke für alles!

P. S.: Wir haben schon viel Geld für Amerika zusammen!«

Colina hatte unwillkürlich zu lachen begonnen. Aber warum nicht? Warum sollten die Kinder nicht ihre Träume träumen? Was hinderte sie noch, jetzt, da alle Brücken hinter ihnen verbrannt waren?

Und wer konnte sagen, ob die Träume nicht wahr würden? War dies nicht der Beginn eines neuen Jahrhunderts? Einer neuen Zeit? Warum sollte diese Zeit nicht auch Fesseln sprengen und Träume wahrmachen? Sie dachte an das bunte Durcheinander der Schwabinger Künstler, damals im »Oiden Deibe«. Vielleicht hatten diese Leute wirklich mehr verstanden, als man ihnen zugestehen wollte.

Die wenigen hingekritzelten Zeilen versetzten Colina in so fröhliche Stimmung, dass sie ihre Freude am liebsten sofort mit jemandem geteilt hätte. Was leider nicht ging, wenn man der einzige Träger eines Geheimnisses war. Eigentlich kannte sie in ganz München nur einen Menschen, dem sie vom glücklichen Ausgang des Abenteuers hätte berichten können, und das war ausgerechnet ein Gendarm.

Aber, wie man zugeben musste, ein umgänglicher.

Bisher waren Colinas Erlebnisse mit der Münchner Polizei, vorsichtig ausgedrückt, durchwachsen gewesen. Als sie mit Clara den unsäglichen Ausflug in den Englischen Garten unternahm, hatte sie nicht zum ersten Mal miterlebt, wie Gendarmen einen Kocherlball sprengten. Der Polizist, den sie inzwischen als Lorenz Aulehner und von einer ganz anderen Seite kennengelernt hatte, hatte ebenso zugeschlagen wie die anderen; das hatte sie gesehen. Andererseits war er seinem übereifrigen Kollegen dann eben doch in den Arm gefallen und hatte Colina laufen lassen, statt sie festzunehmen, wie es vermutlich seine Pflicht gewesen wäre.

Im Grunde hatte er sich damals schon großzügig benommen. Ein richtiger kleiner Revoluzzer innerhalb der Gendarmerie. Der Gedanke reizte sie zum Lachen; so grimmig und pflichtbewusst, wie der Kerl dreinschaute mit seinem akkurat gestutzten Schnurrbart und dem strengen Mund, ganz wie einer, der zum Lachen in den Keller ging, könnte man ihn mit so einer Bemerkung gewiss herrlich aufziehen. Sollte er ihr noch einmal über den Weg laufen, würde sie es ihm sagen.

Vielleicht würde das sogar passieren; immerhin hatte er sich auch nach Clara und Roman erkundigt. Gerechnet hatte Colina damit nicht; sie hatte angenommen, die Polizei werde den Fall still und heimlich in einem Aktenschrank verschwinden lassen und sich nicht weiter um das Schicksal des vermissten Mädchens kümmern. Stattdessen war Lorenz Aulehner in Lochners Bierbude aufgetaucht, hatte eine Maß getrunken und dabei Auskünfte eingeholt, ob alles geklappt hatte. Eine freundliche Geste. Geradezu – unwirklicher Gedanke – ein freundlicher Gendarm. Auch wenn er vielleicht zum Lachen in den Keller ging.

Nichts im Leben geschah umsonst, dachte Colina. Wenn man nur hart genug kämpfte, wenn man nur nicht aufgab, hatte der liebe Gott im Himmel eben doch ein Einsehen. Klopfet, und es wird euch aufgetan, hatte der Pfarrer früher vorgelesen. Es war nicht vergebens gewesen, dass Colina nach Höherem hatte streben wollen. Vielleicht würde es bei ihr nie zur feinen Dame und zu einer »ehrlichen« Beschäftigung reichen. Aber sie hatte sich eine Festanstellung und einen festen Lohn erstritten. Sie hatte sich unabhängig gemacht von kneifenden Männerhänden und stinkenden Holzschuppen auf dem Hinterhof. Von nun an würde *sie* die Regeln vorgeben, würde *sie* bestimmen, wen sie näher kennenlernen wollte und wen nicht.

Womöglich sogar griesgrämige Münchner Polizisten, falls sie sich weiter in ihrer Nähe herumtrieben. So hässlich war er ja gar nicht. Und interessiert genug angeschaut hatte er sie damals im Englischen Garten schon.

Selbst, wenn nicht: Es machte keinen Unterschied. Es war ihr Leben. Sie war frei. Für diesen winzigen Moment, als sie nach ihrem Vortrag vom Tisch heruntersprang, gestützt auf die Hände ihres Publikums und zum Klang der Münzen, die in den herumgehenden Hut klimperten, so leichtfüßig, als hätte sie nicht seit einer Woche jeden Tag mindestens fünfzehn Stunden bei der Arbeit auf den Beinen verbracht, fühlte sie sich wie ein Vogel in der Luft, spürte die grenzenlose Schönheit, die darin lag, durch nichts gehalten und gehemmt zu sein, sich ohne Angst fallen zu lassen in den Wirbel der Windströme und von ihnen getragen zu werden.

Es kostete nur einen einzigen Laut, nur den Klang einer einzigen Stimme, um ihr Zutrauen zu einem Haufen Scherben zu zersplittern.

»Da schau i auf's Plakat und denk' mir, die kenn' ich doch.«

Die Stimme war rau und heiser. Das war sie nicht immer gewesen; zu viel Rauch, Bier und Schnaps, zu viel wütendes Gebrüll in zu vielen Wirtshausschlägereien hatten sie erst so gemacht. Etwas in Colina gefror; sie hörte die Scherben ihres Vogelflugs um sich herum auf die Holzbohlen der Bierbude klirren. Gerade hatte sie Louise an der Schenke die Gitarre in die Hand gedrückt und wollte sich dafür die Schürze wieder reichen lassen.

Es half nichts, sie musste sich umdrehen.

Rupp sah aus wie immer. Das runde, hübsche Gesicht, die treuherzigen blauen Augen, der Scheitel im blonden Haar, der nie ganz gerade saß und ebenso rasch zerfaserte, wie es die Säume seiner Ärmelhemden taten. Der unsichere Gesichtsausdruck, versteckt hinter einem jungenhaften Grinsen; ein Kind, ein vollendetes Kind, fast einen Kopf größer als die meisten anderen Männer und nicht viel unter zwei Zentner schwer, das erwartete, die Welt werde ihm alles geben, was es sich wünschte, einfach, weil es da war.

Man musste gesehen haben, wie rasch diese Masse sich bewegen konnte, wie dieses Gesicht rot wurde vor Wut, wie von diesen Lippen buchstäblich der Geifer tropfte im Suff, um es zu glauben.

Man musste die Ohrfeigen, die Schläge im Kreuz, die Tritte in den Unterleib gespürt haben.

Colinas Hände krampften sich in den weißen Stoff der Schürze. Sie hielt ihn vor sich, als könne dieses Schild sie schützen.

»Rupp ...« Ihr Stimme war kaum hörbar.

Er strich sich verlegen über die Wange, über die Narbe dort, dieses einzige Zeichen, die einzige sichtbare Warnung, wer Rupprecht Mair in Wirklichkeit war. Als Colina ihn kennenlernte, hatte er sie noch nicht getragen. Er hatte die Wunde eines Abends, kurz nach Maximilians Geburt, von einem seiner Zechgelage mitgebracht, von einem Messerstich wohl; er sprach nie davon. Auch nicht von den Gerichtsverhandlungen, zu denen er vorgeladen wurde. Der Arzt, dieser Kurpfuscher, habe die Wunde nicht ordentlich versorgt, beschwerte er sich dafür später oft, nur deshalb sei die Narbe entstanden; aber was wolle man schon erwarten von so einem dämlichen Landarzt? Schuld seien Colina und Maximilian; wenn Colina nur besser wirtschaften und nicht so viel Geld für das Kind verschwenden würde – was könne so ein kleines Kind schon großartig brauchen? –, dann hätte Rupp in die Stadt fahren und sich die Wunde ordentlich nähen lassen können und wäre jetzt nicht fürs Leben entstellt.

Sie musste etwas sagen.

»Was willst du?«

Sie mühte sich ab, sich die Schürze umzubinden, mit Fingern, die ebenso zitterten wie ihre Stimme.

Sie kannte das, was jetzt kam: der kleine Junge in Rupprecht Mair wachte auf. Das war das Schlimmste. Dieser Junge, dieses große, traurige Kind war da, und es war ebenso echt wie das Monster, in das es sich bei nächster Gelegenheit verwandeln würde. Rupp starrte Colina an, und seine blauen Augen glänzten feucht vor Enttäuschung.

»Freust dich gar ned, dass ich da bin?«

Was für eine Frage!

Als sie vor ihm flüchtete, hatte Colina eigens eine Nacht abgewartet, in der Rupp mit seinen Saufkumpanen in der nächsten Kleinstadt verabredet war. Tage zuvor hatte sie schon heimlich Kleidung und das Wenige, was sie an Wertsachen noch besaß, zu Minna geschafft – immer, wenn Rupp im Wirtshaus saß.

Einer ihrer Brüder hatte ihr geholfen, sonst hatte sie nur Minna und Friedrich. Weder ihr Vater noch ihre Mutter hätten verstanden, was sie tat.

»Eine Frau gehört zu ihrem Mann.«

»Wenn ein Mann so sauft, wird es schon seinen Grund haben. Stimmt halt was nicht daheim.«

Es gab auch andere Stimmen im Dorf, zugegeben. Manche bedauerten Colina hinter vorgehaltener Hand, aber die meisten zuckten die Achseln und sagten, so gehe es eben zu bei den Häuslern, diesen Grattlern; das sei eben, was dabei herauskomme, wenn ein Mädel sich von einem windigen Vertreter ein Kind machen lasse.

In jener Nacht hatte Colina Maxi aufgeweckt und ihn zu Minna gebracht, die mit ihm sofort abreiste zu Verwandten in Preußen, in Spandau, um einige Zeit dort zu bleiben. Erst zum Beginn des Schuljahrs würde Maxi offen bei Friedrich und Minna leben, aber das war weit genug weg, damit Rupp ihn hoffentlich nicht fände.

Colina selbst hatte Maxi ein letztes Mal umarmt und sich in den Zug nach München gesetzt. Sie erinnerte sich gut, wie sie dastand am Bahnhof mitten in der Nacht, im schweren Lodenmantel, ihre Tasche in der Hand, und nicht wusste, wie es weitergehen sollte. Rund um sie staksten die Damen mit den wiegenden Hüften, den aufgeschürzten Rocksäumen und den Federboas um den Hals, und

Colinas Kehle wurde eng, wenn sie daran dachte, dass sie sich vielleicht bald in ihre Reihen eingliedern würde.

Viel anders war es nicht gekommen; eine Kellnerin stand im Ansehen wenig höher als eine Straßenhure. Für ein Mädchen vom Land, ohne Ausbildung, ohne Zeugnisse, gab es keine ordentliche Stellung in der Stadt. Also war sie bei Lochner gelandet. Mit allen Konsequenzen. Und gerade jetzt, da sie eine Chance gesehen hatte, sich ihren eigenen Platz zu erstreiten, gerade jetzt musste Rupp sie finden.

Das Plakat. Natürlich. Wie naiv von ihr, anzunehmen, Münchner Zeitungen würden nicht auch im Umland gelesen.

»Ich muss arbeiten«, sagte sie hastig. Sie warf einen Blick über die Schulter. Johanna zählte soeben das Geld aus dem Hut, den Colina hatte herumgehen lassen, und Lochner schaute ihr dabei zu und machte ein zufriedenes Gesicht.

Nein. Sie würde sich nicht noch einmal einfangen lassen, egal, was Rupp versuchte. Sie wusste, weswegen er kam. Er brauchte Geld. Das Oktoberfest musste für ihn ein Paradies auf Erden sein, und Colina sollte es ihm finanzieren.

»Bist eine rechte Schau«, hörte sie ihn sagen. Lobhudelnd, geradezu bewundernd. »Das läuft gerade richtig gut bei dir, gell?«

»Lass mich vorbei, Rupp, ich muss arbeiten«, wiederholte sie. Sie schaute ihn nicht an. Eine Hand packte sie am Oberarm und hielt sie fest, und tausend Erinnerungen schlugen über ihr zusammen.

Die blauen Flecken von seinem Griff, die immer erst zwei Tage später kamen. Der dumpfe Laut, mit dem ihr Kopf gegen das Brett am Ende des Betts schlug, als er sie darauf warf, und sich über sie. Die Scham, als er sie eines Abends so sehr verprügelt hatte, dass sie vor Schmerzen humpelte. Die Woche, als sie nicht unter die Leute ging und sich krank stellte, um ihr blaues Auge nicht auf der Straße zu zeigen. Die quietschenden Bettfedern unter ihr an jenen Abenden, wenn er heimkam und noch nicht zu betrunken war, um einzufordern, was er seine »ehelichen Rechte« nannte. Die Ohrfeigen, wenn sie von den Aushilfsarbeiten bei den Bauern, von Heuernte und Kartoffelklauben, nicht genug Geld nach Hause brachte, damit er seine Schulden im Wirtshaus bezahlen konnte.

Ihr Zusammenzucken war selbst ihm aufgefallen, er ließ sie los und machte einen Schritt zur Seite.

»Vielleicht freust du dich ja über den da mehr«, sagte er dabei. Wieder das Grinsen.

Max.

Die Welt schrumpfte zusammen auf eine kleine, schmächtige Gestalt im guten Anzug, die sich zusammenkauerte und so unauffällig wie möglich machen wollte. Colinas kleiner Sohn saß da, ganz am Rand einer Bank, weit weg von den Zechern, die sich zuprosteten und mit ihren Krügen anstießen. Oh ja, Maximilian hatte von klein auf gelernt, von Betrunkenen Abstand zu halten. Er wusste viel zu viel für sein Alter; sieben Jahre erschrockene Weisheit blickten Colina aus seinem Gesicht heraus an. Ihr traten die Tränen in die Augen.

Sie fand sich in der Hocke wieder. Ihre Hand auf seinem weichen Kinderhaar und sein Name auf ihren Lippen.

»Mama!«, sagte er. Nicht mehr. Es war Begrüßung, Bitte und Hoffnungslosigkeit zugleich.

»Geht's dir gut, Bub?«

Er nickte, wie sich das gehörte.

»Wie hast du ihn gefunden?« Die Frage galt Rupp, der sich selbstzufrieden über das Kinn strich.

»Als ob das schwer gewesen wäre. Ich kenn' doch deine Freunde. Außer dem Friedrich und der Minna hätte doch nie jemand ein fremdes Kind durchgefüttert. Ich hab' ihn aber nicht wegholen wollen von da, solange ich dich nicht gefunden hab'. Was soll ein Kind beim Vater, wenn die Mutter nicht da ist? Erst, wo ich das

Bild gesehen hab', von deinem Plakat, in der Zeitung, da bin ich hin und hab' den Fritz vor der Lutherkirche abgepasst. Der hat unseren Buben mit dabeigehabt, Lina, der hätt' aus ihm glatt einen Ketzer gemacht! Aber eine Ohrfeige hat er dann doch nicht riskieren wollen, der Preiß.« Natürlich hatte er das nicht, Friedrich war weit über siebzig. »Und was will er machen? Ich bin der Vater, der Bub gehört mir.«

Womit er recht hatte. Was sollte irgendjemand, was sollte Colina machen? Der Bub gehörte Rupp. Ebenso wie Colina.

»Eine Schande, dass du ihn nicht bei dir behalten hast«, tadelte Rupp. »Das hat den Kleinen schwer gekränkt. Eine Mutter lässt ihr Kind doch ned bei fremden Leuten!«

»Ich hätt' ihn geholt«, sagte Colina. Sie kämpfte gegen das Würgen in ihrer Kehle. Ihre Worte galten Maxi, nicht Rupp. »Ich wollte genug Geld verdienen, dann wollte ich ihn holen. Es geht nicht immer alles gleich so, wie man will.« Offensichtlich nicht.

Rupp stellte sich neben sie, als sie aufstand. Eine Hand legte sich auf ihre Schulter, und Colina streifte sie mit einer heftigen Bewegung ab. Lochner, der gerade dazu trat, um Colina auszuhändigen, was er und Johanna ihr vom Trinkgeld übrig gelassen hatten, sah es und runzelte die Stirn.

»Gibt's Probleme mit dem Herrn, Lina?«

»Alles im Griff, Chef.« Colinas gepresste Stimme mochte Lochner auffallen, aber Rupp hatte wieder sein unschuldiges Jungenlächeln aufgesetzt, und der Wirt zuckte die Achseln und ging.

»Jetzt wird alles wieder gut«, hörte sie Rupp sagen. »Der letzte Richter hat mir aufgesetzt, ich möge mich *resozialisieren*.« Er klang fast stolz darauf, dieses schwierige Wort auswendig gelernt zu haben, stolz, dass ein studierter Jurist und Amtsrichter ihn eines solch gewichtigen Wortes für würdig befunden hatte. »Das werden wir jetzt. Ich habe mich geändert, Lina.« Was danach kam, hätte Colina aus dem Gedächtnis aufsagen können, so oft hatte sie es schon gehört. »Ich sauf' nimmer. Gar nicht mehr. Du wirst sehen, ich fang' ein ganz neues Leben an. Wir werden wieder eine richtig glückliche Familie sein, so wie am Anfang. Ich such' mir Arbeit; für einen tüchtigen Fahrradvertreter gibt es immer Arbeit. Du darfst mich nicht einfach im Stich lassen, du bist schließlich meine Frau, Lina, und die Mutter von meinem Sohn!« Er legte Maximilian demonstrativ jene Hand auf den Kopf, die Colina gerade von ihrer Schulter geschüttelt hatte, und lugte auf die Münzen in Colinas Hand. »Hast a bisserl ein Geld?«

Schweigend, ohne aufzublicken, legte sie die Trinkgelder auf die Tischplatte. Zufrieden strich er sie ein und stupste Maxi an.

»Komm, Bub.«

Colina starrte vor sich auf die hölzernen, unebenen Bohlen des Fußbodens. Sie sah aus den Augenwinkeln, wie Max von der Bank rutschte, und verbiss sich die Tränen. Die schweren Schritte Rupps entfernten sich. Erst jetzt blickte sie auf.

Direkt in das Gesicht Lorenz Aulehners. Seine Miene unter dem schweren Gendarmenhelm war ausdruckslos. Einen winzigen Moment schaute er Colina genau in die Augen.

Dann drehte er sich wortlos um und ging.

30.

Die halbe Entfernung zum Mond

Gegen sieben Uhr abends langte Aulehner auf der Wache an.

»Wer von euch geht heute nach Schwabing?«, fragte er in die Runde der Gendarmen. Hiebinger meldete sich allein; jetzt, da andauernd Gendarmen für das Oktoberfest abgezogen werden mussten, konnten viele Streifen nicht mehr doppelt besetzt werden.

»Geh heim«, sagte Aulehner. »Ich übernehme für dich.«

Er begegnete hochgezogenen Augenbrauen, nicht nur bei Hiebinger.

»Spinnst jetzt ganz, oder hast einen speziellen Auftrag vom Eder?«, fragte Hiebinger zurück.

»Weder noch. Mir ist heute danach.«

Es war die reine Wahrheit. Aulehner hatte selten eine ähnliche Begierde verspürt, sich ärgern zu wollen, wie heute. Ein Streifgang durch Schwabing war die beste Garantie, sich diesen Wunsch zu erfüllen.

Aulehner tippte sich einmal gegen den Helm, um sich von den Gendarmen zu verabschieden, und ging zurück auf die Straße. Mechanisch schritt er los, über den Odeonsplatz, durch die Ludwigstraße, dann mitten hinein ins zweifelhafte Vergnügen. In ihm regte sich nichts mehr, nicht einmal Wut oder Enttäuschung, nur ein unentschlossener dumpfer Grimm, der noch kein Ziel hatte, auf das er sich richten konnte. Er hatte alles Denken in sich eingesperrt hinter einer Mauer, wo es offenbar hingehörte, wenn man zufrieden leben wollte, und an dieser Mauer patrouillierte er entlang, während er in Wahrheit an den endlosen Fassaden der nachgemachten italienischen Renaissance-Paläste in der Ludwigstraße entlangschritt.

Vielleicht war diese Straße ja ein Sinnbild der gesamten Stadt, in ihrer hochstaplerischen Verlogenheit. Wie seltsam, dass man München für diese aufgesetzte, nachgebaute Antike dritter Hand auch noch rühmte, statt es dafür auszulachen.

Er kam gerade rechtzeitig in die Adalbertstraße, um einen Streit zwischen einer Hauswirtin und ihrem zahlungsunwilligen Untermieter zu schlichten. Das bloße Auftauchen des Gendarmen mit dem grimmigen Gesichtsausdruck sorgte dafür, dass beide Parteien ihr Gezänk unvermittelt beendeten. Während des Oktoberfests war das restliche München nachts oft wie ausgestorben; in Schwabing mischten sich jedoch auch heute neugierige Münchner Bürger im Abendanzug unter leger gekleidete Maler, Studenten, angehende Schriftsteller und auf und ab stolzierende Damen, die einladend die Säume ihrer bodenlangen Gewänder schwenkten. Auch heute floss, als Aulehner das »Café Minerva« betrat, der Absinth bereits reichlich.

Aulehner drehte seine Runde und ging hinaus in den Hof. Ein paar von den Kosmikern, diesem seltsamen Club aus Homosexuellen und Verehrern der Antike, waren da, sah er; der Österreicher Gustav Fierment war ebenfalls darunter. Nach einer Begegnung mit diesen Herren stand ihm der Sinn nun wahrhaft nicht. Er wandte sich der anderen Seite des Hofs zu, wo es zu seinem Leidwesen nicht besser aussah: Franziska zu Reventlow saß – zur Abwechslung einmal allein – an einem Tisch, hatte die Beine übereinandergeschlagen und rauchte. Sie schien Aulehner wiederzuerkennen, denn sie strahlte ihn so spöttisch und provokant an, dass es Lorenz nicht möglich war, es zu übersehen. Er trat an ihren Tisch.

»Frau zu Reventlow.«

»Herr Oberwachtmeister. Was für eine Freude, Sie wiederzusehen.« Ironie prickelte in ihrem Ton. »Ich freue mich stets, wenn die Münchner Polizei etwas für ihre Gesundheit tut und einen Spaziergang an der frischen Luft unternimmt.« Er verdrehte die Augen; sie nahm einen Zug von ihrer Zigarette. »Wenn es für einen tugendhaften Vertreter unserer Ordnungsmacht erlaubt ist, können Sie sich zu mir setzen; ich fühle mich gerade etwas einsam.« Sie lachte herzlich, als sie Aulehners Gesicht sah. »Keine Bange, Herr Oberwachtmeister. Wie ich Ihnen mitteilen kann, bin ich soeben frisch verliebt, was für Sie bedeutet, dass Sie im Moment vollkommen sicher sind vor jeglichen Avancen meinerseits. Aber ob diese Sicherheit ausreicht, damit Sie sich mit einem sittenlosen Geschöpf wie mir in aller Öffentlichkeit an denselben Tisch setzen?«

Nun, zumindest wusste sie, wie man eine Herausforderung aussprach. Wortlos zog Aulehner sich einen Stuhl zurecht und ließ sich nieder.

Eigentlich war es sehr passend: Hier saß er einer durchgebrannten Ehefrau und Mutter eines ledigen Sohnes gegenüber. Da konnte er doch gleich herausfinden, was ihm bei Colina Kandl entgangen war.

Sie lachte erneut. Neben Spott lag auch ein wenig Verblüffung darin. »Alle Achtung, Herr Oberwachtmeister! Was muss Sie das jetzt an Überwindung gekostet haben?«

Viel, dachte er, aber er schwieg. Fanny zu Reventlow machte eine Geste in Richtung einer Kellnerin, deutete mit dem Finger auf Aulehner, und die nickte nur und verschwand.

»Ich bin derzeit gut bei Kasse, darf ich Sie einladen?«, erkundigte sie sich verspätet.

»Ich bin im Dienst. Zahlen S' lieber erst Ihre Mietschulden.«

»Die sind aktuell fast zur Gänze beglichen, mein Lieber.« Sie rauchte wieder. »Man sollte nicht meinen, wie schnell das Wohlwollen eines gut situierten Herrn einer Frau aus ihren Problemen heraushelfen kann.«

Angewidert stemmte Aulehner die Hände auf den Tisch und wollte aufstehen. Sie legte eine Hand auf seine Rechte. Die Fingernägel waren mit rotem Öl poliert.

»Nun nehmen Sie das doch nicht so streng, Sie humorloser Knabe. Ich habe Ihnen gerade ein Bier bestellt, und das werde *ich* gewiss nicht trinken.« Sie musterte ihn kopfschüttelnd. »Sie machen heute einen besonders angespannten Eindruck. Muss man sich etwa Sorgen um Sie machen? Haben Sie Ärger mit Ihrem Inspektor? Erzählen Sie es mir; ich langweile mich und wäre sehr in der Stimmung, mich über Sie zu amüsieren.«

Er seufzte. »Mein Verhältnis zu Inspektor Eder ist unverändert. Und warum sollte ich Wert darauf legen, mich auslachen zu lassen? Ausgerechnet von Ihnen? Oder überhaupt von einer Frau?«

»Oh!« Sie drückte hastig die Zigarette im Aschenbecher aus und lehnte sich vor. »Jetzt verstehe ich! Haben Sie etwa Liebeskummer? Sagen Sie nicht, diese Krankheit kommt auch unter Münchner Gendarmen vor? Sie bringen gerade mein ganzes Weltbild durcheinander, Oberwachtmeister!« Sie lachte wieder, hielt seine Hand fest, und Aulehner sah sich erneut daran gehindert, aufzustehen und zu gehen. »Nein, nein, jetzt kommen Sie mir nicht mehr davon. Ich werde Sie zeit Ihres Lebens für einen Feigling halten, wenn Sie nicht gestehen.«

Aulehner schwieg. Noch eine Herausforderung. Er begriff noch nicht einmal, warum er auf die erste eingegangen war.

Die seelenvollen Augen musterten ihn eingehend. »Außerdem könnte es Ihnen guttun. Mir tut es gut, mich auszusprechen, wenn ich Kummer habe.«

»Ich habe keinen Kummer«, hielt Aulehner rigoros fest. Zum Glück brachte die Kellnerin das Bier. Er legte sofort ein paar Münzen auf den Tisch, um klarzustellen, dass er selbst bezahlen würde. »Keinerlei Kummer«, wiederholte er nach dem ersten Schluck. »Ich habe mich lediglich geärgert.«

»Immerhin bestreiten Sie nicht, dass eine Frau der Grund war«, hielt Fanny zu Reventlow fest. Als Aulehner schweigend auf sein Bier starrte, lehnte sie sich auf ihrem Sitz zurück. »Nun, da Sie mir nichts erzählen wollen, lassen Sie mich raten. Glücklicherweise laufen bei Männern wie Ihnen die Affären ja nach strengen Regeln ab. Da Sie sich einer Dame, an der Ihnen gelegen ist, selbstverständlich nie unsittlich nähern würden, ohne sie vorher ordnungsgemäß vor dem Altar beringt zu haben, gehe ich davon aus, Sie haben das Objekt Ihres Interesses über einige Wochen hinweg beobachtet, gemustert, eingestuft und letztlich für würdig befunden, von Herrn Oberwachtmeister Aulehner angesprochen zu werden. Woraufhin die Dame Ihnen einen ordentlichen Korb gab, über den Sie sich nun einige Jahre ärgern werden, bis das nächste weibliche Wesen schüchtern und hausmütterlich genug daherstakst, um als potenzielle Frau Aulehner in Frage zu kommen. Nun, wie weit weg bin ich von der Wahrheit?«

»So ungefähr die halbe Länge des Äquators«, sagte Aulehner und trank. Ihre Augen blitzten.

»Wirklich? Jetzt will ich es ernsthaft wissen.«

»Gnädige Frau, meine privaten Angelegenheiten sind in erster Linie das: privat.«

»Und warum sitzen Sie dann hier?«

Exzellente Frage. »Eigentlich hatte ich Herrn Denhardt gesucht.« Das war zwar gelogen, aber immerhin eine gute Ausrede.

»Wunderbar, bleiben Sie sitzen. Zufällig weiß ich, dass Denhardt heute Abend noch vorbeikommen wird. Solange können Sie mir berichten, was genau das arme Fräulein angestellt hat, das das Unglück hatte, Sie dermaßen zu verwirren, dass Sie sich sogar freiwillig an meinen Tisch setzen.«

Aulehner seufzte und starrte auf seine Hände, die den Fuß des Bierglases umklammerten. »Ziemlich einfach. Sie ist kein Fräulein, obwohl sie sich als eins ausgibt. Sie ist verheiratet.«

»Na und?«

Die spontane Reaktion ließ Aulehner verblüfft den Kopf heben. Die Reventlow lachte herzlich. »Mein Lieber, wenn Sie jetzt Ihr Gesicht sehen könnten! Mit einer Zeichnung davon könnte man im Wörterbuch den Begriff *Fassungslosigkeit* illustrieren. Was haben Sie denn erwartet, was ich, ausgerechnet ich, darauf sage? Gegen Ehen gibt es ein Mittel; es nennt sich Scheidung. Es sollte auch Ihrer Herzensdame zur Verfügung stehen.«

»Ein für alle Mal«, sagte Aulehner, und er fand selbst, es klinge eher nach einem Knurren. »Es gibt keine *Herzensdame*.«

»Gütiger Gott«, sagte Fanny. »Sie meinen, Sie haben es noch nicht einmal *so weit* geschafft? Sie werfen schon beim ersten Anzeichen, etwas an der Frau könnte nicht perfekt sein, die Flinte ins Korn?« Sie nippte wieder an ihrem Glas. »Ich sehe schon, Sie benötigen wirklich dringend Hilfe.«

»Um jedes Missverständnis auszuschließen: Es handelt sich um eine flüchtige Bekanntschaft. Noch dazu um eine, die man im Dienst macht. Sie können sich wohl vorstellen, dass es sich dabei nicht um … Geschöpfe handelt, die als, wie Sie sich ausdrücken, *Herzensdame* in Betracht kommen.«

»Nein«, spottete sie. »Selbstverständlich nicht. Sich mit einer derartigen Frau einzulassen, mit einem gefallenen Mädchen womöglich, einem Dienstmädchen oder einer Straßenhure oder etwas in der Art, das wäre unter der Würde eines Oberwachtmeisters, nicht wahr? Ihre Doppelmoral ist schon erstaunlich.«

»Doppelmoral?« Lorenz wusste nicht, ob er lachen oder sich empören sollte. »Darf ich fragen, gnädige Frau, wo genau Sie diese Doppelmoral sehen?«

»Ja, wo wohl?« Sie blies eine Wolke Zigarettenrauch in seine Richtung. »Wenn es keine gibt, mein lieber Herr Oberwachtmeister, dann darf ich wohl annehmen, dass Sie vorhaben, als unbefleckter Jüngling in die Ehe zu gehen? Dass es sich bei Ihnen um einen unschuldigen Josef handelt, der bis zu diesem Tag jede heißblütige Madame Potiphar unter Zurücklassung unzähliger Mäntel abgewehrt hat?« Da Aulehner sie nur sprachlos anstarrte, stieß sie ein spöttisches Schnauben aus. »Das hatte ich mir gedacht. Es wäre Ihnen auch schwergefallen, es zu behaupten. Ihnen sieht man den ehemaligen Soldaten so gut an wie allen Militärs. Was das Privatleben von Soldaten angeht, mein Lieber, habe ich ausreichend Erfahrungen gemacht, um ein Urteil fällen zu können. Da wollen Sie einer Frau vorwerfen, wenn sie in puncto Liebesbeziehungen kein unbeschriebenes Blatt mehr ist? Das nenne ich in der Tat Doppelmoral, Herr Oberwachtmeister, und ich schäme mich auch nicht, es Ihnen ins Gesicht zu sagen.«

Aulehner schwieg. Sie rauchte einige Züge, ehe sie fortfuhr.

»Wie ich sehe, verbeißen Sie sich immerhin den Satz, den ich jetzt eigentlich von Ihnen erwartet hätte: dass das doch etwas völlig anderes sei. Ich darf Ihnen versichern, in mancher Hinsicht unterscheiden sich die Geschlechter weit weniger, als gemeinhin angenommen wird. Weswegen ich für mich dieselben Rechte postuliere, die ein Mann für sich in Anspruch nimmt. Auch das Recht, etwas auszuprobieren, das sich anschließend als Fehler entpuppt.«

»So wie Ihre Ehe?«, entwischte es Aulehner. Er sah sie zusammenzucken und hob beide Hände, über sich selbst erschrocken. »Verzeihen Sie, das war ... sehr ungehörig.«

»Nein«, entgegnete sie nach kurzer Pause. »Das war es eigentlich nicht. Wenn ich Ihnen die Leviten lese bezüglich Ihres Liebeslebens, haben Sie jedes Recht der Welt, dasselbe mit mir zu tun. So gerecht muss ich sein.« Sie stippte die Spitze eines Zeigefingers in ihr Absinthglas, schob sie zwischen die Lippen und leckte die Tropfen ab. Zu Aulehners Verblüffung war es merklich keine Geste, die ihm galt, keine Geste der Verführung, sondern eine der Verlegenheit. »Sie haben gesagt, ich sei einen halben Äquator von Ihrer Wahrheit entfernt. Ich denke, in Wirklichkeit liegen wir noch viel weiter auseinander. Eher die halbe Entfernung zum Mond. Aus welchen Kreisen Sie stammen, Herr Oberinspektor, weiß ich nicht, vermutlich sind es andere als meine. Ich kam in einem Schloss zur Welt. Mein Vater Graf und Landrat, seine Gattin fünffache Mutter und treusorgende Hausfrau, alles äußerst ehrenwert. Ich wurde in ein Mädchenpensionat gegeben, wo ich zum ebenso ehrenwerten Fräulein erzogen werden sollte, ohne eigenen Willen, ohne eigene Gedanken, wo man mich so lange einschnüren wollte in ein seelisches Korsett, bis mein Rückgrat zu schwach wäre, mich aufrecht zu halten, und ich es gar nicht mehr ablegen *könnte.*« Sie schaute ihn an. Die dunkel umrandeten Augen blickten entrüstet. »Ich weigerte mich. Ich erstickte. Jeden Tag dieselben geistlosen Fragen und Antworten, dieselben Rituale, deren Sinn längst niemand mehr begriff. Ist es für Sie so schwer vorstellbar, dass ich mir etwas anderes wünschte, als blind und taub den Anleitungen von Menschen zu folgen, die mir weder mit ihrem Wesen noch mit ihrem Verhalten Respekt einflößen konnten?«

Unwillkürlich musste Aulehner an Clara Prank denken. Ob sie in einem ähnlichen Pensionat aufgewachsen war? Hatte sie ihrer Gouvernante Colina Kandl ähnlich traurige Geschichten erzählt? Er sagte nichts.

»Ich brannte durch, Freunde nahmen mich auf. Für meine Eltern wurde ich nicht mehr tragbar. Als ein Freund mich um meine Hand bat, akzeptierte ich. Was sollte ich tun; ich brauchte Geld. Falls Sie das schockiert: Wie viele Männer heiraten aus genau demselben Grund, der Mitgift wegen? Lübke war großzügig, er zahlte mir ein Studium der Malerei hier in München. Hier entdeckte ich endlich eine Welt, in der ich mich zu Hause fühlte. Leider war in dieser Welt kein Platz für ihn; das war seine Entscheidung, nicht meine. Wir hätten gern Freunde bleiben können, hätte er nur seine Ansprüche mir gegenüber zurückgeschraubt.« Sie lehnte sich zurück und lächelte etwas bemüht. »So, da haben Sie meine Lebensbeichte. Ich weiß nicht, ob Sie mir zustimmen, doch meiner Einschätzung nach liegt mein ganzes Unglück darin begründet, dass ich es gewagt habe, den Satz *Ich will!* nicht nur auszusprechen, sondern auch danach zu handeln.«

Er fand ihre Miene schwer zu deuten, als sie es sagte. Sie fragte nicht nach seiner Meinung, aber ihm schien doch, dass sie sie hören wollte. »Ob ich zustimme oder nicht, dürfte kaum von Belang sein«, sagte er. Wahrscheinlich hatte sie recht; er fühlte sich von ihr weiter entfernt als der Mond. »Ihr Ehemann tut es wohl kaum.«

»Er ist nicht mehr mein Ehemann, wir sind geschieden. Die Geburt meines kleinen Rolf war denn doch zu viel für sein armes bürgerliches Selbstbewusstsein.« Sie zuckte die Achseln.

»Sich als Mann eine normale Familie zu wünschen, ist Ihrer Ansicht nach wohl ein Verbrechen?«

»Nein«, sagte sie entschieden. »Mich zu zwingen, dabei mitzuspielen, ist eines.« Sie sah ihn an. »Vielleicht wünschen wir uns einfach immer das Gegenteil von dem, was wir erlebt haben. Oder das, was wir nicht haben können. Mir geht es häufig so.« Ihr Blick glitt zur Seite. »Da ist Denhardt.«

Bevor er aufstehen und aus dieser Unterhaltung flüchten konnte, von der er nicht mehr wusste, wie zum Henker er in sie hineingeraten war, legten sich noch einmal die Finger mit den rot schimmernden Nägeln auf seine Hand.

»Hören Sie, mein Lieber. Damit Sie diese äußerst peinlichen Erörterungen wenigstens nicht umsonst auf sich genommen haben, lassen Sie mich noch eines sagen: Tragen Sie's mit Humor. Sollte es tatsächlich so etwas wie Götter geben, so lachen diese sich zweifellos täglich über uns kaputt. Abhelfen können Sie dem nicht, also lachen Sie besser mit. Und was die edle Damenwelt angeht: Stellen Sie sich einfach vor, dass dieses unverständliche und unverständige Wesen Ihnen gegenüber vielleicht auch nur in Ruhe sein Leben

leben möchte, so wie Sie.« Sie lächelte. »Damit erklärt sich das meiste von selbst.«

Aulehner nickte einen wortlosen Gruß, aber sie hatte sich abgewendet, als hätte sie ihren Gesprächspartner bereits vergessen, versunken in ihrer eigenen Welt.

Denhardt unterhielt sich mit einem jungen Mann, den Aulehner von seinem Platz aus zuvor nicht genauer hatte sehen können. Er erkannte ihn, als er näher kam: Der junge Ludwig Hoflinger, jetzt in rustikaler Kleidung, mit einer zu großen Lodenjacke auf den schmalen Schultern. Natürlich, erinnerte Aulehner sich. Urban hatte ja den Hoflingers die frei gewordene Bierbude der Gaststätte Xanthner zuschanzen wollen. Offenbar würde der junge Ludwig nun den Oktoberfestwirt spielen müssen.

Das Gespräch zwischen ihm und Denhardt dauerte nicht lange, dann wandte Ludwig sich wieder den Kosmikern und seinem Freund Fierment zu, während der Journalist Aulehner entgegenging und sich dabei demonstrativ die Augen rieb.

»Leugnen Sie nicht«, grinste er. »Ich habe Sie an Fannys Tisch sitzen sehen.«

»Ich habe Sie als Ausrede benutzt, um das Hasenpanier zu ergreifen.«

Denhardt lachte, wurde aber rasch ernst. »Sie haben den kleinen Hoflinger gesehen? Er kam gerade zu mir, um mir mitzuteilen, dass er dem ›Simplicissimus‹ für weitere Arbeiten nicht mehr zur Verfügung stehen wird.«

»Das freut mich«, sagte Aulehner. »Es wird sein Leben erleichtern.«

»Da sind wir nicht einer Meinung.« Denhardt machte ein sorgenvolles Gesicht. »Offenbar hat Maria Hoflinger sämtliche Zeichnungen ihres Sohnes verbrannt. Können Sie sich vorstellen, jemand zerstört mit einem Schlag alles, woran Ihr Herz hängt? Einen Teil Ihrer Seele?«

Aulehner konnte es nicht. Vielleicht, weil er nie gewagt hatte, sein Herz und seine Seele im selben Maß an etwas zu verlieren, wie diese Menschen es offenbar taten.

»Wenn der Hoflinger-Bub seine Künstlerallüren aufgibt, was tut er dann noch hier?«, lenkte er ab.

»Was wohl? Schauen Sie doch hin.«

Als Aulehner zu der Gruppe hinüberblickte, redete Ludwig gerade auf den Österreicher Fierment ein. Miene und Gestik wirkten fast flehentlich.

»Junge Liebe kann ziemlich schmerzen«, sagte Denhardt.

»Dann wollen Sie sagen, die beiden ...«

»Was dachten Sie denn?«

»Ich denke, dass ich besser nichts davon wissen sollte, weil ich die zwei sonst verhaften müsste.«

»Wenn das alles wäre!«, seufzte Denhardt. »Er müsse für seine Mutter einstehen, hat Ludwig mir gerade gesagt. Offenbar hat Maria Hoflinger ihren älteren Sohn verstoßen; nun soll der jüngere an seiner Stelle den biederen bayerischen Gastwirt markieren. Was natürlich für einen Gustav Fierment untragbar ist.«

»Ich habe den Eindruck, Sie mögen Fierment nicht sehr«, sagte Lorenz.

»Ich halte ihn für oberflächlich und selbstgefällig. Sie können sich nicht vorstellen, wie stolz Fierment zurzeit auf sich ist. Wussten Sie, dass *er* das Bild der Lochner-Lina gemalt hat, mit dem in der Stadt Werbung gemacht wird? Überall prahlt er damit herum. Dabei hat er nur ein altes Reklamebild von Kaulbach ein wenig abgewandelt.«

Der Entwurf für das Plakat der »Lochner-Lina« stammte von Gustav Fierment? Das war Aulehner neu. Zu seiner eigenen Überraschung gefiel ihm der Gedanke. Ganz egal, wie viel Fierment von seinem Modell zu sehen bekommen hatte, als er Colina Kandl porträtierte: Interessiert hatte den bestimmt nicht, was er sah.

31.

Nacht

Ich werde wach. Unter mir eine Decke und der blanke Erdboden, über mir ein Himmel ohne Mond, dafür voller Sterne. Neben mir, im Dunkel, der Atem eines Mannes.

Meines Mannes.

Liebe mache blind, heißt es. Für mich stimmt das nicht. Mir hat sie zum ersten Mal die Augen geöffnet.

Ich habe nicht gewusst, wie gut eine Scheibe Brot schmecken kann nach einem Tag auf dem Feld oder was für wunderbar fremdartige Melodien unrasierte Landarbeiter an einem Lagerfeuer singen können. Dass man ganz ohne Scham kichern kann mit wildfremden Frauen, wenn man sich gemeinsam im eisigen Wasser eines Trogs waschen muss.

Im Dunkel glimmt noch die rote Glut des Lagerfeuers; es sieht aus, als zwinkere sie mir zu. Ich drehe mich zur Seite und kuschle mich an meinen Mann. Ohne völlig wach zu werden, legt er einen Arm um mich, eine Hand auf meinen Bauch. Ich lege die meine darauf, schmiege meine Wange an seine Brust und atme seinen Geruch, nach Haut und Rauch und Heu und Wärme.

Wir sind erst aufgebrochen. Aber wohin wir gehen – ich bin bereits angekommen.

Colina sperrte die Haustür auf und roch es sofort.

Eigentlich erstaunlich, dass der Geruch von Bier ihr noch immer sofort in die Nase stieg, wenn man bedachte, dass sie jeden Tag von Bier umgeben war, Bier aus vollen Krügen, aus verschütteten Lachen, aus tropfenden Zapfhähnen. Aber bei Lochner gehörte es zu ihrer Welt.

Hier nicht. Dieses Treppenhaus roch sonst anders, muffig wie ein Keller, nach feuchten Wänden, Kohlsuppe und dem billigen Petroleum der Funzel, die statt einer Gaslampe als Nachtlicht auf dem ersten Treppenabsatz brannte. Heute überlagerte der süßliche Geruch von Bier alles andere, und sie wusste, was oder vielmehr wen sie vor ihrer Wohnungstür finden würde.

Wahrscheinlich hatte er sich bei Lochner erkundigt, wo sie wohnte. Oder er war ihr gestern auf dem Heimweg hinterhergeschlichen, wie es in letzter Zeit in Mode gekommen schien.

Es war Dienstagnacht. Einen Tag lang, den gesamten gestrigen Montag hatte Colina gebangt. Vielleicht hatte Rupp ja Arbeit und musste nach dem Sonntag nach Hause zurückkehren? Vielleicht hätte er sogar genug Verstand beisammen, um Maxi wieder bei Friedrich und Minna abzuliefern, damit der Bub zur Schule gehen konnte?

Der Geruch, der ihr in die Nase stieg, genügte, um alle Hoffnungen zu zerschlagen.

Sie stieg die Treppe hinauf. Ihre Beine waren schwer. Die beiden Jutesäcke mit dem, was sie hastig in ihrer Nachmittagspause eingekauft hatte, mit Kartoffeln, billigem Kaffeeersatz, Mehl und Zwiebeln, wogen Tonnen in ihren Händen.

Rupp saß neben der Wohnungstür, mit dem Rücken gegen die Wand gelehnt. Das schwache Licht reichte nur noch knapp bis hier herauf, Rupps Kopf, der auf seine Schulter gesunken war, lag fast im Dunkel. Maximilian saß neben ihm, mit deutlichem Abstand, im Eck des Flurs. Er schlief nicht, sondern hatte die Arme um die angezogenen Knie geschlungen und schaute Colina aufmerksam entgegen.

Aufmerksam. Nicht hoffnungsvoll. Dass die Augen ihres Kinds schon so nüchtern und schonungslos zu sehen verstanden, brach Colina fast das Herz.

Rupp wurde wach, als er Colinas Schritte hörte. Offenbar hatte er sich noch nicht völlig betrunken; vermutlich war ihm das Geld ausgegangen. Gemächlich, nicht ohne Mühe, rappelte er sich in die Höhe.

Maxi blieb sitzen. Vollkommen reglos. Nur seine Blicke folgten den Bewegungen der Erwachsenen.

Colina musste ihre Einkäufe auf den Boden stellen, um den Schlüssel aus ihrer Manteltasche fischen zu können. »Es hat doch keinen Zweck, Rupp«, sagte sie dabei. Sie schaute ihn nicht an. Man wusste nie, wie er reagierte, wenn man ihn zu genau ansah.

Heute schien der Alkohol ihn friedlich, weinerlich zu stimmen. Es gab solche Tage. »Ich möcht's wieder gutmachen, Lina. Ehrlich, das musst du mir glauben. Dieses Mal meine ich's ernst. Ich schwör's dir auf die Bibel.«

Wahrscheinlich meinte er es sogar so. Jetzt. In einer halben Stunde, wenn er noch ein paar Schnäpse oder Biere mehr intus hätte, würde er sich leider nicht mehr daran erinnern. So wie beim letzten und beim vorletzten Mal, als er diesen Schwur getätigt hatte. Colina wusste auch, dass sie es ihm nicht sagen durfte – nicht, ohne eine Tracht Prügel zu riskieren.

Ihre Hände waren feucht. Sie hatte Mühe, den Schlüssel im Schloss zu drehen. Was sollte sie tun, wenn er sich den Zugang erzwang?

Was konnte sie tun? Er war ihr Ehemann.

»Du bist doch gar kein Stadtmensch«, sagte sie. »Du gehörst ins Freie, an die frische Luft. Dir wird's doch zwischen so viel Wänden viel zu eng.« Endlich, das Schloss ratterte.

Er trat neben sie. Es half nichts, sie musste sich zu ihm umdrehen, richtete den Blick aber sorgfältig leicht an seinem Gesicht vorbei, in den dunklen Flur. Maximilian hinter ihrem Rücken regte sich noch immer nicht.

»Ich such' mir Arbeit«, versicherte Rupp. Er hatte eine Fahne, natürlich; in seinen Kleidern hing der Rauch einer Wirtsstube. Mit unstetem Blick versuchte er ein Lächeln. »Gib mir bloß a bisserl Zeit. Dass ich mich präsentabel mach' und Beziehungen krieg', weißt? Dann wird alles gut. Der Bub kann auf die Schul' gehen, wie du es immer haben wolltest. Aufs Gymnasium, auf die Universität, wenn er will! Dass er ned so ein Versager wird wie sein Vater. Ich reiß' mich am Riemen jetzt, das wirst sehen!« Sein Blick glitt abwärts, zu den Einkäufen, und weiter zu Colinas Manteltasche, in der das Portemonnaie steckte. »Hast so viel verdient heut', dass du gleich einkaufen hast gehen können?«

Colina atmete heftig ein. Dann zog sie das Portemonnaie aus der Tasche und drückte ihm in die Hand, was sie entbehren konnte: zwei Fünfzig-Pfennig-Münzen, ein paar Zehn-Pfennig-Stücke, eine ganze Mark. Er schielte begehrlich auf die kleineren Münzen, die in Colinas Börse übrig blieben, aber sie schloss das Portemonnaie rasch und steckte es weg. Sein Blick glitt auf das, was er in der Hand hielt, und er mochte sich sagen, dass er abgeschöpft hatte, was abzuschöpfen sich lohnte.

»Sauber«, freue er sich. »Bist ein fleißiges Mädel, Lina, eine ganz Brave, das habe ich immer gesagt.« Colinas spürte ein Würgen in der Kehle. Er schaute über Colinas Schulter weg in die Ecke, in der der Junge kauerte. Colina machte einen Schritt seitwärts und verstellte ihm die Sicht.

»Pfüa Gott«, sagte sie mit Betonung. Er runzelte ein wenig die Stirn, dann versuchte er ein Lächeln, das in schiefer Großspurigkeit sein Gesicht verzerrte.

»Eine ganz Brave. Mein liebes, gutes Weiberl halt. Hab' schon gewusst, dass man sich verlassen kann auf dich, Lina.«

Sie sah ihm nach, als er ging, mit wiegenden, tapsigen Schritten wie ein Bär, sah seinen breiten Rücken aufleuchten und wieder im Dunkel verschwinden, als er auf der Treppe an der Lampe vorbeikam, und lauschte dem Gepolter der Holzstufen, bis im Erdgeschoss die Tür ins Schloss fiel. Sie hätte weinen mögen vor Erleichterung, aber sie durfte nicht.

Mühsam setzte sie ein Lächeln auf und streckte eine Hand in die dunkle Ecke aus, in der das Kind saß. »Komm, geh' ma 'nei. Hat dir der Papa schon was zum Essen 'geben?«

Sie erhielt keine Antwort auf die Frage. Maximilian stand auf, langsam, als müsse er seine erstarrten Glieder erst wieder an Bewegung gewöhnen, und hing dann plötzlich an ihr, seine Arme um Colinas Hals geschlungen, sein Kopf gegen ihre Brust gedrückt. Colina legte ihre Wange auf seinen Scheitel und gönnte sich eine Träne, die sie hastig wegwischte.

Auch das Kind roch nach Wirtshaus.

Sie lag wach in der Nacht, neben sich das schlafende Kind, das sich unruhig hin und her wälzte, und fragte sich, was sie tun konnte. Sie fragte es sich noch, als sie aufstand, sich in einer Schüssel die Müdigkeit aus dem Gesicht wusch und auf dem Tisch ein Frühstück für Max richtete. Für den Tag schmierte sie ihm ein paar Butterbrote. Ob sie genug einnahm, um etwas Speck oder Wurst für das Kind zu kaufen? Sie kochte Kartoffeln vor, die könnte sie abends mit den Zwiebeln abrösten.

Als sie ging, schlief er immer noch. Besorgt fühlte sie seine Stirn, aber die Temperatur war normal. Vielleicht war er einfach erschöpft; wer konnte sagen, wann der Junge das letzte Mal eine Nacht wirklich durchgeschlafen hatte?

Er war erst sieben.

Sie rüttelte ihn an der Schulter; er war sofort wach und drehte sich erstaunt nach ihr um.

»Mama muss jetzt arbeiten«, sagte sie. »Aber ich bin in der

Nacht wieder da. Bleib im Haus und geh nicht in den Hof, hörst? Auf dem Regal am Tisch sind Papier und Bleistifte. Mal mir was, oder schreib mir was, bis ich heimkomm', ja?«

Er nickte, viel zu ernsthaft. Sie küsste ihn auf die Stirn.

»Mein großer Bub. Heut' Abend erzählst mir vom Onkel Fritz und von der Tante Minna und von der Schule.« Wieder das stumme Nicken. »Wenn's läutet oder klopft, machst nicht auf, hörst? Sei ganz still, und tu so, als wär' keiner daheim. Nicht aufmachen, auch nicht ... auch nicht, wenn's einer ist, den du kennst.«

Sie brauchte es nicht auszusprechen, er verstand.

Sie ging und drehte den Schlüssel sorgfältig im Schloss. Es gab einen zweiten Schlüssel, in derselben Schublade und in derselben Zigarrenschachtel im Küchentisch, in der auch Colinas armselige Ersparnisse lagerten. Aber den würde Max nicht finden, selbst wenn er danach suchen sollte. Für die Notdurft hatte er das Potschamberl unterm Bett.

Dennoch ließ die Unruhe sich nicht vertreiben. Rupp war irgendwo in der Stadt. Was Colina ihm an Geld gegeben hatte, reichte für einen ordentlichen Rausch. Aber nur für einen, und der verging. Was dann? Mechanisch begrüßte Colina Louise und die übrigen Biermadl, fuhr mit dem Lappen über die bierverklebten Tischplatten, bevor die Bude öffnete, wuchtete ihre ersten sechs Maßkrüge an einen Tisch und lachte mit den Gästen über deren Anzüglichkeiten. Louise behauptete sogar, sie habe heute besonders kräftig und aufreizend gesungen.

Colina hätte nicht einmal sagen können, welche Melodie.

Ihre Gedanken kreisten um zu Hause, um Maximilian, und um das, was sie erwarten würde, wenn sie heute die Tür zum Treppenhaus öffnete.

Wäre die Wohnungstür schon offen? Sie traute Rupp zu, sie aufzubrechen oder einzutreten. Oder würde er nur wieder vor der Tür sitzen? Sie konnte ihm nicht noch einmal so viel Geld geben wie gestern. Aber selbst wenn sie es könnte, Rupp würde sich kein zweites Mal abspeisen lassen.

Das musste er nicht. Er war ihr Mann.

Kurz überlegte sie, um Hilfe zu bitten. Aber wen? Louise kam nicht infrage; sie hätte vielleicht Colina allein verstecken können, aber nicht zusammen mit Maxi. Zumal es lediglich ein Aufschub wäre.

Die Polizei? Colina erwog den Gedanken ernsthaft. Bis vor einer Woche hätte sie das nie getan. Aber der Oberwachtmeister, dem sie geholfen hatte, Clara und Roman Hoflinger aus der Stadt zu schaffen – war der ihr nicht noch einen Gefallen schuldig? Sie kannte seinen Namen; sie brauchte nur einen der Uniformierten, die über das Oktoberfest streiften, mit einer Botschaft zu ihm zu schicken.

Sie tat es nicht. Ein Polizist war an Gesetze gebunden, sagte sie sich; auch Aulehner konnte einen Ehemann nicht daran hindern, seine Rechte einzufordern.

In Wirklichkeit war es die Erinnerung an das, was sie in Aulehners steinernen Zügen gelesen hatte, als er ihre Begegnung mit Rupp beobachtet hatte, die Colina davon abhielt: Verachtung und ... ja, vielleicht sogar so etwas wie Enttäuschung. Es tat zu weh, um genau darüber nachzudenken.

So verging der Tag äußerlich wie die Tage zuvor: mit vollen Krügen, leeren Krügen, der Gitarre, dem Hut, der für Colina kreiste, und Johannas gierigen Fingern darin. Gegen neun Uhr fasste Colina ihren Entschluss und bat Lochner, nach einem letzten Lied, das sie singen wollte, früher nach Hause gehen zu dürfen. »Mir geht's heute gar nicht gut.«

Vielleicht sah man ihr die schlaflose Nacht an, denn Lochner willigte ein – freilich erst, nachdem Johanna grimmig bestätigt hatte, die Einnahmen an Trinkgeldern für den Tag seien gut gewesen. »Dass du mir fei nicht krank wirst«, sorgte er sich sogar. »Käsig bist heut' wirklich, das stimmt. Deswegen habe ich dem Schwabinger Hallodri sein Geld nicht bezahlt, damit mir dann meine

Wies'n-Attraktion ausfällt, a halbe Woch', bevor's Oktoberfest gar ist.«

Das konnte Johanna natürlich so nicht stehen lassen. »Von wegen krank«, spottete sie aus der Schenke heraus. »Zu vornehm wird sich das Fräulein halt wieder dünken, zu faul ist s' fürs Aufräumen.«

»Das darfst nicht sagen, Johanna«, verwahrte sich der Wirt zu Colinas Verblüffung. »Jeden Tag hat die Lina geschuftet, von der Früh bis auf die Nacht. Faul ist die nie g'wesen. Nur ein bisserl gspinnert.« Er strich sich den Schnurrbart. »Jetzt gehst heim. Und für den heutigen Tag zahl' ich dir halt nur eine Mark und fünfzig Pfennig. Bist ja nicht bis zum Schluss da gewesen.«

Er sagte es gerade noch rechtzeitig, bevor seine unerwartete Freundlichkeit Colina hätte ans Herz gehen können. Nur gut, dass man sich auf Leute wie Lochner und Johanna verlassen durfte. Sie ersparten ihrer Umgebung jede Menge überflüssiger Sentimentalitäten.

Colina leistete sich trotzdem eine Fahrt mit dem Pferdebus und eilte von der Haltestelle fast im Laufschritt nach Hause. In ihrer Wohnung war alles finster, und das Treppenhaus, als sie die Stufen hinaufhastete, dunkel und leer. Sie schloss die Tür auf.

»Mama?«

Alles war gut. Maxi war allein. Sie war rechtzeitig gekommen.

Sie leerte den Nachttopf, wusch sich, band sich eine Schürze vor und briet Kartoffeln fürs Abendessen. Beim Essen erzählte Max von der Schule und von Minna; sie lauschte der Jungenstimme, als sei es Musik. Nach dem Abwasch löschte sie eilig das Licht; sie gingen zu Bett. Noch war alles ruhig, und als Colina einschlief, hatte sie, wider besseres Wissen, wieder diese leidige Hoffnung im Herzen.

Sie wusste nicht, wie spät es war, als das Poltern an der Tür begann. Nach der gestrigen Nacht hatte sie so erschöpft und tief geschlafen, dass es eine Weile dauerte, bis sie wach wurde. Wahrscheinlich wurde sie es nur, weil Max neben ihr zu zappeln begann. Sie konnte nicht sagen, wie lang das Brüllen aus dem Treppenhaus da schon durch die Nacht dröhnte.

»Lina! Was machst denn ned auf? Lina!«

Fäuste donnerten gegen die Tür. Colina schluckte. Maxi rückte von ihr fort und drängte sich an die Wand.

Colinas Schlafraum war nur ein Verschlag, durch eine dünne Holzwand abgetrennt, vielleicht als Speisekammer gedacht, in dem sie mit knapper Not das Bett hatte unterbringen können. Er besaß ein Guckloch hinaus in die Nacht; so konnte sie den Lichtschein sehen, als in der Wohnung neben ihr eine Lampe entzündet wurde.

»A Ruh is!«, schrie eine aufgebrachte Männerstimme. »Haderlump, damischer! Sonst hol ich die Polizei!«

Die Polizei. Und wenn Colina doch ... aber was wollte selbst der freundlichste Gendarm tun? Aulehner hatte mit seiner Verachtung ja recht. Colina war kein »Fräulein Kandl« mehr, sie hatte lediglich eine Weile so getan und einen irrsinnigen Traum geträumt. Gspinnert eben, wie Lochner sich ausgedrückt hatte. Sie war Frau Lina Mair, verehelicht mit Rupprecht Mair, und hatte kein Recht, ihren Ehemann auszusperren; kein Recht, sich an einem Ort aufzuhalten, mit dem er nicht einverstanden war, kein Recht, Geld vor ihm zurückzuhalten, das er doch dringend benötigte, um sich in der nächsten Gastwirtschaft einen Rausch anzusaufen.

Sie hatte vor allem kein Recht, das Kind vor ihm verborgen zu halten.

»Lina!« Die Tür ächzte in den Angeln. Colina biss sich auf die Lippen.

Sie setzte sich auf und stellte die nackten Füße auf die Holzbohlen.

»Ich geb' dir ein paar Wolldecken«, sagte sie zu Max und schaute zur Seite dabei. »Schläfst heut' in der Küche auf der Bank.

Meinst, das geht?« Als sie ihm die Decken gab, musste sie ihn doch ansehen. Sein Haar war zerzaust, sein Gesicht wieder so leer und abwartend wie gestern, als sie ihn vor ihrer Tür gefunden hatte.

Rupp stolperte an ihr vorbei in die Diele, sobald Colina den Riegel zurückschob. Er brachte die übliche Wolke von Gerüchen mit, nach Bier, nach Schnaps und nach kaltem Rauch, und fing sich gerade noch ab, ehe er mit dem Kopf gegen die Wand rumpelte.

»Sei halt leise!«, mahnte Colina. »Jetzt hast den Bub aufgeweckt. Was willst denn?«

Er starrte sie verständnislos an. »Heim will ich, was ist denn das für eine Frag'?« Miene und Stimme wurden weinerlich. »Im Gasthaus haben s' mich hinausgeworfen, weil ich nicht gleich hab' zahlen können. Der Mensch muss doch schlafen irgendwo.«

Colina dachte an die Münzen, die sie Rupp seit Sonntag in die Hand gedrückt hatte. Sie schwieg und drehte den Schlüssel im Schloss.

»Was sperrst denn auch ab?«, maulte Rupp sofort. »Da muss man halt schreien.« Er schob sie zur Seite, zog den Schlüssel ab und steckte ihn in die eigene Tasche.

Sie wusste nicht, was sie tun sollte. Jetzt gab es kein *Richtig* mehr, wusste sie aus Erfahrung, nur noch verschiedene Farbschattierungen von *Falsch*. In ihrem Mund war ein Geschmack wie von Asche.

Seine Hand an ihrer Wange. Sie zuckte zurück.

»Was bist denn a so?« Sie hörte die Verletztheit aus der Frage. Damals, vor Jahren, hatte diese Verletzlichkeit sie angezogen. Sie hatte sie von Beginn an gespürt hinter der großspurigen Fassade, hinter der Rupprecht Mair sich verborgen hielt. Sie hatte es für etwas Kostbares gehalten, für einen Schatz, den Rupp nicht jedem zeigte. Sie hatte sich geirrt; es war nichts als Feigheit, die in Gewalt umschlug gegen jeden, von dem Rupp glaubte, er habe ihm Unrecht angetan.

»Immer bist a so.« Da war sie schon, die Anklage.

»Geh, Rupp. Bitte!« Was blieb ihr mehr, als zu betteln? Fraglich, ob er es überhaupt gehört hatte.

»Das gehört sich ned. Ich bin dein Mann, verstehst? Ich hab' dich geheiratet, damals. Das hätt' nicht ein jeder g'macht.«

Auch dieser Satz hatte kommen müssen. Diese ruhmvolle Auflistung von Rupps einer Großtat im Leben, der Grund, dessentwegen Colina in Dankbarkeit vor ihm auf den Knien zu rutschen hatte bis ans Ende ihrer Tage: dass er ein einziges Mal nicht den einfachsten Weg gewählt hatte, dass er Colina tatsächlich vor den Altar führte, nachdem er sie geschwängert hatte.

Die Ungerechtigkeit trieb Colina die Galle in den Mund. »Ja, mein Mann«, bestätigte sie bitter. »Ein kleiner Mann, *Jessasmaria*, einer der seiner Frau und seinem Kind das Geld zum Essen wegnimmt, damit er's im Wirtshaus versaufen kann ...«

Aus dem Nichts schoss Rupps Faust vor, verfing sich in ihren Haaren; etwas riss Colinas Kopf zur Seite mit der Gewalt eines Dampfkolbens. Ihre linke Schläfe krachte gegen etwas Raues, Rissiges – die Wand der Diele.

Halb benommen spürte sie die Bohlen des Fußbodens unter ihren Fingern, als sie in sich zusammensackte. Seltsam, hier in der Diele waren sie glatter als im Schlafzimmer.

»Lina?« Er ließ sich schwerfällig auf die Knie herab. Sein Atem stank nach Bier. Wieder streckte er die Hand aus; Colina zog die Arme vors Gesicht, ehe sie sich selbst daran hätte hindern können.

»War doch ned so g'meint.« Wieder der verletzte Unterton. Wie konnte Colina es wagen, ihren Ehemann zu beleidigen, indem sie sich vor ihm fürchtete? »Du bist doch meine Frau. Mein braves Weiberl.«

Seine Arme um ihre Schultern. Seine Lippen auf ihrem Gesicht. Sie wollte sich abwenden und wagte es nicht mehr.

Er zerrte sie in die Höhe, einen Arm um ihre Schultern geschlungen schob er sie vor sich her in die Küche. War Max dort irgendwo?

Man konnte sich in der kleinen Wohnung nicht verstecken; Rupp schien das Kind trotzdem nicht zu sehen. Er stieß Colina durch die offene Tür in die Schlafkammer und aufs Bett.

Immerhin schloss er die Tür.

»Mein braves Weiberl.« Er nestelte an seinem Hosenlatz, der Gestank nach Bier, ungewaschener Haut und Gastwirtschaft verdrängte, was an Luft in dem winzigen Raum Platz hatte, und Colina, schwer atmend, dachte an den Abend im Juli, an Gollhubers Hände in Lochners Schuppen.

Was für einen Unterschied hatte es gemacht? Am Ende gab es kein Entkommen, war Colina doch nur ein Tier in der Falle.

32.

Wider die sittliche Ordnung

Er war am Donnerstagmorgen gegen neun Uhr in der Nähe der Lindwurmstraße, auf dem Weg zum Rapport auf der Theresienwiese, als er die Trillerpfeife hörte. Er rannte schon los, ehe er den Ton ganz registriert hatte. Da rief ein Kollege nach Verstärkung.

Der Kollege war Grabrucker. Er sah sich vier ineinander verkeilten Betrunkenen gegenüber, einigen rann schon das Blut über das Gesicht. Hinter den Vorhängen lugten rundum die Nachbarn hervor, halb neugierig, halb empört über die frühe Ruhestörung in ihrem Viertel.

Eigentlich kam die Schlägerei Aulehner gerade recht. Er war noch immer in einer Stimmung, in der er der Welt am liebsten in ihrer Gesamtheit einen Tritt versetzt hätte.

Einige Rufe, Hiebe und der Anblick der blauen Uniformen genügten, um zwei der Schläger auseinanderzutreiben. Die beiden Hauptbeteiligten dagegen prügelten, blind für alles, was um sie herum vorging, selbst dann noch aufeinander ein, als die Gendarmen sie bereits am Kragen gepackt hielten. Aulehner überließ es Grabrucker, mit dem Knüppel für Ruhe zu sorgen. Weniger aus Zurückhaltung als aus Erschütterung: Er hatte einen der zwei erkannt. Aus einem Riss an der linken Schläfe rann Blut, das Gesicht war rot angelaufen, das Haar stand zerzaust nach allen Seiten, und ein Hosenträger schien gerissen. Dennoch gab es keinen Zweifel: Das war der Kerl, den er am Sonntag gemeinsam mit dem kleinen Jungen in Lochners Bierbude gesehen hatte.

Der, der sich als Colinas Ehemann bezeichnet hatte.

Einer von der Sorte also. Wut quoll in ihm hoch. Lorenz schob sie weg. Er hatte kein Anrecht auf sie, und was ging es ihn an.

Grabrucker salutierte, nachlässig und schwer atmend, um sich für die Hilfe zu bedanken.

»Merci, Aulehner. Hilfst mir noch die Personalien aufnehmen?«

Stumm zückte Aulehner sein Notizbuch. Bei den meisten ging es schnell, nur der Rotgesichtige machte Schwierigkeiten.

»Name?«

»Rupprecht Mair. Aus Wetting.«

»Wo wohnen Sie in München?«

Der Mann scharrte mit den Füßen.

»Die Straße ... also, die kann ich Ihnen gerade partout ned sagen. Will mir nicht einfallen. Bei meiner Frau is's, die ist da gemeldet. Colina Mair, geborene Kandl. In der Au. So ein größerer Block, im Hinterhaus. Ich bin erst vor zwei Tagen eingezogen, wissen S', darum kenn' ich mich noch nicht so aus.«

»Wenn du keine feste Adresse hast, nehmen wir dich mit auf die Wache«, drohte Grabrucker, was bockbeinige Verdächtige manchmal zur Raison brachte.

Nicht in diesem Fall. Rupprecht Mair fühlte sich schlecht behandelt. »Mich? Ja, kann ein Mann nicht einmal in Ruhe ein Bier trinken in dieser Stadt, ohne dass gleich einer daherkommt und unschuldige Leute in Schwierigkeiten bringt; langt das nicht, wenn man den ganzen Tag nach Arbeit sucht und findet keine; muss man sich dann noch dumm anreden lassen, wenn man sich ein bisserl erholen will von so einem Tag?« Er lallte.

»Wache, und Ausnüchtern«, bestimmte Grabrucker lakonisch.

Aulehner zögerte mehrere Herzschläge lang, ehe er sich einmischte.

»Lass den laufen. Das stimmt, was er sagt.«

»Laufen lassen?« Grabrucker starrte ihn an. »Den? Hast du das nicht gesehen, das war der Schlimmste von allen vier.«

»Trotzdem«, sagte Aulehner.

»Dann kennst du den?«

»Ihn nicht, aber seine Frau.« Er musterte den vor sich hin stierenden Kerl angewidert. »Die ist wahrscheinlich gestraft genug mit so einem.« Der Mann reagierte nicht, obwohl Aulehner mit Absicht lauter gesprochen hatte.

»Das glaube ich auch.« Grabrucker steckte das Notizbuch weg. »Früher oder später fällt der im Suff vor einen Fiaker, oder er legt sich mit dem Falschen an und endet mit einem Messer im Hals. Die Frau kann einem nur leidtun.«

Ja. Wahrscheinlich. Aulehner verabschiedete sich knapp; er müsse zu einer Besprechung mit Eder und Urban. Was stimmte. Es würde sogar eine außerordentlich wichtige Besprechung sein – immerhin beehrte heute Seine Königliche Hoheit Prinzregent Luitpold in höchsteigener Person das Fest. Aber das war nicht alles. Je näher Aulehner der Theresienwiese kam, desto fester heftete sich sein Blick auf das Dach einer ganz bestimmten kleinen Bierbude. Der mit dem auffälligen Plakat an ihrer Stirnseite.

Ein Bier bei Lochner? Oder zumindest einen Blick hinein, um sich zu vergewissern, dass alles in Ordnung war?

Nicht nur Grabrucker kannte Kerle vom Schlag dieses Rupprecht Mair. Auch Aulehner hatte seit seiner Anfangszeit bei der Gendarmerie, in Landshut, auf den abendlichen Rundgängen genug davon gesehen. Männer, die nur der Rausch stark machte. Und die die Scham über ihre eigene Schwäche dann auf andere richteten, bevorzugt gegen solche, die noch schwächer waren als sie.

Wer war schwächer als eine Frau und ein Kind?

Es ging ihn nichts an, ermahnte er sich. Trotzdem fand er sich wenig später vor dem Eingang von Lochners Bierbude wieder. Er ging hinein.

Sie war bei der Arbeit. Sechs Krüge, mit einem Lächeln, mit einem Scherz, mit einem Augenzwinkern für jeden Gast. Nur auf ihrer linken Wange war eine seltsame Rötung, und an ihren nackten Unterarmen sah Aulehner blaue Flecken, die ihm zuvor nie aufgefallen waren.

Die Wut stieg erneut in ihm hoch. Lorenz schluckte sie mühsam hinunter.

Colina sah ihn auf sich zukommen, stutzte kurz, dann drehte sie sich wortlos mit einem Kopfnicken um Richtung Schenke. Er folgte ihr.

Noch war es ruhig in der Bude; viele Gäste mochten draußen sein und die Kutsche des Prinzregenten sowie die livrierten Lakaien vom Hof bestaunen, die Aulehner beim Näherkommen vor dem Zelt der Kinematografentruppe gesehen hatte. Colina blieb in der Nähe der Hintertür stehen und wartete auf ihn.

»Ist etwas passiert?« Sie schaute ihm bei der Frage nicht ins Gesicht.

»Wie man's nimmt.« Aulehner fragte sich, was er sagen sollte. Wieso er überhaupt hier war. »Nichts, was die zwei Turteltauben angeht. Apropos, haben Sie noch einmal etwas gehört?«

»Nur, dass die beiden gut angekommen sind.« Sie blickte nun doch auf. Ihre Wange war nicht nur rot, sie wirkte auch geschwollen. »Sie wollen nach Amerika.« Sie teilten ein kurzes, wehmütiges Lächeln miteinander. Der große Traum vom neuen Leben, in das man keine der Fesseln aus dem alten mitnehmen würde. Vielleicht hatten sie beide schon zu viel gesehen und erlebt, um daran noch zu glauben. »Wenn es nicht um die zwei geht, worum geht es dann?«

Ihre Stimme zitterte leicht, sie mochte es ahnen.

»Fräulein Kandl«, setzte er an, nur um innezuhalten und sich zu verbessern. »Oder Frau Mair?«

Ihr Blick glitt zurück zu Boden. »Ich bin hier unter meinem

Mädchennamen gemeldet«, gab sie zu. »Müssen Sie jetzt meine Papiere anschauen?«

»Ich will gar nicht wissen, wie Sie an die gekommen sind«, sagte er grob. Der Ärger war wieder da, aber die Besorgnis ließ sich davon nicht völlig vertreiben. Was ihn noch mehr ärgerte.

Wieso machte er sich Gedanken um sie, wieso rührte ihr Anblick etwas in ihm auf, das er weder kannte noch kennen wollte?

»Ich möchte Ihnen nur mitteilen, dass ein Kollege und ich heute Morgen einen Herrn aufgegriffen haben, der sich als Rupprecht Mair ausgab und bei dem es sich offenbar um Ihren Ehemann handelt.«

»Aufgegriffen«, wiederholte sie. Bitter, resigniert. Müde.

»Er war bezecht und steckte in einer Schlägerei mit einigen anderen Betrunkenen«, präzisierte Lorenz. »Dem äußeren Anschein nach war er zwar malträtiert, hatte aber keine ernsthaften Blessuren. Ich habe den Kollegen gebeten, für dieses Mal von einer Anzeige abzusehen; ich hoffe, er hat den Rat befolgt. Jedenfalls dachte ich, Sie wollten es vielleicht gleich wissen.«

»Danke«, sagte sie knapp. Vielleicht für Aulehners Einschreiten, vielleicht für sein Kommen. Einen Moment lang dachte er, sie würde anfangen zu weinen, aber dafür war eine wie sie nicht gemacht. Mit einer Hand fuhr sie sich über die Wangen, dann schaute sie ihm ins Gesicht; um ihre Mundwinkel zuckte es.

Eine patente Frau, würde Eder wohl sagen.

»Ich würde gern behaupten, er ist nicht mehr der Mann, der er war, als wir geheiratet haben. Aber das wär' gelogen. Er war immer der, der er jetzt ist. Ich hab's bloß ned sehen wollen.«

Die Besorgnis schwappte über und überspülte für den Moment die Wut.

»Wenn ich irgendetwas tun kann ...«, hörte er sich sagen.

In diesem Moment brach draußen auf der Besuchergasse das Chaos los. Erst nur Stimmen, dann schrillten Trillerpfeifen, und aufgeregte Schreie steigerten sich zur hellen Panik.

»Der Prinzregent! Zu Hilfe! Der Prinzregent!«

Entsetzt starrte Lorenz Colina an, dann fuhr er herum und stürmte aus der Bude.

Ein Attentat!

Eine halbe Stunde später hatte die Lage sich wieder beruhigt. Aulehner war, nach einem scharfen Sprint quer durch den Menschenauflauf zum Zelt der Filmvorführer, gerade noch rechtzeitig gekommen, um mitzuerleben, wie Seine Königliche Hoheit, abgeschirmt von einem doppelten Kreis aus Leibgarde und Gendarmerie, durch die Zuschauer hindurch zur Kutsche mit dem Wappen der Wittelsbacher geschleust wurde. Das heißt, gesehen hatte er eigentlich nur den langen weißen Bart sowie ein äußerst verdutztes, faltiges Gesicht, und gehört ein paar Worte in einem Ton, der vor allem verwirrt klang.

»Also, das geht aber nicht, so etwas! Modern und ein bisschen leger, das ist ja gut und schön, aber *herzeigen* muss man solche Sachen jetzt wirklich nicht! Und falls das eine Anspielung sein sollte, sozusagen ein Anschlag auf das Andenken von Seiner Majestät, meinem Neffen selig, dann muss das streng verfolgt werden ...«

Jemand schloss rigoros den Schlag hinter dem Regenten, der Kutscher ließ die Peitsche knallen, die Füchse legten sich ins Geschirr.

Inzwischen war klar: Das Attentat hatte nicht der Gesundheit Seiner Königlichen Hoheit gegolten, allenfalls seinem Seelenfrieden.

Der Filmvorführer war verhaftet und abgeführt – zuvor hatte Eder ihn dazu gebracht, die besagte Filmrolle, die für alles Unheil verantwortlich war, noch einmal in den Apparat zu legen. Aulehner hatte sie sofort sichergestellt, noch bevor Eder und Urban am Schauplatz eingetroffen waren. Der Stadtrat hatte sich inzwischen in einen der Polstersessel geworfen und das Gesicht in den Händen vergraben, während Eder und Aulehner sich mit der Technik des Kinematografen vertraut machten.

Am meisten verblüffte Lorenz, wie simpel das Prinzip der Maschine war und wie einfach die Bedienung. Der Apparat sei zwar sperrig, erläuterte der Betreiber des Zelts, aber nicht sonderlich schwer und gut transportabel. Der Impresario wirkte zunächst ängstlich, blühte jedoch auf, sobald er den zwei Gendarmen seine Fachkenntnisse vorführen durfte. Er erklärte die Handhabung mit merklichem Stolz und endete:

»Der Kinematograf ist, daran besteht kein Zweifel, das Medium des anbrechenden Jahrhunderts.«

»Hoffentlich nicht exakt in der Art der heutigen Vorführung«, bemerkte Eder spitz, und der Mann erinnerte sich wieder an seine Lage und setzte ein verschämtes Gesicht auf. Eilig begann er, an der Kurbel des Apparats zu drehen.

Auf der Leinwand am Ende des Raums begann es zu flimmern. Zwischen angedeuteten Ornamenten erschien eine Schrift auf Französisch: *Le Voyage dans la Lune*.

»Die Reise zum Mond«, übersetzte Eder halblaut, ehe Aulehner hätte fragen können.

Aulehner, der so etwas noch nie gesehen hatte, staunte mit offenem Mund. Da liefen tatsächlich Leute auf der Leinwand herum! Die Bilder flackerten zwar, aber sie bewegten sich, die Leute machten Schritte und gestikulierten. Er war so fasziniert, dass der Sinn des Dargestellten weitgehend an ihm vorbeirauschte; offenbar sollten die seltsam gekleideten, langbärtigen Herren in Spitzhüten, die eher an eine Karnevalsgemeinschaft erinnerten, Wissenschaftler sein.

Kurz wurde die Leinwand schwarz, und ins Dunkel hinein rief der Impresario: »Wie hätten wir ahnen können, dass man uns *solche* Aufnahmen unterschieben würde?« Aulehner starrte die Leinwand an. Als die Bilder darauf wieder aufleuchteten, hatte die Art des Karnevals sich geändert: Statt falschen Bärten und Gewändern mit Sternenaufdruck trugen die Leute jetzt weiße Togen, Masken vor dem Gesicht und Lorbeerkränze auf dem Kopf.

Aulehner erkannte trotz Maskierung etliche von ihnen, er war ihnen schließlich oft genug auf seinen Streifgängen in Schwabing begegnet. Die Kosmiker. Die lächerlichste Ansammlung von esoterischen Schwärmern und homosexuellen Verehrern der Antike, die es nach Aulehners Ansicht in diesem verrückten Viertel gab.

Wer wollte so etwas denn filmen?

Die Bilder flackerten stark. In einem Wohnzimmer schien eine Art Fest stattzufinden. Auf dem Esstisch stand das Götzenbild einer nackten Frau, das die Männer auf eher peinliche als orgiastische Weise umtanzten, ehe sie ... nun ja. Das taten, was man bei einer dieser »kosmischen« Orgien wohl tat: In Paaren schmiegten die Maskierten sich aneinander, die ersten Togen lösten sich und glitten zu Boden. Aulehner schluckte. Er brauchte nichts zu sagen, denn in der ersten Reihe heulte Urban vor Entsetzen auf.

»Nein, diese Schande! Abscheulich! Widerwärtig! Und das in einer öffentlichen Vorführung! Man will unser Fest ruinieren!«

»Das glaub' ich ned«, murmelte Aulehner. Seine Blicke hingen an der Leinwand.

Man sah jetzt ein bestimmtes Paar. Zwei junge Männer. Sie küssten sich leidenschaftlich; und dann ... Immerhin konnte man nicht viel sehen. Die Bilder zeigten fast nur die Köpfe und die nackten Oberkörper, aber die heftigen Bewegungen und das verzerrte Gesicht ließen wenig Zweifel an dem, was sich darunter abspielte.

Ja, das Gesicht. Denn wer auch immer der Zweite im Bunde war, er hatte, absichtlich oder im Eifer des Gefechts, seinem Gespielen die Maske vom Gesicht gezogen.

Es war der junge Ludwig Hoflinger.

Eder stand auf und winkte dem Mann am Kinematografen, abzubrechen. Das Flackern erstarb, die Beleuchtung flammte wieder auf. Aulehner trat neben Eder.

»Was tun wir, Herr Inspektor?«, fragte er halblaut.

Ein düsterer Blick antwortete ihm. »Was *können* wir noch groß tun jetzt, Lenz?« Er wandte sich zu dem Leiter der Filmtruppe um. »Es tut mir leid, aber Sie werden uns auf die Wache begleiten müssen. Ebenso wie sämtliche Ihrer Angestellten. Diese Stätte bleibt bis zur Klärung der Angelegenheit geschlossen.« Er öffnete die Tür zum Vorraum, um den dort wartenden Gendarmen die nötigen Anweisungen zu geben, und führte den konsternierten Inhaber des Zelts persönlich nach draußen. Aulehner folgte.

»Ich gebe zu«, sagte Eder auf dem Weg, »so etwas ist mir in vierunddreißig Jahren Polizeidienst auch noch nie begegnet. Das Schlimmste, was ich bis jetzt hatte, waren Fotografien von nackten Mädchen.«

»Wissen Sie, was mich am meisten trifft?«, gab Aulehner zurück. »Dass man ... *dabei* anscheinend so lächerlich ausschaut.«

Eder lachte grimmig.

33.

In der Falle

Das Büro auf der Wache erschien Aulehner heute noch winziger und enger als sonst.

»Es könnte auch alles nur ein geschmackloser Streich sein«, sagte er schließlich. Eder ließ die Schultern hängen.

»Ja. Letztlich ist es für uns aber egal. Wir tun sonst unser Bestes, solche ... Verhältnisse zu ignorieren. Aber das ... Urban hat leider recht. Wir können nicht aus. Vor dem *Prinzregenten*! Wenn man sich das vorstellt! Wir sind bestimmt nicht die Einzigen, die den Hoflinger-Buben erkannt haben. Uns sind die Hände gebunden; wir müssen ihn verhaften.«

»Also zum ›Oiden Deibe‹?«

Ein müdes Nicken. »Allmählich weiß ich nicht mehr, wie ich der Maria Hoflinger noch in die Augen schauen soll.«

Sie ließen sich einen Wagen kommen und nahmen ein paar Gendarmen mit, um die Gastwirtschaft der Form halber zu umstellen. Der Hof der Brauerei war leer; nur der Vorarbeiter trat aus einem Schuppen, sein Gesicht leer und trotzig. An der Gastwirtschaft hing ein »Geschlossen«-Schild, aber die Tür war nicht versperrt.

Die leere Schankstube hallte unter Eders und Aulehners Schritten. Nicht einmal die Kellnerin ließ sich sehen.

Sie fanden die Witwe Hoflinger im Kontor, an einem Schreibtisch, vor einem aufgeschlagenen Buch, dessen Linien mit Zahlen gefüllt waren. Die meisten davon in Rot.

»Er ist ned da«, sagte sie knapp, kaum dass Eder an den Rahmen der offenen Tür geklopft hatte.

»Frau Hoflinger«, sagte Eder vorsichtig, »da Ihr Sohn noch minderjährig ist, möchte ich Sie informieren, dass wir Ermittlungen gegen Ludwig Hoflinger eingeleitet haben, aufgrund eines Vorfalls, der sich heute auf dem Oktoberfest im Vorführraum der Kinematografen ...«

»Sie brauchen mir nix erzählen«, unterbrach sie barsch. »Ich war dort.«

»Mein Gott«, entfuhr es Aulehner. Für einen Wimpernschlag lang sicherte es ihm die Aufmerksamkeit der Frau, vielleicht sogar eine Art Dankbarkeit, dann glitt Maria Hoflinger zurück in ihre in Bitternis erstarrte Welt.

»Ich hab schon gesagt, er ist ned da.«

»Wir müssen das Haus durchsuchen«, erklärte Eder. »Und die Brauerei.«

Sie zuckte die Achseln, die Augen starr auf das Buch vor ihr gerichtet. »Ruinieren«, murmelte sie. »Ruinieren will er mich. Mich ins Grab bringen, wie den Ignatz.«

»Wer, Frau Hoflinger?« Eder wusste sicher ebenso gut wie Aulehner, welche Antwort er erhalten würde.

»Curt Prank. Meinen Mann hat er mir umgebracht. Mit seiner Tochter, diesem Flittchen, hat er mir den einen meiner Söhne abspenstig gemacht. Dem anderen hat er diesen dreckigen Österreicher auf den Hals gehetzt, damit der ihn verdirbt.«

»Sie meinen Gustav Fierment?«, fragte Aulehner.

»Ich weiß nicht, wie der Kerl heißt. Alles, was ich weiß, ist, dass die mir meinen Bub in die Falle gelockt haben. Wahrscheinlich haben sie ihn gezwungen zu diesen widernatürlichen Sachen ...« Fraglich, ob sie das selbst glaubte.

Eder ermahnte die Witwe zum Abschied, ihren Sohn Ludwig dazu zu bringen, sich der Polizei freiwillig zu stellen. »In diesem

Fall kann alles glimpflich für ihn abgehen; er ist minderjährig, und sollte man ihn tatsächlich gezwungen haben, käme er vermutlich mit einer Ermahnung und einer Geldbuße davon.« Maria Hoflinger reagierte nicht.

Sie ließen einen Mann in der Nähe der Brauerei zurück, hatten aber nicht genug Leute, um die Gegend zu kontrollieren; schließlich musste auch die Theresienwiese bewacht werden.

Zurück auf der Wache wiederholte Aulehner seine Frage aus dem Vorführraum. »Was tun wir?«

Eder ließ sich auf seinen Platz sinken. »Ich bleibe die Nacht über hier«, sagte er. »Etwas wird bestimmt passieren. Entweder, Hoflinger stellt sich, oder ...«

»Oder?«

»Oder etwas anderes.« Eders Gesicht war wieder schmal und kantig geworden. »Sie dürfen nicht vergessen, mit wem wir es zu tun haben. Ludwig Hoflinger hat Verantwortungsgefühl. Er hat für seine Mutter, für seine Familie, seinen Traum aufgegeben, Künstler zu werden. Jetzt hat er diese Familie hoffnungslos in Schande gestürzt. Egal, was er tut, diese Sache wird er sein Leben lang nicht mehr loswerden. Und seine Mutter, das Gasthaus und die Brauerei ebenso.« Er starrte auf seine Hände. »Sie waren doch auch beim Militär, Lenz. Wenn Sie sich derart entehrt hätten, ohne jede Aussicht, sich zu rehabilitieren – was würden Sie tun?«

Die Frage hing schwer im Raum. Die Lampe flackerte, als ein Insekt darin verglühte. Es erinnerte an die Bilder aus dem Kinematografen.

Als Aulehner in Schwabing anlangte, dunkelte es bereits. Die Gassen waren trotzdem belebt, aber ihm war, als liege heute ein seltsames Summen in der Luft, ein nervöses Tuscheln, und als musterten die Passanten seine Uniform eher argwöhnisch und feindselig als spöttisch, wie sonst.

Vielleicht lag es auch nur an seiner eigenen Stimmung.

Er war noch eine Straßenecke von Fierments Wohnung entfernt, als jemand ihm in den Weg trat.

»Herr Denhardt. Nicht überraschend, Sie hier zu treffen.« Es wunderte Aulehner wirklich nicht. Auch Denhardt besaß so etwas wie Verantwortungsgefühl. Und beide vermuteten Ludwig Hoflinger am selben Ort. Wortlos heftete der Journalist sich an Aulehners Fersen.

Gemeinsam bogen sie in Fierments Gasse ein. Ein großes Wohnhaus, leicht zurückgesetzt von der Straße, mit Erkern an beiden Seiten, vielleicht einmal für eine wohlhabende Familie errichtet und jetzt in kleine Mietwohnungen unterteilt. Ein paar Fenster waren erleuchtet, darunter eins gleich unter dem Dach.

Denhardt schaute hinauf. Anscheinend hatte er nicht vor, Aulehner von der Seite zu weichen.

Lorenz war inzwischen alles recht.

»Da stehen wir jetzt«, sagte Denhardt nach einer Weile. »Bevor wir uns weiter anschweigen, kann ich Sie etwas fragen, das mit Hoflinger nichts zu tun hat? Sie sind nun schon seit Monaten Eders Assistent. Warum tragen Sie immer noch Helm und Uniform?«

Witzig, dass es sogar schon den Schwabinger Spinnern auffiel. »Der Inspektor hat mich bisher nur angefordert«, sagte Lorenz vage. »Meine Versetzung zur Kriminalabteilung wurde bisher nicht bestätigt.«

Denhardt zog die Brauen in die Höhe. »Ich wusste ja, dass die Mühlen unserer Ministerien langsam mahlen. Aber so langsam?«

»Vielleicht tun sie es in meinem Fall mit Absicht besonders gründlich.« Aulehner stellte fest, dass er ganz froh war, an etwas anderes zu denken.

»Nun sagen Sie bloß, Sie Musterknabe haben sich in der Vergangenheit etwas zuschulden kommen lassen?«, staunte Denhardt.

Aulehner hätte beinahe gelacht. Es klang, als sei er gerade durch die bloße Möglichkeit in Denhardts Achtung enorm gestiegen.

»Das war noch in meiner Zeit beim Regiment«, sagte er knapp. »Unehrenhafte Entlassung. Und nein, ich möchte nicht darüber reden.«

»Mir egal, ob Sie wollen, mein Lieber, damit lasse ich mich nicht abspeisen! Was haben Sie angestellt?«

»Meinen Leutnant verprügelt.«

»Wirklich? Warum, um Gottes Willen?«

Aulehner dachte nach. An von Schönlebens geschniegelte Frisur. Immer das Erste, das ihm einfiel. An die herablassenden Kommentare, die endlosen Musterungen, die kaum verhohlene Freude, mit der der Leutnant jede Kleinigkeit registrierte, die ihm Anlass zu einem seiner scharfen Tadel gab. An die willkürlichen Strafen, die Aulehner meist gar nicht selbst trafen, weil Schönleben sie stets gegen dieselben Leute verhängte, gegen die Nachzügler, die Langsamen, die schlechtesten Reiter der Schwadron. An die höhnischen Bemerkungen in seinem einwandfreien Hochdeutsch, mit denen er alle, die er als schwach eingestuft hatte, dem Gespött preisgab. Damals hatte Aulehner sich abgewöhnt, Dialekt zu sprechen.

Und er erinnerte sich an das Gesicht des dicken Hans, blau angelaufen und verschwollen, als sie ihn abschnitten, nachdem er sich am Gitter der Arrestzelle erhängt hatte.

»Weil er ein gottverdammter Scheißkerl war.«

»Also wirklich, Herr Oberwachtmeister!«

»Ich hätte ihn gefordert, ganz nach der Regel. Er erklärte, ein adliger Offizier könne sich mit einem Gemeinen nicht ohne Ehrverlust duellieren.« Aulehner hob die Schultern. »Also habe ich ihn eben ganz formlos verprügelt.« Ein warmes Gefühl quoll in ihm auf bei der Erinnerung. Es hatte ihn die Zukunft gekostet, und trotzdem schaffte er nicht, den Tag zu bereuen.

Denhardt schüttelte den Kopf. »Ich gebe zu, es gelingt Ihnen immer wieder, mich zu verblüffen. Ihnen und Eder.« Er wurde ernst. »Stimmt es, dass es Aufnahmen gibt davon, wie Ludwig Hoflinger ... an einer Orgie der Kosmiker teilgenommen hat?«

»Die gibt es«, sagte Aulehner. »Und ein ganzes Zelt voller Leute hat sie gesehen.« Er schaute stur auf das erleuchtete Fenster auf der gegenüberliegenden Hausseite. »Einschließlich des Prinzregenten.« Denhardt antwortete nicht. Als Zeitungsmann kannte er die unheimliche Macht der öffentlichen Meinung.

Aulehner trat einen Schritt zurück. »Schauen Sie!«, sagte er leise zu Denhardt.

Eine schlanke Gestalt drückte sich an den Hausfronten entlang. Sie verschwand im Hof. Der Eingang war von hier aus nicht zu sehen, aber es gab keinen Zweifel, dass die Tür sich gleich öffnen und ein abgehetzter junger Mann die Treppen zu Gustav Fierment hinaufklettern würde.

»Müssen Sie nicht eingreifen?«, fragte Denhardt. Aulehner schaute hinüber und fragte sich dasselbe.

»Noch hat er die Chance, sich zu stellen. Er ist minderjährig, er ist Ersttäter.«

Beide schwiegen. Später hätte Aulehner nicht mehr sagen können, wie lange er auf die Hausfassade gestarrt hatte, während er seinen düsteren Gedanken nachhing. Irgendwann schrak Denhardt neben ihm auf. »Was geht da oben vor?«

Man konnte es auf die Entfernung tatsächlich nicht genau sagen. Offenbar hatte jemand, verschwommen erkennbar als dunkle, schmale Silhouette vor dem Lampenlicht, das Fenster im oberen Stockwerk geöffnet.

Aulehner richtete sich auf. Etwas langsamer und steifer als Denhardt, beinahe zeremoniell, wie für einen militärischen Salut.

»Mein Gott!« Denhardt schlug die Hände vors Gesicht. Ein paar Passanten waren aufmerksam geworden und schrien auf.

Aulehner blieb stumm, hielt den Blick mit zusammengebissenen

Zähnen geradeaus gerichtet und sah zu, wie der dunkle Schatten sich von der Fensterbank löste, vor der grauen Hauswand in die Tiefe sackte und mit einem widerwärtigen Laut auf dem Pflaster aufschlug.

    Ludwig Hoflinger hatte sich entschieden.

34.

Fort, weit fort

Die Sonne sticht. Ich richte mich auf; mein Kreuz schmerzt, das Haar rutscht mir unter dem Kopftuch hervor. Rund um mich sehe ich nichts als Gerstenfelder, endlos im grellen Sommerlicht. Meine Handflächen sind wieder aufgerissen, am hölzernen Stiel des Rechens klebt Blut.

Ich stelle mir vor, wie wir fortgehen werden, er und ich, weit fort. Wie wir alles hinter uns lassen werden. Wie ein Schiff uns wegtragen wird von allem Ärger, aller Angst, von der Vergangenheit in die Zukunft.

Und während ich mir selbst damit Mut mache, weiß ich bereits, dass es bald nicht mehr so einfach sein wird. Dann, wenn wir abends am Feuer sitzen, eine gebratene Kartoffel essen und einander in die Gesichter blicken und uns erinnern. Nicht nur an das Schlechte, vor dem wir fliehen, sondern auch an das Gute, das wir zurücklassen wollen.

Oder vielleicht haben wir es in solchen Momenten nur nicht mehr so nötig, uns den Ozean vorzustellen, die lange Reise zu Schiff und die neue Welt an ihrem Ende. Wir haben ja einander, haben nicht nur eine Vergangenheit, sondern auch eine Gegenwart.

Viele Schiffe fahren in die Zukunft. Man kann nur eines davon besteigen.

Maxi spielte im Hof; Colina schaute ihm vom Fenster aus zu. Er sortierte Steine, Zweige und Blätter auf dem Boden, kniete dabei auf dem Kies und gestikulierte ab und zu, als spreche er mit ihnen. Colina wurde ganz weich ums Herz.

Wie schmal er war, wie still und wie ernst. Durfte ein Bub von sieben Jahren so ernst sein? Max hätte zur Schule laufen, mit Freunden auf dem Schulhof um Murmeln wetten und am Nachmittag mit ihnen durch die Straßen toben sollen.

So konnte es nicht weitergehen. Aber was sollte sie tun? Colina grübelte darüber nach, seitdem sie heute aus dem Schlaf geschreckt war – viel früher als notwendig, denn sie hatte Lochner und Johanna einen freien Vormittag abgebettelt, angeblich um ihre Einkäufe zu erledigen.

In Wirklichkeit musste sie Pläne schmieden. Eines stand fest: Sie musste weg. Ein weiteres Mal. Noch wusste sie nicht, wohin. Eine kleine Pension wäre für die ersten Tage das Beste. Auf jeden Fall nicht mehr hier, in der Au. Nirgendwo, wo Rupp sie finden konnte.

Rupp schnarchte noch. Colina musste daran denken, Maxi rechtzeitig nach oben zu holen und ihm etwas zu essen zu geben, ehe sein Vater wach wurde. Sonst würde Rupp wieder toben und womöglich seinen Zorn am Kind auslassen. Ein paar schmutzige Knie genügten, um einen Wutausbruch auszulösen. Genau deswegen musste Colina fort.

Mit dieser Angst konnte sie nicht länger leben. Sie schloss die Tür zum Schlafraum und holte so leise wie möglich die Zigarrenschachtel hinter dem Besteckkasten hervor, um ihr Erspartes zu zählen. Es würde reichen für sie und Maximilian, wenn sie sparsam wirtschaftete.

Die Aussicht schmerzte. Sollte wirklich alles umsonst gewesen sein? Sie wollte nicht schon wieder vor Rupp davonlaufen, schon gar nicht jetzt. Sie hatte so hart gekämpft um ihre Stellung bei Lochner. Und sie hatte tatsächlich den Eindruck, Lochner war mehr als zufrieden mit ihr. Könnte sie ihre Stelle antreten, würde er ihr weiter zwei Mark pro Tag bezahlen; das war ein Verdienst, mit dem sie sich und ihren Sohn zumindest durchbringen konnte, hoffte sie. Wie herrlich hätte das sein können! Sie hätte jeden Abend als Lochner-Lina mit der Gitarre die Gäste unterhalten; erst seit den Auftritten in der Bierbude war ihr wirklich klar geworden, wie gut sie darin war. Und dass die Leute dieses Talent honorierten. Nun sollte sie all das wieder verlieren? Aber es half nichts. Colina war nicht gewohnt, Zeit mit Bedauern zu verschwenden. Mitleid zu haben mit sich selbst, das war ein Luxus für vornehme Leute. Bei Lochner konnte sie nicht bleiben, das stand fest, dort würde Rupp sie sofort finden.

Sie musste diesmal weiter fort, als sie beim ersten Mal gewagt hatte. Fort aus München.

Ihr erster Gedanke war Nürnberg. Vielleicht könnte sie Clara finden, und vielleicht könnte die ihr eine Adresse nennen, eine Familie, die auf Claras Empfehlung hin ein Dienstmädchen aufnehmen würde.

Oder, falls das nicht ging ... noch weiter fort? Der Maler, der ihr Bild gemalt hatte, fiel ihr ein. Dem Dialekt nach war er Österreicher. Ein seltsamer Kerl, auch etwas zwielichtig. Aber Maler waren doch immer knapp bei Kasse. Für ein bisschen Kleingeld könnte er Colina vielleicht mit Leuten in seiner Heimat in Kontakt bringen. Zumindest konnte er ihr ein Zimmer vermitteln, bis Colina die Stadt verließ. Schwabing war billig, hieß es.

Mit diesen Gedanken hinkte sie nach unten in den Hof, um Max zu rufen und ihm noch etwas zu essen vorzusetzen, bevor sie ihn alleinlassen musste.

Allein mit seinem Vater. Colina schauderte bei dem Gedanken.

Als sie gestern nach Hause gekommen war, hatte Rupp am Küchentisch gesessen. Einen Keferloher vor sich. Colina wusste nicht, woher das Gefäß kam; sie besaß keins. Vielleicht hatte Rupp es in einer Gaststätte mitgehen lassen. Die Schnapsgläser daneben stammten dagegen aus ihrem Küchenschrank. Es waren zwei, beide benutzt.

»Ich bin daheim geblieben«, lallte Rupp. »Du warst ja nicht da. Jemand muss doch auf den Buben aufpassen. Warum warst du nicht daheim?« Er war so betrunken, dass sie ihn kaum verstand.

»Wo ist Maxi?«

Rupp schaute sie verständnislos an, nahm seinen Krug und deutete damit in die Ecke hinter der Tür, bevor er trank. »Da ist er doch.«

Das Kind lag reglos in der Ecke, über und über besudelt mit Erbrochenem. Colina ließ Tasche und Mantel fallen und sank neben Max auf die Knie, fühlte seine Stirn, strich über seine blasse Haut. Gott sei Dank, er atmete.

Sie wollte weinen, vor Erleichterung und vor Verzweiflung. Natürlich war dafür keine Zeit. Vorsichtig tätschelte sie Maximilians Wange. Er reagierte nicht. Sie wollte ihn anheben, aber Rupp packte ihren Arm und zog sie in die Höhe.

Es tat weh. Colina hatte an dieser Stelle ohnehin schon blaue Flecken von den Schlägen gestern. Rupp stierte halb an ihr vorbei.

»Das geht nicht, dass du immer nicht daheim bist, Lina. Der Bub braucht seine Familie.«

Colina wollte sich aus Rupps Griff winden, um nach Max zu sehen. Er hielt sie fest.

Es war zu viel.

»Familie!«, schnaubte sie. Sie machte einen Fehler, das wusste sie, aber sie konnte nicht mehr. »Als ob wir je eine Familie gewesen wären! Was sind wir denn für dich? Viecher, die dir gehören, mit denen du machen kannst, was du magst! Das ist keine *Familie*!«

Seine Hand schoss nach vorn und umklammerte ihre Kehle, schneller, als Colina das bei Rupps Zustand für möglich gehalten hätte. Sie wehrte sich, aber sein Griff war wie ein Schraubstock.

»Halt's Maul!« Er klang wie ein Hund, kurz bevor er zubeißen will. »Ist das der Dank? Nie hast mir geholfen, mich nie unterstützt ...«

»Hau gleich zu und red nicht lang.« Colina Stimme quälte sich aus ihrer malträtierten Kehle. »Bring mich halt um! Meinst wirklich, ich hab noch Angst vor dir?«

Die Finger seiner Hand schlossen sich kurz, dann ließ er unvermittelt los, packte Colina an den Oberarmen und schleuderte sie gegen den Herd. Schmerz durchzuckte ihre Hüfte, als sie gegen die Ecke krachte, aber sie fing sich ab, ehe sie stürzte.

Rupp kam ihr nicht hinterher, sondern fiel zurück auf seinen Stuhl und führte den Krug an die Lippen. Colina humpelte zu Max und schleifte ihn zum Waschtisch, um das Kind zu säubern.

»Ich hab ihm einen Schnaps geben, zur Beruhigung. Und für den Magen. Da ist doch nix dabei, lass ihn halt schlafen, der wird schon wieder wach.« Er stellte den Krug ab. »Hast a Geld?«

Sie hatte ihm fünfzig Pfennig gegeben und behauptet, sie habe heute nicht mehr verdient. Er hatte sie beiläufig geohrfeigt, weil sie gewiss den Rest wieder für »Weiberkram« ausgegeben habe, und war die Treppe hinuntergepoltert auf dem Weg zu einer Gaststätte. Colina hatte Maximilian mit Mühe aufwecken können und ihm Wasser eingeflößt, ehe sie ihm sein Lager auf der schmalen Holzbank richtete. Rupp war in den Morgenstunden heimgekommen, hatte Colina geweckt, um seine *ehelichen Rechte* einzufordern, und war dann halb auf ihr eingeschlafen.

Nein, das ertrug sie nicht länger, dachte sie, als sie hinaus in den Hof trat. Ihr Bein schmerzte immer noch von dem gestrigen Aufprall. Sie war es Maximilian schuldig, ihn von hier fortzuschaffen, aber auch sich selbst.

Maxi schaute auf, als er das Klappen der Haustür hörte, und ließ die Steine fallen, mit denen er gespielt hatte. Er griff hinter sich, hob etwas auf und lief damit auf Colina zu.

»Schau, Mama, die hab' ich gefunden. Du liest doch gern die Zeitung.« Er hielt sie ihr hin.

»Gefunden?«, wiederholte Colina. »Aber nicht in einem Briefkasten, hoffe ich?«

»Nein, auf der Straß' vor dem Haus.« Er deutete zum Hoftor. Na gut, vielleicht hatte ein Austräger sie ja verloren. Es war tatsächlich eine Sonderausgabe von heute Mittag mit einem Bericht über eine Sitzung des Stadtrats auf der Titelseite; die frische Druckerschwärze färbte Colinas Finger.

»Komm, wir gehen schnell hinauf, ich hab ein paar Kartoffeln gemacht, da gibt's ein Salz dazu und ein bisserl Butter. Dann muss ich zur Arbeit.« Er nickte, und sie strich ihm über den Kopf. »Wer eher oben ist, ja?«

Es fiel ihr nicht schwer, ihn gewinnen zu lassen. Ihr Hinken würde sie heute sicher bei der Arbeit behindern. Aber manchmal konnte man es vergessen, wenn man beschäftigt genug war.

Nicht mehr lange, sagte sie sich. Nur noch die drei Tage, heute, Samstag und Sonntag, bis zum Ende des Oktoberfests. Danach würde sie warten, bis Rupp wieder einmal seinen Rausch ausschlief, und endgültig aus seiner Reichweite verschwinden.

Der Schock kam, als sie tatsächlich, während Max hungrig seine Kartoffeln verschlang, einen Blick in die Zeitung warf. Die Titelgeschichte interessierte sie wenig, obwohl es anscheinend um das nächstjährige Oktoberfest ging. Aber ein Artikel auf der zweiten Seite fiel ihr auf.

Ein tödlicher Sturz aus dem Fenster, in den frühen Morgenstunden, in Schwabing. Dass es Selbstmord gewesen sein könnte, wurde zwar nur angedeutet, das aber massiv. »Ein kürzlich wegen persönlicher Verfehlungen in den Blickpunkt geratener Gastwirt«. Das allein hätte Colina kaum auf die richtige Fährte gebracht. Aber die Todesanzeige, die sich verschämt, klein und ganz unten auf der letzten Seite verbarg, die auch einen empörten Bericht über den Vorfall im Kinematografenzelt enthielt, über den sich gestern Lochners Gäste unterhalten hatten, diese Anzeige ließ keinen Zweifel.

Ludwig Hoflinger. 2. 01. 1881 – 5. 10. 1900.

Der kleine Bruder von Claras Roman. Der mit so ängstlichem Eifer seine Zeichnungen den Schwabinger Künstlern gezeigt hatte.

Colina saß regungslos da. Sie dachte an Clara, die vielleicht gerade irgendwo bei der Feldarbeit schwitzte, und an deren einäugigen Hallodri, der sich verantwortungsbewusster gezeigt hatte, als Colina es ihm zugetraut hätte. Er und sein Bruder mussten einander nahegestanden haben, trotz ihrer unterschiedlichen Art, sonst hätte Roman Ludwig kaum von Clara erzählt.

Ein weiteres Mosaiksteinchen fiel an seinen Platz. Roman und Clara hatten eben doch den richtigen Weg gewählt, und Colina würde es ihnen jetzt gleichtun. Sie würde endgültig fortgehen aus ihrem alten Leben und nur das Gute daraus mitnehmen: ihr Kind und das Bewusstsein, dass sie kein willenloses Ding war, dass sie auf eigenen Füßen stehen konnte und immer einen Weg finden würde für sich und für Max, selbst wenn er noch so schmerzhaft war.

Hetären, dachte sie. Ich glaube, allmählich verstehe ich das Wort.

Die Nacht zwischen Schaulustigen, Journalisten, die um Ludwig Hoflingers zerschmetterten Leichnam kreisten, und dem Arzt, der ordnungsgemäß den Tod feststellte und Aulehners Unterschrift auf seinem Protokoll einforderte, wollte kein Ende nehmen. Danach kam die Befragung des vollkommen verstörten Malers Fierment, die Abfassung des Berichts für Eder, und endlich luden einige Gerichtsdiener die Leiche auf einen Karren, um sie zu Maria Hoflinger zu bringen. Eder traf ein und übernahm.

Lorenz konnte nach Hause gehen.

Als er dort ankam, ging gerade die Sonne auf. Sie schimmerte rot auf sämtlichen Mauern, ihr Licht brannte Aulehner in den Augen.

Er war erschöpft, er war übermüdet, und dennoch konnte

er nicht schlafen. Sobald er die Augen schloss, sah er wieder den dunklen Schemen vor der Hauswand zu Boden sinken, Denhardts erschrockenes Gesicht, die unförmige Silhouette der Leiche unter der Decke, die sie darüber gebreitet hatten.

Es gab zu viel an diesem Fall, das ihm naheging. Er hatte einen Fehler gemacht, es so nahe an sich heranzulassen, sagte er sich und wusste doch nicht, was er sonst hätte tun sollen.

Wie damals, als sie den toten Hans fanden.

Was mochte jetzt in Maria Hoflinger vorgehen, wenn man die Überreste ihres Sohns vor ihrem Haus ablud? Etwas Ähnliches, wie Lorenz es damals empfunden hatte, als er in die Arrestzelle kam und begriff, was geschehen war? Ähnliche Wut, ähnliche Hilflosigkeit?

Wo mochte Roman stecken? Noch immer auf dem Land, mit Clara Prank, in rosigen Träumen von einer Zukunft in Amerika? Oder waren die zwei schon fort? Würde Roman überhaupt noch vom Tod seines Bruders erfahren?

Selbst wenn er zurückkehrte: Würde seine Mutter ihn sehen wollen, nachdem sie ihm die Tür gewiesen hatte? Nach dem Eindruck, den die Witwe Hoflinger auf Aulehner gemacht hatte, bestimmt nicht. Nicht einmal Ludwigs Tod würde ausreichen, ihren Stolz zu brechen. Bevor sie klein beigab, würde sie lieber einsam am eigenen Schmerz ersticken.

Sie war nicht die Einzige. Zum ersten Mal seit langer Zeit wurde Lorenz sich bewusst, wie allein auch er war.

Mit wem hätte er sprechen sollen über die Ereignisse der vergangenen Nacht? Eder? Alles, was der Inspektor ihm hätte raten können, war, Aulehner müsse einen Weg finden, es zu vergessen oder damit klarzukommen. Und wen gab es sonst?

Den Namen, den seine innere Stimme ihm einflüsterte, wollte er so gar nicht hören. Aber ja. Colina Kandl war vermutlich die Einzige in ganz München, die zur Gänze verstehen könnte, was gerade in Lorenz Aulehner vorging. Und sie würde ihm mit Sicherheit zuhören, weil es das war, was sie immer tat, weil sie sich sorgte, weil sie, anders als Lorenz, Anteil nahm an allem, was um sie herum vorging, und offenbar nicht die leiseste Furcht kannte, sich dabei eine blutige Nase zu holen.

Vielleicht brauchte man diesen Mut mit einem Ehemann wie dem ihren, um nicht irgendwann denselben Ausweg zu wählen wie Ludwig Hoflinger.

Irgendwann musste er über diesen Gedanken doch eingeschlummert sein. Er erwachte gegen Mittag mit schwerem Kopf und Gliedern wie Blei und eilte zur Wache.

»Lassen S' den Helm gleich auf, Lenz«, begrüßte Eder ihn, als Aulehner über die Schwelle trat. Er hielt ein Schreiben in der Hand und wirkte resigniert. »Wir müssen los, gerade ist ein Brief vom Urban gekommen. Aber vorher schicken S' jemanden zu dieser Adresse.« Er drückte Aulehner ein Blatt Papier in die Hand.

»Georg Flessner?« Der Name sagte Aulehner nichts. Eder versuchte zu schmunzeln, aber nach der letzten Nacht gelang es auch ihm nicht mehr wirklich.

»Wir hatten heute schon eine Zeugeneinvernahme, während Sie geschlafen haben. Falls Sie geschlafen haben; ausschauen tun S' nämlich nicht so. Erinnern Sie sich an den Franzosen vom Kinematografenzelt? Der hat uns heute den Hinweis gegeben. Dieser Flessner war von der Truppe als Helfer angeheuert und hat sich dabei eingehend nach der Funktionsweise des Kinematografen erkundigt. Bei ihm hat sich ein recht zwielichtiger Mensch herumgetrieben: Melone, schäbige Kleidung – und ein auffälliger Hund.«

»Glogauer?« Der Kerl, mit dem offenbar auch Prank zusammengearbeitet hatte. Es konnte die erste wirkliche Spur sein. Vielleicht würden sie der Hoflinger-Witwe zumindest denjenigen präsentieren können, der ihren Sohn in den Tod getrieben hatte.

»Ob es wirklich Glogauer ist, wissen wir hoffentlich, wenn wir Flessner verhört haben. Was wir erst morgen tun können, weil wir jetzt zur Hasenberger-Brauerei fahren müssen.« Eder sah Aulehner an. »Das ist die Brauerei, die Prank gekauft hat, um ihre Restbestände an Bier auf dem Oktoberfest auszuschenken.«

Aulehner erinnerte sich. »Von der Stifter sagte, die Bestände würden nicht lange vorhalten?«

»Genau. In Pranks Bierburg ist aber immer noch Betrieb; so viel Bier kann in dieser kleinen Brauerei gar nicht mehr vorhanden gewesen sein. Urban will jetzt herausgefunden haben, dass auf dem Hasenberger-Gelände Bier umetikettiert wird. Prank macht aus seinem fränkischen einfach Münchner Bier.«

Ein Verstoß gegen das Münchner Stadtratsedikt. Was war dagegen schon ein Neunzehnjähriger, der sich aus dem Fenster gestürzt hatte? Aulehner spürte, wie der Ärger in ihm zu kochen begann. Er schloss die Augen und sah wieder den Umriss der Leiche vor sich, unter ihrer schmutzigen Decke auf dem Pflaster.

»Deswegen müssen wir das Verhör verschieben? Wegen ein paar Fässern Bier?«

Eder seufzte. »Morgen, Lenz«, sagte er sanft. »Befehl ist Befehl. Wir bestimmen nicht, was wichtig ist.«

35.

Ende einer Burg

Die Hasenberger-Brauerei lag außerhalb des Stadtkerns, nach Westen zu, der Wagen konnte den Bahngleisen folgen. Die Sonne stand schon tief und blendete, etwas weiter hinten erhoben sich die langgestreckten Baracken der Kasernen, die Schießstätte und die Reithalle, in der Aulehner sich hin und wieder ein Pferd auslieh.

Zwei Gendarmen hielten Wache im Hof und grüßten respektvoll, als Eder und Aulehner an ihnen vorbeischritten. Ein Fuhrwerk voller Fässer wurde abgeladen; die Bräuburschen, die diese Arbeit verrichteten, machten betretene Gesichter und hatten wohl Angst, mehr zu wissen, als im Augenblick gut für sie war. Selbst die beiden Kaltblüter stampften unruhig, als spürten sie die Anspannung.

Das Tor eines Lagerhauses stand offen, man hörte das Surren der Kühlanlagen und Urbans Stimme. Der Stadtrat war nicht allein; auf einem Fass mit dem Siegel der Hasenberger-Brauerei saß Anatol Stifter persönlich.

»Da sind Sie ja endlich, Inspektor«, rief Urban den Polizisten entgegen. »Sie haben sich Zeit gelassen. Dank einer Beobachtung von Herrn Stifter hier dürfte es uns gelungen sein, einem Verbrechen, ja, einer regelrechten Verschwörung auf die Spur zu kommen.« Stifter rutschte von seinem Sitz und warf den beiden Gendarmen einen beiläufigen Blick zu.

»Diese Machenschaften aufzudecken, war kaum sehr schwierig.

Dass die Restbestände der Hasenberger-Brauerei nicht ausreichen konnten, Pranks Bierburg fast zwei Wochen lang zu versorgen, war klar. Also erkundigte ich mich beim Bahnhof und erfuhr, dass dort jeden Tag ein Waggon mit Bier aus Nürnberg eintraf. Indiz genug, nicht wahr? Ich begreife freilich nicht, weswegen es der Münchner Polizei nicht gelungen ist, zu dieser Beweisfindung auch zu kommen, ohne dass man sie mit der Nase darauf stoßen muss.« Er deutete auf eine Ecke des dunklen Lagerhauses. »Gehen Sie hin. Sehen Sie es sich an.«

Es gab tatsächlich kaum einen Zweifel, was hier passiert war: Hobel, Schleifbänder und Brenneisen mit dem Siegel der Hasenberger-Brauerei lagen neben einer erkalteten Feuerstelle; daneben warteten Fässer, von denen man das Wappen der Firma Prank bereits entfernt hatte, darauf, ein neues Zeichen zu erhalten.

»Mir ist schleierhaft, wie Prank glauben konnte, mit einem so durchsichtigen Manöver zu reüssieren«, sagte Stifter. »Apropos. Herr Urban, ist der neue Erlass bereits verabschiedet?«

»Selbstverständlich! Er ist sogar bereits öffentlich gemacht.«

»So, wie wir ihn haben wollten?«

»Wir haben alle von Ihnen gewünschten Punkte berücksichtigt«, erwiderte Urban eilfertig. »Ab dem neuen Jahr werden die kleinen Wirtsbuden von der Wies'n verschwinden; stattdessen wird es Großzelte nach Art von Pranks Bierburg geben. Die Zahl dieser Schankstätten wird auf sieben festgesetzt. Und um die Versorgung dieser Großzelte sicherzustellen, darf nur das Bier von Brauereien ausgeschenkt werden, die einen Mindestausstoß von fünfzehntausend Hektolitern pro Jahr nachweisen können.«

Das bedeutete nichts anderes als den Ausschluss aller kleinen Brauereien und aller kleinen Gastwirtschaften vom Oktoberfest, begriff Aulehner. Ab dem nächsten Jahr würden die Riesen unter den Brauereien, solche wie Stifters Aktienbrauerei oder die Klosterbrauerei, das lukrative Geschäft unter sich aufteilen.

»Eine Bierburg für jeden«, sagte Stifter zufrieden. »Damit kann jeder von uns leben, und Eindringlinge bleiben draußen.«

»Darf ich fragen, was hier los ist?«, fragte in diesem Moment eine Stimme vom Eingang her. Die Herren wandten sich um und musterten die Silhouette Curt Pranks vor dem schwachen Licht, das noch aus dem Hof hereinfiel.

Stifter und Urban tauschten Blicke, blieben aber stumm.

»Herr Prank«, erklärte Eder notgedrungen. »Ihre hiesige Brauerei ist bis auf Weiteres geschlossen und das gelagerte Bier konfisziert. Es besteht der begründete Verdacht, dass außerhalb der Stadt hergestelltes Bier in betrügerischer Absicht umetikettiert und in Ihrer Schankstätte auf dem Oktoberfest als Münchner Bier verkauft wurde. Möchten Sie sich dazu äußern?«

»Einen Dreck will ich.« Prank trat aus dem Dunkel in den Lichtkreis der Laterne, und Aulehner hätte fast einen Schritt rückwärts gemacht vor Schreck. Anscheinend wurde es für Prank zur Gewohnheit, in Prügeleien zu geraten. Sein Anzug war voll Schmutz, das Haar in Unordnung. Hände und Gesicht zeigten gleich mehrere Schrammen.

»Sind Sie vor eine Kutsche gelaufen, Prank?«, spottete Stifter. »Oder hatten Sie nur eine freundliche Unterhaltung mit alten Freunden aus Ihren angestammten Kreisen?«

»Kümmern Sie sich um Ihre eigenen Probleme«, knirschte Prank. »Weniger korrupt als Ihre Kreise können die meinen schwerlich sein.«

»Vielleicht interessiert Sie unser jüngster Stadtratsbeschluss, Herr Prank«, sagte Urban, verstummte aber unter Pranks Blick.

»Ich habe den Dreck, den Sie da ausgetüftelt haben, bereits heute Nachmittag gehört.«

»Wir werden auch Ihre Bierburg für das letzte Oktoberfestwochenende schließen müssen«, gab Urban zurück. »Immerhin besteht der begründete Verdacht des Betrugs.«

»Das dürfte das endgültige Aus für Sie sein, Prank«, fügte Stifter hinzu. »Selbst wenn Sie die Hasenberger-Brauerei wieder aufmachen, verfügt sie unmöglich über die nötigen Kapazitäten, um die Zulassungsbedingungen zu erfüllen. Abgesehen davon wäre auch kein Platz; mehr als sieben solch großer Schankbetriebe passen nicht auf die Theresienwiese. Und deren Zulassungen sind bereits an die alteingesessenen Münchner Brauereien vergeben.«

»Sehen Sie zu, dass Sie von meinem Grund kommen«, sagte Prank. In einem Ton, bei dem selbst Stifter die Lust verging, die Unterhaltung fortzusetzen. Er zuckte die Achseln und wandte sich zur Tür, Urban schloss sich an.

Eder und Aulehner blieben. Prank machte ein paar Schritte an ihnen vorbei und wirkte plötzlich verloren und hilflos. Gleichzeitig sehr jung und sehr alt, dachte Aulehner.

»Was tun Sie noch hier?«, fragte Prank schließlich. »Wollen Sie mich verhaften? Ich sage kein Wort, bevor ich nicht weiß, wessen ich beschuldigt werde und einen Anwalt gesprochen habe.«

»Schade«, gab Eder zurück. »Ich hätte Sie gern gefragt, warum Sie der Witwe Hoflinger das auch noch antun mussten.«

Prank blickte auf. Einen Moment schien er verwirrt, dann dämmerte es ihm. »Sie meinen den Freitod von Ludwig Hoflinger? Die Sache im Kinematografenzelt? Das geht nicht auf meine Rechnung.«

»Mir ist klar, dass Sie das sagen müssen.«

»Das ändert nichts daran, dass es wahr ist.« Er betastete sein Auge. Etwas zuckte um seine Lippen, halb bitter, halb humorvoll. »Eine derart abgefeimte Rache liegt nicht auf meiner Linie, Inspektor. Mir scheint, in dieser Hinsicht habe ich mehr mit Maria Hoflingers älterem Sohn gemeinsam. Wir bevorzugen anscheinend beide die direkte Auseinandersetzung.« Seine Finger untersuchten die Blessuren an Schläfe und Wange.

»Roman Hoflinger hat Ihnen das angetan?«, staunte Eder. »Dann befindet er sich wieder in der Stadt?«

»Den letzten Teil Ihrer Frage kann ich definitiv bejahen«, antwortete Prank. »Und zum ersten mache ich keine Angaben. Ich will keinen Konflikt mit der Familie.«

Eder warf Aulehner einen Blick zu; er hatte die Stirn gerunzelt.

»Sie können mir ruhig glauben«, setzte Prank nach. »Sehen Sie nicht, wie dringend ich eine – private oder geschäftliche – Beziehung zu dieser Familie brauchen würde? Die Hoflingers sind ein alteingesessenes Münchner Unternehmen, eine Münchner Brauerei! Eine Ehe zwischen Roman Hoflinger und meiner Tochter Clara würde mich auf einen Schlag von all meinen Sorgen befreien.« Er machte eine beiläufige Geste. »Apropos: Ich ziehe meine Suchanzeige zurück. Nach dem, was der junge Herr Hoflinger mir während unserer ... Unterhaltung ins Ohr flüsterte, dürfte sich Clara wohl nicht weit entfernt befinden.«

»Man hat Sie in Begleitung eines eher zwielichtigen Herrn gesehen«, hielt Eder dagegen. »Eines gewissen Herrn Glogauer. Sie werden sich bestimmt an ihn erinnern; er hat immer einen recht auffälligen Hund dabei. Er hat sich auch in der Nähe der Kinematografentruppe herumgetrieben und großes Interesse an Apparat und Technik gezeigt.«

»Glogauer!« Offenbar hatte Eder Prank tatsächlich überrascht. Aulehner glaubte beinahe, Prank denken zu *sehen*. Dann glättete sich Pranks Miene, und als er sprach, wog er seine Worte sehr sorgfältig. »Dazu kann ich nichts sagen, Inspektor. Es stimmt, ich hatte Herrn Glogauer zur Anbahnung gewisser Geschäfte angeheuert. Es stimmt sogar, dass ich anfänglich Glogauer damit beauftragt hatte, Ansatzpunkte gegen die Familie Hoflinger zu finden. Allerdings habe ich meine Geschäfte mit ihm vor kurzem beendet und diesen Auftrag zurückgezogen. Im Augenblick wäre eine mit mir verbündete Familie Hoflinger viel wertvoller für mich als eine ruinierte.«

»Könnten Sie sich vorstellen, dass Glogauer hinter dem Anschlag auf die Reputation der Hoflingers steckt?«

Prank schürzte die Lippen. »Es wäre zweifellos seine Art zu denken. Er hat in der Vergangenheit bereits einmal weit heftiger agiert, als ich von ihm wollte.«

»Darf ich fragen, bei welcher Gelegenheit das war?«

»Fragen dürfen Sie, Inspektor.« Prank lächelte wehmütig. »Nur Antwort sollten Sie keine von mir erwarten. Das Leben besteht zum großen Teil aus Dingen, die man im Nachhinein bereut.« Er wandte sich ab. »Wenn Sie mich jetzt bitte entschuldigen, ich sollte mich wirklich ein wenig frischmachen.«

Er verließ das Lagerhaus. Eder und Aulehner sahen ihm wortlos hinterher.

36.

Die Ordnung der Dinge

Am selben Freitag, etwa gegen halb fünf, fragte Colina sich, ob sie ihre Brotzeit halten oder ein Lied singen sollte. Ihre Hüfte schmerzte immer noch, weswegen es ihr heute schwerfiel, auf den Tisch zu klettern. Lochner nahm ihr die Entscheidung ab, indem er, eine Zeitung in der Hand, hinter dem Tresen hervorkam.

»Lina! Du bist doch gut mit dem Beamtendeutsch aus der Zeitung. Sag mir, ob ich des richtig verstanden hab'.«

Es war die gleiche Mittagsausgabe, die Maxi ihr heute bereits organisiert hatte. Allerdings betrachtete Lochner nicht die Todesanzeige, sondern den Artikel auf der ersten Seite, den Colina zu Hause übersprungen hatte. Colina ließ sich das Blatt in die Hand drücken und las laut vor:

»Aufgrund der wachsenden Beliebtheit und des zunehmenden Besucherstroms auf unserem Münchner Oktoberfest ... sieht der Münchner Stadtrat sich in der Pflicht, die Regularien für die Durchführung des Fests im nächsten Jahr ...«

Sie begriff Lochners Entsetzen beim Lesen rasch. Nur noch sieben Plätze für den Ausschank auf dem Oktoberfest! Nicht nur Lochner, auch Johanna lauschte entgeistert, und nach und nach kamen Louise und andere Biermadl dazu. Lochner war so abgelenkt, dass er vergaß, gegen die Untätigkeit seiner Kellnerinnen zu protestieren.

»Was für ein Wahnsinn!«, ereiferte er sich. »Wie soll denn ein kleiner Wirt wie ich so ein Trumm von Gaststätte finanzieren, hat da schon einer drüber nachgedacht?«

»Das wird nie ein Wirt können«, murmelte Colina. »Das können bloß die großen Brauereien.«

»Und außer denen ihr Bier darf sowieso nix mehr ausgeschenkt werden.« Lochner raufte sich das Haar. »Was soll bloß werden mit uns? Der Stifter hat fünf oder sechs Wirte unter Vertrag, die alle eine Schanklizenz fürs Oktoberfest haben. Was mache ich, wenn er für sein Zelt im nächsten Jahr einen anderen nimmt als mich? Dann kann ich zusehen, wie ich mich ohne die Wies'n übers Jahr frett'.«

Die großen Brauereien sicherten ihre Vormachtstellung, dachte Colina, und veränderten das ganze Fest. Buden für maximal dreihundert Leute, wie die von Lochner, in der man in Ruhe sitzen und sich über einem Maßkrug unterhalten konnte, würde es nicht mehr geben. Stattdessen würden weitere »Burgen« entstehen, in denen die Leute Kopf an Kopf und Hintern an Hintern aufgereiht saßen und sich um nicht viel scherten, nicht um ihre Banknachbarn und ganz gewiss nicht um das Biermadl, das den nächsten Arm voll Maßkrüge an den Tisch trug.

»Und wisst ihr, was das Schlimmste ist?« Lochner schaute in die Runde. »Wenn die großen Brauereien allein das Sagen haben, dann ist doch klar, was sie als Erstes machen: den Bierpreis hinaufsetzen, was denn sonst!«

»Aber dann geben die Gäste weniger Trinkgeld!«, klagte Johanna sofort. Sie mochte nicht die Hellste sein, aber sie verstand den Unterschied zwischen fünfzig Pfennig mehr und weniger im Topf. »Das war noch bei jeder Bierpreiserhöhung so! Auf seine Maß mag keiner verzichten, also sparen die Leut' am Trinkgeld für die Kellnerinnen.«

»Das wird auch diesmal wieder so sein.« Lochner hob bedeutungsvoll den Zeigefinger. »Denkt dran, wenn's so weit ist. Ich hab's euch gesagt. Der Stifter, der Gsell oder der Egidius von der

Klosterbrauerei, das sind die reinen Banditen! Lina, du weißt das bestimmt: Wie sagt man, wenn Firmen sich heimlich miteinander absprechen?«

»Kartell«, antwortete Colina, obwohl sie sich über die genaue Bedeutung des Worts nicht sicher war. Sie hatte dennoch den Begriff getroffen, den Lochner hören wollte.

»Das meine ich! Und das werden die machen, da könnt ihr einen fahren lassen drauf! Die gehen bis ganz nach oben und setzen durch, dass der Bierpreis steigt!«

Colina lauschte, nickte und dachte, das alles würde sie bald nichts mehr angehen. Vielleicht hätte sie in Nürnberg oder Salzburg oder wohin es sie sonst verschlug mit ähnlichen Problemen zu kämpfen. Doch vorerst ging es nur um eins: Sie musste Rupp entkommen.

Wenn sie heute nach Hause käme, würde sie warten, bis er eingeschlafen war. Wäre Rupp weiter nachts in Gaststätten gegangen, hätte ihr das mehr Zeit gelassen für ihre Vorbereitungen. Doch die gestrige Schlägerei schien ihm den Mut genommen zu haben. Statt auszugehen, hatte er sich Bier und Schnaps besorgt und in Colinas Wohnung getrunken. Vermutlich würde er das auch heute tun, und Colina konnte nur hoffen, Maximilian habe ihren Rat beherzigt und sei zum Spielen hinaus vors Haus gegangen.

Wenn Rupp ihn nicht sah, würde er den Jungen hoffentlich in Ruhe lassen.

Heute Nacht, dachte Colina, sobald Rupp schlief, würde sie einen ersten Schwung Kleider parat legen. Sie hatte einen alten Kartoffelsack besorgt und im Schrank versteckt. Im Hof gab es einen Handkarren, den würde sie so am Tor aufstellen, dass sie ihn in der Nacht auf Montag benutzen konnte, hoffentlich, ohne allzu viel Lärm dabei zu machen.

Sie würde niemandem etwas sagen, nicht einmal Louise. Es tat ihr weh, aber es war nicht zu ändern. Wer nichts wusste, konnte nichts erzählen. Vielleicht könnte sie in der Zukunft einmal an

Louise schreiben und ihr alles erklären. Vorerst aber würde Colina einfach verschwinden. Sie würde noch einmal ganz von vorn anfangen müssen. Aber sie hatte es schon einmal geschafft, hatte sogar mehr geschafft, als sie sich je zugetraut hätte. Es würde ihr auch ein zweites Mal gelingen, wenn sie nur den Mut dafür aufbrachte.

Gegen Mitternacht beschlossen Eder und Aulehner auf der Wache, es für diesen Tag gut sein zu lassen. Im selben Moment klopfte es an der Tür. Ein abgehetzter Polizeidiener trat ein und erklärte, man habe einen Fall von Einbruch in Verbindung mit einem Mordversuch.

»Wo?«, fragte Eder knapp.

»Bogenhausen«, gab der Bursche Bescheid. »In der Villa eines Herrn Prank. Eine Frau hat anscheinend versucht, den Besitzer des Hauses zu erstechen.«

Zehn Minuten später saßen Eder und Aulehner zusammen mit zwei weiteren Gendarmen in einem Wagen Richtung Bogenhausen. In der Villa Prank war fast das gesamte Erdgeschoss erleuchtet. Ein merklich nervöser Diener öffnete auf Eders Läuten und registrierte die Uniformen mit Erleichterung.

»Bitte treten Sie ein, meine Herren.«

Er schien versucht, den Gästen Hut und Mantel abzufordern. Stattdessen konfrontierte Eder ihn gleich mit der Frage, ob er an diesem Abend etwas beobachtet habe.

»Leider rein gar nichts.« Der Diener verhaspelte sich beinahe vor Eile. »Die Tür zur Terrasse lässt sich sehr leicht öffnen, fürchte ich; außerdem ist sie tagsüber oft nur angelehnt. Sollte jemand das benützen, um sich hereinzuschleichen, könnte er sich in diesem großen Haus sehr einfach verbergen, um Herrn Prank zu erwarten.«

Eder dankte ihm und ließ sich weiter in Pranks Salon führen. Während Aulehner mit den zwei übrigen Gendarmen hinterhertrottete, lugte er in Zimmer, deren Türen halb offenstanden, und beäugte den ungewohnten Luxus. Riesige Bodenvasen, zum Teil von eigenwilliger Form, Möbel mit vergoldeten Aufsätzen, Samtpolster und sicher sehr teure, wenn auch nicht unbedingt schöne Teppiche auf den Fluren, dazu die eine oder andere Kopie einer antiken Statue, alles ein wenig zu groß und zu offen zur Schau gestellt für Aulehners Geschmack.

Andererseits, dachte Aulehner, wer konnte sagen, wie er selbst reagiert hätte, wäre er jemals zu Geld gekommen? Hatte er als Junge nicht manchmal davon geträumt, eine großartige Erfindung zu machen oder einen Schatz zu finden, und dann das ganze Haus seiner Mutter in Gold zu fassen? Es lag beinahe etwas Kindliches in der Art, in der Prank mit seinem neu erworbenen Reichtum hausieren ging.

Unwillkürlich fragte er sich, was Colina Kandl in diesem Haus empfunden haben mochte. Vermutlich hatte sie sich köstlich amüsiert. Sich die »Lochner-Lina«, die auf dem Tisch einer Bierbude mit der Gitarre ihre Lieder zum Besten gab, dabei vorzustellen, wie sie mit Fräulein Prank durch diese Flure spazierte, reizte ihn zum Lachen. Hatte die ganze Zeit wirklich niemand gemerkt, dass man es mit einem einfachen Mädel vom Land zu tun hatte? Wie hatte sie das nur geschafft? Worüber hatte sie sich mit ihrem Zögling unterhalten, da sie so offensichtlich aus einer ganz anderen Welt kam als Clara Prank?

Andererseits wunderte er sich nicht, dass Clara Zutrauen zu ihrer eigenartigen Anstandsdame gefasst hatte. Aulehner selbst war es ja nicht anders ergangen. Wenn man sich in all dem aufgesetzten Prunk umschaute, war Colina Kandl für Clara vermutlich das Einzige gewesen, das ein wenig Leben in diese leeren Räume getragen hatte.

Der Salon war groß und in hellen Farben gehalten, die gemeinsam mit den wandhohen Fenstern und dem Ausblick auf Terrasse und Park den Eindruck von Weite schufen. Im Moment herrschte allerdings Chaos darin; die Beine umgestürzter Stühle ragten aus dem Dunkel; ein Beistelltischchen schien sogar zu Bruch gegangen zu sein. Ein Tisch war übersät mit Bandagen und medizinischen Utensilien, daneben standen ein Glas Cognac und die zugehörige Flasche. Ein Arzt verstaute soeben sein Stethoskop in einer ledernen Tasche. Prank hatte sich auf einem Polsterstuhl niedergelassen und hielt den linken Arm ein wenig steif von sich.

Auf einem anderen Stuhl, halb im Dunkel, da die Stehlampe von ihr weggedreht und auf den Tisch gerichtet war, saß eine Frau in Schwarz, neben ihr ein breit gebauter, vierschrötiger Mann, der seine Mütze verlegen in den Händen drehte.

Prank richtete den Blick auf Eder. »Sieh da, die Polizei. Doktor, ich denke, jetzt können Sie Ihren Kutscher wieder zu seinen Pferden entlassen; man wird sich der Frau, die er bewacht, hoffentlich gleich annehmen.«

Eder gab den beiden Gendarmen einen Wink. Aulehner drehte die Lampe so, dass ihr Schein auch das Gesicht der Frau erreichte.

Maria Hoflinger schien in den letzten zwei Wochen nicht um Jahre, sondern um Jahrzehnte gealtert. Lorenz dachte daran, wie sie in der Stube der Gastwirtschaft auf den Kopf ihres toten Ehemanns gestarrt hatte, mit diesem erstarrten, aber noch immer schönen Gesicht, über das lautlos die Tränen rannen. Damals hatte sie einen tiefen Eindruck auf ihn gemacht; sie war ihm erschienen wie eine altrömische Matrone, die in düsterem Stolz ihre toten Söhne beweinte.

Jetzt waren ihre Züge eingefallen, ihre Miene leer.

»Frau Hoflinger?«, fragte er. Sie antwortete nicht.

»Alles hat er mir genommen«, murmelte sie. »Alles, alles. Wenn der Bub nicht gewesen wär', hätt' ich die Brauerei leiten können, ja. Wenn ich ein Mannsbild gewesen wär'.« Die zwei Gendarmen nahmen links und rechts von Maria Hoflinger Aufstellung. Es schien ihr nicht aufzufallen.

»Nicht in geweihter Erde. Das Bild vom König Otto hätt' er niemals zeichnen dürfen. Der dumme Bub, so etwas tut man nicht. Einen alten Franziskaner hab' ich aufgetrieben, dass er mir ein Vaterunser sagt. Ein einzig's Vaterunser, und Geld hat er haben wollen dafür noch dazu.«

Sie redete weiter, in einem fort, mit starrem Blick und kurzen Pausen zwischen abgehackten Wortfetzen. Aulehner richtete sich auf und sah Eder an.

Prank, der nach dem Cognacglas gegriffen hatte, sagte: »Aus der Alten werden Sie sicher kein Wort herausbringen.« Er nahm einen kräftigen Schluck; wenn man bedachte, dass er gerade knapp einem Mordanschlag entgangen war, wirkte er erstaunlich gelassen. Ja, beinahe zufrieden.

»Fühlen Sie sich in der Lage, uns zu berichten, was passiert ist?«, fragte Eder, und Prank lachte leise.

»In der Lage? Inspektor, ich habe kaum einen Kratzer abbekommen.«

»Da möchte ich widersprechen«, sagte der Arzt. »Auch eine Fleischwunde kann ernste Folgen nach sich ziehen. Und die Tötungsabsicht kann kaum geleugnet werden; die Frau ging mit einem Fleischmesser auf Herrn Prank los.« Er machte einen Schritt zur Seite, hinter seinem Rücken wurde die Waffe sichtbar. Sie lag auf einer Zeitung; Blut war von der Klinge auf die Schlagzeile vom neuen Stadtratsedikt getropft. »Wir haben es hier mit einer wahnsinnigen Mörderin zu tun!«

Auch diese Äußerung bewirkte nichts. Maria Hoflinger murmelte weiter zusammenhanglos vor sich hin, offenbar ohne zu begreifen oder auch nur wahrzunehmen, dass über sie gesprochen wurde.

»Bitte, der Reihe nach«, sagte Eder. »Herr Prank?«

»Nun, Sie werden sich vielleicht erinnern, dass ich heute schon zwei unangenehme Begegnungen hinter mir hatte, als ich Sie in der Brauerei verließ«, gab Prank trocken zurück. »Da ich auf eine dritte keinen Wert legte, fuhr ich schnurstracks nach Hause. Ich schloss selbst auf und ließ mich ein, wie es meine Gewohnheit ist. Nachdem ich Hut und Jacke abgelegt hatte, ging ich hierher, um mir ein Glas Cognac einzugießen und in Ruhe nachzudenken.« Er warf einen Blick auf die Flasche. »Kennen Sie das, wenn Sie spüren, Sie sind nicht allein? Es war fast völlig dunkel, ich hatte außer den Lampen an der Anrichte kein Licht angemacht. Dennoch wurde ich aufmerksam; jemand war mit mir im Raum. Es war Maria Hoflinger. Nach einigen Worten geriet sie unvermittelt in Rage und fing an, Möbel umzustoßen und Porzellan zu zerschlagen.« Er wollte die Achseln zucken, brach den Versuch jedoch ab; anscheinend schmerzte die Wunde doch mehr, als er zugab. »Letztlich zögerte Frau Hoflinger einfach zu lang. Ich konnte ihren Angriff abwehren; statt ins Herz fuhr die Klinge mir nur harmlos in die Seite. Der gute Herr Doktor hier versichert mir, außer einer Narbe werde mir kein Schaden entstehen. Und Narben«, er lachte wieder, »Narben habe ich nun wirklich mehr als genug.«

Eder wandte sich Maria Hoflinger zu, sprach sie mehrmals an, aber was sie darauf antwortete, hatte nichts mit seinen Fragen zu tun.

»Ich hab's dir versprochen, Ignatz. Und dem Vater, damals, am Sarg. Im Krieg das Leben gerettet, Majestät! Im Krieg gegen die eigenen Kinder, bis die ganze Hefe vergoren ist. Und dann ist unser Bier auf einmal zu schlecht, obwohl wir Hoflieferant sind ...«

»Es hat keinen Sinn, Inspektor«, lächelte Prank und bewegte eine Hand in kleinen Kreisen neben der Stirn. »Sie hat endgültig den Verstand verloren.«

»Ist das auch Ihre Einschätzung, Herr Doktor?«, fragte Eder. Aulehner fragte sich, ob in der Erkundigung mehr Erleichterung oder mehr Besorgnis mitschwang.

»Ein klarer Fall von weiblicher Hysterie«, sagte der Arzt und wies auf die zerschmetterten Vasen und umgestoßenen Stühle. »Sehen Sie doch, mit welch körperlicher Kraft diese Wahnsinnige zu Werke gegangen ist. Es ist immer wieder erstaunlich, zu welcher Gewaltentwicklung die ungebändigte Emotion weiblicher Psyche fähig ist. Nach allem, was Herr Prank mir berichtete, hat die Frau in der letzten Zeit schwere Schicksalsschläge durchmachen müssen, die ihr offensichtlich den Verstand verwirrten. Aufgrund einer fixen Idee bringt sie ihr Leid anscheinend mit Herrn Prank in Verbindung.«

»Sie beschäftigen sich demnach mit der Lehre von der menschlichen Psyche?«

»Ein Steckenpferd von mir«, gab der Arzt zu. »Natürlich bin ich nicht in der Lage, eine Diagnose zu stellen, doch würde ich in jedem Fall die Hinzuziehung eines entsprechend ausgebildeten Kollegen und die Einweisung in eine für solche Fälle ausgelegte Einrichtung empfehlen.«

»Danke, Herr Doktor.« Eder nahm die Brille ab, rieb sich die Augen und schaute Aulehner an. »Seien S' so gut, Lenz, lassen Sie sich vom Herrn Doktor den Namen und die Adresse geben, falls wir ihn als Zeugen brauchen, und machen S' alles fertig für eine Überstellung in die Balanstraß'. Ich schick' derweil jemanden los zum Deibel-Bräu.«

»Denken Sie denn, da ist noch jemand?« Aulehner musterte die Hoflinger-Witwe, die leise in sich hineinlachte.

»Vergessen S' nicht, der Roman ist wieder in München«, sagte Eder. »Glauben Sie, der will nicht kämpfen um sein Erbe? Es sollte mich schwer wundern, hätte er sich nicht bei seinen alten Freunden gemeldet. Die werden ihm schon stecken, was mit seiner Mutter passiert ist.«

Aulehner nickte wortlos. Er trat neben Maria Hoflinger, um sie aus dem Salon zur Kutsche zu führen, die die Frau zur Irrenanstalt in der Au bringen würde. Sie ließ sich ohne Widerstand in die Höhe ziehen und hinausführen; die zwei Gendarmen folgten wachsam.

Auf dem Hof war es finster bis auf die Lampen am Wagen, deren blasses Licht sich in der Nacht verlor. Es schien kühler geworden zu sein seit der gestrigen Nacht. Einzelne Nebelschwaden trieben vorbei.

»Das Leben ist nicht gerecht«, sagte Maria Hoflinger unvermittelt, als sie den Fuß auf den Wagentritt setzte. Sie schaute Aulehner an und wirkte für einen Moment völlig klar. »Ich wollt' doch nur alles in Ordnung bringen. Das Leben muss doch eine Ordnung haben. Auge und Auge, Zahn um Zahn. Verstehen Sie?« Sie schüttelte den Kopf, ohne dass Aulehner geantwortet hätte. »Macht nix. Ich versteh's selber auch nimmer.«

Sie ließ sich brav von Aulehner in die Kutsche setzen. Als er den Schlag hinter ihr schloss, hatte sie wohl bereits vergessen, dass es ihn gab. Der Kutscher fuhr an, Lorenz blieb zurück und starrte dem Wagen hinterher. Maria Hoflingers Worte hallten in ihm nach.

Ordnung. Er hatte sein Leben lang darum gekämpft, die Dinge in Ordnung zu halten. Um sich herum, noch mehr in seinem Inneren. Es gab Regeln, die dafür sorgten, dass alles blieb, wie es sich gehörte, klare und überschaubare. Regeln von Gesetz und Anstand.

Warum schaffte er nie, diesen Regeln treu zu bleiben? Warum spukte jemand wie Colina Kandl ihm überhaupt im Kopf herum? Eine ordentliche Frau lief ihrem Ehemann nicht davon und arbeitete nicht in einem Beruf, in dem sie sich von jedem Mann an den Hintern fassen lassen musste. Ebenso wenig wie eine ordentliche, anständige Frau und Witwe sich von einem Herrn Hofrat aushalten ließ.

Oder wie ein ordentlicher Polizist heimlich vermisste Unternehmenstöchter mit ihren Liebhabern aus der Stadt entwischen ließ. Wie ein Soldat sich gegen seinen Offizier auflehnte.

Vielleicht hatte Maria Hoflinger in ihrer Verwirrtheit gerade mehr begriffen als Lorenz.

37.

Fragen

Kann man am Ende der eigenen Vergangenheit entkommen, frage ich mich. Und wenn man es kann – will ich es?

Verblüffend, wie viele Taue uns selbst dann noch immer an unser altes Leben binden, wenn wir glauben, das letzte gekappt zu haben. Wie wenig genügt, damit Sonnenschein und Abenteuer und amerikanische Träume grau und farblos werden. Damit ein wogendes Gerstenfeld keine Gedanken mehr wachruft an Prärien und Weite und Freiheit. Damit man wieder Kind wird, Sohn oder Tochter, Bruder oder Schwester. So wenig: ein Name, eine Erinnerung.

Eine Todesanzeige in der Zeitung.

Jetzt ist die Zeit, sich Fragen zu stellen. Für ihn, für mich. Ob ich das Wohin wirklich abkoppeln kann vom Woher. Ob ich die Wut und die Verzweiflung und die Sehnsucht ein Leben lang aushalten werde, die ich lesen kann in diesem einzelnen Auge.

Er schaut mich an und verbeißt sich die Tränen dabei, weil er stark sein will, ein Beschützer, ein Mann. Ich ziehe seinen Kopf auf meine Schulter, damit er unbeobachtet weinen kann, und frage mich, was er gerade in meinem Gesicht gelesen hat.

Womöglich die gleiche Sehnsucht? Den gleichen Wunsch?

Ist es lohnender zu gehen oder zu kämpfen?

Unwillkürlich denke ich dabei an Colina.

Der Wecker schrillte, kaum dass Aulehner sich zu Bett gelegt hatte. Zumindest fühlte es sich so an, als er aus dem Schlaf fuhr. Mühselig, einzig mit der beim Regiment erworbenen Disziplin, die den restlichen Körper in Bewegung setzte, auch ohne dass der Kopf wirklich wach war, schälte er sich aus dem Bett, wusch sich und schlüpfte in seine Kleider.

Noch zwei Tage, sagte er sich, und der Wahnsinn hätte ein Ende. Heute war Samstag, morgen würde das Oktoberfest schließen, und das Leben könnte wieder seinen geregelten Gang gehen.

Zumindest konnte man es hoffen. Vielleicht würden dann auch alle Gedanken an geistesgestörte Witwen und an Leichen unter offenen Fenstern zur Ruhe kommen – gemeinsam mit dem an verheiratete Kellnerinnen.

Heimlich hatte Aulehner längst angefangen, Eders Zähigkeit zu bewundern. Ihn heute schon wieder vor ihm im Büro anzutreffen, nachdem der Inspektor bereits gestern von den vielen Nachtschichten so erschöpft und gebrechlich ausgesehen hatte, beschämte ihn regelrecht.

»Guten Morgen, Lenz. Was halten Sie davon, wenn wir uns als Erstes den verhafteten Georg Flessner heraufholen und ausfragen, solange wir alle zwei die Augen noch offenhalten können?«

Aulehner nickte, drehte sich auf dem Absatz um und stieg die paar Stufen hinunter zu den Haftzellen. Der Wärter, auf widerwärtige Art putzmunter, legte die »Münchner Neuesten Nachrichten« beiseite, um ihm aufzusperren.

Die beiden einzigen Insassen hockten in der Zelle so weit voneinander entfernt wie möglich, Anahu auf seiner Pritsche und sein neu hinzugekommener Kamerad, dessen Gesicht Aulehner unbekannt war, zusammengekauert ihm gegenüber in der Ecke des Raums auf dem einzigen Stuhl.

»Guten Morgen, Häuptling«, sagte er forsch. »Hat dein Zimmergenosse sich anständig betragen?«

Anahu hielt seine Bibel in Händen wie meist, schloss sie aber höflich, sobald das Wort an ihn gerichtet wurde. Die Blessuren in seinem Gesicht und auf seinen Armen schienen zu verblassen, ohne dass neue hinzugekommen waren; offenbar hatten die häufigen Besuche Aulehners und Eders die Wärter doch zur Zurückhaltung ermahnt. Über Aulehners Frage schien er halb verlegen, halb amüsiert.

»Ist arme Mann«, erklärte er. »Hat große Angst.«

Aulehner musterte den zweiten Gefangenen genauer. Er mochte ein wenig jünger sein als Lorenz selbst, vielleicht Ende zwanzig, schlaksig, spitznasig und mager. Seine Jacke war abgetragen, die Hosen hatten abgewetzte Knie und lose Fäden an den Säumen, aber das Halstuch sah neu und teuer aus, das dunkle Haar troff von Pomade, und aus der Westentasche hing eine Uhrkette.

»Stimmt das, Flessner?« Der spöttische Ton mochte die Lebensgeister des Inhaftierten wecken, zumindest sprang er in die Höhe.

»Ja, was glauben Sie denn? Das *ist* doch der, der den Hoflinger Ignatz gefressen hat, oder? Ich protestiere, ich lasse mir das nicht gefallen!«

»Immer mit der Ruhe. Jetzt kommen Sie erst einmal mit zum Inspektor; im Moment haben wir nur ein paar Fragen an Sie. Außerdem können Sie ganz beruhigt sein: Bei so viel Angstschweiß schmecken Sie dem Häuptling ohne Salz und Pfeffer sowieso nicht.« Im Gehen tauschte Aulehner mit Anahu einen kurzen Blick; der Samoaner rollte die Augen, und Lorenz grinste.

Im Büro angekommen, ließ Flessner sich mit misstrauischer Miene auf den Stuhl fallen, auf den Eder deutete. Der Inspektor las sich einige Notizen durch.

»Herr Georg Flessner«, sagte er schließlich. »Schaut ja aus, als ob Ihnen unsere Polizeiwachen nicht unbekannt sind, hm? Festnahme wegen öffentlicher Unruhe, groben Unfugs, eine Prügelei im Englischen Garten ... ach, da schau her, und wegen Erpressung eines Freiers, als Strizzi einer illegalen Prostituierten ...«

»Das war ein Missverständnis!«, widersprach Flessner sofort.

»Bestimmt. Kennen Sie den Pfandleiher Alfons Glogauer? Aus Haidhausen?«

Jetzt wich selbst das Misstrauen aus Flessners Gesicht. Es wurde glatt und leer.

»Bei dem hab' ich einmal was versetzt, ja.«

»Wann haben Sie ihn das letzte Mal gesprochen?« Eder blickte abrupt auf, während Flessner grübelte, wie er die Frage beantworten sollte. »Wissen S', Flessner, es ist immer ganz blöd, wenn man von der Polizei beim Lügen erwischt wird. Reden S' halt gleich, statt dass wir Ihnen alles aus der Nasen ziehen müssen.«

Das genügte. Mit betretener Miene kratzte Flessner sich im Nacken. »Wenn Sie's eh' schon wissen ... bei der Geschichte mit dem Kinematografen halt. Aber ich hab' doch nicht g'wusst, was das für Bilder waren!«

»Der Reihe nach«, verlangte Eder. »Wann hat Glogauer Sie kontaktiert?«

»Gleich in der ersten Woch' vom Oktoberfest. Er war in einer von den ersten Vorstellungen; ich hab' ihn im Zelt gesehen.« Er zögerte, rang sich dann aber durch. »Wie's gar war und ich hinterm Zelt eine Zigarette geraucht hab', ist der Glogauer zu mir herüber und hat g'fragt, ob er ihm was über den Filmapparat erzählen kann.«

»Hat er Ihnen Geld dafür bezahlt?«

Flessner murmelte: »Ja. Und hat mir mehr versprochen, wenn ich ihm noch einmal bei einer Sache helf'.«

»Beim Manipulieren der Filmrolle? Und da haben Sie sich nichts dabei gedacht?«

»Mei. Was hätt' ich mir schon denken sollen?«

Eder seufzte. »Von der Art der Filmaufnahmen, die Glogauer gemacht hatte, wussten Sie nichts?«

»*Naa!*«, entsetzte Flessner sich. Er streckte sämtliche Finger von sich. »Meinen S', ich hätt' die Bilder angefasst, wenn ich gewusst hätte, was da drauf is'? *Pfui Deife!*« Das schien zur Abwechslung eine vollkommen ehrliche und spontane Aussage zu sein. Eder nickte.

»Gut, Herr Flessner. Dann werden wir uns wohl mit Alfred Glogauer beschäftigen mü ...«

Der Polizeidiener war so aufgeregt, dass er in Eders Büro platzte, ohne vorher zu klopfen. Hastig riss er sich wenigstens die Mütze vom Kopf. »Herr Inspektor! Tut mir leid, aber wir haben eine Leich'. Schon wieder.«

»Wo?«, fragte Eder im Aufstehen, der bereits etwas befürchten mochte.

»Haidhausen. Das Pfandhaus von einem gewissen Alfred Glogauer.«

Sie kamen zu spät.

Es war zu spät, sich noch Gedanken um Dinge zu machen, die sich nicht ändern ließen. Aber Lochners Unruhe, ja, Verzweiflung, ging Colina mehr zu Herzen, als sie sich anmerken ließ. Der Wirt hatte heute keinen Blick für seine bis zum Bersten gefüllte Bude. Johanna wusste kaum, wie sie dem Andrang Herr werden sollte, und Colina hatte den ganzen Samstagvormittag nur Krüge geschleppt, statt wie sonst gleich nach Öffnung die Gitarre zu nehmen und ein Lied zu singen, um Kunden anzulocken.

Es war nicht notwendig gewesen. Unmengen neuer Gäste strömten herein: Pranks Bierburg war geschlossen.

Einen Moment lang überlegte Colina, was für ein Schlag das für Herrn Prank sein musste. Ihr fiel der große Tisch in seiner Villa ein, das liebevoll arrangierte Modell der Wies'n, mit den kleinen Figuren und nachgebauten Fahrgeschäften. Und Clara? Prank hatte für sein Oktoberfestzelt vielleicht den einzigen Menschen verloren, an dem ihm lag. Musste er sich nun nicht selbst fragen, ob es das wirklich wert gewesen war?

Vermutlich nicht. Durch den Münchner Stadtrat vom Fest verbannt worden zu sein, würde er vor allem als Niederlage sehen, die es zu rächen galt, da war Colina sicher.

Lochner dagegen hätte es als Chance empfinden müssen. Noch nie war seine Festbude so früh am Tag so voll gewesen; die Bierburschen hatten ihre morgendlichen Zigaretten noch nicht fertig geraucht, als es schon hieß, sie müssten die ersten frischen Fässer hereinrollen. Es versprach ein einträglicher Tag zu werden. Statt sich deswegen die Hände zu reiben, schrieb und rechnete Lochner mühselig in einem Buch, das er aus der Gastwirtschaft mitgebracht hatte.

»Wir schaffen's nicht«, hörte Colina ihn irgendwann zu Johanna sagen. »Ohne das Oktoberfest kann ich den Betrieb ned halten. Ich weiß nicht, wie ich dem Stifter, dem Blutsauger, die Pacht für meine eigene Wirtschaft bezahlen soll.« Er schloss das Buch mit einem hörbaren Knall. »Wir sind geliefert, Johanna. Angeblich wollen die morgen noch den Bierpreis anheben; was meinst, was dann da herinnen los ist? Schau dich am besten bald nach einer anderen Stell' um.«

»In meinem ...« Sie verkniff sich das Wort »Alter« gerade noch. Aber ihr entsetzter Gesichtsausdruck sagte genug.

Colina blieb heute nicht viel Zeit, um über das Gehörte nachzudenken. Die zwei jungen Kellnerinnen, die Lochner für die Wies'n eingestellt hatte, waren mit dem Ansturm völlig überfordert; Louise, die eigentlich erst in einer halben Stunde hätte anfangen sollen, hastete gerade zum Hintereingang herein, warf ihren Mantel in die Ecke und ließ sich von Johanna eine Schürze geben, um Colina zu unterstützen.

»Was sind denn das für Leute heut'?«, wunderte sie sich, als sie zum ersten Mal wieder an die Schenke kam. »Die sind ja direkt bösartig.«

Colina hätte ein anderes Wort benutzt, wusste aber, was Louise meinte. Die Stimmung in der Bierbude war anders als gestern. Gereizt, angespannt. Das Publikum aus Pranks »Bierburg«, das sich nach nebenan zu Lochner geflüchtet hatte, suchte nach einem Ventil für seinen Ärger. Diese Zecher waren nicht nur gewohnt, dass der Nachschub an frischen Krügen anrollte ohne die geringste Unterbrechung, sie hatten das bisherige Fest auch unter dem permanenten Dröhnen einer Blaskapelle zugebracht und wussten merklich nicht, was ohne sie mit sich beginnen.

»Na endlich!«, war heute, was Colina am häufigsten hörte, wenn sie die Krüge auf dem Tisch abstellte. Dazu legte sich gern ein Arm um ihre Hüften oder eine Hand auf ihr Hinterteil, nicht spielerisch, wie sie das gewohnt war, sondern mit beiläufiger Grobheit.

Ansprüche eben. Colina mühte sich, es als Spaß zu sehen, als eine Hand nach ihrem Busen fasste, stieß sie mit demselben Lachen weg wie sonst, schlug theatralisch nach den Fingern auf ihrem Hintern, aber diesmal sah sie sich ignoriert. Man konnte nicht scherzhaft nehmen, was nicht als Scherz gemeint war. Ein Mann zerrte sie auf seinen Schoß; rundum wurde gelacht, dann packte sie ein weiterer Arm und zog sie vorwärts, auf den nächsten Schoß, jemand skandierte »Lochner-Lina«, Stimmen verlangten, Colina auf den Tisch zu stellen und nachzusehen, was sie unter dem Rock habe.

Dann hatte der Tumult zum Glück Franz und Xaver angelockt. Aber selbst diese zwei stämmigen Kerle brauchten Minuten und alle Kraft, um Colina aus den Händen der Männer zu befreien.

»Was wollt ihr denn, wir werden uns wohl noch amüsieren dürfen?«

»Dafür, dass sie uns wahrscheinlich das Bier teurer machen, darf man ja wohl ein bisschen was verlangen!«

»Die sind ja schlimmer als wie die Wilden«, sagte Xaver erschüttert. Er schirmte Colina vor den Blicken und Händen der Männer ab, während diese sich, schwer atmend vor Schreck, das

Kleid richtete und ihr Mieder schloss. Ihre Bluse hatte einen Riss, stellte sie fest.

»Das hast jetzt davon«, zischte Johanna, als Colina sie um eine Sicherheitsnadel bat. »Hoffentlich bist jetzt glücklich, du Lochner-Lina, du. Zur besseren Hur' hast dich gemacht, und uns alle gleich damit.«

So ungerecht es war, Colina wusste nicht, was sie darauf antworten sollte. Stumm nahm sie die nächste Ladung Krüge auf und trug sie davon. Ein einziger Gedanke drehte sich in ihrem Kopf: Bald war das hier vorbei. Noch diesen Samstag und den morgigen Sonntag, und sie würde sich davonstehlen ins Unbekannte. Bald wäre Lochners Bierbude nur noch eine Erinnerung.

38.

Wohin es führt

Das Mädchen mochte zwölf oder dreizehn sein. Sein runder Kopf mit den seltsam geformten, weit auseinanderstehenden Augen pendelte hin und her, während es in der Ecke kauerte.

»Wissen Sie, wie das Kind heißt?«, fragte Aulehner die Alte, die Glogauer offenbar Ladengeschäft und Wohnung vermietet hatte.

»Nix weiß ich«, flüsterte sie. Sie hob einen knochigen Zeigefinger. »Gar nix.«

Irgendwo in der Nähe der Ladentür, wo mehr Licht durch die vermutlich seit Jahren nicht gewischten Scheiben fiel, fluchte Hiebinger in unterdrücktem Ton, als der Arzt, nachdem er ordnungsgemäß das Ableben des Pfandleihers Alfons Glogauer festgestellt hatte, Hiebingers Wunde mit Alkohol reinigte. Aulehner und Eder warfen beide einen mitfühlenden Blick hinüber, ehe sie sich wieder der Leiche zuwandten.

Es gab keine sichtbare Wunde außer der auf der Brust, und die sah man nur, wenn man den Rock zurückschlug und den riesigen Blutfleck sichtbar machte, der Hemd und Weste getränkt hatte.

»Und, was sagt der ehemalige Herr Chevauleger des sechsten Regiments zur Mordwaffe?«, fragte Eder, im Versuch, die düstere Stimmung aufzubrechen.

»Lang, dünn, spitz«, gab Aulehner zurück. »Bajonett?«

»Zumindest etwas in der Art.«

Es gab einige Waffen im Laden, zwei versetzte Husarensäbel, einen abgebrochenen Degen aus der Zeit der Befreiungskriege und einige Messer und Dolche, aber nichts, das in Größe und Form zur Wunde gepasst hätte oder so aussah, als sei es in letzter Zeit benutzt oder frisch gereinigt worden. In der Ladenkasse unter dem Tisch befand sich eine überraschende Menge Geld. Glanzpunkt war ein säuberlich polierter silberner Taler mit dem Bild Maria Theresias.

Den wirklich wichtigen Fund hatten die ersten Kollegen, die von den Nachbarn alarmiert worden waren, bereits gemacht, und zwar in der Tasche der karierten Kittelschürze, die Glogauers behinderte Tochter trug.

»Das ist das Deibelbräu-Siegel«, sagte Hiebinger, während der Arzt die Bisswunde an seinem Arm abtupfte, und deutete auf den vergoldeten Gegenstand, den er Eder in die Hand gelegt hatte. »Gar kein Zweifel. Da kenn' ich mich aus. Ein anderes Bier trink' ich nicht.« Eder nickte geistesabwesend. Er brauchte Hiebingers Bestätigung kaum, um zu wissen, was er vor sich hatte: jenen goldenen Bierwechsel, von dem Maria Hoflinger gesagt hatte, ihr Mann habe ihn immer in der Tasche getragen, und der gemeinsam mit Ignatz Hoflingers Körper verschwunden war.

Ihn ausgerechnet hier zu finden, damit hatte niemand gerechnet.

Die Nachbarn aus den Häuserblocks entlang dieser Gasse hatten die Polizei nur deshalb gerufen, weil das Mädchen mit dem unförmigen Kopf in ihrer zu kurzen Kinderschürze auf der Straße stand und aus Leibeskräften schrie und plärrte. Als zwei Gendarmen, unter ihnen Hiebinger, das Kind einsammeln wollten, war es tränenüberströmt zur offenen Ladentür des Pfandhauses gelaufen.

Hinter dem Tresen hatte Glogauers Leiche gelegen. Und neben ihm …

»Eine Bestie war das, ein richtiges Ungeheuer!« Hiebinger warf einen Blick auf seinen Unterarm. »Ich hab' gedacht, das Vieh beißt mir den Arm komplett ab; der hat Kiefer gehabt wie eine Eisenklammer.« Er musterte seinen Kollegen, der etwas betreten daneben stand. »Wie kannst du auf die kurze Entfernung eigentlich vorbeischießen?«

»Ich hab' Angst gehabt, ich treff' dich!«

»Und jetzt ist das Vieh auf und davon!« Er schaute zur Straße hinaus. »Aber wenn ich den erwisch'!«

Eder und Aulehner hatten die Wunde beide bereits betrachtet, aber nun, da der Arzt sie gereinigt hatte und die Blutung zum Stillstand gekommen war, konnte man es noch deutlicher sehen: Die Wundränder ähnelten verblüffend denen am Kopf Ignatz Hoflingers.

»Sieht so aus, als hätten wir aus Versehen einen Mord aufgeklärt«, sagte Eder spöttisch. Seine Stimme klang misstrauisch. Der Zufall war zu groß und glücklich, um einer zu sein.

»Also Glogauer?«, fragte Aulehner zweifelnd.

»Oder vielmehr sein Hund.«

»Und was soll Glogauer für einen Grund gehabt haben?«

»Raub? Ein Streit? Hoflinger hat Glogauer bei etwas Verbotenem ertappt? Vielleicht war es nicht einmal Absicht, sondern ein Unfall. Vielleicht ist der Hund durchgedreht oder glaubte, seinen Herrn verteidigen zu müssen, so wie es Hiebinger erging, als er heute den Laden betrat. Es kann irgendwo passiert sein.« Eder grübelte. »Glogauer trennte den Kopf ab und warf ihn in die Isar in der Hoffnung, er werde möglichst weit abgetrieben werden. Den Rumpf hat er irgendwo verscharrt.«

»Und den Bierwechsel hat er behalten, damit wir ihm den Mord besser nachweisen können?«

»Seien S' nicht sarkastisch, Lenz.«

Aulehner blickte zur Seite, auf das summende, schaukelnde Kind.

»Sie wissen so gut wie ich, dass die Maria Hoflinger die ganze Zeit recht gehabt hat«, sagte er. »Der Glogauer hat für Prank gearbeitet. Das wissen wir, und das erklärt den Mord auch. Prank brauchte die Schanklizenz der Hoflingers für seine Bierburg. Und dafür war ihm jedes Mittel recht. Der Glogauer hat Ignatz Hoflinger im Auftrag Pranks beseitigt.«

»Oder auch nicht.« Eders Augen wirkten trüb, die Brillengläser spiegelten das graue Licht. »Wir können nichts beweisen.«

Natürlich hatte er recht. Aulehner war trotzdem nahe daran, zurückzuzucken, als der Inspektor ihm, halb tröstend, halb gebieterisch, die Hand auf die Schulter legte. »Sehen Sie das Positive, Lenz: Wir können den Häuptling laufen lassen. Ist das nichts?«

»Wenig genug.«

»Aber etwas.« Ein schwaches Lächeln, so grau wie das Tageslicht. »Der Häuptling muss nicht aufs Schafott, die kleine Prank-Tochter hat ihren Hoflinger bekommen und sich von ihrem Vater freigestrampelt. Halten Sie sich an dem fest, was geht, Lenz.«

»Trotzdem wünschte ich, wir könnten der Hoflinger-Witwe wenigstens sagen, dass sie nicht verrückt war. Stattdessen sitzt sie im Irrenhaus.« Unwillkürlich warf er einen Blick über die Schulter nach dem summenden Mädchen. Es würde zweifellos ebenfalls bald dorthin gehen.

»Ja«, gab Eder zu, »manchmal fragt man sich, wer hier eigentlich die Verrückten sind.«

Aufatmend und etwas mühsam, ihrer schmerzenden Hüfte wegen, kletterte Colina vom Tisch. Sie fand sich kaum beachtet; die Gäste sangen ohne sie weiter. Zumindest war ihre Unruhe kurzfristig in sichere Bahnen gelenkt.

Afra hatte Colina geraten, von ihrem üblichen Repertoire abzuweichen und es stattdessen mit gängigen Trinkliedern zu versuchen. Ein guter Ratschlag; die Gäste wollten etwas hören, das sie kannten und bei dem sie mitsingen konnten. Wenn Colina ihnen einmal die Melodie vorgegeben hatte, genügten sie sich selbst. Vollkommen beschäftigt damit, die eigene Stimme möglichst laut werden zu lassen in einem Chor, der doch alle Stimmen verschlang, vergaßen sie Colina und alles andere. Hauptsache, sie waren beschäftigt und hatten das Gefühl, sich an etwas beteiligen zu können. Teil von etwas zu werden, aufzugehen in einer großen Menge.

Seltsam, dachte Colina, dass diese Leute genau dem zustrebten, aus dem sie selbst auszubrechen versuchte.

Das Ergebnis, als sie unter den Zuhörern den Hut herumgehen ließ, war mager. Man übersah den Hut ebenso, wie man Colina zuvor übersehen hatte. Ein Mann war auf die Bank gestiegen und dirigierte den Gesang; die Männer jubelten über sich selbst nach jeder Strophe. Lochner hätte zufrieden sein sollen mit dem Umsatz; sie tranken für drei. Stattdessen machte er ein sorgenvolles Gesicht. Die Stimmung war aggressiv. Colina begriff den Grund dafür nicht, doch es machte ihr Angst.

Johanna warf einen Blick in Colinas Hut; ihre Miene gefror. »Das ist ja fast nichts.« Ihr Blick glitt hinauf zu der Tafel, auf der der Bierpreis verkündet wurde: 35 Pfennige. »Wenn die uns wirklich morgen den Preis anheben, zahlen die Leut' gar kein Trinkgeld mehr.«

»Die Erhöhung ist schon beschlossen.« Lochner trat dazu. Er sah müde aus und resigniert. »Am liebsten tät' ich ihnen alles hinschmeißen.«

Schweigend nahm Colina an der Theke ihre nächsten Krüge auf, um sie an die Tische zu tragen. Ihre Hüfte stach, ihre Sohlen schmerzten in den Schuhen, die im Laufe des Tags immer enger zu werden schienen. Wieder tatschten Hände auf ihren Hintern, wieder gab jemand kaum ein paar Pfennige Trinkgeld.

Irgendwann machte sie Johanna ein Zeichen, streifte ihre Schürze ab und gönnte sich ein paar Minuten Pause, um eine Zigarette zu rauchen. Sie hatte die Tür zum Hof schon fast erreicht, als sie stehen blieb, sich umdrehte und stattdessen quer durch die Bierbude zum Vordereingang zurückkehrte.

Nein, sie würde ihre Zigarette nicht hastig und verschämt an der Hintertür rauchen. Sie würde hinausgehen vor den Vordereingang, dort wo die Farben waren, das Lachen, der Duft von Zuckerwatte und die Musik der Fahrgeschäfte, und sie würde sich dort fühlen wie ein Großbauer, der abends zufrieden vor seiner Haustür stand und seinen Hof begutachtete.

So hatte sie es beschlossen.

Es gelang ihr nur halb. Sie sah die fröhlichen Mienen und hörte die Musik, aber wenig davon drang wirklich zu ihr durch.

Warum empfand sie das, was ihr vor einer Woche noch bunt, aufregend und verheißungsvoll erschienen war, heute als Gefängnis? Hatte sich wirklich die Atmosphäre verändert oder doch nur ihre Haltung?

Sei ehrlich, mahnte sie sich selbst. Sie wusste genau, warum es ihr so schwerfiel, sich heute an den guten Dingen ihres Tags festzuhalten, an diesen sicheren Trittsteinen im Strom, über die sie sonst tänzelte, jederzeit bereit, über das Leben und sich selbst gleichermaßen zu lachen. Es war ein einziger Gedanke: Rupp. Noch eine Nacht, und sie würde ihn und alles hier hinter sich lassen.

Colina hatte Angst.

Hatte sie alles bedacht? Konnte sie ihre Sachen morgen schnell genug packen? Würde sie Maxi sicher aus dem Haus schaffen können? Würde Rupp fest genug schlafen?

Die gewaltige hölzerne Ruine von Pranks Bierburg ragte schräg gegenüber auf, leer und tot inmitten des wogenden bunten Getümmels. Colinas Blick glitt zu einigen Girlanden, die sich halb gelöst hatten und nun im Wind flatterten. Morgen Abend würde das alles abgebaut werden; aber sie würde da schon verschwunden sein.

Plötzlich stutzte sie. Kannte sie diese Gestalt nicht, die da aus einer der Bierbuden am Ende der Feststraße kam, hochgewachsen, jung und in einer Haltung, als warte sie nur darauf, es allein mit der ganzen Welt aufzunehmen? Selbst wenn sie den Gang und die großspurige Attitüde nicht wiedererkannt hätte: Die Klappe über dem linken Auge war schwer zu übersehen.

So viel zu Amerika. Colina hätte beinahe gelacht, dann fiel ihr der Selbstmord Ludwig Hoflingers ein, und das Lachen blieb ihr in der Kehle stecken. Roman war wohl gekommen, um Ludwigs Platz als Wirt einzunehmen. Seine Bierbude lief gut heute, alle liefen sie gut, nun, da die übermächtige Konkurrenz durch die Bierburg wegfiel. Er trug einen Trachtenjanker mit goldenen Knöpfen, wie ein richtiger Wies'n-Wirt das nun einmal tat; an seinem Gürtel funkelte ein aufwendiges Charivari.

Und wo war Clara? Was bedeutete das? Roman Hoflinger mochte ernsthaft verliebt in Clara sein – aber reichte das, damit er auf sein Erbe verzichtete? Nach allem, was Roman in Colinas Wohnung erzählt hatte, hatte nicht er, sondern seine Mutter Brauerei und Wirtschaft übernommen. Wenn Roman nun die Bierbude leitete, musste er mit seiner Mutter zu einer Übereinkunft gelangt sein. Hieß das, Roman hatte sich gegen eine Zukunft mit Clara und für seine alte Familie, für seine Mutter, entschieden? Oder hatten die beiden Frauen sich miteinander arrangiert?

Colina konnte es nur hoffen. Sonst würde Clara verlassen und vergessen ein lediges Kind zur Welt bringen müssen. Ein erschütternder Gedanke. So naiv und impulsiv das Mädchen gewesen war, so arrogant und bockig es sich Colina gegenüber verhalten hatte, ein solches Schicksal hatte es nicht verdient.

Sie trat den Stummel ihrer Zigarette aus und kehrte zurück in die Bierbude. Johanna winkte ihr schon, als sie sich dem Tresen näherte. Allerdings steckte dahinter nicht die übliche Ungeduld, sondern blankes Erstaunen.

»Da.« Sie hielt Colina ein verschlossenes und gesiegeltes Briefchen hin. »Das hat einer für dich abgegeben. So ein feiner Pinkel, Diener bei einer hohen Herrschaft wahrscheinlich. Das sag' ich dir, wenn du deine Liebschaften in unsere Wirtschaft mitbringst und wir deswegen Schwierigkeiten kriegen wegen dem Kuppelei-Paragraphen ...«

Sie redete noch weiter, doch Colina hörte gar nicht zu, nahm Johanna den Brief aus den Fingern und steckte ihn in die Tasche ihrer Schürze, als sei er nicht weiter wichtig.

Erst später, auf dem Weg zum Abort, als sie sicher war, unbeobachtet zu sein, zog sie ihn heraus und brach ihn hastig auf.

Es war die Antwort auf ihre Anfrage. Sie hatte diese Botschaft heute in ihrer Mittagspause hastig mit Bleistift auf eine Ecke Papier gekritzelt und einem Jungen, der in der Nähe der Theresienwiese herumlungerte, zehn Pfennig gegeben, damit er sie überbrachte.

Die Antwort hätte erfreulicher nicht sein können.

»Kommen Sie nach Ihrer Arbeit, zu jeder Uhrzeit. Sie werden erwartet.« Keine Unterschrift, nur eine Adresse in der Weinstraße.

Blieb nur zu hoffen, dass Rupp wirklich bald schlafen ginge heute. Colinas Nacht jedenfalls würde kurz sein.

39.

Der Preis, den man zahlt

Aulehner hatte Schmidt, dem Intendanten von »Gabriels Völkerschau«, die Nachricht überbracht, man werde Häuptling Anahu noch heute Abend auf freien Fuß setzen, da dessen Unschuld erwiesen sei.

»Großartig!«, freute sich der Intendant. »Dann kann er am Sonntag noch bei der Schau auftreten, als Attraktion zum Abschluss des Oktoberfests.«

Aulehner hätte Anahu das gern erspart. Aber der Häuptling bestand darauf. Er wolle seine Familie möglichst bald wiedersehen.

Die Pferde schnaubten in die Dunkelheit. Es begann jetzt, kühl zu werden in den Nächten; sie hatten Anahu in seiner samoanischen Tracht sicherheitshalber eine Decke umgehängt. Die Lampen am Kutschbock holten die Fassaden geschlossener Buden aus dem Dunkel, die unwirklich und geisterhaft wirkten ohne die Farben und Lichter, ohne das Lachen und die Musik, die ihnen tagsüber Leben einhauchten. An einem großen Haase-Karussell wurde im Schein vieler aufgestellter Laternen noch etwas repariert. Ein gähnender Arbeiter, die abgegriffene Melone schief auf dem Kopf, wartete vor dem Gelände der Völkerschau auf den Wagen der Polizei, zog einen gigantischen Schlüsselbund hervor und sperrte das Gatter auf, um Anahu einzulassen.

Von einem Kerker in den nächsten, dachte Lorenz.

Anahu drehte sich höflich noch einmal um und verabschiedete

sich mit einem »Auf Wiedersehen« von Eder und Aulehner, das er gewiss nicht so meinte. Beschämt musterten beide Gendarmen, mit welcher Sorgfalt der Wärter die Gattertür wieder versperrte, ehe er den Polizisten eine gute Nacht wünschte und im Dunkel verschwand.

Ein Lagerfeuer brannte auf dem Völkerschaugelände. In seinem Schein konnte man sehen, wie die Samoaner vor Überraschung aufsprangen, wie das kleine Kind auf Anahu zurannte, wie seine Frau ihm um den Hals fiel.

Eder und Aulehner wandten sich hastig ab und gingen. Wenigstens für dieses Wiedersehen, dachten wohl beide, sollte es diesen Leuten erlaubt sein, unbeobachtet zu bleiben.

Vor dem Wagen blieben sie stehen. Keiner von beiden fühlte sich danach, einzusteigen. Sie hatten einen kleinen Erfolg erzielt und hätten sich wohl darüber freuen sollen. So recht wollte es ihnen nicht gelingen.

»Macht's Ihnen was aus, wenn ich noch eine rauch', bevor wir zurückfahren?«, fragte Aulehner. Eder schüttelte lächelnd den Kopf.

»Im Gegenteil. Mir wär's ganz lieb; heute muss ich erst noch müd' werden, glaube ich.«

Sie schickten den Wagen zum Rand der Theresienwiese voraus und schlenderten zu Fuß hinterher. Ihre Schritte im Kies und das Aufflackern von Aulehners Streichholz, als er sich seine Zigarre anzündete, lockten eine weitere Gestalt an, die in die Gegenrichtung unterwegs war. In den unsteten Lichtfetzen der Laternen sah Aulehner zunächst nur etwas blinken und hörte das Klingeln der Anhänger an einem Charivari. Dann trat Roman Hoflinger aus der Nacht, im Trachtenrock, mit Hut, von Kopf bis Fuß ein junger, schneidiger Wies'n-Wirt.

Mit dem kleinen Abstrich einer dunklen Klappe über seinem linken Auge.

»Guten Abend, Herr Inspektor.« Roman nickte Aulehner kurz

zu, um klarzustellen, dass der Gruß auch ihn einschloss. Er schien höflicher geworden zu sein. Mit dem angriffslustigen Kerl, der vor einigen Wochen seine Arbeiter zur Attacke gegen die Samoaner geführt hatte, hatte er nicht mehr viel gemeinsam. »Was machen Sie denn so spät noch hier?«

»Wir haben Häuptling Anahu zu seinem Stamm zurückgebracht, Herr Hoflinger«, sagte Eder. »Gut, dass wir uns über den Weg laufen; wir haben wichtige Neuigkeiten für Sie: Der wirkliche Mörder Ihres Vaters ist gefunden. Der Häuptling ist unschuldig.«

Roman Hoflinger schaute verblüfft von einem zum anderen. »Sie ... Sie haben den Mörder meines Vaters geschnappt?«

»Nicht wirklich. Jemand ist uns zuvorgekommen. Wir haben ihn nur noch als Leiche gefunden.« Er beschrieb den Polizeieinsatz in Glogauers Laden, soweit das gegenüber einem Unbeteiligten statthaft war, und erklärte die Zusammenhänge. Hoflingers Staunen war ehrlich, seine Fassungslosigkeit spontan.

»Ein Hund?«, wiederholte er skeptisch. »Sie wollen mir sagen, ein Hund soll meinem Vater ... den Kopf buchstäblich abgebissen haben?« Seine Augen glänzten im schwachen Licht, das Weiße darin leuchtete geradezu unnatürlich.

»In der Tat. Ich habe mich heute eingehend nach dieser Hunderasse erkundigt; sie scheint recht neu zu sein und wird in Thüringen gern als Polizeihund eingesetzt. Der Züchter war ein Justizangestellter namens Tobermann, der vor allem einen kräftigen, angriffsfreudigen Hund züchten wollte, den man gut für die Jagd auf Verbrecher einsetzen konnte. Glogauers Exemplar scheint besonders kräftig gewesen zu sein.«

Hoflingers Kopf sank ein wenig herab, sein Blick glitt davon ins nächtliche Dunkel. Es mochte zu viel sein, um es so rasch zu begreifen.

»Gesehen haben Sie den Mann nie bei Ihrem Vater?«, fragte

Eder. »Fünfzig Jahre, schlecht rasiert, grauhaarig, abgetragene Kleidung, Melone, und natürlich der Hund?«

»An so ein Vieh würde ich mich erinnern«, murmelte Roman kopfschüttelnd. »Was kann so einer mit meinem Vater zu tun gehabt haben?«

»Hatte die Brauerei Schulden? War Ihr Vater vielleicht in Geldverlegenheiten?«

Ein spöttisches Schnauben antwortete ihm. »Zeigen Sie mir *eine* kleine Brauerei in München, die keine Geldsorgen hat!«

»Das könnte es bereits erklären. Alfons Glogauer war nicht zimperlich dabei, ausstehende Gelder einzutreiben. Wenn Ihr Vater darüber mit ihm in Streit geriet, mag die Sache durchaus eskaliert sein.« Er hob die Hände. »Aber wir wissen nichts, Herr Hoflinger. Weder kennen wir die genauen Umstände der Tat, noch haben wir weitere sterbliche Überreste Ihres Vaters gefunden. Wahrscheinlich werden wir all diese Dinge nie erfahren. Oder doch nur am Tag des Jüngsten Gerichts.«

Das war keine Aussicht, die jemanden wie den jungen Hoflinger zufriedengestellt hätte. »Und dieser Pfandleiher Glogauer? Sie haben mit keinem Wort erwähnt, wer den umgebracht hat.«

Die Frage aller Fragen.

»Wir wissen es nicht«, sagte Eder. »Es gibt keine Mordwaffe und kaum verwertbare Spuren. Die einzige Zeugin, die vielleicht etwas gesehen hat, ist Glogauers kleine Tochter – eine Idiotin, die, seit wir sie in Obhut gegeben haben, noch kein Wort gesprochen hat. In einem Milieu wie dem Glogauers kann es hundert Leute gegeben haben, die Grund hatten, ihn umzubringen.«

Es stimmte und war doch nicht die Wahrheit. Aulehner war sicher, auch von den Protokollen zu Glogauers Ermordung waren Kopien in jene Mappe in Eders Schreibtisch gewandert, die schon Papiere zum Samoaner-Lager, zu Pranks Bierburg und die Artikel im »Simplicissimus« aufgenommen hatte.

Dennoch – niemand würde ein Interesse daran haben, dieser Sache auf den Grund zu gehen.

»Sie wollen damit sagen, dass Sie gar nicht ermitteln?«, fragte Roman Hoflinger.

»Wir haben natürlich Ermittlungen aufgenommen. Sie werden, wie es aussieht, nicht weit führen.«

»Steckt Prank dahinter?« Hoflinger stellte endlich die Frage, die niemand laut aussprechen wollte. Eder sah ihm gerade ins Gesicht, in das eine Auge, das sich nicht unter schwarzem Stoff versteckte.

»Herr Prank hat selbst zugegeben, Herrn Glogauer gekannt zu haben. Somit wäre er ein möglicher Täter. Es gibt freilich noch weitere Kandidaten.«

»Wer sollte das sein?«

»Nun, Sie zum Beispiel.«

Roman Hoflinger zuckte kurz zurück, fing sich aber rasch. »Ja. Da haben Sie wohl recht. Aus Ihrer Sicht hätte ich das größte Motiv.« Er hob die Schultern. »Ermitteln Sie, prüfen Sie. Damit kann ich mich nicht aufhalten. *Ich* weiß schließlich, dass ich es nicht war. Was ich vor allem wissen will, ist: War der Vater meiner zukünftigen Frau am Mord an meinem Vater beteiligt?«

Er ließ den Satz in der Nachtluft hängen, hoch aufgerichtet und stolz. Er hatte viel von seiner Mutter, dachte Aulehner. Mit der offenbar familieneigenen Sturheit würde er Clara Prank heiraten, komme, was da wolle.

»Meine Glückwünsche«, sagte Eder statt einer Antwort. »Haben Sie mit Ihrer Mutter darüber schon gesprochen?«

Romans Gesichtsausdruck veränderte sich kaum, allenfalls wurde er noch ein wenig härter. »Sie wissen gut, dass man mit meiner Mutter zurzeit nicht sprechen *kann*. Haben Sie sie nicht selbst einliefern lassen?«

»Dazu war ich verpflichtet. Ihre Mutter war eindeutig nicht

mehr Herrin ihrer Sinne – übrigens der einzige Grund, weshalb sie einer Verhaftung entging. Aber ihr Zustand muss ja nicht von Dauer sein. Im Gegenteil, alles deutet darauf hin, dass es nur die Schicksalsschläge der jüngsten Zeit waren, die sie derart verstört haben.« Eder musterte Roman aufmerksam. »Ich bin sicher, Ihre Mutter wird sich aus ihrer momentanen Verwirrung wieder aufrappeln.« Der Wortlaut klang aufmunternd, der Tonfall und die anschließende Frage waren es nicht. »Wenn das geschieht, was werden Sie tun? Sie mögen volljährig sein, Herr Hoflinger, aber Sie sind nicht der Erbe der Brauerei oder der Wirtschaft. Das ist Ihre Mutter. Eigentlich dürften Sie ohne Ihre Mutter nicht einmal die Bude hier auf dem Oktoberfest weiterführen. Und um zu heiraten, benötigen Sie ebenfalls ihre Zustimmung, solange Sie nicht fünfundzwanzig sind.«

Jetzt wurde der Blick des einzelnen Auges klar und scharf. Geradezu feindselig.

»Ich werde tun, was notwendig ist«, erklärte Roman Hoflinger knapp. Er nickte erst Eder, dann Aulehner zu. »Gute Nacht. Ich gehe jetzt nach Hause zu meiner Familie. Es freut mich, dass der Irrtum rund um den Häuptling aufgeklärt wurde.«

Er verschwand im Dunkel.

Aulehner hatte Eder die Gesprächsführung überlassen, wie sich das gehörte. Dabei hätte er Roman gern nach Clara gefragt. Ging es ihr gut? Immerhin war das Mädchen schwanger. Wie war sie zurechtgekommen auf dem Land? Nun, da Aulehner die luxuriöse Villa in Bogenhausen gesehen hatte, konnte er sich erst wirklich vorstellen, wie schwer es für das Mädchen gewesen musste, sich draußen allein zurechtzufinden. Ob sie es ohne ihre »Gouvernante« überhaupt geschafft hätte? Colina Kandl hatte in Claras Leben das Unterste zuoberst gekrempelt. Ob Clara wohl schon bei ihr gewesen war?

Er hätte sich diese Fragen nicht stellen sollen, eigentlich, ermahnte er sich. Schon wieder ließ er die Dinge viel zu nah an sich heran. Clara Prank hätte ein Name in einer Vermisstenanzeige bleiben sollen und nichts weiter. Stattdessen stand er hier, starrte ins Dunkel, in dem Roman Hoflinger verschwunden war, und dachte über sie nach, weil ... ja, weshalb eigentlich? Weil ihm imponierte, wie sie sich gegen die Machenschaften ihres Vaters und Stifters zur Wehr gesetzt hatte, wie viel sie aufzugeben bereit war für ihr ungeborenes Kind, mit welchem Mut sie sich ins Unbekannte gestürzt hatte?

Ach, was brachte es schon, sich etwas vorzumachen? In erster Linie wollte er an sie denken, weil es einen Vorwand bot, sich mit einer gewissen verheirateten Kellnerin zu beschäftigen, die auf Tische kletterte und zur Gitarre sang.

Die verrückte Maria Hoflinger hatte vollkommen recht: Das Leben war nicht gerecht.

Das Erste, das Colina sah, als sie am Sonntag, dem letzten Tag des Oktoberfests, in Lochners Bierbude kam, war Johanna, die auf einem Stuhl stand und auf der Schiefertafel über dem Tresen den alten Bierpreis von fünfunddreißig Pfennig auswischte. Stadtrat Urban sah zufrieden zu, als die Oberkellnerin mit verbissener Miene die Zahl »36« an dieselbe Stelle setzte.

Also tatsächlich.

Lochner versuchte noch, das Unvermeidliche abzuwenden.

»Aber schauen S' doch, Herr Stadtrat. Muss es denn wirklich noch heute sein? Hätte man nicht warten können bis zum nächsten Jahr? Was werden sich meine Gäst' denken, wenn ich heute für die Maß auf einmal einen Pfennig mehr verlange wie gestern?«

»Der Bierpreis hätte längst angepasst werden müssen«, winkte Urban ab. »Die Brauer arbeiten am Rande des Erträglichen; die Malzpreise sind gestiegen, und die Konkurrenz durch auswärtige Unternehmen zwingt alle hiesigen Brauereien zu gewaltigen Investitionen, wenn sie wettbewerbsfähig bleiben wollen. Sie sehen doch, was heuer mit diesem Franken Prank passiert ist. Wollen Sie, dass sich womöglich noch mehr *Zuagroaste* in München breitmachen?«

»Das will natürlich kein Mensch«, beteuerte Lochner hastig, wenn auch in einem Ton, der besagte, es sei ihm herzlich gleichgültig. »Aber die Gäst'! Die zerlegen mir doch die Bude vor Wut, wenn sie das sehen.«

»Wie ich sehe, haben Sie ausreichend Ordnungskräfte«, sagte Urban achselzuckend. Er deutete zur Seite auf eine Gruppe junger Burschen, die etwas unsicher an ihren – mit Sicherheit ausgeliehenen – schlecht sitzenden Krachledernen herumzupften. Alois war darunter und lächelte Colina an, aber auch er wirkte ernst und angespannt.

»Seit gestern schimpfen die Leute schon«, beharrte Lochner. »Und geben außerdem fast kein Trinkgeld mehr.«

Das nächste Achselzucken. »Ich fürchte, für Ihre geschäftlichen Planungen bin ich wirklich nicht zuständig. Jetzt entschuldigen Sie mich bitte, ich muss auch in den übrigen Bierbuden kontrollieren, inwieweit die Preiserhöhung korrekt umgesetzt wurde.«

Johanna stieg vom Stuhl, legte die Kreide beiseite und wischte sich die Hände an der Schürze ab. »Was steht ihr denn noch umeinander?« Nicht nur Colina, auch Louise und die angeheuerten Aushilfen, ja, sogar Afra und ihre Krüglwascherinnen schauten mit trüben Augen zu dem Schild hinauf.

»Das heißt doch, dass wir heute wahrscheinlich gar kein Trinkgeld mehr kriegen«, wagte Louise anzumerken. »Gemerkt haben wir das doch gestern schon. Die Leut' sind grantig. Sogar wie die Lina gesungen hat, hat kaum mehr einer was gegeben.«

»Und schon?«, gab Johanna zurück. »Was soll ich deswegen machen? Schaut's zu, dass ihr an eure Arbeit kommt. Die Tische san noch nicht gewischt. Gleich machen wir auf.« Sie nickte in Richtung der Hintertür. »Und ansonsten wisst ihr alle, wo der Schuppen steht, wenn ihr euch was extra verdienen wollt. Ist noch allen Kellnerinnen so ergangen, warum soll's für euch besser sein.« Sie wandte sich ab und stapfte davon.

Die Kellnerinnen blieben zurück.

Bis jetzt hatte Colina noch gezögert. Ihr gestriger Besuch in der Weinstraße war lang gewesen und ihr Schlaf danach knapp und unruhig, das Gespräch freundlich, aber verworren, jeder Ratschlag gleichermaßen hilfreich wie gefährlich. Nun jedoch wusste sie, dass sie es wagen wollte. Weniger für sich, denn sie würde ab morgen nicht mehr hier sein. Aber für Louise und Afra, und in gewisser Weise auch für Alois und alle anderen, die sich allein nicht wehren konnten.

»Die Großkopferten wollen auf ihren Schnitt kommen«, murmelte Louise. »An uns denkt wieder keiner.«

»Aber was sollen wir denn machen?« Das Mädchen, das diese verzweifelte Frage stellte, war blutjung, sommersprossig und dünn, vermutlich noch keine achtzehn. Sie hatte Sommersprossen auf der Nase und die Zöpfe zu zwei Schnecken über den Ohren gedreht wie ein Schulmädchen bei der Firmung; im Moment schaute sie aus, als wolle sie gleich zu weinen anfangen. »Das im Hof – ich kann des nicht! Ich kann des nicht und ich mag nicht!«

»Wir streiken«, hörte Colina sich sagen. Sie hatte nicht laut gesprochen, aber das Wort, dieses böse, anarchistische, nein, schlimmer: *sozialistische* Wort hallte dennoch zwischen den Frauen wider. »Wir streiken, bis uns die Wirte einen festen Lohn bezahlen.«

»Streik?«, wiederholte Louise. Ihre Augen waren groß und rund. Sie gab sich die Antwort, weshalb es unmöglich war, gleich selbst. »Das kümmert die doch eh' nicht.«

»Das muss sie kümmern«, widersprach Colina. »Was meinst du, wie die Gäste durchdrehen, wenn die am letzten Tag vom Oktoberfest kein Bier mehr kriegen?« Sie sah den Funken aufkeimenden Interesses in den Gesichtern um sich herum. Aber die Idee war zu groß, zu aufregend und zu furchteinflößend, um sofort ein Feuer zu entfachen.

»Die schmeißen uns doch hinaus«, sagte das Mädchen mit den Sommersprossen ängstlich.

»Heute ist eh' der letzte Tag vom Fest«, hielt eine zweite, mutigere Aushilfe dagegen. »Danach müssen wir eh' schauen, wie wir anderswo unterkommen. So viel verlieren wir da nicht, sogar wenn es Spitz auf Knopf geht.«

»Und was, wenn die sich als Ersatz einfach ein paar andere Mädel von der Straße holen?«, fragte Louise. »Krüge tragen ist so schwer ja auch wieder nicht.«

»So schnell finden die keine«, gab Colina zurück. Sie hatte das gestern in allen Einzelheiten mit den Leuten vom Kellnerinnenverein durchgesprochen, deren vornehme Unterstützerinnen sehr viel umgänglicher gewesen waren als die drei ältlichen Dame seinerzeit in Lochners Gaststätte. Der größte Vorteil der Biermadl war der Zeitpunkt des Streiks – sie mussten überraschend handeln, durften den Wirten keinen Spielraum lassen und mussten anschließend dafür sorgen, dass der Druck weitergegeben wurde an diejenigen, die in Wahrheit das Sagen hatten: die großen Brauereien. »Wir streiken um zwölf Uhr mittags. Wenn alle Buden g'steckt voll sind und alle Leut' Hunger und Durst haben.«

Die Mienen rund um sie hatten sich verändert. Sie wirkten noch immer ängstlich, aber auch fasziniert. Dies war neu. Was für eine Idee, selbst etwas tun zu können! Zu versuchen, die Verhältnisse zu ändern, statt sich innerhalb der Verhältnisse einen Platz zu erkämpfen.

»Um zwölf Uhr«, wiederholte Colina. »Was haben wir zu verlieren? Warum sollten wir arbeiten, wenn wir nichts dafür bekommen? Wenn ich mein Geld eh' bloß damit verdiene, dass ich für einen Mann die Beine breit mach', brauche ich keine Stelle als Kellnerin; das kann ich auf der Straße auch allein.«

»Recht hast du!« Das war Louise. Sie hatte eine Hand zur Faust geballt. »Ich hab's satt. So satt! Von mir aus schmeißt der Lochner mich nach der Wies'n hinaus. Aber noch einmal gehe ich nicht aufs Stroh für so einen Besoffenen!«

»Sagt es den Kellnerinnen in den anderen Buden, wenn ihr da jemand kennt«, mahnte Colina. »Heute haben wir Biermadl in allen Buden das gleiche Problem – wir müssen zusammenhalten. Wartet darauf, dass ich meine Schürze ausziehe. Dann macht ihr alle dasselbe. Sagt einfach nur, dass ihr in Streik tretet, und lasst euch auf nichts mehr ein. Es müssen alle mitmachen, auch die Putzhilfen und die Krüglwascherinnen. Wir gehen alle hinaus vor die Bierbude und treffen uns dort; die Damen vom Kellnerinnenverein haben gesagt, sie schicken uns Hilfe.«

Damit stoben sie hastig auseinander, denn Johanna hatte das Getuschel ihrer Kellnerinnen bemerkt und mochte es ganz richtig als beginnenden Aufruhr deuten.

Aber Colina sah auch, wie das Mädchen mit den Sommersprossen sich nach draußen stahl, hoffentlich zu den übrigen Buden, sah die verschwörerischen Blicke, die von einer Kellnerin zur nächsten glitten, das auffordernde Nicken, wann immer zwei sich an der Schenke begegneten.

Es war beschlossen. Sie würden etwas Großes tun. Sie würden streiken.

40.

Etwas Großes

Erstaunlich. Seit Tagen waren Colina die Krüge nicht mehr so leicht erschienen. Nicht einmal die aggressive Stimmung in der Bude machte ihr mehr viel aus, seitdem sie sich darauf vorbereitete, diesen Leuten die richtige Antwort zu geben. Selbst das sommersprossige Mädchen wagte plötzlich, sich gegen die Hände zu wehren, die ihr beiläufig auf den Hintern klatschten oder unter den Rock zu fassen versuchten. Mit Erfolg, denn im Grunde, stellte Colina fest, waren die meisten dieser Kerle Feiglinge. Wenn der Alkohol sie noch nicht stark gemacht hatte, wenn sie einander nicht gegenseitig aufstachelten, hatten sie viel zu wenig eigene Festigkeit, um sich zu behaupten.

Aber es war noch mehr passiert. Zum ersten Mal, seitdem Rupp sich wieder in ihr Leben gedrängt hatte, hatte Colina das Gefühl, Herrin der Lage zu sein. Gemeinsam würden die Biermadl heute etwas versuchen, was vor ihnen noch niemand versucht hatte. Ein geradezu berauschender Gedanke.

Vielleicht riskierte Colina weniger als die übrigen Kellnerinnen. Ihre Flucht war vorbereitet, ihre Kleider warteten in Stapeln darauf, in Taschen und Säcke verpackt zu werden. Wenn es schiefging, würde Colina die Repressalien der Wirte nicht auszuhalten haben.

Aber es würde, es durfte nicht schiefgehen. Colina würde sich ertrotzen, wovon sie träumte. Für Louise und für Afra, aber vor allem für sich selbst.

Es war dieses Gefühl, das sie heute alle antrieb.

Zwischen den Reihen der Tische, durch dieses Meer aus Köpfen, Maßkrügen und Gemecker, trugen sämtliche Biermadl ihre Lasten heute mit beschwingterem Schritt als gestern. Die Sommersprossige (Ilse, ermahnte Colina sich, das Mädchen hieß Ilse) hatte vor Aufregung rote Wangen und flüsterte mit Colina, als sie zufällig zum Abkassieren neben ihr stand.

»Ich war vorn beim Schottenhamel. Und beim Deibel, da arbeiten zwei Freundinnen von mir. Denen geht's ganz wie uns, die sind dabei. Und die kennen alle wieder jemanden in den übrigen Buden.« Sie blickte auf, ihre Augen waren grau, mit goldenen Sprenkeln darin.

»Wir machen das wirklich, oder?«

»Wir machen's«, wisperte Colina zurück, bevor sie eine Ladung leere Krüge aufhob. »Und wenn's bloß wär', damit wir in die Zeitung kommen.«

Das sommersprossige Mädchen verschluckte sich fast vor Schreck und vor Lachen.

Es war unglaublich, dachte Colina. Sie waren alle in derselben Lage, und sie vertrauten einander. Das war das Wichtige. Sie alle würden an einem Strang ziehen, zumindest dieses eine Mal.

Lochners Befürchtungen waren im Übrigen genau so eingetroffen, wie er es prophezeit hatte. Alois und seine Kameraden hatten alle Hände voll zu tun, die ersten Wutausbrüche der Gäste zu bändigen. Letztlich blieb es bei Beschimpfungen und Drohungen, auch wenn Colina, sooft sie Krüge austeilte, kaum etwas hörte als das Wort »Wucher«, und sämtliche Gespräche sich um den einen Pfennig drehten, den man nun mehr für die Maß bezahlen musste.

Es gab eine Uhr oberhalb der Schenke, gleich neben der Tafel mit dem Bierpreis, mit einer Glocke darunter, um die letzte Runde vor der Sperrstunde einzuläuten. Selbst Johanna schien aufzufallen, wie oft die Blicke ihrer Kellnerinnen zu den Zeigern dieser Uhr hinauf glitten.

»Ihr werdet's schon noch erwarten können, bis es Zeit ist fürs Mittagessen«, keifte sie Ilse einmal an.

Die Zeiger bewegten sich. Zehn vor zwölf. Die Blicke, die unter den Biermadln gewechselt wurden, wurden immer häufiger und fragender.

Es bleibt doch dabei? Wir trauen uns wirklich, ja?

Fünf vor zwölf.

Es war ruhiger geblieben, als man befürchtet hatte.

Die Polizei war schon am frühen Morgen in erhöhter Mannschaftsstärke auf der Theresienwiese erschienen, da wegen der Preiserhöhung für die Maß Oktoberfestbier Aufruhr zu befürchten stand. Auch Aulehner und Eder stapften seit halb zehn Uhr zwischen den Bierbuden herum. Nun ging es auf Mittag, und glücklicherweise hatte es bisher keine größeren Zwischenfälle gegeben. Nur in einer Bude hatten einige Bahnarbeiter randaliert, aber das bloße Erscheinen uniformierter Gendarmen hatte für Ruhe gesorgt.

Dennoch – etwas war falsch heute. Wohin Aulehner blickte, schien die Stimmung gereizt. Es war, als sei in die bunten Farben des Fests plötzlich etwas Grelles geraten, in jede Unterhaltung ein Knurren, in jedes Lachen etwas Schrilles, in die Gerüche nach Braten und schmelzendem Zucker etwas Brenzliges und in jede Melodie der Drehorgeln ein falscher Ton.

Etwas lag in der Luft, dachte Lorenz, das sich noch nicht greifen ließ.

Hiebinger und Grabrucker, beide in Uniform, marschierten auf der anderen Seite der Gasse in die Gegenrichtung und salutierten herüber. Auch sie wirkten nervös. Man musterte die Gendarmen, die Vertreter jener Ordnung, die soeben den Festbesuchern das Vergnügen verteuert hatte, mit feindseligen Blicken. Hin und wieder schaute jemand Aulehner an und spuckte dann, wie zufällig, auf den Boden.

Nach den vielen Streifgängen in Schwabing fiel es ihm erstaunlich leicht, die Provokation zu ignorieren.

Eder zog seine Taschenuhr heraus. »Wissen S' was, Lenz, es ist schon nach zwölf. Bierpreis hin oder her, der Mensch muss was essen. Und eine Maß werden wir uns schon noch leisten können. Was meinen S', wo sollen wir hingehen?«

Aulehner kam nicht mehr dazu, zu antworten. Hinter ihnen rief eine aufgeregte Stimme nach Inspektor Eder. Die silberne Spitze einer Pickelhaube wurde zwischen den Köpfen sichtbar. Hiebinger hastete auf sie zu und rempelte dabei alles, was ihm im Weg stand, beiseite; sein Säbel schlug ihm beim Laufen gegen die Beine.

»Inspektor«, keuchte er, »kommen S' schnell, es tut sich was vorm Lochner seiner Bierbude. Da rotten sich welche zusammen!«

Eders Miene nahm einen besorgten Ausdruck an. »Sind's viele? Junge Männer oder alte? Bewaffnet?«

»*Naa!*« Hiebinger schaute geradezu hilflos aus. »Viel schlimmer. A Haufen Weiber!«

Um Punkt zwölf stellte Colina ihre letzte Ladung Bierkrüge auf einen Tisch.

»Meine Herren, damit werden Sie eine Weile auskommen müssen.« Sie drehte sich um und ging Richtung Schenke. Dabei streifte sie sich bereits die Schürze ab.

Am liebsten hätte sie sie Johanna, die sie fragend anschaute und vermutlich nur annahm, Colina wolle eine Pause machen, ins Gesicht geworfen. Aber die Leute vom Kellnerinnenverein hatten ihr genaue Verhaltensmaßregeln gegeben. Das Wichtigste war, sich nicht angreifbar zu machen. Alles musste korrekt bleiben. Immer höflich sein, nie ausfallend werden. Auf dem eigenen Recht bestehen, hatten sie gesagt, ohne die Rechte anderer zu verletzen. An Colinas Verhalten würden sich die anderen Biermadl orientieren.

Sie taten es wirklich. Sobald Colina sich die Schürze auszog, ging ein Strahlen über sämtliche Gesichter der Frauen, die sommersprossige Ilse ließ sogar einen Jubelruf hören. Eine nach der anderen stellten sie sorgfältig ab, was sie in Händen hatten, zogen sich die Schürzen über den Kopf und gingen Richtung Schenke.

Colina hatte ihre Schürze säuberlich zusammengelegt und drückte sie Johanna in die Hand.

»Johanna? Wir streiken.«

»Was?« Zeit ihres Lebens würde Colina bedauern, keinen Fotografen an der Seite gehabt zu haben, der diese Miene hätte festhalten können.

»Wir streiken.« Louise legte ihre Schürze auf die Colinas.

»Jawohl!« Die kleine Ilse hüpfte beinahe vor nervöser Begeisterung. Durch den Hintereingang kam die alte Afra, ihr Gefolge ausgemergelter Krüglwascherinnen und Putzhilfen in einer langen Reihe hinter sich. Sie sagte nichts, sondern legte nur schweigend ihre eigene Schürze dazu. Als sie an Colina vorbeikam, drückte sie ihr kurz den Arm.

»Ob das was wird, weiß ich ned«, murmelte sie heiser. »Aber der Teufel soll mich hol'n, wenn ich's ned probier.«

»Wir streiken«, verkündete Colina noch einmal, diesmal laut genug, um in der gesamten Bude gehört zu werden. »Kommt's alle mit nach draußen, Mädel!«

Vor dem Bierzelt, kam die Enttäuschung. Die Damen vom Verein hatten gestern Nacht versprochen, sie würden Hilfe und Unterstützung schicken. Die Hilfe bestand in ein paar jener ältlichen Damen, wie sie mit ihren Benimmschriften vor Wochen Lochners Gastwirtschaft heimgesucht hatten, und einem mageren Kerlchen im graugewürfelten Anzug und mit Zwicker im Auge, dem man den Rechtsanwalt schon auf hundert Schritt Entfernung ansah.

War das etwa alles?

Die Kellnerinnen scharten sich unsicher um diese kleine Gruppe, die selbst nicht souveräner wirkte. Die alten Damen sahen eher peinlich berührt aus – zwischen stoßenden, schubsenden Betrunkenen vor einer Oktoberfestbude einzutreten für eine Horde liederlicher Kellnerinnen, ja, sie bei offenem Aufruhr zu unterstützen, das ging entschieden gegen ihre friedfertige Natur. Statt der alten Jungfern fing der Rechtsanwalt zu sprechen an, sagte etwas, in dem die Begriffe »Meine Damen« und einige Paragraphen vorkamen und das im aufgeregten Geschwätz der Biermadl, die sich mühsam einen freien Platz zwischen den Festbesuchern erkämpften, vollkommen unterging.

Colina ballte die Fäuste. Wenn man sich nicht um alles selbst kümmerte!

»Alois!« Der junge Mann hatte die Kellnerinnen nach draußen begleitet, aus Neugierde oder um Louise beizustehen. »Kannst du kutschieren?«

»Ich denk schon.«

»Geh, fahr mir einmal den Wagen da herüber.« Sie deutete auf einen Zweispänner, dessen schön geschmücktes Kaltblütergespann man werbewirksam vor der benachbarten Bude abgestellt hatte. »Ich brauch' eine Bühne, dass man uns sehen kann.«

Alois grinste. Die Kutscher des Fuhrwerks gönnten sich etwas abseits gerade eine Maß; bis sie aufmerksam wurden, hatte Alois sich längst auf den Bock geschwungen. Die Kaltblüter stampften schnaubend und mit klirrendem Geschirr ein paar Schritte vorwärts, ehe Alois sie mitten auf der Gasse vor Lochners Bude zum Stehen brachte. Die Ladefläche des Wagens war leer, Colina setzte sich auf den Rand, schwang die Beine herum und stand auf.

Ihr Erscheinen war wie ein Signal. Selbst jene Biermadl, die bisher noch gezögert hatten, verließen jetzt ihre Buden, drängten sich durch den Strom der Festgäste und bildeten einen Ring um den Wagen mit Colina. Dahinter folgten zeternde Oberkellnerinnen und fluchende Festwirte; unterdessen wurden die Festbesucher aufmerksam, und ein zweiter Ring aus Neugierigen entstand um die streikenden Kellnerinnen. Schon hatten die ersten Wirte ihre flüchtigen Bediensteten wieder eingefangen und versuchten, sie am Arm zurück Richtung Buden zu zerren.

»Ja, spinnt's ihr jetzt ganz?«, keifte Johanna irgendwo im Getümmel.

»Meint's ihr, ich zahl' euch dafür, dass ihr Versammlungen abhaltet da heraussen?«, grollte ein Wirt. »Mögt's schon schauen, dass ihr wieder hinein an eure Arbeit geht!«

Colinas Singen in der Gaststube kam ihr jetzt zugute; sie hatte die kräftige Stimme, die sie benötigte, um sich in dem Durcheinander verständlich zu machen.

»Wir sind herausgekommen«, rief sie laut, und alles wandte sich ihr zu, selbst die zeternden Wirte, »weil wir genug davon haben, uns ausnutzen zu lassen! Wir Biermadl arbeiten fast alle ohne festen Lohn! Alles, was wir bekommen, sind die Trinkgelder, die die Gäste freiwillig zahlen. Wenn jetzt das Bier teurer wird, haben die Leute weniger Geld, also können sie nicht mehr so viel Trinkgeld geben. Und wer hat dann das Nachsehen? Wir!« Ausrufe unterbrachen sie, protestierende von den Wirten und bestätigende von den Kellnerinnen, die heftig zu klatschen begannen. »Wir sollen die Zeche dafür zahlen, dass andere sich die Taschen vollstopfen! Das ist eine Schlechtigkeit und Ungerechtigkeit, und die werden wir nicht länger hinnehmen. Darum streiken wir jetzt! Dann werden sie schon merken, ob sie auf uns verzichten können. Sollen s' ihr Bier doch selber austragen, wenn sie meinen, dass das so eine Freud' macht, dass wir es am liebsten gratis erledigen!« Wieder brach Jubel aus unter den Kellnerinnen, Louise und Afra johlten; die kleine Ilse hatte sich bei ihren Freundinnen aus den anderen Bierzelten eingehängt und applaudierte begeistert.

Das war es wert, dachte Colina. Was sich den ganzen Tag angekündigt hatte als ein Kribbeln, die Aufregung über den eigenen Mut, wuchs jetzt an zu etwas, das Colina beinahe schwindlig machte. Fühlte es sich so an, wenn man Macht hatte, wenn man Einfluss nehmen konnte auf den Lauf der Welt – und sei es nur der eigenen kleinen Welt? Sie schaute in die vielen Gesichter, in die Freude und die Begeisterung, die sie darin las. Selbst wenn sie scheiterten – dafür hatte es sich gelohnt. Einfach nur dafür, hier zu stehen und wahrgenommen werden zu müssen, mit eigener Stimme zu sprechen, zu wissen, dass die Leute gerade Gesichter sahen und Menschen, wenn sie die Kellnerinnen betrachteten, nicht nur Schürzen, Busen und Bierkrüge.

»Wir sind immer diejenigen, auf die ihr herunterschaut«, fuhr sie fort, jetzt an die Leute im äußeren Zuschauerring gerichtet, die den Auftritt der Kellnerinnen wahrscheinlich als eine weitere Festattraktion sahen, die man kostenlos mitnehmen durfte, bevor man sich eine bärtige Jungfrau, die samoanischen Menschenfresser oder die Enthauptung beim Schichtl anschaute. »Wir sind für euch die Flitscherl, die mit den lockeren Sitten, denen man ungestraft an Hintern und Busen langen kann – oder schlimmer. Dafür, dass wir stillhalten müssen, wenn wir wollen, dass der gnädige Herr uns ein Trinkgeld gibt, bevor er heimgeht zur Frau Gemahlin und den Kinderlein und im Salon auf einmal das vornehme Benehmen wiederfindet, das er bei uns vergessen hat, dafür dürfen wir uns dann auch noch beschimpfen lassen! Ich sag': nein!«

Murren antwortete ihr, aber auch neuer Jubel, und sogar Applaus unter einigen Zuschauern. Zugegeben, vor allem von den Ehefrauen, aber einige Männer sahen doch etwas betreten drein.

Inzwischen schienen sich auch die Wirte untereinander verständigt zu haben.

»Wenn ihr euch nicht sofort wieder in die Bude schleicht«, drohte einer, »dann schmeiß' ich euch hochkant hinaus. Und Arbeit findet ihr so schnell keine mehr in München!«

»Arbeit wie die bei euch?«, konterte Louise. Colina hatte gar nicht gewusst, wie kräftig die Stimme ihrer Freundin sein konnte. »Die finden wir immer, wenn's sein muss im Englischen Garten bei der Nacht!« Es wurde gelacht, und davon ermutigt, setzte sie hinzu: »Fürs Bedienen wollen wir bezahlt werden, nicht dafür, dass wir für die Gäste sonst was machen müssen!«

»Ihr schaut's jetzt, dass ihr wieder hineinkommt!« Lochners Gesicht war rot angelaufen vor Wut; sein Schnauzbart sträubte sich. »Was glaubt's ihr eigentlich, wer ihr seid? Wenn ihr nicht freiwillig geht, lassen wir euch von der Polizei zurück auf eure Plätze treiben! Wir Wirte sind brave Bürger und Steuerzahler; wir müssen uns so etwas nicht gefallen lassen!«

Es war keine leere Drohung. Tatsächlich waren in den letzten Minuten aus allen Ecken der Festwiese uniformierte Gendarmen zusammengeeilt; sie scharten sich zu einem blauen, mit Pickelhauben gekrönten Fleck unter den Zuschauern. Colina konnte das von ihrem erhöhten Standpunkt aus vermutlich besser erkennen als alle anderen, und für einen Moment bekam sie es mit der Angst zu tun.

Würde es enden wie ein Kocherlball im Englischen Garten?

In der Mitte der Uniformierten stand ein älterer Mann mit Brille und in Zivil, zu dem die Blicke der meisten Gendarmen jetzt flogen, und neben ihm wiederum einer, den Colina kannte. Zu ihrer eigenen Verblüffung empfand sie Erleichterung bei seinem Anblick. Lorenz Aulehners Miene war schwer zu deuten, wie immer, wirkte aber nicht unfreundlich. Was mochte er denken? Ärgerte er sich, weil eine Horde Kellnerinnen ihm gerade Schereien machte? Oder begriff er, weshalb sie sich gegen die Ungerechtigkeiten auflehnten? Aber gleichgültig, was er dachte, Colina war sicher, er würde sich nicht von den Wirten vor deren Karren spannen lassen. So gut glaubte sie ihn einschätzen zu können.

Er mochte bockbeinig sein wie die meisten Gendarmen, aber er hatte sich ihr und Clara gegenüber verdammt anständig benommen.

Und wenn sie ehrlich war: Ein bisschen stolz darüber, dass er sie bei ihrem großen Auftritt beobachtete, war Colina auch. Eigentlich sogar mehr als nur ein bisschen.

Der Mann in Zivil neben ihm setzte sogar ein Lächeln auf, als er Lochner Antwort gab. Einen Augenblick hatte Colina beinahe das Gefühl, er habe ihr zugezwinkert.

Aber natürlich konnte man das auf die Entfernung gar nicht erkennen.

»Also, wissen S', Lenz, eins muss man Ihnen lassen«, bemerkte Eder leise, bevor er den Gendarmen Ruhe winkte und sich an die Wirte wandte. »Sie haben keinen schlechten G'schmack, was Frauen angeht.« Er ließ Aulehner keine Chance, auf die Spöttelei zu antworten, sondern erklärte, laut und mit Paradeplatzstimme: »Ich bedaure, Herr Lochner. Aufgabe der Gendarmerie ist es, Unruhe und Aufruhr entgegenzuwirken. Von beidem kann ich hier nichts feststellen. Ich sehe nur eine friedliche Versammlung einiger Frauen auf einem öffentlichen Platz, vollkommen im Einklang mit der sittlichen Ordnung. Dagegen gibt es seitens der Polizei keine Handhabe.«

Aulehner hatte Mühe, sich das Schmunzeln zu verbeißen, als er die verdatterten Gesichter der Wirte sah – und die kaum weniger verblüfften einiger Kollegen.

Einen Moment traf sich sein Blick mit dem Colinas. Eder hatte nicht unrecht. Sie *war* eine patente Frau. Gab es eigentlich irgendetwas, das sie sich *nicht* traute? Wie hatte sie es geschafft, diesen Streik zu organisieren? Er bezweifelte keinen Moment, dass dies allein auf ihre Initiative zurückging. Und jetzt stand sie da oben auf der Ladefläche des Bierkarrens, ganz so, wie sie sonst mit der Gitarre auf einem Tisch stand, oder wie die gemalte Lochner-Lina auf dem Plakat auf ihrem rollenden Fass tanzte, und sämtliche Wirte starrten zu ihr hinauf mit so fassungs- und hilflosen Mienen, dass Aulehner am liebsten in schallendes Gelächter ausgebrochen wäre.

Sie brauchten sich nicht zu schämen, wenn sie das Gefühl hatten, Colina Kandl habe in ihrer Welt ein mittleres Erdbeben ausgelöst. Aulehner ging es nicht anders.

Sie konnte sehen, wie »ihr« Gendarm sich über den Schnurrbart strich, um sein Schmunzeln zu verstecken. War das nicht sogar ein aufmunterndes Nicken, das ihr galt?

Hatte der Herr Oberwachtmeister heute etwa wieder den Revoluzzer in sich entdeckt? Es überraschte Colina selbst, wie gut die kleine Geste ihr tat, wie euphorisch sie sie machte. Da glaubte einer an sie – und zwar einer, von dem man es nicht unbedingt erwarten konnte.

Schade, dass sie keine Gelegenheit mehr haben würde, ihn näher kennenzulernen.

Aber selbst wenn Aulehner noch so bestätigend zu ihr heraufschaute – diesen Kampf mussten Colina und die Biermadl allein ausfechten.

Im Publikum johlten bei der Ansprache des Inspektors etliche Leute in offener Schadenfreude; den Wirten, die soeben die Maß teurer gemacht hatten, war solch ein Nackenschlag schließlich zu gönnen. Selbst die Kellnerinnen, von denen die meisten schon unerfreuliche Erfahrungen mit der Polizei gemacht hatten, fingen an zu jubeln und zu klatschen.

»Da hört ihr's«, setzte Colina noch eins drauf, »sogar die Polizei ist auf unserer Seite!«

Lochner gebrauchte die Ellenbogen und schob sich nach vorne

durch die Reihen. »Ist das jetzt der Dank, Lina?«, jammerte er dabei. »Der Dank dafür, dass ich dich bekannt gemacht hab' mit dem Plakat, dafür, dass ich dir ein Festgeld zahl', obwohl ich's mir eigentlich nicht leisten kann? Wenn ich das für euch alle mach', bin ich ruiniert! Ist das, was du erreichen willst? Von überall her krieg' ich mehr Rechnungen und mehr Druck, die Banken geben keine Kredite, die Brauereien setzen uns Wirten die Pistole auf die Brust. Jeder Vertrag, den ich unterschreiben muss, knebelt mich ein bisschen mehr! Und jetzt kommst du auch noch daher und willst mir Geld abnehmen? Schau ich aus wie ein Goldesel?« Nun war es Lochner, der Zuspruch erhielt, aus seinen eigenen Reihen, aber sogar unter den Kellnerinnen, vor allem den langjährigen. Afra wiegte ihren grauen Kopf hin und her.

»Wir würden euch ja gern mehr geben«, schlugen andere Wirte in dieselbe Kerbe. »Aber was sollen wir denn machen? Ihr seht doch, wie wir dran sind.«

»Meint ihr, es ist ein Zufall, dass eine Wirtschaft nach der anderen aufgekauft wird und dass sich keine kleine Brauerei mehr halten kann? Wir haben doch selber nichts mehr.«

Die Worte blieben nicht ohne Wirkung. Ernüchterung machte sich breit. Was die Wirte sagten, war nicht gelogen.

Aber es war auch nicht die ganze Geschichte.

»Wenn wir jetzt nachgeben«, rief Colina wütend, als die ersten Biermadl die Köpfe hängen ließen, »nimmt uns nie mehr jemand ernst! Und euch Wirten sag' ich: Wenn ihr euch von den großen Brauereien das Wasser abgraben lasst, dann ist das nicht unser Problem. Wie wär's denn, wenn ihr einmal gegen die oben aufsteht, anstatt dass ihr den ganzen Druck nach unten weiterreicht an die, die sich noch weniger wehren können? Weil *ihr* euch nicht traut, von den Großkopferten mehr zu verlangen, dürfen *wir* gar nichts kriegen? Ist das, was ihr meint? Dann solltet *ihr* euch schämen, nicht wir! Warum soll dann überhaupt noch eine für euch arbeiten?

Wenn sie eh' weiß, dass ihr sie ausnutzt und im Stich lasst, sobald es hart auf hart kommt?« Sie stemmte die Hände in die Hüften. »Wenn ihr nicht einstehen wollt's für uns, dann machen wir's halt selber! Darum streiken wir! Wenn ihr eure Gasthäuser offen halten wollt, dann braucht ihr uns genauso, wie wir euch brauchen. Wir müssen alle zusammenstehen gegen die großen Brauereien, damit *ihr* ordentlich bezahlt werdet, und *wir* auch. Daran glaube ich so fest wie ans Amen in der Kirch'!«

»Und ich glaub's auch«, rief eine weibliche Stimme.

Colina drehte sich verblüfft nach ihr um. Diese Stimme kannte sie nur zu gut, von dieser Stimme hatte sie sich wochenlang herumkommandieren, bekritteln und »Landei« rufen lassen müssen. Jetzt klang dieselbe Stimme bestätigend, aufmunternd, ja, fast respektvoll. Sie war es wirklich: Clara! Clara Prank stand in der Nähe der Wirte, in einer teuren Tracht mit Spitzen an der Bluse, reich verziertem Kropfband und silbernen Talern am Mieder, das Haar unter dem schwarzen Hut aufgesteckt in einer Frisur, die an die Maria Hoflingers erinnerte; ihre zierliche Gestalt verschwand fast in der Menge, als sie sich zwischen den Biermadln nach vorne durchkämpfte. »Ich glaub' an dich«, wiederholte sie vernehmlich, sobald sie das Fuhrwerk erreicht hatte. »Und an das, was ihr hier macht. Von dir weiß ich, was es heißt, als Biermadl zu arbeiten. Unsere Unterstützung habt ihr.«

»So«, rief Lochner. »Und wer bist nachher du, ha?« Vielleicht erkannte er Clara Prank in ihrer neuen Aufmachung tatsächlich nicht, vielleicht konnte er sie auch nur nicht deutlich sehen. Clara trat noch einen Schritt vor und stemmte eine Faust in die Hüfte in einer sehr ähnlichen Geste wie die Colinas kurz zuvor.

»Die neue Wirtin vom Deibel-Bräu«, verkündete sie stolz. Es klang sogar fast ein bisschen bairisch. Dann drehte sie sich um und lachte zu Colina hinauf.

»Ich wollt' schon lange vorbeischauen bei dir. Aber irgendwie bin ich nie dazugekommen.« Sie breitete die Arme aus in einer Geste, die Hilflosigkeit andeutete. »Man möchte nicht glauben, was alles mit uns passiert ist in den paar Tagen.«

So sehr Colina sich freute, Clara zu sehen, so froh sie war, dass es ihr anscheinend gut ging, und so wertvoll für den Streik gewiss ihre Unterstützung war – eigentlich hatte sie gerade überhaupt keine Zeit für sie. Denn von der Ladefläche des Fuhrwerks aus hatte Colina im selben Moment eine weitere Gestalt erspäht, makellos elegant wie stets, die auf der anderen Seite der Budengasse vor dem geschlossenen Kinematografenzelt Posten bezog: Anatol Stifter.

Der Vorstandschef der Aktienbrauerei. Umgeben von einigen Herren, die von ähnlicher Wichtigkeit zu sein schienen und den Aufruhr vor Lochners Zelt sorgenvoll betrachteten. Sie mochten den letzten Tag des Fests mit einem gemeinsamen Mittagessen begangen haben; einer von ihnen hatte seine mit Bratensoße bekleckerte Serviette noch in der Hand.

Was bedeutete das? Holten die vornehmen Herren da drüben gerade zum Gegenschlag aus? Würden Sie jetzt versuchen, den Streik mit Gewalt zu beenden? Oder waren sie gekommen, um sich die Sache anzusehen und zu verhandeln?

Offenbar tatsächlich Letzteres. Soeben wühlte sich einer der Lakaien, die stets hinter Stifter her dackelten, in die Menge der Neugierigen hinein und ergriff Lochner beim Arm, um ihn zu Stifter hinüberzudirigieren. Der Rechtsanwalt des Kellnerinnenvereins hatte sich ebenfalls dorthin in Bewegung gesetzt, und Louise, die das bemerkt hatte, stupste Afra an und deutete aufgeregt auf die Stelle, an der die Chefs der größten Brauereien Münchens offenbar darangingen, sich höchstpersönlich mit dem Problem meuternder Kellnerinnen auseinanderzusetzen. Ein unterdrücktes Raunen lief durch die Reihen, das sich bis zu den Zuschauern fortpflanzte.

Colinas Blick suchte Aulehner. Er und sein Inspektor waren

ebenfalls auf Stifter und seine Kollegen aufmerksam geworden; die beiden hatten die Köpfe zusammengesteckt und beratschlagten.

»Ausschwärmen und Posten beziehen«, kommandierte der alte Herr in Zivil am Ende. »Eingreifen nur auf ausdrücklichen Befehl. Wir werden sicherstellen, dass alles auch weiterhin friedlich bleibt.« Er warf einen fast drohenden Blick in Richtung des Kinematografenzelts bei diesen Worten. Aulehner hatte sich umgedreht, nickte Colina noch einmal zu und machte eine verstohlene Geste, die wohl bedeuten sollte, sie möge die Ruhe bewahren.

Ruhe und Geduld, das hatte man ihr beim Kellnerinnenverein auch geraten. Die andere Seite aussprechen lassen, sie nicht überfahren, ihr die Möglichkeit lassen, das Gesicht zu wahren. War jetzt der Moment gekommen, in dem man der Gegenseite diese Gelegenheit geben musste?

Colina spürte ihren Herzschlag bis herauf in die Kehle, setzte aber demonstrativ ein Lachen auf, das weit mehr den aufgeregten Kellnerinnen galt als Clara Prank.

»Servus, Clara! Hast Lust auf einen Ratsch? Weißt, ich hätt' heut' grad ein bisserl Zeit.«

41.

Vertrauen gegen Vertrauen

Sie setzten sich in den dreckigen Hinterhof von Lochners Bierbude, auf die verbliebenen Fässer Kapitalbräu, die Lochner heute noch auszuschenken hatte. In Colinas Kopf schwirrten die Gedanken, aber sie riss sich zusammen. Geduld, ermahnte sie sich. Die Herren Brauer und Wirte mussten sich erst an den Gedanken gewöhnen, dass ein paar Biermadl wagten, ihnen Paroli zu bieten.

Der nächste Schritt musste von der anderen Seite kommen. Wenn sie sich überhaupt bereitfanden, mit den Kellnerinnen zu verhandeln, war viel gewonnen. In der Zwischenzeit war es vielleicht besser, wenn Colina sich rar machte.

Sie und Clara rutschten nebeneinander mit den Hintern auf die Fässer, zogen die Röcke über die Knie empor und ließen sich die Sonne auf die Strumpfbänder scheinen. So gemütlich es hätte sein können, so wenig fühlte Colina sich wohl in ihrer Haut. Sie hatte das Gefühl, dass es Clara nicht anders erging.

Viel passiert, hatte Clara gesagt. Sie hätte kaum mehr untertreiben können. Seitdem Colina ihre Stelle als Anstandsdame verloren hatte, hatte sich in ihrem Leben das Unterste zuoberst gekehrt. Wie viel davon konnte sie mit Clara teilen? Colina versuchte, den Stoff so zu schürzen, dass man die schlimmsten Abschürfungen und Quetschungen auf ihren Beinen nicht sah.

Sie hatte im Vorbeigehen an der Schenke aus ihrer Handtasche Zigaretten und Streichhölzer mitgebracht; Clara akzeptierte dankend, machte aber ein Gesicht, sobald sie den ersten Zug genommen hatte.

»Wird wirklich Zeit, dass ihr Kellnerinnen mehr Geld bekommt!«, lachte sie. »Was ist da drin, getrocknetes Kartoffelkraut?« Sie lenkte ab, dachte Colina, und suchte nach einem Tonfall, in dem sie miteinander reden konnten.

Wo standen sie beide jetzt?

»Na, die Wirtin vom Deibelbräu kann doch dafür sorgen, dass das besser wird«, spöttelte Colina zurück. Clara lehnte sich zurück und wurde ernst.

»Ich red' mit dem Roman«, sagte sie. »Wirklich. Uns geht's finanziell nicht anders als deinem Lochner, eher noch schlechter. Aber wenn wir eh' bankrottieren, spielen die paar Mark für die Biermadl auch keine Rolle mehr.«

»Wie kommt es denn, dass Sie überhaupt wieder in der Stadt sind, Fräulein Prank?«, fragte Colina und wählte die höfliche Anrede mit Absicht. Prompt traf sie ein bittender Blick. Um Claras Kopf wirbelte Zigarettenrauch.

»Sag du«, verlangte sie, wie schon einmal. »Ich war vielleicht nur einen Tag lang ein Biermadl, aber ich war eins. Ich finde, ich habe mir diese Auszeichnung, geduzt zu werden, redlich verdient. Immerhin habe ich Lochners Abort geschrubbt.« Sie deutete auf ihre schmalen, gepflegten Hände, die in den Wochen, seit Colina sie zum letzten Mal gesehen hatte, roter und kräftiger geworden waren. »Manchmal werde ich heut' noch wach in der Nacht und habe den Gestank in der Nase. Mein Gott, was für ein Mief!«

Sie lachten, und Colina hatte das Gefühl, als sei eine Mauer zwischen ihnen gefallen. Irgendwo hinter ihnen stritten gerade Stifter und Lochner über den Streik, das Schicksal der Kellnerinnen und vielleicht Colinas Zukunft. Clara hätte zu keinem günstigeren Zeitpunkt zurückkehren können; dass sie es offensichtlich ernst meinte mit ihrer Unterstützung, bedeutete Colina viel.

Es tat gut, jemanden zu haben, mit dem man sprechen konnte. Colina hatte viel zu lang alles mit sich selbst abmachen müssen.

»Wie ist es *dir* denn ergangen, Mädel?«, wiederholte sie ihre Frage. Claras Augen begannen zu leuchten.

»Wir haben auf den Feldern gearbeitet, der Roman und ich«, sagte sie. »Es war herrlich! Den ganzen Tag nur Sonne und Luft – und das Heu riecht so gut, Colina! Wir haben in einem Lager von Wanderarbeitern gehaust und abends am Lagerfeuer Kartoffeln gebraten, und die Leute haben gesungen und Karten gespielt ...«

So ging es weiter; offenbar hatten Roman und Clara bei der Ernte auf den Gerstenfeldern ihren ganz persönlichen ländlichen Liebesroman erlebt. In Anbetracht der Schwielen an Claras Handflächen vermutete Colina, das sei nicht wirklich alles, aber sie lächelte und ließ Clara schwärmen, froh darüber, dass das Mädchen so glücklich war. Vermutlich empfand man es so, wenn man frisch verliebt war und ein neues Leben in Amerika vor sich glaubte.

Dann war die Nachricht von Ludwig Hoflingers Selbstmord bis auf den Hof und auf die Felder gelangt – auf demselben Weg wie Clara und Roman, mit der Eisenbahn, und in Form einer Zeitungsschlagzeile. »Der Vorarbeiter war öfter in München, hatte auch schon mit Romans Vater zu tun gehabt und hatte Roman sofort erkannt. Er kam gleich angelaufen, mit der Zeitung in der Hand. Wir nahmen den nächsten Zug nach München, den wir erwischen konnten, und kamen gerade noch rechtzeitig, um Romans Mutter am Grab zu treffen.« Clara schüttelte den Kopf. »Sie haben den armen Ludwig noch am selben Tag unter die Erde gebracht. Als wenn es ihnen so peinlich wäre, dass es gar nicht schnell genug gehen konnte damit. Außer der Mutter war keiner dabei.«

Colina dachte an die Frau mit dem grimmigen Gesicht und den streng zurückgekämmten Haaren, die einmal so schön gewesen sein musste. »Wird Frau Hoflinger eurer Hochzeit denn nun zustimmen?« Claras Lippen formten einen schmalen Strich, der eigentlich als Antwort schon genügt hätte. Die Ablehnung durch Romans Mutter musste sie schwer getroffen haben. Colina legte kurz ihre Hand auf die Claras, und das Mädchen rang sich ein Lächeln ab.

»Das wird sie nie, damit muss ich mich abfinden. Sie macht mich, beziehungsweise meinen Vater, für alles Unglück verantwortlich. Vielleicht sogar zu Recht.« Sie zuckte die Achseln. Etwas Hartes schlich sich in ihre Züge und in ihren Ton, und plötzlich sah sie ihrem Vater erschreckend ähnlich. »Es spielt für Roman und mich keine Rolle; was seine Mutter denkt, kann uns gleichgültig sein. Tatsache ist, ich trage ihren Enkel unter dem Herzen.« Sie strich sich über den – noch immer flachen – Bauch. »Ich bin die Zukunft der Brauerei, ob es ihr gefällt oder nicht, und mein Vater mit mir.« Sie lächelte in Colinas verständnisloses Gesicht. »Romans Mutter hat uns einen großen Gefallen getan. Sie hat vorgestern Nacht versucht, meinen Vater umzubringen.«

»Um Gottes willen«, entfuhr es Colina. Clara hob neuerlich die Schultern.

»Mein Vater konnte sie offenbar recht mühelos überwältigen; ihm ist nicht viel passiert. Und die Frau hätte uns keinen größeren Gefallen tun können. Der Inspektor, derselbe, der da vorhin den Gendarmen Anweisungen erteilt hat, hat sie in eine Anstalt einweisen lassen. Das gibt Roman die Chance, seine Mutter zu entmündigen und die Brauerei selbst zu übernehmen.«

Die Kälte in Claras Stimme machte Colina frösteln. Das entsprach so gar nicht mehr dem naiven jungen Ding, als das Colina Clara einmal kennengelernt hatte. Vielleicht musste man so werden, wenn man sich behaupten wollte. Aber hatte es so schnell und so weit gehen müssen?

»Wir haben einen Vertrag mit meinem Vater geschlossen«, berichtete Clara weiter. Ihre Stimme klang brüchig. »Es sieht seltsam aus, das weiß ich, aber wir brauchen einander. Mein Vater wird nicht einfach aufgeben, und einen Münchner Brauer in seiner Familie zu haben, wird von enormem Vorteil für ihn sein. Mir ist klar, wie schwierig es für Romans Mutter sein muss, das zu akzeptieren. Vor allem, wenn man bedenkt, was für eine schreckliche Tat sie meinem Vater vorwirft.«

Colina fiel auf, dass Clara nicht sagte, was sie an dieser Stelle eigentlich hätte sagen müssen: dass ihr Vater unschuldig sei. Im Gegenteil, ihre Miene wirkte in sich gekehrt, nachdenklich und verletzlich. Es wäre grob gewesen, jetzt die offensichtliche Frage zu stellen. Oder vielleicht wollte Colina nur nicht hören, wie Clara auch auf diese Frage dieselbe Antwort gab: dass es gleichgültig sein müsse, ob ihr Vater Romans Vater tatsächlich hatte umbringen lassen. Weil Clara nun einmal Romans Zukunft war.

»Du glaubst gar nicht, wie oft ich mir in den letzten Tagen gewünscht habe, ich könnte mit dir sprechen.« Claras Stimme klang gepresst; sie bemühte sich hastig um einen leichteren Ton. »Wie oft ich mir gewünscht habe, diese dumme Landpomeranze von einer Möchtegern-Gouvernante wäre da und würde mir sagen, ich solle mich nicht so anstellen. Als mir die Hände geblutet haben am ersten Tag beim Garbenbinden, zum Beispiel. Oder als ich am zweiten Tag nicht mehr gewusst habe, wie ich mich bücken soll, so hat mir der Rücken weh getan. Und dann kommen wir zurück in die Stadt, und was sehe ich? Du steckst *schon wieder* mitten im Tohuwabohu.«

Sie lachten beide, und beide grimmig.

»He, ich kenne jetzt den Unterschied zwischen Weißwein-, Rotwein- und Champagnergläsern«, scherzte Colina. »Von Cognac ganz zu schweigen. Findest du nicht, dass ich damit als Kellnerin qualifiziert bin für ein ordentliches Gehalt?«

Sie hätte Clara gern ebenso ins Vertrauen gezogen wie Clara sie, hätte gern über Maxi mit ihr gesprochen. Über Rupp. Darüber, dass sie von dem Streik, den sie vom Zaun gebrochen hatte, nicht mehr profitieren würde, weil sie München noch heute Nacht verließe.

Sie schämte sich zu sehr.

Konnte man überhaupt darüber sprechen? Noch dazu mit Clara, die gerade dabei war, zu heiraten?

Clara stimmte in ihr Lachen ein, musterte Colina dabei aber von der Seite. Vielleicht hörte sie ihr an, dass da etwas ungesagt blieb. »Dann sind das also deine Zukunftspläne? Weiter die Lochner-Lina zu sein? Weil du dir ja wahrscheinlich denken kannst, dass der ›Oide Deibe‹ auch scharf wäre auf eine schneidige, singende Kellnerin.« Sie zwinkerte.

»Das ist lieb von euch«, sagte Colina gerührt. »Aber ich kann nicht.« Sie zögerte, dann gab sie sich einen Ruck. Vertrauen gegen Vertrauen. »Ich werd' nicht einmal beim Lochner bleiben können.« Sie wagte nicht, Clara dabei anzusehen, als sie es sagte.

»Ja, aber wieso denn nicht?« Clara hätte vor Erstaunen fast die Zigarette fallen lassen. »Dafür hast du doch gekämpft. Und kämpfst du gerade noch.«

»Mein ... mein Mann hat mich gefunden. Ich muss weg.« So, jetzt war es heraus. Wenigstens zur Hälfte. Sie schaute auf. »Kennst du zufällig jemanden in Nürnberg, der ein ungelerntes Dienstmädchen nehmen würde?«

»In Nürnberg ... Colina, ich war in einem Pensionat, ich habe von der Stadt nicht mehr gesehen als ein paar Süßwarenläden, eine Buchhandlung und den Weg zur Kirche.« Sie musterte Colina verständnislos. »Was soll das überhaupt heißen? Warum musst du weg, und dann noch so weit?« Colina presste die Lippen zusammen. Clara zögerte, dann beugte sie sich zu ihr herüber. Sie flüsterte beinahe. »Ist er ... ist er so unerträglich?«

Colina antwortete noch immer nicht; sie brachte den Satz nicht über die Lippen. Wortlos langte Clara nach ihrem Arm und streifte den Ärmel von Colinas Bluse nach oben, betrachtete die blauen Flecken, die teilweise schon ins Gelbe und Grünliche spielten, und krempelte den Stoff wieder nach unten.

»Er hat den Buben mitgebracht«, erklärte Colina. Über Maxi zu sprechen, war einfacher. »Er ist jetzt sieben. Ich dachte, ich hätte ihn in Sicherheit gebracht, aber er hat ihn gefunden.« Eine Mutter, die ihr Kind beschützen wollte, das war vertretbar. Eine Frau, die vor ihrem Mann davonlief, war es nicht. »Verstehst du, es ist wegen Maxi ...«

»Wann?«, fragte Clara. Es war klar, dass sie Colinas Fluchtpläne meinte. Und dass sie keine Ausreden brauchte, um auf Colinas Seite zu sein.

Einen Moment lang verdrängte Dankbarkeit alles andere. Die Angst, die Aufregung, sogar den Gedanken an den Streik, der vor Lochners Bierbude noch immer andauerte.

»Heute Nacht.«

»Du machst das alles, obwohl du weißt, dass du gar nichts mehr davon haben wirst?« Clara schaute Colina an, dann ließ sie die Zigarette fallen und rutschte vom Fass. »Ich bin heute um Mitternacht vor deiner Wohnung.« Sie hob die Hand, als Colina widersprechen wollte. »Fang gar nicht erst an. Zu zweit geht es schneller; ich kann dir tragen helfen. Du kommst mit dem Kind zu uns.«

»Da wird er mich finden.«

»Und wenn schon.« Clara hatte wieder ihren hochmütigen Gesichtsausdruck aufgesetzt. Jenen, der besagte, sie sei die Tochter von Curt Prank – mochte die ganze Welt sich gegen sie stellen, Clara würde es mir ihr aufnehmen.

Einen Moment schwiegen die beiden. Dann stand Clara auf. »Ich muss zurück in die Bude.« Bisher war sie sehr ernst gewesen, jetzt zwinkerte sie fast übermütig. »Solange unsere Biermadl streiken, darf ich ja vielleicht doch einmal Krüge austragen. Auch ohne mich nach oben gearbeitet zu haben. Und du wirst auch wieder gebraucht, nehme ich an.« Sie warf einen Blick zur Tür, die sich gerade geöffnet hatte. Louise stand auf den schmutzigen Bohlen und winkte aufgeregt.

»Lina! Der Lochner schickt mich. Er sagt, der Stifter will mit dir reden. Der Stifter selber!«

Diese bloße Tatsache genügte vermutlich, damit für Louise und die übrigen Biermadl der Streik jede Mühe Wert gewesen war. Wenn ein Anatol Stifter sich herabließ, eine bloße Kellnerin zu sich zu bitten, war das, als sei einer der alten Griechengötter vom Olymp herabgestiegen, um sich einen Tirolerhut aufzusetzen.

Louise und die anderen wussten ja nicht, dass Stifter und Colina einander längst kannten.

Stifter dagegen hatte es nicht vergessen. Er musterte Colina spöttisch, als sie, mit feuchten Handflächen und strahlendem Lächeln, in die illustre Runde aus Brauereibesitzern und Gastwirten trat.

»Fräulein Kandl. Was für eine Veränderung doch mit Ihnen vorgegangen ist! Ich muss zugeben, Sie stecken voller Überraschungen.«

»Überraschung? Tun Sie nicht so, als wären Sie der einzige Mensch in ganz München, der in den letzten vierzehn Tagen mein Plakat noch nicht gesehen hätte«, scherzte Colina. Sie legte Wert darauf, es »*mein* Plakat« zu nennen.

»Ich hatte es gesehen und mich amüsiert.« Seine Stirn legte sich in Falten. »Ihre heutigen Umtriebe erfreuen mich weniger.«

»Das dürfte in der Natur der Sache liegen.«

Colina schaute sich in der Runde um. Die ängstlichen alten Jungfern vom Kellnerinnenverein waren dem Rechtsanwalt gefolgt, hielten sich aber abseits. Der Anwalt hatte eine selbstbewusste Miene aufgesetzt; das bisherige Gespräch mit Stifter schien ihm getaugt zu haben. Von den übrigen Anwesenden kannte Colina manche dem Namen und Gesicht nach, hatte aber natürlich nie mit ihnen gesprochen: der Schottenhamel-Wirt, mit einer mächtigen Goldkette vor dem stattlichen Bauch. Gsell von der gleichnamigen Großbrauerei. Der berühmte Steyrer Hans, einst als »bayerischer Herkules« bekannt, dessen inzwischen grauer Bart in zwei waagrechten Strängen rechts und links aus seinem Gesicht stand. Vermutlich hätte er seine Kellnerinnen schon allein mit dem Geld, das er für Bartwichse ausgab, ordentlich bezahlen können. Alle schauten sie Colina an mit einem Ausdruck, der eher verwundert als ärgerlich wirkte, als fragten sie sich, wo dieses seltsame Geschöpf plötzlich herkam.

Viele Wirte, vor allem die der kleineren Gaststätten, fehlten allerdings inzwischen. Sie konnten sich nicht leisten, wenn in ihren Buden über Stunden nicht bedient wurde, und mussten gerade selbst zapfen und Krüge schleppen, so wie Clara es tat.

Der Gedanke entlockte Colina ein Lächeln. Lochner war zwar noch da, Johanna dagegen nicht. Beim Gedanken an eine schwitzende, Krüge schleppende Johanna wurde Colinas Lächeln noch etwas breiter.

Vielleicht hatte man ihr diese Regung angesehen, denn Stifter hakte sofort ein. »Nun, inzwischen hatten Sie ja Ihren Spaß. Sie haben uns einen ordentlichen Schrecken eingejagt. Was halten Sie davon, es nun gut sein zu lassen? Wie Sie sehen, stehen wir mit dem Herrn vom sogenannten *Münchner Kellnerinnenverein* bereits in Verhandlungen.« Er machte eine Geste in Richtung des Anwalts, der bereits den Mund öffnete für eine Antwort. Colina kam ihm zuvor.

»Es ist mir herzlich gleichgültig, Herr Stifter, was Sie für Verhandlungen aufnehmen, solange Sie nicht mit *uns* verhandeln. Niemand von uns geht zurück in die Buden, solange wir von Ihnen keine konkreten Zusagen haben.«

»Und wie sollen die Ihrer Meinung nach aussehen?« Stifters Tonfall war etwas zu barsch; seine sonstige Contenance schien ihn zu verlassen. Vielleicht hatten die letzten Wochen doch mehr an seinen Nerven gezerrt, als es den Anschein hatte. Immerhin erinnerte Colina Kandl ihn sicher auch an die gescheiterte Verlobung mit Clara und die öffentliche Blamage, die er dadurch erlitten hatte. Er musste sich merklich zusammenreißen.

»Ich fürchte, Ihre Schützlinge verwechseln die Zuständigkeiten«, wandte er sich an den Rechtsanwalt. »Wir Brauer sind nicht die Arbeitgeber dieser ... jungen Damen und damit auch nicht die richtigen Ansprechpartner, wenn es um eine Lohnerhöhung geht.«

Diesmal war es Lochner, der dem Rechtsanwalt das Wort abschnitt. Der Mann sagte zwar etwas, aber es ging in Lochners Gejammer vollkommen unter. »Hör doch, Lina, ich kann nicht allen Biermadln ein Gehalt zahlen. Das wären ja ... drei Kellnerinnen mal zwei Mark mal sechs Tag in der Woch' ...«

»Sechsunddreißig Mark in der Woch'«, bestätigte Colina, die wusste, dass Kopfrechnen nicht Lochners starke Seite war. Lochners Miene war fassungslos.

»Sechsunddreißig Mark! Jede Woch'! Von was soll ich das denn aufbringen, kannst du mir das sagen?«

»Nein«, gab Colina zurück und schaute zurück auf Stifter. »Und das ist genau der Grund, warum wir nicht mit Ihnen verhandeln, Herr Wirt, sondern mit denen, die daran schuld sind, dass Sie uns nicht mehr bezahlen können. Mit den Großbrauereien, die Ihnen und uns allen die Luft zum Atmen abschnüren!«

Stifter lachte spöttisch. Es klang nicht echt. Vielleicht hatte er bemerkt, dass die Stimmung in der Runde sich zu wandeln begann. Nicht nur Lochner sah seine Freiheit zunehmend durch Knebelverträge bedroht, und anders als er mochten einige Wirte durchaus begreifen, wie sie den Aufstand der Kellnerinnen zu ihrem Vorteil benutzen konnten.

»Ja, da kommen die großen Unternehmen, die Hunderte Familien in dieser Stadt in Arbeit und Brot bringen, die München und seine Waren über Bayern hinaus bekannt machen, als Sündenböcke natürlich immer gerade recht. Höre ich da etwa gewisse sozialdemokratische Tendenzen bei Ihnen, Fräulein Kandl?«

»Ich weiß noch nicht einmal so genau, was das ist«, versetzte Colina, so prompt, ehrlich und spontan, dass mehrere Wirte und selbst der Brauereibesitzer Gsell zu lachen begannen. »Alles, was ich weiß, ist, dass wir in München eine Menge anständiger, ehrenwerter Gastwirte haben, die wegen der Verträge, die Ihre Brauereien mit ihnen geschlossen haben, nicht genug verdienen, damit sie sich gegen uns Kellnerinnen auch anständig und ehrenwert benehmen können.«

»Hört, hört«, brummte Steyrer und zwirbelte ein Ende seiner langen Bartspitzen.

Stifter hob eine Hand, ohne sich umzudrehen. Auf einen Wink der langen, gepflegten Finger schob sich eine Gestalt in Anzug und Zylinder nach vorne, die Colina bereits einmal als Gast in der Villa Prank erlebt hatte: Stadtrat Urban.

»Herr Urban«, sagte Stifter, und zwar mit Blick auf Colina, nicht auf den Angeredeten, »mir scheint, das Problem der Kellnerinnen wird in erster Linie durch den erhöhten Bierpreis ausgelöst. Wegen dieser Preiserhöhung geben die Gäste kein Trinkgeld und bringen diese Damen um ihre wohlverdienten Einnahmen. Möglicherweise haben wir hier nicht alles in letzter Konsequenz durchdacht. Mein Vorschlag wäre, den Bierpreis für den Rest des Tages wieder zu senken in der Hoffnung, damit das Problem rasch und unbürokratisch zu lösen.«

Urban kam ins Stottern. »Nun, wie Sie wissen, Herr Stifter, handelt es sich beim Bierpreis um ein von Staats wegen festgesetztes ... aber ich bin sicher, man wird die Senkung auch nachträglich von der Regierung absegnen lassen können«, stammelte er hastig, als Stifter abrupt den Kopf wandte und ihn fixierte. Stifter lächelte, breitete die Arme aus wie der Pfarrer bei der Wandlung und sah wieder Colina an.

»Nun, Fräulein Kandl? Sind Sie zufrieden?«

Colina strahlte zurück. »Das glauben Sie ja wohl selbst nicht. Dass wir uns damit abspeisen lassen. Ich habe Ihnen gesagt, was wir wollen: anständig bezahlt werden für anständige Arbeit. Und dafür, dass das möglich ist, werden Sie schon ein bisschen mehr tun müssen, als nur auf die zusätzlichen Einnahmen von diesem einen Nachmittag verzichten.«

Stifters Miene gefror. Sein Teint schien bleicher geworden zu sein, sein Blick starr und eisig. »Ich glaube, Sie überschätzen gerade Ihre Einflussmöglichkeiten, Fräulein Kandl. Vermutlich überblicken Sie einfach die Zusammenhänge nicht. Wie sollten Sie auch? Hinter den Verträgen mit unseren Partnern, den Gastwirten, stecken auf Jahre kalkulierte Geschäftspläne, stecken die Anliegen und Interessen vieler Teilhaber und Geldgeber. Denken Sie wirklich, wir werfen alle unsere Kalkulationen um und schreiben sämtliche Pachtverträge neu, alles wegen ein paar streikender Kellnerinnen?«

»Ja, das denke ich. Spätestens morgen, wenn unser Streik in der Zeitung steht, fangen nämlich Ihre Geldgeber hoffentlich auch an, darüber nachzudenken, wie profitabel ein Unternehmen ist, das seine *Partner* so schäbig behandelt, dass die sich nicht leisten können, ihre Angestellten zu bezahlen.« Colina streckte Stifter einen Zeigefinger ins Gesicht. »Irgendwo in Ihrer Logik liegt der Hund begraben. Entweder, Sie *haben* nicht genug Gewinn, um etwas davon an die Gastwirte – und damit an uns – weiterzugeben, oder Sie schöpfen den Gewinn schon vorher ab, füllen sich damit selbst die Taschen und lassen alle anderen am ausgestreckten Arm verhungern. In beiden Fällen sollte jemand mit ein wenig Hirn und ein wenig Herz zuschauen, dass er sich von Ihnen und Ihrem Geschäft fernhält.« Sie lächelte. »Die Macht der Zeitungen sollte Ihnen doch eigentlich bekannt sein, Herr Stifter. Übrigens hat die Wirtin der Gaststätte ›Zum Oiden Deibe‹ bereits angekündigt, in Zukunft ihren Kellnerinnen ein Festgehalt zahlen zu wollen.«

Gemurmel in der Runde. Selbst Lochner gewann ein wenig Mut. »Das stimmt«, bestätigte er, »ich hab's selber gehört.«

»Wenn morgen in der Zeitung steht, dass der kleine Deibe seinen Kellnerinnen ein festes Gehalt zahlt, und sonst keiner«, sagte Steyrer grimmig, »dann stehen wir saublöd da. Da schauen wir ja direkt aus wie die Menschenschinder.«

Gsell legte Stifter eine Hand auf die Schulter, zog ihn beiseite und redete heftig auf ihn ein. Einige weitere Brauer gesellten sich dazu. Die Diskussion war kurz, aber lebhaft.

Schließlich nickte Stifter. Er drehte sich wieder zu Colina um und kam auf sie zu.

»Fräulein Kandl. Ich kann natürlich nur für mein eigenes Unternehmen sprechen, nicht für meine geschätzten Herren Berufskollegen. Wir haben schließlich Vertragsfreiheit in diesem schönen Land. Allenfalls könnte ich als Vorsitzender des Brauereiverbands eine Empfehlung aussprechen, was den Abschluss von Pachtverträgen angeht.«

»Jetzt machen Sie's halt nicht so kompliziert, Stifter«, bellte Gsell aus dem Hintergrund. »Geben Sie ihr einfach, was sie will, damit wir wieder zum Mittagessen gehen können! Herrgott, diese Preißen, hören sich am liebsten bloß selber red'n!«

Stifter schloss kurz die Augen, tat aber, als habe er den Einwurf überhört. »Ich mache Ihnen folgenden Vorschlag, Fräulein Kandl: Ihr Arbeitgeber, Herr Lochner, erhält von der Aktienbrauerei bereits jetzt den Zuschlag für das Oktoberfest im nächsten Jahr. Das bedeutet, er wird derjenige sein, der das Großzelt unserer Brauerei bewirtschaften darf – unter der Bedingung, dass sämtliche dort arbeitenden Bedienungen ein festes Gehalt beziehen. Wenn ich von Herrn Lochner richtig gehört habe, hat er Ihnen bereits einen Lohn von zwei Mark pro Tag zugesagt? Das klingt doch nach einer guten Verhandlungsbasis.«

»Auf dem Oktoberfest zu bedienen, ist Schwerstarbeit«, hielt Colina dagegen. »Das sollte mindestens doppelt bezahlt werden.«

»Drei Mark pro Tag«, bot Stifter, ohne mit der Wimper zu zucken.

»Gilt.«

»Und das soll ich zahlen?« Lochner starrte zwischen den beiden hin und her. Stifter warf ihm einen ungeduldigen Seitenblick zu.

»Sie werden im nächsten Jahr das Fünffache verdienen, Lochner. Stellen Sie sich nicht so an. Über die Verträge fürs nächste Oktoberfest verhandeln wir separat. Sie kommen schon auf Ihren Schnitt; von einer bankrotten Gastwirtschaft haben wir ja auch nichts.«

»Und was ist mit uns?« Einige andere Wirte drängten sich nach vorn, für die Hans Steyrer sich zum Sprecher machte. »Was ist mit denen von uns, die dann nicht mehr auf dem Oktoberfest sein werden? Schauen wir mit dem Ofenrohr ins Gebirg'?«

»Wie gesagt.« Stifter drehte sich kurz nach seinen Kollegen um. »Ich kann nur für mein eigenes Unternehmen sprechen. Wir werden wohl notgedrungen unsere Verträge mit den kleineren Wirtschaften so anpassen müssen, dass sie den neuen Verhältnissen – will sagen: den gestiegenen Lohnkosten und dem Ausfall der Oktoberfesteinnahmen – Rechnung tragen. Die von mir geleitete Kapitalbrauerei wird das in den nächsten Wochen angehen. Und soweit ich aus den Gesprächen eben ersehen habe, werden die übrigen Großbrauereien sich wohl anschließen.«

»Schottenhamel, du bist unser Oktoberfestwirt für nächstes Jahr«, warf einer der anderen Brauherren ein. Er klang ähnlich unwirsch wie Gsell zuvor. »Und für euch andere wird schon gesorgt. Derscheißt's euch nicht die Wadl; von euch verhungert schon keiner wegen der paar Lutscherl für die Biermadl.«

»Übrigens habe ich eine weitere Bedingung an Sie, Herr Lochner«, fügte Stifter hinzu. Ein Lächeln streifte Colina, etwa so warm und herzlich wie ein Frosthauch im Dezember. »Sie werden Fräulein Kandl zu Ihrer neuen Oberkellnerin machen, und diese wird ihre Rolle als Lochner-Lina und ihre regelmäßigen Gesangsauftritte beibehalten. Ich habe nicht vor, auf den Effekt dieser Reklame zu verzichten.«

»Sauber«, sagte Lochner und kratzte sich im Nacken. »Da wird die Johanna schauen.«

»Wie Sie das regeln, ist mir gleichgültig.« Stifter fixierte erneut Colina, und sie fühlte sich unvermittelt an jenen starren, eisigen Blick erinnert, den Stifter einmal Clara hinterhergesandt hatte. »Ich bin sicher, wir werden alle großartig miteinander auskommen«, schloss er.

Dessen war Colina sich ebenfalls sehr sicher. Vor allem, weil sie zu diesem Zeitpunkt gar nicht mehr in München sein würde. Johanna würde einen gehörigen Schreck erleiden, den Colina ihr von Herzen gönnte, doch dabei würde es bleiben. Denn Colina würde, mit Claras Unterstützung, heute Nacht entwischen.

Sie war Clara dankbar, würde ihre Großzügigkeit jedoch nicht weiter ausnutzen. Ihr blieb gar nichts übrig, als die Stadt zu verlassen. Als Maximilians Vater würde Rupp immer das Recht haben, den Jungen zu sich zu holen, und bei den Hoflingers würde er Colina sofort ausfindig machen.

Es dämpfte ein wenig die Freude über ihren Sieg. Aber ein Sieg war es doch. Sogar ein sensationeller.

42.

Ausbruch

Eder hatte Mühe, seine unbeteiligte Miene beizubehalten, als Colina Kandl von ihrer Unterredung zurückkehrte und den Kellnerinnen die Ergebnisse mitteilte. Die Biermadl brauchten eine Weile, um völlig zu begreifen, brachen dann aber in wilden Jubel aus. Selbst die Zuschauer lachten und applaudierten.

Schade, dass die Wirte die Umarmungen und das übermütige Freudengehüpfe so rasch unterbanden. Aber die Herren hatten natürlich nichts Eiligeres zu tun, als ihre Autorität wiederherzustellen und ihre Angestellten schleunigst zurück an die Arbeit zu schicken. Die Biermadl gehorchten mit einer freudigen Eile, die die Wirte vermutlich selbst überraschte. Der Platz vor Lochners Bude leerte sich binnen Minuten, und kurz danach lief der Betrieb in den Buden wieder, als hätte es Streik und Verhandlungen nie gegeben.

Die Karusselle drehten sich, die Ochsen am Spieß ebenso. Die angespannte Atmosphäre schien sich zusammen mit dem Streik verflüchtigt zu haben.

»Ich glaub', das war's für heuer«, resümierte Eder, als er die Gendarmen wieder zu ihren normalen Pflichten entließ. »Bleiben S' wachsam, ziehen S' vor allem die sinnlos Betrunkenen so schnell wie möglich aus der Menge. Aber das Schlimmste haben wir wohl für dieses Jahr hinter uns.«

Aulehner und Eder gönnten sich noch ein arg verspätetes Essen in einer jener kleinen Buden, die es im nächsten Jahr auf dem Fest nicht mehr geben würde. Der Charakter des Oktoberfests würde sich einmal mehr wandeln, dachte Aulehner. Was als Hochzeitsfest für ein Fürstenpaar begonnen hatte und zu einem regelmäßig abgehaltenen Pferderennen und Schützenwettbewerb mutiert war, entwickelte sich zu einem Fest, das vor allem dazu diente, Gästescharen anzulocken und Bier auszuschenken.

Man konnte Wehmut darüber empfinden, und Aulehner tat es. Doch letztlich war es müßig. Die Welt blieb nicht stehen, um auf ihn zu warten. Besser, sich auf das zu konzentrieren, was möglich war.

»Inspektor? Könnte ich mir wohl eine Stunde freinehmen?«

Eder hatte sich noch eine Maß kommen lassen. Er nahm einen Zug und wischte sich den Schaum von den Lippen.

»Das kommt darauf an. Falls Sie zum Beispiel vorhaben, zum Lochner hinüberzugehen und jemandem Ihre Gratulation auszusprechen, würde ich Ihnen ganz bestimmt keine Stunde freigeben.« Er setzte den Krug ab. »Sondern den restlichen Tag. Vielleicht muss sie ja nicht bis zum Schluss arbeiten; dann könnten Sie sie über die Wies'n führen. Von der hat sie doch wahrscheinlich noch gar nichts gesehen, außer der Bierbude. Schießen Sie ihr eine Rose oder so etwas; das mögen die jungen Frauen doch.«

»Wenn Sie weiter so daherreden«, erklärte Aulehner, »und das über eine verheiratete Frau, muss ich Sie noch wegen Kuppelei verhaften.«

Eder lachte laut. »Schauen S', dass S' weiterkommen, Sie unverschämter junger Hupfer. Reißen Sie sich zusammen und seien S' einmal ein bisserl romantisch. Dass Ihnen die Frau g'fällt, sieht ja ein Blinder mit'm Krückstock, jetzt tun S' halt auch einmal was dergleichen! Das ist ja nicht zum Aushalten mit Ihnen.«

Aulehner stand auf, salutierte und stapfte davon in der sicheren Annahme, der Inspektor werde ihm so lange hinterherspähen, bis er Aulehner in Lochners Bierbude verschwinden sah.

In Herzensangelegenheiten beraten von einem alten Kriminalinspektor, der vermutlich seit Jahrzehnten außer seiner eigenen keine Frau mehr angeschaut hatte, und einer Franziska zu Reventlow, dachte Lorenz spöttisch. Was sollte da schon schiefgehen?

Er hätte nicht einmal sagen können, was er wirklich wollte. Von *ihr* ganz zu schweigen. Dazu war alles zu kompliziert. Aber Colina zu beglückwünschen, da hatte Eder recht, das konnte niemand ihm verbieten.

Er fand sie bei der Arbeit, beladen mit sechs Krügen, inmitten einer eifrig schwatzenden Gästeschar, die sich gegenseitig alle Ereignisse des Streiks noch einmal erzählte. Sie sah und erkannte ihn sofort, und ihr Lachen wurde ein wenig breiter.

»Aha«, spöttelte sie, als er vor ihr stehen blieb. »Der Herr Oberwachtmeister. Werde ich jetzt doch noch verhaftet, wegen Aufruf zur Revolution?«

»Noch liegt keine Anzeige vor«, gab er zurück. »Eigentlich wollte ich Ihnen nur gratulieren. Zu dem, was Sie für Ihre Kolleginnen erreicht haben, und zu Ihrem eigenen Erfolg. Wenn ich das Ende Ihrer Ansprache richtig verstanden habe – es wurde ja ein bisschen laut bei Ihnen –, dann werden Sie bald Oberkellnerin sein?«

Sie wandte den Kopf und schaute über die Schulter zur Schenke, an der der Wirt neben einer Rothaarigen stand, die unablässig auf ihn einredete. Wohl die bisherige Oberkellnerin.

»Ich kann doch auch nix machen, Johanna«, hörte Aulehner den Wirt stottern.

»Das muss man alles abwarten«, sagte Colina und zwinkerte ihm zu. »Oberkellnerin Johanna ist nicht gerade meine beste Freundin. Aber dass sie ihre Stellung verliert, will ja auch niemand. Da wird sich schon eine Lösung finden.«

Seltsamerweise wirkte sie plötzlich düster und ein wenig verloren bei diesen Worten, als sei ein Schatten über die Freude dieses

Tags geglitten. Er konnte sich den Wandel nicht erklären, aber es gab ihm den letzten Anstoß, seine Frage zu stellen.

»Müssen Sie heute bis zum Schluss arbeiten?«

Überrascht sah sie ihn an. Überrascht, aber erfreut, oder doch zumindest nicht peinlich berührt. »Muss ich, ja.«

»Schade.«

»Warum?« Das klang nun schon wieder so kokett und spielerisch, dass Aulehner lachen musste.

»Na, vielleicht hätte ich Sie sonst einmal über die Wies'n geführt. Es ist zwar nicht mehr so viel davon übrig; das Kinematografenzelt haben wir zugemacht und die Bierburg auch. Aber irgendein Karussell wird schon noch offen haben, auf das ich Sie setzen könnte.« Abrupt erinnerte er sich, dass er sich auf verbotenem Terrain befand. »Falls Sie möchten, und falls ... falls Sie nicht gleich nach Hause zu Ihrer Familie gehen müssen.«

Er hatte zu viel gesagt. Sie schaute zu Boden, betreten und verlegen.

Aber sie lächelte, als sie aufsah. »Sie haben meinen ... meine Familie ja gesehen.«

»Ja.« Mehr gab es nicht zu sagen. Ein Säufer und Schläger. Aber ein Ehemann, und ein Kind. Warum konnten die Dinge nie einfach sein?

»Es ist sehr nett von Ihnen«, sagte sie warm. »Und es freut mich. Ich muss aber wirklich arbeiten, bis Lochner hier zusperrt. Und nachdem ich den armen Mann heute schon so viel Nerven und Geld gekostet habe, sollte ich das wohl besser auch tun. Abgesehen davon«, sie lachte erneut, »weiß ich ganz genau, dass ihr Männer uns Frauen sowieso nur zu Karussellfahrten einladet, weil ihr darauf hofft, dass die Röcke nach oben rutschen, wenn wir auf einem Holzpferd sitzen.«

»Selbstverständlich tun wir das«, bekräftigte Aulehner. Sie nahm ein paar leere Krüge auf.

»Hätten Sie etwas dagegen, wenn ich nächste Woche nach Dienstschluss einmal in der Gaststätte vorbeischaue, in der Sie arbeiten?«, fragte Lorenz rasch. »Ich bin noch nicht lange wieder in München; noch habe ich keine Stammwirtschaft.«

»Gegen nette Leute habe ich nie etwas.« Sie machte einen Schritt auf ihn zu und senkte die Stimme zu einem verschwörerischen Flüstern. »Sie sehen ja selber, was für ein Bier wir ausschenken. Nur unter uns gesagt, als Warnung.«

»Das Bier wär's auch nicht, zwegen dem ich kommen würd'.«

Sie deutete einen Knicks an, den Arm voller Bierkrüge. »Na dann. Auf Wiedersehen, Herr Oberwachtmeister.«

Er schaute ihr nach, während sie ihre Last zur Schenke trug. Sie hatte wirklich eine ausgesprochen hübsche Rückseite. Die Vorderseite gefiel ihm sowieso.

Eder hatte ihm für den Rest des Tags freigegeben. Viele Stunden waren davon nicht mehr übrig. Aber doch genug, um nach Hause zu gehen, die Uniform loszuwerden und sich vielleicht ein bisschen in Schale zu werfen.

Das Oktoberfest würde mit einem großen Feuerwerk enden. Was sprach dagegen, dann noch einmal zu Lochners Bierbude zu gehen und Colina anzubieten, sie nach Hause zu bringen? Vielleicht gab es ja wirklich noch ein Karussell oder eine Schießbude, die noch offen hatte.

Und wenn sie ablehnte, wie eine anständige verheiratete Frau das zu tun hatte ... nun, dann konnte er immer noch in der nächsten Woche in Lochners Wirtschaft ein Bier trinken. Was für eine Vorstellung, den Feierabend einmal *nicht* in seinem spartanischen Kämmerchen zu verbringen – man hätte sich ja beinahe auf die Aussicht freuen können.

Er stapfte nach Hause, und erst, als er seine Wohnungstür aufsperrte, merkte er, dass er die ganze Zeit vor sich hin gepfiffen hatte.

Colina Kandl, dachte sie, als sie sich noch einmal umdrehte und ihm zusah, wie er hinaus ins Wies'n-Treiben verschwand, *irgendwie fängst du die Sachen immer im falschen Moment an.* Nur dass in diesem Fall sicher gar nichts mehr anfangen würde. Morgen Früh wäre Colina fort, und Aulehner würde sich, falls er tatsächlich bei Lochner nach ihr schaute, ebenso vergeblich fragen, was aus ihr geworden war, wie alle anderen.

Schade, wenn man darüber nachdachte. Da gab es schon mal einen anständigen Kerl, und dann so etwas. Aber für Wehmut hätte sie morgen Zeit, vielleicht. Erst musste sie tun, was sie sich vorgenommen hatte. Dennoch hatte die Plauderei Colina gutgetan. Sie vertrieb die anwachsende Spannung und gab ihr Mut für ihre Flucht, die mit jeder Minute, mit jeder Bewegung der Zeiger auf Lochners großer Wanduhr, ein wenig näher rückte.

Sie hatte sich heute noch einmal bewiesen, wie viel sie schaffen konnte, wenn sie nur wollte. Sie war nicht allein, sie war nicht ohne Hilfe, und sie würde es auch in Zukunft nicht sein, selbst wenn sie ihre hiesigen Freunde bald verlassen würde, wahrscheinlich für immer. Der Gedanke hielt sie am Laufen, bis Lochner die letzte Runde einläutete.

Von dem großen Feuerwerk, das das Fest beendete, erlebte Colina nicht viel mehr mit als das Krachen, das Raunen der Zuschauer und den bunten Widerschein der Lichter am Himmel, zu beschäftigt damit, die letzten Krüge zu Afra zu tragen, Tische zu wischen und Scherben zusammenzufegen. Mitternacht rückte schon nahe, bevor Colina endlich ihren Mantel anzog und ihren Hut aufsetzte. Lochner schien unter dem Eindruck der heutigen Ereignisse so kleinmütig geworden zu sein, dass er sogar am Ausgang auf Colina wartete.

»So, Lina.« Er sah verlegen genug drein, um gleich mit den Füßen zu scharren. »Das war's dann. Morgen ist ja Ruhetag, und am Dienstag reden wir dann über deine neue Stellung. Dass du mir pünktlich bist, Lina, eine Oberkellnerin muss ein gutes Beispiel sein.«

»Das besprechen wir am Dienstag, Herr Wirt. Heut' sind wir doch alle zu müd' dafür.«

»Da hast recht. Gut' Nacht!«

Colina streckte ihm die Hand hin, und Lochner war so überrascht von dieser Geste, dass er sie tatsächlich schüttelte.

Zumindest konnte Colina sich sagen, sie habe sich ordentlich verabschiedet. Die Zeit bei Lochner war wichtig für sie gewesen, trotz allem. Aber nun wurde es ernst. Sie musste es angehen. Sie klemmte sich ihre Tasche unter den Arm und eilte nach Hause. In Gedanken ging sie immer wieder die nächsten Schritte durch.

Der Hof vor ihrem Wohnhaus lag wie stets im unsteten Zwielicht des einzelnen Windlichts. Schatten tanzten, wenn Nachtfalter daran vorbeihuschten und Fledermäuse hinter diesen her. Sonst regte sich nichts; Clara schien noch nicht da zu sein. Colina schlich die Treppe nach oben und sperrte auf; wenn sie Glück hatte, war Rupp ausgegangen oder schlief schon.

Sie hatte ihr Glück für diesen Tag wohl schon aufgebraucht. Die Ohrfeige empfing sie bereits auf der Schwelle, mit einer Gewalt, die ihr den Kopf zur Seite riss und ihr den Atem nahm.

»Wo bist denn so lang!« Das war Vorwurf, Anklage, keine Frage. »Immer bist nicht daheim! Eine Frau g'hört zum Haus!«

Er war in der gefährlichsten Phase, erkannte Colina zu ihrem Entsetzen. Betrunken, aber nur bis zu dem Grad, in dem er noch jederzeit stehen und zuschlagen konnte, in dem er alle Skrupel verloren hatte, aber nicht die Fähigkeit und das Vergnügen daran, andere zu quälen. Wenn er so war, konnte man ihn nur besänftigen, indem man ihm mehr Bier oder Schnaps gab in der Hoffnung, es werde ihn von allem anderen ablenken und am Ende einschläfern.

»Hast wenigstens a Geld mit'bracht?«, lautete prompt Rupps nächste Frage. Er lallte, und sein Blick ging an Colina vorbei. Sie kramte hastig nach den Münzen, die sie eigens zu diesem Zweck in ihre Manteltasche gesteckt hatte, und hielt sie ihm auf der offenen Handfläche hin, wie man einem Tier Futter hinstreckte. Er schaute die Geldstücke an und wischte sie mit einem heftigen Schlag zur Seite. Durch die nächste Ohrfeige hindurch, unter der Colina gegen den Türrahmen prallte, hörte sie die Münzen auf den hölzernen Boden der Diele klirren.

»Ist das alles?«

Eine Faust grub sich in ihr Haar und zerrte Colina in die Wohnung; der Schwung trieb sie weiter in die Küche, wo sie auf den Fußboden stürzte. Ihr Hut glitt davon. Hastig zog sie sich am Tisch in die Höhe, ehe Rupp ihr hinterherkommen konnte.

In der Ecke unter dem Fenster kauerte Maxi. Er war aufgesprungen, und Colina machte ihm Zeichen, sich wieder hinzusetzen und zu ducken. Sie knöpfte den Mantel auf, während sie sich aufrappelte, und bewegte sich Richtung der winzigen Schlafkammer.

Nicht vor dem Kind!, war alles, was sie denken konnte.

Rupp schob den Tisch beiseite, als er hereinkam. Ein Stuhl kippte um dabei. Er ohrfeigte Colina erneut, mit brachialer Sorgfältigkeit.

»Zu nichts kann man dich brauchen! Als Mutter nicht und als Hausfrau nicht. Meine Frau ist eine Schlampe, und dann bringt s' noch nicht einmal Geld mit heim!«

Er packte sie an der Kehle und stieß sie in die Kammer. Sie stürzte aufs Bett und machte nicht einmal den Versuch, sich dagegen zu wehren, zog sogar selbst noch Mantel und Rock nach oben und hoffte nur, Rupp werde seine Sinne noch genug beieinander haben, um die Tür hinter sich zu schließen.

»Brauchen kann man dich eh' nur für eins!«

Die Tür fiel zu. Eine kleine Gnade. Es würde Maxi wenigstens den Anblick ersparen, wenn auch nicht die Geräusche.

Alles andere konnte Colina aushalten.

Sie musste es. Vielleicht spürte Rupp, dass etwas bevorstand – selbst für seine Verhältnisse war er dieses Mal besonders brutal. Als er sich endlich von ihr herunterrollte, schlief er schon halb. Dennoch kostete es Colina Mühe, ihren Arm und ihr linkes Bein unter ihm hervorzuzerren; er war unbeweglich und schwer, ein mit Bier und Schweiß gefüllter Sack.

Sie trocknete sich die Schenkel mit einem Zipfel des Betttuchs und die Tränen mit dem Handrücken. Dann zog sie den Rocksaum wieder nach unten, mühte sich, ihre Bluse zuzuknöpfen, und merkte dabei erst, dass Rupp mehrere Knöpfe abgesprengt hatte. Sie schloss stattdessen den Mantel darüber. Sie brauchte mehrere Versuche, weil ihre Finger zu sehr zitterten.

Das konnte sie jetzt nicht gebrauchen, ermahnte sie sich selbst. Rupp schlief. Eine weitere Chance würde sie nicht erhalten.

Leise zog sie die Tür auf und schlüpfte hinaus in die Küche. Große Kinderaugen glänzten im Licht der Lampe.

»Zieh schnell deine Jacke an«, sagte sie, ohne Maxi ins Gesicht zu schauen. »Wir machen alles so wie besprochen. Einverstanden?« Sie sah ihn nicken.

Es gab einen schmalen Trampelpfad, der vom Hof auf eine rückwärtige, ziemlich schmutzige Gasse führte. Sie roch nicht gut, aber die kühle Luft gab Colina wieder ein wenig Kraft. Am Ende der Gasse stand ein altes steinernes Wegkreuz, übrig geblieben aus der Zeit, als hier noch Wiesen und Felder gewesen waren. In den Sträuchern dahinter sollte Max auf Colina warten. Sie führte ihn an der Hand dorthin, ermahnte ihn, sich still zu verhalten, und hastete zurück zu ihrer Wohnung.

Im Hof eilte eine kleine, schmale Gestalt auf sie zu.

»Tut mir leid, ich konnte nicht früher«, raunte Clara. »Roman und mein Vater verhandeln noch.« Sie hielt eine lederne Reisetasche in der Hand. »Komm, wir holen rasch deine Sachen. Ich habe einen Fiaker bestellt, in einer halben Stunde ein paar Ecken weiter.«

Stumm drückte Colina ihr die Hand.

Sie schlichen zurück in die Wohnung. Die Tür zur Schlafkammer war nicht ganz geschlossen; Rupps Schnarchen drang durch den Spalt, nicht mehr so heftig und schnaufend wie zuvor, aber regelmäßig. Colina sah Clara an und legte den Finger auf die Lippen.

Es ging schnell; viel besaß sie nicht, und was sie besaß, hatte sie schon in Stapeln beiseite gepackt. Claras Tasche füllte sich. Colina trat an den Küchentisch, zog die Besteckschublade auf und angelte nach der Zigarrenkiste hinter dem Kasten mit Messern und Gabeln.

Ihre Finger waren feucht. Die Zigarrenschachtel entglitt ihr und stieß gegen den Besteckkasten. Es klirrte.

Das Schnarchen verstummte. Colina verhielt mitten in der Bewegung. Bettfedern quietschten, ein Poltern, die Tür ging auf. Rupps massive Gestalt im Rahmen.

»Schnell!«, schrie Clara.

Colinas Beine gehorchten nicht. Rupp hatte die Zigarrenschachtel in ihrer Hand sofort als das erkannt, was sie war – damals zu Hause hatte Colina eine ähnliche besessen, in der sie vor ihrem Ehemann verbarg, was sie an Geld zur Seite schaffen konnte, ehe er es ins Wirtshaus trug. Als er das Versteck entdeckt hatte, hatte er Colina zur Strafe halbtot geprügelt.

Er war bei ihr, ehe sie einen Schritt tun konnte. Sein Gesicht rot vor Wut; Colina sah fast nur das Weiße in seinen Augen. Finger krallten sich um ihren Arm, die andere Hand schnappte nach der Schachtel.

Colina presste sie sich gegen die Brust und hielt sie fest. Ihre Zukunft, dachte sie. In dieser Schachtel war ihre Zukunft und die ihres Kinds.

Nein. Diesmal nicht!

Vor Wut stieß er ein Brüllen aus, das keine Worte kannte. Colina versuchte, sich ihm zu entwinden, aber er verdrehte ihren Arm so sehr, dass sie aufschrie. Ein Fußtritt traf ihre Wade, sie kippte nach vorn gegen den Tisch. Tränen traten ihr in die Augen, aber ihre rechte Hand hielt noch immer eisern die Schachtel fest.

»Ich brech' dir den Arm! Schnall'n, verlotterte!«

Ein heftiger Schmerz durchzuckte Colinas linken Arm. Rupp war wütend genug, um es zu tun.

Sie drückte die Schachtel verzweifelt gegen ihren Busen.

Ein Knacken, und für einen Augenblick durchzuckte Schmerz sie, rein und weiß wie ein Blitz. Sie hörte einen Schrei und nahm an, sie selbst habe ihn ausgestoßen. Die Ecken der Zigarrenschachtel stachen in ihre Haut.

»Lass endlich aus, du Mistv...«

Er unterbrach sich mit einem Aufschrei. Abrupt ließ er Colina los, die nach vorn auf die Tischplatte sank. Eine zweite Welle von Schmerz breitete sich von ihrem Arm aus, heftiger als die erste. Sie ließ die Zigarrenschachtel auf den Tisch gleiten und stemmte sich auf ihrem guten Arm in die Höhe.

In Rupps Hüfte steckte Colinas kleines Küchenbeil. Eher verblüfft als wütend musterte er erst die Klinge, dann Clara, die sie ihm hineingestoßen hatte und anschließend von ihm zurückgesprungen war, dann drehte er sich etwas mühselig um, zog mit einer halb höhnischen, halb schmerzerfüllten Grimasse das Beil aus seinem Körper und ging auf Clara los. Sein verletztes Bein zog er dabei ein wenig nach.

Das scharfe, spitze Küchenmesser fand seinen Weg in Colinas Hand, ohne dass sie bewusst danach gegriffen hätte.

Es war seltsam, es in menschliches Fleisch zu treiben. Ein bisschen Widerstand, aber fast mehr vom Stoff des Hemds als von Haut und Muskeln. Eigentlich nicht viel anders, als wenn man eine Schweinshaxe tranchierte. Die Klinge drang dennoch nicht sehr tief ein; Colina hatte nicht mehr genug Kraft, um ordentlich zuzustoßen, und sie hatte wohl irgendeinen Knochen getroffen, an dem das Messer abglitt.

Es genügte, damit Rupp Clara vergaß und sich wieder Colina zuwandte. Sie wich zurück, ihr Arm pochte und pulsierte vor Schmerzen. Er kam ihr mit schweren Schritten hinterher, das Fleischerbeil noch immer in der Hand. Er hob es.

Er kam nicht mehr dazu, zuzuschlagen. Er kam nicht einmal mehr dazu, zu schreien. Clara hatte das Messer, das aus Rupps Schulterwunde gefallen war, vom Boden aufgehoben. Sie packte mit der Linken Rupps Arm und schaffte es, dass er sich erneut zu ihr umdrehte.

Sie traf besser als Colina zuvor, direkt in die Brust. Blut spritzte in einer kleinen Fontäne.

Sie musste genau das Herz erwischt haben. Rupp brach auf die Knie, gurgelte etwas, dann fiel er zur Seite und war still.

Vollkommen still.

In die Stille klangen Laufschritte von der Treppe. Die schweren Schritte eines Mannes, der einen Augenblick später atemlos auf der Schwelle stand.

»Herrgott im Himmel.«

Lorenz Aulehner flüsterte vor Entsetzen.

43.

Schlachthof

Sie stand da, im Mantel, der ihr halb von den Schultern geglitten war, und hielt sich den linken Arm, der eine so eigenartige Krümmung aufwies, dass man kein Arzt sein musste, um zu sehen, er war gebrochen. Ihr Gesicht war weiß vor Schmerz.

Die andere Frau war Clara Prank. Sie hatte das Messer, das sie dem Ehemann ihrer Freundin ins Herz gejagt hatte, losgelassen und war zurückgeprallt, als wolle sie Distanz zwischen sich und die eigene Tat bringen. Die eine Hand hatte sie vor den Mund geschlagen, ohne zu bemerken, wie sie damit Blutspritzer auf dem eigenen Gesicht verschmierte.

Colina schaute von der Leiche ihres Mannes auf zu Aulehner.

»Das wollten wir nicht«, stammelte sie.

»Doch«, entfuhr es Clara. »Und ob ich das wollte!« Vielleicht entsprang ein Teil des Entsetzens, das sie empfand, dieser Erkenntnis.

Und Lorenz stand da und fragte sich, was er tun sollte.

Wenn er nur rechtzeitig aufgebrochen wäre! Aber als er am Nachmittag nach Hause gekommen war, um seine Uniform gegen Zivilkleidung zu vertauschen, hatten die vielen Nachtwachen der letzten Zeit ihn eingeholt. Er war eingeschlafen.

Als er wach wurde, lag sein Zimmer längst in tiefer Dunkelheit. Vor dem Fenster sah er undeutlich den bunten Widerhall des

Feuerwerks über der Theresienwiese. In ihm stritten zwei Stimmen miteinander. Die eine, resolut, entschieden und vernünftig, nannte ihn einen Narren und fragte höhnisch, was er sich von diesem abendlichen Ausflug denn noch verspreche; jetzt werde er sowieso zu spät kommen, und womöglich sei es ja ein Wink des Schicksals, um ihn vor einem Fehler zu bewahren. Die andere hielt ihm leiser, aber nicht weniger eindringlich vor, wie sehr er sich ärgern würde, sollte er nicht gehen. Was sollte es schaden, zumindest nach Colina zu sehen, da er es sich nun einmal vorgenommen hatte.

Unnötig zu erwähnen, dass die zweite Stimme sich durchsetzte.

Um Colina auf der Theresienwiese zu treffen, war es aber wirklich zu spät. Vielleicht war es besser so. Sie war eine verheiratete Frau; es würde Gerede geben. Er beschloss, direkt zu Colinas Wohnung zu fahren und sie zu sprechen, wenn sie nach Hause kam. Auf der Straße, außer Sichtweite ihres rabiaten Ehemanns. Vielleicht rauchte sie ja noch eine Zigarette im Hof, wie beim letzten Mal.

Ansonsten konnte er immer noch auf dem Pflaster stehen und zu ihrem Fenster hinaufstarren wie ein verliebter Kater.

Als er im Hof ankam, war dieser leer, aber das Fenster hell erleuchtet, wirklich wie beim letzten Mal. Und wie beim letzten Mal zeichneten sich auch diesmal die dunklen Silhouetten von Menschen davor ab.

Sehr anders als damals waren es allerdings keine schmusenden Verliebten, sondern die Umrisse dreier in heftiges Getümmel verstrickter Gestalten.

Eine davon hielt ein Beil in der Hand, eine andere hob gerade ein Messer.

Aulehner rannte los. Die Haustür stand offen, eine Funzel erleuchtete notdürftig das Treppenhaus; er nahm immer zwei Stufen auf einmal, bis er im zweiten Stock eine offene Wohnungstür sah. Daneben ein hastig abgestellter Jutesack, aus dem Kinderkleidung herauslugte.

Er stürzte zur Tür hinein, weiter in die Küche – und kam zu spät.

Der Mann, eindeutig derselbe, den Aulehner aus der Schlägerei vom letzten Donnerstag herausgeholt hatte, lag verkrümmt auf der Seite. Unter ihm eine Blutlache.

Stich ins Herz.

Colinas Gesicht war weiß wie eine Maske; der Mund stand leicht offen, die Lippen wirkten unnatürlich rot. Ihr ganzer Körper bebte, und ihr Atem ging in kleinen, keuchenden Stößen.

Konnte die Welt noch ungerechter sein? Warum hatte sie das auch noch mitmachen müssen?

Beide Frauen starrten ihn an, aus verschiedenen Ecken des Zimmers, regungslos, entsetzt und mit den gleichen, unnatürlich großen Augen. Dann formte sich ein leises, wehmütiges Lächeln um Colinas Lippen. Aulehner mochte im Moment keine Uniform tragen, aber zumindest Colina wusste, dass er Polizist war und jetzt eine Pflicht zu tun hatte.

Er selbst wusste es auch.

Dabei war er nie aus Überzeugung zur Polizei gegangen. Der Polizeidienst war lediglich seine letzte Chance gewesen, nachdem er die, die sich ihm beim Militär eröffnet hätte, vergeudet hatte. Sinnlos vergeudet, um einen toten Kameraden zu rächen, den auch ein grün und blau geprügelter Leutnant nicht wieder zum Leben erwecken würde. Bis zum heutigen Tag wusste Lorenz nicht wirklich, was damals mit ihm passiert war. In dem Moment, als er und ein Kamerad Hans' toten Körper vom Fenstergitter abschnitten, schien etwas in ihm einzurasten, wie die Weiche einer Eisenbahn, die die Maschine auf einen nicht mehr zu ändernden Pfad lenkte. Was danach kam, der Weg hinüber ins Offizierskasino, um von Schönleben ausfindig zu machen und Meldung zu erstatten, die Duellforderung und die anschließende Prügelei, war fast ohne sein Zutun abgelaufen; die Erinnerung daran war eine festgelegte Abfolge von flackernden Bildern wie die auf der Filmrolle für einen Kinematografen.

Das Gegenteil zu tun, wäre möglich gewesen, vielleicht sogar einfach. Lorenz war stets ein guter Reiter gewesen, zu Beginn hatte der neue Leutnant ihn bevorzugt behandelt. Lorenz hätte sich nur an von Schönleben anschließen, ihm nach dem Mund reden und der Eitelkeit des Leutnants schmeicheln müssen, wie es andere in der Schwadron taten, und er hätte beim Regiment eine gute Zeit haben können. Es hatte ihn zu sehr abgestoßen; außerdem war er stets zu misstrauisch gewesen gegenüber Menschen, die in einer Position waren wie von Schönleben. In der Position, ihm einen Gefallen zu tun.

Es gab keinen Gefallen ohne Gegenleistung.

Dennoch hatte er von solchen Gefallen profitiert. Auch nach der Sache mit von Schönleben. Hofrat Bender, an den Lorenz' Mutter ihre Ehre verkauft hatte, hatte dafür gesorgt, dass Lorenz bei der Landshuter Polizei unterkam, fast ohne Aufsehen, außer jenem Eintrag in die Personalakte, der nun wahrscheinlich schon seit Monaten seine Versetzung in die Kriminalabteilung untergrub. Landshut war weit genug in der Provinz, damit man den schwarzen Fleck auf der Weste des neuen Polizeianwärters übersehen konnte.

Lorenz hatte sich damals geschworen, sich auf nichts mehr einzulassen, seine Pflicht zu tun, Befehlen zu gehorchen. Und nun stand er schon wieder da und hatte das Gefühl, er schaue noch einmal in Hans' aufgedunsenes Gesicht.

»Haben Sie etwas, um ihn einzuwickeln?«, hörte er sich fragen. Und begriff, dass er rein gar nichts gelernt hatte.

Wahrscheinlich würde er das nie.

»Haben Sie etwas, um ihn einzuwickeln?«, war die erste Frage, die Aulehner stellte.

Colina brauchte einen langen Moment, ehe sie verstand, was das bedeutete. Sie schluckte. Wenn er das wirklich für sie tun wollte ...

Ihr Arm stach und pochte.

»Im Hof liegt ein alter Teppich«, sagte sie. »Beim Gerümpel in der Nähe des Tors.« Sie hatte ihn gesehen, als sie den Handkarren parat stellte, auf dem sie ihre Sachen für die Flucht hatte verstauen wollen. Dann hatte Clara ihre Hilfe angeboten, hatte sogar noch eine Tasche mitgebracht, und weil sie zu zweit Colinas Habseligkeiten auch ohne Gefährt transportieren konnten, hatte Colina angenommen, sie werde den Wagen nicht brauchen. »Ganz in der Nähe steht ein Karren.«

»Ich hol' ihn.« Clara stürmte aus dem Raum.

Aulehner ging in die Schlafkammer, kam mit der Bettdecke wieder und schob sie unter Rupps Leiche.

Leiche. Rupp war tot. Sie hatten Rupp umgebracht. Colina und Clara.

Colina fing an zu zittern. Sie langte nach ihrem Arm. Eine neue Schmerzwelle lief durch ihren Körper. Trotzdem machte sie einen Schritt auf Rupps toten Körper zu und wollte in die Hocke gehen, um wenigstens mit ihrer guten Hand dabei zu helfen, die Leiche einzuwickeln.

»Bleiben Sie weg«, kommandierte Aulehner. »Machen Sie sich nicht voll Blut.« Er wälzte Rupp herum auf das Federbett, das den größten Teil des Bluts hoffentlich aufsaugen würde. An dem großen Fleck auf den Holzbohlen ließ sich nicht mehr viel ändern, aber es gab genug ähnliche dunkle Schatten auf dem Fußboden der Küche, deren Herkunft sich auch nicht mehr feststellen ließ. Ein umgestoßener Suppentopf, ein ungeschickt ausgenommenes Huhn – ein ermordeter Mieter?

Rupps totes Gesicht, aus dem die ganze zornige Röte plötzlich gewichen war, das jetzt weiß und breiig wirkte, verschwand in den Laken. Aulehner erhob sich aus der Hocke und klopfte sich die Hände an den Hosen ab; dabei sah er aufmerksam an sich herunter, ob er auch keine Blutflecken an seiner Kleidung hatte.

»Die Leiche muss hier weg«, sagte er. Er schaute Colina nicht an dabei. »Ich kümmere mich darum. Sehen Sie zu, dass Sie mit Fräulein Prank von hier verschwinden.«

Er sprach plötzlich reines Hochdeutsch, und in seiner Stimme lag so viel Ärger und Bitterkeit, dass Colina unwillkürlich einen Schritt zurückwich. Sie stieß mit dem Ellenbogen gegen die Spüle, und der Schmerz überflutete sie, bis sie nichts mehr sah als eine rote Wand vor Augen.

Blutrot. Irgendwo hinter dem roten Schleier schwebte Rupps weißes Gesicht.

Wahrscheinlich hatte sie einen Schmerzenslaut ausgestoßen, denn als ihr Blick wieder klar wurde, schaute Aulehner sie an. Noch immer ernst, abweisend, aber doch besorgt.

»Sie g'hören zum Arzt.« Er zuckte plötzlich zusammen und blickte sich in der Stube um. »Wo ist der Bub?«

»Draußen«, brachte Colina heraus. »Ich hatte ihn schon weggebracht. Verstehen Sie, ich wollte heute Nacht weg von hier, weg von ...« Er nickte, ungeduldig, wie ihr schien, und wendete den Blick ab. Es verstärkte nur ihr Bedürfnis, ihm alles zu erklären. »Er hat das Geld gesehen. Mein Mann, meine ich. Wir wollten das alles doch nicht, er war betrunken und ist auf uns losgegangen ...«

»Ich hab's g'sehn«, unterbrach er. Sie verstummte, aber es dauerte einen Moment, bis er aufsah. Er nickte in Richtung Fenster. »Vom Hof aus.«

»Clara hat nichts damit zu tun«, sagte Colina. »Ich war's. Ich ganz allein.«

Jetzt lächelte er. Es war ein sehr kleines, wehmütiges Lächeln, halb versteckt unter dem Schnurrbart, aber es war da. »Ich habe es gesehen«, wiederholte er. »Ich weiß, was passiert ist. Es war Notwehr. Machen Sie sich keine Vorwürfe. Sie beide nicht.«

»Und Sie?« Sie wusste selbst nicht recht, was sie mit den zwei

Silben fragen wollte: Was haben Sie vor? Was denken Sie darüber? Was für Konsequenzen wird es für Sie haben, wenn Sie uns helfen?

Er zuckte die Achseln. »Wenn ich Sie verhafte, kommt die Sache vor den Richter. Sie haben einen übel beleumundeten Beruf. Sie haben sich Ihrem Ehemann widersetzt, ihm sein Kind entzogen und sind ihm davongelaufen. Sie leben unter falschem Namen und mit gefälschten Papieren in der Stadt. Wir wissen beide, wie das ausgehen würde. Selbst wenn das Gericht die Notwehr anerkennt, wofür es trotz meiner Aussage keine Garantie gibt, wird man Sie ins Arbeitshaus stecken. Zur Besserung Ihres Charakters, natürlich. Ihr Bub müsste ins Waisenhaus.« Er schüttelte den Kopf. »Daraus ist noch nie etwas Gutes entstanden.«

Ein schleifendes Geräusch von der Treppe her. Clara schnaufte herein und zerrte den Teppich hinter sich her. Es war eher eine große braune Matte, abgewetzt, verdreckt und so schäbig, dass selbst hier in dieser armseligen Gegend niemand mehr sie in seiner Wohnung haben wollte. Sie würde groß genug sein, um das Lakenbündel, in dem Rupp steckte, vor neugierigen Blicken zu verbergen.

Clara half Aulehner, die Leiche auf den Teppich zu wälzen und das Bündel fest zu verschnüren. Colina hielt sich den Arm und sah ihnen stumm dabei zu.

Vor Schmerz wurde ihr allmählich übel, aber sie begriff, dass sie noch durchhalten musste.

Man mochte ihr ansehen, wie es ihr ging. Clara und Aulehner tauschten einen Blick.

»Helfen Sie mir noch, ihn die Treppe nach unten zu tragen«, sagte Aulehner. »Dann nehmen Sie Fräulein Kandls Habseligkeiten, holen das Kind und verschwinden. Ich erledige den Rest.« Er schaute Colina an. »Der Karren, den Sie erwähnt haben – ist er arg laut?«

Colina schüttelte stumm den Kopf. Sie hatte es ausprobiert, die Räder holperten natürlich, aber sie knarrten und quietschten zumindest nicht.

»Kommen Sie ohne den Karren zurecht?«

»Ich kann zwei Taschen tragen«, sagte Clara. »Und Colina hat noch eine gute Hand. Danach kann Maxi ihr ja etwas abnehmen.«

Aulehner nickte. »Kommen Sie. Erst die Leiche. Jeder nimmt ein Ende.«

Sie bugsierten das schwere, sperrige Bündel in die Diele und weiter ins Treppenhaus. Ihre leisen, schleifenden Schritte verhallten auf den Stufen. Colina blieb allein in der Küche zurück.

Allein mit dem Chaos im Zimmer und dem dunklen Fleck auf dem Boden.

Mit zusammengebissenen Zähnen löste sie sich von der Spüle, gegen die sie gelehnt stand. Sie rückte den Tisch wieder an seinen angestammten Platz, bückte sich und hob den umgekippten Stuhl auf.

Das Beil. Das Messer.

Sie trug beides zur Spüle und wusch sorgfältig das Blut ab, so gut es mit einer Hand eben ging. Ihr verletzter Arm schmerzte bei jeder Bewegung. Sie würde es aushalten müssen.

Sie wollte das Küchentuch auf dem Tisch ausbreiten, sah aber, dass auch auf der Platte Blutspritzer waren. Mit einem feuchten Lumpen von der Spüle wischte sie sie weg, trocknete danach Beil und Messer ab. Sie steckte das Küchenbeil in die Halterung beim Herd. Das Messer legte sie zurück in die Küchenschublade. Dann fingerte sie das Geld aus der Zigarrenschachtel, die den Tumult irgendwie überstanden hatte, ohne vom Tisch zu fallen, steckte es in die Manteltasche, klappte die Schachtel zu und ließ sie wieder hinter den Besteckkasten in die Lade gleiten, die sie sorgfältig schloss.

Die winzige Schlafkammer sah aus wie immer, bis auf das zerwühlte Bett und die fehlende Decke. Colina zog die Tür zu.

Clara und Aulehner kamen zurück. Aulehner schaute sich prüfend im Raum um und nickte.

»Lassen Sie sich eine gute Erklärung einfallen.«

»Ich hatte mir zum Abschluss des Fests noch einen Schnaps gegönnt«, sagte Colina. »Ich war beschwipst und bin auf dem Heimweg gestürzt. Fräulein Prank war so nett, mir zu helfen und mich mitzunehmen.«

»Das wird gehen.« Er warf einen letzten Blick in alle Ecken.

Clara schnappte sich die offene Tasche mit den Kleidern und klappte sie zu.

»Ich kümmere mich morgen darum, dass in der Wohnung alles in Ordnung kommt«, sagte sie. Sie schaute Colina an. »Geht's noch?«

Colina merkte, wie ihre Kräfte schwanden, aber sie nickte. Inzwischen pochten die Schmerzen in ihrem Arm so heftig, dass sie es zu hören meinte.

»Ich kann eine Tasche nehmen. Wir müssen schleunigst zu Max, der Bub ist ganz allein und wartet.« Sie wollte einen Schritt auf die Lampe zu machen, um sie zu löschen.

»Fräulein Kandl?« Sie drehte sich zu Aulehner um. Er schaute sie an, richtete sich dann plötzlich auf, legte die Hand an die Stirn und salutierte.

Die Geste, so feierlich und zeremoniell, verwirrte sie einen Moment, bevor sie begriff, was er damit ausdrücken wollte: Soldaten salutierten vor ihren Vorgesetzten. Vor Leuten, denen sie Hochachtung zeigen und Ehre erweisen wollten. Sicher nicht dagegen vor einem Biermadl, das Krüge schleppte und sich an Brust und Hintern fassen ließ.

Vor ihr tat er es.

Der Moment schmeckte bittersüß. Gut, dass der Schmerz Colina sowieso längst die Tränen in die Augen getrieben hatte. Denn in der Geste lag natürlich noch etwas anderes: Es war ein Gruß. Ein Abschied. Voller Respekt, aber dennoch ein Abschied.

Aulehner mochte ihr helfen, er mochte sogar Verständnis haben für das, was sie getan hatte, aber er war Polizist, und Colina hatte soeben einen Menschen getötet. Er konnte sich nicht länger abgeben mit einer Mörderin.

Eine Mörderin. War das jetzt, was sie war?

Colina starrte auf den Fußboden, auf die Stelle, an der Rupps Gesicht zwischen Stoffschichten verschwunden war. Tot. Umgebracht. Sein Blut an Colinas Händen. Was sonst als eine Mörderin sollte irgendjemand in ihr sehen?

Machen Sie sich keine Vorwürfe, hatte er gesagt. Keine Vorwürfe. Er hatte salutiert vor ihr. Aber bleiben konnte er nicht mehr, als ein anständiger Mensch.

Sie nickte ihm zu, und er drehte sich um und ging die Treppe hinunter.

Als Clara und Colina mit den Taschen unten ankamen, war er mit dem Karren bereits fort. Irgendwo im Dunkel glaubte Colina noch das Geräusch der Räder zu hören.

Von irgendeiner Turmuhr schlug es halb zwei Uhr morgens.

Natürlich war der Karren laut. Jedes Geräusch hallte doppelt in der Nacht. Der tote Ehemann wog schwer, das Gewicht drückte die Räder fest aufs Pflaster. Aber in dieser Ecke wunderte man sich vermutlich nicht über Betriebsamkeit zu nächtlicher Stunde.

Hoffentlich.

Wenn er jetzt erwischt wurde, dachte Aulehner, wenn er zufällig einem Kollegen auf Streife begegnete, war er geliefert. Dann hatte er auch seine letzte Chance vertan, konnte er sich gleich mit dem Revolver das Licht ausblasen.

Wahrscheinlich hätte er sich jetzt fragen sollen, weshalb er sich immer wieder in solche Situationen brachte. Wegen einer Frau, die er im Grunde kaum kannte. Die er, nach dem, was geschehen war, sicher nicht mehr wiedersehen konnte.

Wahrscheinlich war es ohnehin besser, wenn diese Geschichte endete, bevor sie begonnen hatte. Hätte er je umgehen können mit Colinas Vergangenheit? Mit dem Leben, das sie führte? Selbst wenn er es gelernt hätte – die Leiche, die er gerade in einem Handkarren hinter sich her zog, ließ sich vielleicht fortschaffen, aber nicht wegdiskutieren. Wie hätten sie jetzt noch miteinander umgehen sollen? Und mit der Scham? Konnte man einander noch in die Augen schauen, wenn man gemeinsam einen erstochenen Ehemann beiseitegeschafft hatte?

Dieser Ehemann würde als Toter genauso zwischen ihnen stehen, wie er es als Lebender getan hatte. Sie hatte das begriffen, das hatte er ihr angesehen.

Aus irgendeinem Grund machte der Gedanke ihn so wütend, dass er die Leiche am liebsten wieder aufgeweckt hätte, nur um sich Rupprecht Mair noch einmal vorknöpfen zu können.

Soweit es ging, vermied er die Lichtkreise der Straßenlaternen. Zum Glück musste er seinen Karren nur durch zwei Gassen ziehen, dann näherte er sich dem feuchten Gelände entlang der Isar. Hier gab es nichts außer Gestrüpp, Schutt und ein paar windschiefen Häusern. Alles lag im Dunkel, nur auf dem Wasser spiegelten sich einzelne Lichter.

Hoffentlich hatte Clara Colina schon zum Arzt gebracht. Der Arm hatte übel ausgesehen.

Und dann? Colina mochte lachen, singen und auf Tische steigen, aber sie war niemand, der die Dinge leicht nahm. Falls überhaupt jemand so eine Sache leichtnehmen konnte. Sobald der erste Schock abgeklungen war, würden ihre eigenen Gedanken Colina überfallen. Die Erinnerungen, die Bilder. Colina war, so viel wusste er inzwischen, jemand, der sich kümmerte, gewohnt, Verantwortung zu übernehmen für das, was in ihrem Leben geschah. Selbst für einen Ehemann, der ein Monster gewesen war.

Einen Ehemann, der nun, durch ihre Mitschuld, tot war.

Nein, sie würde es sich nicht leichtmachen.

Der Karren ratterte über die Schlaglöcher. Am meisten Angst hatte er vor dem Gang über die Wittelsbacherbrücke. Hier patrouillierten gern die Kollegen und kontrollierten, wer den Fluss überquerte. Er hielt beim Näherkommen mehrmals an und lauschte. Niemand war da, niemand hielt ihn auf. Nach dem Oktoberfest schien ganz München in seligen, erschöpften Schlaf gefallen zu sein.

Bis zum Schlachthof zu gelangen, war danach ein Kinderspiel. Selbst das seitliche Tor in der Mauer war einfach zu öffnen; schließlich sollte es vor allem flüchtende Tiere drinnen, nicht streunende Gendarmen draußen halten. Mit ein wenig Verrenkung ließ der Riegel sich mühelos von der Straße aus aufschieben.

Die Tonnen waren riesig, stanken zum Himmel und waren bei Tag vermutlich von Wolken schillernder Fliegen umschwirrt. Im Moment sah Aulehner nur einige Ratten, die bei seinem Näherkommen das Weite suchten. Es gab Trittleitern. Aulehner nutzte eine, um den Deckel einer Tonne aufzustoßen. Einer neuer Schwall übler Gerüche hüllte ihn ein.

Die Leiche Rupprecht Mairs über den Rand zu stemmen, kostete ihn zwei Anläufe und alle Kraft. Dumpf klatschte das schwere Bündel in die Fleischabfälle, hinein zwischen Gedärme und sonstige nicht verwertbare Reste.

Natürlich würde man die Leiche finden; vermutlich sogar bald. Aber hoffentlich würde man sie nicht mehr identifizieren können. In jedem Fall würde es den genauen Zeitpunkt der Tat verschleiern und die Verbindung zur Ehefrau, die mit ihrem gebrochenen Arm unmöglich ein derartiges Verbrechen hätte begehen können, unwahrscheinlich machen.

Aulehner zog den Deckel zu und zerrte seinen Karren zurück auf die Straße. Er musste ihn zurückbringen, sagte er sich. Den alten Teppich und die Bettdecke würde kaum jemand vermissen, aber das Fehlen des Karrens konnte auffallen.

Es ging auf drei Uhr morgens, als er den Karren in den Hof zurückschob. Alles war still. Zu Colinas Fenster schaute er nicht hinauf.

44.

Zu leben lernen

Es dauerte eine ganze Woche, ehe man ihm auf die Schliche kam. Immerhin. Als Aulehner am folgenden Tag wach wurde und erstmals darüber nachdachte, was er getan hatte, hatte er Eder ungefähr drei Tage eingeräumt, um sich alles zusammenzureimen.

Er hätte Eder inzwischen besser kennen sollen. Der Inspektor arbeitete geduldig und sorgfältig.

Eder begrüßte ihn an diesem Morgen freundlich wie stets – ja, sogar ein wenig freundlicher, dachte Lorenz, mit einem Lächeln, das regelrecht verschmitzt wirkte. Erst als Aulehner sich hinter seinem Schreibtisch niedergelassen hatte, stand Eder auf, zog aus einer Schublade ein Dokument sowie einen schmalen Stapel Papiere und kam damit zu ihm herüber.

»Ich hab' etwas für Sie«, sagte er. Noch immer lächelnd. »Eigentlich schon ein paar Tage alt, aber mir ist bis jetzt etwas dazwischengekommen.«

Es war Aulehners offizielle Versetzung zur Kriminalabteilung. Gestempelt und unterzeichnet. Sie trug das Datum von letzter Woche.

Aulehner atmete heftig aus. Inzwischen hatte er die Hoffnung – falls er denn je wirklich zu hoffen gewagt hatte – längst aufgegeben.

Plötzlich hatte er tatsächlich einen Weg vor sich. Eine Aufgabe, womöglich sogar eine Zukunft.

Unwillkürlich kam ihm Colina in den Sinn. Bisher hatte er sich versagt, nach ihr zu sehen. Das war vorbei, das musste vorbei sein, hatte er sich gesagt. Aber mit wem sonst sollte er seine Freude teilen?

Er schob den Gedanken weg und blickte von der Urkunde auf in Eders lächelndes Gesicht.

»Ich habe noch einmal Druck gemacht«, schmunzelte Eder. »Und versucht, gewisse Zweifel an Ihrer Eignung auszuräumen. Die hohen Herren glauben ja immer, die Probleme von unsereins könnten warten. Aber ich werd' nicht jünger, und ich habe nicht vor, auf meinem Stuhl zu sitzen, bis ich vom Stangerl falle. Ich gratuliere, Lenz.«

»Danke, Inspektor.« Es galt sowohl den Glückwünschen wie Eders Einsatz, und der Inspektor begriff das gut.

»Keine Ursache, rein egoistische Motive. Und nachdem S' jetzt offiziell bei uns angestellt sind, hätt' ich auch gleich den ersten Fall für Sie.« Er legte die Papiere so vor Aulehner hin, dass dieser sie lesen konnte, und stemmte die Hände auf den Rand von Aulehners Tisch. »Leichenfund am Schlachthof. Männlich. Mehrere Stichwunden. Identifiziert als ein Rupprecht Mair, wohnhaft in Wetting, ehemaliger Fahrradvertreter, wegen Trunkenheit entlassen und seitdem Privatier, verheiratet mit Colina Mair, Vater eines Sohns. Bereits seit mehreren Wochen in seinem Heimatort abgängig, aber nicht als vermisst gemeldet. Ich dachte, Sie könnten sich vielleicht darum kümmern.«

Lorenz schaute nicht auf. Die Schrift des Berichts verschwamm vor seinen Augen.

Das war es dann gewesen, dachte er. So nahe dran.

»Ein eigenartiger Name, nebenbei bemerkt«, sagte Eder irgendwo über seinem Kopf. »Colina. Hört man selten.«

Wut verdrängte für einen Moment die Scham. Lorenz blickte auf und dem Inspektor in die Augen. Genug war genug. Eder konnte ihn hinauswerfen, ihn festnehmen lassen. Aber es war nicht notwendig, dass er Spielchen mit ihm spielte.

In Eders Brillengläsern brach sich das Licht vom Fenster.

»Nach allem, was die bisherigen Ermittlungen ergeben haben«, sagte er langsam, »war dieser Rupprecht Mair ein äußerst zwielichtiges Subjekt. Eine ellenlange Liste von Einträgen. Betrügereien, Sachbeschädigungen, aber vor allem Körperverletzung. Schlägereien in Wirtshäusern machen einen großen Anteil aus. Nach Aussagen der Nachbarn war er ein Säufer, der Frau und Kind so lange misshandelte, bis er beide aus dem Haus trieb.« Er richtete sich gemächlich auf und blickte auf Aulehner hinunter. »Es sollte mich nicht wundern, würden Sie herausfinden, dass der Mann sich in München mit den falschen Leuten eingelassen hat, besoffen in einen Streit geraten und dabei erstochen worden ist.«

Aulehner saß wie erstarrt da. Es dauerte mehrere Herzschläge, ehe er begriff, was Eder ihm anbot.

Er schaute auf die Papiere, dann bewegte er unmerklich den Kopf hin und her und wollte sie wieder zu Eder hinüberschieben.

»Ich glaube nicht, dass ...«

»Doch«, sagte Eder. In einem Tonfall, der keinen Widerspruch duldete. »Sie *werden* sich um diesen Fall kümmern, Lenz. Weil ich es nämlich nicht tun werde. Ich muss auch an mich und an meine Frau denken. Ich hab' eine gute Pension zu verlieren.«

»Dann sollten Sie mich wahrscheinlich ...«

»Lenz!« Eder sah ärgerlicher aus, als Lorenz ihn je erlebt hatte. Er wandte sich ab und tat die paar Schritte, die man in diesem Büro tun konnte, bevor er zurückkehrte und erneut die Hände, breit auseinander, auf der Platte von Aulehners Schreibtisch aufstemmte.

»Wissen Sie eigentlich, wer Sie mir als Erster empfohlen hat?«

Er schüttelte stumm den Kopf.

»Der Gschwendtner«, sagte Eder. Aulehner musterte ihn ungläubig. Sein alter Vorgesetzter in Landshut?

»Sie machen Witze«, sagte er. »Er und ich waren nicht gerade die besten Freunde.«

»So ähnlich hat er das auch gesagt.« Sein Schmunzeln kostete ihn diesmal sichtbar Mühe, aber es war da. »Um genau zu sein, er hat gesagt, Sie seien der größte Depp, den er je in seiner Truppe gehabt hätte. Aber er hat auch gesagt: ›Wenn der sich endlich einmal traut, dass er die Augen aufmacht und herausfindet, was er will, dann wird das ein Guter.‹ Daran hab' ich mich erinnert.« Er musterte Aulehner. »Dann habe ich mir Ihre Akte kommen lassen und nachgeschaut, was es mit Ihnen auf sich hat. Und bin auf die Geschichte mit diesem Leutnant gestoßen. War nicht einfach, herauszubekommen, was genau passiert war; aber man ist ja nicht umsonst einmal beim Sechsten Regiment gewesen. Es gab noch genügend Leute, die sich an den Fall erinnert haben.« Er zuckte die Achseln.

»Und da hab ich's gewusst: Das ist der Richtige. Der könnte das. Wenn er will.«

Aulehner senkte den Blick wieder auf die Papiere. Konnte er das, jetzt immer noch? Nachdem er gegen alle Prinzipien verstoßen hatte?

»Ich gebe zu, ich war verunsichert«, sagte Eder. »Als ich von diesem Leichenfund hörte, meine ich. Deshalb die Verzögerung. Aber inzwischen ... Ich denke, es spielt keine Rolle, Lenz.«

»Ich habe nur ...«

»Ich kann's mir denken.« Eders Gesicht hatte wieder einen strengen Ausdruck angenommen. »Wenn ich annehmen müsste, Sie steckten tiefer in der Sache drin, könnten Sie sich längst Anahus alte Zelle von innen anschauen. Ich *habe* das überprüfen lassen.« Die Strenge verschwand. »Schaut aus, als wären an diesem Montagfrüh jede Menge Leute unterwegs gewesen. Der Hiebinger hat beim ›Oiden Deibe‹ ein Bier getrunken, dabei hat er erfahren, die neue Chefin sei in stockfinsterer Nacht mit der Lochner-Lina nach Hause gekommen. Die Lina habe einen gebrochenen Arm und müsse einen schlimmen Unfall gehabt haben; sogar an der

Chefin seien noch Blutspritzer gewesen.« Er ließ keinen Blick von Aulehners Gesicht. »Sie sind auch mitten in der Nacht noch einmal ausgegangen, das sagt zumindest Ihre Hauswirtin. Was mich vermuten lässt, dass Sie schon angefangen haben, sich mit diesem Fall zu beschäftigen. Also bitte übernehmen Sie ihn auch offiziell. Und bringen Sie ihn so zu Ende, dass wir ihn zu den Akten legen können.«

Aulehner nickte. Er wusste nicht, was er empfand. Erleichterung? Beschämung? Dass Eder ihn deckte, war nicht nur mehr, als er erwartet hätte, es war im Grunde mehr, als er sich selbst zugestand. Er hatte, als Polizist, als jemand, der Verbrechen verhindern und aufklären sollte, ein Verbrechen vertuscht und die Täter entwischen lassen. Er selbst war der Erste, der dafür eigentlich Strafe erwartet hätte.

Eder richtete sich auf. »Das werden S' lernen müssen, Lenz. Mit dem umzugehen, was man im Leben getan hat.«

»Kann man des?«

»Irgendwann.« Ein nachdenklicher Blick. »Und jetzt reden S' nimmer lang, noch bin ich Ihr Vorgesetzter. Ich hab' Ihnen gerade eine Arbeit hingelegt, wenn mich nicht alles täuscht.« Er drehte sich um und ging zurück zu seinem Schreibtisch. »Übrigens, falls ich's noch nicht gesagt hab': Herzlich willkommen in der Kriminalabteilung.«

Colinas Arm steckte in einem Gipsverband und hing in einer Schlinge. Die Schmerzen ließen sich seitdem aushalten, und Maxi hatte eine ganze Weile fasziniert auf den Gips geklopft, dem hohlen Geräusch gelauscht und sich von Colina versichern lassen, dass es ihr überhaupt nicht weh getan habe.

Inzwischen war er drüben beim Vorarbeiter Vitus im Sudhaus. Oder im Hof und spielte mit den jungen Katzen, die dort hinter fallenden Blättern her jagten. Wie gut es tat, sich einfach zurückzulehnen, keine Angst um das Kind zu haben und sich keine Sorgen machen zu müssen.

Nur die Nächte waren schlimm. Die erste Nacht und noch den halben nächsten Tag hatte Colina, dank der Morphinspritze des Arztes, in tiefem Schlaf verbracht, der eher einer Betäubung ähnelte.

Die Träume kamen erst seit der zweiten Nacht. Sie würden besser werden, sagte sich Colina. Irgendwann. Das Bild von Rupps weißem Gesicht, das zwischen den noch weißeren Bettlaken verschwand, begann in ihrer Erinnerung bereits undeutlicher zu werden.

Sie würde es hinter sich lassen. Sie *hatte* es hinter sich gelassen.

Clara hatte ohne ein Wort getan, was zu tun war. Hatte den Blutfleck in Colinas Küche von den Bohlen geschrubbt und anderes Bettzeug aufgelegt. War zu Lochner gefahren und hatte ihm gesagt, seine neue Oberkellnerin habe sich den Arm gebrochen und werde leider eine Weile ausfallen; sie, die neue Wirtin vom Deibelbräu, habe Colina einstweilen zur Pflege bei sich aufgenommen.

Colina wusste nicht, wie sie das Clara je zurückzahlen konnte. Als sie ihre Dankbarkeit in Worte fassen wollte, hatte Clara ihr den Mund zugehalten.

»Es gibt nichts, worüber man reden müsste. Du hattest einen bösen Unfall, du bist meine Freundin, natürlich helfen wir dir.«

Vielleicht nahm Clara an, sie müsse sich das nur lange genug selbst vorsagen, damit es wahr wurde. Träumte auch sie schlecht in der Nacht? Jedenfalls ließ sie es sich nicht anmerken.

Aber sie hatte ja auch ihren Roman.

Mittlerweile war Colina selbst bei Lochner gewesen, um ihm zu sagen, sie werde die Stelle nach ihrer Gesundung antreten wie ausgemacht. Der Stammtisch hatte sie mit Begeisterung begrüßt und sie wegen des unglücklichen Sturzes bedauert. An der Wand neben dem Eingang hing ein gerahmtes »Lochner-Lina«-Plakat.

Es war vorbei, dachte Colina und konnte es noch immer nicht

glauben. Die dauernde Furcht, die so sehr Teil ihres Lebens geworden war, lag nicht mehr wie ein Bleigewicht auf ihren Schultern. Sie brauchte nicht zu fliehen, musste nicht mehr davonlaufen, musste nichts von dem aufgeben, was sie sich so hart erkämpft hatte. Sie konnte die Stelle bei Lochner behalten und ihr fixes Gehalt, sogar ihre Wohnung, falls sie das wollte, sie konnte Max zu sich nehmen und ihn zur Schule schicken. Rupp würde nie wieder auftauchen können, um sie zurückzufordern und ihr das Leben zur Hölle zu machen.

Außer in Colinas Träumen. Und damit würde sie zu leben lernen.

Alles hätte perfekt sein können. Wären da nicht die Diskussionen im Hinterzimmer des »Oiden Deibe« gewesen, denen sie lauschte.

»Ich möchte nicht, dass er da hineingezogen wird«, hörte sie sich sagen. Sonst hörte es offenbar niemand; ihre Stimme verhallte ohne Reaktion.

»Ich bin sicher, es ist Stifter.« Romans Tonfall war leidenschaftlich. »Der Bauer, bei dem Clara und ich gearbeitet haben, hat es beinahe direkt gesagt. Eine der großen Brauereien, eine der *größten*, das waren seine Worte. Ich habe das Bier der Kapitalbrauerei verkostet. Sie sind doch vom Fach, Prank, probieren Sie's selbst. Man schmeckt es, wenn man es weiß.«

Bier. Natürlich ging es um Bier. Colina dachte an Maxi.

»Erklären Sie mir noch einmal, inwiefern uns das weiterhelfen sollte, Hoflinger«, sagte Prank. Wie seltsam es war, diese zwei Männer im selben Raum vor sich zu sehen, jeder darauf bedacht, gegenüber dem anderen im Vorteil zu bleiben, aber ihn doch nicht zu verstimmen, weil er ihn brauchte. Clara hatte Colina die neuen Verhältnisse erklärt: Die Pranks und die Hoflingers taten sich zusammen. Roman hatte das einzige Hindernis beseitigt und seine Mutter endgültig in eine Anstalt einweisen lassen, obwohl die Ärzte sich, was den Geisteszustand Maria Hoflingers anging, nicht einig waren.

Colina schauderte bei dem Gedanken. Sie wusste nicht viel über das, was in solchen Häusern vor sich ging. Aber was sie wusste, involvierte elektrische Stromschläge, stundenlange Bäder in eisigem und heißem Wasser und Fesselung an Stühle, die im Boden festgeschraubt waren.

Konnte ein Sohn seiner Mutter so etwas antun?

Clara und Roman würden heiraten. Schwiegervater und Schwiegersohn würden dann eine gemeinsame Firma gründen und die Deibel-Brauerei ausbauen, um im nächsten Jahr eine der Bierburgen auf dem Oktoberfest betreiben zu können. Jeder von ihnen hielt neunundvierzigeinhalb Prozent der Anteile; das letzte Prozent hielt Clara. Eine wunderbare juristische Grundlage für eine glückliche Ehe.

Colina sagte sich, sie sei eben eine zu romantische Henne, um die Schönheit solcher Arrangements zu würdigen. Wenn sie sich ansah, mit welchem Misstrauen Roman Hoflinger und Curt Prank einander nach wie vor musterten, konnte sie freilich nicht bestreiten, wie notwendig die Maßnahme war.

Es gab nur ein Problem bei diesen Plänen: Sämtliche Plätze auf dem Oktoberfest waren von den sieben Münchner Großbrauereien besetzt. Roman und Prank mussten eine davon ausschalten, um ihre neue Brauerei auf das nächstjährige Oktoberfest zu bringen.

»Nach dem, was dieser Bauer uns erzählt hat«, berichtete Roman, »liefern mehrere Höfe regelmäßig Zuckerrüben an eine große Münchner Brauerei. Das kann nur bedeuten, dass diese Brauerei bei der Herstellung Zuckerrübenmelasse verwendet – ein eindeutiger Verstoß gegen das Reinheitsgebot.«

»Ich wiederhole mich, Hoflinger: Inwiefern nützt uns das?«

»Es ist das *Reinheitsgebot*!« Roman schien fassungslos über Pranks Unverständnis. »Es gibt eine Menge Dinge in Bayern, die man einem Bierbrauer durchgehen lässt. Aber einen Verstoß gegen das Reinheitsgebot? Niemals! Wenn wir Stifter – und ich bin sicher, es ist Stifter! – das nachweisen können, dann haben die anderen Brauer keine Wahl, als ihn auszuschließen. Einen solchen Verstoß können sie nicht hinnehmen, und sie werden dazu auch keine Lust haben.« Er setzte ein Lächeln auf und zupfte die Augenklappe zurecht. »Vergessen Sie nicht: Stifter ist ein *Zuagroaster*.«

Prank lachte grimmig. »Ja, ich meine mich zu erinnern, dass das hierzulande eine gewisse Rolle spielt.«

»Alles, was dafür notwendig ist«, mischte Clara sich zum ersten Mal ein, »ist ein Beweis.« Sie schaute Colina an und lächelte ein Lächeln, das ihre Augen nicht erreichte. »Und dafür brauchen wir deinen Gendarm.«

Colinas Gendarm. Wann war er das denn geworden? Sie wusste es natürlich: In dem Moment, als er sich entschlossen hatte, den Mord an Rupp zu vertuschen. Oder Totschlag? Man sagte wohl Totschlag; es klang so viel freundlicher.

»Gibt es gar keine andere Möglichkeit?«

»Ich habe die Kinematografentruppe vom Oktoberfest engagiert«, sagte Roman. »Wenn wir Bilder aufnehmen können davon, wie Stifter Bier panscht, haben wir alles, was wir brauchen, um ihn vom Oktoberfest zu verdrängen. Aber wir müssen mit dem Apparat und den Leuten aufs Gelände von der Kapitalbrauerei kommen.«

»Und deshalb brauchen wir den Gendarm«, ergänzte Clara und schaute wieder Colina an. »Er kann uns bestimmt auf das Brauereigelände bringen.«

Wenn er wollte. Und das würde er nur, wenn Colina ihn bat.

Es war so ungerecht, dachte sie. Aulehner hatte sich ihnen gegenüber so anständig gezeigt. Er hatte seine Stellung für Colina riskiert. Und, so weit glaubte Colina ihn durchschaut zu haben, er hatte, als er die Leiche verschwinden ließ, wahrscheinlich etwas getan, was er sich selbst nicht leicht vergeben würde. Vermutlich lag darin der eigentliche Grund, weshalb er Colina nicht mehr sehen wollte.

»Er hat ganz offensichtlich genug Interesse an dir«, sagte Clara. Sie sprach den Nachsatz nicht aus: genug, um schon einmal gegen sämtliche Prinzipien zu verstoßen. Warum also nicht ein zweites Mal?

»Ich kenne ihn kaum«, sagte Colina. Und sie würde ihn auch nicht weiter kennenlernen, wenn sie seine Geste beim Abschied richtig gedeutet hatte. »Er setzt wahrscheinlich alles aufs Spiel, wenn er uns noch einmal hilft. Ich möchte ihn nicht weiter hineinziehen.«

»Er steckt doch längst drin«, hielt Clara dagegen. Colina spürte, dass sämtliche Blicke auf sie gerichtet waren. Sie fragte sich, wie viel sie alle wussten von dem, was geschehen war. Roman war von Clara wohl ins Bild gesetzt worden, Prank eher nicht, seiner skeptischen Miene nach.

Letztlich konnte Colina sich weigern, wie sie wollte. Es würde sie nicht viel Zeit kosten, seinen Namen herauszufinden.

»Aulehner«, sagte sie. »Oberwachtmeister Lorenz Aulehner.«

45.

Hopfen, Wasser und Malz

»Sie haben absolut kein Talent dafür, Leute zu beschatten, Hoflinger. Hat Ihnen das schon jemand gesagt?«

Aulehner erwartete Roman Hoflinger hinter einem Hauseck. Der Bursche, unverkennbar mit seiner Augenklappe, war in einem spiegelnden Schaufenster hinter Lorenz aufgetaucht, kurz nachdem dieser sich auf den Heimweg gemacht hatte. Seitdem schlich er hinter ihm her – ebenso unauffällig, wie er damals hinter Colina her geschlichen war.

Genau, was Aulehner heute noch gefehlt hatte.

Roman machte ein verdutztes Gesicht, fing sich jedoch schnell.

»Wir brauchen Ihre Hilfe«, sagte er. »Bei der Aufklärung eines Verbrechens.«

»Dann kommen Sie morgen auf die Wache und machen Sie eine Anzeige. Jetzt habe ich Feierabend.« Aulehner wandte sich ab, aber Hoflinger umrundete ihn und stellte sich ihm in den Weg.

»Es ist dringend. Wenn wir auf amtlichem Weg etwas ausrichten könnten, hätten wir das doch längst getan.«

Er sollte einfach an ihm vorbeigehen, dachte Aulehner. Stattdessen hörte er sich selbst fragen: »Wer ist ›wir‹?«

»Meine Frau, mein Schwiegervater und ich.« Roman machte eine Pause. »Und Fräulein Kandl.«

Eigentlich hatte er doch gewusst, dass Hoflinger das sagen würde, dachte Lorenz.

Was mochte passiert sein? War man Clara und Colina auf die Schliche gekommen?

»Ich komme«, sagte er.

Was war er doch für ein Depp!

Er saß mit verschränkten Armen und verschlossener Miene am Tisch, Colina ihm schräg gegenüber, zwischen ihnen am Kopfende Roman und Clara. Prank stand. Von der Wand der Gaststube schaute eine Fotografie von Ignatz und Maria Hoflinger. Aus der Brauerei roch es nach Malz.

»Erstatten Sie eine Anzeige«, sagte er. Schon zum zweiten Mal, seitdem Roman ihm erklärt hatte, worum es ging. »Dafür gibt es die Polizei.«

»Sie wissen so gut wie wir, dass es zu nichts führen würde«, widersprach Clara. »Man würde Stifter warnen oder die Anzeige unter den Tisch fallen lassen. Wer will sich schon mit der mächtigsten Brauerei von München anlegen?«

»Ich mit Sicherheit nicht«, antwortete er trocken. »Ich habe nicht die geringste Lust, mich in die Machtkämpfe zwischen Ihnen und Stifter hineinziehen zu lassen.«

»Die Frage wird nicht sein, ob Sie Lust haben«, hielt Roman dagegen. »Die Frage wird sein, ob Sie es vermeiden können.« Er schaute von Colina auf Clara.

Colina reichte es. Sie stand abrupt auf, trat ans Fenster, schlang die Arme um sich und schaute hinaus. Maxi half dem Vorarbeiter dabei, irgendwelches Gerät über den Hof zu tragen.

Dass es nie genug war. Dass die Leute nie zufrieden sein konnten?

Clara stand plötzlich hinter ihr und legte ihr eine Hand auf die Schulter. Colina wandte den Kopf und schaute ihr ins Gesicht. Claras Augen waren groß und dunkel, Schatten lagen darunter.

Doch, wahrscheinlich schlief auch Clara schlecht in letzter Zeit.

»Versteh uns doch bitte«, sagte sie leise. »Wir brauchen diesen Platz auf dem Oktoberfest. Sonst werden wir nie sicher sein, ob die Brauerei überlebt. Und mit Stifter trifft es doch keinen Falschen.«

»Sie sollten stolz sein, einen wie den ausschalten zu können«, hieb Roman in dieselbe Kerbe; allerdings redete er mit Aulehner. »So viel Dreck am Stecken wie der hat.«

Colina drehte sich gerade rechtzeitig um, um noch den langen Blick beobachten zu können, den Aulehner nach Romans Worten auf Prank warf. Dieser schien davon eher amüsiert als verärgert.

Aulehners Blick glitt weiter zu Colina, und dieses Mal wich sie ihm nicht aus.

Clara hatte recht. Sie konnten sich nicht mehr heraushalten. Sie hatten sich zu tief in diese Geschichte verstrickt.

»Schaut so aus, als ob wir wirklich einen brauchen, der einem Einbrecher die Leiter hält«, hörte sie sich sagen. Um seine Lippen zuckte es, halb spöttisch, halb wehmütig, und – ja, vielleicht auch ein bisschen geschmeichelt und abenteuerlustig.

»Was genau wollen Sie von mir?«, fragte er.

Anatol Stifter schien sich in den letzten Tagen erholt zu haben; er ruhte wieder in seiner üblichen Aura kühler Unantastbarkeit. Aulehner vermutete, die Bilanz des Oktoberfests sei für die Kapitalbrauerei trotz allem positiv ausgefallen. Auf Aulehners Frage hin lehnte er sich in seinem Sessel zurück und verschränkte die Hände auf der Tischplatte.

»Drohungen erhalten wir sogar mit einer gewissen Regelmäßigkeit, Herr Oberwachtmeister, weswegen wir ihnen normalerweise nicht allzu viel Bedeutung beimessen. Natürlich sind auch wegen der angekündigten Preiserhöhungen Drohbriefe eingegangen. Sie sind ja von hier, Sie wissen ja, was für ein heikler Punkt der Bierpreis in Bayern ist. Wir hätten uns darauf beschränkt, das Brauereigelände öfter zu kontrollieren, aber natürlich sind wir dankbar für zusätzlichen Schutz durch die Gendarmerie. Zumal wenn, wie Sie sagen, Ihnen konkrete Hinweise vorliegen.«

»Die habe ich allerdings«, sagte Aulehner. »Es scheint, als seien größere Machenschaften im Gange; man plant einen Anschlag auf die Aktienbrauerei, der deutlich mehr bedrohen könnte als nur die Fensterscheiben Ihrer Sudhäuser.« Das war nicht gelogen. Wenn Roman Hoflingers Plan aufging, würde er Stifters Unternehmen aus dem Geschäft drängen und Stifter selbst um seine Stellung bringen. »Daher bitten wir darum, einen Posten auf dem Gelände der Brauerei einrichten zu dürfen, um diese Leute dingfest zu machen.«

Stifter nickte. »Erfreulich zu hören, dass die Polizei wachsam ist. Man wird Sie gern über das Gelände führen, damit Sie sich einen Überblick verschaffen können. Bitte wenden Sie sich mit allem, was Sie benötigen, an die Pförtner am Haupttor.«

Ohne weiteren Gruß widmete er sich wieder den Papieren, die auf seinem Schreibtisch lagen. Aulehner begriff, dass er entlassen war.

Clara Prank hatte wohl recht: Es traf keinen Falschen.

Der Pförtner einige Stunden später brummelte, als Aulehner das rückwärtige Tor aufsperrte und die schwer bepackte Mannschaft aus dem Kinematografenzelt, verstärkt durch zwei Burschen aus der Deibel-Brauerei, an sich vorbei aufs Gelände ließ.

»Wo wollen S' denn hin mit dem ganzen G'raffel?«

»Ich habe bei meiner Inspektion heute einen Schuppen gesehen, der dem Sudhaus schräg gegenüberliegt. Ihr Kollege hat mir versichert, wir könnten dort für diese Operation unser Hauptquartier aufschlagen, ohne jemanden zu stören.«

Der Pförtner nickte, grimmig, aber doch. »Ja, das geht. Sperren S' aber wieder ab, wenn Sie gehen.« Er nestelte einen Schlüssel von seinem Bund und drückte ihn Lorenz in die Hand.

Der Schuppen war düster und muffig, hatte aber eine Besonderheit: eine Leiter führte auf einen Boden, und von dort eine schmale

Tür auf eine Art Außengalerie, einen hölzernen Balkon, der den Hof vor den Sudhäusern überblickte.

Es war der perfekte Platz. Zumindest wenn Aulehner den vermutlichen Ort der Panscherei richtig erraten hatte.

Roman Hoflinger hatte ihm gesagt, auf was er achten musste. Zuckerrüben wurden zum Maischen geschnitzelt – mit Sicherheit würde davon noch etwas herumliegen. Man brauchte Platz, man brauchte viel Brennstoff, und man brauchte große Kessel. Daran hatte Aulehner sich bei seiner Inspektion am Nachmittag orientiert. Ein paar verräterische Pflanzenreste glaubte er gesehen zu haben, in einer Ecke vor dem Eingang des ersten Sudhauses.

Als es dunkel wurde, machte er in Begleitung eines Brauburschen eine Runde über das Gelände. Auf dem Hof wurde noch eifrig gearbeitet. Zu Aulehners Überraschung befand sich Stifter persönlich unter den Leuten. Wenn der Herr Aktienvorstand sich in der Nähe der Sudkessel herumtrieb, bedeutete das, dass sie auf der richtigen Fährte waren? Wahrscheinlich rechnete Stifter nicht damit, die Polizei schon heute im Haus zu haben. Wollte er seine Machenschaften abschließen, bevor sie eintraf? Selbst ein bloßer Gendarm, der vom Bierbrauen nichts verstand, könnte sich doch darüber wundern, wenn auf dem Gelände der Aktienbrauerei Zuckerrüben eingekocht wurden.

Die nächtlichen Aktivitäten konzentrierten sich rund um den großen Hof vor den Sudhäusern. Am seitlichen Tor dagegen war weit und breit kein Mensch zu sehen. Der Braubursche hielt die Laterne in die Höhe, als Aulehner aufsperrte. Roman Hoflinger und sein Vorarbeiter huschten wie die Katzen aus der Nacht. Trotz aller Einwände Aulehners hatte Hoflinger sich nicht ausreden lassen, selbst bei dem Streich dabei sein zu wollen.

Dies war sein Unternehmen. Oder seine Rache.

Aulehner verschloss das Tor und ging zurück zum Schuppen. Die anderen folgten.

Ganz hatte er sich noch immer nicht mit dem Gedanken ausgesöhnt, Prank und Hoflinger bei ihrem Plan zu helfen. Letztlich benutzten diese beiden ihn nicht anders, als Urban und Stifter es getan hatten. Immerhin galt es hier, ein wirkliches Vergehen aufzuklären.

Über den wahren Grund, weswegen er hier war, wollte er sowieso nicht nachdenken.

Sie hatte blass ausgesehen, übermüdet und erschöpft.

Im Schuppen hielt nur noch einer der Burschen Wache. Roman Hoflingers Augen funkelten im Licht der Laternen, als er sich umschaute. Die Kiste war bereits ausgepackt, Strohhalme lagen herum. Aulehner deutete mit dem Kinn auf die Leiter und folgte Hoflinger hinaus auf den Balkon.

Kühle Nachtluft, Feuerschein und Brandgeruch schlugen ihnen entgegen. Die beiden Franzosen hatten den Apparat so aufgebaut, dass man den Hof überblickte; der Chef der Truppe flüsterte ihnen Anweisungen zu. Der hölzerne Balkon mit seinem hohen Geländer lag weitgehend im Dunkel; ohne den flackernden Lichtschein wäre die Nacht stockfinster gewesen. Die Feuer auf dem Betriebshof brannten ruhig und mit wenig Qualm; der Geruch der Scheite mischte sich mit dem der zähflüssigen Masse, die in mehreren großen Kesseln vor sich hin köchelte. Das Tor eines Lagerhauses rollte zur Seite; Arbeiter schleppten große Bottiche heraus. Bottiche voller Zuckerrübenschnitzel.

Roman Hoflinger winkte hastig dem Chef der Filmtruppe, mit den Aufnahmen zu beginnen, dann drehte er sich begeistert zu Aulehner um.

»Sie machen's wirklich!«, flüsterte er heiser. »Schöner könnt's uns der Stifter ja gar nicht präsentieren!«

Seine Begeisterung war ansteckend, so widerwillig Aulehner bei diesem Spiel mitspielte. Der Kinematograf begann leise zu rattern, als der Franzose langsam und stetig an der Kurbel drehte. Auf dem

Hof wurden die Bottiche in die Kessel geleert, Dampf stieg in die Höhe. Arbeiter kehrten jene Schnitzel zusammen, die ihr Ziel verfehlt hatten.

»Den Geschniegelten aufnehmen, den im Anzug!«, zischte Roman, als Stifter persönlich einen Blick in die Kessel warf. »Den brauchen wir unbedingt.« Zwei Stunden später, als die letzte der mitgebrachten Filmrollen mit flackernden Bildern gefüllt war, schlich sich die Gruppe wieder vom Gelände.

Sie hatten den Wagen in einer Seitenstraße gelassen. Die Filmleute und die Bräuburschen schwatzten auf dem Weg dorthin, begeistert über ihren Erfolg. Aulehner marschierte neben Hoflinger und schwieg. Die Straßenlaternen verbreiteten milchiges Zwielicht.

»Was erzählen Sie eigentlich Stifter, wenn er Sie nach dem Polizeieinsatz fragt?«, erkundigte Roman sich unvermittelt. Anscheinend war ihm doch nicht ganz gleichgültig, was aus den Leuten wurde, die er als Werkzeuge für seinen Plan benutzte.

»Dass es unseren Leuten gelungen ist, die Attentäter schon außerhalb des Geländes abzufangen«, antwortete Aulehner, »wir ihn deshalb nicht weiter behelligen werden und er sich keine Sorgen zu machen braucht.« In ein paar Tagen würde Roman den übrigen Großbrauern seine Beweise vorführen. Damit wäre Stifter ohnehin am Ende.

»Klingt gut«, sagte Roman. Er deutete mit dem Kopf auf den Wagen. »Fahren S' noch mit zum Deibel? Die Frauen haben bestimmt vor lauter Aufregung ned schlafen können.«

Er hätte ablehnen sollen, sagte Aulehner sich. Natürlich erst, nachdem er neben Hoflinger auf den Bock geklettert war.

Clara marschierte vom Fenster zur Tür und wieder zurück. »Ist es normal, dass es so lange dauert? Was meinst du?«

»Ich weiß ned«, murmelte Colina. »Ich mach' so was eher selten, weißt?« Sie hatte es eigentlich scherzend sagen wollen, um

Clara zu beruhigen, aber ihr rutschte ein falscher Klang in die Stimme, der verriet, was sie wirklich dachte.

Sie hatte sich nicht an dieser Sache beteiligen wollen. Stifters Machenschaften aufzudecken, war etwas anderes, als zwei Verliebte aus der Stadt zu schmuggeln oder der Brauereizunft ein festes Gehalt für die Kellnerinnen abzutrotzen. Hier ging es nicht darum, zu helfen oder ein Unrecht zu tilgen, sondern darum, die Pläne von Roman Hoflinger und Curt Prank durchzusetzen und den Deibelbräu zu einem Großunternehmen auszubauen.

Unterschied sich das letztlich von dem, was Stifter tat?

Stifter und seine Aktienbrauerei konnten noch so schuldig sein – Colina fühlte sich unbehaglich. Und sie wusste, dass es Aulehner genauso erging.

Clara hörte und sah es ihr an; sie kam herüber, hob einen der hochgestellten Stühle herunter und setzte sich neben Colina an den Tisch der Gaststube. An der Wand tickte eine Uhr. Auf einem Regal über der Theke standen noch ein paar der Absinthflaschen, die Ludwig für die Schwabinger Bohème eingekauft hatte, aber sonst sah der Raum wieder aus wie eine Bauernstube. Es war Montag. Ruhetag.

»Für die Männer ist das alles sehr wichtig«, sagte Clara. »Und ja, vielleicht für mich auch. Aber der Roman macht es sich nicht leicht.« Sie langte nach Colinas Hand auf der Tischplatte. Der linken, deren Arm in Gips steckte. »Das musst du mir glauben. Die Geschichte mit seinem Bruder, und natürlich das mit seinem Vater ...«

Hatte ihn nicht daran gehindert, eine Partnerschaft mit Curt Prank einzugehen, dachte Colina. Aber welches Recht hatte sie, über andere zu urteilen?

»Er hat stundenlang geweint«, fuhr Clara fort. Ihre Stimme klang anders, Colina blickte das Mädchen überrascht an. Es wirkte plötzlich um zehn Jahre älter. »Er braucht mich, sonst schafft er es nicht. Er hat den Willen, auch die Möglichkeiten. Aber wenn ich nicht hinter ihm stehe und ihn stütze, wird er trotzdem fallen, weil er noch viel zu sehr Kind sein will. Dass er seine Mutter hat einweisen lassen, erträgt er kaum. Ich habe ihm gesagt, dass er weinen soll, eine Stunde, einen Tag oder von mir aus eine Woche, es dann aber gut sein muss.« Sie hatte blicklos auf die geschlossene Tür gestarrt, jetzt wandte sie den Kopf, um Colina anzusehen. »Wir können nicht ändern, was passiert ist.«

»Aber wir tragen es mit uns herum«, sagte Colina traurig.

»Schüttle es ab!« Der Satz klang so hart, dass Colina fast zusammenzuckte, aber als sie in Claras Gesicht schaute, wirkte es sehr schmal und blass. Ja, auch Clara schlief schlecht. »Ich habe mich oft gefragt, ob es stimmt. Ob stimmt, was Romans Mutter gedacht hat. Dass mein Vater ... Ich habe meinen Vater gefragt, aber er hat mir nicht geantwortet.« Sie blickte hastig weg. »Und wenn es wahr ist ... Dann würde ich gern wissen, ob es ihm gerade genauso geht wie mir.«

»Du hast mir wahrscheinlich das Leben gerettet, Clara!« Colina wäre beinahe aufgesprungen. »Rupp war so außer sich, der hätt' uns doch beide erschlagen, wenn wir uns nicht gewehrt hätten!«

Clara lächelte sie an. »Siehst du? Jetzt sagst du es selbst. Dann glaub es doch auch endlich. Meinst du, ich sehe nicht, wie du dich quälst? Was hat dein Gendarm zu dir gesagt?«

»Dass ich mir keine Vorwürfe machen soll.« Colina runzelte die Stirn. »Und er ist nicht ›mein Gendarm‹.«

»Ach so.« Claras Augen lächelten, sonst behielt sie ihre ernste Miene bei. »Du könntest ja trotzdem tun, was er dir geraten hat.«

Wenn das so einfach wäre.

Sie musste es laut gesagt haben, denn Clara lachte und tätschelte ihr noch einmal die Hand. »Es wird besser werden. Wenn ich mich nicht selbst darüber kaputt mache. Mit jedem Tag. Ein bisschen. Und irgendwann ist es weg.«

Nein, dachte Colina, es würde nie ganz weg sein. Sie hätte das nicht einmal gewollt. Aber vielleicht empfand sie in diesem Punkt wirklich anders als Clara.

Lorenz Aulehner hätte es verstanden.

Clara hob den Kopf. »Hörst du? Ist da nicht ein Wagen in den Hof gerollt?«

Von draußen kam wirklich das Geräusch von Hufgetrappel und knarrenden Rädern. Clara sprang auf, entriegelte die Tür und fiel ihrem einäugigen Liebling um den Hals. Roman schlang einen Arm um Claras Taille, mit der anderen Hand hielt er die Filmrollen in die Höhe wie Siegestrophäen.

»Wir haben ihn! Wir haben Stifter in der Tasche!« Er küsste Clara heftig. »Schickt's gleich jemanden zur Villa Prank. Und macht's den Schampus auf!«

Während sich hinter Roman die Brauburschen und Filmleute hereindrängten, die Kiste mit dem Kinematografen zwischen sich, und in den allgemeinen Jubel und die aufgeregten Berichte einstimmten, stand Colina auf und ging zur Tür.

Aulehner war gleich nach Roman ebenfalls kurz über die Schwelle getreten und hatte den beiden Frauen zugenickt, war dann aber neben der Tür stehen geblieben. Colina schlüpfte hinter ihm her hinaus ins Freie.

Er wartete auf sie. Die Knechte schwenkten Laternen durch die Nacht, weil die Pferde noch ausgespannt werden mussten, sonst war es finster. Colina konnte Aulehners Miene nicht deutlich erkennen, aber er wirkte zumindest nicht mehr so verärgert wie vor dem Aufbruch.

»Eigentlich wollte ich nur fragen, ob sich überhaupt schon jemand bei Ihnen bedankt hat«, sagte sie. Er lachte wohl, wenn auch lautlos; unter dem Schnurrbart blitzten kurz weiß die Zähne auf.

»Ich bin ja quasi Staatsdiener«, spöttelte er. »Bei der Dienerschaft bedankt man sich nicht. Die gehorcht nur und tut ihre Pflicht.«

»Ja, eigentlich schon.« Sie wusste so gut wie er, dass das hier nichts mit Polizeidienst zu tun hatte. »Das ist das letzte Mal«, versprach sie. »Noch einmal behelligen wir Sie ned. Versprochen.«

Sie glaubte zu erkennen, wie er amüsiert die Augenbrauen hob. Sein Kopf nickte in Richtung der Eingangstür. »Meinen S' schon, dass Sie die Rasselbande im Griff haben?«

»Die krieg' ich schon in den Griff. Das werden S' schon sehen.«

Er lachte wieder, diesmal hörbar, dann wurde er ernst. »Wie geht S' Ihnen?« Er deutete auf den Gips bei seiner Frage, aber sie wusste, dass er etwas anderes meinte.

»Es dauert.« Auch sie hob kurz den linken Arm und schaute die Bandagen an. »Manchmal kommt's einem vor, als ob's gar nicht aufhören wollt'.«

»Da muss man Geduld haben«, sagte er. Nachdenklicher, als er vielleicht vorgehabt hatte. »Auch mit sich selber, wissen S'.« Er schaute abrupt auf. »Wie geht's Ihrem Buben?«

Bei seiner Frage wurde Colina warm ums Herz. »Dem g'fällt's gut hier. Beim Nachbarn haben s' ein paar Kinder in seinem Alter. Ich hab' ihm gesagt, dass er bald in die Schul' gehen kann.« Sie machte eine kurze Pause. »Und dass der Papa nimmer kommt.«

Sie sah ihn nicken. »Alles ist neu, da vergessen die Kinder schnell. Erst einmal, zumindest.«

»Ich hab' trotzdem Angst«, gestand Colina. Sie hatte es nicht sagen wollen, hatte nicht einmal gewusst, dass dem so war. Aber es stimmte. »Angst, dass irgendwann einer von Ihren Kollegen vor der Tür steht.«

»Kaum.« Er sah sie eindringlich an. »Der Fall ist bei den Akten. Rupprecht Mair, tödlich verletzt bei einer nicht aufgeklärten Messerstecherei, wurde mangels ausfindig zu machender Verwandter auf Staatskosten bestattet.«

Nicht ausfindig zu machende ... »Aber ...«

»Er war verheiratet mit einer Frau Colina Mair. Eine solche Person ist in München nicht gemeldet.« Er zögerte. »Ich weiß, wo das Grab ist. Wenn Sie 's Ihrem Buben einmal zeigen wollen. Später. Manchmal dauert's lang, bis man so ein Grab noch einmal sehen will. Aber irgendwann will man's vielleicht doch.«

Vielleicht hatte auch er mehr gesagt, als er hatte sagen wollen. Er lauschte seinen eigenen Worten hinterher.

»Und was haben Sie vor?«, fragte Colina. Er zeigte etwas, das Colina noch nie an ihm gesehen hatte: ein Grinsen. Grimmiger Übermut lag darin.

»Ach, ich bin auf der Fahrt hierher mit dem Hoflinger ins Reden gekommen. Uns ist noch etwas eingefallen, was ich für ihn erledigen soll. Aber diesmal könnt's mir direkt Spaß machen.« Trotzdem zog er eine Grimasse. »Ich war schon viel zu lang nimmer in Schwabing.«

Das Café Minerva war verraucht und laut wie stets, aber nicht ganz so überfüllt, wie er es schon erlebt hatte. Am Tisch von Franziska zu Reventlow saßen heute nicht weniger als drei vornehm gekleidete Anbeter, was sie nicht daran hinderte, Aulehner eine spöttische Kusshand zuzuwerfen, als er an ihr vorüberging. Sie nach Denhardt zu fragen, erübrigte sich; Aulehner entdeckte den Journalisten allein in einer Nische vor einem Glas.

Denhardt wirkte in sich gekehrt, setzte bei Aulehners Anblick aber doch eine demonstrativ erstaunte Miene auf, nahm die Brille ab und rieb sich die Augen.

»Herr Oberwachtmeister! In Zivil? Sind Sie privat hier, oder darf man Ihnen etwa gratulieren?«

»Beides«, sagte Aulehner, zog sich ungefragt einen Stuhl an den Tisch und ließ sich nieder.

»Ausgesprochen schade. Die Pickelhaube stand Ihnen so gut.«

Er musterte Lorenz verwundert. »Sagen Sie nicht, Sie wollen Ihre Versetzung ausgerechnet mit mir feiern.«

»Keine Angst.« Er musterte den Journalisten. »Ich wollte Sie nur fragen, ob Sie und Ihre Zeitung sich immer noch unbedingt mit den hiesigen Großbrauereien anlegen möchten.«

Er war auf das Zusammenzucken nicht gefasst. Denhardt brauchte merklich einen Moment, ehe er sich zu einer angemessen lässigen Antwort aufraffen konnte.

»Wenn Sie mir zusichern, dass dabei nicht wieder Leute aus Fenstern fallen.« Er langte nach der Zigarette, die am Rand des Aschenbechers lag, und nahm einen tiefen Zug. Seine Finger zitterten nicht direkt, aber ruhig waren sie auch nicht. Aulehner ließ ihm Zeit. »Das mit Ludwig Hoflinger, das hängt mir nach«, gab Denhardt nach einer Weile zu.

Aulehner nickte. »So etwas haben wir in diesem Fall kaum zu befürchten. Bei Anatol Stifter scheint mir das ausgeschlossen.«

»Stifter?« Denhardt geriet in Bewegung; er fummelte Bleistift und Notizbuch aus der Tasche. »Ich bin ganz Ohr, Herr Oberwachtmeister.« Er schlug eine leere Seite auf, musterte Aulehner aber noch einmal nachdenklich. »Manchmal denke ich, das Grausamste ist, dass wir einfach weitermachen müssen, was wir immer gemacht haben. Als wäre nichts passiert.«

Denhardt erwartete keine Antwort, und Lorenz hätte nicht wirklich eine gehabt. Außer, dass in dieser Grausamkeit auch etwas Hoffnungsvolles lag. Wenn tote Braumeistersöhne dem Leben nicht ewig im Weg sein mussten, dann mussten tote Ehemänner es ja vielleicht auch nicht.

»Also«, drängte Denhardt ungeduldig. »Was haben Sie für mich?«

»Passen S' auf. Es war einmal das bayerische Reinheitsgebot, Hopfen, Wasser und Malz ...«

Epilog

»Wir haben eine Anzeige hereinbekommen«, sagte Eder.

»Soll passieren bei der Polizei«, gab Aulehner zurück. Eder lehnte sich auf seinem Stuhl zurück und schmunzelte.

»Die Kapitalbrauerei hat Anzeige erstattet wegen nächtlichen Eindringens und unbefugter Filmaufnahmen. Hier.« Er schob ein Blatt Papier zu Aulehner über die Tischplatte.

»Das ist ja schon über eine Woche alt«, stellte Lorenz fest.

»Stimmt. Es war Anatol Stifters letzte Amtshandlung, bevor er – ganz aus freien Stücken, selbstverständlich – von sämtlichen Posten zurückgetreten ist. Die Anzeige richtet sich zwar gegen einen Unbekannten, ist aber natürlich auf Roman Hoflinger und Curt Prank gemünzt. Ich hab' mir gedacht, Sie könnten heut' Nachmittag einmal zu den beiden hinfahren.«

»Heut'«, wiederholte Lorenz. Die kleinen Lachfalten um Eders Augen wurden noch etwas dichter.

»Freilich heut'. Wo das Fräulein Kandl beim letzten Mal doch nicht daheim war, als Sie nach ihr schauen wollten.«

Das stimmte. Als Aulehner beim »Oiden Deibe« vorsprach, war Colina unterwegs. Einkaufen mit Fräulein Prank; Schleifen, Spitzen, Schuhe ... die notwendigsten Kleinigkeiten halt.

»Heut' kommt sie Ihnen ned aus«, lächelte Eder. »Heute wissen Sie zumindest, dass Sie sie irgendwo finden *müssen*.«

Manchmal hatte so ein alter Polizeiinspektor ganz gute Ideen.

»Ich hab' dir gleich gesagt, das ist eine Schnapsidee«, lachte Colina übermütig, als Clara vor ihr in heftiges Fluchen ausbrach, weil sie sich zum dritten Mal auf den Saum getreten war. »Aber das gnädige Fräulein hat es ja unbedingt romantisch haben müssen.«

Und wenn eine Clara Prank »romantisch« sagte, dann meinte sie: rundum romantisch. Angefangen vom eigens angefertigten, strahlend weißen Brautkleid mit Schleier bis hin zur Kapelle in den Bergen, zu der man nur zu Fuß über einen halsbrecherisch steilen Pfad gelangen konnte. Auch wenn das eine stundenlange Bahnfahrt in aller Herrgottsfrühe bedeutete und dieselbe Reise wieder zurück, um in der Villa Prank einen Umtrunk zu halten. Alles in einem bodenlangen Gewand aus mehr Tüll, Rüschen, Spitzen und Seide, als manche Kurzwarenhändler in der Auslage hatten.

Nur gut, dass es in den letzten Tagen nicht geregnet hatte. Es hätte die romantische Hochzeit womöglich noch zu einer lebensgefährlichen Angelegenheit gemacht.

»Hör auf, dich über mich lustig zu machen, und hilf mir lieber mit dem Kleid. Du bist mir ja eine Brautjungfer, du!«

»Ich kann mir so viele Berufe halt nicht alle gleichzeitig merken – Kellnerin, Anstandsdame, Lochner-Lina, Streikführerin, Brautjungfer ...«

Clara lachte übermütig in die Weite ringsum. Sie waren nur zu zweit; Maxi hatte, zu seinem gewaltigen Stolz, bei den Männern mitfahren dürfen. Weiße Gipfel bestaunten von allen Seiten die zwei Frauen, die in ihren Festtagskleidern bergan kletterten. Ein Quellbach plätscherte ins Tal, die Strahlen der Sonne kribbelten warm auf der Haut. Es roch nach Harz und Moos und Freiheit.

Colina hatte Clara lange nicht mehr so ausgelassen lachen gehört. Wann war das gewesen? Jetzt fiel es ihr ein: auf dem Kocherlball im Englischen Garten.

Der Laut schien auch in ihr selbst etwas zu sprengen. Als hätte da bisher unbemerkt eine eiserne Kette um ihre Seele gelegen. Als halle da plötzlich ein Satz in ihr, den der Pfarrer vielleicht gleich bei seiner Ansprache sagen würde: *Und Gott sah, dass es gut war.*

Es *war* gut.

Sie kamen außer Atem und abgehetzt vor dem grauen Kirchlein an, in dem Roman, Maxi und Claras Vater sicher bereits ungeduldig warteten. Clara schaute lachend auf den völlig verdreckten Saum ihres Kleids.

»Ich hab's dir gleich gesagt. So viel Geld auszugeben für ein G'wand, das man nur einen Tag anzieht, ist ein Unfug«, spöttelte Colina. »Und damit bergsteigen zu gehen eine Schnapsidee.«

»Ich bräuchte jemanden, der mir den Schleier richtet, Fräulein Kandl«, sagte Clara statt einer Antwort und stieß dazu die Nase in die Luft mit der hochnäsigsten Miene, die sie zustande brachte. Als Colina sich lachend anschickte, an der aufgelösten Frisur zu zupfen, hielt Clara ihre Hände fest.

Ihre Augen waren groß und schimmerten.

»Ich wollte nur sagen ... ich bin froh, dass du da bist.« Sie lächelte, sanft und hoffnungsvoll und vielleicht auch ein wenig traurig. »Wir packen das, weißt du?«

Colina erwiderte das Lächeln, dann streifte sie Claras Finger rigoros ab und langte nach den Nadeln, mit denen der Schleier in Claras dunklem Haar befestigt war.

»Stillhalten! Ich muss das alles neu festmachen. Das könnte jetzt ein bisschen weh tun.«

»Au!«

Er hatte die Wahl zwischen der Gaststätte und der Villa, entschied sich für Letztere und lag damit richtig. Die Hochzeitsfeier hatte schließlich der Brautvater auszurichten.

Aulehner wartete nicht ab, bis der ängstliche Diener sich entschieden hatte, wie er mit dem unerwarteten Gast umgehen sollte, sondern stapfte schnurstracks in den Salon. Es war nur eine kleine

Feier. Im engsten Familienkreis: Braut, Bräutigam, Brautvater, ein siebenjähriger Bub – und dessen Mutter als Ehrenjungfer. Ihr linker Arm steckte immer noch in Gips. Sie standen mit dem Rücken zur Tür und hielten die Sektkelche erhoben, drehten sich nach ihm um und schauten ihn an in unterschiedlichen Graden von Erstaunen.

In einem Fall vielleicht auch ein wenig erfreut.

»Meine Glückwünsche«, sagte Lorenz in die Stille.

»Siehst du, wir hätten ihn halt doch einladen sollen«, sagte Clara halblaut. Sie schien gleichzeitig mit Colina und Roman zu sprechen.

»Er ist ja trotzdem da«, verteidigte sich ihr neuer Ehemann. »Mögen S' ein Glas Sekt, Herr Oberwachtmeister?«

»Danke, aber ich bin dienstlich hier. Ich muss Sie in Kenntnis setzen, dass die Kapitalbrauerei Anzeige erstattet hat wegen heimlicher Filmaufnahmen, die auf ihrem Gelände unternommen wurden. Möchten Sie sich dazu äußern?«

»Ja, freilich. Gern. Ich weiß nicht, wer die Bilder aufgenommen hat.« Roman nahm einen Schluck Sekt. »Die Filmrollen habe ich eines Morgens vor der Tür gefunden. Nachdem wir das erledigt hätten: Mögen S' jetzt was trinken?«

»Sie können auch ein Bier haben.« Das war Colina. Aulehner lächelte sie an, schüttelte aber den Kopf.

»Ich glaube, es ist g'scheiter, wenn ich mich nicht zu lang bei Ihnen aufhalt'. Außerdem hab' ich mir ein Pferd ausgeliehen für den Weg hierher; das muss ich zurückbringen.«

»Dann begleite ich Sie noch zur Tür«, entschied sie und stellte ihr Glas beiseite.

Im Flur blieben sie stehen.

Festlich gekleidet und frisiert sah Colina heute wieder weit mehr nach Gouvernante aus als nach Lochner-Lina. Lorenz beschloss, dass ihm beides gleich gut gefiel.

»Und, wie geht's Ihnen mit der Bande da drin?«, scherzte er

und nickte in Richtung Salon. »Haben Sie sie schon in den Griff gekriegt?«

Sie deutete ebenfalls mit dem Daumen über die Schulter Richtung Tür. »Die da drin? Die brauchen keine Anstandsdame, die brauchen ein Kindermädel, und das rund um die Uhr. Schlimmer als wie ein Sack Flöh'.«

Er lachte. »Auf was müssen meine Kollegen und ich uns einstellen?«

»Noch auf nix, noch ist alles legal. Bis jetzt will der Roman bloß den Lochner dazu bringen, dass der seine Verträge mit der Aktienbrauerei für ungültig erklären lässt, wegen der G'schichte mit dem Reinheitsgebot. Und sobald der Lochner aus dem Vertrag herauskommt, muss er in Zukunft das Deibel-Bier abnehmen, falls er mich als Kellnerin behalten will.«

»Heißt das, dass Sie bald wieder arbeiten können?« Er deutete auf ihren Gips, und Colina lächelte.

»Der kommt bald runter. Eigentlich hab' ich den bloß noch, weil er heute farblich so schön zu der Clara ihrem Kleid passt.« Sie lachten. Er sah sie zwinkern. »Wenn beim Lochner ein g'scheits Bier ausgeschenkt wird, dann rentiert sich's auch, dass Sie mich einmal da besuchen.«

»Das hätte ich sowieso«, sagte er. »Es sei denn, die Münchner Brauereien mit ihren Intrigen schaffen's noch, dass ich zum Weintrinker werd'.«

»Wein hätten wir beim Lochner auch einen guten.« Sie lächelte ihn offen an. »Und ich kenn' sogar ein paar Schrammellieder.«

»Wenn Sie mir's so schmackhaft machen, da kann ich ja gar ned aus.« Er wollte zum Abschied salutieren, aus purer Gewohnheit, aber sie hielt ihm rasch die Hand hin.

»Auf bald, Herr Oberwachtmeister.« Ihre Hand war klein, warm und fest.

Er ging hinaus in den Park der Villa, zurück zu seinem Pferd. Die

Sonne stand schon tief. Der Anblick der sorgsam gepflegten Beete zu beiden Seiten des Pfads erinnerte ihn daran, dass er noch schnell nach Haidhausen auf den Friedhof gehen könnte, um ein paar Blumen auf ein Grab zu legen.

Prank würde die paar Astern schon nicht vermissen.

Colina schaute ihm hinterher, während er in den Sattel kletterte, und versuchte sich zu erinnern, welche Zigarren er damals im Hof geraucht hatte.

Konnte ja nicht schaden, davon bei Lochner ein paar auf Vorrat zu haben.

Sie schloss sehr sorgfältig die Tür, ehe sie sich umdrehte. Die Schritte hinter sich hatte sie natürlich gehört.

»Du lässt ihn jetzt aber nicht wirklich gehen?« Clara fragte es ungläubig, ja, fast empört.

»Ich hab' doch gesagt, ich begleite ihn zur Tür.«

»Ja, aber ich dachte, nur um ihn ... umzustimmen.« Sie grinste. »Oder wie man das eben nennt, wenn man ein bisschen mit jemandem allein sein will.«

»Ich konstatiere«, lachte Colina und runzelte die Stirn dabei, »die gnädige Frau Braumeistersgattin hat ihre alte Gouvernante noch immer bitter nötig. Etwas mehr Benimm, wenn ich bitten darf!«

Clara Langenbach
Die Senfblütensaga - Zeit für Träume
Roman

Der Geschmack von Freiheit, die Sehnsucht nach Liebe, eine junge Frau zwischen Pflicht und Gefühl
Metz, Elsass-Lothringen, 1908: Emma möchte mehr im Leben erreichen, als Ehefrau und Mutter zu sein. Am liebsten würde sie in Straßburg studieren. Stattdessen soll sie mit dem Sohn des Fuhrunternehmers Seidel verkuppelt werden. Emma und Carl sind einander - zu ihrer eigenen Überraschung - sofort sympathisch. Emma ist von Carls Leidenschaft für Aromen und Düfte begeistert und ermutigt ihn, seine eigene Senffabrik zu gründen. Und auch Emmas Unternehmerinnengeist ist geweckt.
Aber was ist mit ihren eigenen Träumen?

528 Seiten, broschiert

Weitere Informationen finden Sie auf
www.fischerverlage.de

AZ 596-70083/1

Sabine Weigand
Die Manufaktur der Düfte

Sein Vater war noch einfacher Seifensieder, aber der junge Fritz Ribot will hoch hinaus. Mit seinen Ideen begründet er um 1880 ein Imperium, das seine duftenden Luxusprodukte aus Franken bis nach China exportiert. Seine Frau Sophie muss sich jedoch fragen, ob sie Fritz je so wichtig sein wird wie die Firma. Und darf sie zulassen, dass er sich zwischen seine jüngste Schwester Lisette und den Fabrikarbeiter Hans stellen will? Keiner in der Familie erkennt die düsteren Vorboten des Krieges, und niemand ahnt, dass Fritz ein Geheimnis bewahrt, das alles in Frage stellen kann, worauf die Ribots stolz sind, die es so wirklich gegeben hat.

688 Seiten, broschiert

Weitere Informationen finden Sie auf
www.fischerverlage.de

AZ 596-03670/1